산문기행

산문기행

산에 오르며 내면을 채우는
조선 선비의 산행기 65편

심경호

민음사

1.

우리는 자연과의 관계에 대해 근본적인 물음에 직면하고 있다. 자연은 인간에게 우호적으로 곁에 있을 것인가, 인간이 이렇게 자연에 적대적인데도……. 인류는 이 난국을 어떻게든 극복할 것이다. 하지만 여러 이유로, 우리가 가까이했던 산을 이제는 쉽게 찾아 나서지 못하게 될 것 같다. 무엇보다도 곳곳이 잘려 나간 산의 모습 그 자체가 우리의 마음을 아프게 한다.

산길을 간다는 것은 자연과 만나는 실천적 행위였다. 산에 오른다는 것은 허구적, 이차적 자연으로부터 벗어나 진정한 자연으로 향하는 결단이었다. 지금도 그러한가?

근세 이전의 독서층은 등산을 군자의 이념을 구현하기 위한 과정으로 여겼다. 공자는 동산에 올라 노나라가 작게 보이고 태산에 올라 천하가 작게 보이는 경지에 이르렀다. 『논어』「옹야(雍也)」에서는 "지자요수, 인자요산(智者樂水, 仁者樂山)"이라고 했다. 건전한 지성을 갖추고 어진 마음을 지닌 사람이라면 자연과의 진정한 만남을 중시해야 한다고 가르친 것이다. 우뚝 서 있는 산을 본받아 묵묵하게 변함없이 인(仁)의 덕을 확충하고, 콸콸 흘러가는 물을 생각하며 우주 사이에 흐르는 지(智)를 체득하는 일이 산수 유람의 진정한 뜻이었다. 조선 중기의 홍인우는 「관동록」에서 "낮은 데서부터 높은 이상으로 상승하고 지류를 소급해 근원을 탐구하는 것이 배우는 사람의 일이다."라고 산수 유람의 의미를 들려주었다.

산을 경험하는 일은 오관의 감각 하나하나로 산을 체험하는 것으로 그치지 않는다. 마음을 통해서 추상하는 것이기도 하다. 옛사람들은 물(物)의 본체를 인간의 마음속에 존재하는 도의 본체로 여겨 물과 내가 하나가 되어 입신(入神)의 경지에 들어갈 수 있다고 여겼다.

산의 참모습은 산속에서 파악할 수 있는가, 산을 마주해 인식할 수 있는가 하는 오래된 물음이 있다. 북송의 구양수는 여산진면목(廬山眞面目)의 문제를 논해, 산을 가는 사람은 산속에 있기 때문에 산의 진면목을 알 수가 없다고 했다. 하지만 조선 후기에 속리산을 유람한 어떤 사람은 산 밖에서는 산의 본령을 살필 수 없다고 했다.

산을 오관으로 감득할 것인가, 마음으로 파악할 것인가. 산을 바깥에서 볼 것인가, 산속에서 볼 것인가. 이것은 산을 사랑하는 사람 각자가 스스로 결정할 문제일 것이다.

2.

산은 우리에게 무엇인가? 대지 위에 털썩 주저앉아 나무들을 이고 있는 그 모습은 무뚝뚝한 듯, 다정한 듯 묘한 얼굴을 하고 있다. 나직한 처마 밑으로 얼굴을 들이미는 산은 다정한 벗이다. 청정한 아름다움이자 온전한 조화의 상징인 산은 장엄세계의 화신이다. 깊게 파인 골짜기를 지닌 산은 주름살 많은 어머니다. 나직한 구릉들을 점잖게 내려다보는 산은 스승이자 아버지다.

나의 고향에는 백족산이라는 험한 산이 있다. 돌아가신 아버지는 어린 시절 그 산으로 나무를 하러 갔다가 길을 잃을 뻔했다고 하셨다. 그 산을 바라보면 아버지의 허기진 모습을 상상하게 된다. 아무 말씀 없이 몇 걸음 앞을 성큼성큼 걸어

가시던 걸음걸이를 떠올린다. 그러면 그 산은 그대로 돌아가신 아버지의 모습을 하는 것이다.

산은 바람과 햇볕을 받아들여 나무와 풀과 가녀린 꽃들을 자라게 하고 바위와 시냇물을 빛나게 만든다. 젊고 활기찬 그 모습은 인간의 영혼을 맥 놓게 한다. 때때로 산은 미친바람과 어두운 비에 육중한 몸을 내맡기고 울음을 운다. 그 울음은 인간의 자만을 경고하는 산의 육성이다.

산길로 들어서면 불거져 나온 나무뿌리들과 재잘거리는 시냇물과 발길에 차여 뒹굴다 툭 멈추는 잡석들이 무심한 듯 호소하는 듯 먼 세월을 이야기한다. 새가 재재거리고 나뭇잎이 살랑거리는 소리에 귀를 기울이다 보면 산은 어느새 나와 일체가 된다. 혹은 이마의 땀이 떨어지는 것도 모른 채 돌부리, 나무뿌리를 움켜쥐며 앙버티기도 한다. 그럴 때 이름 모를 새는 나무 끝에 앉아 깃을 털며 기웃거리다가 떠난다. 다람쥐는 무너진 축석 사이에서 고개를 내밀고 사방을 둘러보다가는 달려가고 달려가다가는 다시 둘러본다. 그렇게 나를 의심하는 모습도 산에서라면 밉지 않다. 그것마저도 감싸 안아 청정한 세계를 구성하고 있는 것이 산이기 때문이다.

산에 오르는 행위는 자신의 삶을 전환하려는 의지의 행위다. 어떤 이는 산에 오르면서 세간의 불평을 떨어 버리고 맑은 흥취를 느낀다. 누군가는 약동하는 자연 속에서 생명의 힘을 느끼고 환희하고 경탄한다. 산에 오른다는 것은 창조적 능력, 강인한 의지, 충만한 정신력을 되찾는 일이다.

상고 시대의 산악은 하늘과 인간이 교통하는 신성한 곳이었다. 이를테면 중국에는 오악 신앙이 있다. 동악 태산(泰山), 남악 형산(衡山), 서악 화산(華山), 북악 항산(恒山), 중악 숭산(嵩山)을 오악이라고 한다. 그 가운데 가장 큰 것은 태산으로, 저승으로 통한다고 알려져 왔다. 반면에 오악에 들지 않는 작은 산인데도 천태산은 불교의 성지로 꼽힌다. 우리나라도 산악을 신성시해 왔다. 고려 때는 지리산, 삼각산, 송악산, 비백산을 사악신(四嶽神)으로 삼고 제사를 지냈다. 조선 시대에는 동악 금강산, 서악 묘향산, 북악 백두산, 남악 지리산, 중악 삼각산을 오악으로 꼽았다.

신라 화랑들은 강과 바다뿐 아니라 산에 노닐며 풍류도를 익혔다. 고려 중엽 이후로 선인들은 산놀이에서 자연의 아름다움을 즐기게 되었다. 조선 시대에 들어서면서 산놀이는 탕유(宕遊, 호탕한 놀이)로 정착되었다. 선인들은 고향의 산을 특별히 사랑하고, 별도로 마음에 드는 산을 하나씩 두었으며, 명산을 유람하면서 활달한 기상을 길렀다. 산놀이를 유흥으로 여기되 산에 올라가서는 기심(機心)을 잊었다. 산사에 묵었을 때는 씻은 듯한 달빛이 자아내는 고요함을 사랑했다.

관료들은 주희가 「광려(匡廬)」에서 "정무를 살피는 여가에

산수에 노닐려던 소원을 풀 줄 어찌 알았으랴?(豈知朱墨暇, 乃
適山水願?)"라고 했던 구절을 상기하며, 산수 좋은 곳에서 벼
슬 살면서도 공무에 바빠 청유(淸遊, 맑은 놀이)를 못할까 염
려했다. 세상에서 뜻을 펴지 못한 선비들은 산수간에서 즐거
움을 찾았으며, 산놀이를 『주역』에서 말하는 '확고해 뽑히지
않는 자의 활동'으로 여겼다.

산은 지기(知己)와 함께 찾는 회심처(會心處, 마음 맞는 곳)
이기도 했다. 정조 때 문인 박제가는 19세 되던 1769년 9월
어느 화창하고 서리가 하얗게 내린 날, 남빛 도포에 자주색
나귀를 타고 친구와 함께 묘향산으로 향했다. 그들은 향산천
에서 천진난만하게 물수제비뜨기를 했다. 보현사 관음전에
묵으면서 또 다른 친구에게 보낼 짧은 서찰을 지어 서정을 토
로하고, 용문사 승방에서 기생 두 명이 추는 검무를 보고 감
상문을 적었다. 문인으로서의 독서와 예술 감상을 산놀이에
서도 빠뜨리지 않았다.

선인들은 산놀이에서 일어나는 감흥과 생각을 시와 산문
으로 적었고, 그 시문들을 유산록(遊山錄)으로 엮었다. 또한
다른 사람의 유산록을 읽으면서 미리 일정을 잡고, 유람 길
에 다른 사람의 기록과 자신의 경험을 대비하며 사색했다.
그리고 자신의 유산록이나 다른 사람들이 기록한 유산록을
읽으면서 마치 스스로 거듭 산에 노니는 것 같은 기쁨을 누

렸다. 그것을 와유(臥遊, 누워서 놂)라고 했다.

조선 중기의 학자 김일손은 「두류기행록(頭流紀行錄)」 첫머리에 이렇게 썼다. "선비가 태어나서 박이나 외처럼 한 지방에 매여 사는 것은 운명이다. 천하를 두루 구경하여 자기가 지은 시문들을 쌓아 놓지 못할진대, 제 고장의 산천쯤은 둘러보아야 할 것이다. 하지만 사람의 일이란 어그러지는 경우가 많아서 늘 뜻을 두고도 이루지 못하는 것이 열에 여덟아홉은 된다."

그렇게 뜻을 이루지 못하는 경우, 와유라도 하면서 산수에 대한 애정을 확인하고 정신의 자유를 누려야 하지 않겠는가.

3.

내가 근대 이전 인사들이 국토 산하에 대한 애정을 표현하고 산수자연에 관한 상념을 드러낸 시문을 검토하기 시작한 것은 1995년경이다. 당시 나는 정약용의 춘천 여행이 갖는 사상사적 의의를 탐색해 『다산과 춘천』을 집필하는 한편, 「국토산하를 노래한 한국한시의 미학적 전통에 대하여」와 「퇴계의 산수유기」 등의 논문을 작성했다. 이후 유산기들을 번역하고 논평해 2007년 『산문기행』을 간행한 바 있다. 산문기행이란 산문으로 작성된 유기(遊記)와 유록(遊錄)을 읽으면서 그

작가의 내면을 탐사한다는 뜻이다. 나의 2005년 저서 『한시기행』이 국토산하를 노래한 한시를 음송하면서 시인의 정신세계를 탐사한다는 뜻을 담은 것과 짝을 이룬다.

이 책은 기존에 간행한 서적을 토대로 하되 본인과 학계의 후속 연구들을 참조해 새롭게 엮은 것이다. 그간 《산사랑》과 《문화재사랑》 등에 연재하면서 서술을 바꾼 곳도 있어서 그 내용들을 반영했다.

이 책은 현대판 와유록이다. 선인들이 산에 유람한 체험을 기록하거나 산에 대해 사색한 산문을 선별해 선인들의 산놀이 방식과 자연과의 소통 방식을 알아보고자 한 것이다. 정치적인 이유에서 가 볼 수 없는 북녘의 명산에 관한 글도 되읽으며 우리 국토의 아름다움을 새삼 환기해 보고자 했다.

현재 조선 시대의 유산기는 140여 산에 대해 모두 560여 편 이상이 남아 있다. 한글 기록은 조선 말의 금강산 여행기가 서너 편 있다. 유산기를 읽고 즐기는 식자층이 현재와 달리 극히 제한적이었기 때문이다. 열 편 이상의 유기를 남긴 산은 금강산, 지리산, 가야산, 청량산, 속리산, 삼각산 등 여섯 곳에 불과하다. 여성으로서 산을 유람하고 글을 남긴 예는 김금원 이외에 찾아보기 어렵다. 또 서민들이 산에 오른 체험을 서술한 글은 전하지 않는다. 서민들은 유람의 목적으로 시간을 내어 산에 오르기가 어려웠다. 가슴 아픈 일이다.

대부분 한문으로 작성된 유산기는 산을 아버지이자 스승으로 표상했다. 하지만 민중들은 산을 어머니로 표상했을 수 있다. 우리 민족의 산에 대한 관념은 그 둘을 보완해 검토할 필요가 있다.

이 책은 중부의 산, 남부의 산, 북부의 산, 민족의 성산 등 4부로 나누어, 48개 명산에 쉰여섯 분의 선인들이 남긴 유산기를 선별하고 그 미적 판단과 사유 방식의 특징을 살폈다. 또한 제5부에 산과 인간의 관계에 대해 성찰한 세 편을 해설했다. 그리고 부록으로 선인들의 산행 준비물과 산행 이후 유산기·화첩 등의 제작 사실에 관해 살펴봤다.

유산기는 편폭이 지나치게 길거나 관련 기록들을 한데 모은 것이 많다. 이 책에서는 정채 있는 부분만을 절록했다. 기존 번역물이나 연구서와의 관계는 일일이 밝히지 않았으나 참고한 논저는 참고 문헌에 가능한 한 밝혀 두었다. 여러 선학 및 동학들의 노고에 깊이 존경의 뜻을 표하는 바다.

그리고 이 신판의 간행을 위해 교정과 편집에 진력해 주신 민음사 편집부의 맹미선 님께 감사드린다.

2022년 8월 17일
회기동 작은 마당 집에서
심경호

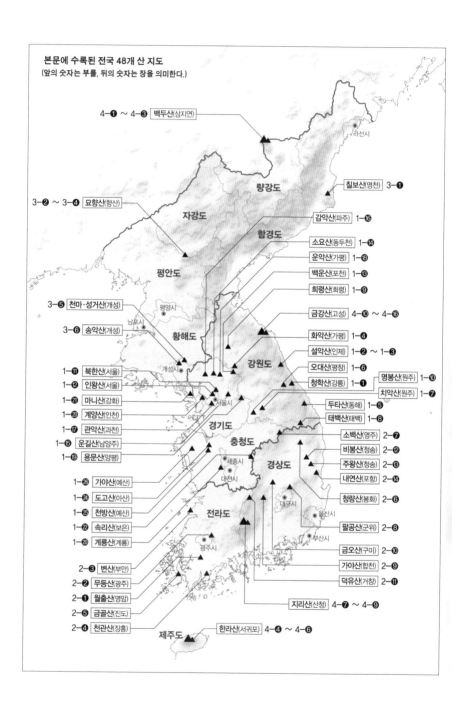

본문에 수록된 전국 48개 산 지도
(앞의 숫자는 부를, 뒤의 숫자는 장을 의미한다.)

4-❶ ~ 4-❸ 백두산(삼지연)

칠보산(명천) 3-❶

3-❷ ~ 3-❹ 묘향산(향산)

감악산(파주) 1-⑯

소요산(동두천) 1-⑭

운악산(가평) 1-⑱

백운산(포천) 1-⑬

희령산(희령) 1-⑨

3-❺ 천마·성거산(개성)

금강산(고성) 4-⑩ ~ 4-⑯

3-❻ 송악산(개성)

화악산(가평) 1-❹

설악산(인제) 1-❷ ~ 1-❸

오대산(평창) 1-❻

1-⑪ 북한산(서울)

청학산(강릉) 1-❶

명봉산(원주) 1-⑩

1-⑫ 인왕산(서울)

치악산(원주) 1-❼

1-㉑ 마니산(강화)

두타산(동해) 1-❺

1-⑳ 계양산(인천)

태백산(태백) 1-❽

1-⑰ 관악산(과천)

소백산(영주) 2-❼

1-⑮ 운길산(남양주)

비봉산(청송) 2-⑫

1-⑲ 용문산(양평)

주왕산(청송) 2-⑬

내연산(포항) 2-⑭

1-㉖ 가야산(예산)

청량산(봉화) 2-❻

1-㉔ 도고산(아산)

팔공산(군위) 2-❽

1-㉕ 천방산(예산)

금오산(구미) 2-⑩

1-㉒ 속리산(보은)

가야산(합천) 2-❾

1-㉓ 계룡산(계룡)

덕유산(거창) 2-⑪

2-❸ 변산(부안)

지리산(산청) 4-❼ ~ 4-❾

2-❷ 무등산(광주)

2-❶ 월출산(영암)

2-❺ 금골산(진도)

2-❹ 천관산(장흥)

한라산(서귀포) 4-❹ ~ 4-❻

라선시

량강도

자강도

함경도

평안도

평양시

남포시

황해도

개성시

강원도

서울시

경기도

충청도

세종시

대전시

경상도

대구시

울산시

부산시

전라도

광주시

제주도

목차

책을 엮으며   5

1부   중부의 산

강원도의 산

① 산에 이름을 붙이는 일   25
　이이(李珥), 「유청학산기(遊青鶴山記)」

② 인제와 양양을 걸터탄 웅장한 산   33
　정범조(丁範祖), 「유설악기(遊雪嶽記)」

③ 십이계곡에 오래 머물지 못하는 까닭   41
　홍태유(洪泰猷), 「유설악기(遊雪岳記)」

④ 산등성이 곳곳에 있는 매잡이의 집   49
　김수증(金壽增), 「유화악기(遊華嶽記)」

⑤ 스스로를 신선에 비기는 유람   59
　김효원(金孝元), 「두타산일기(頭陀山日記)」

⑥ 다섯 가지 큰 기운을 지닌 산   67
　김창흡(金昌翕), 「오대산기(五臺山記)」

7　깊은 산속 암자를 떠나지 못하는 이유　77
안석경(安錫儆), 「유치악대승암기(遊雉岳大乘菴記)」

8　겨울 바람 휘몰아치는 설산　85
이인상(李麟祥), 「유태백산기(遊太白山記)」

9　어려서 큰아버지에게 들은 그 산　94
김창흡(金昌翕), 「평강산수기(平康山水記)」

10　조정에서 쫓겨난 은둔객의 사연　105
허균(許筠), 「유원주법천사기(遊原州法泉寺記)」

경기도의 산

11　감각적인 문체로 담아낸 산의 위용　115
이덕무(李德懋), 「기유북한(記遊北漢)」

12　경복궁이 내려다보이는 자리　128
김상헌(金尙憲), 「유서산기(遊西山記)」

13　83세와 74세가 함께 오른 산　141
허목(許穆), 「백운산(白雲山)」

14　기록과 함께 탐구한 산사 이야기　150
허목(許穆), 「소요산기(逍遙山記)」

15　정약용이 과거 급제 후 찾은 고향의 산　156
정약용(丁若鏞), 「유수종사기(遊水鍾寺記)」

16　일흔 넘어 수집한 산촌 이야기　165
허목(許穆), 「감악산(紺嶽山)」

17　관악산에서 길 잃은 정조의 신하　172
채제공(蔡濟恭), 「유관악산기(遊冠岳山記)」

18　한강 이북 큰 산에서의 사냥　181
성대중(成大中), 「운악유렵기(雲岳遊獵記)」

19 나라 밖에 이름 알리고 싶던 마음 189
김윤식(金允植), 「윤필암원망기(潤筆庵遠望記)」

20 처지 따라 달라지는 풍광의 의미 196
이규보(李奎報), 「계양망해지(桂陽望海志)」

21 마니산 대자연에서 얻은 깨달음 201
홍석모(洪錫謨), 「마니산기행(摩尼山紀行)」

충청도의 산

22 문장대 봉우리에 쌓인 바위 무더기 210
이동항(李東沆), 「유속리산기(遊俗離山記)」

23 조선 도읍이 될 뻔했던 길지 220
송상기(宋相琦), 「유계룡산기(遊鷄龍山記)」

24 달 밝은 산속 술자리 228
이산해(李山海), 「월야방운주사기(月夜訪雲住寺記)」

25 폭설 내려 어두운 산속 골짜기 239
이경전(李慶全), 「대설방천방사기(大雪訪千方寺記)」

26 무료함을 달래는 산승의 재주 251
이철환(李嘉煥), 『상산삼매(象山三昧)』

2부 **남부의 산**

전라도의 산

1 좁은 굴 속으로 기어오른 정상 265
김창협(金昌協), 「등월출산구정봉기(登月出山九井峰記)」

2 흙으로 덮힌 산의 뾰족 봉우리 271
고경명(高敬命), 「유서석록(遊瑞石錄)」

③ 조정을 벗어나 머문 변산   284
심광세(沈光世), 「유변산록(遊邊山錄)」

④ 불교 성지 가득한 전경   296
허목(許穆), 「천관산기(天冠山記)」

⑤ 산중 동굴에 두고 온 귀양객의 자취   303
이주(李冑), 「금골산록(金骨山錄)」

경상도의 산

⑥ 함부로 대하지 못할 단정한 산   312
주세붕(周世鵬), 「유청량산록(遊淸涼山錄)」

⑦ 흐드러진 철쭉 숲을 내려오던 산   324
이황(李滉), 「유소백산록(遊小白山錄)」

⑧ 영달의 욕망을 끊고 마주한 산   334
정시한(丁時翰), 『산중일기(山中日記)』

⑨ 산놀이 속 해학   341
정구(鄭逑), 「유가야산록(遊伽倻山錄)」

⑩ 길재의 충절을 낳은 영남의 산   355
김하천(金廈梴), 「유금오산록(遊金烏山錄)」

⑪ 지리산 다음으로 꼽히는 남방 명산   370
임훈(林薰), 「등덕유산향적봉기(登德裕山香積峯記)」

⑫ 산에서 주운 아름다운 돌   383
허훈(許薰), 「유수정사기(遊水淨寺記)」

⑬ 기암에 겹쳐 보이는 인간 세상   392
장현광(張顯光), 「주왕산록(周王山錄)」

⑭ 신라 불교의 맥이 이어진 곳   403
성대중(成大中), 「유내연산기(遊內延山記)」

3부   북부의 산

함경도의 산

(1) 이름 없는 봉우리들의 산   413
임형수(林亨秀), 「유칠보산기(遊七寶山記)」

평안도의 산

(2) 산과 일체된 선비의 객담   422
조호익(曺好益), 「유묘향산록(遊妙香山錄)」

(3) 원근법으로 묘사한 만폭동 풍광   433
박제가(朴齊家), 「묘향산소기(妙香山小記)」

(4) 산어귀 절에서 눈으로 본 사리   441
이광려(李匡呂), 「뇌옹사리찬(瀨翁舍利贊)」

황해도의 산

(5) 재야의 문장가가 묘사한 개성 분지   449
조찬한(趙纘韓), 「유천마성거양산기(遊天摩聖居兩山記)」

(6) 고려 오백 년의 기운이 모인 산   459
이정귀(李廷龜), 「유송악기(遊松嶽記)」

4부   민족의 성산

백두산

(1) 청나라가 경계를 가른 그 자리   469
홍세태(洪世泰), 「백두산기(白頭山記)」

(2) 목욕재계하고 오르는 신성한 산   479
서명응(徐命膺), 「유백두산기(遊白頭山記)」

③ 백두산 깊은 산중에 서린 전설　　　491
　　신광하(申光河), 「유백두산기(遊白頭山記)」

한라산
④ 무등산과 짝지어 언급된 제주의 산　　　503
　　임제(林悌), 『남명소승(南溟小乘)』

⑤ 사유의 틀을 바꾸는 천하의 정상　　　511
　　이형상(李衡祥), 「지지(地誌)」

⑥ 마음을 굳게 먹고 마침내 오른 백록담　　　522
　　최익현(崔益鉉), 「유한라산기(遊漢拏山記)」

지리산
⑦ 백두산에서 흘러나온 두류산　　　532
　　김종직(金宗直), 「유두류록(遊頭流錄)」

⑧ 일생에 열일곱 번 오르며 마음을 다스린 산　　　547
　　조식(曺植), 「유두류록(遊頭流錄)」

⑨ 지리산에서 논한 세상의 이치　　　560
　　양대박(梁大樸), 「두류산기행록(頭流山紀行錄)」

금강산
⑩ 천하에 이름난 우리 산　　　568
　　이곡(李穀), 「동유기(東遊記)」

⑪ 승려들이 미끄럼 타던 박연 폭포　　　577
　　남효온(南孝溫), 「유금강산기(遊金剛山記)」

⑫ 외금강 절에 남은 신비로운 기록　　　587
　　이원(李黿), 「유금강록(遊金剛錄)」

(13) 이황과 이이가 글로 즐긴 비로봉 풍광   598
       홍인우(洪仁祐), 「관동록(關東錄)」

(14) 새로운 문학을 일으킨 허균의 유람   612
       허균(許筠), 「동정부(東征賦)」

(15) 금강산에서의 기이한 체험   621
       유몽인(柳夢寅), 「풍악기우기(楓嶽奇遇記)」

(16) 규방을 뛰쳐나온 소녀가 향한 곳   631
       김금원(金錦園), 「호동서락기(湖東西洛記)」

5부   유산의 방식

(1) 자유로운 정신으로 의미를 얻는 곳   641
       이시선(李時善), 「유산걸언(遊山乞言)」

(2) 나의 슬픔을 위로하는 동무   649
       김만중(金萬重), 「첨화령기(瞻華嶺記)」

(3) 가지 못해 아득한 상상으로 즐기는 곳   655
       강세황(姜世晃), 「산향기(山響記)」

부록   선비의 산행 준비물   662
        선비의 산행 기록법   673

원문   683

참고 문헌   786

색인   802

설악산

1부

중부의 산

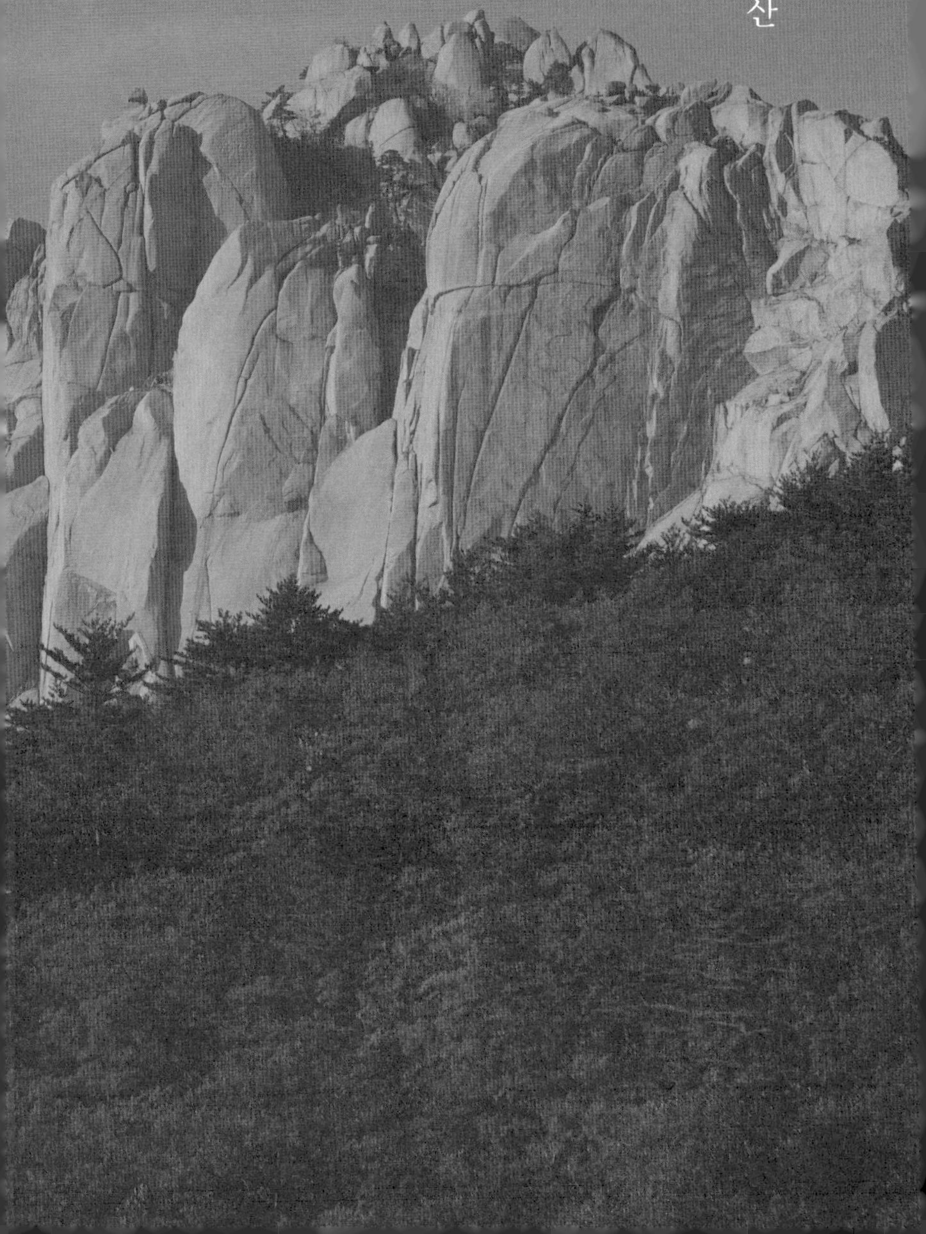

일러두기

1 이 책은 『산문기행: 조선의 선비, 산길을 가다』(이가서, 2007)를 증보한 것이다.

2 구판에 수록된 글을 빠짐없이 수록하고 이이의 「유청학산기」, 김창흡의 「평강산수기」, 허목의 「소요산기」·「천관산기」, 심광세의 「유변산록」, 김하천의 「유금오산록」, 성대중의 「유내연산기」, 신광하의 「유백두산기」, 이형상의 「남환박물」, 허균의 「동정부」, 이시선의 「유산결언」 등 11편을 새로 소개했다. 본문은 문장을 다듬거나 삭제하는 등 대폭 수정한 경우가 적지 않다.

3 각 편의 참고 문헌은 맨 뒤에 모아서 열람에 편하도록 했다.

1. 산에 이름을 붙이는 일

이이(李珥), 「유청학산기(遊靑鶴山記)」

시내를 따라가고 바위를 밟아 나가자니 아주 힘들고 너무 험하다. 얼마 가지 않아서 기이한 봉우리, 첩첩한 바위에 맞닥뜨렸다. 기상이 돌연 이제까지와 다르다. 실 같은 길을 찾았는데 높은 산언덕을 옆으로 둘러 나갔으므로 나무를 더위잡고 올라갔다. 멀리 바라보니 구름 덮인 산봉우리는 어슴푸레하고 숲이 우거진 골짜기는 어둑어둑할 정도로 그윽하다. 내달리는 물흐름이 쟁글쟁글 옥같이 울리며 잠깐 숨었다가는 금방 다시 나타난다. 으슥하고 깊숙한 동부(洞府)가 또 얼마나 떨어져 있는지 알 수가 없다. 산지기가 "이것이 관음천 제일암입니다."라고 한다. 봉우리는 돌아 나가고 길은 끊어졌으며 푸른 벼랑이 앞을 막아서므로 벼랑의 배 부분을 따라 나가는데 아래에는 깊은 못이 있다. 나는 계헌(이이의 아우 이우)과 함께 엉금엉금 기어서 가까스로 건넜다. 대유(박유)가 먼저 가서는 뒤돌아보면서 웃는다. 산언덕을 내려가니 바로 석문에 이른다. 둥근 바위가 벼랑 모서리에 걸쳐 있고 바위 아래에는 구멍이 있어서 머리를 숙여야 겨우 들어갈 수 있다. 석문에 들어가자 경지와 색태가 아주 기이해, 별도의 한 세계인 듯 황홀하다. 사방에는 바위산이 솟아 있고 푸른 측백나무와 키 작은 소나무가 그 틈새를 기워 누비고 있다. 두 병풍 같은 산 사이로 아주 멀리에서부터 시냇물이 흘러와 격탕해 폭포를 이루어 맑은 하늘의 우레가 골짜기를 뒤흔들며, 고여서는 못을 이루어 차가운 거울이 한 점 흠도 없이 깊고 맑고 반짝이고 푸르며 낙엽도 붙지 않아, 휘휘 흐르고 굽이굽이 돌아 나간다. 바위의 형상이 천 가지 만 가지로 바뀌고 산그늘과 나무 그림자에 이내의 기운이 섞여 아슴푸레해 햇빛이 보이지 않을 정도다. 흰 바위 위를 거닐며 맑은 물살을 가지고 놀았다.

경승을 선발하려고 했으나 요령을 얻지 못해 자리를 거듭 옮겼다. 마지막에 바위 하나를 얻었는데, 평평하고 넓으며 계단이 있으므로 그 위에 줄지어 앉아 작은 술자리를 가졌다. 올려다보니 곧바로 서쪽 봉우리 하나가 가장 높고 모양이 이상하므로 처음으로 이름을 지어 주어 촉운봉이라고 했다. 우리가 앉은 바위는 옛날에 식당이라고 불렀으나 비선(祕仙)이라 고치고, 동구는 천유(天遊)라 이름하며, 비선암 아래의 못은 경담(鏡潭)이라 이름하고, 이 산을 총괄해서 청학산이라고 이름 지었다. 우리는 산성을 거쳐 학소를 찾아보고 싶었으나 마침 비가 올 듯하고 산길이 아주 험할 것 같아 서글프게도 중지하고 말았다. 돌아갈 길을 찾아서, 열 걸음에 아홉 번씩 돌아보았다. 나는 대유와 이 맑은 유람을 이어 나가자고 약속했다. 승사까지 50여 보 남은 곳에서 시냇가 반타석에 앉아 점심을 먹었다. 산을 나와 토곡에 이르니 권신이 술을 가지고 길가 층바위에서 기다리고 있었다. 바위 곁에는 폭포가 한 장 남짓 드리워져 있다. 바위 위에서 술잔을 들고는 그 바위를 취선암이라 이름했다. 저녁 어스름을 타고 무진정으로 돌아왔다.

아아! 천지가 있어 온 이래로 이 산이 있어 왔고 천지가 개벽한 것 역시 오래되었건만 세상에 산의 이름이 알려지지 않고 있다. 산성을 쌓은 것은 어느 시대인지 알 수 없으나 상상컨대 처음으로 경영한 것은 틀림없이 난리를 피하던 때의 관리와 백성이었을 것이다. 만약 유인(幽人)이나 일사(逸士)가 석문을 한 번이라도 찾아왔다면 어찌 후세에 한마디도 남기지 않았겠는가? 어쩌면 그런 사람이 있었지만 후대에 전해지지 않았던 것일까? 저 오대산이나 두타산은 여기에 비유하면 풍격이 떨어지거늘, 그런데도 아름다운 이름을 떨치고 있어 관람자의 발걸음이 이

어지고 있다. 그런데 이 산은 중첩된 봉우리와 겹겹한 골짜기 속에 광휘를 꼭꼭 감추어 두어 그 봉우리와 골짜기가 서려 있는 영역에 끼어드는 사람조차 없으니, 하물며 웅성 깊은 곳이야 더 말해 무엇 하겠는가? 세상 사람들이 알아주느냐 몰라주느냐 하는 것은 산의 본질을 더하거나 덜어 내거나 하지는 않는다. 그렇지만 사물의 이치는 이러해서는 안 될 것이다. 하루아침에 우리를 만나 후세 사람들이 이 산이 있는 줄 알게 되었으니 이 또한 운수가 있다고 해야 할 것이다. 그러니 이 산보다 훨씬 특이할 정도로 신령한 경지가 티끌 세상 바깥에 또 숨어 있지만 우리가 미처 알지 못하는 줄을 어찌 알겠는가? 아아! 세상에서 지기를 얻거나 얻지 못하거나 하는 일이 유독 산의 경우에만 그러하겠는가?

율곡 이이가 지은 「유청학산기」의 일부다. 청학산은 오늘날 오대산 국립 공원의 일부인 강릉 소금강을 말한다.

선조 원년인 1568년 여름, 이이는 천추사 서장관이 되어 북경에 갔다가 겨울에 돌아와 부교리가 되었다. 그리고 우수한 젊은 문신들에게 글 읽을 말미를 주어 독서하게 하는 사가독서의 기회를 얻었다. 하지만 11월에는 이조 좌랑에 제수되었다. 33세의 이이는 여가를 갖고 싶었다. 마침 외조모 용인 이씨가 병환 중이었으므로 간병을 위해 사직하고 강원도 강릉으로 떠났다.

이듬해 4월 14일, 강릉에 있던 이이는 아우 이우, 서외숙 권씨, 박유, 장여필 등과 함께 한송정이나 경포대 같은 바닷가의 명승이 아니라 계곡 속 그윽한 곳을 탐방하러 떠났다. 권신은 나중에 합류했다. 이우는 시와 글씨, 그림에 거문고에도 뛰어나 사절(四絶)이라 칭송받았던 인물이다. 『명종실록』에 의하면 이이의 서모 권씨는 이이를 사랑하지 않았다고 하는데, 그래도 이이는 서모의 집안사람들과 가까이 지낸 듯하다. 서외숙 권씨는 바닷가에 무진정이라는 정자를 가지고 있었다. 권신도 서모의 집안사람인 듯하나 자세한 것은 알 수 없다. 본관이 부안인 장여필은 당시 강릉에 거주하고 있었으며 이전 해에 생원이 되었다.

이틀 뒤 이이가 아우와 함께 권씨의 정자에서 뱃놀이를 하고 있을 때 장여필이 합류했다. 다음 날 말을 타고 출발해 백운천을 지나 토곡 어귀에서 서쪽으로 향했다. 이때 박유가 뒤따라왔다. 이이는 암자 부근의 폭포를 보고 그 못을 창운담이라고 이름 지었다. 승려 지정에게 물으니 서쪽으로 조금 떨어진 곳에 관음천이 있고 관음천 서쪽에 석문이, 석문 안에 식당암이, 식당암 서쪽에 산성이 있다고 한다. 거기서 좀 더 가면 석봉이 셋 있고 봉우리에 청학의 둥지가 있다고 했다.

4월 16일, 도보로 지팡이를 짚고 승려 지정과 산지기의 안내로 관음천을 거쳐 석문에 이르렀다. 넓은 바위에서 쉬면서 앞에 보이는 높은 봉우리를 촉운봉이라 이름하고 식당암은 비선암으로 고쳤다. 계곡은 천유동이라 하고 식당암 아래 못은 경담이라 했으며, 산 전체를 청학산이라 이름 지었다. 비가 올 것 같아 산성에 오르지는 못하고 돌아나왔다. 승사 부근의 너럭바위에서 점심을 먹고 산을 나가 토곡에 이르렀다. 권신이 가지고 온 술을 층 바위에서 마시며, 바위의 폭포를 취선암이라 명명했다. 저물녘에 무진정으로 돌아왔다.

이이의 글은 비장되어 있어 남들이 알 수 없었던 경승을 처음으로 발견해 이름을 짓는다는 사실을 안점으로 했다. 안점은 글이 목표로 하는 궁극의 취지다. 경승을 처음 발견해 이름 짓는 행위는 재야에 버려져 있던 인사를 천거해서 뜻을 얻게 만드는 것을 비유한다. 현실 세상에서 인재들이 요로(要路)의 지기를 만나 스스로의 뜻을 펼치는 일이 가능한가? 인재가 한 사람이라도 버려져 있다면 그것은 현실 정치가 혼란하다는 징표다. 동양 정치론에서 가장 중요한 것은 용인(用人) 곧 사람을 제대로 쓰는 일이었다. 사람을 제대로 쓰려면 추천할 지위에 있는 자가 사람을 알아보는 지인(知人)의 감각이 있어야 한다. 사람을 제대로 쓴다면 백성들이 편안하게 생업에 힘써 나라가 화평한 결과를 가져오므로, 사람을 제대로 쓰는 일은 애인(愛人) 즉 사람을 사랑함으로 귀결된다. 다시 말해 '사람을 앎'은 '사람을 씀'의 과정을 통해 '사람을 사랑함'으로 나아간다.

『논어』「안연」에 보면 번지라는 제자가 인에 대해 묻자 공자는 사람을 사랑하는 일이라고 대답하고, 지에 대해 묻자 사람을 아는 일이라고 대답했다. 『서경』「고요모」에서는 "사람을 알면 훌륭한 사람을 벼슬시키고 백성을 편안히 하면 모든 백성이 그리워할 것이다."라고 했다. 동양 정치론의 가장 핵심인 지인, 관인, 안민의 상관 논리다.

큰 인물은 아무리 사소한 일이라도 큰 의미를 부여한다고 한다. 산수 유람의 걸음걸음에서도 이이는 국가를 안정시킬 방안을 모색했다. 산수가 버려져 있느냐 알려지느냐 하는 것을 인재의 우불우(遇不遇, 시대 현실에서 받아들여짐과 그렇지 못함) 문제와 연관시킨 것은 이이가 처음은 아니다. 이미 당나라 유종원이 「영주팔기(永州八記)」에서 그 점을 부각했다. 이이는 그 주제를 불쑥 끄집어내지 않았다. 얼추 들어 알고만 있던 곳을 실제로 답파하는 즐거움을 노래하면서 마지막에 그러한 주제를 살짝 띄웠다. 이이는 박유로부터 청학이 깃들어 산다는 바위 봉우리에 관한 말을 듣고 그곳을 탐방하려고 했다. 그런데 박유도 그곳을 직접 가서 본 것은 아니었고, 장여필에게서 들었을 따름이었다. 전해 들은 곳을 답파한다는 것은 여간한 결단이 아니다.

이 글은 명명을 중시한다. 이름이 알려져 있는 경승에 대해서는 하나하나 그 이름을 확인하고 실상과 대조한다. 이름과 실상이 부합하지 않으면 그 명명은 잘못이다. 이이는 청학이라는 명명이 실상에 부합한다는 점을 설득하기 위해 청(靑)과 학(鶴)이라는 글자가 들어간 사물과 지명을 환기해 냈다.

이이는 청학산 유람에서 정신적인 평온을 되찾았다. 하지만 그해 6월에는 교리의 직함을 띠고 조정으로 돌아와야 했다. 9월에는 독서당에 있으면서 저 유명한 「동호문답(東湖問答)」을 지어 선조에게 올렸다. 그 무렵 명종 연간의 을사사화로 공신이 되었던 인물들의 훈공을 박탈해야 한다고 주장하기도 했는데, 이 때문에 물의가 일어났다. 10월에 휴가를 얻어 다시 강릉으로 갔을 때 외조모의 상을 당했다.

이이는 오대산이나 두타산도 여기에 비하면 그 품격이 낮다고 했다. 하지만 오대산과 두타산은 제 이름을 떨치고 있거늘 청학산은 그 이름을 잃어버리고 금강산의 아류로 간주되었다. 이 또한 운명인가.

② 인제와 양양을 걸터탄 웅장한 산

정범조(丁範祖), 「유설악기(遊雪嶽記)」

무술년(1778년) 가을, 양양의 임소로 가다가 북쪽으로 설악을 바라보니 구름가에 우뚝해 아주 장대했으나 관리로서의 일정이 촉박해 유람할 수 없었다. 다음 해 3월에 상운의 역승 장현경, 고을 선비 채재하 군과 약속하고 함께 출발했다. 친척 조카 신광도, 사위 유맹환, 아들 정약형이 따랐다.

신축일(3월 17일)에 신흥사에 묵었다. 절 둘레에 천후봉, 달마봉, 토왕봉 등 여러 봉우리가 에워싸고 있는데, 모두 설악의 바깥 산들이다. 다음 날인 임인일에 신흥사 승려 홍운에게 명해 견여를 인도하게 했다. 북쪽으로 비선동을 거쳐 들어가자, 봉우리 모습과 시냇물 소리가 이미 정신과 혼백을 맑게 해 준다. 고개를 들어 절벽을 바라보니 깎아 세운 듯 수백 심(尋) 높이로 서 있다. 견여를 놓아두고 오르는데 절벽이 모두 돌계단이어서 한 계단마다 한 번씩 숨을 몰아쉬어야 했다. 장사응을 돌아보니 아직 아래쪽 계단에 있으면서 따라갈 수 없다고 절레절레한다. 마척령에 오를 때 홀연 큰 바람이 일어나고 안개와 비가 내려 사방이 캄캄했다. 홍운은 "이것이 중설악입니다. 날이 개면 설악 전체가 보일 겁니다."라고 했다. 어스름에 오세암에 들어갔다. 기이한 봉우리가 사방에서 옹위하고 있으면서 삼엄하게 사람을 치려는 듯한데, 중간에 토혈이 뚫려 있어 고즈넉하게 암자를 하나 들였다. 매월당 김시습이 일찍이 여기에 은둔했다. 암자에는 초상화 두 점이 있다. 매월당을 유학자로 그려둔 형상과 불자로 그려 둔 형상이다. 나는 배회하며 추모하면서 그를 슬퍼했다. 그가 스스로를 오세동자라 했으므로 이 암자의 이름이 있게 된 것이다.

계묘일(19일)에 왼쪽 기슭을 넘어 아래로 내려오다가 길을 꺾어 동쪽으로 향해 큰 골짜기를 따라 위로 올라갔다. 산봉우리의 형세가 마척령보다 더 가파르다. 밧줄로 앞에서 끌고 뒤에서 밀며 사람들이 서로 꼬옥 들러붙어 올라가, 그렇게 10리를 간후 사자봉의 절정에 다다랐다. 이것이 상설악으로, 하늘과 땅사이를 채운 것이 모두 산이다. 고니가 나는 듯하고 칼이 서 있는 듯하며 연꽃이 핀 듯한 것 모두가 봉우리다. 솥 같기도 하고 가마솥 같기도 하며 고동이나 항아리 같기도 한 것 모두가 골짜기다. 산은 모두 바위고 흙이 없다. 짙푸른 색은 마치 쇠를 쌓아 놓은 듯한 빛깔이다. 사자봉 동쪽은 조금 굽어서 흘러가는 형세인데, 봉정(鳳頂)이라는 암자가 있다. 전하는 말에 고승 봉정이 상주했다고 한다.

사자봉에서부터 아래로 내려가 벼랑을 따라 남쪽으로 향했다. 벼랑이 비좁아 가까스로 발을 옮길 정도다. 따라 나가 발을 내디디는 곳은 낙엽이 쌓이고 바위가 무너졌으며 나무가 가로 누워 있어서 벌벌 떨려 건너갈 수가 없다. 왼편과 오른편의 산들은 모두 기이한 봉우리들로, 수목의 숲 위로 교대로 솟아났다. 물은 뒤쪽의 산마루에서부터 나와 골짜기를 두루 덮으면서 아래로 내려간다. 골짜기는 모두 바위여서 맑고 밝기가 마치 흰 눈과 같다. 그 위로 물이 덮으며 흐른다. 바위가 엎드려 있다가 일어나고 움푹 패었다가 볼록 튀어나며 좁았다가 넓어지고는 하는데 모두 물이 그에 맞춰 형세를 이룬다. 대개 폭포가 된 것이 열서너 개인데 쌍폭이 특히 기이하다. 못을 이루고 보를 이루고 느릿한 물길을 이룬 것이 너무 많아서 이루 다 헤아릴 수 없을 정도다. 그 가운데 수렴이라고 일컫는 것이 가장 기이하다. 이런 것을 종일 보다가 영시암에 들어갔다. 이 암자는 삼연 김창흡이 이름을 지은 것이다. 일찍이 그가 이곳에 은둔했다고 한다. 봉우리와 골짜기가 그윽하고도 기이하며 흙이 있어서 작물을 심을 수 있다. 아름다운 수풀과 나무가 무성하고 밤새도록 두견새 울음소리가 들렸다.

갑진일(20일)에 물을 건너서 남쪽 골짜기 안으로 나아갔다. 계곡 물길은 모두 나무와 바위가 뾰족뾰족해서 제대로 발을 디딜 수 없다. 조금 올라가자 바위가 모두 흰색이더니, 홀연 보랏빛 붉은빛으로 변하고, 수면에 평퍼짐하게 서려 있다. 왼쪽에는 석벽이 감벽 색으로 서 있고 물이 갈라져 그 가운데로 쏟아져 콸콸 소리를 낸다. 앞에 산봉우리가 있는데 아주 험준하므로 견여에 찰싹 엎드려서 올라갔다. 왼쪽 기슭을 따라가서 아래로 백 걸음을 내려가자 그 앞에 석벽이 마주하는데 수십 심의 높이로 깨끗한 푸른빛이다. 폭포가 산꼭대기에서부터 아래로 나는 듯이 쏟아져 내려, 영롱하기가 흰 무지개와 같다. 바람이 잠깐 잡아채자 가운데가 끊어져서 아지랑이며 흰 눈이 되어 가볍게 훌훌 날려 허공을 가득 채운다. 남은 물보라가 때때로 옷으로 날려 들어온다. 종자에게 피리를 불게 해 폭포 소리와 서로 화답하게 하니, 맑고 통랑한 소리가 온 골짜기에 울렸다. 이것이 바로 한계 폭포다. 홍운에게 "이런 것이 다시 또 있는가?" 물었더니 "없습니다." 했다. 풍악의 구룡 폭포보다도 훨씬 장관이다. 동남쪽은 숲과 골짜기의 풍광이 빼어나게 아름답다. 동쪽은 오색령인데 신령한 샘이 있어서 체증에 좋다고 한다. 수석이 많아 바라보니 그윽하고 괴이했으나 날이 늦어 끝까지 가볼 수가 없었다. 고개를 넘어 돌아와 백담사에서 묵었다.

을사일(21일)에 북쪽으로 나가서 비선동 뒤 산마루를 따라 내려갔다. 산마루가 허공에 매달린 듯 경사가 급했다. 바위가 뒤얽혀 놓여 있고 구멍이 많아서 자칫 발을 헛디디면 곧바로 자빠져 죽을 것만 같다. 남쪽으로 마척령 등 여러 봉우리를 손가락으로 가리키노라니 하나하나 모두 구름가에 있어, 어떻게 나를 그 꼭대기에 올려 두었던 것인지 도무지 알 수가 없다. 신흥사에서 묵고 다음 날인 병오일에 돌아왔다.

설악산은 관동의 서쪽에 웅장하게 자리 잡고 있다. 북쪽은 양양과 접하고 남쪽은 인제와 접한다. 양양 쪽의 명승지로는 식당 폭포와 계조굴을, 인제 쪽의 명승지로는 곡백담·심원사·삼연 정사·십이폭동·봉정암·폐문암을 꼽는다. 설악의 봉우리는 모두 흰색이고 계곡의 돌 또한 흰색이다. 그래서 이 산을 소금강이라고도 부른다. 매년 8월이면 벌써 눈이 오기 때문에 설악이라 부른다고도 한다.

정범조(1723~1801년)는 정시한의 현손이자 정약용의 종숙부다. 56세 되던 1778년 8월에 양양 부사로 부임해서 이듬해 3월 설악산을 유람하고 이 글을 지었다. 그보다 앞서 정범조는 설악으로 놀러 가는 박사해를 전송하며 쓴 글에서 "넓게 퍼져 대지에 서려 있는 것은 산의 정(靜)에서 연유하므로 그

것을 보고 나의 체(體)를 기르고, 비등해 봉우리를 이루고 뒤흔들어 폭포를 이루는 것은 산의 동(動)에서 연유하므로 그것을 보고 나의 용(用)을 활성화해야 한다."라고 했다. 결국 그 스스로 설악산 유람에서 자신의 체를 양성하고 그 용을 다하고자 했다.

정범조는 설악산에서 사자봉의 조망을 가장 높이 쳤고, 대청봉은 시계가 한정되어 있다는 이유에서 가지 않았다. 설악의 지세에 대해 그는 다음과 같이 개괄했다.

설악은 인제와 양양 두 고을에 걸터타고 있는데 인제가 그 4분의 3을 차지하고 있다. 사자봉의 동쪽은 청봉(대청봉)으로 사자봉보다 조금 더 높다. 하지만 올라가서 조망할 수 있는 것은 동해에 그치고, 서남북은 설악이므로 사자봉보다 더 얻을 것이 없어 결국 오르지 않았다. 사자봉의 남쪽은 쌍폭과 수렴동이고 서쪽은 오세암이다. 또 그 서쪽은 영시암이며 또 그 서쪽은 백담사다. 멀리 바다가 그 북쪽을 담그고 있고, 풍악이 푸르게 솟아나 마치 소라고둥과 같고 틀어 올린 여인의 머리와 같다. 한계 폭포가 그 서남쪽에 있다.

신흥에서부터 오세까지 40리, 오세에서부터 사자봉까지 40리, 사자봉에서 영시까지 40리, 영시에서 한계까지 30리,

한계에서 백담까지 30리, 백담에서 신흥까지 40리였다. 도보로 갈 수 있는 거리는 모두 220리, 견여로 갈 수 있는 거리는 40리라고 했다.

정범조는 정조 연간에 내외직을 거치면서 남인 정파를 이끌다가 1794년 지돈령부사로서 기로소에 들어갔다. 2년 뒤 정약용은 충주로 성묘하러 가다가 원주 법천동의 우담으로 정범조를 방문했다. 법천동은 현계산 앞 언덕에 위치하는데, 현계산 자락의 탄천을 따라가면 바로 우담이다. 당시 정범조는 '맑은 세상에 초야에서 늙으려 한다'는 뜻을 담아 초당의 이름을 청시야(淸時野)라고 했다. 41세로 벼슬살이를 시작하기 전까지 고향 원주 법천동에서 지내고, 벼슬살이를 한 이후에도 체직될 때마다 원주로 돌아갔다.

정약용은 「청시야초당기(淸時野草堂記)」에서 "공이 처신하는 것과 세상 살아가는 것은 대개 마음에 스스로 얻은 것이 있어서 그런 것이므로 아무나 할 수 있지 않다. 또 초야에 묻혀 사는 것도 도가 있으니, 맑은 시대가 아니면 초야에 묻혀 살려고 해도 그럴 수가 없다."라고 했다. 만년의 정범조는 다시 형조 판서로 승진해 정조 말까지 예문관·홍문관 제학을 겸했다. 정조 승하 뒤에 실록청 편집 당상으로 일하다가 1801년에 운명했다.

정범조는 벼슬길에서도 처사의 풍모를 지녔기 때문에 사람들이 산야인(山野人)이라 불렸다. 동진 때 도연명의 은거지 시상촌과 송나라 때 임포의 은거지 고산을 함께 그린 「시상고산도(柴桑孤山圖)」를 거처에 걸어 두고 뜻을 고상하게 길렀다. 도연명은 진(晉)나라가 망하려 하자 기미를 보고 떠나 절개를 온전히 했고, 임포는 송나라 진종이 불교에 미혹되었으므로 세속을 버렸다. 정범조 역시 정치 현실이 만족스럽지 못해서 은둔을 지향했으나 그렇다고 정계를 완전히 떠나지는 못했다. 양양 부사로 있으면서 설악산을 등반한 것은 불만의 감정을 다스리는 한 방편이었던 것이다.

3 십이계곡에 오래 머물지 못하는 까닭

홍태유(洪泰猷), 「유설악기(遊雪岳記)」

심원사에서 동쪽으로 불과 3~4리를 가자 삼연 김창흡의 정사가 나왔다. 그곳에서 가장 기이한 것이 직서루다. 봉우리가 하나의 띠를 이루어 옆으로 열려 있는 모습이 마치 짐승이 쭈그리고 앉아 있는 듯도 하고 새가 돌아보는 듯도 하며 사람이 갓을 쓰고 가는 듯도 해서 그 모양이 백이며 천으로 가지각색이다. 또 색깔이 희고 깨끗해 달 밝은 밤하늘 같기도 하고 싸락눈 내린 아침 같기도 해서 티끌이 한 점도 없다. 이런 곳을 택해 사는 사람들도 역시 덕이 높은 사람임을 알겠다.

다시 시내를 따라 1리 남짓 올라가서 유홍굴에 이르렀으나, 이 굴은 언급할 만한 특별한 멋이 없다. 다만 비스듬한 바위 하나가 반쯤 아래를 굽어보는 형국으로 감실(龕室, 부처를 모신 작은 석실)의 형상을 이루어서, 그 안에 서너 사람이 들어갈 수 있다. 옛날 송당 유홍이 설악산에 유람 왔을 때 마침 쉬어 갈 절이 없어 이 굴에서 자고 갔으므로 이 이름을 갖게 되었다고 한다.

유홍굴에서 오른쪽으로 가파른 돌길을 하나 돌아가면 십이 폭동으로 들어간다. 이곳의 시내와 바위의 경치는 곡백담과 비슷하면서도 더욱 깨끗하고 환하다. 좌우의 설봉들은 삼연 정사와 비슷하면서도 그보다 더욱 기이하고 장엄하다. 그 사이에 높은 못부리와 끊어진 바위 벽이 한데 모여서 첩첩이 솟아 있다. 나무는 모두 단풍나무와 향나무로, 때마침 제철을 만나 고운 붉은 빛을 띠어 마치 그림 병풍을 단장하고 수놓은 병풍을 둘러친 듯 찬란하고 괴이해 사람을 놀라게도 하고 즐겁게도 한다. 앉아서 쉴 때마다 주위를 두리번거리며 차마 떠나지 못할 정도여서, 이 동구에 들어와 수십 리를 위아래로 가는 동안 예상한 시각을 놓친 일이 많았다. 저물녘에야 마침내 십이폭동에 이르렀다. 위에는 폭포가 걸렸고 아래는 못으로, 물이 멋대로 쏟아져 기세 좋게 넘실대니 형세는 격렬하고 소리는 웅장하다. 네 번째 폭포 다음으로 세 폭포는 서로 이어져 있어 물 흐르는 모습이 마치 비단을 마전한 것 같고, 가운데가 좁아지면서 구유통처럼 패여 물이 그 못으로 떨어진다. 못의 빛깔은 새까매서 깊이를 알 수가 없다.

제일 앞에 있는 폭포는 좌우로 갈라져 흐르는데, 오른쪽 폭포는 깊이가 거의 100자는 되고, 왼쪽 것은 길이가 그보다 3분의 1 정도 짧다. 그 사이 또 수십 보 안 되는 곳에 무지개 한 쌍이 마주해 햇빛 아래 빛나 색채가 현란하다. 그 아래 바위가 모두 미끄러우므로 가까이 다가갈 수 없다. 폭포 왼쪽에 바위가 약간 평평해 앉아서 바라볼 수 있는데, 폭포에서 떨리 떨어져 있는데도 포말이 줄줄 떨어지고 공중에 날려 안개와 노을을 이루고 웃옷과 아래옷을 적실 정도다. 그 기이함을 사랑해 머뭇거리면서 차마 떠나기 어려웠으나 경지가 너무 맑기 때문에 오래 있을 수 없었다.

왼쪽 폭포를 거쳐 남쪽으로 절벽을 타고 올라가 다시 내려가 상류를 따라가는데 길이 끊겨 찾지 못하고 한참 동안 헤매었다. 홀연 시냇가 바위 위에 돌무더기가 보이는데, 누군가가 일부러 쌓아 놓은 듯했다. 일행 가운데 승려의 말에 "이것은 선정(참선)에 들려고 왔던 승려가 돌아가면서 쌓아서 길 표시로 삼은 것입니다."라고 한다. 여기서부터 가는 길의 헷갈릴 만한 곳마다 모두 그런 돌이 있었으므로 덕분에 길을 잃지 않았다. 하지만 갈수록 길이 험해 우거진 숲을 헤치고 벼랑의 바위를 부여잡고 지팡이에 의지해 조심조심 발을 옮긴 후에야 가까스로 자빠지고 고꾸라지기를 면했다. 정말로 평소 산수에 뜻을 두어 경승을 탐색할 장비를 갖추지 않는다면 비록 여기 이르려 해도 그럴 수 없을 것이다.

20리를 더 가도 여전히 궁벽한 산과 어지러운 숲을 벗어나지 못했거늘 어두운 저녁 빛이 이미 검푸르게 일어났다. 나갈 길을 못 찾을까 봐 걱정하는데 홀연 멀리 바위산 사이로 작은 암자 하나가 나타났다가 숨었다가 했다. 나도 모르게 마음과 눈이 모두 밝아지는 것이 마치 아는 사람을 만난 듯했다. 암자에 이르니 암자는 비어 있으나 부엌에는 불기가 있고 불상의 감실 앞에 향불이 피워져 있어, 스님이 떠난 지 얼마 되지 않았음을 알 수 있다. 암자의 이름은 봉정암으로, 설악산의 10분의 9 정도 되는 높이에 위치해 우리가 지금까지 올려다보며 왔던 모든 산의 이마를 쓰다듬고 있는 듯하다. 암자 뒤편의 봉우리가 특히 높았지만 여기 올라와 보니 3~4길 높이의 바위에 불과했다. 그러니 이곳이 얼마나 아스라하게 높은지 짐작할 수 있다. 처음 이르렀을 때는 산속이 적막하더니 밤중이 되자 바람이 크게 일어나 대지의 온갖 구멍이 모두 울부짖고 바위산과 골짜기가 뒤흔들린다. 그런데도 하늘빛은 맑고 밝았는데, 위와 아래가 반드시 이렇지는 않을 것 같다. 대개 이곳은 지대가 높아 바닷바람이 몰아쳐서 그럴 것이다.

아침에 봉정암 왼쪽으로 가서 탑대에 올랐다. 큰 바위가 있고 그 위에 탑을 포개기를 마치 부도(浮屠)처럼 해 두었다. 스님이 "석가모니의 사리를 이곳에 보관하고 있습니다."라고 한다. 길을 바꾸어 오른쪽 길을 택했는데 높이 올라갈수록 전망이 환하게 트여 온다. 그 앞을 바라보니 망망대해가 아슴푸레하게 끝없이 펼쳐져 있어 역시 하나의 장관이다. 거기서부터 절벽을 부여잡고 5~6리쯤 내려가서 약간 평탄한 곳에 이르렀다. 이곳의 암벽과 천석의 경승 또한 십이폭동 하류보다 못하지 않다. 다시 20리 남짓 가서 폐문암에 이르렀는데, 이 골짜기에서 제일 빼어난 곳이다. 양쪽 절벽이 깎아지른 듯 관문처럼 우뚝 솟아 마치 티끌세상과 선계를 갈라놓은 듯하다. 폐문암에서 오른쪽으로 나아가 험한 고개 하나를 넘으니 오세암이다. 이곳 산봉우리가 지닌 빼어난 자태는 삼연 정사에서 보았던 것을 다 합해도 훨씬 낫다고 한다. 갑자기 비를 만나 낭패하여 차례로 찾아볼 수 없는 것이 한스럽다.

홍태유(1672~1715년)는 숙종 35년인 1709년 가을 인제현에서 30리를 들어가 삼차령을 넘고 백담 계곡을 거쳐 봉정암을 둘러본 후 유홍굴의 오른쪽 길로 나아가 십이폭동과 폐문암을 돌아봤다. 이종사촌 임적이 동행했다. 홍태유는 설악산 유람 후의 사실을 「유설악기」로 작성했는데, 위의 글은 십이폭동과 폐문암을 유람한 기록이다. 이보다 이른 시기의 설악산 유산기는 문익성의 「유한계록(遊寒溪錄)」이 알려져 있다.

홍태유가 글을 작성한 시기는 알 수 없다.

홍태유는 1689년 기사환국에 아버지 홍치상이 화를 입자 벼슬할 뜻을 버리고 일생 학문에 정진했다. 1702년부터 1705년까지 개성과 인근 지역, 오대산, 금강산을 유람하고 1708년에는 단양 4군을 유람했다. 김창흡은 문집『내재집(耐齋集)』을 홍태유의 아들이 간행하려 할 때 유고에 실을 시문을 뽑아 주었다. 홍태유는 설악산 유람 전 김창흡이 1705년 설악산에 은거하며 작성했던 「설악일기」를 읽어 보았을 가능성이 있다.

홍태유는 설악의 명승지 가운데 가장 빼어난 곳이 십이폭동이라고 했다. 그런데 그곳은 경지가 너무 맑아서 오래 있을 수 없다고 했다. 이것은 함축하는 뜻이 있다. 맑다는 것은 욕망이 들끓지 않는다는 것이다. 그곳은 자신의 본래성을 추구하는 사람이 선망하는 곳이기는 하지만 그곳에 안주한다면 욕망이 들끓는 현실을 구원해야 한다는 양심의 명령을 회피하게 된다. 이에 맑디맑은 곳에 오래 있을 수 없으며 일상의 현실로 돌아가야 한다고 말한 것이다.

홍태유의 표현은 너무 높은 곳은 추위를 이기지 못한다고 하는 표현을 환기시킨다. 높은 곳은 권력의 정점을 비유한다. 송나라 신종 희령 9년인 1076년에 소식은 정치적 이유로 귀양을 가야 했다. 그는 황주에서 수조가두(水調歌頭)라는 사패(악보)에 맞추어 「병진년 중추에 지으면서 아울러 아우 자유를 그리워한다(丙辰中秋作兼懷子由)」라는 노랫말을 지었다. "나는 바람 타고 돌아가고 싶다만 경루옥우(瓊樓玉宇) 높은 곳에서 추위를 이기지 못할까 또 걱정이로다." 경루와 옥우는 달 속에 있는 궁전으로 군주가 거처하는 궁궐을 비유한다. 소식의 노래가 전파되어 신종이 알고는 "소식이 결국 군주를 사랑하는구나." 하면서, 죄를 감해 유배처를 옮기게 했다고 한다.

홍태유가 맑음을 말한 것은 정치권력과 소외되어 있던 자신의 처지를 암암리에 말한 것이기도 하다. 그가 죽은 후『내재집』이 목판으로 간행될 때 이의현이 서문을 지어 이렇게 말했다.

내가 역대에 기록된 사적을 살펴보니, 문학과 행실로 일컬어지는 분들은 대부분 곤궁했던 분들이 많고 영달했던 분은 적었다. 기특한 뜻을 품고 의리를 간직하고도 침체해서 한갓 후인들이 시문에 남은 향기를 움켜쥐며 한탄을 일으키게 만드니, 아, 재주와 운명이 서로 어긋남이 끝내 이와 같단 말인가? 만일 혹시라도 불행한 경우에 걸려 위태로운 길에서 뜻이 막히고 떠도는 처지에서 몸이 곤궁해져, 우울하고 근심하며 세상을 다 마치도록 볼품없이 몰락하고는 오직 문장만을 남겨서 평소 가슴속에 쌓아 둔 것을 가까스로 겉만 드러내 보일 수 있다고 한다면 또 어찌 거듭 애처로워하지 않을 수 있겠는가? 그렇다면 남은 글 해진 책 가운데 좀벌레 속에서 영락한 것이나마 어찌 매몰되어 전하지 않게 버려둘 수 있겠는가?

이의현은 불우했던 인사들을 애도하고, 그런 인물이 시문의 조각 글이라도 남겨 그의 의지와 사유를 미래에 전할 수 있다면 다행이라고 했다. 사람들은 어떤 지향을 지니고 살지만 그 지향을 이해받지 못하는 경우가 대부분이다. 이의현의 눈에 홍태유는 그러한 불우한 인사의 전형이었다.

홍태유의 설악 유람은 삶의 무의미를 극복하려는 투쟁이었다. 그가 봉정암을 내려와 김시습의 전설이 있는 오세암에 들러 김창협의 삼연 정사보다 그곳의 산봉우리가 더 기이하고 수려하다고 평가한 것은 숨은 뜻이 있다.

4 산등성이 곳곳에 있는 매잡이의 집

김수증(金壽增), 「유화악기(遊華嶽記)」

저녁 무렵 절경에 이르니 감악산의 한 줄기가 동쪽으로 뻗어 궁륭 모습으로 대치해 있다. 사자봉이라고 한다. 사방이 활짝 트여 아무 장애가 없어 원근의 여러 산이 미간 사이로 모두 돌아온다. 풍악산과 한계산을 바라볼 수 있고, 목멱산도 볼 수 있으나 마침 구름과 노을에 가려져 있다. 삼각산은 어두운 기운 속에 희미하다. 춘천의 소양강과 철원의 보개산도 마치 지척에 있는 듯하다. 양구의 저산과 평강의 고암산은 하나하나 눈높이로 살필 수 있다. 영평의 국망산은 어린 사람을 어루만지듯이 할 수 있다. 이 밖에 이름을 알 수 없는 산이 많아서 하나하나 헤아릴 수 없을 정도다.

산의 서쪽 기슭은 이른바 도성협으로, 마치 어깻죽지 아래에 있는 듯하다. 두 산이 마치 다발로 묶인 듯하므로 넓고 평평한 땅이 한 조각도 없다. 산의 남쪽은 곧 가평과의 경계다. 1리쯤 내려오자 벼랑의 바위가 집 처마 같아서 비바람을 피할 수 있다. 거기에 의지해 작은 온돌을 만들고 땔나무로 덮어 두었다. 이것 역시 가평의 매잡이가 지은 것으로, 바야흐로 십여 명이 머물고 있다.

나는 마침내 노구솥을 돌로 받치고 저녁밥을 짓고는 이곳에서 밤을 지냈다. 구름과 안개가 컴컴하고 바람과 이슬이 온몸에 가득해 마음과 뼈가 모두 시려 잠을 이룰 수가 없다. 이것은 올해 여름 한계(寒溪)에서 묵었을 때와 상황이 같다. 탁주 한 잔을 조금 마셨다. 승려 홍눌은 곁에서 게송을 외운다. 매잡이가 나의 종복들에게 가만히 말했다. "간밤 꿈에 사대부 서너 분이 여기 와서 노닐었는데, 지금 그 꿈이 들어맞았소. 정말 기이한 일이오."

새벽에 일어나니 음울했던 구름이 풀어져 흩어지고 해가 동쪽 봉우리에서 솟아난다. 백운산은 동남쪽에 평평하게 깔려 있고 산과 들이 하늘에 이어져 한계가 없어 일만 리 명발(북해)처럼 부글거린다. 산 고개 서쪽에 위치한 경기와의 경계 지역은 모두 시선 아래 아득한 속으로 들어가고 용문산만 하늘가에 반쯤 드러나 보인다. 먼 곳에 있거나 가까운 곳에 있는 봉우리의 뾰족한 모습이 점점이 출몰해 바다의 섬들이 별이나 바둑알처럼 펼쳐져 있는 듯하다. 전에 풍악을 찾아 아침에 수점에 올랐을 때 일만 길 높이의 비로봉을 흰 구름이 삼켰다가 토해 내는 모습을 본 적이 있는데, 그것도 대단히 기이하기는 했으나 장대하고 활달한 형세는 이보다 못했다. 주회옹(주희)이 복건성 건양현 노산의 운곡에서 본 것이 과연 어떠했는지는 모르겠으나 천하의 기이한 경관을 정말로 미리 제대로 파악해 잘 표현했다고 할 만하다.

밥을 다 먹은 뒤 다시 봉우리 머리에 오르자 서풍이 살랑 불어오고 기후는 청명한데, 사변의 구름 기운이 아직 걷히지 않아 더 멀리까지 조망할 수는 없으나 곡운 정사의 소나무 숲과 마을 집들은 또렷하게 식별할 수 있다. 화음동이 앞 봉우리의 주름 접힌 곳 속에 은은하다. 마침내 어제 왔던 길을 버리고 곧바로 중봉을 따라 내려왔다. 언덕길로 해서 벼랑 곁으로 오는데, 나무숲은 성글고 풀 덤불은 빼곡하며 철쭉이 온 산에 가득하고 두견화가 간간이 섞여 있어, 꽃이 피었을 때 그 꽃들이 주변을 비추고 제 모습을 드러낸다면 얼마나 장관일지 상상이 된다. 높은 곳에서는 나무가 쭉쭉 뻗지 않고 가지와 줄기가 구불구불하다. 적목, 측백, 해송이 있고 또 이름 모를 나무가 있는데, 승려들은 그것을 비목(도지개 나무)이라고 부른다. 가지와 잎은 삼나무와 같고 몸통은 창백하며, 겨울이 다 가도록 시들지 않는다. 이전에 풍악의 희령산에도 있는 것을 본 적이 있다. 대개 멋진 나무라고 하겠다.

반쯤 내려오자 깊은 골짜기에 마조장 서너 명이 나무를 찍어서 일하고 있다. 거기서 조금 쉬면서 밥을 해 먹고 떠났다. 골짜기는 어둡고 수풀은 컴컴해 동서를 헷갈리고는 했다. 언덕을 타고 넘어 한참을 내려오다가 평평한 언덕 하나와 마주쳤다. 푸른 삼나무 일천 그루가 빙 둘러서 즐비하며, 큰 것은 백 아름이나 된다. 간혹 해송과 가수(개오동나무)가 섞여 하늘에 높이 떠서 해를 가려 꼭대기를 볼 수 없으며, 한낮인데도 음침하고 기상이 엄숙하다. 아마도 개벽 이래로 도끼와 자귀의 해악을 받은 일이 없는 듯하다.

화악산 정상에서부터 여기까지가 전체 산의 3분의 2나 되며 서쪽을 등지고 동쪽을 마주해 있고 위에는 서리고 아래는 웅크려 모두 서너 층을 이루되, 수목의 그늘이 햇빛을 가리고 우거져 있어서 숲의 길이와 너비가 얼마인지 전혀 알 수가 없다. 떨어진 잎이 썩어 쌓여서 토질이 깊고 두텁기에 인삼과 산나물이 여기에서 많이 나며, 산의 승려와 마을 백성조차도 아직 보지 못한 것이 있다고 한다. 듣자니 남쪽에 상암사의 옛터가 있다고 하지만 숲이 깊고 길이 끊어져서 어디인지 알 수 없다.

이곳은 화음동에서 불과 10리밖에 떨어져 있지 않으므로 만약 널집을 하나 만들어 두고 회옹(주희)이 노봉에서 그랬듯이 때때로 왕래한다면 세상의 분잡함과 완전히 거리를 둘 수 있을 것이다. 하지만 산이 높고 계곡이 끊어져 있으므로 큰 역량을 내지 않으면 거처하기 쉽지 않고, 품과 비용을 작게 들여서는 거처를 개창하기 어렵다. 그러므로 다만 그 승경을 잠시 기록해 둘 따름이다. 또 계곡을 태초(泰初)라 이름 지었다. 봄날 화창하고 햇빛이 밝으면 부디 느긋하게 와서 노닐며 세상 바깥의 무궁한 취미를 붙이고 싶다.

1691년 8월 28일, 김수증(1624~1701년)은 사위 신진화와 함께 반수암 승려 홍눌과 남특의 안내로 화악산 절정에 올랐다. 멀리 바라보며 "삼각산은 어두운 기운 속에 희미하다."라고 한 것은 조망의 실질을 묘사한 것이기는 해도 숨은 뜻이 범상치 않다.

화악산은 현재 강원도 가평군과 화천군의 경계에 걸쳐 있는데, 조선 시대에는 춘천도호부 북쪽 80리에 해당했다. 김화현 북쪽의 대성산으로부터 산세가 굽어 돌아 영평의 백운산이 되고, 백운산 동쪽으로 뻗어서 화악산이 된다. 그 화악산의 북쪽이 바로 오늘날 화천군 사창면이다.

사창면의 삼일리와 영당리 일대는 곡운 혹은 화음동이라는 지명으로 널리 알려진 별천지였다. 현재의 곡운 서원 터에는 본래 곡운 영당이 있었는데, 바로 김수증을 추모하는 영당(影堂, 초상을 모신 사당)이었다. 화음동은 김수증이 『주역』의 원리에 따라 별장을 만들었던 곳이다.

김수증은 조선 현종·숙종 때 서인계 명문 출신으로, 김상헌의 손자이자 김창협 및 김창흡의 백부다. 현종 9년인 1668년 춘천을 거쳐 평강 현감으로 부임하는 도중에 서어촌을 지나면서 화악산 북쪽 기슭의 풍광에 관한 이야기를 들었다. 그리고 현감을 그만둔 1670년 3월에 서울을 떠나 실운에 들어와 그해 가을 초가집을 지었다. 1674년부터 1687년까지는 제2차 예송과 기사환국을 거치면서 서인과 남인이 대립해 서인이 실각해 있었던 시기였다. 김수증은 정국이 불안하자 1676년 성천 부사의 직을 버리고 가족을 이끌고 실운으로 들어왔다. 당시 53세였다.

김수증은 실운이라는 이름을 곡운으로 고쳤다. 실운의 '실'은 골짜기를 뜻하는 우리말인데, 그 말을 '곡'이라는 한자로 번역했다. 주희가 복건성 건양현 숭태리 노산의 운곡(雲谷)이란 곳에 거처해 학문을 했던 일을 참고로 한 것이었다. 주희는 62세 때인 1191년 이후 노산에 한천 정사를 짓고 거처하면서 그 지역을 운곡이라 불렀다. 김수증은 곡운에 정사를 짓고 농수정과 가묘(사당)도 세웠다.

1689년 기사환국 때 아우 김수항이 죽자, 김수증은 벼슬을 그만두고 곡운 정사에서 4~5리 남쪽인 화악산 북쪽에 화음동 정사를 짓기 시작해 10년 뒤 완성했다. 그가 사위와 함께 화악산 꼭대기를 올라간 것은 화음동 정사를 짓던 때였다. 1694년의 갑술옥사를 계기로 다시 관직에 임명되었지만 사퇴하고 곡운으로 은둔했다.

김수증과 그 일가는 문화나 권력의 면에서 최상층의 지위에 있었다. 가문의 배경, 달통한 학식, 풍부한 문학 소양으로 보아 김수증은 높은 지위를 차지하기에 충분했다. 그렇지만 처사로서의 삶을 꿈꾸었다. 산수 자연을 사랑하는 마음이 강했던 그는 49세부터 74세까지 「유희령산기(遊戲靈山記)」 이하 「청몽루기(淸夢樓記)」까지 19편의 산문을 지었다. 그 삶의 방식은 조카인 김창협과 김창흡에게 영향을 끼쳤다. 특히 김수증은 66세 되던 1689년에 「곡운기(谷雲記)」를 적어 곡운의 위치와 형세, 들어가는 길, 자신이 선정한 곡운 9곡의 승경에 대해 자세히 언급하고, "곡운을 기준으로 보면 큰 산이 바깥을 두르고 작은 산이 안에 뒤얽혀 사면을 둥글게 감싸서 별세계를 열었다."라고 했다. 곡운으로 들어가는 길은 다섯 갈래였다. 첫째, 김화에서 시라현을 거쳐 남쪽으로 들어간다. 둘째, 하현으로부터 들어간다. 셋째, 영평 백운산의 남쪽 지맥으로부터 서쪽으로 들어간다. 속칭 도마치다. 넷째, 백운사로부터 북쪽으로 들어간다. 이것이 즉 다라치다. 다섯째, 낭천과 춘천의 경계로부터 동쪽으로 들어간다. 이것이 곧 오리

곡이다. 어느 길이든 모두 험해서 인마가 통하기 어려웠다.

김수증은 최치원의 시 「제가야산(題伽倻山)」에서 뜻을 취해 정자의 이름을 농수정이라 했다. 즉 "늘 시비 따지는 소리가 귓전에 이를까 염려해, 짐짓 흐르는 물로 온 산을 에워싸게 한 것이겠지."라는 시구에서 뜻을 취했다. 그리고 김시습의 시 「위천조어도(渭川釣魚圖)」에서 채미라는 말을 따와서 거처 구역을 채미곡(採薇曲)이라 했다. 이 시는 강태공이 위수에서 낚시하는 그림에 대해 쓴 제화시(題畵詩)로, 강태공이 은둔을 그만두고 주나라 무왕 때 응양 장군이 되어 은나라 주왕을 정벌하는 일에 앞장선 일을 비판해, "어찌하여 늙마에 응양 장군 되어서 공연히 백이와 숙제를 채미산에서 굶어 죽게 했는가?"라고 했다.

김수증은 때때로 산수 자연의 조화와 질서를 엿보고 환희했다. 연작시의 제28수를 보면 『주역』에서 말한 "사물들이 서로 바라보고 조화를 느낀다."라는 사상이 담겨 있다.

비 그치고 개어서 또한 좋아서	旣雨晴亦佳
만물이 모두 우줄우줄 즐겁다.	萬物皆欣欣
높은 버드나무에선 친근한 새가 울고	高柳好鳥鳴
산골 물에는 여린 풀이 향기롭기에,	幽澗細草薰
꽃을 찾아 바윗길을 오르고	尋花陟巖逕

물고기 보러 물가 여울에 임하네.	觀魚臨水濆
외론 지팡이로 한 골짜기에 살면서	孤筇一壑底
애오라지 아침저녁을 보내련다.	聊以窮朝曛

곡운과 화음동은 김수증 이후 노론계 지식인에게 귀거래의 이상향을 상징했다. 송시열은 생전에 곡운과 화음동을 예찬한 글을 여럿 남겼다. 화음동은 송시열이 강학하던 청주 화양동에 견주어진다.

홍길주는 1810년 8월에 배로 소양강을 건너서 가마를 타고 곡운에 노닐고 「유곡운기(游谷雲記)」를 지었다. 골짜기에 들어서서 곡운구곡의 첫 번째인 방화계에 마주치고, 10여 리를 가서 영당에 이르러 지난날 김수증이 화공을 시켜 그리게 했던 「곡운구곡도」를 열람했다. 영당에서 하룻밤을 묵은 뒤, 청옥협에 이르렀다가 다시 물길 따라 거슬러 오르며 아홉 구비를 모두 구경했다. 그리고 "백세 뒤 선생의 뜻을 사모해서 선생의 발자취를 따라 자신을 깨끗이 보존해 이름을 숨기고, 세상을 피해 은둔하려고 하는 사람이 있다면 이 골짜기를 귀의처로 삼을 것이다."라고 평했다. 18년의 유배 생활에서 돌아와 고향 마재에 정착했던 정약용도 1823년 4월 22일에 곡운 서원을 둘러보고 참관기를 남겼다. 그 기록에 따르면 곡운 서원의 주벽(主壁)은 김수증, 좌배는 김수증의 조카 김창흠, 우배는 사창리에 은둔했던 성규헌이었다.

그런데 산은 산놀이하는 사대부만의 전유물은 아니었다. 『국조보감』에 보면 숙종 때 산골에는 수철장·마조장이 있고 포구나 늪지대에는 유기장 등이 있는데, 주통(主統)으로 하여금 수시로 점검하고 통패도 검열하게 하며 또 통패 끝에다가 어느 곳에서 옮겨 오고 거주는 몇 년 했으며 남녀는 몇, 가구는 몇이라는 것을 기입하게 했다고 한다. 이것이 얼마나 지켜졌는지 알 수가 없다. 하지만 산속에는 조세 납부와 부역에 시달리다 못해 숨어 들어간 화전민이 있었으며, 호랑이의 습격으로 목숨을 잃을지도 모른다는 불안을 느끼면서도 수철·마조·유기를 담당하는 장인들이 거주했다. 매의 공납에 내몰린 매잡이들이 비바람이나 가릴 움막을 지어 두고 그 속에서 몇 날 몇 밤을 지내야 하기도 했다. 사대부들이 일흥의 체험을 회상하면서 지은 유산록에 산속 백성들의 고통스러운 삶이 언뜻언뜻 드러나는 것은 결코 신기한 일이 아니다. 김수증의 「유화악기」에서도 매잡이와 마조장이 얼굴을 내밀고 우리에게 말을 걸어온다.

⑤ 스스로를 신선에 비기는 유람

김효원(金孝元), 「두타산일기(頭陀山日記)」

23일 경술일(1577년 3월) 아침에 중대사의 승려가 임영(강릉)의 한 선비가 문에 이르러 뵙고자 한다고 알렸다. 물어보니 최온박과 최반룡 두 유생이다. 저녁 무렵 절의 승려 신해를 데리고 절 북쪽으로 해서 외길을 찾아 나갔다. 수백 걸음을 가니 폭포 하나가 벼랑에 백 장 높이로 걸려 천 척이나 흘러내린다. 사다리를 붙들고 올라가 물을 손으로 떠서 양치하자 맑디맑은 기운을 느껴 가슴속이 시원하게 트여 곧바로 신선 왕자교·적송자와 통하는 듯했다. 남쪽으로 돌아 나가는데 걸음마다 모두 바위다. 혹은 아래로 깊은 골짜기에 임하거나 혹은 가늘게 산허리에 통해, 혼이 떨리고 마음을 다잡기 어려운 것이 갈수록 심해졌다. 다시 작은 시내를 건너 동석봉 아래에 이르렀다. 실낱 같은 길이 허공에 매달려 있어 사람들이 오르내리는 모습이 마치 하늘에서 오르내리는 것 같다. 처음부터 끝까지 1~2리도 되지 않거늘, 나는 다리의 병 때문에 발걸음을 쉰 것이 모두 일곱 번이나 된다.

비로소 성문에 이르고, 방향을 바꾸어서 동석봉으로 갔다. 앞과 뒤, 왼쪽과 오른쪽에 쇠로 만든 듯한 벽이 종횡으로 뻗어 있고 흰 바위와 맑은 시내가 옷깃과 띠처럼 펼쳐져 있다. 바위를 동(動)이라 이름 지은 것은 바위가 일만 장 높이의 벼랑에 걸쳐 있어 건드리기만 하면 둥둥 갱갱 하는 소리가 나기 때문이다. 그 속에 학이 둥지를 틀고 있는데, 깎은 듯한 절벽 틈새에 바위와 마주한 형상이 마치 또아리 같아 바라보면 또렷하다. 나는 피리 부는 사람을 시켜서 바위에 기대어 한 곡을 불게 했다. 홀연 검은 옷을 입고 정수리가 붉은 자가 구름 하늘과 푸른 소나무 사이에서 배회하다 우뚝 서는 것을 보았다. 이로써 신선의 새는 운화악(雲和樂)을 봉호와 낭원 등 신선의 지경에서 익숙히 들어왔고, 우리들이 오늘 부는 풍소의 곡이 가만히 그 곡과 화협한다는 사실을 알았다.

처음 산에 들어와서부터 높은 곳에 오르고 낮은 곳으로 내려가고 해 산길이 하나가 아니되, 올라가는 것은 힘들고 내려오는 것은 평온했으니 이른바 "선을 따르기는 산에 오름과 같고 악을 따르기는 무너져 내리는 것과 같다."라고 하는 말이 이를 가리키지 않겠는가! 사람의 성품은 본디 선하지만 욕망에 골몰하고 기질에 은폐되어서 끝내 선을 행하기는 어렵고 악을 행하기는 쉬운 지경에 이르고 마니, 단단히 힘을 붙이고 대단히 공을 들이며 갖은 고생을 다해 육박해 가는 수고를 잊어 곧바로 "중도에 그만두고자 하지만 그만둘 수가 없는" 구역에 나아가지 않는다면 어떻게 자유자재하겠는가? 더구나 절에 있을 때 남쪽을 바라보니 험준한 벽이 구름 하늘 바깥으로 높이 솟아나 있었으나 지금 보면 그 벽이 마치 작은 흙 언덕 같다. 이에, 거처하는 곳이 높으면 높을수록 시야가 더욱 넓어진다는 사실을 비로소 알게 되었다. 만일 백련암과 반학대 사이에 안일하게 거처하고 한바탕 이곳에 이르러 오지 않았더라면, 우리 공자께서 동산에 올라 노나라를 작다 여기시고 태산에 올라 천하를 작다 여기셨던 뜻을 어찌 알았겠는가?

산에서 내려와 시내로 나아가 너럭바위에 앉았다. 물소리가 격렬해 마치 천둥소리 같으며, 일천 장 아래로 떨어져 멈추어서는 못이 되었는데 물빛이 짙푸르고 수량이 많아 깊이를 헤아릴 수 없다. 웅덩이에서 흘러넘쳐 쏟아져서는 세 개의 절구를 이룬다. 세간에 전하길, 용이 숨어 있어서 그 용에게 비를 내려 달라고 빌면 곧 응답한다고 한다. 나는 이 바위를 우화(羽化)라 이름 지었다. 그리고 모두 아울러 순학(馴鶴)이라고 불러, 어제 반학이라 일컬은 것과 어울리게 했다. 뒤에 온 임영(강릉)의 선비 가운데 한 사람은 태을노선, 다른 한 사람은 봉래일사라고 이름 붙였다. 시냇가 바위에 둘러앉아서 술을 서너 순배 돌리고는 시를 한 편씩 짓고 피리를 세 곡 불게 했다.

바라보이는 곳에 옛 집터가 있다. 고려 때 시어(侍御)를 지낸 이승휴가 은거하던 곳이다. 이 사람은 세상을 버리고 홀로 서서 푸른 소나무와 흰 바위를 벗 삼았으니 그 뜻이 높았다. 다만 불교에 탐닉해 불교 서적을 손에서 놓지 않기까지 했다니 애석하다. 이것이 어찌 그저 선생의 잘못이겠는가? 시운이 끄트막이 되고 습속이 잘못되어 떨치고 일어날 수가 없었던 것임을 알 수 있다. 하늘과 땅 사이에 태어나 남자가 된 것도 우연치 않고 남자가 되어 지향해야 할 바를 아는 것도 역시 우연이 아니다. 이미 지향하는 바를 알았다면, 만일 거짓을 참으로 고집하고 도적을 자식으로 인정해 거경(居敬)과 궁리(窮理)의 두 길로 따라 나가지 않는다면, 악의 구렁으로 떨어지는 것을 면치 못할 자가 거의 없기 마련이다. 이승휴 시어의 병폐는 바로 이것과 관계되어 있다. 여러분은 부디 신중히 하기를 바란다!

날이 이미 저물어 가자 서늘해서 머물 수가 없었기에 다시 귀로를 찾아 방향을 바꾸어 산을 등지고 가니, 마치 가인과 이별하는 듯해서 열 걸음마다 아홉 번을 뒤돌아보았다. 용추의 계곡에서 한 번 쉬고, 거제사 터에서 다시 한 번 쉬었다. 폭포 아래에 이르렀을 때는 날이 이미 저물고 다리는 마구 쑤셨으나 그래도 폭포 위로 올라가 보지 않을 수 없었다. 시내를 곁해 바위에 앉아 술잔을 돌리고 또 시를 읊었다. 그 바위를 천주라 이름 붙였다. 어스름이 깔리는 무렵에 절 문에 이르렀다. 앞의 바위는 안개가 어둑하고 북쪽 시내는 물이 오열한다. 한밤의 법당은 인적이 없어 고요하고 등잔 하나만 깜빡일 따름이다.

김효원(1532~1590년)의 「두타산일기」 가운데 일부다. 김효원은 선조 연간에 동인과 서인이 대립할 때 허봉과 함께 동인의 선봉이 되었던 인물이다.

선조 10년인 1577년 3월, 김효원은 공무에서 벗어나고자 김안경·최인기·정유성·김안복 등과 약속하고는 그달 20일 행장을 꾸려 고사령을 넘었다. 전천에 이르렀을 때 향장 박세호와 최극명 등 대여섯이 따라나섰다. 호암에 이르니, 중간에 먼저 떠났던 박세호와 정광보와 정대춘이 함께 거기서 기다리고 있었으므로 합류했다.

김효원은 명종 말 문정 왕후가 죽은 뒤 등용된 사림파의 인물이다. 1572년 오건이 이조 전랑에 추천했으나 척신 윤원형의 문객이었다는 이유로 이조 참의 심의겸이 반대해 거부당했다. 하지만 2년 뒤 조정기의 추천으로 이조 전랑이 되었다. 그런데 그 이듬해에 심의겸의 아우 심충겸이 이조 전랑으로 추천되자 김효원은 전랑의 관직은 척신의 사유물이 될 수 없다는 이유로 반대하고 이발을 추천했다. 이 일로 심의겸과 반목이 심해지면서 사림이 동인과 서인으로 갈라졌다. 김효원은 동부 간천동(마른 냇골, 현재의 서울 건천동)에 거처했으므로 그 일파를 동인이라 불렀다. 우의정 노수신과 부제학 이이가 분규를 조정하려고 두 사람을 모두 외직으로 내보낼 것을 건의해 심의겸은 개성부 유수로, 김효원은 경흥 부사로 나갔다. 후배들이 반발했으므로 선조는 김효원을 부령 부사로 옮겼으나 이 역시 후배들이 반발하자 다시 그를 삼척 부사로 옮기게 했다. 이때 김효원은 두타산을 유람했다.

김효원은 사간의 물망에 올랐으나 낙점을 받지 못해 내직에 복귀하지 못했고, 당쟁은 더욱 심해졌다. 이에 안악 군수로 자청해서 나갔다. 그 뒤 10여 년간 한직에 머물렀다. 나중에 선조의 특명으로 영흥 부사로 승진하여 재직하다가 죽었다.

김효원은 두타산 유람 때 수석의 이름을 하나하나 지었다. 반학대, 기표암, 푸릉계, 훈학대는 그 한 예다. 또 호암은 임경대라 고치고, 그 부근을 분옥협이라고 명명했다. 일부 이름은 뒷날 현종 때 허목이 유람할 때까지도 그대로 전했다. 허목이 1661년 삼화사와 중대사, 지조산 일대를 오른 뒤 남긴 「두타산기」를 보면 "수석의 이름은 모두 옛 부사였던 김효원이 지은 것으로 김 부사의 덕화(德化)가 지금까지 전하며, 삼척 고을 안에 김 부사의 사당이 있다."라고 했다. 그런데 김효원 일행이 묵었던 중대사는 허목의 당시에는 폐허가 되어 있었다고 한다. 허목이 지조산을 유람하고 기록으로 남긴 부분은 김효원의 유람기보다 상세하다. 김효원이 이승휴 산장이라고 일컬었던 터에 대해 허목은 상원암의 유적지라고 말하고, 그곳을 이승휴 산장이라고 말한 혹자의 설을 덧붙였다. 김효원을 거명하지 않되 그의 추정을 잘못이라고 여겨 정정한 것이다.

김효원 일행은 두타산을 유람하는 자신들을 스스로 신선에 비겨 이름까지 바꾸어 불렀다. 김효원 자신은 구화진인, 최극명은 무릉주인, 박세호는 천태도사, 정광보는 방장신선이라는 식이다. 김효원의 아들 김양정은 간정소선으로 지정했으니, 솥을 관리하는 어린 신선이란 뜻이다.

김효원은 「두타산일기」에서 평소 지학(志學)을 확고하게 해 주정(主靜)을 거경의 근본으로 삼아야 한다는 점을 다시 확인했다고 밝히고, 동행했던 이들에게도 그 점을 권고했다.

관아에 있을 때는 때때로 의지가 뒤흔들려 거의 스스로 안정을 찾을 수 없었다. 그러다가 산속에 이르게 되자 홀연 티끌세상의 사려가 맑아지고 선한 마음이 생겨나는 것을 깨달았다. 지금 동구의 문을 나서고 보니 백성들 가운데 관청에 억울함을 하소연하는 자들이 더욱 많아지고 아전이 사무와 관련해서 의견을 올리고 명령을 받는 일이 점점 번잡해진다. 이것이 내가 마땅히 해야 하는 직무라고는 해도 아무래도 의지가 번잡하게 되고 생각이 혼란스럽게 되지 않을 수 없다. 유학자의 학문은 주정을 근본으로 하거늘, 근각(根脚)이 굳게 버티지 않으면 당장 뒤흔들리게 된다는 사실을 알 수가 있다.

뒷날 조경은 선조 33년인 1600년에 김효원의 「두타산일기」에 소서(小序)를 적어 "이 글은 서사가 매우 뛰어날 뿐 아니라 지론이 아주 좋아서 선비들의 모범이 될 만하다. 독자들은 그 문장만 두고 논할 것이 아니라 실지(實地)를 체인(體認)하여야 할 것이다."라고 덧붙였다. 앞사람이 남긴 유산록을 어떻게 읽어야 하는지 나름대로 지침을 제시한 셈이다.

⑥ 다섯 가지 큰 기운을 지닌 산

김창흡(金昌翕), 「오대산기(五臺山記)」

초8일(1718년 윤8월), 맑다. 순여(죽여)를 대령하라고 재촉했다. 월정사 승려가 고의로 더디게 출발했으나 그것이 도리어 유람의 홍취를 깊고 길게 해 주었다. 세 사람이 순여를 나란히 하고 곧장 북쪽으로 향해 시내를 따라 나아갔다. 처음 땅은 바위와 시내가 그윽하고도 깨끗해 감상할 만했다. 대략 10리를 가서 나무다리를 하나 건너자 잘린 듯 마주한 양쪽 기슭이 다리 놓을 터를 천연으로 이루었고, 그 한가운데로 맑은 여울이 쏟아져 나와 거문고와 축 악기 소리를 낸다. 서쪽으로 나아가 산기슭을 넘으니 작은 암자와 마주쳤는데, 이름을 금강대라 했다. 그윽하고 으슥해서 은둔할 만하다. 다시 수백 걸음을 나아

가니 사고(史庫)가 있다. 많은 산들이 부지하고 공읍해 마치 온
갖 신령이 옹호하고 보전해 주는 듯하다. 위아래 두 개의 각(閣)
이 있는데, 아래 각은 금궤를 보관하고 위쪽 각은 선첩(璿牒, 왕
가 족보)을 받들고 봉안한다. 둘레에는 돌담을 쌓았는데 아주
낮고 작다. 숲에서 수십 걸음밖에 떨어져 있지 않은 곳에 산불
방지를 위해 빈터를 두었으나, 아무래도 너무 가깝고 좁은 편이
다. 왼쪽에는 영감사가 있다. 사고를 지키는 승려와 사고를 관
리하는 재랑이 거처하는 곳으로, 절은 고려 때 영건했다고 하
며 벽에는 김부식의 기문이 있다. 글을 다 읽어 본 다음 북쪽
고개를 넘었다. 몹시 가팔라서 걸음을 옮기기 어려웠다. 시냇
가 길을 따라 나가 다리를 서너 번 건넜는데, 다리마다 높이가
100자는 되고 삼나무 널판을 잇대어 만들었다. 순여에서 내려
서 어기적어기적 걸었으나 벌벌 떨려 제대로 건너기가 어려웠
다. 동쪽에 별도의 시내가 흘러 내려와 물이 홍성한데, 흘깃 보
니 아주 맑고 그윽하다. 계곡을 뚫고 나가 양양의 삼부연에 이
른다고 한다. 신성굴이 곁에 있다. 옛날에는 유명한 승려가 은
둔하던 곳이지만 지금은 폐허로 되었다.

20리를 가서 상원사에 이르렀다. 승려를 머물도록 해 밥을
준비시키고 곧바로 중대로 향했다. 바위를 부여잡고 올라가 10
리쯤 가는데 길이 대부분 험하기 짝이 없다. 사자암을 거쳐 금
몽암에 이르렀다. 이름난 샘물을 떠서 마셨더니 그다지 차갑지

도 짜릿하지도 않고 달고 부드러워 입에 대기 순해서, 그 맛은 마땅히 상품(上品)에 둘 만하다. 당나라 육우(陸羽, 『다경(茶經)』의 저자)가 차 끓이는 데 쓰게 하지 못해서 한스럽다. 오대산 샘물은 각각 별호가 있는데 이것은 옥계수다. 서쪽은 우통, 동쪽은 청계, 북쪽은 감로, 남쪽은 총명이라 한다.

암자 뒤에는 층층이 포개진 돌사다리가 위로 뻗어 길이가 수십 걸음쯤은 되었다. 사리각에 이르렀더니 뒤에 석축이 보루처럼 된 곳이 두 군데 있다. 바위가 이어져서 단과 층계처럼 교묘하게 배치했으되, 천연으로 이루어졌지 인공으로 만든 것이 아니다. 승려가 말하길 "여기서부터 주봉까지 목구멍 같은 요충지가 거듭해서 이루어지고 마디마디 석축이 있습니다."라고 한다. 석가의 뼈를 숨겼다는 곳은 여기인지 저기인지 확정하지 못하겠다. 하지만 어떻든 적멸보각이 석축 앞에 있다. 다만 방이 비어 있어 보통 인가의 재실과 같은데, 새벽과 저녁마다 금몽암 지키는 승려가 향불을 사른다. 앞마루에 앉아서 눈을 들어 보니 구름 산이 거의 수백 리에 뻗어 있고, 멀고 가까운 곳의 산악과 봉우리들이 마치 신처럼 옹호하고 있다. 이런 풍수는 다른 명산에서 찾아보더라도 비교할 곳이 거의 드무니 과연 제일가는 풍수이거늘, 그런 풍수가 가만히 쏟아부어 산출하는 복록이 누구에게 돌아가는지 모르겠다. 승려들이 말하길 "한 구역 내의 일만 납자(승려)들의 목숨 꼭지가 바로 이곳에 있어 이

곳이 아니라면 불자의 종자가 다 없어지고 말 것입니다."라고 한다. 그 말이 또한 우습다.

내려와 상원사에 이르러 불전, 누각, 행랑, 요사를 두루 둘러보니 구조물이 아주 많고 수식도 성대하다. 계단은 모두 작은 돌을 정치하게 갈아 만들어, 치밀하기가 마치 옥구슬을 쌓아 둔 듯하다. 경주에서부터 운반해 왔다고 한다. 그리고 범종은 품새가 교묘하고 소리가 굉장하다. 광묘(세조)가 와서 순력할 때에 백관이 그림자 쫓듯 따라왔을 것이니, 지금의 요사는 모두 당시의 절간 건물이라고 한다. 왼쪽에는 진여각이 있는데, 전각에 문수보살의 36변태(變態, 변상도)를 그려 두었기에 한바탕 웃을 만하다.

점심을 먹고 북대로 향하다가 방향을 바꾸어 수목이 조밀하게 덮인 곳으로 들어갔는데, 미끄러운 돌이 많아 접질리기 쉬웠다. 신택지와 고달명 군은 순여를 버리고 걸어서 갔으나 나는 내리지 않고 단단히 앉았다. 심하구나, 쇠약함이여! 자신은 안일하면서 남을 수고롭게 만드니, 이렇게 해서는 안 된다는 것을 알고는 있어도 어찌할 길이 없다. 순여에 앉아 있으면서도 괴롭게 숨을 헐떡이니, 승려들의 어깨가 붉게 상처가 나 있으리란 것을 알 수 있다. 10여 리를 올라가도록 위태위태하게 위만 보았지 숙여서 굽어보는 일이 없다. 험난함이 극도에 이르러 형세가 번전해, 빛 덩어리가 홀쩍 튀어 오르기를 마치 태양 신이 진흙

공을 내놓은 듯하다. 여기부터 비로소 봉우리의 허리춤으로 방향을 바꾸었으나 바위의 험준함에 시달리느라 탄탄하게 나아갈 수 없다.

다시 한 등성이를 넘어 북쪽 암자에 이르렀다. 높고 깊고 휑하고 밝아서 여러 곳의 승경을 조망할 수 있다. 중대사와 비교하면 혼후함은 못 미치지만 시원함은 훨씬 낫다. 들어가 먼 산을 바라보니 허공의 비췻빛이 하늘에 접해 태백산이 가까이 있는 듯하며, 첩첩 산마루와 겹겹 산봉우리가 둘러 있다. 가장 가까운 산은 환희령으로 일명 삼인봉인데, 공읍하고 이쪽을 향해 있는 모습이 각별한 마음을 품고 있는 듯하다. 마침 경색이 밝고 멀며, 하늘 공간이 텅 비고 드넓으며, 일만 그루의 단풍은 태양 아래 붉게 빛난다. 뜰 가득 잎이 진 나무들은, 잎은 삼나무 같고 몸통은 소나무 같으면서 거죽은 연한 푸른빛을 띠고 엄연하게 모여 서 있다. 온 산이 모두 이 나무다. 감로수가 콸콸 나무통으로 쏟아지는데 그 맛이 옥계와 같다. 역아가 아니더라도 치수와 승수의 물맛은 구별할 수 있을 정도다. 포단에 앉아 쉬는데, 흰 안개가 산을 막처럼 감싸다가 선실로 모여들어 지척도 분별할 수 없다. 암자에 일찍 이르러 이러한 경승을 모두 차지하게 된 것을 너도나도 기뻐했다.

처사의 삶을 살았던 김창흡(1653~1722년)은 66세 되던

1718년 윤8월에 오대산을 등반하고 「오대산기」를 지었다. 윗
글은 사흘째 되는 날인 초8일에 월정사를 떠나 오대산 사고
를 거쳐 상원사의 중대에 오르고 환희령 암자에 묵기까지의
기록이다. 김창흡은 오대산 승려들이 "일만 남자들의 목숨
꼭지가 바로 이곳에 있다."라고 하는 말에 대해 우습다고 일
축했다. 하지만 상원사 북쪽 암자의 주지 축경과 환희령의 암
자로 뒤따라와서 늘그막에 함께 좌탑에 앉아 참선에 들자고
제안하자 웃으면서 동의했다. 암자에서는 "순여 메는 담승이
방에 가득해 정수리가 마주 닿고 발바닥이 서로 엇갈리는 혼
잡함이 있어, 장실(丈室)이 비록 맑기는 하지만 담담한 기미
가 아주 결여되어 한스러웠다."라고 했는데, 그의 마음은 맑
음을 잃어버리지 않은 듯하다. "밤이 되자 안개 기운이 갑자
기 걷히고 현월이 허공 가운데 떠서, 명랑하게 만상의 겉껍데
기가 표표하게 걷히는 듯하다."라는 표현에서 그 사실을 알
수 있다.

오대산은 금강산이나 지리산에 비해 규모가 작다. 봉우리
가 그 두 산에 비해 원만하고 산수도 그 두 산보다 빼어나다
고는 할 수 없다. 하지만 산기운이 크게 쌓인 것이 다섯 개
로, 각각 신령한 분위기를 지니고 있다. 그것을 오대(五臺)라
고 부른다. 허목은 「오대산기」에서 최북단은 상왕산이고 정상
은 비로봉이며 그 동쪽 두 번째로 높은 봉우리가 북대, 비로

봉 남쪽 지로봉 위가 중대, 북대 동남쪽 만월봉의 정상이 동대, 상왕산 서남쪽 장령봉 위가 서대, 장령봉 동남쪽 기린봉 위가 남대라고 헤아렸다. 서대의 신령한 샘물이자 한강의 발원인 우통수의 남쪽 기슭에 영감사가 있고 이곳에 실록을 보관하는 오대산 사고가 있다. 지로봉 남쪽 상원사는 세조의 원찰이며, 남쪽으로 10리 지점에 월정사가 있으며 그 위가 관음암이다.

김창흡에게는 세속의 저열함을 벗어던져 맑고 독특한 운치, 마음을 전일하게 지녀 의지를 발양함으로써 고명한 경지에 이른 학문, 그 둘이 있었다.

그는 젊어서부터 여러 산을 유람했다. 27세 되던 1679년에는 철원의 삼부연에 집을 짓고 살면서 거친 옷에 짚신을 신고 어부나 나무꾼과 섞여 지냈다. 이때 삼부연에서 이름을 취해 호를 삼연(三淵)이라 했다. 37세 되던 해에 기사환국으로 아버지 김수항이 사사되자 벼슬에 대한 관심을 아예 끊었다. 하지만 5년 뒤 갑술옥사가 일어났을 때는 반대당을 공격하는 데 앞장섰다. 처사인 주제에 함부로 남을 비난한다는 비난도 들었다. 이후 여러 곳을 전전하다가 53세 때인 1705년 9월에는 설악산으로 다시 들어갔다.

1706년 8월 아내를 잃은 후 이듬해 청평산을 거쳐 설악산으로 들어가 10월에 벽운 정사를 지었다. 그 이듬해 벽운 정사가 불타자 설악의 여러 곳에 영시암, 완심루, 갈역 정사 등을 지어 놓고 시절에 따라 옮겨 다녔다. 갈역 정사는 59세 되던 1711년에 완성했는데, 시중을 들어주던 최춘금이 호랑이에게 물려 죽자 현재 강원 화천군에 속하는 춘천 도호부의 곡운으로 옮겨 갔다. 1714년부터 1720년 사이에 금화 수태사, 평강 부석사, 이천, 평강과 희령, 곡운, 평강, 춘천, 갈역 등 강원도 지역과 전라도 고산 안심사를 돌아다녔다. 68세 되던 1720년 3월에 아들 김양겸이 현령으로 있는 황해도 문화로 갔다가, 구월산을 유람하고 영평으로 돌아온 후 7월에 다시 곡운으로 갔다. 69세 되던 해인 경종 원년 1721년 12월의 신임옥사로 맏형 김창집이 거제로 유배되고 아우 김창업은 울분으로 죽었다. 이듬해 2월 김창흡도 김언겸의 별장 가구당에서 세상을 떠났다. 그 4월, 포천현 묘곡에 묻혔다.

김창흡은 66세 때 현재 강릉에 위치한 호해정에 머물고 있었다. 이때 구산 서원의 원장 신택지, 유생 고달명과 약조하고 윤8월 6일 오대산 유람길에 올랐다. 첫날은 구산 서원에서 문도들이 열어 준 전별연에 참석하고 60리를 가서 촌가에 묵었다. 다음 날은 빗속에 유삼(油衫)을 걸치고 길을 떠나 45리를 가서 월정사에 묵었다. 그리고 사흘째 되는 초8일에 오대산에 올라 60리를 가서 상원사 중대에 올랐다. 닷새째 되는 10일에 월정사 선방에 묵으면서 유기(遊記)를 정리하고 고달명에게 베껴 쓰도록 했다.

김창흡은 「오대산기」의 마지막에 4미 5행(四美五幸)의 설을 말해 감상을 덧붙였다.

이 산은 기(器)가 중후해 마치 유덕한 군자와 같아서 가볍거나 뾰족한 태도가 조금도 없다. 이것이 첫 번째 승경이다. 수풀과 거목이 궁륭 같은 형상을 이루어, 나무가 큰 것은 거의 100아름에 이르는 데다가 심지어 구름 속으로 들어가 해를 가리고 있다. 은은하기가 첩첩 산악과 같으므로 청한자 김시습이 "풀과 나무가 빽빽하게 우거져서 속된 자들이 거의 이르러 오지 않는다는 점에서 말하면 오대산이 가장 최고다."라고 한 것이 정말로 옳다. 이것이 또 하나의 승경이다. 암자가 수풀 깊숙이 위치해 곳곳마다 하안거의 참선에 들 수가 있다. 이것이 또 하나의 승경이다. 샘물의 맛이 아주 훌륭해서 다른 산에서는 이런 것을 거의 찾아볼 수가 없다. 이것이 또 다른 승경이다. 이 네 가지 아름다움이 있으므로 아금강이라고 부르는 것이 정말 마땅하며, 그 장점을 가지고 저 금강의 아스라한 봉우리나 장대한 폭포와 비교한다면 어느 것이 더 뛰어난지 알 수 없을 정도다.

내가 여러 산을 두루 구경한 것으로 말하면 이 산이 옥진(玉振, 훌륭한 종결)에 해당하기에 더욱 기이한 행운이다. 대개 산에 올라 위를 우러러보고 아래로 굽어보며 거듭 어루만지고 하는 일이 유년 시절부터 있었지만 흰머리가 되어서야 찾아오게 되어, 만남이 늦었다고 탄식하게 된다. 이것이 또 하나의 행운 이다. 금년은 보통의 다른 해와 같은 것이 아니라 목숨을 부지 해 험준한 곳으로 도망한 해이거늘, 이러한 유람을 해낼 수 있 었으니 이것은 하나의 행운이다. 산 바깥에서 비를 만났으나 등산을 위해 신발을 갖추자 날이 개어 환하게 되었으니, 이것도 하나의 행운이다. 단풍잎의 붉은빛이 색조가 옅거나 깊어서 감 상하기에 적합하니, 이것도 하나의 행운이다. 혼자만의 흥취는 주도하기가 어려운데 네 분과 함께 질탕한 놀이를 행했으니, 이 것도 하나의 행운이다.

김창흡은 산이 지닌 네 가지 아름다움에 나의 다섯 가지 행운을 합했으므로 그 사실을 모두 기록하지 않을 수 없기 에 이 유산록을 적는다고 했다. 그리고 병들고 노쇠해 지리 (支離)하게 된 이후 벗들이 떠나고 흩어진 뒤 이 글을 다시 본 다면 수심을 풀어 버리고 근심을 해소할 수 있으리라고 했다. 등산의 기록이란 정말 그러한 효용이 있지 않겠는가!

⑦ 깊은 산속 암자를 떠나지 못하는 이유

안석경(安錫儆), 「유치악대승암기(遊雉岳大乘菴記)」

치악산은 원주에 있다. 봉우리들이 험준하면서 풍후하며 계곡은 맑고 그윽해, 대개 성대한 명성이 있지만 제일 높은 봉우리인 비로봉이 여러 산에 비해 더욱 그 이름이 높다. 사찰로는 남쪽에 상원사가 있고 북쪽에 대승암이 있으며, 대승암 아래 구룡사가 있다.

병인년(1746년) 봄, 나는 구룡사와 대승암을 유람하고 마침내 비로봉에 올라 온 나라의 산과 바다로 오대산, 태백산, 소백산에 가려지지 않은 것은 모두 다 보기를 바랄 수 있었으나, 한스럽게도 급하게 돌아와야 했기에 대승암에 오래 머물 수 없었다. 올해(1752년) 이 산 북쪽 고을에 일이 있었는데, 잠시 틈이

나 대승암에 들어가 책을 읽으려고 하자 벗들이 모두 말했다. "부디 가지 마시게. 치악산에는 범이 있어서 근년에 대승암 사람을 잡아먹었다네. 대승암에 왜 가려 하시나?" 내가 말했다. "범은 사람을 먹을 수 없네. 사람이 범에게 잡아먹히는 것은 반드시 사람의 도리를 잃었기 때문일세. 사람이 범을 만나더라도 심지가 굳어서 흔들리지 않아 위로 하늘이 있다는 것을 알고 아래로 땅이 있다는 것을 알며 그 가운데 우리가 있다는 것을 안다면 짐승이 사람에게 가까이할 수 없음을 알게 될 테니, 범이 아무리 사납다 해도 반드시 움츠리며 감히 움직일 수 없을 것이네." 마침내 떠났다.

걸어서 20리를 갔는데, 날이 이미 저물었다. 푸른 잔디와 흰 바위가 깔려 있고 봄 물결이 바람에 일어나 사람을 향해 밀려온다. 혼자 길을 가서 개울물을 따라가니 물가에는 철쭉꽃이 많이 피어 있다. 저녁에 구룡사에 들어갔다. 골짜기 어귀에 긴 소나무가 길을 덮고 있고 새들은 서로 부르는데, 인적이 없어 고요하다. 물이 우는 소리가 또한 비장해서 사람으로 하여금 마음을 쇄락하게 바꾸어 준다. 이와 같이 하기를 7~8리나 한 뒤 바야흐로 천주봉 앞에 이르렀다. 보광루에 올라 백련당에 묵었다. 밤새 물방아 소리를 들었다.

이튿날 용담을 보았다. 바위 벼랑이 입을 벌리고 있고 푸른 물이 넓고 깊다. 승려 한 사람과 함께 대승암에 올랐다. 가는 길에 범이 우는 소리를 들었는데 그 소리가 맑고 커서 온 산을 뒤흔들었다. 가다가 약초를 캐고 꽃을 땄다. 암자에 이르자, 목조 건물이 서너 칸이고 배꽃은 흐드러지게 피었으며 우물물은 맑고 투명했다. 승려 몇 사람이 하안거에 들어 있다. 나도 끼어 앉아서 『예기』「악기(樂記)」 부분을 펼쳐 놓고는 아침마다 일찍 일어나 머리를 빗고 몸을 씻고 책을 읽었다.

암자 뒤에는 바위 봉우리가 우뚝하고 구름에 덮인 나무가 어두침침 가물가물하다. 암자 앞에는 거북 바위가 오똑하게 깊은 골짜기에 임해 있다. 소나무와 회나무가 무리 지어 서 있고 두건화가 빙 둘러 피어 사람을 환하게 비춘다. 암자를 마주한 여러 봉우리는 어느 하나 나무가 울창하지 않은 곳이 없는데, 아래쪽은 이미 짙푸른 초록빛을 띠었지만 위쪽은 아직 연한 푸른빛이다. 아침에 남기가 끼고 저녁에 부슬비가 내릴 때 어릿어릿 비쳐서 사랑스러워 흠잡을 데가 없다. 그 동북쪽으로는 멀리 서너 고을의 산들이 흰 구름 속에서 출몰한다. 가까이의 벼랑에는 사슴이 때때로 멈추어 서서는 사람을 물끄러미 바라보듯 하는데, 울음소리는 어리숙하지만 그 뿔은 높다랗다. 새 울음소리도 여러 종류로 제각기 특이하므로, 이곳이 으슥하고 깊은 곳임을 알 수 있다.

불당의 등이 밤새도록 켜 있고 향 연기는 방에 가득하다. 밤새 우레가 크게 치다가 새벽이 되어서 바야흐로 비가 내려 빗속의 풍경이 몽롱해 사랑스럽다. 비가 개자 사방의 모습이 선명하다. 높거나 낮거나 멀거나 가깝거나 형상은 저마다 다르지만 사람 마음에 들기는 마찬가지요, 아침이거나 저녁이거나 비가 오거나 날이 개거나 모습은 저마다 다르지만 사람 마음에 흡족하기는 마찬가지요, 나무이거나 바위이거나 들새이거나 짐승이거나 자태가 저마다 다르지만 사람에게 가까이하기는 마찬가지요, 움직이거나 가만히 있거나 말하거나 조용하거나 저마다 흥취는 다르지만 뜻에 맞기는 마찬가지다. 오래 있을수록 더욱 기쁘고 완상할수록 더욱 부족하다. 아아, 세간의 즐거움 중에 이것과 바꿀 것이 있는가?

이 산은 깊고 험한 데다가 이 암자는 높고 또 고요해 옛 책을 읽기에 마땅하므로 내가 만일 항상 거처할 곳을 얻는다면 10년이라도 마다하지 않을 것이지만, 장차 열흘이 차지 않아 떠날 수 있을 것이다. 산을 올려다보고 골짜기를 내려다보면 화창한 봄날의 사물이 모두 유유자득하거늘 내 어찌 깊이 사랑해 돌아보며 서글퍼하지 않을 수 있겠는가?

안석경(1718~1774년)은 1718년 충주 가흥에서 태어나고 강원도 횡성의 삽교에서 생을 마감했던 처사다. 아버지 안중관이 김창흡의 문하에 있었으므로 그 자신도 김창흡의 영향을 많이 받았다. 과거에 번번이 실패하다가 불혹의 나이에 원주의 손곡에 안착했고, 48세인 1765년 이후 삽교에 정착했다. 덕고산 아래의 들이 그곳이다.

안석경은 산수 유람을 통해 심적 위안을 얻었다. 23세 때 병상에 있던 어느 날 밤 꿈에서 산을 유람하고 「일산기(一山記)」를 적었다. "나는 세상일에는 실로 기쁜 것이 없고, 산수에서만 기쁨을 느끼지만 병이 들어 이루 다 유람할 수가 없다. 그러니 이 꿈은 상상으로 행한 유람이던가? 아니면 실제 경물을 왕래한 것이었던가? 알지 못하겠다." 꿈에서 안석경은 어떤 산의 이곳저곳을 두루 돌아다니며 산의 정취를 한껏 느꼈다. 그러다가 버드나무가 푸른빛을 뽐내고 있는 강가에 이르러 남기가 깔리고 새가 울음소리를 내며 날아가는 일대 장관을 바라보고 자신도 모르게 탄성을 지르며 잠에서 깨어났다. 자신이 오직 산수에서만 즐거움을 느낀다는 사실을 이때 깨달았다.

일생 세 번 과거에 응시해 모두 낙방할 만큼 불우했지만 안석경은 산수 유람을 통해 마음의 평온을 얻고, 더 나아가 우아한 쾌락을 경험했다. 「유청평산기」에서 그는 고려 때 이자현, 조선 세조 때 김시습과 숙종 때 김창흡 등 일사들의 삶을 추억하고 초라한 자신을 후세 사람들이 어떤 식으로든 알아주길 바라며 눈물을 흘렸다. 그리고 산수 유람의 쾌감을 통해 불만의 그 감정을 보상받으려 했다.

34세 되던 1752년 안석경은 치악산 대승암에서 9박 10일 간 머물면서 독서와 산수 감상을 병행했다. 언젠가 그곳을 떠나야 된다고 생각하니 잠도 오지 않을 정도였다. 「대승암 을 떠나기에 임해 지은 시의 서문(臨去大乘庵詩序)」에서는 이 렇게 말했다.

산은 높고 계곡은 깊으며, 꽃과 나무가 시야에 가득해, 그 의 취가 날로 더해 갔다. 오늘 장차 떠나려 함에 밤새 말똥말똥해 서 잠을 잘 수가 없다. 솔바람 소리를 듣고 일어나 바라보니, 바 람 부는 새벽에 잔월이 걸려 있고 바위 골짜기는 애처로워서 사 람을 서글프게 해 견딜 수 없다.

한편 「치악대승암시서(雉嶽大乘菴詩序)」에서는 산놀이를 통 해 정신을 군건하게 하는 동시에 산속에서 책을 읽으며 서적 의 정수를 파악하는 즐거움을 병행하는 의의를 구가해 "권력 을 쥐고 9년 동안의 치적을 이룬다고 해도 9일 동안 산에 있 는 즐거움과 바꿀 수는 없다."라고 단언했다.

안석경은 또 김시민과 유산의 취미에 대해 논한 일이 있다. 산수 유람에 벽이 있는 자들이 유람처의 가장 빼어난 경치 를 완상하려는 태도는 독서를 좋아하는 이가 책의 가장 잘된 부분을 탐독하기를 원하는 것처럼 자연스러운 현상이라고 보았다.

안석경이 젊은 시절 산에 오를 때는 항상 최고봉에서 산세의 모습과 골짜기의 의취를 온전히 누릴 수 있다고 여겼다. 30세 되던 1748년 횡성의 덕고산을 올라 보고 쓴 「덕고산천진사구유기(德高山天眞寺舊遊記)」에서 그는 산의 정상이야말로 극도의 산수미가 표출된 공간이라고 인식했다.

나는 산을 유람할 때면 반드시 최고봉에 오르는데 이 산만은 유독 그렇게 하지 못했다. 그러므로 한가한 날을 기다려 다시 유람하러 오르고자 했다. 혹자가 "산을 오를 때 반드시 높은 봉우리를 오르려고 하다니 호고(好高)의 뜻이 덕고(德高)라는 것과는 다르지 않은가?"라 하기에 이렇게 말했다.

"산에 올라 산세의 모습과 골짜기의 의취를 모두 보고 느끼고자 한다면 반드시 최고봉에 오른 뒤에라야 그러할 수 있기 때문이라오. 고봉(高峰)이라는 이름만으로 좋다고 여기는 것은 아닙니다. 하지만 고봉이라는 것도 곤륜산과 비교하면 다만 그저 낮을 정도가 아니니, 어디 이것을 높다고 하겠습니까?"

안석경은 높은 봉우리는 그저 높다는 이름만으로 좋아할 것이 아니라 산세의 모습과 의취가 있어야 한다고 주의했다. 산수 자연은 나와 격리되어 있는 것이 아니라 주체에 의해 모

습이 포착되고 흥취를 일으킨다. 비단 산에 대해서만 그런 것
이 아니다. 인간이 경험하는 모든 사물은 주체의 일회적, 우
연적 경험에 의해 그 의미를 지닌다. 안석경은 차츰 높은 봉
우리만 찾지는 않게 되었다. 산수 자연과 어우러져 자연의
아름다움을 즐기며 그 속에서 독서하는 경험을 더 좋아했다.
치악산 대승암에서 쓴 위의 글은 그 사실을 잘 말해 준다.

⑧　겨울 바람 휘몰아치는 설산

이인상(李麟祥), 「유태백산기(遊太白山記)」

나는 퇴어 김진상 공을 따라서 태백산을 구경하러 갔다. 안동과 순흥 등 여러 고을을 거쳐 구불구불 100여 리를 가서 봉화에 이르렀다. 그곳들은 모두 태백산의 기슭에 해당한다. 처음 산에 들어가서 각화사에 묵었다. 절은 봉화에서 50리 떨어져 있다.

새벽에 일어나 견여 둘을 준비시키고 승려 90인을 선발했다. 사람들마다 겹옷 한 벌씩 입었는데도 모두 얼어 죽을까봐 걱정했다. 이날 산 아래는 여전히 따스했다. 5리를 올라가서 사각(史閣)을 구경할 때쯤 하늘이 비로소 밝아 왔으므로, 비로소 상대산의 중봉으로 향했다. 봉우리는 갈수록 위태로워지고 길은 갈수록 가늘어졌다. 축 늘어진 회나무와 우람하게 솟은 떡갈나무가 마치 귀신처럼 심겨 서 있다. 바람과 불에 꺼꾸러진 나무가 언덕에 누워 있고 길을 끊었으나 눈이 쌓여 형체가 흐릿하다. 나무들은 바야흐로 억센 바람과 싸우느라 그 소리가 허공에 가득하다. 동쪽에서 진동을 하면 휘이휘이 서쪽에서 메아리를 친다. 어두컴컴하게 그늘졌다가 갑자기 번쩍하기를 그치지 않는다. 따라오는 사람들이 모두 뻣뻣하게 서 있기에, 썩은 나무를 가져다가 불을 피워 몸을 덥히게 했다. 다시 눈을 밟으며 산등성의 길을 열어, 견여의 앞과 뒤에 끈을 묶고 골짜기에 줄을 매어서 매달린 상태로 나아갔다. 바라보이는 곳이 멀어질수록 쌓인 눈도 점점 깊어지고 바람도 점점 매서워지며 숲의 나무는 점점 짧아졌다.

상대산에 오르자 나무라고는 한 치 한 자 크기의 것조차도 없고 다만 바람이 있을 뿐이다. 사방 100리에 산들이 모두 흰 눈빛이어서, 뭇 용이 피를 흘리며 싸우는 듯도 하고 일만 필의 말이 내달려 돌진하는 듯도 하다. 안개 속에 불쑥 드러났다가 사라져 없어지고 꼭꼭 닫혀 있다가 활짝 열리기도 하면서 번쩍번쩍 반짝반짝 희디희고 맑디맑게, 빛의 기운이 허공에 가득하므로 따라오는 사람들이 미친 듯 외치면서 발을 구른다. 동쪽을 바라보니 바다 빛깔이 구름과 같고 물 위에 뜬 하늘도 일색이다. 그런데 세 개의 봉우리가 마치 안개 속 돛배처럼 춤추며 날아서 구름 속에 콸콸 흘러 바다와 뒤섞인 것이 있으니 바로 울릉도다. 올망졸망 또렷또렷하게 머리를 숙이고 빙 둘러 열 지어 있으면서 함부로 나대지 않는 것은 70고을의 산들이다. 뚝 자른 듯이 앞을 막아서서 마치 사악(四岳, 지방의 목민관)이 제후를 인솔해 조회를 하는 듯한 것은 청량산이다. 서북쪽은 구름과 안개가 참담해 시선 닿는 데까지 아무것도 보이지 않는다. 오직 하나의 산이 순전히 바위로 이루어져, 칼과 도끼처럼 동쪽에 쭝긋 서 있다.

이윽고 동북쪽으로부터 길을 잡아서 천왕당으로 향했다. 해가 지고 달이 나오자 산꼭대기의 나무가 높이는 고작 서너 자에 불과하고 일만 마디가 기생 덩쿨 때문에 우그러져, 울퉁불퉁 기괴하고 너울너울하며, 아래옷을 잡아끌고 소매를 찢는다. 그 억세기가 쇠와 같아서 사람들로 하여금 몸을 구부리고 가도록 만든다. 뿌리를 꼭꼭 싸맨 흰 눈은 사람을 무릎까지 빠지게 만들고, 바람이 불면 휘날린다. 북방에서 불어오는 바람은 하늘을 어둡게 만들고 땅을 찢어서 우르릉 우렛소리를 내고 바다를 동탕질 하듯 한다. 거대한 나무는 울부짖어 분노하고 작은 나무는 구슬피 운다. 승려들의 정수리가 다시 일어나면 흰 눈이 그 등을 짓누른다. 견여를 운반하는 어려움은 마치 급한 여울을 배로 거슬러 올라가는 것과 같다. 한 승려가 말했다. "나무는 일천 년을 살 따름입니다만, 만고에 눈이 쌓여 있습니다.

대개 산등성이가 더욱 북쪽에 가까워서 상대산과는 기후가 다르므로 바람이 극도로 드세고 나무는 극도로 괴이해 흰 눈이 더욱 녹지 않습니다."

천왕당에 이르렀을 때는 대략 인정(人定, 오후 10시 정도)의 때였으며, 겨우 60리를 간 것이었다. 서쪽 법당에 석불이 있고, 동쪽 법당에는 나무 인형들이 있으니 이른바 천왕(天王)이다. 다시 나무를 태워서 한기를 덜고, 앞으로 나아가 점사(店舍)를 찾았다. 달빛이 음침하게 어두울 때 마침 북두성이 구름 사이로 새어 나와 숲에 걸려 있다. 3~4리를 가자 달이 다시 밝아지고 사방의 산은 온화하며 하늘의 빛은 씻은 듯하다. 나는 길게 시를 읊조리길 마지않았다. 구름 속으로 솟구치고 바람을 몰아 내달리는 상상이 들었기 때문이다. 소도리점에 이르자 밤은 이미 삼경의 때였다. 모두 20리 길을 갔다.

영조 11년인 1735년에 이인상(1710~1760년)은 태백산을 사흘 동안 유람하고 「유태백산기」를 남겼다. 위의 글은 각화사를 출발해 천왕당을 거쳐 소도리점에 이르기까지의 기록으로, 태백산의 설경을 활동사진처럼 세밀하게 묘사했다. 이인상은 그림에 뛰어났는데, 이 유산록도 '혀끝을 지녔다'고 해도 과언이 아니다. 천왕당으로 향할 때 매몰찬 산등성을 앞으로 앞으로 전진하는 모습은 견인불발의 정신 경계를 드러낸다.

천왕당을 벗어나 소도리점으로 향할 때 사방의 산이 온화하고 하늘의 빛이 씻은 듯한 광경은 고난을 극복한 뒤의 평온한 심경을 반영한다.

이인상은 소도리점의 점인 남후영의 말을 빌려 태백산의 승경에 대해 이렇게 말했다. 태백산은 세 도 열두 고을에 걸쳐 서려 있다. 동북쪽 관동은 강릉, 삼척, 평해, 영월, 정선이 이 산과 접한다. 그 가운데 삼척의 소나무는 덧널(관을 넣는 곽)로 사용할 수 있고, 인삼도 아주 좋다. 남쪽으로는 안동, 봉화, 순흥, 영천, 풍기 등 영남의 고을들이 있다. 그 가운데 봉화에서는 태백산 사고가 매우 중요하다. 남방의 사찰 중에서는 부석사가 가장 유명한데, 실은 순흥에 위치한다. 호서의 고을도 넷이나 접해 있다. 그 가운데 영춘은 태백산의 서쪽 가지에 있다. 태백산의 봉우리로는 천의, 상대, 장산, 함박이 있고 강물로는 황지, 공연, 오십천이 있다. 태백산의 신령인 천왕은 황지의 신이다. 함박은 모란을 뜻한다. 아주 고운 산으로, 소뢰현에서 조망하면 멋지다. 장산의 북쪽은 순전히 흙이고 남쪽은 순전히 바위다. 황지의 물은 줄거나 더하는 법이 없으며, 공연 아래에는 용이 산다고 한다. 강은 하나의 물 흐름이면서 오십 구비에 걸쳐 있으므로 그것을 오십천이라고 한다.

이인상은 경기도 양주군 회암면 천보산 아래서 태어났다.

보산자(寶山子)라는 호는 그 산 이름을 땄다. 또 다른 호 능호관(凌壺觀)은 남산에 있는 서울 집의 이름을 땄다. 인조 때 영의정을 지낸 이경여의 고손이지만 증조부 이민계가 서자였다. 1735년 진사시에 합격한 후 음보로 한양의 북부 참봉을 지내고 내자시 주부와 경상도 사근역 찰방을 거쳐 1750년 음죽현감이 되었다. 사근역 찰방으로 있을 때는 동헌에 직접 대전(大篆)으로 써서 새긴 한죽당이라는 편액을 걸었으며, 나무 사이에 기와 정자를 세우고 문의 현령 송문흠의 팔분체 글씨를 새긴 수수정이라는 편액을 걸었다. 또 왕유의 시 「칠원(漆園)」에서 "옛사람을 닮았지 거만한 관리가 아니기에 스스로 세상 경영하는 사무를 빠뜨렸네. 마침 낮은 관직에 몸을 맡겨 두어 그루 나무 아래 너울거린다오."라는 구절을 글씨로 써서 북쪽 기둥에 붙여 두었다. 하지만 1752년에 관찰사와 불화해서 관직을 그만둔 후 단양의 구담에서 지냈다. 그 뒤 음죽현 설성에 종강모루를 짓고 여생을 보냈다.

이인상은 일생 궁핍하고 병약했으나 성격이 고결하고 강직했다. 황경원은 그의 묘지명에 "군은 평소 세상을 얕보며 홀로 우뚝 서서 산수를 자유로이 유람하면서 문장으로 울분을 풀었다. 사대부들의 잘못을 보면 왕왕 꾸짖고 욕하면서 방약무인했으므로 사대부들이 모두 달가워하지 않았다."라고 적었다. 굳센 정신 경계가 태백산 설산을 오를 때에도 잘 드러났다. 이인상은 노론 준론으로서 의리 존중의 의식이 강했다. 벗 이윤영은 명나라에 대한 절의의 뜻으로 은둔을 선택했고, 벗 오찬은 반대당인 소론을 심하게 징계할 것을 주장하다가 귀양을 갔다. 이윤영은 시서화 삼절로 추앙받았으며 전서도 잘 쓰고 전각도 잘했다. 그림은 18세기 남종화에서 강세황과 쌍벽을 이루었고, 그 화풍은 이윤영과 윤제홍 등에게 이어졌다.

이인상이 태백산에 오를 때 따라간 김진상은 김장생의 현손이다. 진사시와 문과를 거쳐 벼슬에 나간 뒤 경종 2년의 신임사화로 무산으로 유배되었다가 1724년 영조 즉위 후 이조정랑에 기용되었다. 1753년 좌참찬에 이르렀다. 글씨에 뛰어나 비문을 많이 썼다.

소도리점에서 묵은 다음 날 이인상 일행은 겨울 산의 풍광을 만끽했다. 또한 함박치 주지(周池)의 영험에 관심을 보였다.

황지의 서쪽에 함박치가 있다. 너비와 둘레는 반 이랑 정도인데, 호박에 구멍을 뚫어 둔 듯 속은 널찍하고 바깥은 오그라든 모양이다. 땅을 울리기를 3장(丈)이나 하는 것이 주지인데 겨울철이 아니면 걸어서 가까이 가려고 하는 자가 없다. 산의 배 부근에서부터 샘물이 솟구쳐 나와 수량이 쌓여, 색은 칠흑 같고 맵기는 얼음 같다. 대개 어룡이 거처하는 곳으로 예로부터 예측할 수 없이 신비하다고 한다. 그 물을 흔들리게 하는 일이 있으면 바람의 괴변이 한 해 내내 계속되어 사람들이 편안할 수 없다. 아마도 신명한 신이 있어서 겨울에도 얼음이 얼지 않고 가뭄에도 줄어들지 않으며 장맛비에도 보태지는 것이 없는 듯하다. 정성(定性)과 정도(定度)가 있기 때문일 것이다. 그 물이 남쪽으로 넘쳐흘러서 공연(孔淵)에 작은 폭포를 이루어 떨어진다. 첩첩 산을 뚫고 지나는 것이 백 리고 바다로 조회하는 것이 천 리로, 물 흐름이 대단히 기다랗다. 마침내 남생과 헤어져 곧바로 소뢰현에서 공연으로 향했다.

이인상이 공연에 이르렀을 때 바로 눈앞에 태백산이 기이한 자태를 한껏 드러냈다. 공연에는 성문 크기의 구멍이 있다. 전설에 따르면 옛날에는 황지의 물이 산의 뒤쪽에서 나와 남쪽으로 흘렀으나 용이 이 구멍을 뚫은 이후로 물길이 바뀌었다고 한다. 이인상은 그날 50리를 가서 홍제원에 이르고 다시 60리를 가서 봉화에 이르렀다. 태백산에 대해 이인상은 이렇게 총평했다.

태백산은 작은 흙이 쌓여 크게 되었으므로 그 깊이를 헤아릴 수 없고, 차차 높아져서 100리에 달해 그 공덕을 드러내지 않는다. 대인(大人)이 중덕(中德, 내면의 덕)을 지닌 것과 같다.

이덕무는 이인상의 시 「금강산」에 나오는 구절 "일만 줄기 계곡물은 다투어 명월을 담가 쏟아지고, 일천 봉우리는 맑은 구름 따라 날아가려고 하네."가 정말로 상쾌하다고 평했다. 이인상은 글씨나 그림이나 모두 상쾌한 맛이 있다. 「유태백산기」 또한 그러하다.

9 어려서 큰아버지에게 들은 그 산

김창흡(金昌翕), 「평강산수기(平康山水記)」

3월 21일(1715년) 아침, 목욕을 간단히 하고 떠나는 도중에 어제 과시를 물으러 왔던 귀당의 김하익을 방문하니 그 아비 아무개도 나와서 보았다. 함께 고달굴의 승경을 이야기하고 가을이 되면 함께 찾기로 약속했다. 올 때 건넌 다리를 지나 다시 그 하류를 건넜다. 20여 리를 가서 검동곡에 이르렀는데, 여전히 이 이천(伊川) 땅이다. 부양(평강)의 남여 메는 자들이 와서 기다리고 있었다. 점심을 먹고 가는데 남쪽으로 첩첩 산마루가 있었으니, 이것이 광복산의 등짝임을 알아보았다. 돌 비탈 아래에는 여러 층의 세찬 여울이 있어 바위 빛깔이 아주 희고 깨끗했으나 바빠서 자세히 볼 수 없었으므로 아쉬웠다.

비척비척 10리쯤 가서 덕암령 등마루에 이르렀다. 이른바 덕암이란 것은 푸르른 모습이 높이 웅크린 듯해서 바라보면 유달리 장엄하다. 산마루 위에는 장승이 세워져 있어 '부양으로부터 160리'라고 쓰여 있으니 부양의 경역이 넓음을 알 수 있다. 북쪽으로는 설운령 등 여러 산마루를 가리키는데 구불구불 서려 끝이 없다. 동서의 경역을 가지고 판별하면 웅이와 탄당 등이 이 읍에 속하고 이천은 고개를 넘어서 있으므로, 마치 안변이 영풍에 대해 그러한 것과 같아서 모두 온당함을 잃었다. 두 골짜기의 물은 전부 북쪽에서 나와서 남쪽으로 달려 거의 200리를 가서 이천 치소(관아)의 동쪽에서 합류하므로, 덕암에서부터 광복산 등의 산에 이르기까지가 죄다 그 끌어안은 지역 안에 있으며, 또 30리를 가서 안협 치소의 동쪽에 이르러 분수령에서 흘러온 지류와 합한다. 이곳이 청룡의 남은 백이 그치는 곳이라고 한다.

산마루를 내려가 10리를 가서 철평 마을 집에 이르러 잠시 쉬었다. 웅이의 물이 콸콸 문을 스치고 지나간다. 주인집 어린아이가 아주 단정하고 준수한데 바야흐로 길성암에서 글을 읽고 있다. 이갈산에서부터 이 길성암까지 뻔질나게 오간다고 했는데, 노정을 물어보니 불과 40리밖에 안 되지만 길이 험해서 가기 어렵다고 한다. 다리를 통해 앞의 내를 건너 벌판을 지나 작은 고개 하나를 넘는데 꽤 가파르다. 농둔에 이르자 이미 해가 진 뒤였다. 밤에 가랑비가 내리더니 아침에도 여전히 보슬보슬 비가 내려 산기운이 곱절은 짙푸르게 된 듯한 느낌이 들었다.

말을 타고 얼마 가지 않아 다시 남여를 타고 작은 고개를 넘었다. 동쪽으로 꺾어 들어가자 비로소 심적동 어귀이려니 점칠 수 있었다. 비록 대단히 볼만한 것은 없었지만 산골 물이 깊고 숲이 삼엄해 그윽한 뜻이 부족하지 않았다. 시냇물이 바위에 부딪혀 쩡쩡 소리를 내고 새의 말소리가 서로 화답하므로 가면 갈수록 피로를 잊게 된다. 절이 있는 곳을 거듭 물으면서 구불구불 여러 번 굽고 또 꺾어졌다. 비록 이미 깊은 곳에 들어왔지만 눈앞의 전면은 더욱 시원하게 드러나는 듯했다. 대략 15리를 가자 비로소 삼나무와 노송나무가 아름드리 크기를 이룬 것이 보였다. 둥근 봉우리가 그 위에 드러나 있어 암자가 가까움을 헤아릴 수 있었다. 뫼를 등지고 서너 집이 이룬 마을이 있는데, 모두 밭을 개간해 살아가고 있다. 이것이 없으면 승려들이 적막함을 견딜 수 없을 것이다.

또 3~4리를 나아가자 비로소 심적암이다. 이 암자가 개창된 전말에 대해서는 익히 들어 알고 있다. 사주(주지) 태성이 묘향산에서 뛰어난 공인을 데려와 불당이나 요사채를 얽어 절을 지은 것이 한결같이 묘향산의 절을 본떴으니, 한 고조 때 오관 도목이 풍읍을 본떠 신풍을 경영한 기술과도 같았다. 잠깐 새 절간에 이르자 몸이 완연히 상원(上院)과 빈발(賓鉢)에 둔 것 같다. 우러러보니 산세가 둥글고 후중하며 색상이 푸르죽죽했으니 곧 하나의 향산이었다. 조금 쉬고 처마 밑을 따라가서 법당 깊숙한 곳을 뚫고 지나가며 그 칸살을 자세히 살펴보니 갖가지 모든 것이 마땅함을 얻었고 굽이굽이 쓸 것들을 갈무리해 두었으며, 부엌·욕실·우물·절구에 이르기까지 빠진 것이 없었다. 동쪽 머리에 있는 조사실은 패엽경(불경)을 넣어 둔 함이 용마루까지 가득했다. 역시 암자를 개창할 때 저장한 것으로, 사주 태성의 마음 씀씀이가 치밀했음을 볼 수 있다. 암자가 완성된 것은 갑진년(1664년)으로 백부께서 이 읍을 다스리실 때였으니, 그런 연유로 태성이 선친께 제영을 부탁했다. 이에 선친께서 율시 한 수를 즉석에서 지어 입으로 불러 주셨고 태성은 그 시를 모각해 판을 걸었는데, 여전히 동쪽 기둥에 있다. 우러러보며 읽고 슬퍼하면서 눈물을 떨구지 않을 수 없다. 돌아가신 부친께서 관동에 계시면서 주신 서찰을 그 손자 사미승 정안이란 자가 암자 안에 보관해 두어, 꺼내서 보여 주는데 모두 예닐곱 장이었다. 그 순실함이 가상하다.

암자 남쪽 6~7걸음 되는 곳에 거대한 암석이 융기해 있는데, 위는 평평해 단을 이루었다. 북쪽으로 바라보니 견성암 옛터가 구름 덮인 등 넝쿨 끝에 높이 솟아 있는 것이 조금 보이지만 발꿈치를 쳐들고 바라보아도 미칠 수가 없다. 듣자니, 그 곁에는 희랑 선사가 참선한 굴이 있어 산의 이름이 그 호(견성)를 얻게 된 것은 대개 그러한 연유라고 한다. 암자 서쪽에는 나무를 쪼개어 샘물을 끌어와 사시사철 그치지 않는다. 암자의 동쪽 수십 보 거리에 큰 우물이 아주 맑고 시원하다. 우물 동쪽에는 큰 언덕이 있는데 풀이 그 반을 뒤덮어 무성하다. 태성이 처음 불전의 터를 잡을 때 언덕을 메워 기초를 다지고자 했으나 힘에 부쳐 그만두었다고 한다. 살펴보니 그 면세(面勢)가 평평하고 통창해, 진맥을 이어 경승을 이루었다. 남쪽으로 아득히 먼 산봉우리가 아스라해 기이한 모습을 비치는데, 바로 광복산이다.

이 글은 숙종 41년인 1715년에 김창흡이 강원도 이천 갈산의 온천에서 목욕한 후, 평강 희령산의 심적사를 찾아가 이틀을 보낸 기록이다.

강원도 평강을 부양이라고도 한다. 강원도 평강현의 분수령에서부터 첩첩이 연이어진 산봉우리가 구불구불 서쪽으로 500여 리를 뻗어 양주 서남쪽에 이르러 도봉산이 되고 또 서울의 진산인 삼각산이 된다. 신라 말 궁예가 도참설 때문에 철원 부양에 도읍하고자 산수를 두루 살펴보고 드디어 철원에 도읍을 정한 일이 있다. 철원부 북쪽 27리 풍천원이 궁예의 궁전 유지(遺址)다.

김창흡은 어려서 백부 김수증에게서 평강의 산수 이야기

를 물리도록 들었다. 김수증은 평강 수령으로 있으면서 평강의 청룡산과 희령산, 이천의 광복산을 유람한 일이 있고, 그 산들에 대해 조카에게 상세히 들려주고는 했다. 그로부터 50여 년이 지난 1714년에 김창흡은 아들 김양겸이 이 고을 현감이 되자, 이천 갈산 욕탕에서 묵은 병도 치료하려는 생각에 여장을 갖추어 이듬해 3월 16일 평강 관아를 떠났다. 그리고 26일 관아로 돌아왔다.

김창흡은 「평강산수기」에 시간 흐름과 공간 이동을 서술하고 지형지물과 지명을 상세히 기록했다. 지명의 상세함은 당시의 지리지나 산형도를 능가했으며, 묘사와 서술은 표현 방식이 다양하고 감각적이기까지 하다. 시간 흐름에 따라 공간을 순차적으로 이동하지만 의식의 흐름은 부친 김수항이나 백부 김수증, 친구 이희조의 사적 및 발화를 차례차례로 환기해 나간다. 그렇기에 여행자의 시선과 사유가 깊이 있고 생동적이다.

1715년 3월 16일 화창한 날, 김창흡은 평강의 문을 나서서 서쪽을 향해 수십 리 망망한 길을 가서 주파를 거쳐 초료천을 지났다. 남쪽의 피목천과 북쪽의 주토천 사이로 분수령 발원의 큰 내가 흘렀다. 마을 사람이 순여를 가지고 와 이 남천에서 기다리고 있었다. 20리를 가서 고립현을 넘었다. 멀리 광복산이 허공을 받치고 있는 것이 보이고, 동북쪽에는 청룡산이 보였다. 산이 감(坎, 북쪽) 자리를 거점으로 해, 사루하전(辭樓下殿, 용맥이 산줄기 중심으로 뻗어 나오되 일어서고 엎드리며 겹겹으로 곁가지를 펼치며 전진함)의 형세가 이어져서 서남쪽으로 드넓게 서려 있다. 여기에 삼청 서실이 있었다. 이 서당은 오윤겸이 세웠는데, 100여 년간 황폐했다가 김창흡의 벗 이희조가 중창했다. 숙종 14년인 1688년에 평강 현감으로 있던 이희조는 그해 5월 사창의 곡물을 풀어 통천·흡곡·안변·고성의 백성을 구제하고자 아우 이하조를 대동해 순행하던 길에 금강산과 동해의 총석을 유람하고 아우와 주고받은 시를 모아『해산창수록(海山唱酬錄)』을 엮었다.

김창흡은 1715년 3월 19일부터 20일까지 강원도 이천의 갈산 온천에서 목욕하고, 그 체험을 다음과 같이 적었다.

샘이 뽀글뽀글 소리 내며 끓는 것이 별관 뒤쪽의 바위 뿌리에 있는 것을 보았다. 밑바닥은 자연적으로 돌우물 바닥을 이루었으나 사방은 전부 뚜껑으로 덮여 있으니 인력으로 꾸민 것이 아주 정치하며, 긴 홈통 같은 도랑으로 연결해 출렁출렁 교대로 물을 쏟아지게 했는데 모두 돌을 이용해 그렇게 만든 것이었다. 나누어서 여덟 개의 탕을 만들어 두었고, 우물의 폭은 다섯 자, 길이는 그 곱절이다. 전면에는 위와 아래로 구멍 두 개를 뚫어서 아래는 오물을 씻어 내는 데 쓰고 위는 구덩이가 찬 이후 물을 쏟아 흘려보내도록 했다. 아래 흐르는 물을 섬돌 위로 끌어다가 거꾸로 쏟아지는 물이 한 장 남짓인데 머리를 감기 위한 것이었으니, 이것은 다른 온천에는 없다. 사람이 목욕할 때는 우선 상체를 씻고 탕 우물에 들어가야 열기가 끓어오를 걱정이 없다.

탕에 들어가니 다섯 개는 못 쓰고 세 개를 쓸 수 있었는데, 나는 그 왼쪽 우물을 차지했다. 그리고 잡인을 금해서 혼잡함이 없게 했으며, 별관을 청소하고 거처하게 해 주었다. 별관은 수원의 동쪽 머리에 위치했다. 또 동쪽으로 수십 보 가면 승사가 있으니, 처한 곳이 고요하면서도 탁 트였다. 공포(拱抱, 처마의 무게를 받치기 위해 기둥머리에 부재를 짜 맞추어 댐)의 구조가 엄연하니, 광묘(세조) 때의 행궁이다. 남아 있는 장엄한 규모를 두루 둘러보고, 무한한 공력을 쏟았음을 상상할 수 있었다. 중이 "계단 돌의 자재는 모두 광복에서부터 수레로 날라 온 것입니다." 하고, 또 "광묘께서 처음 이 샘을 찾으시고 이어서 커다란 마디의 칡덩굴을 얻으셨으므로 이것을 갈산이라 합니다. 여기서 동쪽으로 수십 리에 길성암이 있는데, 칡뿌리가 끝나는 곳으로 장엄한 자취가 있으며 연못이 여전히 폐기되지 않았습니다."라고 한다.

나는 이틀간 하루 세 번씩 목욕을 해 보았다. 관례에 따라 우선 머리를 감고 그 후에 전신욕을 했는데, 머리 감는 것은 그

나마 상쾌했지만 전신욕을 할 때는 탕 속에 오래 앉아 있기가 매우 힘들었다. 탕 속의 물이 턱 아래까지 차올라, 사락사락 살갗을 씻어 가면 이마의 구슬땀이 수면에 뚝뚝 떨어졌다. 탕에서 나오면 어찔해 쓰러질 것 같아 한 식경이 지나야 비로소 이불로 감싸고 기주(機酒, 복주) 한 잔을 들 수 있었다. 누워서 들으니 곁의 욕탕에 여러 남녀가 번갈아 목욕하는데, 모두 '관음보살'을 외쳐 대고 얼마나 오래 고통을 견디는지 시간을 표시하며 아침저녁으로 나불나불거리니, 웃음거리로 삼을 만했다. 대개 잘 참는 사람은 500번까지 외치고 그렇지 못한 사람은 100여 번 외치고는 그친다. 나 또한 목욕할 때 겸인(傔人)이 묵묵히 그 참는 시각의 수를 세었는데, 역시 300번 외치는 정도의 시간만큼은 참을 수 있었다고 한다. 목욕은 일곱 번으로 그쳤는데, 효과가 있는지 해가 되었는지는 알지 못하겠으나 다만 때가 제거되어 몸이 가벼움을 느낄 수 있었고 잠의 맛 또한 짙었다. 베개 밑의 졸졸거리는 소리가 귀에 가득한 것이 싫지 않았다.

『신증동국여지승람』에는 사동 온천이 이천현 북쪽 99리에 있고, 구리항 온천이 현 북쪽 80리에 있다고 했다. 사동 온천은 세종이 행궁을 짓도록 명하고 거둥했던 곳이다. 행궁은 불에 타 버린 뒤 폐기되었다. 김창흡을 안내한 스님은 이천의 온천에 광묘 즉 세조가 행차한 사실만을 말했으나, 이천 온천은 본래 세종 때 개발하고 세종이 행차한 곳이었다.

앞에서 보았듯 김창흡은 3월 21일 아침 간단히 목욕을 하고 떠나 말과 남녀를 타고 고개를 넘어 심적동 어귀에 이르렀다. 이후 심적암에 이틀 머물렀다. 심적암은 백부 김수중이 지기 이세백과 함께 글을 읽은 곳이다. 김창흡은 백부와 이세백이 공무에 몰두하지 않아 정신이 산란하지도 않았던 사실을 흠모했다.

나는 이틀을 암자에서 머물렀는데, 마치 소년 시절처럼 자주 처마 그림자가 알려 주는 시각을 살피며 저녁의 재계(저녁 공양)가 아직 멀었는지 물었으나 여전히 정오도 되지 않았다. 간간히 단에 올라 구름을 보았고, 구유를 따라 돌고 샘물을 튕기며 놀았으며, 물러나 남쪽 마루에 앉아 묵묵히 늙은 삼나무 그루의 수를 헤아렸다. 이와 같이 마음에 흡족하면 나이를 잊을 만하거늘 애당초 오래 머물 계획을 잡지 않은 것이 한스러웠다. 일찍이 듣기로 백부께서 우사 이 공(이세백)을 이끌고 이곳에서 글을 읽으셨다고 하니 공문서에 주묵을 칠 일로 번잡하지도 않았고 정신이 산란하지도 않았음을 알 수 있지만, 지금은 관아 일이 갈래갈래 어지러워 태수 된 자가 공문서에 머리를 묻고 쳐들지 못하며 사창(社倉)에서 조적(糶糴)을 흩으러 출타하는 이 외에는 한가한 걸음을 옮길 틈이 없으니 어느 겨를에 글 읽을 꿈을 꿀 수 있겠는가? "옛사람에게 지금 사람은 같을 수 없다." 라는 것이 "봄은 황제고 겨울은 패제후다."라고 한정하는 것과 같다. 진실로 한바탕 탄식할 만하다.

김창흡은 한유가 「송양소윤서(送楊少尹序)」에서 "세상에서 늘 말하길, 옛사람에게 지금 사람은 같을 수 없다."라고 했던 말을 상기했다. 그 말은 곧 청나라 이광지가 「오제지세여하설 (五帝之世如夏說)」에서 수나라 왕통의 말로 인용한 "옛날의 황제는 왕도를 지향했지만, 후대의 군주는 패도를 따르므로 도무지 올바른 정치를 회복할 수 없다. 마치 겨울이 지나도 봄이 오지 못하는 것과도 같다."라는 어구에 뿌리를 둔다. 의미는 전혀 상관없지만 "봄은 황제고 겨울은 패제후다."라고 말하는 것과 같다고 했다. 김창흡은 자신이 아무리 상심낙사를 한다고 해도, 고인과는 달리 속세의 미련을 완전히 탈각할 수는 없다고 자탄했다. 평강의 희령산은 당쟁의 와중에도 늘 청한했던 백부를 더욱 그리워하게 만들었다.

10 조정에서 쫓겨난 은둔객의 사연

허균(許筠), 「유원주법천사기(遊原州法泉寺記)」

원주의 남쪽 50리 되는 곳에 산이 있어 비봉산이라 하고 그 산 아래 절이 있어 법천사라 하는데, 신라의 옛 사찰이다. 내가 일찍이 듣기를, 태재 유방선 선생이 그 절 밑에 거처하자 길창군(권남), 상당군(한명회), 사가(서거정), 삼탄(이승소), 화중(성간)이 모두 선생에게 학업을 익혀, 어떤 이는 문장으로 세상을 울리고 어떤 이는 공적을 세워 나라를 안정시켰다고 한다. 절의 이름이 이로 말미암아 드러나, 지금도 사람들이 태재가 옛날 가르친 터를 이야기한다.

나는 돌아가신 어머님이 그 북쪽 10여 리쯤에 묻혀 계시므로 매년 한 번씩 가서 성묘하지만 이른바 법천사라는 곳에는 아직 노닌 적이 없었다. 금년(1609년) 가을에 휴가를 얻어 왔는데, 며칠 있다가 마침 지관이란 승려가 묘암(재실)으로 나를 찾아왔다. 이야기를 나누다가 지관이 기축년(1589년)에 일찍이 법천사에서 겨울 한철을 지낸 적이 있다는 말을 듣고 유람의 흥취가 마침내 솟아나, 그를 이끌고는 꼭두새벽 밥을 먹고 길을 나섰다.

협곡의 길을 따라 험준한 곳을 고생고생해 고개를 넘어 소위 명봉산에 이르렀다. 산은 그다지 험준하지 않았지만 봉우리 넷이 서로 대치해 마치 날개를 펼쳐 날 듯하고, 시내 둘이 동쪽과 서쪽에서 흘러나와 계곡 어귀에서 합쳐져 하나가 된다. 절은 바로 그 한가운데 위치해 남쪽을 향하고 있으나 난리 중에 불타고 다만 유지만 남아, 무너진 주춧돌이 토끼의 나들목과 사슴 나다니는 길 사이에 여기저기 흩어져 있다. 비석이 있어, 반 동강이 난 채 잡초 사이에 묻혀 있다. 살펴보니 고려 승려 지광의 탑비였으며, 문장이 심오하고 필치가 굳세다. 누가 짓고 쓴 것인지를 알 수 없었으나 실로 오래되고 기이한 유물이다. 나는 한참 동안 표면을 문지르고 감상하며 모탑(摹搨, 탁본을 뜸)하지 못하는 것을 한스럽게 여겼다. 지관은 말하길 "이 절은 대단히 커서 당시에는 절에 거주한 이가 수백 명이었지만 제가 일찍이 거처하던 소위 선당이란 곳은 지금 확인하려 해도 가려낼 수 없게 되었습니다."라고 했다. 서로 한참 탄식했다.

절의 동편에 문인석과 자그만 비석이 있어 다가가 살펴보니 세 개의 묘에 모두 묘표가 있다. 그중 하나는 본조(本朝, 조선)의 정승 이원의 어머니를 모신 분묘고, 하나는 태재 유방선의 장처(藏處)인데 그 아들 승지 유윤겸이 뒤에 묻혀 있다. 나는 이렇게 말했다. "이원의 부인은 나의 선조 야당 선생(허금)의 따님이십니다. 내가 듣기를 이 정승이 처음 모친을 장사할 때 술자(術者)가 그 땅에 왕기(王氣)가 있다고 말했는데, 끝내 이 때문에 죄를 얻었으므로 자손들이 감히 뒤따라 묻히지 못했다 하오. 태재는 그분의 사위이니 이곳에 거주하신 것은 분명 그 이유 때문이었겠으나, 끝내 곤궁한 처지로 죽어서 그대로 여기에 묻힌 것이리라! 다만 연대가 하도 오래되어 알 수 없습니다."

그러고 나서 배회하고 부앙하며 옛일을 애달파하는 마음을 이기지 못해 지관에게 또 이렇게 말했다. "사람에게 궁달과 성쇠가 있는 것은 진실로 그 운명이지만, 이름이 불후한 것은 궁달이나 성쇠에 있지 않습니다. 이원은 좌명공신으로서 정승의 지위에 이르러 부귀와 권총이 일시에 자자해 사람들이 모두 우러르며 추종했건만 끝내 이 때문에 기휘(忌諱)를 당해 폐출되어 죽고 말았으나, 유윤겸은 장헌왕(세종 대왕)을 섬겨 경연의 시종신으로서 대궐을 출입하며 거듭 거룩한 은총을 입어 마침내 신하들의 말을 왕에게 전하고 왕명을 출납하는 납언(승정원)의 직을 맡기에 이르렀으니 귀하게 되었다고 할 만합니다. 태재의 경우는 학문과 덕행을 지니고도 집안의 환란으로 인해 몸이 금고 (禁錮)되어, 한참 곤궁할 때에는 베옷이나 갈옷으로도 몸을 제 대로 가리지 못하고 허구한 날 끼니를 거르며 도토리며 밤 따 위를 주워 자급하면서, 산중에서 야위고 시들어 가며 남은 일 생을 마쳤지요. 지금 태재의 시를 보면 맹 참모(맹교)와 가 장강 (가도)과 같으니, 얼마나 곤경을 겪고 가난에 시달렸는지를 잘 알 수 있습니다. 이 두 분에 비하면 영달과 초췌가 어떻다 하겠 소만, 오늘날까지 수백 년이 지난 뒤에도 사람들이 그의 글을 외며 그 인품을 상상해 변하지 않을뿐더러 심지어는 잔망한 산 과 들판의 절간이라 기이하고 화려한 외관도 아니거늘 이것들 역시 세상에 소문이 나게 하고『여지승람』에 실려 전하게 되었 습니다. 저 두 분의 화려하고 드날리던 모습은 지금 어디에 있 습니까? 비단 그 육신만 매몰되었을 뿐 아니라, 그 이름을 말해 도 사람들은 그가 어느 시대 사람인지조차 모릅니다. 그렇다면 일시에 이득을 누리는 것이 어찌 만대에 이름을 흘려 전하는 것과 같겠습니까? 후세 사람들이 취사선택한다면 전자를 고르 겠습니까, 후자를 고르겠습니까?"

지관은 껄껄 웃으면서 말했다. "공의 말씀인즉 옳습니다. 다 만 '천추만세토록 이름이 남는다지만 몸은 죽어 적막해라.'라는 두보의 시가 있어, 옛사람 가운데 역시 명성이 누가 된다고 여 겨 남에게 알려지기를 원치 않은 사람도 있었으니, 그것은 유독 무슨 마음에서였을까요?"

나는 크게 웃으며 말했다. "그것이 그대 불가의 가법이요!"

그리고 나서 서둘러 말고삐를 나란히 해 돌아왔다.

광해군 원년인 1609년 9월 28일, 허균(1568~1618년)은 원주 명봉산 법천사를 찾아가 그곳에 묻혀 있는 조선 초 유방선의 삶을 추모했다. 유방선의 호가 태재다. 허균은 법천사 부근에 어머니의 묘가 있어 종종 성묘를 갔으나 법천사에는 이때 처음 가 보았다. 마침 형조 참의에 임명된 후 원주에 소분(掃墳)하러 가 있었다.

원주는 고려 말 원천석이 이성계의 조정에 서지 않고 은둔했던 곳이다. 이방원은 어려서 원천석에게 글을 배웠다. 즉위한 후 그의 집을 찾아갔으나 원천석은 담을 넘어 달아났다. 이후 원주에서는 많은 명사가 배출되었는데, 대개 은둔객을 자처하는 사람이 많았다.

허균의 아버지 허엽은 서경덕의 제자이자 동인의 영수로서 높은 벼슬을 했고, 형 허성과 허봉, 누이 허난설헌 모두 학식과 문학이 있었다. 그러나 허균은 12세 되던 해 부친을 여의었고 20대 초반에는 중형 허봉과 누이 허난설헌의 죽음을 보아야 했으며, 24세 되던 해 임진왜란이 일어났을 때는 아내와 첫아들을 떠나보내야 했다. 감수성이 예민했던 그는 예교의 속박을 벗어나는 사고를 하고 예교에 벗어난 행동을 했다. 29세 되던 1597년 3월에 문과 중시에 장원으로 급제하고 2년 뒤 병조 좌랑에서 황해도 도사로 나갔으나 기생을 이끌고 다니고 무뢰배들이 드나들게 했다는 이유로 사헌부의 탄핵을 받아 12월에 파직되었다. 시 「파직 소식을 듣고서」에서 그는 "예교가 어찌 나의 방달함을 구속하겠는가? 뜨고 가라앉는 것을 다만 정에 맡겨 하리라. 그대들은 그대들의 법을 지켜라, 나는 내 뜻대로 살아가리라."라고 했다. 38세 되던 1606년 원접사 유근의 종사관이 되어 명나라 사신 주지번을 안내하면서 재능을 크게 인정받았고, 41세 되던 1609년 정월에 사은사 서장관으로 내정된 후 같은 해 첨지중추부사를 거쳐 형조 참의가 되었다.

허균은 승려 지관과 함께 비봉산 법천사 터를 찾아 유적을 탐방하면서 인간 세계의 영욕이란 것이 장구한 세월 속에 대체 무슨 의미를 지닐까 회의했다. 특히 태재 유방선의 삶을 유방선의 장인 이원, 유방선의 아들 유윤겸과 대비해 보면서 인간 삶에서의 불우함을 어떻게 정신적으로 극복할 수 있을지 사색했다.

이원은 정몽주의 문인으로 고려와 조선에서 벼슬했다. 세종조의 재상이었으나 사헌부의 탄핵을 받고 여산에 안치되었다가 그곳에서 죽었다. 그가 탄핵을 받은 것은 노비에 얽힌 문제 때문이라고 알려져 왔다. 하지만 허균의 이 글을 보면 다른 문제가 있었던 듯하다. 이원이 어머니를 장사할 때 풍수가가 "그 땅에 왕기가 있다."라고 한 말이 유포되어 죄를 얻었고, 자손들도 감히 그 땅을 선영으로 쓰지 못했다는 것이다. 아마도 권세를 부리다가 기휘를 범한 모양이다.

이원의 사위 유방선은 고려 말 개성에서 태어났다. 부친 유기는 이색의 외증손으로 태종 즉위년 삼등 공신에 올랐고 이후 전라도 관찰사 등을 지냈다. 유방선은 18세 되던 1405년의 국자사마시에 합격하고 성균관에서 공부했다. 하지만 태종 7년인 1407년 7월 민무구의 종지 제거(宗支除去) 음모 사건에 아버지가 연루되면서 고통을 겪었다. 민무구는 태종의 장자 양녕 대군의 외척이자 원경 왕후의 오라비인데, 유기를 끌어들여 양녕 이외의 대군들을 제거하려 했다는 죄목으로 고발되었다. 10월에 옥사가 일어나 유기는 순흥에, 유방선은 청주에 유배되었다. 12월에 민무구의 극형이 결정되고, 이듬해 정월에 유기는 해진에서 사약을 받았으며 그 2월에 유방선은 영천으로 유배되었다. 고려 구족이었던 서천 유씨는 이 옥사를 계기로 도태되고 말았다. 유방선은 영천 서산 아래 송곡에 초막을 짓고 태재라는 편액을 붙이고는 마음을 가라앉히려고 했다.

세종 9년인 1427년 7월, 특별 사면으로 19년 만에 유배에서 풀려난 유방선은 이듬해 3월에 원주 법천의 명봉산 산기슭으로 이사했다. 법천은 처가의 선산이 있는 곳으로, 당시에는 처가의 재산을 사위가 물려받는 것이 일반적이었다. 세종은 집현전 학사들을 그에게 보내어 시문을 공부하게 했다. 12월 4일에는 마침내 경외종편(京外從便, 서울 바깥의 편한 곳에 거처할 것)하라는 유지가 내렸다. 유방선은 1431년 10월, 영천에 있던 가족을 이끌고 법천으로 이주했다. 그때 시「신해 시월에 가족을 이끌고 법천 촌집에 이르다(辛亥十月 挈家到法泉村舍)」에서 "출처 결단은 한유의「반곡서」를 다시 보아 깨우치고, 풍류는 왕유의 망천장(輞川莊) 그림에 못지않다."라고 심경을 말했다.

당나라 한유의「반곡으로 돌아가는 이원을 전송하는 글(送李愿盤谷序)」에 보면 천자에게 인정받은 사람은 정치에 참가해 남에게 은택을 베풀고 명성이 드러난다고 한다. 한유의 글 속 인물과 공교롭게도 이름이 같은 이원은 그 글을 차용해 "내가 도망하는 것은 내가 싫어해 도망하는 것이 아니라 운명이 그렇게 만드는 것이니, 요행으로 얻을 수 있는 것이 아니다."라고 했다. 유방선은 장인의 말을 환기하며, 자신이 정치에 참여하지 못하고 도연명의 귀거래를 본받는 것은 운명이 그렇게 만들었기 때문이라고 체념했다. 1443년에 54세로 죽기까지 유방선은 법천에 살면서 시문을 강의했다. 유방선의 아들 유윤겸은 세종이 안평 대군과 집현전 학사들에게 명해 두보 시의 주석본을 편찬하게 했을 때 포의로 참여했다. 그리고 세조 원년인 1455년 사촌 유휴복과 함께 상소해 겨우 과거 응시를 허락받았다. 유윤겸은 세조 연간에 생원·진사 양과에 급제하고, 성종 때는 『두시언해』 편찬을 주도했으며, 벼슬이 대간에 이르렀지만 가문을 중흥시키지는 못했다.

한편 허균은 법천사에서 지광의 탑비가 반으로 동강 나 잡초 속에 묻혀 있는 것을 보고 비문을 읽었다. 지광의 탑비란 원주 법천사지 지광국사탑비를 말한다. 전체 높이가 5미터에 달하며 비신 높이만 2.95미터인 대형 탑비다. 허균 당시 풀 숲에 누워 있던 비석을 후대 사람이 잘 정비한 듯하다. 지광은 원주 출신의 법상종 승려 해린이다. 현화사 3대 주지를 역임했으며 73세인 1056년에 왕사(王師)에 추대되었다. 1058년 봉은사에서 국사(國師)에 올랐으며 1067년 법천사로 돌아와 87세의 나이로 입적했다. 직후에 부도탑이 조성되고 1085년 지광국사탑비가 건립되었다. 허균은 비문 지은 이를 알 수 없다고 했으나, 문하시랑평장사 정유언이 왕명을 받들어 비문을 지었다.

자유를 추구했던 허균은 인간의 자연스러운 욕망이나 개성을 중시했으며, 사대부 질서에서 소외된 서얼들의 처지에 동정했다. 광해군 5년인 1613년, 서양갑·심우영 등이 반란을 도모하다가 발각되어 처형되는 일곱 서자 사건이 일어나 허균도 연루 혐의를 받았다. 세상과 협화하지 못했던 허균은 이후에 결국 반역의 죄명으로 처형되고 말았다. 당대에는 불우했지만 그의 시문은 오늘날 널리 회자되고 있다. 지관 스님이 인용한 두보의 시구에 나타나 있듯이 "천추만세토록 이름이 남는다지만 몸은 죽어 적막해라."라고 할 수밖에 없는 것일까?

11 감각적인 문체로 담아낸 산의 위용

이덕무(李德懋), 「기유북한(記遊北漢)」

이틀 밤을 묵고 다섯 끼니를 먹으면서 산의 안과 밖에 있는 사찰 11개와 암자·정자·누를 각각 하나씩 관람했다. 보지 못한 것은 암자가 하나, 사찰이 둘이요, 보지 못한 사찰은 봉성사와 보국사다. 승려는 "이것들은 사찰 중에서 최하의 것입니다."라고 했다. 함께 유람한 사람은 자휴(남복수), 여수(남홍래)와 나, 이렇게 세 사람이다. 시는 모두 41편을 지었고, 암자·사찰·정자·누각에 대해서는 각각 기(記)를 지었다. 이 산은 백제의 고도로 대개 우리 선왕 대부터 군사를 훈련하고 양곡을 저장해 보장(保障)으로 삼은 곳으로, 서울에서 30리 떨어져 있다. 문수문으로 들어가 산성의 서문으로 나왔다. 때는 신사년

(1761년) 9월 그믐날이다.

• 세검정

수많은 바위를 따라 올라가자 큰 반석 위에 정자가 있으며, 바위는 흰빛이고 그 사이로 시냇물이 흐른다. 난간에 기대어 바라보고 있노라니 물소리가 옷과 신을 스쳐 간다. 정자의 이름은 세검이다. 왼쪽에 선돌이 있는데 '연융대'라 새겨져 있다.

• 소림암

세검정에서 북쪽 수십 궁(弓, 6자 혹은 8자) 되는 곳에 석실이 있고, 세 개의 석불이 앉아 있다. 예로부터 향화(香火)가 끊어지지 않는다. 내가 어렸을 때는 굴만 보았고 감실은 없었는데 지금은 작은 지붕을 만들어 덮어 두었다. 승려는 정화라고 한다.

• 문수사

오후 4시경 문수사에 이르러 평지를 굽어보니 하늘의 절반쯤에 이르러 있는 듯하다. 불상을 모신 감실이 큰 석굴에 마주해 있다. 감실을 따라 좌우로 구불구불 가는데 물방울이 비 오듯이 옷을 적신다. 끝까지 가 보니 돌샘이 있어 물빛이 푸르고 차갑다. 좌우에는 500개 돌로 만든 나한을 나란히 앉혀 두어 옹글옹글하다. 석굴의 이름은 보현인데 문수라고도 한다. 세 개의 부처가 있어, 돌로 만든 것은 문수 보살, 옥으로 만든 것은 지장 보살, 금으로 도금한 것은 관음 보살이며, 이 때문에 삼성굴(三聖窟)이라고도 한다. 굴 옆에 대가 있어 칠성대라고 한다.

여기에 머물러 밥을 먹고 북쪽의 문수 성문으로 들어갔다.

•보광사

날이 저물어 북한산성 문에 이르니 바로 산이 끝나는 곳
이다. 성문 아래는 지형이 약간 낮고 단풍나무·녹나무·소나
무·삼나무가 많다. 휑뎅그렁해 골짜기는 메아리가 잘 울리고,
찬 기운이 비로소 사람을 엄습하기 시작한다. 마침내 보광사
법당에 이르렀다. 오른쪽의 조정(藻井, 화재를 예방한다는 뜻으로
수초 모양 그림을 그려 넣은 천장)에는 세 사람의 성명을 크게 써
놓았다. 화상(和尙)들은 모두 병(兵)에 관한 이야기를 하고, 벽
실에는 창·칼·활·화살 등을 저장하고 있었다. 황혼 무렵에 태
고사에 이르러 투숙했다.

•태고사

절의 동쪽 산봉우리 밑에 고려 국사 보우의 비석이 있다. 목
은(이색)이 찬술했고, 글씨 쓴 이는 권주다. 국사의 시호는 원증
이고, 태고는 그 호다. 고려 말 신돈이 권세를 부리자 글을 올려
죄를 따졌으므로 당시의 임금에게 축출되었으니, 불가로서 탁
월하게 지절이 있는 자다. 입적하자 사리 100개가 나왔는데, 부
도를 세 곳에 만들어 안장했다. 비의 뒷면에 우리 태조가 옥좌
에 오르기 전의 벼슬과 성명이 적혀 있으니, 벼슬이 판삼사사였
다. 상(영조)이 금년에 특별히 명해 비각을 지어 그 위를 덮게 했
다. 숙민 상인(肅敏上人)이라는 자는 글을 조금 알고 온화하고

담박해 이야기를 나눌 만했다. 조반을 먹고 용암사로 향했다.

• 용암사

이 절은 북한산에서도 동쪽의 깊숙한 곳에 위치한다. 북쪽
에는 다섯 봉우리가 있는데, 큰 것이 셋이니 곧 백운봉·만경
봉·노적봉이다. 그러므로 삼각산이라 부른다. 인수봉과 용암
봉은 작은 산이다.

• 중흥사

용암사를 떠나서 오던 길을 따라 내려가니 지대가 조금 평
평했고, 그곳에 있는 절이 중흥사라 하는데 고려 때 세워졌다.
11개 사찰 중 가장 오래되고 가장 크다. 앉아 있는 금불은 한
길이 넘는다. 승장(僧將)이 부(府)를 창설해 주둔하고 팔도의
승병을 영솔했는데 그 이름은 궤능이고 직명은 총섭이라 한
다. 옆에 마석(磨石)이 있는데, 암석에 그대로 조각한 것이었다.

• 산영루

중흥사에서 비스듬히 서쪽으로 가면 나무숲이 어둑하고 시
냇물은 맑고도 울려 난다. 큰 바위가 많아서 갓 같기도 하고 배
같기도 하며 쌓여서 대를 이룬 것도 간혹 있다. 대개 세검정과
같으나 그윽함은 그쪽보다 더하다.

• 부왕사

이 절은 북한산 남쪽 깊은 곳에 있다. 골짜기는 청하동문이
라 하는데 그윽하고 고요함이 다른 곳은 여기와 짝하기 어렵

다. 임진왜란 때 승장 사명 대사의 초상이 있는데, 오동 서안(書案)에 의지해 백주미(白麈尾, 흰 사슴 꼬리로 만든 총채)를 잡았으며 모발은 밀어 없애고 그 수염을 배 아래까지 남겨 두었다. 서쪽 벽에는 민환의 초상이 있다. 쉬면서 점심을 먹었다.

• 원각사

남쪽 성문에 올라 서해를 바라보니 하늘과 이어져 있다. 마니산 등 여러 산이 바다 사이에 있어 주먹 크기만 하다. 나한봉이 있어, 우뚝하니 마치 부도가 서 있는 듯하다. 그 아래에 절터가 있는데 고려 때 3000명의 승려가 여기에 거처했으므로 삼천승동이라고 부른다.

• 진국사

산영루를 등지고 오르락내리락 북쪽으로 가자 세 길 높이의 바위가 있고 백운동문이라 새겨져 있다. 돌길을 따라 절 문에 이르니, 붉은 단풍나무와 흰 바위가 어우러진 골짜기가 맑디맑다.

• 상운사

진국사를 떠나 상운사에 이르렀는데 산 고개가 사이에 있어 적석령이라고 한다. 해가 진 뒤 절에 이르러 밥을 먹고 묵었다. 아침에 서암사로 향하는데 골짜기로 3~4리쯤 가자 물이 폭포를 이루었다가 구불구불하게 누워 간다. 대개 적석령의 좌우는 아주 광활하면서 깊숙하다.

• 서암사

성의 서문 가까운 곳에 큰 누각이 물과 바위의 교차지에 임해 있다. 바람이 일으키는 여울 소리와 솔숲에서 이는 소리가 횅뎅그렁해 음운을 만들어 내며, 쏴쏴 소리가 비 오는 소리 같아서 마주 보고 말해도 말소리를 분별할 수 없을 정도다. 절은 아주 낮은 곳에 위치하지만 유난히 깨끗하고 툭 트여 있는 것으로 소문이 나 있다. 밥을 먹고 진관사로 향했다.

• 진관사

서문을 나서서 10리쯤 가자 들에 밭이 많고, 높은 곳은 사람들의 무덤이다. 남쪽으로 작은 골짜기를 찾아가자 비로소 숲과 나무가 있다. 이 절은 고려의 진관 대사가 거처하던 곳이다. 큰 돌기둥 수십 개가 아직도 시내 왼쪽에 열 지어 있다. 숲과 바위의 아름다움은 내산(內山)만 못하지만 불화(佛畫)의 영묘함과 기이함은 유독 뒤지지 않는다.

이 글은 북한산의 유람기이지만 세검정, 소림암, 문수사, 보광사, 태고사, 용암사, 중흥사, 산영루, 부왕사, 원각사, 진국사, 상운사, 서암사, 진관사에 대한 14편의 짤막한 기만을 묶어 두었다. 이덕무(1741~1793년)가 작성한 「기유북한」이다.

이 문체와 구성은 명나라 말 원굉도의 유기를 모방한 면이 있다. 원굉도는 29세 되던 1596년부터 30세 되던 1597년까지 지은 유기·잡기를 「금범집(錦帆集)」이란 제목으로 엮었다. 첫 번째 편 「호구」는 두 해 동안 오현 수령으로 있으면서 유람한 일을 추기(追記)하고, 명소들의 체험과 감상을 개조식으로 적은 후 「원정기략」과 「세시기이」를 작성했다.

이덕무는 개조식을 모방하되 간간이 매우 감각적인 어구를 점철했다. 「세검정」에서 "난간에 기대어 바라보고 있노라니 물소리가 옷과 신을 스쳐간다."라고 한 구절을 보라. 「서암사」에서 "바람이 일으키는 여울 소리와 솔숲에서 이는 소리가 횅뎅그렁해 음운을 만들어 낸다."라고 했다. 한문 원문은 더욱 짧고 간명하다. 이것이 곧 소품(小品)의 산문 문체다. 그러면 이 글은 원굉도가 구사한 소품문을 모방한 것에 그치는가? 그렇지 않다. 이덕무는 북한산에 편재한 사찰과 국가 소유의 병영, 성곽 등에 대해 요령을 얻은 저술을 했다. 기록을 면밀하게 조사해 체계를 세우려는 저술 태도가 이러한 문체를 선택하게 만들었다.

현재 북한산이라 부르는 산을, 조선 시대에는 삼각산(경기도 양주 지경으로 뻗은 산), 백악(도성 안 궁성 북쪽 산으로 면악(面岳)이라고도 함), 인왕산(백악의 서쪽 산)으로 구분했다. 하지만 그 셋을 합해 삼각산이라고도 했다. 북한산 주변은 옥류동·세검정·조계 등이 자리 잡아 문인들이 즐겨 찾았다.

또한 북한산 일대에는 사찰이 많았다. 원효가 참선했다는 바위 굴의 원효봉 암벽 아래와 꼭대기 각각에 덕암사와 원효암이 있고, 원효가 창건했다고 전해지는 상운사와 삼천사가 별도로 있다. 수태 선사는 승가사, 도선 국사는 도선사, 보조 국사는 내원사, 보우 국사는 태고사를 조성했다. 고려 태조는 중흥사를 창건했고, 현종은 진관 대사를 위해 진관사를 창건했으며, 예종 때 탄연은 문수사를 창건했다. 조선 중종 때는 신월 화상이 화계사를 창건했다. 1711년 북한산성이 축조될 때 136칸 규모의 대사찰 중흥사를 비롯해서 11개의 절이 증축되거나 창건되었다. 1745년 승려 성능이 펴낸 『북한지』에는 19개 사찰이 수록되어 있다.

이덕무는 책만 읽는 바보라는 뜻의 간서치(看書痴)라는 자호로 유명하다. "목멱산 아래 멍청한 사람이 있는데 어눌해 말을 잘하지 못하고 성품은 졸렬한 데다 오로지 책 읽는 것만 즐거움으로 여겼다." 풍열로 눈조차 뜨기 어려워도, 동상으로 열 손가락이 터져도, 책을 읽었다.

그는 소년 시절에 지었던 시문집에 '영처(嬰處)'라는 이름을 붙였다. 영아가 재롱부려 천진스럽게 놀고 처녀가 순수해 수줍음을 타듯 자신도 문장을 천진스럽게 즐기고 저술을 선뜻 공표하지 않는다고 밝힌 것이다. 정종의 별자 무림군의 후손이라는 신분상의 한계를 절감했기 때문일 수 있다. 하지만 스스로 군자이기를 바랐고 군자로서 인정받고자 했던 지향과도 밀접한 관련이 있다. 젊어서부터 이덕무는 자신의 저술에 참고 자료로 사용하고 또 자신의 삶에 보탬이 되는 내용을 잘 기억해 두려고 여러 책을 초록했다. 그의 저술을 아들이 모은 『청장관전서』는 당초 33책 71권의 방대한 분량이었다고 하는데, 현재 전하는 내용만 보아도 초록과 변증이 중심을 이룬다. 박지원은 「형암행장(炯庵行狀)」에서 이덕무가 식해(識解)·박문강기(博聞强記)·문예에 특히 뛰어났다고 적었다. 이덕무는 35세 때 완성한 『사소절(士小節)』 「사전(士典)」에서, 독서는 성현의 행사와 훈계를 준칙으로 삼아 한 개인의 도덕적 완성을 위한 방편이어야 한다고 역설했다.

이덕무는 지식을 자랑하려고 책을 읽은 것이 아니었다. 과거 답안 작성에 활용하려고 글귀를 모은 것도 아니었다. 박지원이 말했듯이 이덕무는 유학자를 자처하지 않으면서도 일상의 행실을 삼가서 정주(정이 형제와 주자)의 문호를 지켰으며, 문장을 지을 때는 말과 뜻이 잘 통하게 해서 조리 있고 간결하도록 힘썼다. 이덕무가 박학을 중시한 데에는 또 다른 목적이 있었다. 이덕무는 민족 문화의 자긍심을 영구히 전할 총서를 편집하고자 했다. 백과사전적인 지식 체계를 수립하고자 했던 것이다. 북한산을 유람하면서 그곳에 편재한 사찰과 유적에 대해 꼼꼼하게 메모한 것도 그의 평소 공부 방법과 지향을 잘 드러낸다.

한편 이덕무의 「기유북한」은 조선의 문사들이 북한산을 각별히 사랑해 헌사를 바쳐 왔던 맥락에서 그 의미를 살필 수 있기도 하다. 선조 36년인 1603년에 이정귀가 작성한 「유삼각산기(遊三角山記)」는 이른 시기의 글에 속한다. 당시 이정귀는 금강산에서 돌아와 당나라 시인이 "현산을 고개 돌려 바라보니 마치 고향 사람과 헤어지는 듯해라."라고 했던 그런 마음을 느꼈다. 한 해가 넘도록 예조에 소속되어 공적인 문장을 짓는 데 골몰해야 했으므로 표연히 바람을 타고 어디론가 떠나고 싶었다. 그래서 연거푸 세 번 글을 올려 사직을 청하기도 했다. 그때 삼각산 중흥사의 승려 성민이 사미승 천민에게 서찰을 들려 보냈다. "산속에 늦서리가 내렸습니다. 단풍잎이 정말 붉답니다. 며칠 지나면 시들고 말 것입니다." 9월 15일, 사미승 천민을 따라 이정귀는 아들과 함께 각각 술동이를 지고 갔다. 그에게 삼각산 유람은 "표연히 바람을 타고 어디론가 떠나고 싶은" 바람을 충족시켜 주는 의미를 지녔다.

조선 문인들은 북한산의 화강암 기암이 유달리 맑은 것을 사랑했다. 이중환은 『택리지(擇里志)』에서 북한산의 흙이 깨끗해 떨어뜨린 밥도 다시 주워 먹을 수 있을 것 같으므로 서울의 인사들이 찾는다고 했다. 박지원도 서울을 떠나 있다가 귀경할 때면 북한산의 흰 바위 봉우리가 기이한 경관을 드러내어, 되려 마음을 평온하게 해 준다고 했다.

조선 후기의 문인들은 북한산 유람을 하루 사이에 즐길 수 있는 일흥으로 여겼다. 여항 문인 홍세태는 백련봉·적취대·중흥동·중흥사·북한산성·승가사 등 북한산 일대를 돌아다니며 시회를 즐겨 "어제는 백련봉, 오늘은 적취대. 두 산 사이에서 노니니, 봄 흥취가 유유해라!"라고 노래했다. 노론의 학자 송상기는 만년의 어느 9월 초하루, 창의문을 나와 탕춘대를 찾았다. 그는 1682년 초여름에 부친 송규렴과 외가 어른 김수홍 및 김수항, 김창협을 모시고 무계에 노닐던 일을 회상하며, 무계의 일만 그루 소나무가 하나도 남아 있지 않다고 한탄했다. 하지만 북한산을 더욱 사랑해 「유북한기(遊北漢記)」에서 그의 승경들을 하나하나 묘사했다.

정조의 문체순정 정책 때문에 배척을 받았던 이옥은 어느 해 8월의 멋진 절기에 멋진 친구들과 함께 멋진 승경지인 중흥사에 올랐다. 그리고 당시 중흥사에 유람한 사실과 감흥을 기록하면서 그 총론인 「중흥유기총론(重興遊記)」에 북한산 전체의 승경을 개괄했다. 중흥사를 승경지 북한산을 구성하는 요소로 해체한 것이다.

바람이 메말라 까실까실한 느낌을 주고 이슬이 깨끗해 투명하게 하는 것은 8월의 멋진 절기다. 물은 힘차게 운동하고 산은 고요히 머물러 있는 것이 북한산의 멋진 경치다. 개결하고 운치 있으며 순수하고 아름다운 두세 사람이 모두 멋진 선비다. 이런 사람들과 여기에서 노니니, 그 노니는 것이 멋지지 않을 수 있겠는가?

자동(紫峒)을 거친 것도 멋지고, 세검정에 오른 것도 멋지고, 승가사 문루에 오른 것도 멋지고, 문수사 수문에 올라간 것도 멋지고, 대성문에 임했던 것도 멋졌다. 중흥사 그윽한 골짜기에 들어간 것도 멋지고, 용암봉에 오른 것도 멋지고, 백운산 아래 기슭에 임한 것도 멋졌다. 상운사 골짜기 어귀도 멋지고, 염폭은 기막히게 멋지고, 대서문도 멋지고, 서수구도 멋지고, 칠유암은 극히 멋지고, 백운동문과 청하동문의 두 동문도 멋지고, 산영루는 대단히 멋지고, 손가장도 멋졌다.

정릉동 어귀도 멋지고, 동성 바깥 평사에서 일단의 무리가 말을 내달리는 것을 본 것도 멋졌다. 사흘 만에 다시 도성에 들어와 취렴방 저자에 붉은 먼지가 일고 수레와 말이 빈번하게 다니는 것을 보는 것도 멋지다.

아침에도 멋지고 저녁에도 역시 멋지다. 날이 맑아도 멋지고 날이 흐려도 멋지다. 산도 멋지고 물도 멋지다. 단풍도 멋지고 바위도 멋지다. 멀리 조망해도 멋지고 가까이 다가가 보아도 멋지다. 부처도 멋지고 스님도 멋지다. 비록 좋은 안주는 없어도 탁주라도 멋지다. 절대가인은 없어도 초동의 노래라도 멋지다.

요컨대 그윽해서 멋진 것도 있고, 상쾌하여 멋진 것도 있고, 활달해서 멋진 것도 있고, 아슬아슬해 멋진 것도 있고, 담박해 멋진 것도 있고, 알록달록해 멋진 것도 있다. 시끌시끌해 멋진 것도 있고, 적막해 멋진 것도 있다. 어디를 가든 멋지지 않은 것이 없고, 어디를 함께해도 멋지지 않은 것이 없다. 멋진 것이 이렇게도 많아라!

이 선생은 말한다. "멋지기 때문에 놀러 왔지. 이렇게 멋진 것이 없었다면 이렇게 와 보지도 않았을 게야."

이옥은 경관을 대해 느낀 감흥을 그저 '멋지다(佳)'라는 말로 표현했다. 그는 북한산 여행을 통해 권위나 예교에 종속되지 않는 자유로운 내면을 되찾고자 했고, 산문 문체의 권위적인 틀을 무시하고 자신만의 감각 경험을 토로할 수 있는 자신만의 언어 표현을 추구했다. "바람이 메말라 까실까실한 느낌을 주고 이슬이 깨끗해 투명하게 하는 것은 8월의 멋진 절기다." 음력 8월의 가을 공기를 얼마나 감각적으로 표현했는가. 지금 북한산은 우리에게 이런 감각적 인상을 허여하는가? 아니, 지금 우리는 북한산에서 감각적 인상을 얻어 낼 만큼 자유로운 정신을 지니고 있는가?

(12) 경복궁이 내려다보이는 자리

김상헌(金尙憲), 「유서산기(遊西山記)」

한양의 산은 복정산(삼각산)에서 나와 왕도의 진산을 이룬 것이 공극봉이고, 공극봉이 고개에서 나뉘어 궁륭 모양을 이루기도 하고 평퍼짐하게 서리기도 해 서쪽으로 끌어안고 남쪽으로 에워싸고 있는 것이 필운봉이다. 나는 두 산 아래에 집을 두어 아침저녁으로 출입하고 기거했으므로 산과 접하지 않은 적이 없었으며, 산 또한 우리 집 마루, 창, 사방침, 안석에 다투어 들어와 마치 더욱 친해지려는 듯했다. 그러므로 늘 누워서 눈길을 보내면서 와유했을 뿐이지 한번도 바위 벽과 골짜기 사이를 왕래한 적이 없었다.

갑인년(1614년) 가을, 어머니께서 안질을 앓으셨는데, 듣자니 서산에 영험한 샘물이 나서 병에 걸린 사람이 그 샘물로 왕왕 곧바로 효과를 보았다고 하므로 마침내 날을 잡아 그리로 갔다. 큰형님(김상용)과 나, 김광찬(김상헌의 양자)과 김광소(김상용의 측실 소생)도 함께 따라갔다. 인왕동으로 들어가 예전 우의정을 지낸 양곡 소세양의 옛집을 지났다. 이른바 청심당, 풍천각, 수운헌이라는 건물들은 무너진 문과 부서진 주춧돌만 남아 거의 알아볼 수 없었다. 양곡은 문장으로 당대에 현달해 존귀하고 부유했던 데다가 또 집을 잘 설계한다는 명성이 있어 건물의 구조가 교묘하고 화려함을 다했다. 사귄 사람들도 모두 한때 문장으로 이름을 날린 사람들이었다. 그가 짓고 읊조린 시문들은 필시 기억되어 후대에 전할 만한 것이 많았을 터인데, 100년도 채 되지 않은 지금은 이미 한두 편도 남아 있지 않다. 선비가 후대에 베풀리라고 믿는 바는 여기에 있지 않다.

그곳을 거쳐 위로 올라가자 깎아지른 절벽과 날리는 샘물, 푸른 풀과 파란 언덕이 이어져 곳곳마다 즐길 만했다. 다시 그곳을 지나 더 위로 올라가자, 돌길이 비뚤비뚤하므로 말을 놓아두고 걸어갔다. 두 번 쉬고 나서야 샘이 있는 곳에 이르렀는데, 지세가 공극봉의 딱 반에 해당한다. 궁륭 모양의 큰 바위하나가 우뚝 지붕을 인 것처럼 서 있다. 바위 귀퉁이를 두드려깨 처마처럼 만들어서, 비나 눈이 와도 예닐곱 사람이 피할 수있을 정도다. 샘물은 바위 밑 작은 솔기 같은 틈에서 솟아나는

데 수맥이 매우 가늘다. 밥 한 끼 먹을 시간 동안 기다리고서야 비로소 구덩이의 3분의 1쯤 채워졌다. 그래도 구멍 둘레가 겨우 맷돌만 하고 깊이 또한 무릎이 잠길 정도밖에 되지 않는다. 샘물 맛은 떫지 않고 달았지만 그다지 시원하거나 톡 쏘지는 않았다.

샘물 곁의 우거진 숲에는 어지럽게 지전(紙錢)이 붙어 있는데 대개 무당이 영험을 비는 곳이다. 석굴 앞에는 흙으로 된 언덕이 평평하게 뻗어 있으나 동서의 길이가 수십 보밖에 되지 않는다. 빗물로 패인 곳에 오래된 기와가 나오므로 이곳이 인왕사 터임을 확인할 수 있다. 어떤 이의 말에, 북쪽으로 돌아가서 골짜기를 마주한 곳에도 폐허가 있으나 옛 유적이 인멸되어 알아볼 수 없다고 한다. 전에 들으니 국초에 도읍을 정할 때 서산의 석벽에 단서(丹書)를 썼다고 하던데, 그 또한 어디인지 알 수가 없다.

산은 통돌로 몸체를 이루어 정수리부터 배 부분까지는 높은 석골과 험준한 바위, 아슬아슬 높은 봉우리와 첩첩 포개진 절벽이 곧게 서 있거나 옆으로 깔려 있다. 위로 쳐다보면 병기를 모아 두고 갑옷을 쌓아 둔 듯해, 그 기이한 모습을 이루 다 형용하기 어렵다. 산의 지맥이 이어져 멧부리가 되고 여러 멧부리가 나뉘어 골짜기가 되었다. 골짜기 안에는 모두 샘물이 있어, 맑은 물이 바위에 부딪쳐 일만 개의 옥이 쟁그랑거리니, 수석의 경관이 정말 도성 안에서 제일가는 구역이다. 다만 한스러운 것은 법으로 금하는 것이 느슨해져 온 산에 한 심(尋, 6척 혹은 8척) 이상 되는 큰 나무가 없다는 점이다. 만약 울창한 소나무와 전나무가 해를 가리고, 언덕에 빽빽하게 서 있는 단풍나무와 녹나무가 기슭을 끼고 있어 쏴쏴 슬슬 소리를 내면서 미풍이 불고 달 뜬 저녁에 너울너울거리며 어우러진다면 신선 사는 봉래산이나 곤륜산 낭원이라 하더라도 몹시 부러워할 것이 무어 있겠는가?

뒤로 굽어 나간 성곽이 매우 가까워 보이기에 종복들을 시켜 길을 찾게 했더니 길이 험해 오르기 어렵다고 했다. 광찬과 광소가 날랜 걸음으로 갔다 와서는 눈으로 본 것을 말했다. "사현(沙峴)의 행인이 개미처럼 조그마합니다." "삼강(마포강)의 바람을 받은 돛배를 몇 척인지 역력히 헤아릴 수 있습니다." 나는 혼자 탄식했다. "나는 나이도 차기 전에 아주 쇠약하게 되었구나! 반 보나 한 보 정도의 가까운 거리라 해도 씩씩하게 걸음을 내딛을 수 없어 험한 곳을 만나서는 걸음을 멈추거늘, 이래서야 어찌 열 지은 사람들 틈에 나아가 힘을 내어 젊어서 배운 바를 한껏 펼치고 도를 실천해 남에게 미칠 수 있겠는가?"

백형과 함께 남봉에 올랐다. 남봉 아래 주고(酒庫)가 있어, 두 채의 행랑이 마주 보는 구조로 되어 연이어 10여 칸으로 뻗어 있다. 술기운이 뻗치므로 날아가는 새도 모이지 않는다. 저 많은 광약(狂藥, 술)이 온 세상 사람을 다 취하게 만들지 모를 일이다. 앞쪽으로 목멱산(남산)을 바라보니 마치 어린아이를 어루만지는 듯한 형상이다. 남쪽의 성이 산허리에 굽어 돌아 구불구불 구물구물 마치 용이 누워 있는 것 같으니, 그 아래 어찌 인걸이 용처럼 누워 있을 수 있겠는가? 인걸이 꼭 여기에 있지는 않을 것이다. 여염의 기와집 일만 채가 땅에 두루 붙어 있어 빼곡빼곡하기가 마치 고기비늘 같다. 왜란 후 23년에 태어나는 아이가 나날이 늘고 사람 사는 집이 많아진 것이 이처럼 성대하다. 그 가운데 남자는 대략 헤아려도 수십만 아래가 아닐 것이지만 요임금과 순임금을 보좌해서 요순 시절을 가져올 수 있는 이가 한 사람도 없어 나라의 힘이 더더욱 약해지고 백성들이 더더욱 초췌해지며 변방이 더더욱 뒤흔들려, 나라가 허물어져 오늘의 지경에 이르도록 만들었을 뿐이다. 창창한 하늘이 재주 있는 이를 내림이 어찌 이다지도 인색하단 말인가? 아니면 재주 있는 이를 내렸으되 알지 못해 쓰지 못하는 것인가? 시절이며 천명이며 운명이 아니겠는가?

경복궁은 정원이 비고 성곽이 무너지고 목책이 듬성듬성하며, 용을 새긴 누각과 봉을 새긴 전각들에는 무성한 잡초가 자라나서 그저 경회루 앞의 못에 연꽃잎이 바람에 흔들리며 석양에 빛이 밝아졌다 꺼졌다 하는 것만 보인다. 앞에서 어진 이를 막아 나라를 그르쳐 외적의 전투 말을 이르게 하고 궁을 가시덤불로 뒤덮이게 만들며, 뒤에서 부추기는 상소를 올려 총애를 구하고 사악한 말을 통용되게 해 법궁(궁궐, 여기서는 제1법궁인 경복궁)을 폐기되도록 만들었으니 죄 지은 간신들을 어찌 일일이 모두 다 죽일 수 있겠는가? 동관(창경궁)의 두 전각은 우뚝 솟아 붉은빛과 흰빛이 중천에 어리고, 금원의 소나무와 잣나무는 울울창창하며, 호분위와 용양위 군사는 궁궐을 맑히고 임금의 행차를 바라본다. 제왕의 거처가 폐하고 흥기함이 진실로 운수가 있는 법이기에 이 경복궁에 국왕이 임어하시는 것 또한 아마도 때가 있으리라!

홍인문의 괴걸한 구조는 동쪽으로 우람하게 바라보이고, 종로 큰 길은 한 가닥으로 통하며, 좌우에 늘어선 저자의 가게는 마치 별들이 궤도를 따라 나뉘어 질서정연하게 차서가 있듯 하다. 그 사이에 수레를 몰거나 말을 타거나 해 내달리는 자와 치달리기는 자가 황황하기도 하고 급급하기도 한 것이 모두 이익을 도모하는 사람들이다. 당나라 시에서 "서로 만나느라 늙는 줄도 모른다."라고 한 것이 참으로 묘한 찬양이다.

불암산의 푸른빛은 움켜쥘 수 있을 듯 시야에 들어온다. 바위 봉우리가 수려하게 뽑혀 나 있어 결코 범상한 모습이 아니다. 가까이에서 궁실을 보좌해 동쪽 진산이 되어 서쪽, 남쪽, 북쪽의 세 곳 산과 함께 솟아 있었더라면 바위가 말달리듯 치달리는 듯한 형상이 실로 나라의 형세를 웅장하게 했을 것이거늘 멀리 수십 리 밖 교외에서 마치 황야에 은둔한 사람처럼 서 있으니, 조물주의 뜻이 정말 애석하다.

아아, 아침저녁 기거하는 곳에서 늘 접하던 것을 태어난 지 45년이 되어서야 처음 한 번 올라 보았다. 둥근 하늘과 너른 땅은 잠시 머무는 여관 같고 희화가 모는 해와 망서가 모는 달은 비탈길에 구르는 탄환처럼 흐르거늘, 혹은 우주에 형체를 부쳐 둥실둥실 바람 속의 물방울처럼 떠다니면서 혹은 멀어졌다 가까워졌다 혹은 흩어졌다 모였다 하되, 이 모든 것을 스스로 말미암을 수가 없다. 이제부터 남은 생애가 몇 년인지 알 수 없거늘, 어머니와 형을 모시고 조카를 데리고 다시 이 산을 유람하여 먼 곳 바라보는 시선을 부치며 하루의 즐거움을 영원하도록 하는 것을 어찌 다시 기약할 수 있으랴? 이 때문에 느끼는 바가 있어서 글을 적어 유람한 해와 때를 기록한다.(현옹 신흠은 남성에 댁이 있었는데 지금 배척받아 금릉에 쫓겨났다. 백사 이항복 또한 불암산 아래 은둔하고 있다.)

김상헌(1570~1652년)은 서산 곧 인왕산에 올라 서울의 지세와 성곽의 풍수를 돌아보고, 국가를 중흥할 인걸이 나오지 않을지도 모른다고 우려했다. 임진왜란이 끝난 지 23년, 물질생활이 풍요롭지 못해 그런 것은 아니었다. 오히려 전쟁이 끝난 후 아이들이 나날이 늘어가고 집들이 많아져서 서울에는 여염의 기와집 일만 채가 고기비늘처럼 빼곡했다. 종로 큰길의 좌우에 늘어선 가게는 별들이 궤도를 따라 도는 듯이 가로세로 질서정연하다. 일만 가호에서 그동안 태어난 남자는 대략 헤아려도 10만 아래는 아닐 것이다.

하지만 그 가운데 어느 한 사람도 임금을 보좌해 요순 시절을 만들 수 있는 이가 없다는 것이 문제였다. 저잣거리에서 수레를 몰기도 하고 말을 타기도 하며 급히 내달리기도 하고 치달리기도 하는 저 사람들은 그저 이익을 도모하는 자들뿐이기 때문이다. 상업을 부정한 말이 아니다. 모든 사람이 이익 추구에 골몰하는 세태를 걱정한 것이다. 그렇기에 맹교의 오언 고시 「유순을 전송하며(送柳淳)」 가운데 마지막 구절을 인용해서 정말 묘한 찬양이라고 은근히 비판했다. 맹교의 시는 이렇다. "청산은 황하에 임해 있고 그 아래 장안 가는 길이 있네. 세상의 명리인들은 서로 만나느라 늙는 줄도 모른다." 청산과 황하는 온전한 조화의 세계이지만 그 아래 장안 길에서는 명성과 이욕을 추구하는 이들이 서로 만나 속내를 숨기고 희희거리면서 자신의 늙음과 죽음이 이르러 오는 것도 모르고 있다. 세태를 풍자하는 뜻이 매우 신랄하다.

김상헌이 세태를 걱정한 것은 광해조의 정치 현실을 우려했기 때문이기도 하다. 경복궁은 정원에 인적이 끊기고 목책이 듬성듬성하며, 누각과 전각은 무성한 잡초에 묻혀 있다.

경회루 앞의 못에 연꽃잎이 바람에 흔들려 석양 아래 어른어른하는 것을 보고는 목이 멜 정도였다. 그리고 군주의 총애를 구해 사악한 말을 행하게 만들고 결국 전란으로 제1급 궁전인 경복궁을 폐허가 되도록 만든 간신들의 작태에 분개했다. 하지만 김상헌은 서울이 길지라는 것을 의심하지 않았다. 동관의 두 전각이 우뚝 솟아 붉은빛과 흰빛이 중천에 어리고 금원의 소나무와 잣나무가 울울창창한 모습을 바라보면서 제왕의 거처가 폐하고 흥하는 것은 진실로 운수가 있는 법이므로 군주가 경복궁에 임어하는 것 또한 운수가 정해져 있으리라 스스로를 위로했다.

다만 남쪽의 성을 바라보면서 그 모습이 마치 용이 누워 있는 형상이지만 과연 지금 그 아래 인걸이 용처럼 누워 있을 것인지 의심했다. 이것은 현옹 신흠이 남성에 집이 있었는데, 광해군 때 폐모론에 참여하지 않아 배척받아 금릉 즉 김포로 쫓겨난 사실을 한탄한 것이다. 그리고 불암산이 범상한 모습이 아니거늘 동쪽의 진산이 되지 못하고 수십 리 교외 밖에서 있는 모습을 보고, 마치 황야에 은둔한 사람과 같다고 했다. 당시 백사 이항복이 불암산 아래 은둔하고 있는 것을 빗댄 말이다.

본래 김상헌과 그 생가 백형인 김상용 일가는 백악(북악) 아래에 모여 살았다. 글에서 공극봉과 필운봉의 두 산 아래에 집을 두어 아침저녁 출입하고 기거했으므로 산과 접하지 않은 적이 없었다고 말한 것은 그 때문이다.

김상용의 집은 인왕산 자락의 청풍계에 있었다. 이곳에 대대로 살게 되는 그 후손을 장동 김씨라고 불렀다. 곧 지금의 청운초등학교 뒷골목 안쪽 골짜기인 백운동 부근에 청풍계가 있어 자하동(현재의 청운동 일부)과 연결되어 있는데, 자하동의 음을 줄여서 장동이라 일컬었다. 정선이 「청풍계도(淸風溪圖)」를 그린 것이 전한다. 개울가 큰 바위에는 '대명일월, 백세청풍(大明日月, 百世淸風)' 여덟 자가 새겨져 있었다.

김상헌의 집은 청풍계에서 고개 너머 남쪽, 현재 종로구 궁정동 주한 로마 교황청 대사관 자리에 있었으며, 육상궁과 담장이 붙어 있었다. 뜰에는 동청(감탕나무과에 속하는 상록수) 여섯 그루가 있었다. 그 집에서 손자 김수항이 살며 여섯 형제를 낳았으므로 육청헌(六靑軒)이라 명명했다. 김수항은 현재의 종로구 옥인동인 인왕산 밑 옥류동의 칠성대 부근에 별장을 두었다. 그곳에 김수항의 아들 김창업이 살았다. 석벽 위에 옥류동이라는 각자가 현재도 남아 있다. 별장 울타리 안은 송석원이라 하고 앞개울은 계래란이라 하며, 그 위 정자를 청휘각이라고 했다. 고종 때 이르서는 민규호와 민태호가 번갈아 살았고 민태호의 둘째 아들 민영린이 살다가 윤덕영의 별장이 되었다.

장동 김문(金門)은 순조의 국구인 영안 부원군 김조순 형제 때 극성했다. 순조 때 김이교는 판윤에 일곱 번 제수되고, 김이양은 네 번 제수되었다. 김조순은 삼청동 계곡 서편 산 중턱에 옥호정을 세웠는데, 화원이 그린 「옥호정도」 채색도가 전한다. 바깥사랑채 편액에는 옥호산방(玉壺山房)이라 썼다.

김상헌은 인왕산 산기슭에 있던 소세양의 옛 집터를 거쳐 가면서 선비의 지상(志尚)이 어떠해야 할 것인가 반성했다. 소세양은 시를 잘 지어 당시 유력자인 이행의 후원으로 현달했다. 1521년 겨울, 원접사 이행을 따라 정사룡과 함께 종사관으로 참여해 그 공로로 문한(文翰)의 직을 여럿 맡았다. 그런데 기묘사화 다음 해인 1520년, 남곤이 김식을 조광조의 남은 당원으로 지목해서 반역죄를 들씌울 때 대간의 직에 있으면서 문사관으로서 국청(鞫廳)에 참여했다. 이 때문에 식자들의 비난을 샀다. 조선왕조실록을 보면 사신은 "소세양이 중국의 시인들에게 칭찬받고 그 일을 임금에게 스스로 알렸으니, 뻔뻔하게도 자기 재주를 과시하고 싶었던 모양이다. 당시 식자들이 매우 비웃었다."라고 써 두었다. 1530년대 들어서서 사림파 관료들은 사장파를 공격하기 시작했는데, 소세양은 정사룡·이희보와 함께 비난의 첫째 대상이 되었다. 마침 1534년에 후원자 이행이 사망하면서 고립 상태가 되었다. 노모의 봉양을 이유로 조정 관리의 직을 사양하기 시작해 벼슬길에 들고나기를 반복했다. 1540년부터 23년간 고향 전라도 익산에 은둔하다가 죽었다.

김상헌은 남은 생애가 그리 많지 않건만 도리를 실천하지 못하고 친척들은 이산을 반복하는 것을 슬프게 여겼다. 어머니와 형을 모시고 조카를 데리고 다시 이 산을 유람해 먼 곳 바라보는 시선을 부치며 하루의 즐거움을 영원하도록 하는 것을 어찌 다시 기약할 수 있겠느냐고 반문했다. 이 반문은 우리의 반문이기도 하다.

1774년 김윤겸은 종이에 엷은 색으로 그린 「백악산」을 남겼다. 삼각형의 산세가 드러나도록 정중앙에 크게 위치시키고 화강암의 바위가 잘 드러나도록 흑백을 안배했다. 상단에는 성와의 호를 사용하는 인물이 갑오년 봄에 칠언 고시의 찬문(贊文)을 큰 글씨로 써 두었다. 그 시의 후반부를 보면 이러하다.

> 비스듬한 바위에는 폭포 흔적 뚜렷하고
> 깊은 골짜기에선 솔밭 푸른 기운 부동하네.
> 이 그림이 인간 세상으로 나간 이후로는
> 백악산 진면목이 날로 초췌해지지 않을지.
> 사람의 솜씨인지 하늘의 작품인지 따지지 마오
> 응당 신령이 있어 반드시 시기를 당하리라.

어떡하면 이 손을 빌려 봉래산 영주산 그려 내어
평소 강해에 살려던 뜻을 조금이나마 펴 볼까?

分明側石飛瀑痕　　　　　浮動幽壑亂松翠
自從是畫出人間　　　　　恐使眞面日憔悴
人工天作且莫辨　　　　　應有神靈必見忌
焉得此手描蓬瀛　　　　　少伸平生江海志?

성와는 백악산을 그린 화가 김윤겸의 솜씨로 삼신산을 그
려서 그것을 보면서 와유하고 싶다는 바람을 말했다. 강해에
살려던 뜻을 우리는 어떻게 펼 수 있을까?

13 83세와 74세가 함께 오른 산

허목(許穆), 「백운산(白雲山)」

백운산은 경기 지역의 큰 산으로, 영평현(포천) 치소에서 동쪽 20리 되는 곳에 있다. 그 수동에 와룡대가 있는데, 물속의 석대(石臺)로 길이가 10장에 이른다. 물이 깊고 바위가 많으며 시냇가는 모두 장송과 긴 협곡이다. 그 위는 사당이다. 10리에 걸친 시냇물이 산속에서 발원하며, 양 기슭에는 흰 자갈과 짙푸른 소나무가 많고 왕왕 너럭바위와 험준한 암석도 많다. 30리가 모두 그러하다.

깊이 들어가자 석장(아주 널따란 너럭 바위)이 있어 수백 명은 앉을 수 있다. 시냇물은 그 바위 아래까지 이르러 와서 계담을 이루며 그 아래는 석만(石灣, 바위로 이루어진 물굽이)이다. 석장을 지나서부터는 산이 더욱 깊어지고 물이 더욱 맑아지며, 골짜기 가득 모두 소나무다. 이 못에 이르러서는 물이 푸르고 깨끗하며 피라미가 많다.

그 위가 백운사다. 앞 누대에 올랐더니 바위 봉우리가 마주해 있으며, 높은 벽이 시내에 임해 있다. 동주 이민구가 벽기(壁記)를 지었다. 신라 승려 도선이 처음 창건했으므로 지금까지 800여 년이 흘렀다. 숭정 연간(1628~1644년)에 오대산 승려 색름이 중창했다. 동쪽 구석에는 서역 승려 민의 부도가 달을 맞이하고 있다. 동쪽 창에서는 섬암의 석봉이 바라보인다. 9월 12일 밤 달이 섬암의 석봉 위로 올랐을 때, 앞쪽 시내는 위아래로 반석이 많아 그 위에서 노닐 만했다.

조계사는 작은 고개를 넘어 5리쯤에 있는데, 옛날에는 선적종이었다. 도선의 부도가 있다. 그 위는 상선암이다. 산속의 바위 골짜기로 20리를 들어가자, 산이 깊고 길이 끊어져 다한 곳이다. 색름이 쌓은 것이다. 그 아래는 반야(절)로, 자휴와 색름의 부도가 있다.

섬암 서쪽 기슭에 있는 보문사는 승려 석민이 쌓은 것인데, 역시 아름다운 절이다. 종일 산 아래 사람들이 나무 열매 줍는 모습이 골짜기에 가득한 것을 보았다. 지난해(1640년) 겨울 화개에 이르렀을 때 섣달부터 정월에 이르기까지 눈이 쌓이고 지독하게 추워 큰 나무가 많이 얼어 죽어서 3월에도 꽃이 없었다.

2월부터 5월까지 비가 내리지 않았고, 6월 하순부터 9월까지 비가 내리지 않은 데다가 일찍부터 추워서 백곡이 열매를 맺지 않고 초목이 자라지 않아 산의 나무가 대부분 말라 죽었으므로 전혀 없다고 말할 수 있을 정도였다.

백운산 남쪽의 화악은 경기와 관동의 경계에 있다. 수춘(춘천), 동음, 가평 지역에 있으며 둘레가 300리나 된다. 그 서쪽 기슭은 바위가 겹겹이 쌓여 높고 아스라하다. 산의 절정에 이르러 시야가 닿는 데까지 바라보니 구름과 안개가 대낮에도 흐릿하다. 사람들은 대개 두려워하고 벌벌 떨어 꼭대기에 올라가지 못한다. 날이 가물면 고을에서 많은 사람을 징발해서 그 꼭대기에 올라가 비를 구한다. 봄과 여름의 교체 시기에 우레와 번개, 비와 우박이 크게 치고 내려 천마산과 박연에서부터 삭북, 과말, 지장, 화적, 삼부, 학령을 거쳐 백운산 절정에 이르렀으며 화악에 이르러 그쳤다. 산중 사람들은 용이 이동한 것이라고 말했다.

조선 숙종 때 남인 정파를 이끌게 되는 허목(1595~1682년)이 인조 19년인 1641년 포천의 백운산을 유람하고 적은 글이다. 백운산의 백운사는 신라 말 내원사로 1648년에는 보문암이라 했고, 1786년에 비로소 백운사로 고쳤다고 알려져 있다. 하지만 허목의 이 글을 보면 백운사라는 사찰 이름의 연혁은 그보다 오래다.

허목의 본관은 양천, 호는 미수(眉叟)다. 현감 허교의 아들로 어머니는 정랑 임제의 딸이고 부인은 오리 정승 이원익의 손녀다. 허목은 인조 4년인 1626년 동학(東學)의 재임을 맡고 있을 때 인조가 생부 정원 대원군을 왕으로 추존하려고 하는 데에 동의한 박지계의 이름을 유생 명부에서 지웠다가 과거 응시를 금지당했다. 뒤에 벌이 풀렸으나 과거를 보지 않고 경기도 광주 자봉산에 은거했다. 1636년 병자호란을 당해 영동으로 피난했다가 그 뒤 상주, 사천, 창원, 칠원 등지를 전전했다. 10년 뒤에 마침내 경기도 연천의 고향으로 돌아왔다.

허목은 현종 원년인 1660년에 효종에 대한 조 대비(인조의 계비)의 복상을 자최 3년 복으로 해야 한다고 상소해 송시열 등 서인과 맞섰다. 효종이 왕위를 계승했고 또 종묘의 제사를 주재해 사실상 맏아들 노릇을 했기 때문에 어머니의 맏아들에 대한 복을 입어야 한다고 주장한 것이다. 1674년 효종 비 인선 왕후가 죽자 조 대비의 복제 문제가 다시 제기되었다. 갓 즉위한 숙종은 앞서 복제가 잘못이라 판정했다. 숙종 원년인 1675년에는 덕원 유배의 송시열에 대한 처벌 문제를 놓고 허목은 영의정 허적에 맞서 가혹한 처벌을 주장해 청남의 영수가 되었다. 1680년 경신대출척으로 남인이 실각하고 서인이 집권하자 관작을 삭탈당했다. 사후 1688년에 이르러 관작이 회복되었다.

허목에게는 이인의 풍모가 있었다고 전한다. 허목은 허적의 아버지와 함께 어느 절에서 공부를 했다. 그런데 매월 보름이면 이무기가 나타나 승려를 하나씩 잡아먹었다. 허적의 아버지가 그 이무기를 칼로 죽이자 이무기의 푸른 기운이 허적의 집에 뻗쳤다. 허목은 상서롭지 못하다고 여겨 그 집에서 아들을 낳는 족족 없애도록 충고했다. 허적의 아버지는 두 아이를 없앴으나 셋째 아이인 허적은 차마 죽이지 못했다. 허적은 결국 역적이 되어 가문에 화를 입었다. 허목에게 신통력이 있다고 알려졌기에 이런 이야기가 만들어졌을 것이다.

허목은 백운산을 유람하고 글을 적을 때 이민구가 지은 「백운산 백운사 중수기」의 내용을 참고로 백운사의 연혁을 살폈다. 그리고 백운산의 지세와 지리, 사찰인 백운사와 보문사, 백운산에서 바라보이는 화악의 경승 등을 차분하게 기술했다. 그뿐 아니라 봄에서 여름으로 계절이 바뀔 때 일어난 기후의 난조와 그에 얽힌 민간의 속설도 함께 말했다. 사유의 폭을 살필 수 있다. 기후의 난조에 대해 용의 조화라고 설명하는 속설에 대해서는 의견을 일절 첨부하지 않았다. 포폄(褒貶)을 가한다든다 기견(己見)을 삽입하는 식으로 섣부른 판단을 하려 하지 않은 것이다.

허목은 유람 때 민간의 전설과 신앙에 대해 어느 정도 열린 태도를 취했다. 「백운산」에서는 봄과 여름의 교체기에 우레와 번개, 비와 우박이 천마산 박연에서부터 백운의 절정을 지나 화악에 이르자 산중 사람들이 용이 이동한 것이라고 말했다는 사실을 기록으로 남겼다. 섬암 서쪽 보문사에 들렀을 때 산 아래 사람들이 나무 열매 줍느라 골짜기에 가득한 광경을 보면서 백성들의 고단한 처지에 동정하기도 했다.

허목은 영평현 백운산에 대해 또 다른 글을 남겼다. 곧 1668년 중추 15일에 쓴 「백운산수기(白雲山水記)」다.

용주 공(조경)이 연천으로 서찰을 보내어 산수 구경을 같이 가자고 약속하셨다. 나는 일 없이 있었으므로 서찰을 받고 아주 기뻤다. 그래서 손령으로 가서 공을 따라 백운산의 수석을 구경했다. 손령에서부터 사당까지는 40리다. 사당산 밑에는 아름다운 마을이 있어 들 언덕과 수석이 볼만하다. 골짜기 어귀에는 와룡암이 있다. 사당에서부터 백운사까지는 30리인데, 개천가에는 흰 자갈과 무성한 소나무가 많고 험한 바위와 긴 여울이 드문드문 있다. 개울을 따라 15리를 걸어 올라가 마당바위에 당도했다. 반석이 아주 넓고 푸른 소나무 5~6그루가 바위 위에 늘어서 있다. 냇물은 바위 밑으로 흘러, 깊은 곳은 못이 되고 얕은 곳은 물굽이를 이룬다. 마당바위에서 동쪽으로 15리를 더 가니 산은 더욱 깊고 물은 더욱 맑다. 높은 절벽과 기이한 바위도 간간이 있다. 계곡 어귀에 이르자 못물이 푸르고 깨끗해 아주 아름다웠다.

백운사는 백운산 속의 오래된 절로, 절의 남쪽 누각이 암벽과 마주해 서 있어 너무나도 기이하다. 누각 벽에는 동주 이학사(이민구)의 「산루기」가 있다. 개울을 따라 조금 더 올라가니 돌 위로 흐르는 물이 아주 멀리 뻗쳤고 그 위에 조계사가 있다. 백운사에서 동북쪽으로 5리를 올라가면 상선암이 있는데, 이 산에서 가장 높은 곳이다. 석봉들이 둘러섰으며, 산은 깊고 골짜기는 멀다. 여러 봉우리에 떠 있는 산 빛이 이 산속의 절경을 이룬다. 그 아래 옛날에는 견적사가 있었으나 지금은 빈 터가 되어 밭을 일구었다. 밭가에는 도선 승려의 부도가 있는데, 조각해 놓은 물상들이 갖가지로 기괴한 모양을 하고 있다. 아마도 천 년에 가까운 고적일 텐데 돌이 닳아서 알아볼 수가 없었다. 백운사에서 서남으로 5리쯤 가면 보문사가 있다. 이 또한 훌륭한 절이다.

용주 공은 『춘추정의』와 『주역』의 64괘효상과 괘서(卦序)를 손에 들고 있다. 이분은 오도(유교)의 대종(大宗)이다. 공은 지금 연세가 83세인데도 많이 보고 많이 외우시면서 정력이 쇠하지 않았거늘, 나는 공보다 아홉 살이나 적으면서도 권태와 피로를 느끼고 있다. 그 미묘한 말씀과 지극한 이론을 들어 보면 모두가 사람을 깨우치고 사람을 교훈하는 것이다.

이렇게 기록한다. 금상 9년 중추 15일에 미수는 쓴다.

산의 유람에서는 산의 풍광만 흥취를 북돋는 것이 아니다. 동행자들과의 관계 속에서 흥취가 달라진다. 허목은 이날 조경과 함께 백운산에 올라 유학의 경전인 『춘추정의』와 『주역』을 논했다. 당시 74세였던 허목은 83세의 조경이 정력도 쇠하지 않고 경전 공부도 게을리하지 않는 사실에 감동받았다.

허목이 백운산 유람에서 체험한 내용은 노론의 문인 김창협이 체험한 내용과 상당히 다르다. 김창협은 숙종 때 남인의 집권으로 부친 김수항이 철원에 유배되자 영평의 응암에 이주했다. 그 뒤 경신대출척으로 부친이 영의정에 배수되자 김창협도 대사성·대사간·승문원 부제조 등을 거쳤다. 하지만 시국에 관한 상소가 숙종의 노여움을 사 청풍 부사로 좌천되고, 기사환국 때 부친이 진도로 유배되었다가 후명(後命, 사형)을 받자 장례를 치르고 다시 응암으로 들어갔다.

김창협은 「유백운산기(遊白雲山記)」에서 영평에 전장을 두고 있었으므로 백운산을 자기 집안의 외포(바깥 장포)라고 불렀다. 김창협은 응암에 간 해 8월 어느 날에 흥이 일어나 소를 타고 백운사로 향했는데, 조카 아악이 말을 타고 따라왔다. 절에 이르렀을 때는 날이 이미 저물었다. 말과 소를 돌려보낸 후 백련당에 묵었고, 다음 날 조계동에 들어가 폭포를 보고 태평동에 이르러 돌아왔으며 저녁에 폭포를 구경했다. 폭포로부터 3~4리를 올라가면 시냇물이 두 길로 갈라졌다. 동북쪽은 태평암 부근에서 발원한 물이다. 김창협은 그 물이 흐르는 태평동에 은둔할 집을 두려고 생각한 적이 있다. 하지만 지세가 평평하지 않고 시내에는 잡석이 많아서 경관이 흥성하지 않았으므로 그만두었다고 한다.

허목의 백운산 유람은 김창협의 경우와 달랐다. 걸음걸음 조심스럽고, 경관 하나하나를 뇌리에 또렷하게 각인하려 했다. 이 기인이자 학자요 등산가였던 사람에게 백운산은 그 본상을 거의 그대로 드러내었다.

14 기록과 함께 탐구한 산사 이야기

허목(許穆), 「소요산기(逍遙山記)」

소요산은 양주읍 북쪽 40리에 있다. 대탄진(한탄강)에서 20리가 못 되며, 왕방산 서쪽 기슭의 별산이다. 골짜기 입구 안팎의 산 밑에 사는 사람들이 말하기를 "왕궁의 옛터 두 곳이 있는데 우거진 숲속에 층계 두어 층이 남아 있을 따름입니다. 태종 때 태상왕(이성계)의 행궁입니다."라고 했다. 서울에서 100리인데 풍양궁까지 또 100리다. 골짜기 입구에는 폐기된 옛 우물의 돌난간이 있다. 산중에 들어서면 산이 모두 돌이다. 돌로 된 봉우리, 돌로 된 동굴, 돌로 된 등, 돌로 된 다리다. 산의 나무는 소나무·단풍나무·철쭉나무가 많다. 궁터가 있는 남산에는 바위가 아주 뾰족하게 솟아나 있다. 가장 높은 곳에 백운대가 있고 조금 아래 중백운이 있으며 또 조금 아래 동북쪽으로 하백운이 있다. 중대 위 궁터 위에 폭포가 있는데 높이는 8~9인(70자)쯤 되고, 그 밑으로 그늘진 벼랑을 따라 중대에 올라가면 큰 절인데 지금은 모두 터만 남았다. 폭포 옆 80자 높이의 절벽에 나무를 비스듬히 걸쳐 사다리를 만들어 두어 원효대로 올라갔다. 원효대를 지나면 소요사가 있다.

소요사 벽에 이런 글이 적혀 있다. "신라의 중 원효가 이 산에 머물렀고, 300년 뒤 갑술년(974년)에 고려의 중 각규가 태상왕의 명을 받들어 정사를 지었으며, 200년 뒤 계유년(1153년)에 정사가 불에 탔고, 이듬해 갑술년에 관동의 중 각령이 불당과 당을 중건했다." 하지만 목암의 글에는 이렇다. "원효는 신라의 태종과 문무왕 때 중이다. 『역년기』에 따르면 신라 태종 때부터 우리 강헌 대왕(태조) 갑술년까지는 767년이고 또 만력 갑술년까지는 180년이거늘, 벽의 글에 300년이라 한 것은 무슨 이유인가?"

동쪽 모퉁이에서 폭포를 구경했다. 그 위에 큰 바위가 있는데, 벽에 임해 꼿꼿하게 5~6장으로 서 있다. 암벽 사이 돌구멍에서 샘물이 졸졸 흐르는데, 원효정이다. 이규보의 시에 이러하다.

산 따라 위태로운 다리를 건너

발 포개며 실 같은 길 오가네.

그 위 백 인 높이 산꼭대기에

원효 대사 일찍이 절을 지었지.

신령한 그 자취는 어디로 갔나

초상은 흰 비단에 남아 있구나.

찻물 긷던 샘에 수정 물 고여

마셔 보니 그 맛이 젖과 같구나.

이곳에 그전에는 물이 없어서

중들이 살아가기 어려웠더니

원효 공이 한번 와 머물자

단맛 즙액이 바위 구멍에서 솟았다네.

암벽을 오르고 깊고 험한 골짜기를 따라 올라가서 구봉을 바라보니 산의 돌이 모두 기이하게 생겼다. 중봉의 바위굴을 지나 현암의 동남쪽으로 나와서 의상대에 오르니 여기가 최고 정상이다. 그 북쪽은 사자암이다. 골짜기 입구에서 폭포를 지나 층층 벽을 따라 의상대에 오르기까지 9000장이다. 10월이어서 산은 깊고 골짜기는 음산한데, 아침 비가 지나간 뒤 시냇가 돌에 낀 푸른 이끼는 봄철 같고 단풍잎은 마르지 않았다.

금상(현종) 4년 계묘년 10월 기해일(5일) 공암 미수는 기록한다.

금상 4년 계묘년 10월 무술일(4일) 나는 완산 이진무, 상당 한균오, 사위 이구, 이무경의 세 아들 원기·정기·현기와 함께 소요사에서 잤다. 그 이튿날 같이 의상대 아래에서 놀고, 인해 제명(題名)했다.

공암 허목은 쓴다.

허목은 1663년 10월에 경기도 동두천 동북쪽에 있는 소요산을 유람한 후 「소요산기」를 작성했다. 이 글에서 허목은 소요사의 창건 연기에 관한 관점이 서로 다른 세 가지 시문을 인용했다. 그 인용 방식에서 그의 지적 사유의 특징을 살필 수 있다.

우선 소요사 자재암의 벽기를 옮겨 적어서 사찰이 있게 된 연기를 밝혔으며, 목암이란 인물의 기 가운데 일부를 적기(摘記)해 벽기의 기록과는 다른 설을 함께 제시했다. 경전의 해석에서는 그것을 궐의(闕疑)와 병록(幷錄)이라고 한다. 궐의는 당장 의심스러운 것에 대해 판단을 보류하고 뒷날의 재고에 맡기는 것이고, 병록은 두 가지 이상의 설이 있어 정설을 확정하기 어려울 때 그 복수의 설을 함께 실어 두는 것이다. 허목은 궐의와 병록의 방식을 유람록에 전용했다. 목암은 누구인지 알 수 없다.

원효정에 관해서는 고려 때 이규보가 지은 시를 인용했다.

이규보의 시는 원효가 거처해 돌구멍에서 단물이 솟아났다는 전설을 다루었다. 허목은 그 시를 인용함으로써 소요사와 원효정 등의 유적이 원효와 관련이 있다고 단언했다.

허목이 인용한 시는 이규보가 변산반도의 소래사에서 쓴 것이다. 착각을 한 듯하다. 원래 시 제목은 「팔월 이십일에 능가산 원효방에 제하다(八月二十日題楞迦山元曉房并序)」로 5언 20구의 장편이다. 허목은 그 시의 1구부터 12구까지만 인용했다. 이 시의 서문에서 이규보는 다음과 같이 밝혔다. "변산을 능가(楞伽)라고도 한다. 옛날 원효가 살던 방장이 지금까지 있는데, 한 늙은 비구승이 혼자 수진(修眞)하면서 시중드는 사람도 솥·탕반 등 밥 짓는 도구도 없이 날마다 소래사에서 재만 올릴 뿐이었다." 시의 나머지 13구부터 20구까지는 다음과 같다.

우리 선사가 높은 도를 이어받아	吾師繼高蹤
짧은 갈초 입고 이곳에 사네.	短葛此來寓
돌아보건대 팔 척 방에	環顧八尺房
한 쌍의 신발이 있을 뿐이구나.	惟有一雙屨
시중드는 자도 없으니	亦無侍居者
홀로 앉아 세월을 보내누나.	獨坐度朝暮
소성 거사가 다시 세상에 태어난다면	小性復生世

감히 허리 굽혀 절하지 않겠는가.　　　　　敢不拜僂傴

　허목은 북인계 남인의 학자로 유연한 사고의 소유자였다. 비구승의 수행을 비교적 존중했는데, 그것도 그의 사고의 유연성을 입증해 주는 듯하다.

15 정약용이 과거 급제 후 찾은 고향의 산

정약용(丁若鏞), 「유수종사기(遊水鍾寺記)」

어렸을 때 노닐며 거쳐 갔던 곳을 어른이 되어 이르게 된다면 하나의 즐거움이다. 곤궁할 때 경과했던 곳을 득의한 뒤에 이르게 된다면 하나의 즐거움이다. 외롭게 혼자 가야 했던 지역에 좋은 손님이나 마음에 맞는 친구를 이끌고 함께 이르게 된다면 하나의 즐거움이다. 나는 총각머리를 하고 있던 시기에 처음으로 수종사에 놀러 가 보았고, 중간에 일찍이 다시 노닌 적이 있었다. 글을 읽기 위해서였다. 번번이 서너 사람과 동반해 쓸쓸하고 적막하게 지내다가 돌아왔다.

건륭 계묘년(1783년) 봄, 경의(經義) 진사가 되어 장차 초천(소내)으로 돌아가려 할 때 아버지께서 말씀하시길, "이번 길은 허술해서는 안 된다. 친구들을 두루 불러서 함께 가거라."라고 하셨다. 그래서 좌랑 목만중, 승지 오대익, 장령 윤필병, 교리 이정운 등이 모두 와서 함께 배를 탔고, 광주 부윤이 세악(細樂)을 보내어 흥취를 돋우었다.

초천으로 돌아오고 사흘 지나 수종사에 놀러 가려고 하자 젊은이 10여 명도 따라나섰다. 나이 든 사람은 탈것을 이용했는데, 어떤 사람은 소를 타고 어떤 사람은 노새를 탔다. 젊은이들은 모두 걸어갔다. 절에 이르니 오후 4시 무렵이었다. 동남쪽의 여러 봉우리가 석양을 받아 빨갛게 물들고, 강 위의 빛과 햇무리가 창문으로 비쳐 들어왔다. 여러 분들이 서로 해학을 하며 즐겼다.

밤이 되어 달이 대낮처럼 밝자 서로 함께 배회하고 조망했으며 술을 가져오게 하고 시를 읊었다. 술이 몇 순배 돌자 나는 저 세 가지 즐거움에 관한 설을 이야기해 여러 분들의 술맛을 돋우어 드렸다.

수종사는 신라 때의 옛 절이다. 절에는 샘이 있어 돌 틈으로 흘러 나와 땅에 떨어질 때 종소리를 내므로 수종사라 한다고 전한다.

나이가 든 사람에게는 미래보다 과거가 더 다양하다. 과거의 사건들이 풍경으로 변해 순간순간 스쳐 지나가기 때문이다. 이 글의 작가 정약용(1762~1836년)은 어렸을 때 노닐던 곳에 어른이 되어 가 보는 것도 하나의 즐거움이라고 했다. 어렸을 때만이 아니다. 곤궁하게 지내야 했던 곳을 현달한 후 찾아가 보는 것도 즐거움이고, 홀로 외롭게 지냈던 곳을 손님이나 친구와 함께 다시 찾아가 보는 것도 즐거움이다. 어린 시절, 곤궁한 생활, 외로운 시간은 주체의 상황이 바뀌면 모두 과거의 풍경으로 변모한다. 과거의 풍경을 달리 구성하고 달리 채색하면서 정약용은 수종사를 다시 찾았다.

정약용은 어려서 수종사에서 독서를 했다. 14세 때인 1775년 초봄에 고향 가까이 수종사에 놀러 가 지은 오언 고시는 유람의 즐거움을 밝게 표현해 활기가 넘친다. 21세 되던 1782년 늦은 봄, 수종사에 혼자 노닐며 「봄날 수종사에 노닐며(春日游水鐘寺)」라는 제목의 오언 12구를 지었다.

정조 7년인 1783년 4월, 정약용은 서울 회현방의 처가에 머물다가 증광 감시 복시의 합격 소식을 들었다. 4월 11일에 정약용은 창덕궁으로 가서 정조를 알현하고 백패를 받았다. 이후 부친을 모시고 두모포에서 목만중과 합류해 배를 타고, 광주 부윤이 보내 준 작은 악대가 연주하는 음악을 들으면서 고향 소내로 향하던 중 목만중이 쓴 시에 차운했다. 정약용이 합격한 증광 감시는 생원시였다. 하지만 정약용은 조선에서 말하는 생원을 경의 진사라고 불러야 한다고 주장했다.

어떻든 사마시에 합격한 정약용은 고향 집으로 돌아가 부친 정재운이 마련해 준 성대한 축하 모임을 갖고 다음 날 좌랑 목만중, 승지 오대익, 장령 윤필병, 교리 이정운 그리고 10여 명의 젊은이와 함께 수종사에 노닐었다. 그리고 위의 글을 작성했다.

정약용이 언급한 인사들은 남인 문인들이었다. 이 가운데 목만중은 당시 정약용에게 시를 본격적으로 가르쳐 주었다. 목만중은 남인의 명문 사천 목씨 집안의 정치가이자 문인이다. 남인에 속했지만 1780년 남인의 영수 채제공이 홍국영과의 지난날 관계 때문에 정권에서 축출당할 때 채제공을 공격했다. 하지만 목만중은 정약용의 숙부인 정재운과는 교분이 깊었다. 이해의 수종사 유람은 숙부 정재운이 주선해 남인의 결속을 다지기 위한 의도가 있었다.

정약용은 목만중을 좌랑이라고 불렀다. 목만중은 영조 41년 인 1765년 예조 좌랑이 되고 직후 예조 정랑, 병조 정랑 비인 현감으로 나갔으나 1769년 관직을 그만둔 상태였다. 정약용은 그의 내직 시절의 관함을 부른 것이다.

『신증동국여지승람』에 따르면 수종사는 광주목에 속했다. 운길산은 조곡산 혹은 초동산이라고도 불렀다. 『신증동국문헌비고』에 따르면 조곡산을 달리 수종산이라고도 했다. 1939년 절을 중수할 때에 석조 부도 안에서 고려 시대 유물이 발견되었으므로 고려 시대에 중수되었으리라 추정된다. 그런데 수종사는 세조 때 중건되었다는 설이 있다. 세조가 재위 4년째 되던 해(1458년)에 금강산(혹은 오대산)을 다녀오다가 이수두에서 일박을 할 때 한밤중에 맑은 종소리를 듣고는 산에 올라가 암혈 속에서 16나한을 발견했고, 굴속에서 물 떨어지는 소리가 암벽을 울려 종소리처럼 들린 것임을 알고 이듬해 절을 중창하게 했다는 이야기다. 이때 5층 돌계단을 쌓고 터를 닦아 절을 지어 16나한을 봉안하게 하고 팔각 5층 석탑을 세우게 했다고 한다.

한편 수종사는 정업원에 속해 왕실 비빈들의 불사가 이루어졌다. 성종 4년인 1473년 7월, 벌열가의 여인으로서 비구니가 되어 있던 윤씨가 죽은 스승 설준의 재를 올리기 위해 사족 부녀를 이끌고 성불사·정인사에 묵고, 정관·혜사당·정각 등이 수종사에 7~8일간 묵으면서 사재를 올린 일이 있다. 인조 6년인 1628년에 정의 대왕대비가 주조했다는 명문이 새겨진 금동 비로자나불이 이 절의 석탑에서 발견되었다. 고종 27년인 1890년에는 풍계가 고종에게서 8000냥을 하사받아 중창했다.

1783년 4월 11일, 배를 타고 두모포를 출발한 정약용 일행은 봉은사에서 하룻밤을 묵고 다음 날 아침 배를 띄워 광나루에 이르렀다. 광나루에 이르렀을 때 동행한 목만중이 먼저 시를 지었는데, 목만중의 문집『여와집(餘窩集)』에「광진(廣津)」이라는 제목으로 실려 있다. 정약용은 목만중의 시를 자주(自註)에 밝히지는 않았으나 경기도 양주에 있는 윤선도의 고산정 옛터에 들렀을 때 그의 시에 차운했다. 4월 13일에는 당정촌에서 하루 묵었다. 당정촌은 파당촌이라고도 부르며 파당은 오늘날의 팔당을 가리킨다. 이곳에서 밤놀이를 하려 했으나 흉년이 들어 마을 사람들이 음식을 마련해 주지 못했다.

4월 14일, 두미협의 삼탄을 어렵사리 거슬러 올라가면서 칠언 절구 2수를 지었다.『여와집』에 보면 두미협을 10리 앞두고 정약용의 부친 정재원의 벗 윤필병과 정재원의 족형제 정재로 등이 작은 배로 영접 나온 사실을 노래한 칠언 율시가 있다. 정약용은 윤필병 등이 처음부터 함께 배를 타고 소내로 향한 것처럼 쓰고 있으나, 개략을 말한 것일 따름이다.

정약용 일행은 윤필병의 분호정에 들러서도 시를 지었다. 이후 고향으로 돌아온 정약용은 축하연을 갖고, 다음 날 여러 사람과 어울려 수종사에 올랐다. 이때 장편 시「운길산에 오르다(上雲吉山)」를 지었다. 이 시는 목만중이 지은 시에 차운한 것이다. 장시인데 일부만 보면 이렇다.

멀리 절간이 홍취를 일으키니　　　　　禪閣逈引興
절 문이 강을 향해 열려 있구나.　　　　寺門對江關

돌탑은 산봉우리와 접했는데	石塔界層巒
하늘 위로 두서너 자 솟았고	上頭餘數尺
석양이 산머리를 뒤덮으매	夕陽被高嶺
또렷하게 산줄기 드러나	分明見山脈
첩첩 산은 달리는 뱀이 서린 듯	疊嶂屈奔蛇
바위 벽은 시퍼런 창칼을 배치한 듯.	峭壁排霜戟
올라온 길이 까마득히 보이고	溙杳來時逕
구름과 노을은 이미 두터워라.	雲霞已厚積
조그맣게 보이는 저 부암(鳧巖)은	秋毫彼鳧巖
지난날 내가 지났던 곳.	曩我煩杖舃

뒷날 정약용은 1786년 문과 별시 복시에 낙방하고 소내에
서 한가롭게 지내며, 송나라 장자가 상심낙사의 일들을 열거
한 방식을 본떠 지은 「초천사시사, 장남호의 상심낙사를 본
뜨다(苕川四時詞 效張南湖賞心樂事)」 연작시를 지었다. 이때 운
길산 겨울의 설경 감상을 상심낙사의 하나로 꼽았다. 상심낙
사란 즐거워하는 마음으로 유쾌하게 노는 일을 말한다. 남조
송나라 사영운의 글에 "천하에 양진·미경·상심·낙사 이 네
가지는 아우르기 어렵다. 그래서 이것을 사미(四美)라 한다."
라고 했다. 이때의 사미는 곧 좋은 철, 아름다운 경치, 즐거워
하는 마음, 유쾌하게 노는 일 넷이다.

정약용에게 수종사는 상심낙사의 한 풍경으로 기억되었다. 하지만 그보다 앞서 광해군 때의 활달한 지식인 임숙영은 「유수종사기(遊水鍾寺記)」를 적어, 수종사가 높은 곳에 위치해 시야가 넓은데도 고승 대덕이 거처하지 않고 속승만 존재한다고 비난했다.

여기 거처하는 자들은 승려 가운데에서도 제 몸 단속을 하지 않는 자들이어서, 이익을 좋아함이 시정의 서민들보다 심해 그저 머리만 기르지 않았을 따름이다. 승려들은 농사도 짓지 않고 베도 짜지 않으면서 먹고 입고 하므로 힘써 일하지 않으면 몸뚱이가 춥고 배고프게 될 판이니 나는 그들이 자활하는 길을 금하자는 것이 아니다. 그렇지만 어찌해 이런 판국에까지 이르렀단 말인가? 일 년 한 해와 조석거리가 갖추어지면 그걸로 그만이거늘, 저자들은 구물구물 그만두지를 않아 반드시 많이 저장을 한 뒤에야 그치려 하니 장전(長錢, 돈을 꿔 주고 높은 이자로 갚게 하는 것)과 장석두(長石斗, 쌀을 꿔 주고 높은 이자로 갚게 하는 것)에 이르기까지 하지 않는 짓이 없다. 심지어는 수레를 몰고 사방으로 다니면서 재화를 얻는 것이 아주 많다.

아아, 저 상고(商賈)란 것은 말업 가운데서도 가장 말업이거늘 승려가 그 짓을 하다니, 이익을 좋아하는 폐단이 어찌 없을 수 있으랴? 이자들이 바로 그러하다. 그렇다면 어찌 꼭 승려일 필요가 있는가?

임숙영은 당시 수종사 승려들을 두고 이름은 승려라 걸어 놓고 실상은 속인을 따르니, 그들을 승려라고 부르면 참되지 않고 속인이라고 부르면 이름과 맞지 않는다고 비난했다. 그들은 승려로서 도(道)에 자처하는 것이 아니라 남들이 자기를 승려로 대해 주기를 기대할 따름이라고도 했다. 유학자의 배불 의식에서 비롯된 것이겠지만 당시 수종사 승려들이 백성들을 상대로 고리대금업을 했기 때문에 더 심하게 말한 듯하다. 그리고 임숙영은 수종사에 대해, 고려 태조가 산상의 이상한 구름 기운을 보고 우물에서 동종(銅鐘)을 얻었기 때문에 절이 창건되었다고 적었다. 별도의 연기 설화가 있었는지 모른다. 조선의 국왕을 거론할 수 없기에 그렇게 적은 것일 수도 있다.

근대 이전의 문인들은 배를 타고 도미협과 양근 사이를 지나는 도중에 운길산의 이 절을 바라보고 여러 시를 남겼다. 운길산에 오르면 광활하고 청정한 한강을 조망할 수 있어 마음이 쾌활해진다. 지금은 산 아래에 전철역이 있어 쉽게 등반할 수 있다.

16 일흔 넘어 수집한 산촌 이야기

허목(許穆), 「감악산(紺嶽山)」

9월 29일(1666년), 한산으로 송 상사(송석호)를 방문했다. 송 상사는 나이가 여든일곱으로 우리 인조 임금 2년(1624년)에 진 사가 되었다. 효종 때 여든 이상의 분들에게 작위를 내린 일이 있었으나 송 상사는 작위를 받지 않았다. 수염이 온통 희며 바짝 마르고 키가 큰데, 산택 유람을 즐겼다. 상사는 고조, 조부, 부친의 삼대가 모두 장수를 하셨으므로 한산수고지세(寒山壽 考之世)라고 한다. 나와 함께 감악에 노닐었다.

저녁에 견불사에 머물고 새벽에 절정에 올랐다. 그늘진 벼랑 에 급신정이 있고, 그 위에 감악사가 있고 석단이 3장 높이다. 단 위에 산비(山碑)가 있으나 하도 오래되어 글자가 보이지 않는다. 곁에 설인귀 사당이 있다. 혹은 왕신사라고 하는데, 음사(淫祠)로, 그 신은 요망한 짓을 부릴 수 있으므로 화복을 가져온다는 빌미로 사람들에게 제삿밥을 얻어먹는다.

산은 모두 석봉이다. 절정은 2300장으로 툭 트인 시야가 아주 멀다. 그 동쪽은 마사산이고 그 바깥은 왕방산이며 또 그 바깥은 화악산과 백운산이다. 동북쪽으로는 석대인 환회대가 경기와 관서의 경계에 있다. 그 바깥은 고암이니, 옛날 맥(貊)의 땅이다. 서북쪽으로는 평나산과 천마산이 있고 남쪽으로는 삼각산과 도봉산이 바라보인다. 그 북쪽은 대강으로, 오강에서부터 아미, 호로, 석기, 임진이 되며 조강에 이르기까지 일백 리다. 조강의 서쪽이 옛 강화다. 강화의 서쪽은 연평의 대양이니, 그것이 실로 옛날 연나라와 제나라의 바다다.

신사 옆 산석 사이 석굴에서 돌로 만든 노자를 보았다. 머리를 그대로 드러내어 머리카락이 뒤덮고 있으며 손을 모으고 있는 모습인데 마치 신통력이 있는 듯하다. 태사공 사마천은 「노자열전(老子列傳)」을 지어 공자의 말이라고 일컬으며 이렇게 말했다. "새는 내가 그것이 능히 날 수 있다는 것을 알고 물고기는 내가 그것이 능히 헤엄칠 수 있다는 것을 알며 짐승은 내가 그것이 능히 달릴 수 있다는 것을 안다. 용의 경우에는 나는 그것이 바람과 구름을 타고 하늘로 올라간다는 것을 제대로 알수가 없다. 내가 노자를 보니, 마치 용과 같도다!"

노자는 주나라 주하사(柱下史)를 지냈다고 한다. 『사기정의
(史記正義)』는 이렇게 말했다. "주나라 평왕 때 노자는 주나라
가 쇠망하는 것을 보고 책을 저술해 도덕에 관한 5000여 언을
말하고 떠났다."

『공자세가(孔子世家)』는 이렇게 말했다. "공자가 주나라로 가
서 노자에게 예에 대해 물었다. 경왕 때에 해당하므로 평왕과
는 12왕의 시대나 떨어져 있다."

그 전(「노자열전」)에 이러하다. "공자가 죽은 지 129년 뒤에
사관들이 다음과 같이 기록했다. '주나라의 태사 담이 진(秦)나
라 헌공을 만나 처음 진나라가 주나라와 합쳐졌다가 합친 지
500년이 되자 나뉘어졌는데, 나뉘어진 지 70년이 지나면 진나
라에서 패왕이 나올 것이라고 말했다.' 거기서 말한 담이 바로
노자다."

『사기색은(史記索隱)』에는 다음과 같이 되어 있다. "노자가 살았
던 해로부터 공자의 때까지는 160년이다. 태사 담까지는 200여
년이다."

대개 노자가 어떻게 일생을 마쳤는지는 알 수가 없다. 지금
석기(石記)를 고찰하건대 명나라 성화 4년(1468년)에 등신상을
세웠다고 한다.

바위 위에 앉아 석용(석이버섯)을 채집했다. 『본초』는 "영지
는 명산의 바위 벼랑에 난다."라고 했다. 그 서쪽 석봉 아래에

운계사가 있는데, 운계 폭포를 관람했다. 그 북쪽 동구는 봉대며, 봉대의 서쪽에는 옛날 은자의 자취가 있다.

저녁에 동쪽 기슭으로 해서 내려와 그 사실을 기록했다.

허목은 현종 7년인 1666년 9월 감악산을 유람하고 제명기(題名記)를 지었다. 당시 72세였다. 9월 29일 적성(파주)의 한산으로 송석호를 방문한 김에 함께 감악산에 오른 것이다. 만년의 허목이 태령 노인(台嶺老人)이라 자호하면서 불여묵사(不如默社)에서 지은 「고매누자대년설(古梅樓子大年說)」에 송석호를 추억한 내용이 있다. 청악매(靑萼梅)가 가지끼리 서로 얽혀 있고 밑동이 오래 묵은 것을 대년고매(大年古梅)라 하고 누자가 노란 알갱이에 붉은 꽃이 피는 것을 대년누자(大年樓子)라 하는데, 누자는 용주 조경이 정원에 심은 것이고 고매는 허목이 한산 송석호에게서 얻은 것이었다고 한다. 조경은 84세를 살고 송석호는 87세를 살았는데, 두 사람 모두 세상을 떠나고 고매와 누자만 당시 80세의 석록암거노인(石鹿巖居老人) 정창기에게 전해졌다고 밝혔다.

감악산은 서울을 에워싼 외산의 하나다. 적성현은 칠중성 혹은 중성이라고 하는데, 그곳에 감악이 자리 잡고 있다. 풍수지리 사상에서 감악은 수덕(水德)을 상징해 관악의 화덕(火德)과 짝을 이루었다. 고려 숙종 때 김위제가 『신지비사(神誌

秘詞)』를 인용해 극기(저울 접시)·칭간(저울대) 등의 말로 지리를 해설했다. 저울을 가지고 개성·경주·평양의 삼경을 비유한 말이다. 칭추(저울추)는 오덕(五德)의 땅을, 극기는 백아강, 칭간은 부소산(송악)을 뜻한다. 중앙의 면악이 둥근 모양으로 토덕(土德), 북쪽의 감악이 굽은 모양으로 수덕, 남쪽의 관악이 뾰족한 모양으로 화덕, 동쪽의 양주 남행산이 곧은 모양으로 목덕(木德), 서쪽의 수주 북악이 네모 모양으로 금덕(金德)으로 곧 오덕이다.

허목은 이듬해 1667년 10월에 윤휴와 함께 송석호의 초청으로 감악의 운계에 노닐고 「유운계기(遊雲溪記)」를 지었다. 운계의 석동을 청학대라 하고 그 맨 위의 바위를 무학대라 하는데, 무학대에는 운계비가 있다. 그해 4월에 삼부연 폭포를 구경하고 9월에는 설악 심원사에 들어가지만 두 산 모두 눈 내린 뒤 운계의 수석만 못하다고 했다. 허목은 1667년 운계사에서 하룻밤을 묵고 이튿날 송석호로부터 그 지방의 풍속과 인물을 들었으며 민간 신앙의 실태도 알게 되었다.

이튿날 희중(윤휴)이 미원으로 떠나려 하기에 청성 석문으로 나가는 길을 물었다. 그러다가 이 산 아래의 풍속과 선행에 대한 이야기가 나왔다. 송 노인이 말했다.

"신산의 백성 이귀남의 아내는 병자호란 때 산중에 숨어 있다가 적에게 붙잡혀 끌려가며 자기 집 앞을 지나가게 되자 적을 꾸짖으면서 그대로 멈춰 서 꼼짝도 하지 않았네. 적이 칼을 빼어 그 살점을 베어 내고 배를 갈라 죽였는데, 집에서 기르던 개가 삼일삼야(三日三夜)를 지켰으므로 까마귀와 솔개가 감히 먹지 못했지. 동리 사람들은 '참으로 훌륭하다. 절부의 행실이여! 기르던 개도 의리로 보답할 줄 알았다.'라고 했다오. 종 신분인 조남은 어릴 때 그 아비가 임진왜란에 죽었는데, 장성한 뒤에 삼년상을 치렀다네. 그래서 고을 사람들이 그의 선행을 칭찬해 온 지 60여 년이 된다오. 조남이 죽을 적에 그 아들에게 '내가 죽거든 나를 땅에 묻지 말고 길가에 버려두어 나를 편안케 해라.'라고 했으나 그 아들은 차마 그렇게 할 수 없어 시신을 섶으로 싸되 구덩이를 파서 묻지도 않고 봉분도 만들지 않았다오." 아, 이 또한 효자의 마음이로다.

산 위에 설인귀 사당이라는 것이 전한다. 혹은 왕신이라고도 하는데, 곧 연산군을 가리킨다고 한다. 희중은 이렇게 말했다. "여귀(厲鬼)입니다. 홍수와 가뭄, 질병과 역병에는 여귀에게 제사를 지냅니다." 나는 탄식해 이렇게 말했다. "옛사람 말에 '그가 살아 있을 적에 일을 행한 것이 크고 경력한 것이 많으면 그 정신이 강하게 되어 죽어서도 능히 화복을 이용해 사람에게 얻어먹을 수 있다.'라고 했소. 그것은 대개 요귀를 두고 하는 말이랍니다."

감악에는 설인귀의 사당이 있었다. 설인귀는 당나라 장수로, 당 태종의 명을 받아 이적과 함께 고구려를 침공했다. 동대문 밖 전기수(소설 따위를 구연하는 자)가 그를 소재로 한 「설인귀전」을 구송(口誦)의 대본 가운데 하나로 삼았다고 하니, 설인귀의 사적은 민간에도 친숙했다. 하지만 외적의 장수를 민중이 신으로 떠받든 것은 기이하다면 기이하다고 하겠다. 이른바 설인귀 사당은 연산군의 신을 모신 것일 수 있다. 윤휴는 홍수와 가뭄, 질병과 전염병을 맡은 여귀를 모시는 사당일 것이라고 했는데, 허목은 여귀도 결국 요귀라고 규정했다.

허목은 운계산 유람 때 송석호 노인에게서 이귀남 처의 절행과 종 이남의 효행 사실을 들었으며 이후 「절행전(節行傳)」에서 그 두 사람을 입전해 주었다. 허목은 산수의 경관을 관찰하는 것에 그치지 않고 그 경관에 연관된 인간의 삶과 민중의 희원에 관심을 두었다. 공간과 인간의 관계를 살피는 안목은 쉽게 갖출 수 있는 것이 아니다.

⑰ 관악산에서 길 잃은 정조의 신하

채제공(蔡濟恭),「유관악산기(遊冠岳山記)」

4월 13일(1786년), 노량진 우거의 남쪽 이웃에 사는 이숙현 (이광국)과 약속하고 말을 타고 길을 나섰다. 아이들과 종도 4~5명이 따라나섰다. 10리쯤 가서 자하동으로 들어가 한 칸 규 모의 정자에 올라 쉬었다. 정자는 곧 신씨의 별장이다. 계곡물 이 산골짜기에서 흘러 나오는데, 숲 나무들이 뒤덮고 있어 아 득해 그 근원을 알 수가 없다. 물길이 정자 아래에 이르러 바위 를 만나서는 날리는 것은 포말이 되고 고이는 것은 푸른빛을 이룬다. 마침내 넘실넘실 흘러 나가 골짜기 어귀를 에워싸고 멀 리 떠나가는데 마치 흰 비단을 깔아 놓은 듯하다. 기슭 위에 철 쭉꽃이 막 피어나, 바람이 불면 그윽한 향기가 때때로 물을 건너 이르러 온다. 산에 들어가기도 전에 마음이 맑아져서 세속을 멀리 떠난 흥취가 일어난다.

정자를 경유해 다시 10리쯤 가자 길이 험준해 말을 타고 갈 수 없으므로 여기에서는 타고 온 말과 마부를 집으로 돌려보내고 지팡이를 짚고 천천히 걸어 나가 칡덩굴을 뚫고 골짜기를 지났다. 앞에서 인도하던 자가 절이 어디에 있는지 방향을 잃었고, 동서도 알 수 없었다. 해 질 때까지 시각이 얼마 남지 않았고 길에 나무꾼이 없어 물어볼 수도 없었다. 따라온 사람들 중에 어떤 자는 그대로 주저앉아 있고 어떤 자는 우두커니 서 있으면서 어떻게 해야 할지를 몰랐다. 갑자기 이숙현이 날아가는 듯 빠른 걸음으로 끊어진 낭떠러지로 올라가 좌우를 바라보더니 번개처럼 어디론가 사라져 간 곳을 모르게 되었다. 그가 돌아오기를 기다리면서 한편으로는 괴이하게 여기고 한편으로는 괘씸해했다. 조금 있자 흰옷을 입은 중 네댓이 어디선가 나타나 빠르게 산을 내려오므로, 하인들이 모두 소리 지르고 기뻐하며 "중들이 옵니다!" 했다. 대개 이숙현이 멀리 절간이 있는 것을 확인하고 몸소 먼저 가서 승려들에게 우리 일행이 여기에 있다고 알렸던 것이었다. 이에 승려의 인도를 받아 4~5리쯤 가서 절에 이르렀다. 절 이름은 불성암이다. 절은 삼면이 봉우리로 둘러 있는데 오직 한 면만 트여서 장애가 없어, 문을 열어 두면 앉으나 누우나 천 리까지 시야를 즐길 수 있다.

다음 날 해가 뜨기 전에 밥을 재촉해 먹고 연주대라 하는 곳을 찾아가고자 건강한 승려 서너 명을 골라 좌우에서 보좌하게 했다. 승려가 내게 말했다. "연주대는 여기서 10리도 더 됩니다. 길이 아주 험해서 나무꾼이나 중이라 해도 쉽사리 넘어갈 수 없습니다. 기력이 못 미치시지 않을까 걱정됩니다." 내가 말했다. "천하만사는 마음에 달렸을 뿐이네. 마음은 장수요, 기운은 졸개이거늘 장수가 가는데 졸개가 어찌 가지 않겠는가?" 마침내 절 뒤편의 가파른 벼랑길을 넘어가는데, 혹은 끊어진 길과 깎아지른 벼랑을 만나기도 했다. 그 아래가 천 길이므로 몸을 돌려 절벽에 바짝 붙어서 손으로 늙은 나무뿌리를 바꿔 잡으며 조금씩 조금씩 발을 옮길 뿐, 현기증이 날까 봐 두려워서 옆으로 눈길을 줄 수조차 없었다. 혹 큰 바위가 길의 척추 부분을 완전히 걸터 있는 곳을 만나면 앞으로 나갈 수 없어, 입을 크게 벌리고 있으면서 그리 뾰족하지 않은 곳을 골라 엉덩이를 거기에 붙이고 두 손으로 그 곁을 부여잡으며 천천히 미끄러지듯 내려갔다. 고쟁이가 뾰족한 부분에 걸려 찢어져도 챙기고 돌아볼 틈이 없었다. 이와 같은 곳을 여러 번 만난 다음에야 비로소 연주대 아래에 이르렀다.

이미 정오였다. 고개를 들어 바라보니 놀러 온 사람 중에 우리보다 먼저 연주대에 올라간 이들이 만 길 절벽 위에 서서 몸을 굽히고 아래를 내려다보고 있는데 흔들흔들 마치 떨어질 듯하므로 바라보자니 모골이 죄다 거꾸로 서듯 송연해 똑바로 쳐다볼 수가 없었다. 하인을 시켜 큰 소리로 "그만두시오, 그만두시오!"라고 외치게 했다. 나 또한 마음과 몸의 기력을 다 쏟아서 엉금엉금 구부정하게 마침내 그 정상에 다다랐다. 정상에는 바위가 있는데 평평하고 널찍해서 수십 명이 앉을 만했다. 그 이름을 차일암이라고 한다. 전에 양녕 대군이 왕위를 피해 관악산에 와서 살 때 가끔 이곳에 올라와 궁궐을 바라보다가, 햇살이 지지는 듯 뜨거워 오래 머물 수가 없어 작은 장막을 치고 앉았다고 한다. 바위 귀퉁이에 구멍을 파서 상당히 오목한 것이 네 개인데, 대개 장막 기둥을 고정시킨 것이다. 그 구멍이 지금까지 뚜렷하게 남아 있다. 이 대는 연주대라 하고 바위를 차일암이라 하는 것은 이 때문이다.

연주대는 구름 하늘에 우뚝 솟아 있어 나 자신을 돌아보니 천하 만물 중에 감히 높이를 다툴 만한 것이 없다. 사방의 봉우리들은 자잘자잘해서 고려할 것이 못 된다. 오직 서쪽가에 거뭇한 기운이 쌓여 끝없이 뻗어 있는데 아마도 하늘과 바다가 이어져 있는 듯하다. 하지만 하늘에서 보자면 바다고 바다에서 보자면 하늘이니, 하늘과 바다를 또한 누가 분간할 수 있겠는가?

한양의 성궐은 밥상을 마주 대한 듯이 바라다보였다. 일단의 소나무·전나무가 에워싸 빽빽하게 열 지어 선 곳은 경복궁 옛 궁궐터임을 알 수 있다. 양녕 대군이 배회하면서 군주를 그리

위하며 경복궁을 바라보았던 일은 비록 수백 년이 지났어도 그 마음을 지금도 상상할 수 있다. 나는 바위에 기대어 『시경』에 나오는 노래를 낭랑하게 외웠다. "산에는 개암나무가 있고 언덕에는 도꼬마리가 있네. 그 누구를 그리워하는가? 서방의 미인이로세. 저 미인이여, 서방의 사람아!" 이숙현이 말했다. "노랫소리에 그리움이 담겨 있군요. 임금을 그리워하는 것이 예나 지금이나 어찌 차이가 있겠습니까?"

내가 말했다. "임금을 그리워하는 것은 인간이라면 지닐 윤리이니 정말로 고금에 차이가 없다. 다만 내 나이가 예순일곱임을 생각할 따름이다. 미수(허목) 어른이 당시 이 산을 오를 때와 비교하면 열 살하고도 여섯 살이나 미치지 못하네만, 미수 어른은 걸음걸이가 날 듯했거늘 나의 경우는 기력이 고갈하고 숨이 차서 만단으로 고달프네. 도학과 문장의 면에서 고금의 사람이 서로 같지 않은 것이야 진실로 괴이할 것이 없지만 지금 사람의 근력이 옛사람만 못한 것이 어찌 이렇게 동떨어진단 말인가? 하늘의 신령 덕으로 내가 만약 나이 여든셋이 된다면 비록 남에게 둘러 업혀 오고 들것에 실려 오더라도 반드시 이 연주대에 다시 올라 옛사람의 발자취를 잇고 싶구려. 그대는 이를 기억해 두시오."

정조 때의 남인 정치가 채제공(1720~1799년)은 1786년 4

월에 관악산 등반길에 올랐다. 예순일곱의 나이였다. 그해 봄 노량의 삼호(三湖)에 우거하고 있었는데, 4월 13일 남쪽 이웃에 사는 이광국과 약속하고 말을 타고 길을 나섰다. 함께 유람한 이는 이광국과 그 생질 이유상, 집안의 동생 채서공, 아들 채홍원, 종질 채홍진, 손자뻘 되는 이관기, 겸인 김상겸이었다. 자하동을 거쳐 불성암에서 하루 묵고, 다음 날 연주대에 오른 뒤 다시 오던 길을 되밟아 내려와 불성암에서 하룻밤을 묵고 이튿날 노량진 집으로 돌아왔다. 연주대에 오르기 전에 거친 자하동의 신씨 누정은 평산 신씨 신여석과 신여철 형제의 이로당을 말한다. 이들은 임진왜란에 전사한 신립의 후손이며 신여석은 신위의 고조다. 자하동의 누정은 뒷날 신위가 물려받았다. 지금의 서울대학교 인문대학 건물 옆 자하연이 그 누정이 있던 곳이라는 설이 있다. 하지만 불성사가 현재 과천 육봉을 지난 곳에 있었으므로 이로당은 남쪽 과천에 있었을 것이다.

채제공의 본관은 평강이다. 영조 19년인 1743년 문과 정시에 병과로 급제했다. 1758년 도승지로 있을 때 세자를 폐위시킨다는 영조의 비망기가 내리자 죽음을 무릅쓰고 철회시켰다. 후일 영조는 세손(뒷날의 정조)에게 채제공을 논평해서 "진실로 나의 사심 없는 신하요, 너의 충신이다."라고 했다. 1762년 사도 세자의 죽음이 있었을 때는 모친상으로 관직을 물러나 있어 화를 면했다. 정조가 즉위한 1777년에 창경궁 수궁대장으로 벽파의 음모를 여러 차례 적발해 왕의 신임을 얻었으며, 1780년에는 규장각 제학, 호조 판서가 되었다. 그런데 그해 홍국영의 세도 정권이 무너진 후 "홍국영과 통한 악역(惡逆)"으로 지목되어 8월에 대사간 조시위의 공격을 받자 노량의 삼호에 은거했다. 1781년 7월에는 대사헌 김문순의 소척을 받고 1782년에는 이명식 등의 소척을 받았으며, 1784년 6월에는 영의정 정존겸 등의 소척을 받았다.

이렇게 어려운 시기에 채제공은 관악산 정상에 올랐다. 양녕 대군이 차일을 치고 경복궁을 바라보았다는 연주대에 이르러 감회가 남달라『시경』패풍(邶風)「간혜(簡兮)」의 시편을 외워 읊었다.「간혜」의 미인에 대해, 주희의『시집전』은 서주(西周)의 성대한 왕을 탁언한 것이라고 했다. 그리고 채제공은 앞 시대 남인의 학자이자 정치가인 허목이 여든셋의 나이에 연주대에 올랐던 일을 추모하면서, 자신도 같은 나이가 되면 건각(健脚)으로 다시 이 산을 오르리라고 다짐했다.

채제공은 관악산을 유람한 그해 가을에 도총관이 되었으나 나아가지 않았다. 9월에는 평안 병사가 되어 부임했지만 12월에 고과를 늦게 보고한 문제로 삭직되었다. 1787년 봄에 지충추부사에 임명되더니, 1788년 2월에는 어필(御筆)에 의해 특별히 우의정에 제수되었다. 무려 80여 년 만의 남인 정승이었다. 이에 고무된 영남 남인들은 자신들이 영조 때 이인좌의 반군에 호응한 것이 아니라 맞서 싸웠다고 주장하는 『무신창의록』을 정조에게 바쳤다. 이듬해 채제공은 좌의정에 올라 상업 발달의 큰 고비가 되었던 신해통공을 추진하고 노비 혁파의 기반을 마련했다. 1790년 천주교 박해가 시작되었을 때는 천주교 신봉자들을 어느 정도 비호했다. 1793년 영의정에 올랐고, 1794년 2월 화성 건설이 착수되자 그 일을 주관했다.

관악산에 오른 기록을 남긴 또 다른 남인 학자가 성호 이익이다. 그는 숙종 때인 1709년 2월 22일에 삼각산에서부터 곧장 관악으로 들어가, 동쪽 언덕을 넘어 불성암에 이르렀다. 이익이 불성암 승려의 말을 인용한 것에 따르면 연주대는 영주대(靈珠臺)라 했고, 자하동은 관악산에 네 곳이나 있었다고 한다. 곧 관악산 최고봉은 영주대고 그다음이 자하동이었다. 불성암의 남쪽 아래에는 남자하, 서쪽에는 서자하가 있는데 이 둘은 풍광이 그리 뛰어나지 못했다. 영주대의 북쪽에는 북자하가 있는데 폭포가 있는 동자하의 기이한 경관에는 미치지 못했다.

이익은 저녁에 서암에 올라 잠을 잔 후 아침 해가 뜨는 것을 보고 북쪽으로 올라갔다. 그리고 옛날 의상 승려가 거처하던 의상봉을 지나 관악사와 원각사 두 절을 거쳐 영주암

터에서 쉬고는 마침내 영주대에 올랐다. 영주대 정상 서쪽 바위 벽에는 불상이 새겨져 있고 돌 처마가 보호했다. 또 50여 명은 앉을 만한 너비로 단을 쌓고 돌을 포개고 흙을 메워 둔 곳이 있었으며, 바위 머리에는 구멍을 파서 횃불을 꽂아 둘 수 있게 해 두었다. 이익은 거쳐 차일봉을 경유해 북자하를 굽어 보고 동자하를 돌아왔다.

이익의 「유관악산기(遊冠岳山記)」에 의하는 한 양녕 대군이 관악산에 올라 차일까지 쳤다는 것이 과연 사실인지 의심스럽다. 채제공은 이익의 남인 학맥을 이었으면서도 자신의 「유관악산기」에 연주대와 양녕 대군에 얽힌 전설을 상세하게 기록했다. 이익이 재야의 학자였다면 채제공은 정치가였기 때문에 전문(傳聞)의 선택이 달랐던 듯하다. 관악산 정상을 연주대라고 불러야 할지 영주대라고 불러야 할지, 우리는 제각기 사상적 기반이나 정서적 태도에 따라 취사할 수밖에 없다. 옛 지명 가운데는 종종 이러한 사례가 있다.

18 한강 이북 큰 산에서의 사냥

성대중(成大中), 「운악유렵기(雲岳遊獵記)」

　임진년(1772년) 그믐달 매곡(이세항)과 완계 서공(서유상), 서유문(서유장), 권공저(권엄)를 따라 운악산 오른쪽(서쪽)에서 사냥을 했다. 밤에 산사에서 자는데, 종소리와 목탁 소리가 어우러져 울려 났다.

　다음 날 산길을 따라 북쪽으로 갔다. 매는 네 마리, 말은 다섯 필이다. 개의 숫자는 매와 같고 사냥꾼의 수는 그 곱절이다. 사냥꾼들이 무료해하자 서유문이 문득 매를 팔뚝에 얹고 달려갔다. 산은 높고 골짜기는 깊었으며, 북쪽에서 부는 바람이 제법 사나웠다. 개는 마음이 교만하지만 매는 기운이 오롯해 오로지 사람의 마음을 따라 나아가고 물러난다. 꿩이 앞에서 날아오를 때 매를 깍지에서 잡아끌자 곧바로 나아가서 눈 깜짝할 사이 하늘에 닿을 듯 높이 날더니, 멈추고 둘러보다가 방향을 꺾어 빙빙 돌면서 아래로 내려와서는 높은 데에 모여 옆으로 노려보다가 가볍게 꿩을 잡아채어 재빠르게 움켜잡더니만, 날개를 접고 발들을 오므리고서는 깍지로 돌아왔다. 몸을 움츠리고 사방을 돌아보고서는 가볍게 날아오른 다음 쉬었다. 이에 매의 기술이 모두 다 발휘되어 끝나고 사람들은 모두 기뻐하며 통쾌하다고 했다.

천천히 걸어가며 먼 곳을 바라보고 산을 한 바퀴 돌아 가시덤불을 헤치고 쉬다가 마을에 이르러 멈추었다. 협곡 마을의 풍속이 순박하고 후하며 나물과 밥이 달고 맛있었다. 배롱으로 덮은 등불을 켜고 나뭇등걸을 지펴 불을 피웠으며, 생선을 굽고 술을 데워서는 실컷 마시고 질탕하게 놀았다. 두 밤을 자고 돌아왔다.

광현을 지나 화산 길로 들어섰는데, 석양이 고갯마루에 걸리고 인가의 밥 짓는 연기가 드문드문 이어진다. 말 모는 하인들이 마을 집을 바라보며 노래 부르면서 말을 몰아 말발굽이 더욱 빨라졌으나, 나이 든 사람의 흥은 그치지 않았다. 그대로 이씨의 부락에 이르러 매화를 완상하고 완전히 취한 다음에야 떠났다.

성대중(1732~1809년)은 영조 48년인 1772년 그믐달 이세항, 서유상, 서유문, 서유장, 권엄과 함께 경기도 가평의 운악산 서쪽에서 사냥을 하고 이 「운악유렵기」를 적었다.

운악산은 한강 이북 산들의 할아버지 산이다. 양주의 감악산, 가평의 화악산, 개성의 송악산, 과천의 관악산과 함께 경기의 5악 가운데 하나로 꼽힌다. 『산경표』에는 "포천에서 동쪽으로 30리, 가평 경계에서 서쪽으로 60리에 운악산이 있는데 일명 현등산이라 부른다. 이 산에서 산줄기가 넷으로 나뉜다."라고 했다. 운악산을 곧 현등산이라고 본 것이다. 1899년에 편찬된 『포천군읍지』는 "운악산은 포천 고을로부터 동쪽으로 30리쯤에 있는데, 곧 현등산 동쪽에 있는 산이다."라고 기록했다. 김정호는 『대동여지도』에서 운악산 동쪽에 현등산을 따로 그렸다. 운악산에는 현등사라는 큰 절이 있었기 때문에 그 지방 사람들이 현등산이라고 불렀을 가능성이 높다.

운악산에는 궁예 부흥의 비원이 서려 있다. 곧 포천군 화현면의 운악산 중턱에 궁예가 웅거했다는 석성이 있다. 일명 화성(花城)이라고도 하는 이 운악 산성은 포천군 화현면 화현리 운악산 허리와 정상에 세워진 석축 산성이다.

이 지방 출신의 대표적 지식인이었던 양사언은 운악산을 두고 "하늘이 높은 산을 만들어 진(震) 방향을 진압하니, 아름다운 이름이 소금강이라 전하네. 화봉은 아스라하게 하늘에 참예해, 푸른빛이 쌓여 우주에 접했네."라고 했다. 운악산이 꽃 모양의 봉우리라서 화봉이라 한 것이다. 여기서 운악산을 화산(花山)이라고도 불렀을 가능성을 생각해 볼 수 있다. 그런데 앞의 글에서 성대중은 운악산에서 수렵을 마친 뒤 광현을 넘어 화산으로 향했다고 했다. 그렇다면 화산은 운악산과는 별개이지 않으면 안 된다.

성대중의 부친은 찰방 성효기다. 조선 건국 이후 조상이 포천의 왕방산에 은거했기 때문에 그의 가계는 대대로 포천에 거주했다. 5대조 성준구는 광해군 초 이이첨의 모함으로 귀향을 갔으나 인조반정 후 해배되어 청송 부사, 재령 군수 등을 역임했다. 그런데 고조부 성후룡이 김상용의 서녀와 결혼했으므로 후손인 그는 서얼 신분이 되었다. 성효기는 고작 찰방 벼슬에 이르렀지만 포천에 은거하며 인재를 양성했다. 그의 집안은 학문과 문학을 존중했으나 성대중은 벼슬로는 영달할 수 없었다.

성대중은 22세 때인 1753년에 소과 급제하고 1756년 정시 문과에 병과로 급제를 했다. 이후 내직으로 교서관 부정자·정자·박사·교리, 성균관 전적, 봉상시 주부·판관, 승문원 교검, 사헌부 지평·장령, 오위장 등을 지냈으며 외직으로는 은계도 찰방, 울진 현령, 운산 군수, 북청 부사, 위원 군수 등을 역임했다.

정조는 1777년에 서얼 허통 절목을 공표하고 1779년에는 규장각에 서얼 지식인을 위한 검서관직을 설치했다. 이때 성대중은 박제가, 이덕무 등과 함께 검서관으로 임명되어 13년간 규장각 내·외직에 근무했다. 하지만 정조 사후 검서관 출신인 문인들은 벼슬살이가 순탄하지 않았다. 성대중도 1807년 포천으로 낙향해 1809년 2월 17일 향년 78세의 나이로 세상을 떴다.

41세 때인 1772년, 그가 운악산으로 사냥을 떠난 것은 인생의 전환기에 갖는 막연한 기대를 수반한 여행이었다. 당시 함께 했던 사람들은 그리 이름난 인물들이 아니다. 그 가운데 이세항에 대해서는 성대중의 아들 성해응이 『세호록(世好錄)』에 다음과 같이 기록해 두었다.

이세항 공은 자가 자직, 호는 매계로 연안이 본관이다. 집안이 대대로 충효의 대절을 지켜왔다. 고조 이돈오는 호가 일죽으로 강도(강화)에서 순절해 충(忠)으로 정려되고 충현의 시호를 받았다. 5세조 이기설은 호가 연봉인데, 유일로 천거되고 효로 이름이 났다. 공은 젊어서 사부(詞賦)를 연마해 요컨대 당시에 쓰이고자 했으나 끝내 유사(有司)에게서 뜻을 얻지 못해, 마침내 화과(花果)와 경사(經史)로 즐겼다. 고을에 사당이 있어 조용주(조경)과 이한음(이덕형)을 향사했는데, 그 제문에 "윤리를 부지하고 수립했으며 종통을 바로잡았다."라고 되어 있었다. 공이 그것을 고쳐 "공적은 형초를 보존하는 데 매진하고 의리는 존주를 붙잡았다."라고 했다. 그 마을 사람은 공이 우옹(송시열)의 무리에 붙었다고 간주해 아주 힘껏 공박해서, 심지어 "매화 가지 하나가 서풍을 향하다가 한참 지나 죽고 말았으니 사학(邪學)의 시작이다."라고 했다. 공이 배척해 "이 학문은 인륜의 기강을 끊어 없애 끝내 필시 국가에 해를 입힐 것이기에, 군자라면 떳떳한 도를 회복할 따름이다."라고 했다. 그 후에 과연 사악한 자들이 휘파람을 불어 당여를 불러 모아 저곳이 음란하고 추악한 무리의 덤불이 되었으므로 조정에서 금하더라도 이루다 그치게 할 수 없어, 마침내 죄다 죽이고 소탕해 맥을 완전히 끊어 버렸다. 공이 근심한 바는 모두 미연의 시기에 있었던 것이다. 공이 나이가 많아지고 덕이 높아지자, 향리의 장로들과 더불어 노닐어 산의 남쪽이며 물의 북쪽에까지 지팡이와 짚신이 거의 두루 미쳤다. 덕 있는 명인들이 시들어 사라진 후에도 우뚝하게 홀로 생존해 있다가 나이 77세가 되어서 졸했다.

서유상은 이천 군수와 통판의 벼슬을 지냈다. 하지만 이천 군수로 있을 때 징세액이 부족하자 포천에 머물며 겸관을 차출해 마감을 지연시킨 일로 파직당했다. 운악산에 수렵을 갔을 때는 파직당한 뒤다. 1772년 8월 16일의『영조실록』기록을 보면, 사간 정언욱이 서유상을 탄핵하고 관찰사가 사사로운 친분을 따라 전에 없던 겸관으로 차출했으므로 아울러 파직하라고 청했다.

성대중은 운악산에서 수렵한 날, 권엄의 시에 화운한 칠언율시를 남겼다.

일백 리 겨울 산에 바람 소리 스산한 날

날랜 매는 그날 저녁 한쪽 눈만 밝았으리.

사냥개 따라 나란히 치달릴 때 갖옷도 든든했고

농가에서 세 밤 자며 먹고 마시는 것 모두 맑았지.

세모에 어찌 양사(良士)의 경계를 잊으랴?

내 늙어서 소년의 행락을 잠깐 시험해 본 것일뿐.

화산 장원에서 잠깐 취함도 여흥이었으니

흐르는 물 다리 맡에서 달 뜨는 것을 보았다네.

百里寒山颯有聲　　　俊鷹當夕眼偏明

並驅猛道衣裘勁　　　三宿田家飮食淸

歲暮敢忘良士戒　　　吾衰試作少年行

花庄乍醉猶餘興　　　流水橋頭見月生

후한 때 원술은 젊어서 여러 공자와 함께 매를 날리고 개를 달리게 하며 사냥을 했다. 문사들에게 사냥은 내면에 숨어 있는 호기를 한 때나마 표출하는 매우 중요한 유희였다. 북송 때 정호는 젊어서 사냥을 좋아했다가 한동안 잊어버렸는데, 어느 날 남이 사냥하는 것을 보고 사냥하고 싶은 마음이 다시 들자 지난날의 습관을 완전히 없애지 못한 자신을 반성했다.

성대중은 그 가르침을 모르지는 않았다. 사냥과 농가에서의 주연에서 일탈의 기쁨을 느꼈지만 양사의 경계를 잊지 않겠다고 했다. 『시경』「실솔(蟋蟀)」에 "귀뚜라미가 집에 드니 벌써 해가 저물었네. 지금 우리 안 즐기면 세월이 그냥 지나가리. 너무나 즐기는 건 아닐까? 제가 할 일 생각해 즐겨도 지나치지 않기를, 마치 양사처럼 챙겨야지."라고 했다. 그렇듯 즐겨도 지나쳐서는 안 된다고 스스로 경계한 것이다. 유흥에 언제까지고 탐닉할 수 없다는 것이 인간 삶의 비극이 아닐까?

19 나라 밖에 이름 알리고 싶던 마음

김윤식(金允植), 「윤필암원망기(潤筆庵遠望記)」

한양에서부터 한강을 거슬러 동쪽으로 가면 모두 큰 협곡이다. 동쪽에서 남쪽으로 가면 땅의 형세가 한층 높아지고 강의 흐름도 더욱 빨라진다. 기슭을 곁하고 있는 뭇 산은 모두 우뚝하고 아스라한 형세를 지니고 있다. 그 정수가 모이고 지맥이 몰려들어 우람하고 걸출하게 양근과 지평 사이에 서려 진산이 된 것이 바로 미지산이다. 양근현 현사에서 비호령을 넘어 곧장 위로 20리쯤 가면 절간이 있는데, 즉 상원암이다. 상원암에서 다시 5리를 올라가면 설암이고 다시 5리를 가면 윤필암이니, 윤필암은 미지산 정상에 있다. 이번 여행에서는 두건을 쓰지 않고 띠도 풀고 도포도 벗고 갔다. 등 덩쿨을 부여잡고 절벽을 오를 때는 앞사람이 끌어당기고 뒷사람이 밀며, 근력이 다하고 정신이 피로해져서야 윤필암이 보였다. 벽은 부서지고 서까래는 썩었으며 불상의 감실은 부서지고 더러웠다. 윤필암의 볼거리는 여기에 있지 않다. 예전 고려 말 목은 이색 선생이 이곳에 방을 짓고 정신을 연마하고 책을 읽어 마침내 문장으로 현달했다. 후대 사람들이 그 자취를 인멸시키지 않으려고 방을 암자로 만들어 '붓을 적신다'는 뜻의 윤필이라고 이름을 붙였다. 실로 선생이 붓을 적시던 곳이라는 뜻이다.

나는 을묘년(1855년) 늦여름 이 암자에 올랐다. 당시 한창 무더울 때인데도 오히려 후들후들하게 서리와 눈이 내릴 듯한 기분이었다. 안개가 하루 종일 걷히지 않았으므로 마침내 서너 밤을 자면서 안개가 조금 걷히기를 기다린 다음에 누각에 기대어 조망했다. 윤필암은 산이 돌아가는 곳에 있어 동쪽, 서쪽, 북쪽 방향이 막혔고 오직 남쪽 한 길만 있어, 드넓고도 끝이 없다. 경기의 여러 고을이 모두 안석 아래에 있다. 도읍과 마을이 어지러이 뒤섞이고 시내와 벌판이 뒤얽혀서 돌아보며 손으로 가리켜 하나하나 셀 수 있을 정도다. 기호의 이남에 이르기까지 시력이 미치는 곳은 가물가물 어슴푸레한데, 다만 여러 산이 마치 나지막한 개미무덤들같이 마치 올망졸망한 무덤들같이 포개어 늘어서 있는 것만 보였다. 왕왕 이름난 산이나 높은 산이 우뚝 솟아 있는데, 외떨어져 홀로 서서 높이 솟아나 있는 것은 마치 파랑에 부딪치며 견디고 있는 지주석 같았다. 산사의 승려가 손가락으로 가리키며 나에게 "저 산은 이름이 아무아무고 아무 고을의 진산입니다. 또 저 강은 이름이 아무아무고 아무 강의 지류입니다."라고 일러 주었다. 이름을 들어보니 모두 전에 가 보고 싶었지만 못간 곳들이다. 그렇게 일러 주는 것이 영남의 소백산에 이르러서 그쳤다. 그 너머로는 안개와 구름이 자욱해 하늘과 접해 있으므로 육안으로 다 보지 못하고 또 마음으로 다 차지하지 못한다. 따져 보니 소백산이 여기서부터 700여 리나 떨어져 있다.

내가 어제 상원암에 있을 때는 하늘이 밝아 동남쪽 땅을 굽어볼 수 있었다. 그 위에 한 조각 짙은 구름이 있고 그 아래 검은 비단 같은 것이 곧바로 몇 길 드리워져 있었다. 승려에게 물어보니 "아무아무 땅에 바야흐로 큰 비가 내리고 있습니다."라고 하기에 나는 망연자실했다. 이제 이 암자에 이르니 또 짙은 안개가 산을 끌어안고 있어서 지척에서도 사람의 얼굴을 식별할 수가 없다. 나는 개고 흐림이 한결같지 않고 높고 낮음이 일정치 않다는 사실을 비로소 깨닫게 되었다. 아아! 내가 일찍이 저 조각구름 아래에 있을 때는 어둑어둑하면 온 천하가 다 어둡다고 생각하고 밝으면 온 천하가 다 맑다고 생각했으며, 한 단계 올라가면 높은 곳이 더 없을 만큼 높다고 생각하고 한 단계 내려가면 낮은 곳이 더 없을 만큼 낮다고 생각했으니, 너무도 우습지 않았던가?

 사가 서거정은 이렇게 말한 바 있다. "목은(이색)은 젊은 시절 중국의 선비들을 좇아 노닐어 시문을 짓는 법도가 삼엄했다. 그러다가 만년에 이르러 넘실거리고 종횡으로 치달려 마침내 마음에 재워 두지 않고 풀어냈다. 이 노인은 재주가 일세에 드높아서 동방을 오만하게 굽어보아, 우리나라에 안목 갖춘 사람이 없다고 여겼으므로 감히 이와 같이 한 것이다." 나는 이렇게 생각한다. "이 노인의 안목은 중국에서 커진 것이 아니라 미지산에서 높아진 것이다."라고.

 근세의 개화파 인물 김윤식(1835~1922년)은 20세 되던 1855년 늦여름에 미지산 윤필암에 올랐다. 그리고 이 「윤필암원망기」를 작성했다. 이 글에서 김윤식은 고려 말의 목은 이색이 미지산의 윤필암에서 독서했던 일을 회상했다.

 이색이 1378년 8월에 쓴 「지평현미지산윤필암기(砥平縣彌智山潤筆菴記)」를 보면 그는 왕명으로 나옹 화상의 비명을 찬술했는데, 나옹의 제자들이 윤필료를 보내왔으나 재물에 탐을 내서는 안 된다고 생각해서 그것을 돌려보냈다고 한다. 윤필료는 시·서·화를 제작해 준 대가로 지불하는 예물을 말한다. 이색은 "도가 같지 않으면 서로 꾀할 수 없다."라는 공자의 말이 있으므로 불승인 나옹과 친교를 맺지는 못했으나 그가 열반한 뒤 사리가 나오자 왕명을 받들어 비명을 썼다. 이색이 비명을 쓴 뒤 비구니 묘덕이 재물을 희사해 미지산에 윤필암을 두었다. 그러자 이색은 또 암자의 건축을 기념하는 비문을 지었다. 비의 뒷면에는 본래 시주한 사람의 성명을 빠짐없이 기록했을 것이지만 현재 시주질은 확인되지 않는다. 묘덕은 정안군의 부인 임씨인데, 고려 우왕 때 비구니가 되었다. 정안군은 누구인지 확실하지 않다. 묘덕은 바로, 세계에 현존하는 가장 오래된 금속활자본인『백운화상초록불조직지심체요절(白雲和尙抄錄佛祖直指心體要節)』의 출판 경비를 시주한 여성이다.

미지산은 곧 용문산이다. 조선 태조가 등극하면서 이름을 용문산으로 바꾸어 부르게 되었다고 한다. 혹은 조욱이 스승 조광조가 기묘사화 때 역적으로 몰리자 미지산으로 피신하러 가다가 덕촌 퇴촌리 마을에 정착하면서, 자신의 호 용문을 따서 부르기 시작했다고도 한다.

김윤식은 인조·효종 때 영의정을 지낸 김육의 후손으로, 서울 교외 두호(두모포 일대)에서 김익태의 장남으로 태어났다. 고조 김수묵이 현감으로 있을 때 죄를 지어 유배된 이후 집안이 매우 궁핍했다. 1842년 이후에는 양친을 사별하고 숙부 김익정 집에서 자라 김익정의 아들 김만식과 친형제처럼 지냈다. 1870년을 전후로 박규수가 북촌의 양반 자제를 선발해 사랑방에서 개화 사상을 교육했을 때 김윤식도 그 속에 끼어 있었다. 박영교, 김옥균, 홍영식, 박영효, 서광범, 유길준, 김홍집 등과 함께 개화사상을 흡수했다.

개화파는 우리나라가 서구 열강에 비해 낙후되어 있다는 사실을 인정하고 근대화를 민족주의 운동과 자주 결부시켰다. 고종 11년인 1874년 문과에 급제한 후 김윤식은 여러 관직을 전전하다가 1881년에 영선사로서 38명의 유학생을 중국 천진의 기기창 남국 및 동국 등에 보냈다. 같은 해 5월에는 조사 시찰단 12명의 한 사람으로서 일본을 방문하고, 여러 인사를 경응(게이오) 의숙과 동인사에 유학시켰다. 김윤식은 청나라 북양 대신 이홍장 등 양무파 관료들과 친분을 맺으며 김옥균과 달리 동도서기론을 주장했다. 1884년 12월 4일 갑신정변이 일어났을 때는 개화파를 비판했다.

김윤식은 민비의 미움을 받아 1887년 5월부터 1893년 2월까지 충청도 면천에 유배되었다. 1892년에는 「시무설(時務說)」을 지어 인재 등용의 불합리와 부패 척결의 필요성을 논하는 한편 외교의 다원화를 통해 외침을 견제해야 한다는 논리를 굳혔다. 유배에서 풀려난 뒤에는 김홍집 내각의 외부대신으로 활동했다. 1895년 10월에 민비 시해 사건, 11월 단발령 포고 이후 유생 및 의병의 봉기, 1896년 2월 고종의 아관 파천으로 인해 김홍집 내각이 붕괴한 뒤에는 당시의 경기도 광주 방이동에 은신했다. 1896년 12월 21일, 종신토록 제주도에 정배한다는 언도를 받아 제주도에서 생활하다가 1901년 7월 10일에 제주도를 떠났다. 1899년 의화단 사건으로 북경이 연합군에 의해 강제 분할되자 1900년에「북경 사건을 탄식하며(歎北京時事件)」를 지어 국제 정세의 심각성을 우려했다. 이시는 1908년『대동학회월보』에 발표되었다. 1898년의 무술정변 이후 양계초(梁啓超)가 일본에서 작성한『청의보』를 보고 3년 뒤 1902년에 시「청의보를 읽고(讀淸議報)」를 지어 양계초의 개혁 운동을 예찬했다.

젊은 시절부터 김윤식은 문장으로 국외에 이름을 날리고 싶어 했다. 미지산 윤필암에 올라, 원나라에서 활약해 명성을 얻었던 이색의 일을 추억한 것은 우연이 아니다. 서거정은 이색을 평해 "이 노인은 재주가 일세에 드높아서 동방을 오만하게 굽어보았다."라고 했다고 한다. 문헌상으로는 서거정의 이 평어를 확인할 수 없다. 어떻든 김윤식은 이 평어를 서거정의 것으로 알고 있었다. 어쩌면 김윤식은 조선에 안목을 갖춘 사람이 없다고 여겨 조선을 오만하게 굽어보려는 마음이 젊은 시절부터 굳어져 있었던 것은 아닐까?

결국 김윤식은 일제의 강점 이후 민족의 올바른 장래를 전망하지 못하고 일신의 안전을 꾀해 변절하고 말았다. 국제적인 문장가로서 명성을 누리고 싶어 했던 욕구가 현실의 판단과 미래의 전망을 어둡게 하고 말았던 것이리라.

20 처지 따라 달라지는 풍광의 의미

이규보(李奎報), 「계양망해지(桂陽望海志)」

길이 계양 변두리에 사방으로 나 있는데, 한 면만 육지에 통하고 삼면은 모두 물이다. 처음 내가 좌천되어 이 고을 수령으로 왔을 때 물이 푸르고 드넓은 것을 돌아보고는 섬 가운데 들어온 듯해 울컥울컥 기분이 좋지 않아 문득 머리를 숙이고 눈을 감고 물을 보려 하지 않았다. 2년 후(1220년) 6월에 문하성의 낭관에 제수되어 장차 날짜를 헤아려 서울(개성)로 가게 되니, 전에 보던 푸르고 드넓은 물이 모두 좋게만 보였다. 그래서 바다를 바라볼 수 있는 곳이라면 어디든 모두 발걸음을 옮겨 놀러갔다.

비로소 만일사에서 누대에 올라 바라보니 큰 선박이 파도 가운데를 점 찍고 있는 것이 마치 고작 오리가 헤엄치는 것과 같고, 작은 배의 경우는 사람이 물에 들어가서 머리를 조금 드러낸 것과 같으며, 돛대가 떠나가는 것은 겨우 사람이 솟은 모자를 쓰고 떠나가는 것과 같다. 뭇 산과 여러 섬은 아득하게 서로 바라보듯 이어져서 우뚝한 것, 벗어진 것, 추켜든 것, 엎드린 것, 등척이 튀어나온 것, 상투처럼 솟은 것, 굴혈처럼 가운데가 뚫린 것, 일산의 머리처럼 머리가 둥근 것 등등이 있다. 절의 승려가 와서 내가 조망하는 것을 곁에서 모시고 있다가 문득 손가락으로 하나하나 점을 찍어 나가, 섬들을 가리키면서는 "저것은 자연도, 고연도, 기린도입니다."라 하고, 산을 가리키면서 "저것은 경도의 곡령, 저것은 승천부의 진산·용산, 인주의 망산, 통진의 망산입니다."라고 하나하나 세며 손바닥을 가리키듯 분명히 알려 주었다. 이날 나는 아주 즐거워서 같이 놀러 간 사람들과 함께 술을 마시고 잔뜩 취해 돌아왔다.

며칠 후 명월사에 가서 역시 전과 같이 놀았다. 그러나 명월사는 시야에 상당히 산이 가로막아 만일사의 활짝 트인 경치만 못했다. 그 며칠 후에 다시 산을 따라 북쪽으로 가서 바다를 끼고 동쪽으로 향해 조수가 밀려오는 광경과 해시(海市)의 변화 많고 기괴한 모습을 구경했는데, 혹은 말을 타기도 하고 혹은 걷기도 하면서 조금 피곤한 뒤에야 돌아왔다. 함께 노닐던 아무개 등이 모두 술병을 들고 따랐다.

아, 물은 지난날의 물이요, 마음도 지난날의 마음이거늘 지난날 보기 싫어하던 것을 지금은 도리어 즐거운 구경거리로 삼으니, 어찌 구구한 벼슬 하나를 얻은 때문이 아니겠는가? 마음은 나의 마음이거늘 능히 자제하지 못하고 이처럼 때를 따라 바뀌도록 놓아두니, 삶과 죽음을 동일하게 여기고 득과 실을 동등하게 하기를 바랄 수 있겠는가? 후일에 경계할 만한 것이기에 이렇게 적는다.

이 글은 고려 문인 이규보(1168~1241년)가 계양산에 올라가서 바다를 본 일을 기록한 것이다. 다른 유산록과 달리, 같은 산 위에서 바다를 본 느낌이 처지에 따라 달라진다는 점에 초점을 두었다. 계양산은 옛날의 부평 도호부 북쪽 2리 되는 곳에 있는 진산인데, 일명 안남산이라고도 한다. 이규보가 올라본 만일사와 명월사는 모두 계양산에 있다.

이규보는 무신 정권 아래서 순탄한 관직 생활을 했다. 하지만 52세 때인 1219년 초여름에 좌사간 지제고로 있다가 탄핵을 받고 계양 도호부사 병마검할로 좌천되어, 5월에 부임해 약 13개월 동안 계양부에서 지냈다. 전해 겨울에 외방 수령으로 있으면서 미처 팔관 하표를 올리지 못했기 때문이었다. 팔관 하표는 팔관회 개최를 축하하여 올리는 표문인데, 조정에서는 문신들에게 그 제술을 부과하고는 했다.

당시 계양부는 "호랑이가 대낮에 나타나고 모기는 해 지기 전에 사람을 물었다." 그렇기에 처자나 종들은 계양부의 거처를 싫어했으나, 이규보는 홀로 즐거워하며 당의 이름을 자오당으로 지었다. 그리고 「자오당기(自娛堂記)」에서 가상의 객의 입을 빌려 이렇게 반문했다. "태수를 만나 보려 하는 손님들이 날마다 줄을 잇고 준수한 관리나 괴걸하고 기특한 선비와 승려들이 모두 당에 올라 태수와 더불어 즐거움을 누리려고 할 텐데 '스스로 즐긴다'고 해서 자오를 표방하는 것은 속이 좁지 않은가?" 이 반문에 대해 그는 스스로 이렇게 대답했다.

내가 갑자기 하루아침에 해당 관리의 무고를 입어 이 궁벽하고 황폐하며 야트막하고 눅눅한 땅에 유락하게 되었으니, 아마도 하늘이 시킨 것이지 사람의 힘은 아니었을 것입니다. 만일 집이 우람하고 거처가 화려해, 통렬하게 나 자신을 질책하고 겸손하게 생활하지 않는다면 하늘이 나를 처우하는 뜻에 부합하는 것이 아니어서 더욱 화를 부를 뿐입니다. 그러니 이 누추한 것은 나만이 홀로 좋아하는 것이고 다른 여러 사람은 찡그리며 싫어하는 것이거늘, 어떻게 내가 좋아한다고 해서 남도 나와 같게 여기라고 강제할 수 있겠습니까? 만일 혹시라도 제례에서 제기들을 진설하거나 연회에서 기녀나 가악으로 환락하게 된다면 내가 무슨 마음으로 혼자 즐거움을 누리고 손님들과 더불어 즐기지 않겠습니까? 그러나 이 고을에 살고 이 당에 처하는 동안에는 그런 즐거움이 없을 것임이 분명합니다. 또 무엇을 의심하겠습니까?

자조적인 어투다. 동시에 자기 자신만의 즐거움을 추구겠다는 뜻을 분명히 했다.

이규보는 다음 해인 1220년 6월에 최충헌이 죽고 그 아들 최이가 집권하자 예부 낭중 기거주로서 지제고를 겸하게 되어 개성으로 돌아갔다.

같은 경치를 바라보더라도 구경하는 사람이 어떤 처지에 있느냐에 따라 즐겁기도 하고 슬프기도 한데, 이것은 마음을 잘 추스르지 못한 결과라고 이규보는 말했다. 사람 마음은 간사하다고 한다. 하지만 주위 상황이 어떠하더라도 떳떳한 마음을 유지한다면 아름다운 경치는 늘 우리 눈에 아름답게 비칠 것이 아니겠는가!

21 마니산 대자연에서 얻은 깨달음

홍석모(洪錫謨), 「마니산기행(摩尼山紀行)」

기미년(1799년) 4월 21일 기유, 나는 나귀 한 마리를 채찍질해 심주(강화) 도성 남문으로부터 서남쪽 마니산으로 향했다. 들판의 경색은 평평하고 드넓으며, 마을 집들은 드문드문 흩어져 있고 수풀의 나무 끝과 산의 모서리는 맑게 빛나다가 운무에 가려 숨고는 한다. 한쪽의 강물 빛은 높았다가 낮았다가 하며 둥실둥실 떠서 이르러 오므로 심주가 섬이라는 사실조차 잊을 정도다. 40여 리를 가서 마니산 아래 민가에 이르러 밥을 지어 먹었는데, 강 물고기와 산나물이 별나게 향토의 맛이 났다.

전등사에 있는 승려 수십 명이 순여(죽여)를 가져와 기다리고 있다가 마침내 승려들이 순여를 어깨에 메고 산을 오르기 시작했다. 한 손으로는 뒤얽힌 칡덩굴을 더위잡고 다른 한 손으로는 우거진 잡초를 헤치며 가는데, 기괴한 바위와 우람한 돌이 혹은 화를 내는 듯 혹은 사람을 낚아챌 듯한 모습으로 오솔길이 위태롭고 사잇길이 굽어 도니 대부분 절벽을 따라 나아가고 혹은 낭떠러지를 등지고 지나갔다. 더럭 겁이 나고 가슴이 조여 부쩍 두려워져서 오를 수 없을 것 같았다. 하지만 순여를 멘 승려들은 시내를 건너뛰고 골짜기를 원숭이보다 재빠르게 오른다. 멀리 돌아 골짜기와 마주치고 구불구불 가서 울창한 나무숲을 뚫고 지났다.

차츰 산속에 들어가자 하늘 기둥이 기운 듯하고 봉우리의 형세가 함몰한 듯해 바닥에 이르기까지 평평하므로, 이곳이 이미 백 길 높이라는 사실조차 깨닫지 못할 정도다. 산의 나무가 무리지어 자라나 휴식을 취할 만한 그늘이 없으므로 바위 위에 다리를 쭉 펴고 앉아 내 다리도 쉬고 순여 메는 승려들의 어깨도 쉬게 했다. 사람들 말소리가 허공에서 들리고 옷자락은 구름 바깥에서 풀풀 나부낀다. 아래를 내려다보니 심주 한 고을의 토양이 앉은 자리 아래에 평평하게 펼쳐져 있다. 솟아오른 것은 산봉우리고 흘러내리는 것은 강과 시내며, 하늘과 들판이 맞닿아서 사방을 둘러보면 한결같다. 경치를 돌아보고 나서야 이 마니산의 특출난 수려함이 심주에서 이름난 낮은 구릉들과 같은 부류로 여길 수 없음을 알게 되었다.

드디어 마니산의 정상에 올라섰는데, 다만 포개 둔 바위가 10여 길 높이로 우뚝하니 그 위에 있을 따름이다. 내가 괴이하게 여겨 무엇이냐고 물었더니, "옛날 단군이 이곳에서 감응해 태어나 단을 쌓고 하늘에 제사를 올린 곳으로, 참성단이라고 한다."라고 했다. 마침내 그 단 위에 올라가 사방을 바라보았다. 푸르스름한 빛과 호탕하게 드넓은 기운이 안개인 듯 안개도 아니고 구름인 듯 구름도 아니면서, 하늘과 더불어 안팎이 따로 없이 동남방에 넘실거리며 아스라한 것은 바로 바다다.

공자는 태산에 올라 천하를 작다 여기고 오나라 강어귀의 비단 필과 백마를 구별했으니, 그 지량과 그 안력(眼力)은 일상의 보통 사람이 미칠 바가 아니다. 나는 지금 이 산에 올라 장독(瘴毒)과 노을에 가로막혀, 첩첩 산과 둥실 뜬 섬들이 고래가 일으키는 거센 파도 속에 출몰하기에 바라볼 수 있는 시야라고는 고작 백 리에 그치고 있다. 만약 해신이 긴 바람을 일으켜 보내어 한 점 막힌 것 없이 해 준다면 하늘 끝부터 땅끝까지 드넓고 환하게 그대로 드러나 서쪽으로는 수양산, 남쪽으로는 등주와 내주가 또렷하게 시야에 들어올 것이거늘 그렇게 해주지를 않는다. 내가 해신에게 무슨 원한이 있다고 한유가 형악의 사당에 제사 지내 구름을 걷히게 했듯이 글을 손수 지어 해신에게 고하는 일을 하지 않으려 하겠는가? 그러나 산꼭대기에 홀로 우뚝 서서 우리나라 땅이 비좁은 것을 한바탕 웃어 주고는 해 뜨는 곳인 양곡(동쪽)을 가리키면서 "부상을 매만질 수 있다."라 하고 해 지는 곳인 엄자를 가리켜 "약목을 꺾을 수 있다."라 하니, 그 지량과 그 안력이 역시 개구리가 우물 속에서 하늘을 보듯 또 소인이 대롱을 통해서 하늘을 보듯 작은 시야에 제한되는 것은 아니다.

아! 조그마한 내 몸뚱이 하나를 저 만 이랑의 파도에 비교한다면 내 몸은 좁쌀 한 톨이요, 겨자씨 한 알갱이다. 하지만 천지의 관점에서 본다면 드넓은 바다도 한 움큼 물이고 크나큰 산악도 주먹만 한 돌멩이다. 이 산이 아무리 높고 이 바다가 아무리 크다 해도 나처럼 좁쌀 한 톨이나 겨자씨 한 알갱이 같은 것과 다름없거늘, 어찌 내 몸을 스스로 작다고 낮출 것이며 또 어찌 높은 곳에 올랐다고 능사로 여기겠는가? 휙 하고 긴 휘파람을 불고 무너지듯 취해서는, 우주의 맑은 기운과 더불어 그 끝을 알지 못하니, 굴원이 "아래에서는 우뚝해 땅이 보이지 않고 위쪽으로는 광활하게 트여 하늘이 없다."라고 한 것이 바로 이 경지를 이른 것이다.

이때 날씨가 따스하고 구름이 가벼우며 산기운이 물씬 일어나 동행한 사람들 가운데는 숨을 헐떡이고 땀을 흘려 끝까지 올라오지 못한 자가 많았다. 서늘한 솔바람에 옷을 말리고 돌틈에서 솟아나는 물로 뜨거워진 얼굴을 식혔다. 술을 마시지 않는 사람은 뜨거운 꿀물로 대신했다. 모두 어슬렁거리고 배회하느라 해가 기울도록 돌아가는 걸 잊었다. 만일 내가 이처럼 떠나기 어려울 줄 진작 알았더라면 하필 이렇게 멀리 와서 구경했을까? 만일 내가 한 달을 여기에 머문다면 떠나게 될 때는 오늘과 다르지 않을 것이니, 미련을 두어 떠나지 않음이 어찌 훌훌 흔쾌하게 내 집으로 돌아감만 하겠는가?

내 집은 서울 남산 아래에 있다. 수려한 수락산·도봉산을 마주하고 아차산·인왕산이 좌우에 대치하며 솔밭·단풍숲과 오이밭·차밭이 제 위치를 잡아 잘 정돈되어 있다. 집은 서너 칸으로 만 권의 책을 저장하고, 학 한 쌍 거문고 하나 술 한 병을 두어 아침에는 밭에 물 대고 경작을 하며 낮에는 거문고를 타며 술을 마시되, 술 마시고 노래하기를 학과 함께 화답한다. 가슴속에는 오경과 백가의 글을 쌓아 두고 마음으로는 만물과 만사의 이치를 생각한다. 옛글에 "집 밖을 나서지 않고도 천하의 이치를 모두 안다."라고 했다. 내가 이 산에 대해 어찌 가슴속에 서운하겠는가? 지금 사방으로 분주하게 나다니고 넓은 천하를 떠돌아 노니는 이들은 곤륜산에 오르고 황하를 거슬러 올라가 남방 구의산의 계수나무를 꺾고 미려(尾閭)의 관문을 다 돌아보아, 부주산 꼭대기에서 옷깃을 털고 남해의 큰 바다에서 발을 씻는다고 하니, 이는 우주의 큰 것을 보았다고 할 수도 있다. 하지만 그들이 구경한 것도 고작 겹겹 늘어선 바위 몇 개의 형태와 출렁거리는 물의 형상에 불과하니 오늘 내가 관람한 것과 무엇이 다른가? 아까 말한 한 움큼 물과 한 주먹만 한 돌과 무엇이 다른가?

마침내 견여에 올라 뒤도 돌아보지 않고 산에서 내려왔다. 계곡 어귀를 벗어나니 숲의 바람이 옷소매를 끌어당기고 새들은 술잔을 들라 권한다.

18세의 홍석모(1781~1857년)는 1799년 4월 21일 강화도 마니산에 올라보고 이 글을 남겼다.

홍석모는 대제학 홍양호의 손자이자 이조 판서 홍희준의 아들이다. 순조 4년인 1804년 갑자 식년 사마시에 생원 2등으로 합격했으나 대과에는 합격하지 못했다. 35세 되던 1815년, 음사로 벼슬길에 올라 이듬해 대학장의가 되었다. 1818년 형조에서 근무하고 나아가 과천 현감, 황간 현감으로 부임했다. 1826년 겨울에 부친이 동지정사가 되자 자제군관으로서 배행해 중국에 갔다. 52세 되던 1832년에 세자 익찬이 되었다가, 이듬해 4월 태창령에 임명되고 7월에는 남원 부사로 나갔다. 1857년 10월 15일 부인이 죽고 나흘 뒤에 77세로 죽었다. 『도애시집』 50권 21책과 『도애시문선』 8권을 남겼다. 또한 1849년 무렵 중국 양나라 종름의 『형초세시기(荊楚歲時記)』를 참조하면서 우리 민속을 23항목으로 분류해 『동국세시기(東國歲時記)』를 저술했다.

홍석모는 12세 때인 1791년부터 이듬해까지 평양을 여행한 것을 시작으로 죽을 때까지 강화도, 개성, 남한강, 황해도, 함경도, 금강산, 황간, 김천, 금강, 가야산, 관동, 관서, 남원 일대를 여행했으며, 앞서 보았듯이 46세 되던 해에는 연경에 다녀왔다. 여행 때 그는 기록을 충실하게 남겼다. 1818년 8월 10일부터 9월 3일까지 서울 혜화문에서 금강산을 경유하고 함경도 영흥에 도착할 때까지의 여정을 작성한 『간관록(艮觀錄)』은 그 가운데 하나다. 1826년 부친을 배종하고 중국에 갔다온 뒤에는 『유연고(游燕藁)』를 남겼다.

1799년에는 혼사를 겸해 처음으로 강화도 유람에 나섰다. 홍석모는 이 첫 번째 강화도 유람 때의 시들을 「마니기행시(摩尼紀行詩)」로 엮었고, 또 산문들은 앞서 인용한 「마니산기행」으로 남겼다. 23세 되던 1803년 3월에 첫딸의 백일을 맞아 강화도를 다시 찾게 되고, 동짓달에 또 강화도를 유람했다. 1804년의 생원시에 합격한 뒤에는 처가에 그 사실을 알리기 위해 3월 16일 강화도로 향해 네 번째 유람을 했다.

보통 사람은 자신이 행하는 산놀이에 의미를 지나치게 부여해, 혹 높은 곳에 오르면 시야가 트여 거대한 풍경을 보았다고 자부하기 일쑤다. 그러나 홍석모는 그렇게 말하지 않았다. 사방으로 유람을 즐기는 이들이 곤륜산을 오르고 황하를 거슬러 올라가고서는 우주의 큰 것을 보았다고 할 수도 있겠지만, 일반적으로 산수 유람은 고작 바위 몇 개와 출렁거리는 물을 보는 것과 다를 바 없다. 유람객이 보았다는 바다와 산이라는 것은 우주 전체의 크기에 비교한다면 한 움큼 물과 주먹만한 돌멩이에 불과할 뿐이다. 그리고 나의 유람도 그러할 따름이다. 이런 식으로 홍석모는 유산유수의 의미를 뒤집었다. 번안법(飜案法)을 사용한 것이다.

그런데 홍석모가 자신이 바라본 물과 산을 한 움큼 물과 주먹만 한 돌멩이일 뿐이라고 여기게 된 것은 어째서인가? 마니산에 올랐기 때문이 아닌가? 그는 산수 유람의 의미를 축소한 듯하면서도 실은 새로운 의미를 제시했다. 대자연의 위대성에 비교해 인간 존재의 왜소성을 깨닫는 것이 곧 산수 유람의 참 의미라고 본 것이다.

여행을 떠나 보면 새삼 자신이 일상생활을 반복하던 집이 그리워진다. 홍석모도 그러했다. 그의 집은 세 칸밖에 안 되는 작은 집이었지만 서울 남산 아래에 자리해 수락산·도봉산이 마주 바라보이고 아차산·인왕산이 좌우로 솟아 있는 것이 보였으며, 솔밭·단풍숲과 오이밭·차밭이 정돈되어 있었다. 또 집에는 만 권의 장서와 학 한 쌍, 거문고 하나, 술 한 병을 두었다. 그렇기에 아침에는 들일을 살피고 낮에는 거문고를 타면서 술을 마시되, 그것도 학을 동무해 할 수 있었다. 게다가 가슴속에는 온갖 지식을 쌓고 나의 마음으로 사물의 이치를 연구했기에 옛글에 있는 말대로 "집 밖을 나서지 않고도 세상 이치를 다 안다."라고 할 수 있었다. 홍석모는 자신이 평소 거처하던 집의 가치를 새삼 깨달았다. 여행은 일상의 집의 가치를 발견하게 함으로써 삶의 전환을 촉구하기도 한다는 사실을 홍석모의 이 「마니산기행」을 통해 확인할 수 있다.

22 문장대 봉우리에 쌓인 바위 무더기

이동항(李東沆), 「유속리산기(遊俗離山記)」

26일 무자(1787년 9월), 휴암 정 처사(정동첨)와 벗 노광복과 함께 길을 떠나 북쪽으로 율현을 넘어 관음사에서 쉬고, 날이 저물어 삼가촌에 투숙했다.

이날 갈현에서 한 굽이를 돌아 동쪽을 바라보니 눈 덮인 높은 산과 옥을 깎아 세운 듯한 봉우리들이 구름 하늘 위로 우뚝하게 꽂혀 있다. 패련송을 지나서 법주사로 들어갔다. 절의 오른쪽에는 수정봉이 있어 고고하고도 단중하다. 마치 풍악(금강산)에 있는 천일대와 같다. 위에는 거북 바위가 있는데, 돌의 등은 궁릉 모양으로 둥글게 생겼고 머리는 서쪽을 향해 쳐들고 있다. 임진년(1592년)과 계사년(1693년) 사이에 명나라 술객(점

술가)이 그 바위를 보고 "중국 재보(財寶)의 기운이 이 바위 때문에 점점 흩어져 없어지게 된다."라 하고는 거북의 머리를 잘라 버렸다. 후세 사람들이 재와 진흙을 이겨서 거북의 머리를 잇고, 탑을 세워 진혼을 했다.

한낮에 복천사에 올랐는데, 이 산에서 가장 깊은 곳이다. 옛날에 우리 광릉(세조)께서 비빈 및 여러 왕자들, 종실, 문무백관을 거느리시고 신미 장로(불경 국역에 공이 많았던 승려)를 방문하시어 토지, 농장과 종복을 넉넉히 내리고 태학사 김수온(신미 대사의 아우)을 시켜 기록하게 하셨다. 이것이 속리산의 고사다.

복천사의 동쪽에는 대가 있다. 천왕봉부터 모자성까지 기이한 봉우리와 괴상한 바위가 마치 긴 창과 두 갈래 창을 늘어놓은 듯도 하고 병풍과 휘장을 삼엄하게 드리운 듯도 하다. 저녁 해가 비스듬히 비추자 옥 같고 흰 눈 같은 바위가 찬란하게 빛났다.

절에서 북쪽으로 꺾어져 보현재를 넘었다. 때는 바야흐로 가을이라 하늘은 높고 낙엽이 떨어져 일만 골짜기가 모두 바스락바스락 울린다. 중사암에 올랐다. 암자는 산의 뾰족한 끝에 있어서 위치한 곳이 이 산 높이의 절반을 넘는다. 여기서부터는 산세가 뚝 끊어져 매달린 듯하고, 바위 뿔이 아슬아슬하다. 고개 등마루에 올라서자 홀연 백석정이 보인다. 백석정이 하늘 한

가운데 홀로 우뚝하게 솟아 있으니, 이것이 바로 문장대의 참면목이다.

마침내 갓과 옷을 벗고 바위틈을 따라 몸을 굽히고 꺾고 하면서 올라갔다. 바위틈이 다하면서 바위의 면이 둥글고 평평해져서 마치 큰 왕골자리를 깔아 놓은 듯하니, 이것이 중대다. 중대 위에는 또 큰 바위가 있어 도끼로 쪼은 듯하니, 이것이 상대다. 상대 위에는 천연으로 큰 웅덩이가 이루어져 있어 여름에 큰물이 지면 구덩이를 넘쳐 나서 물이 세 줄기로 나뉘어 흐른다. 북쪽 모서리로 넘쳐흐르는 것은 용화(경북 상주 화북면 운흥리 마을)로 들어가 괴강(충북 충주 달천 상류)의 근원이 된다. 동쪽 모서리로 넘쳐흐르는 것은 용유(화북면)로 들어가 낙강(낙동강)의 근원이 된다. 서쪽 모서리로 넘쳐흐르는 것은 석문동(충북 보은 내속리면)으로 들어가 금강의 기원이 된다.

중대에서 북쪽으로 나와 가로놓인 사다리 아래에서 몸을 비스듬히 하고 동쪽을 엿보니, 상대의 터에 비스듬히 나와 있는 큰 마룻대와 바로 마주친다. 그 아래에는 맑고 깊은 물이 하나 있는데, 잔잔하게 물이 모여 투명하고 깨끗하다. 사람들이 일컫기를 감로라고 한다. 실낱 같은 돌길이 그 왼쪽을 이어받아, 물을 잔질해 마실 수 있는 길을 통해 두었다. 그 앞에는 만 길이나 될 바위 벽이 있어 사방으로 아무 장애가 없으므로 의당 온 나라를 다 둘러 바라볼 수 있을 것이다. 그러므로 천 리 시야를 한껏 다 바라보아서 속세의 티끌과 먼지로 가득했던 가슴을 씻어 내었으니, 이것이 이번에 내가 문장대에 올라온 목적이었다.

밤에 비가 내려 가늘게 흩뿌리고, 마치 구름이 밥 뜸 나듯 뭉게뭉게 일어나 눈앞의 광경을 삼켰다가 토해내고는 하여 어스름하고 흐릿했다. 이윽고 북풍이 거꾸로 불어와 음울한 구름을 완전히 쓸어 버리자 하늘 끝과 땅의 시작이 차례로 드러났다.

이에 영남과 기호 지역의 온 국면, 남쪽 지방 전체의 반쪽, 치악산의 동쪽, 한수(한강) 이북이 시야에 활짝 열려 마치 장수가 손을 들어 부르면서 천왕봉, 비로봉, 관음봉, 보현봉, 향로봉, 모자성 등 여러 봉우리를 굽어보는 듯하다. 용화, 송면, 용유, 청화, 청계 등 여러 골짜기가 차곡차곡 쌓여 모두 나막신 굽 밑에 있다.

아! 관람이 크도다! 장엄하도다!

휴암 처사(정동첨)에게 손가락으로 가리켜 보이며 "삼한 땅이 내 눈앞에 있구나!"라고 말했다. 노광복이 붓에 먹물을 찍어 제명(題名)해 달라고 청하므로 거사(이동항 자신)가 말했다.

"그만두시오. 저 대석을 쪼아서 붉은 칠로 화려하게 만드는 것은 그 이름을 만세토록 오래 남도록 하려는 것이 어찌 아니겠소만, 바위가 닳아 없어지는 날에는 그 이름도 그에 따라 매몰될 것이니 어찌 먹 따위를 돌아볼 겨를이 있겠소? 옛날에 충암(김정) 선생과 대곡(성운) 선생이 이 문장대를 사랑하셔서 지팡이와 신발로 유람하는 일이 이어졌지만 이름을 결코 한 글자도 남기지 않으셨으니, 대체로 달갑지 않게 생각하셨기 때문에 그러신 것입니다. 그런데도 그분들의 빛나는 이름과 꽃다운 자취는 여전히 이 대 위에 있어서, 우리 후생들로 하여금 구름을 우러러보고 바위 위의 이끼를 어루만지며 감상하고 흥기해 사모하게 만드는 것은 백세에까지 전할 그 이름들이 이 우주에서 닳아 없어지지 않을 것이기 때문이오. 그대는 이름을 남기지 않은 이름이 정말로 큰 이름이라는 것을 아시오?"

오래 앉아 있으려니 바람이 점점 거세어져서 차가운 기운이 배 속까지 스며들었다. 마침내 문장대에서 내려와 다시 중사암으로 길을 잡아 나갔다. 암자의 스님이 맞이하면서 노고를 위로하고 날씨가 맑아서 장쾌히 구경할 수 있었던 것을 치하해 주었다. 그 길로 산골 물을 끼고 서쪽으로 내려가 두 돌문을 뚫고 가서 법주사에 투숙하니, 마치 열자(列子)가 바람을 몰아 타고 돌아온 것과 흡사했다.

속리산은 충북 보은의 동쪽 44리 되는 곳에 있다. 아홉 봉우리가 우뚝 솟아 있고 산 정상은 문장대다. 대 위에 가마솥 같은 구덩이는 물이 철철 넘쳐서 가뭄에도 줄지 않고 장마에도 불지 않는다. 이 물이 세 갈래로 나뉘는데, 동쪽으로는 낙동강이 되고 남쪽으로는 금강이 되며, 서쪽으로 흘러 북쪽으로 꺾어지는 것은 달천이 된다. 한 줄기 물이 빙 돌아나가고 굽이마다 다리가 있는데, 그 물은 법주사에 이른다. 여덟 개의 다리를 아홉 번 돈다고 해서 팔교구요(八橋九遙)라는 이름이 있다. 절의 서쪽 봉우리에 거북처럼 생긴 바위가 천연으로 이루어져 있다. 이상은 『신증동국여지승람』에 나오는 말이다.

조선 중종 때 기묘사화로 희생을 당한 김정이나 역시 그 사화로 삭직당했던 구수복을 비롯한 많은 선비들이 젊은 시절 속리산을 독서처로 삼았다. 정조 때 이동항(1736~1804년)은 1767년에 속리산을 등반하고 위의 글을 남겼다. 1790년에는 지리산, 1791년에는 금강산을 유람한 뒤 기행문을 적어, 그 글들을 모아 「방자유록(放恣遊錄)」이라고 했다.

정조 11년인 1787년 9월, 노징이 상산의 화령(현재의 경북 상주 화서면)에 제사 지내러 갈 때 속리산을 보려고 하자 52세의 이동항이 인도하기로 했다. 마침 가을과 겨울이 바뀌는 때라서 찬 서리가 내려 몹시 추웠으나 이동항은 9월 26일 경북 성주 출신의 휴암 처사 정동첨, 벗 노광복과 함께 길을 떠나 밤재를 넘어 관음사에서 쉬고 저녁에 삼거리 마을에 묵었다.

속리산은 일명 정이품송이라 불리는 괘련송과 조계종 31개 본사 중의 하나인 법주사가 유명하다. 법주사는 553년에 의신 선사가 인도에서 불경을 싣고 와서 창건했다고 하는데 유물도 많고 전설도 많다. 법주사 서쪽 수정봉에 상하 2단 너럭바위가 있다. 당나라 태조가 세수를 하다가 물에 큰 거북이 비쳐서 도사에게 알아보게 했더니 "동국 명산의 기상입니다. 이 때문에 중국의 재화가 줄어듭니다."라고 했다. 당 태조가 사신을 보내어 그 거북의 머리를 자르게 하자 선혈이 낭자했으므로 거북 등에 10층 석탑을 세워 기운을 진압했다고 한다. 이동항의 글에서는 임진왜란 때 명나라 술사가 거북 바위의 머리를 자르게 했다고 기록했다. 1653년 옥천 군수 이두양이 거북 머리를 회로 발라 붙이게 했으나 1663년 유학자들이 다시 그 머리를 잘라 버렸다고 한다.

이동항보다 앞서 이만부는 「속리산기(俗離山記)」를 남겼다. 이만부는 젊은 시절 서울의 서호에서 강학했으나 34세에 상주 노곡 식산에 자리 잡고 학문에 정진했다. 이때 속리산을 유람하고, 다른 산과 비교해 다음과 같이 논평했다.

이 산의 물은 금강산의 만폭이나 백천 같은 맑음이 없고, 봉우리는 중향·혈망·망고 같은 우뚝함이 없으며, 바위는 업경·채운·백운 같은 결백함이 없고, 골짜기는 구룡연 같은 깊숙함이 없다. 기이한 맛으로 말하면 보덕(普德)의 기둥 형상이 없고, 삽상함으로 말하면 은선(隱仙)이나 만경(萬景)의 경관이 없다. 이것들은 속리산이 금강산보다 한참 모자라는 것들이다. 하지만 청량산의 빼어남이 있으면서 포세(鋪勢)는 그것보다 크고 덕유산의 깊숙함이 있으면서 기이함을 드러내어 지리산보다 훨씬 뛰어나므로, 역시 좋고 나쁘고의 품평에 관해서는 말할 만한 것이 있다. 또한 우람한 집과 아스라한 구조물의 경우에는 사람의 힘과 신통의 창조를 극도로 다했기에 가야산의 해인사와 맞먹는다.

강재항은 1744년 4월 10일에 옥천에서부터 산으로 들어가 법주사에 묵고 이틀 뒤 호암으로부터 문장대에 올랐으며, 다시 석문으로부터 돌아와서 수정가에 앉아 조망했다. 13일에 하산했다. 그리고 「속리산기」를 적어 이렇게 말했다.

동쪽으로부터 들어가면, 법주사로부터 호암과 담암으로 해서 복천을 지나고 중사자를 거쳐서 문장에 이른다. 서쪽으로부터 들어가면, 법주사로부터 외석문과 내석문으로 해서 대암을 거쳐 문장에 이른다. 동쪽으로 들어가면 석문으로 나오고 서쪽으로부터 들어가면 호암으로 나오는데, 어떤 경우라도 법주사가 그 모임처가 된다.

한편 충북 진천의 정재응은 1802년 9월 화양동을 돌아보고 10월 초하루 오천에서 「속리일기(俗離日記)」를 적었다. 그는 화양동 경천벽의 높고 깎아지른 모습과 금사담의 맑은 물결을 보노라면 티끌세상에서 가졌던 마음이 거의 다 소멸된다고 했다. 정재응은 송문회의 부친 송환기의 평어를 환기하여, 화양동의 산수미가 금강산과 비등하다고 말했다. 화훼나 서화, 인물에 대해서 그러하듯이 산을 품평하는 일이 조선 후기에 성행했다. 산에 대한 품평은 경험, 직관과 취향이 모두 중요한 의미를 지닌다.

속리산 동쪽에는 길지로 간주되는 장수 마을 우복동이 있었다. 정약용이 지은 시 「우복동가(牛腹洞歌)」에 따르면 그곳은 항아리 모양의 산으로, 대롱만큼 작디작은 구멍이 하나나 있어 송아지가 배를 깔아야 겨우 들어갈 정도라고 했다. 그런데 조금 깊이 들어가면 해와 달이 빛나고 평평한 시냇물에 산자락이 비쳐 흐르며 땅이 기름지고 샘물이 솟아 농사짓기에 알맞다고 한다. 당시 선비들도 두어 마지기 밭이나마 차지하려고 그곳을 찾았다고 한다.

정약용은 사람들이 이상향으로 숨어드는 것을 경계하고 민중들이 이상향으로 도피해 들어갈 수밖에 없는 현실을 개탄했다. "이 나라가 개국한 지 그 얼마나 오래인가. 잠박지에 위에 누에 깔리듯 인구가 너무 많아, 나무하고 밭 일구고 발 안 닿는 곳 없는데, 묵어 있는 빈 땅이 어디 있을 것인가. 적이 쳐들어와도 나라 위해 죽어야지, 너희들 처자 데리고 어디로 갈 것이냐. 아내가 방아 찧어 나라 세금 바치게 해야지, 아아 세상에 어디 우복동이 있을 것인가!"

이동항 이하 이만부, 강재항, 정재응의 속리산 유람기에는 우복동에 대한 관심이 보이지 않는다. 시각의 차이라고 해야 할지 모르겠다.

23   조선 도읍이 될 뻔했던 길지

송상기(宋相琦), 「유계룡산기(遊鷄龍山記)」

나는 오래전에 동학사의 이름을 들었지만 한 번도 구경할 기회를 얻지 못했다. 8월 20일(1669년) 이후에 아우 지경(송상유)이 환(아들 송필환) 등을 데려 가서 노닐고는 서찰로 그 수석과 암자와 절간의 승경을 알려 주었으므로 마음이 더욱 그리로 쏠렸다. 중양일(음력 9월 9일)에 귀성을 하고는 그 길로 공암에서부터 그대로 방향을 바꾸어 동학사로 향했다. 처음에 동구에 들어서자 한 줄기 시냇물이 바위와 수풀 사이에서 쏟아져 나와 혹은 바위에 부딪혀 격하게 튀어 뿜어나오기도 하고 혹은 널찍하게 깔려서 잔잔하게 흐르기도 한다. 빛깔은 하늘처럼 푸르다. 바위 빛깔도 역시 창백해 사랑스럽다. 좌우의 단풍나무 붉은색과 소나무의 비췻빛은 그림과도 같이 점철되어 있다.

절에 들어서자 계룡산의 석봉이 땅에서 뽑혀 나와 드넓게 펼쳐져 있고 삼엄하게 솟아서 죽 늘어서 있으며 짐승이 웅크리고 있는 듯도 하고 사람이 우뚝 서 있는 듯도 하다. 절은 뭇 봉우리 사이에 위치하는데 면세(面勢)가 좁고 옹색하다. 절의 앞에는 수석이 아주 아름다워, 물이 매달려서는 작은 폭포가 되고 모여서는 맑은 못을 이룬다. 정각암은 절의 뒤에 있는데 대단히 높고 험하다. 암자에는 서너 승려가 있으며, 선실이 깔끔하다. 상원암이 또 그 위에 있어, 산의 절정에 위치한다. 상원암의 뒤에는 석봉이 천 장 높이로 깎인 듯 서서 병풍처럼 둘러 있어 계악(계룡산)의 여러 봉우리가 모두 그 발아래 있다. 동쪽과 남쪽의 두 면에는 일천 아니 일만의 봉우리가 구름 하늘 사이에 옹기종기 모여 있는데, 시력이 미치지 않아서 어느 땅 무슨 산인지를 식별할 수 없다. 암자에는 옛날에 지은 것과 새로 지은 것 두 건물이 있다. 옛날의 암자 앞에는 쌍탑이 있고, 탑 앞에는 대가 있어 빗자루로 쓴 듯이 정결하다. 정각암에서부터 상원암까지 3~4리는 되는데, 빙애(砅厓, 물이 부딪혀 소리 내는 벼랑)가 갑자기 끊어져 걸음걸음 위태롭기 짝이 없어 등나무 등걸을 부여잡고 칡뿌리를 붙잡고 가야 가까스로 발을 옮길 수 있을 따름이다. 한 늙은 승려가 암자를 지키고 있다.

쌍탑과 대로부터 바위를 따라 아래로 내려가는데, 아주 위태롭고 기울어 있어 순여를 타고 갈 수 없다. 고개 하나를 넘어 4~5리쯤 가자, 이곳은 계룡산의 뒷산이 달려가 산세가 흩어진 곳으로 산의 형상에 기특한 맛이 없다. 그 길로 천장암을 방문했다. 암자 곁은 돌길이 갑자기 끊어지고는 하므로 가까스로 걸어서 지나갈 수 있다. 여기에 이르면 산의 형세가 조금 떨어지고 암자도 특이한 경관이 없다. 석봉암이 그 아래 있는데, 수석이 아주 아름답다. 맑은 샘이 졸졸 흘러 그 음향이 수풀을 뚫고 울려나고, 사찰의 단청이 시내와 골짜기를 휘황하게 비춘다. 석양이 산에 걸리자 보라색과 초록색으로 천태만상이어서 유연(悠然)하니 돌아갈 뜻을 잊어, 저녁의 어두운 빛이 가까이 다가온 것도 깨닫지 못했다. 적멸암과 문수암의 두 암자가 또 그 위에 있지만 저물녘이라 미처 가 보지 못했다. 작은 고개를 하나 넘어 사찰로 돌아와서 묵었다.

10일, 아침 일찍 귀명암을 방문했다. 벼랑을 따라 작은 길이 있고, 소나무와 상수리나무가 교대로 그늘을 이룬다. 가파르게 대치한 봉우리를 하나 넘으니 암자가 계룡산 제일봉 뒤에 있어, 그 아스라하게 높은 형국은 견줄 것이 달리 없다. 앞마루에 앉아서는 기이한 봉우리와 아스라한 절벽을 손가락으로 가리키거나 휘둘러 볼 수 있으니, 계룡의 진면목을 조망 한 번으로 전부 거둘 수 있다. 일천 수풀과 일만 골짜기에 단풍잎이 어지러이 덮히니 정말 멋진 경치다. 암자에는 작은 기문(記文)이 있다.

숭정 갑진(1664년)에 벽암이 지었다고 하는데 벽암이 누구인지는 알 수 없다. 오송대는 서쪽 봉우리의 절정에 있어 손가락으로 가리키면서 볼 수 있다. 송담(송남수) 할아버지께서 노닐며 감상하시던 곳이다. 지난날에는 암자가 있었으나 지금은 폐허로 되었다. 날이 늦어 절에 이르러 그대로 회천을 향했다.

송상기(1657~1723년)는 1699년 충청 관찰사로 부임했다. 이듬해 이임할 즈음인 9월 9일부터 10일까지, 9월 19일부터 21일까지 5일간 계룡산을 유람하고 「유계룡산기」를 적었다. 일행은 공주 목사 정무, 공주 영장 윤숙, 성환 찰방 송도석이었다. 연천의 종형과 익경 두 사람도 회동했다.

1669년 9월 9일에 송상기 일행은 동학사로 가서 정각암, 상원암, 두 개의 탑, 천장암, 석봉암을 두루 구경하고 동학사로 내려와 숙박했다. 동학사는 대개 東鶴寺로 적는데 송상기는 洞壑寺로 표기했다. 10일에 귀명암과 오송대를 보고 동학사로 돌아와 회적으로 이동했다. 19일에는 갑사를 두루 보고 그곳에서 숙박했다. 다음 날 옛 절터에서 부도와 석탑을 보고 사자암으로 향했다. 송상기는 여기서 고개를 넘어 의상암, 원효암, 대비암을 둘러본 후 갑사로 돌아오고, 다른 일행은 진경암을 구경하고 갑사로 돌아왔다. 일행은 갑사에서 묵은 후 신원사로 향했다. 송상기는 계룡산 유람 때 특히 조부

송남수가 그곳을 노닌 옛일을 추억했다. 선인들은 산에 노닐 때 조상과 친족의 유람 사실을 환기하고 그 덕을 추모하는 일을 잊지 않았다. 이 글은 대표적인 예다.

송상기의 집안은 대대로 회덕(현재의 대전 대덕구 읍내동)에 거처했다. 부친 송규렴은 1654년 식년 문과에 장원 급제한 후 대제학과 이조 판서 등을 역임했으나 1674년 숙종 즉위 후 우암 송시열과 동춘당 송준길이 유배당하자 벼슬을 버리고 고향에 내려와 2년 뒤 제월당을 지었다. 세종 때 조상 쌍청당 송유가 광풍제월이라고 논평했던 말에서 당호를 취해 온 일이 있는데, 송규렴이 이를 계승했다.

송상기는 기사환국 후 회덕으로 돌아왔다. 이때 외삼촌 김수증이 명나라 방효유의 말을 근거로 그 거처를 옥오라 이름 지어 주었다. 문집도 『옥오재집(玉吾齋集)』이다. 방효유는 행동이 방정(方正, 바르고 점잖음)하다고 해서 방정학(方正學)이라고도 한다. 방효유는 사람들이 흔히 "차라리 온전한 기와가 될지언정 훼손된 옥은 되지 말라."라고들 하지만 이것은 식견 없는 사람들이 하는 말이라고 했다. 하늘이 나를 옥 같은 사람으로 만들어 주었으므로 기와 같은 사람처럼 처신하지 말고 본래의 자질을 옥처럼 여겨야 한다고 주장했다.

송상기는 「옥오재기(玉吾齋記)」를 지어 자신을 옥처럼 귀하게 하는 구체적 방법을 다음과 같이 나열했다.

밝은 창 아래 비자나무 책상을 놓고 묵묵히 앉아 향을 피우고, 좌우에 도서를 두고서 티끌 한 점 없이 하는 것은 바로 나의 방을 옥처럼 깨끗하게 하는 일이다. 아름답게 닦음을 좋아해서 비루하고 인색한 것을 제거해 보배로움을 품고 더러운 것을 끊어 버림은 바로 나의 몸을 옥처럼 귀하게 하는 일이다. 고명한 이치를 곰곰이 탐구해 밝고 넓은 경지를 홀로 바라보고 고요한 물과 깨끗한 거울처럼 흠과 먼지가 없게 함은 바로 나의 마음을 옥처럼 맑게 하는 일이다.

송상기는 숙종 15년인 1689년 부수찬으로 있을 때 장희빈의 어머니가 가마를 탄 채 대궐에 출입하는 것을 보고 잘못이라고 상주했다가 파면되었다. 그 뒤 장씨가 왕비에 오르고 송시열과 외삼촌 김수항 등이 사약을 받아 죽자 낙향해 6년이나 머물러 있었다. 1694년의 갑술옥사로 민비가 복위되자 다시 벼슬길에 나갔다. 하지만 경종 초의 신임사화 때 강진에 유배되었다가 다음 해 사망했다.

계룡산은 당초 조선 도읍의 후보지였을 만큼 길지로 꼽혔다. 변계량이 1410년에 지은 「조선국 왕사 묘엄존자 탑명 병서(朝鮮國王師妙嚴尊者塔銘幷序)」에 다음과 같이 적혀 있다. "계유년(1393년)에 태조가 지리를 살펴 수도를 세우고자 해 왕사에게 명해 행차를 따르게 하니 왕사가 사양했다. 태조가

x

왕사에게 '예나 지금이나 서로 만난다는 것은 반드시 인연이 있는 것이다. 세간 사람이 터를 잡는 것이 어찌 도인의 안목만 하겠는가?' 했다. 마침내 계룡산과 신도(新都)를 순행할 때 왕사가 모두 호종했다."

선조 때 정여립은 비기(秘記)를 이용해 반란을 획책했다고 하는데, 그도 계룡산을 길지로 중시했다. 『혼정편록(混定編錄)』을 보면 그 전말이 자세하다. 곧 정여립은 홍문관 수찬을 지낸 인물이지만 선조 22년인 1589년 10월에 모반하다가 일이 발각되어 자살했다. 이른바 기축옥사다. 그는 민간에서 "계룡산의 개태사 새터가 바로 정씨가 도읍할 자리다."라고 전하던 말을 믿고 자기 이름을 팔룡(八龍)으로 바꾸고, 계룡산의 지세를 약마경편, 형국을 회룡고조로 규정했다. 회룡고조의 형국은 중국의 금릉과 같다. 이중환은 『택리지』에서 회룡고조의 산세는 본디 힘이 적다고 했다. 금릉도 한때의 패자 노릇을 하는 고장에 그쳤다.

영조 때 회인 현감을 지낸 강재항은 계룡산 꼭대기를 황화(黃華)라 부른다고 밝히고, 계룡산의 지세를 칭송하면서도 국방과 조운의 관점에서는 한양만 못하다고 했다. 그 일부를 보면 이러하다.

이 산은 남북의 요충지를 차지해 지세가 편중되고 조운도 널리 할 수 없으므로, 한산(북한산)이 임진을 등지고 한수를 향함으로써 경내 한가운데 위치해 사방으로부터 공물을 올릴 때 노정이 균일하고 운수하기 편한 것만 못하다. 태조가 한양을 선택한 것은 아마도 하늘이 성군의 두뇌를 틔워 주어 자손만대 뽑히지 않을 기틀을 마련하도록 해 준 것이 아니겠는가! 황화의 서쪽은 금선대이고 그의 북쪽에는 뭇 봉우리가 옹기종기 모여 있는데, 바위가 모두 백색이므로 설봉이라고 한다. 설봉의 동쪽은 오송대로, 고려 승려 나옹이 소나무 씨앗을 심은 것이라고 한다.

한편 송상기는 귀명암에서 작자를 알 수 없는 기문을 보았다고 했다. 귀명암은 토정 이지함이 한때 머물던 곳이다. 그와 관련한 내용이었는지 알 수 없다. 귀명암은 지금의 심우정사다. 귀명은 삼보(三寶)에 돌아가 몸과 마음을 불교에 의지하는 것을 말한다. 예불문에 지심귀명례라는 문구가 일곱 번 나오므로 예불을 칠정례라고도 한다. 심우는 수행을 통해 본성을 깨닫는 과정을 잃어버린 소를 찾는 일에 비유한 말이다. 따라서 귀명과 심우는 뜻이 유사하다. 언제 명칭이 바뀌었는지는 알 수 없다.

(24) 달 밝은 산속 술자리

이산해(李山海), 「월야방운주사기(月夜訪雲住寺記)」

어느 날 저녁, 정 사또가 찾아왔다. 내가 말했다. "공이 이곳을 다스린 지 서너 해가 되셨으니, 이 산의 경승을 이미 잘 파악해 한번 돌아보셨을 테지요. 나를 위해 안내해 주지 않으시겠소? 다만 국상을 맞아 상복을 입고 있는 몸이다 보니 놀러 다닌다는 혐의를 받지는 않을까요?"

정 사또가 말했다. "아, 이 못난 사람이 불민했습니다. 공사 다망한 까닭에 한 번도 유람할 겨를이 없었습니다. 이제 선생을 모시고 산중을 한번 오가게 된다면 곧 선생의 은혜올시다. 더구나 승방에서 하룻밤 자는 것은 술을 싣고 산을 찾아가는 일에 비할 바가 못 되니니, 어찌 혐의가 있겠습니까?"

옆에 서생 이복기라는 자는 서울에서 같은 마을에 살았고 나그네로 다니다가 마침 이곳에 들러 머물던 참이었는데, 그도 한껏 찬성했다. 마침내 이 군이 바짓가랑이를 걷고 옷소매를 걷어붙이고 먼저 나섰고 정 사또와 우리 집 아이(이경전)가 뒤따랐다. 나는 승려의 등을 빌려 업혔다. 앞에 가는 사람은 이끌고 뒤에 오는 사람은 떠밀며 왼편에서 부여잡고 오른편에서 당기면서 마치 생선 꿰미와 같은 식으로 올라갔다.

운주사 절문에 이르자 범종 소리가 막 잦아드는데, 달이 산봉우리에서 떨어져 나와 이미 한 길 남짓 올라 있었다. 나는 일찍이 소동파(소식)가 「후적벽부(後赤壁賦)」에서 "산이 높아 달이 작다."라고 한 말을 두고 달이 크고 작은 것이 산의 높낮이와 무슨 관계가 있겠는가 의심한 적이 있으나 여기에 이르러 그 사실을 징험해 비로소 그 말이 거짓이 아님을 알게 되었다. 정 사또가 말했다. "좋은 밤은 만나기 어렵고 장대한 경관은 다시 보기 어렵습니다. 잠시 바깥에 앉아 있다가 흥이 다하면 절 문으로 들어가는 것이 어떠하겠습니까?" 모두들 "좋습니다."라고 했다. 마침내 절 앞 동대(東臺)에서 잠시 쉬었다. 얼음 같은 샘이 봉우리 정상에서 쏟아져 나오는데, 물을 통하게 대통을 설치하여 작은 못에 떨어지게 해 두어 그 소리가 패옥 울리는 소리 같다. 손으로 떠 마셔 보니, 중국의 태화산 우물이나 혜산의 샘물이라 하더라도 그 시원한 매운맛을 견줄 수 없을 것 같다.

이날 저녁, 가는 구름까지 죄다 걷히고 푸른 하늘이 물처럼 맑았다. 수레바퀴 같은 달이 점점 높이 오르고 별과 은하수가 빛을 잃더니, 천지 육합과 사방 상하가 통랑하게 밝고 깨끗하게 맑아서 만 리 멀리까지 시야를 막는 것이 없다. 아래로 내려다보니 천 개 바위와 일만 골짜기가 그 모습을 온전히 드러내지 않는 것이 하나도 없고, 산 밑의 멀고 가까운 곳에 있는 마을과 집이 하나하나 모두 눈에 들어온다. 아산현 공진 이북, 한수 남쪽의 여러 산까지도 창망하게 아득한 사이에서 또렷하게 분별해 낼 수 있다.

이윽고 띠 모양의 푸른 구름 한 무더기가 산 바깥에서 일어나 하늘 한복판을 뒤덮어 가리고, 바람이 동남쪽에서 불어오자 소나무끼리 노송나무끼리 부딪쳐 소리를 내고, 계수나무 혼백인 달은 구름에 가려져 잠깐 밝아졌다가는 곧 어두워졌다 한다. 골짜기는 은은하고 숲은 음산하며, 이름 모를 새는 울며 날아오르고 산 메아리는 서로 화답하여, 사람으로 하여금 쓸쓸히 슬픈 느낌이 들게 하고 숙연히 두렵게 하며 오싹하게 놀라도록 했다. 가물가물 귓가에 마치 신선이 학을 타고 먼 하늘에서 내려오면서 부는 피리 소리가 들릴 듯하되, 귀를 기울이며 조용히 기다려 보아도 끝내 신선을 만날 수 없었다.

이때 밤은 한창 깊어 있어, 서리와 이슬이 내려 아주 축축했다. 정 사또가 시중드는 아이를 시켜 차가운 막걸리를 따르게 해 좌중이 각기 한 사발씩 마시자 곧바로 귓불이 훈훈해져서는 서로 더불어 즐겁게 웃으며 해학을 했다. 그러나 나는 홀로 묵묵히 아무 말도 하지 않고서, 마치 무슨 생각하는 것이 있는 듯이 했다. 한참 지나 곁의 사람들이 그 이유를 물었다.

내가 말했다. "오늘의 이 모임은 어떻게 시작되었는지를 모르지야 않겠지요? 아, 왜란의 난리가 있은 이래로 어떤 사람은 먹을 것을 가지고 떠나고 남은 자는 또 보내느라 서울이나 지방이나 온통 소란하며, 백성들은 제 목숨을 보전할 수가 없어 도로를 가다가 적의 칼끝에 죽은 이가 얼마나 많았소? 우리는 창을 메고 몽둥이를 들고 전장의 모래 벌에서 적과 대적해 그 기세를 꺾을 수 없었던 데다가 또 호미를 쥐고 삽을 들고 논과 밭에서 고생해 가며 위로 세금을 바칠 수도 없었거늘, 그런데도 배불리 먹고 편안히 앉아 말을 타고 무리를 이끌고 풍경을 즐기느라 시간 가는 줄 모르니, 이 모든 것은 임금의 큰 은혜가 아닌 것이 없습니다. 더구나 나로 말하면 못나고 형편없어 걸핏하면 죄망에 걸렸는데도 오히려 성스럽고 밝으신 임금께서 포용하시어 죽이는 형벌을 더하지 않으시고 조정의 여러분이 너그럽게 용서해 심하게 배척하지 않아, 호서 땅 고향에서 하늘을 우러르고 땅을 굽어보면서 눈으로 보고 코로 숨을 쉴 수 있게 해 주신 것은 실로 천지 같고 부모 같으신 임금의 은혜입니다. 이 때문에 내가 깊이 느껴 가슴에 새겨 입으로도 마음으로

도 되뇌여, 산에 올라서는 우리 임금께서 산처럼 만수무강하시기를 축원하고 강물에 임해서는 나라의 복록이 물처럼 영원히 이어지기를 소원하며, 바람을 쐬면 임금의 옥 같은 목소리를 받드는 듯이 하고 달을 보면 임금의 밝은 얼굴빛에 절하는 듯이 합니다. 감정이 마음속에서 우러나와 스스로 억제할 수 없는 바가 있습니다."

이 말을 한 끝에 나는 줄줄 눈물을 흘렸다. 좌우의 사람들도 서로 돌아보며 숙연해했다.

마침내 서로 이끌고 승당으로 들어갔다. 승당은 모두 8칸인데 그것들을 터서 하나의 온돌방으로 만들어 100여 사람을 수용할 수 있었다. 불상 앞에는 등불과 촛불을 살라 휘황하기가 대낮 같으므로 혼도 맑아지고 뼈도 시원해졌다. 자다 깨다 하다가 일어나 살펴보니 중들 가운데 어떤 이는 혹 벽을 향해 가부좌를 틀고 앉아 있고 어떤 이는 불경을 외면서 예불을 드리고 있으며 또 어떤 이는 누워 있고 어떤 이는 기대앉아 있었다. 그리고 손님 중에는 또 중과 장기를 두는 이도 있고 중과 더불어 산에 대해 이야기하는 이도 있으며, 불러도 대꾸 없이 우레처럼 코를 골며 잠에 빠진 이도 있다. 이 또한 기이한 경관이다.

하늘이 밝아진 후 산문을 나서서 다시 동대로 발걸음을 옮기자 지난밤의 구름이 막 흩어지고 싸락눈도 그쳐 갓 개이기 시작했다. 서해의 아득히 드넓은 모습, 개펄의 휘돌아 뻗은 모습, 섬들의 아득히 가물거리는 모습, 그 모든 것이 푸른빛을 모으고 흰빛을 그어 신발 아래에 기이한 경관을 다투어 바치므로 지난날 본 것에 비교하면 열 가운데 아홉은 얻을 수 있다. 그렇기에 다만 하늘이 더욱 높고 땅이 더욱 넓으며 내 눈이 더욱 밝아지고 내 가슴이 더욱 트여 태초의 아득한 혼돈의 구역에서 조물주와 더불어 서로 읍례하는 듯 깨달았다. 사람이 볼 수 있는 것이란 진실로 끝이 없으므로 성급하게 자족해서는 안 된다는 사실을 알았다.

마침내 서로 끌어 주고 당겨 주면서 산을 내려왔다. 어제 험하던 것이 평탄해지고 위태하던 것이 평평해졌으며, 몸도 가벼워지고 신발도 매끈해져서 걸음걸이가 나는 듯해 밥 한 끼 먹을 시간에 어느새 골짜기 어귀를 나왔다. 정말이로구나, 위로 도달하는 것은 진실로 어렵지만 아래로 굴러 떨어지는 것은 아주 쉽다는 말이! 고개를 돌려 산사의 문을 바라보니 구름과 안개가 자욱하고 숲과 골짜기가 어른어른해, 겨우 하룻밤 전의 일이거늘 정말로 신선이 산다는 요대(瑤臺)에서 하룻밤 자고 일어난 듯했다. 한참을 서성이며 의연히 미처 다 관람하지 못했다는 아쉬운 생각에 잠겼다. 아아! 인생 백 년 사이에 질병이 몸을 파고들고 근심이 마음을 동여매므로 옛사람은 "한바탕 크게 웃는 일도 만나기 어렵다."라고 했으니, 한 해 사이에 좋은 밤 밝은 달을 몇 번이나 만날 수 있으며, 하물며 이름난 구역의 빼어난 경치는 특별히 신선의 분수가 없는 자라면 쉽게 이를 수 없는 법 아닌가! 우리가 도고산에서 달빛을 완상한 모임은 실로 하늘이 베풀어 준 것이지, 계획하거나 약속해서 이룰 수 있는 것이 아니었다.

이산해(1539~1609년)는 61세 되던 1599년 겨울에 영의정이 되었지만 이듬해 5월에 같은 대북파인 병조 판서 홍여순과 갈등을 빚어 대관의 탄핵을 받고 파직되었다. 이후 남양 구포에 우거하다가 신창 시전리로 거처를 옮겼다. 신창은 온양의 관할이다. 1601년 6월에 다시 아성 부원군에 봉해지고, 이듬해 10월에는 영중추부사가 된다.

1600년 겨울, 신창 시전촌에 우거하던 이산해는 아들 이경전과 함께 정 사또의 안내로 도고산의 운주사를 유람했다. 운주사의 주지는 신묵이었다. 당시 선조의 비 의인 왕후 박씨가 타계하였으므로 처음에는 국상 중에 유람하는 것을 꺼렸다. 하지만 정 사또는 승방에서 하룻밤 묵는 것은 혐의가 없으리라 했다. 또 이산해와 서울의 같은 마을에서 알고 지냈고 당시 이산해의 곳에 기식하던 서생 이복기도 운주사 유람을 적극 찬성했다.

도고산은 『신증동국여지승람』에는 충남 예산현과 신창현의 양쪽에 나와 있는데, 실은 충남 내포 지역의 산이다. 온 산에 숲이 짙고, 아산만과 내포를 조망할 수 있을 뿐 아니라 동북쪽에서 뻗어와 남쪽을 지나 서북쪽 가야산으로 나아가는 금북정맥의 산을 조망할 수 있다. 이중환의 『택리지』「팔도총론」에는 "가야산 둘레 열 개 고을을 총칭해 내포라 한다. 토지는 기름지고 평평하고 넓다. 물고기와 소금이 넉넉해 부자가 많고 대를 이어 사는 사대부도 많다. 서울 남쪽에 있어서 서울의 세력 있는 집안치고 여기에 농토와 집을 두고 근거지로 삼지 않은 사람이 없다."라고 설명하고 있다. 이산해는 도고산의 산봉우리와 계곡의 수려한 경관이 호우(湖右, 충청도)에서 으뜸이라고 하고 "이 산에는 대체로 36개의 봉우리가 있는데, 제일봉이 정확히 내가 거처하는 집의 문발 앞에 솟아 있고 동쪽과 서쪽의 5~6개 봉우리가 좌우를 둘러싸고 있어서, 마치 높은 관을 쓴 장인(丈人)이 홀연 우뚝 앉아 있는데 문생 제자들이 읍을 하며 둘러서서 모시고 있는 모습 같다."라고 묘사했다.

이산해는 『토정비결』로 유명한 토정 이지함의 조카다. 한음 이덕형은 그의 사위다. 1578년 대사간에 이르러 서인 윤두수·윤근수 등을 탄핵해 파직시켰다. 1582년 선조는 김시습의 유고를 운각(교서관)에서 인쇄하라고 명했는데, 이때 율곡 이이가 김시습의 전기를 다시 썼고 이듬해 이산해가 서문을 썼다. 그다음 해에는 『매월당집』 23권 11책이 활자로 간행되었다. 1588년에 우의정, 1590년에 영의정에 올랐으며 종계변무의 공으로 광국공신에 책록되었고, 이듬해 정철이 건저(建儲) 문제를 일으키자 아들 이경전으로 하여금 정철을 탄핵하게 했다. 1592년 임진왜란 후 양사(兩司)로부터 국정을 그르쳐 왜구를 초래했다는 죄목으로 탄핵을 받아 파직되었다. 앞서 말했듯이 1599년 영의정에 재임되었다가 탄핵을 받았다. 본래 동인에 속했다가 북인 가운데 대북의 영수가 되었다.

이산해가 다녀온 도고산 운주사는 현재 남아 있지 않다. 이산해는 "운주사는 제일봉 절정의 아래에 있는데, 구름이 항상 사찰 앞에 머물러 있기 때문에 그런 이름을 지은 것이라고 『여지승람』에 기록되어 있다."라고 했다. 하지만 『신증동국여지승람』의 신창현 조는 도고산 자락에 있던 사찰들로 한량사, 천일암, 도명사, 원암, 석천사, 불암, 안심사 등을 열거했고, 예산현 조는 향천사, 안락사, 관정사 등을 들었을 뿐이다. 1872년 도고산에 있던 운주사의 재목을 옮겨 현재의 아산시 신창면에 있는 신창 향교를 지었다고 전한다.

달밤에 운주사를 유람하고 돌아온 다음 날, 이산해는 「월야방운주사기」를 작성했다. 사람이 만나고 헤어지는 것은 무상하고 사람의 일이란 쉬이 바뀌는 법인지라 빼어난 일을 후세에 영원히 전하고자 한다면 문자를 빌리지 않고서는 불가능하다고 전제하고, 하물며 승방에서 하룻밤 나눈 이야기는 눈 깜짝할 사이 곧장 묻히고 말 것이므로 부득이 글로 기록한다고 밝혔다.

이산해는 이 글 끝에 시촌 거사(柿村居士)라는 자호로 서명했다. 현 아산시와 예산을 연결하는 21번 국도의 대문안 네거리에서 645번 지방도 대술 방면으로 들어서면 바로 시전리가 나오고, 길가에 도고중학교가 있다.

이산해는 별도로 「운주사기(雲住寺記)」를 지어, '운주(구름이 머묾)'를 주제로 삼아 집착에서 벗어나는 문제를 논했다. 도연명은 「귀거래사(歸去來辭)」에서 구름을 무심하다고 했으나, 이산해는 구름은 산을 찾아왔다가 산에서 떠날 때 못 잊어 하고 그리워하는 마음이 있는 듯하다고 했다. 그리고 인간은 구름보다도 더 집착을 두지 말아 마음에 걸리적거림이 없어야 하리라고 희망했다.

형체는 밖에 있고 마음은 안에 있으니, 비록 형체에는 걸리적거림이 있더라도 마음만은 걸리적거림이 없게 할 수 있다. 마음에 걸리적거림이 없으면 담담해서 비추지 못할 데가 없고 고요해서 통하지 못할 것이 없게 된다. 그리하여 형기(形氣)의 바깥에서 말끔해 우주 전체를 감싸서, 아득하고 오묘한 경지에 이르러 자연과 일체가 되고 혼돈과 이웃이 되며 조물주와 같은 무리가 된다. 이리하여 만물을 잊을 뿐 아니라 천지도 잊게 될 것이며, 천지만 잊을 뿐 아니라 내가 스스로 나를 잊게 될 것이다. 구름은 들고남이 있어도 이 마음은 들고남이 없으며 구름은 가고 머묾이 있어도 이 마음은 가고 머묾이 없는 것이니, 무엇을 돌아다볼 것이며 무엇을 그리워하겠는가?

이산해는 내 마음이 천지자연과 어우러져 고요함을 유지하는 것이야말로 구름보다도 무심한 상태라고 했다. 이 궁극의 경지를 과연 실현할 수 있을까? 일시적으로나마 체험할 수 있을까? 산수 자연에서의 행복한 체험이 있다면 분잡한 일상을 벗어날 수 있다고 꿈꿀 수 있게 될지 모른다. 하지만 좋은 때, 아름다운 경치, 감상하는 마음, 즐거운 일의 사미(四美)를 온전하게 갖추기란 쉬운 일이 아니다. 당나라 나규는 「비홍아시(比紅兒詩)」 제20수에서 "소상강 여신이 물놀이 하던 수원의 옛 자취는 손으로 가리킬 수 있다만 그 당시의 한바탕 웃음은 이제 만나기 어렵구나."라고 했다. 이산해는 그 말에 동의해 "한바탕 크게 웃는 일도 만나기 어렵다."라고 했다. 산수만 그러한가, 삶의 모든 국면이 그러하리라.

(25) 폭설 내려 어두운 산속 골짜기

이경전(李慶全), 「대설방천방사기(大雪訪千方寺記)」

양쪽의 협곡이 옥죄듯 하고 소나무와 노송나무가 하늘에 빼곡해 푸른 수염에 비쳐 덮개, 붉은 갑옷에 하얀 비늘을 하고서, 겹겹이 층을 이루고 빼곡하게 곧추서 옥 먼지와 옥가루 같은 눈발 아래서 기둥이 떠받치고 있듯 하다. 그리고 간혹 긴 바람이 불어와 나무를 치고 때리고 가면 옥 꽃술 같은 눈가루가 흩뿌려 아지랑이 같기도 하고 안개 같기도 하다. 담탕하고도 농익은 형상을 눈으로 똑바로 볼 수 없을 정도다. 긴 등 넝쿨과 늙은 넝쿨은 골짜기에 걸쳐 있고 개울을 덮고 있다. 어떤 것들은 뒤얽혀서 떨기를 이루거나 숲처럼 되어 있고, 휘감겨서 이무기 같기도 하고 뱀 같기도 하다. 또한 층층 바위와 기괴한 돌이 있는데, 사람이 서서 마주 잡은 두 손을 올려 읍례하는 듯한 것도 있고 범이 쭈그리고 앉아 사나운 짓을 하는 듯한 것도 있다. 한 줄기 개울물이 들쭉날쭉한 나무 움과 울부짖는 땅 틈으로 졸졸거리며 쏟아져 나와서는 패옥처럼 쟁글쟁글 소리를 내지만, 그 소리는 들을 수는 있으나 개울물은 볼 수가 없다.

산허리를 반쯤 올라오니 봉우리가 돌연 우뚝 솟아 일행의 앞에 다가서는데, 아스라한 바위가 너무 험준해 도무지 더위잡고 올라갈 수 있는 형세가 아니다. 한참을 방황하다가 눈 위에 그대로 주저앉아 있을 때 하늘이 갑자기 잠깐 개었으므로 위를 올려다보니 우뚝한 처마와 서까래가 드높은 만 길 푸른 절벽 위에 아스라하게 날아올라 쪼아 대듯 한다. 하인이 기뻐 뛰면서 손가락으로 가리키며 말했다. "이것이 천방사입니다!" 그러나 찾아 나갈 길이 없었으므로 이에 큰 목소리로 외쳐 불렀다. 절의 승려 덕륭이 대령하겠다고 하는데, 그 대답 소리가 가물가물해 마치 천상에서 두런거리는 말소리 같다. 이윽고 사미승 10여 명이 두레박줄을 드리운 듯이 줄줄이 아래로 내려왔다. 그들이 맞이해 인사를 채 마치기도 전에 곧바로 어깨와 등을 빌려주어 나를 등에 업었다. 앞에서 끌고 뒤에서 밀고 하면서 가는데, 실처럼 가느다란 길 하나가 꼬불꼬불 서리고 얼기설기 얽혀 구절양장의 열 배는 되었다. 마음속에 겁이 나서 머리칼이 곤두서고 눈에 현화(玄花)가 돌면서 그곳을 지나갔다. 아래로 개울과 계곡을 내려다보니 푸르스름하고 아스라해 그 깊이가 몇천 길이나 되는지 알 수 없다. 뒤에서 오는 자들을 돌아보니 비척비척 비틀비틀 올라오는 듯하다가는 문득 굴러떨어지고는 하면서, 넘어진 자는 기운을 내고 더위잡고 오르는 자는 재간을 부리며 각기 혼신의 힘을 다하지만 한 걸음도 앞으로 내딛기 어려워하고 있다. 정말 무엇인가를 하려는 사람은 또한 이같이 어렵다는 사실을 새삼 알 수가 있다.

이윽고 절문에 들어가자, 절문 안에 뜰이 있는데 길쭉하기만 하고 넓지는 않으며, 뜰가에는 짧은 담장이 곧바로 서쪽을 막고 있다. 아마도 혹시 아래로 떨어지는 것을 방지하고, 또 사람들이 넘겨 보지 못하게 하려는 듯하니, 그 아래는 벼랑이 끝없어 땅이 보이지 않는다. 방장의 절방은 깔끔하며, 넓지도 않고 좁지도 않다. 불화(탱화)가 벽에 드리워져 있고 가사가 시렁에 얹혀 있다. 화로의 향은 반쯤 사위었고 경쇠 소리는 맑게 하늘거린다. 방 바깥에는 겨울의 음산한 기운이 엉겨 쌓여 있지만 방 안에는 봄날 같은 따스한 기운이 물씬 피어났다. 사람의 힘이 하늘의 능력을 빼앗은 것일까? 아니면 조물주의 힘이 가지런하지 못한 것일까? 가히 별도로 다른 세계가 있다고 말할 수 있겠다. 시렁 위에 책자 몇 권이 있기에 승려 원각을 시켜 가져오게 해 보았더니 곧 『연화경(蓮花經)』 『법화경』과 『대혜선어(大慧禪語)』 등의 불교 서적이었다. 너덧 장을 뒤적거려 보니 온전히 이해할 수는 없지만 간혹 사람의 마음을 깨우치는 부분도 많았다. 가져가서 다시 보고 싶었지만 결국 그러지는 않았다.

듣자니 곡기를 끊고 지내는 승려가 절 뒤쪽 봉우리에 와서 머물고 있다고 하기에 그를 불러 만나 보았더니, 구름 빛 가사는 백 번이나 기웠고 눈썹은 서리처럼 희다. 자기 말로는 본디 흥양(전남 고흥) 출신인데 나라 안의 명산을 다 밟아 보고 돌아가다가 우연히 이 산에 머물게 되었다고 한다. 굶주림을 참는 데는 솔잎만 한 것이 없으니, 안색이 온화하고 윤기가 있으며 걸음걸이가 민첩하고 씩씩한 것이 모두 그 효험이 아닌 것이 없다. 만일 기미년(1619년) 명나라의 요청으로 중국에 군사를 보냈다가 전투에서 패하고 돌아오는 병사들이 다른 풀은 먹지 않고 모두 솔잎만 먹으며 왔더라면 수십 일을 아무 탈 없이 몸을 보중해 돌아왔으리라고 한다.

이야기를 한참 나누고 있는데 덕융 스님이 차를 내오겠다고 했다. 나복(무)을 깎아 내고 규룡 알 같은 홍시도 담아냈다. 애청 꿀을 정화수(井華水)에 풀어 달여 낸 차가 시원하고 달콤해 감로수나 제호탕보다 훨씬 나았다. 이윽고 다시 자리를 옮겨 덕융 스님이 거처하는 곳을 방문했다. 방 한 칸이 서쪽에서 비스듬하게 남쪽을 향해 트여 있는데, 밝은 창 아래가 매우 조용하고 한적하다. 정갈한 안석은 털어 놓은 것처럼 깨끗하고 도배를 해놓은 품새도 깔끔하며 구들은 평평하고 따스하다. 별스러운 정사(精舍) 하나를 극진하게 꾸며 놓았다.

　나는 스님에게 말했다. "만일 하늘이 수명을 몇 년 늘려 주어 여기에 와 살면서 그동안 못 본 책을 다 읽는다면 아마도 유익함이 있겠지요. 하지만 속세의 인연이 몸을 얽어매고 있는 데다가 늘그막에 몸까지 쇠약하니 이를 어찌 바라겠소? 정말 탄식할 만합니다." 스님은 머물러 자고 가라고 굳이 청했다. "오늘 유람은 정말로 얻기 힘든 행운입니다만 기이한 경관과 놀라운 볼거리가 그저 눈앞의 천변만화에만 있었지 시선 닿는 끝까지 멀리 바라보기에는 마땅하지 않았습니다. 평상시에 하늘이 밝아 탁 트이면 일망무제라서 내포 대여섯 읍의 경내에 속하는 크고 작은 봉우리와 뫼, 하천과 들판, 큰길과 작은 길, 거주지와 촌락 등이 역력히 제 모습을 남김없이 다 바친답니다. 그런데 오늘은 희끄무레 어둑하고 뒤덮고 숨겨 그런 모습들을 다 드러내지 못하게 했으니 아무래도 이는 속이기 좋아하는 도깨비의 장난입니다. 또 어찌 알겠습니까? 밤이 깊어 달이 나오고 섬세한 구름까지도 쓸어 버린 듯이 다 사라져 푸른 하늘이 맑고 깨끗해서, 달나라의 영롱한 성곽과 수정 같은 누대가 한순간에 모두 드러나 그 나머지의 맛을 다 누릴 수 있게 될 줄을?"

　나는 이 말을 듣고 매우 기뻤다. 하지만 만약 황혼이 되기를 앉아서 기다려야 한다면 데리고 온 아이들이 모두 유약하기에 그들만 집으로 돌려보낼 수가 없어 끙끙거리고 머뭇거렸다. 다시 돌아갈 길을 생각하자니, 경관을 끝까지 다 보지 못하고 탐승을 다 구경하지 못해, 절세가인과 헤어지는 한이 절로 그치지 않는 듯하다. 사미승을 불러 지팡이와 빗자루를 준비하라고 시켜서 하산할 계획을 세우기를 올 때처럼 꼭 같이 했다. 나는 중의 등에 업혀 앞서고 다른 이들은 차례차례 줄이어 내려왔다. 앞서 남긴 발자국은 나중에 내린 눈에 이미 덮여서 망망해 찾을 수가 없었으므로 눈을 걸음걸음 새로 밟아나가자 밟는 즉시 푹푹 꺼져 내렸다. 어이, 이보게, 떠들썩하게 서로 부르고 답하는 사이에 어느새 중봉 아래에 이르렀다. 올 때 말을 타고 왔던 길도 울퉁불퉁하고 미끄러워서 발을 댈 수 없다. 그대로 중의 등에 매달려 곧바로 골짜기 어귀로 나와서 그쳤다.

날이 이미 저물었으므로 추워서 벌벌 떨림이 곱절이나 심했다. 마침내 덕용 스님과 작별하고 말을 채찍질해 갔다. 현등산을 돌아보니 높다랗고 거무틱틱하게 하늘과 같은 색이고, 산허리 아래에는 구름과 아지랑이, 남기와 안개가 눈보라와 어지러이 뒤섞여서 만 겹으로 잔뜩 뒤덮고 둘둘 감싸고 있다. 전에 들어갈 때 어느 쪽으로 들어갔는지, 나올 때 어느 쪽으로 나왔는지 알 수 없다. 당나라 때 나 도사(나공원)가 지팡이로 만들었다는 만 길 높이의 은빛 다리나 현종이 그를 따라가서 예상우의곡의 춤을 보았다는 월굴도 다시는 기탁할 흔적조차 남지 않았으니, 그저 신선이 되었던 꿈을 한바탕 꾸고 난 것만 같다.

이경전(1567~1644년)은 1631년 눈 오는 날에 충남 예산 대술면의 천방사를 방문하고 이 「대설방천방사기」를 남겼다. 대술면의 천방사 암자에서는 덕산, 면천, 대흥, 신창, 예산이 한눈에 보인다.

이경전은 이산해의 아들로, 한산 이씨 아계 가문을 이은 주요 인물이다. 1608년 소북의 유영경이 정인홍과 함께 영창대군의 옹립을 꾀하자 유영경을 탄핵했다가 강계에 안치되었다. 같은 해 광해군이 즉위하자 풀려나와 충청도와 전라도 관찰사를 지내고 이후 좌참찬에 올랐다. 인조반정이 일어났을 때 서인의 편을 들어 생명을 보전하고, 주청사로 명나라에 가서 인조의 책봉을 요청했다. 이로써 한평 부원군에 진봉되었다. 1637년 삼전도 비문을 작성하라는 왕명을 받았으나 병을 빙자해 거절했으며, 1640년 형조 판서를 지냈다.

이경전의 부친 이산해는 온양, 아산, 신창 등지에 전장을 두었다. 다지동 즉 오늘날의 대지동면 한가리를 거점으로 하는 예산 전장도 그 무렵 확보했으며 묘택을 그곳에 두었다. 이산해는 부인 양주 조씨와의 사이에서 경백·경전·경신 세 아들을 두었으나 장남 이경백은 1580년 문과에 급제한 해에 사망하고, 삼남 이경신도 진사 급제 뒤 단명했다. 앞서 말했듯이 이경전은 인조반정의 서인 정권에 동조함으로써 요로에 머물렀다. 이경전은 충남 예산의 전장을 경영했으며, 천방산

천방사를 원찰로 삼았다. 천방사는 이산해의 문집 『아계유고』와 이경전의 문집 『석루유고(石樓遺稿)』를 간행하게 된다. 뒷날 천방사가 소실되자 이 가문은 이화암을 건립해 묘택과 책판을 관리하게 했다. 이경전은 부인 안동 김씨 사이에서 아들 다섯과 훗날 조수익에게 시집간 딸을 두었고, 서자도 많이 낳았다. 차남 이구의 부인 전주 이씨는 남편과 사별한 후 예산으로 낙향해 친정 재산, 시집 재산, 아들 이상빈의 처가 재산까지 합해 가세를 크게 확장시켰다.

이경전은 1631년 동지 전날에 성묘를 이유로 휴가를 얻어 다지동에 있었다. 22일 대설이 내리기 시작해 23일에도 눈이 오고 그다음 날도 그치지 않았다. 엉성한 처마는 눌려 꺼지고 부서진 울타리도 내려앉았다. 뜰의 대나무는 땅에 머리를 처박고 누웠으며 고갯마루의 노송은 머리를 드리운 채 하얗게 덮여 있었다. 하늘이나 땅이나 사방이 모두 아스라이 구분할 수 없어 혼돈의 상태에서 형상을 갖추기 전 모습 같았다. 눈 내리는 풍경을 바라보다가 이경전은 문득 송나라 임포처럼 눈 속의 매화를 찾아 서호로 찾아가고, 당나라 정계처럼 눈 오는 날 파교에서 노새를 타고 시를 읊조리고 싶어졌다. 마침내 아이에게 급히 각반을 가져오게 해, 백등의를 입고 청승포를 머리에 쓰고 갈 곳도 정하지 않은 채 출발했다. 녹연제를 따라 동괴정을 지나서 물단의 손자 집 앞에 이르렀다. 그때 그 집 아이 오봉과 천석이 남의 등에 업혀서 따라와 굳이 함께 가겠다고 했다. 이경전 일행은 바위산 기슭을 지나 천방동으로 들어갔다.

대설이 다시 내리고 골짜기가 어두워졌으므로 발걸음이 옮겨지지 않았다. 말을 돌려 시내를 따라 내려가 일정암을 끼고 앞 들판을 경유해 큰아들 이부의 초당에 이르렀다. 이부는 출생으로 보면 셋째 아들인데, 위의 이후와 이구가 당시 생존해 있지 않았기 때문에 이경전은 이부를 장남이라고 불렀다. 이후는 정시 문과에 병과로 급제해 이조 정랑을 역임하고 호당에도 선발되었으나 28세 때 천연두에 걸려 죽었다. 바로 아래 이구 역시 문과에 급제해 예문관 검열과 시강원 설서를 역임했으나 24세 되던 해 세상을 떠났다. 이후와 이구는 같은 때 사가독서를 했던 재사들이다.

이부는 자신의 초당에서 막내 아우 이무와 대좌하고 있다가 부친을 반갑게 맞이했다. 이경전은 그곳에서 산봉우리들을 바라보았다. 신래봉은 뾰족한 머리를 숨긴 채 허리와 배 부분을 반쯤 드러내고, 저현동은 아스라하고 거뭇거뭇하게 구름을 토하며 서리를 뿜어낸다. 절 뒤의 봉우리나 으슥한 생양동, 우뚝한 우하령 등은 모두 보이지 않고 현등산만이 둥그스름하고 당당한 모습으로 동남쪽 허공에 끊어진 듯 서 있다. 마침내 초당을 떠나 이부·이무와 함께 길을 나서는데

이부의 아들 동금이 따라나섰고, 동금의 동생으로 다섯 살
난 이룡도 하인 등에 업혀서 뒤를 따랐다. 이경전 일행은 천
방동 골짜기로 들어갔다.

　이경전은 눈 오는 밤 천방사를 찾았다가 다시 돌아 나오기
까지의 기록을 세밀하게 남겼다. 그리고 그 유람기 끝에 "사
람의 일이 잘되었다 못되었다 하는 것과 만났다 헤어졌다 하
는 것이 모두 하늘에 달려 있는 법이어서, 그 사이 운수가 있
지 않은 것이 없다."라고 말하고, 만일 지금 조정에서 일하는
대열에 있었더라면 비록 현등산 천방사에 오늘같이 눈이 내
렸다 하더라도 어느 겨를에 이 경승을 탐방할 생각이나마 가
질 수 있었겠느냐고 반문했다.

　노둔한 말이나 쓸모없는 가죽나무 같은 이 몸이 요행히 죽임
당하지 않고서, 조정에서 죄상을 자세히 기억하지 않아 주고 성
상께서 너그럽고 인자하게 은혜를 드리워 주시어 서너 달간이
나마 고향에서 유유자적할 수 있게 되었기에 이처럼 평생 꿈에
서도 볼 수 없는 기이한 일을 보게 되었으니, 못나고 꾀죄죄한
나에게 하늘이 베풀어 준 것이 어찌 이리 편애를 한단 말인가?
설혹 몇 년 후에 이곳에 다시 올 기약이 있어, 현등산이 예전
과 같고 천방사도 똑같으며 덕융 대사가 한결같이 건강히 반가
운 눈빛으로 대해 주는 일이야 있을 수 있겠지만 오늘처럼 눈

내린 광경이 그 기이함과 장대함을 지극히 다해 천태만상을 이루 형용할 수 없게 하는 일은 분명 다시 만나기를 기대할 수 없을 것이다. 하물며 천지 만물의 오묘함 가운데 인간이 헤아릴 수 없는 것은 반드시 조물(造物)에 맡겨야 그 지극한 경지에 이르는 것임에야 더 말해 무엇 하겠는가? 조물이란 것은 본시 어떤 품물이 있는 것이 아니다. 무(無)란 것은 유(有)가 유래해 나오는 바이니, 유이기에 도리어 무로 복귀하는 것이 자연의 이치다. 비록 조물이라 해도 사사로이 할 수 없는 것이니, 한 번은 가능하겠지만 두 번은 불가능할 것이다.

이경전은 대설 속에 천방사를 찾았다가 돌아 나오면서 두 번 다시 경험하기 어려운 신비한 경험을 했다. 그리고 그 경험이 거듭 일어날 수 없으리라는 것을 느꼈다. 그 느낌은 생명의 가치를 어렴풋하게 자각하는 일과 연결되어 있었다. 생명은 초월적 절대자가 계획에 의해 만들어 내는 것이 아니다. 본디 물의 형태로 존재하지 않고 우주의 이법에 불과한 조물에 의해 우연히 이루어지기에 일회적일 수밖에 없다.

주자학은 '영원한 것'을 중시한다. 그렇기에 흔히 찰나적이고 일회적인 경험을 돌아보지 않는다고 생각하기 쉽다. 하지만 이산해의 유산록을 보면 주자학자들이 반드시 영원한 것에만 매달린 것 같지는 않다. 리는 하나이되 만물만상으로 분수(分殊)한다는 주자학의 관점에서 보면, 리도 중요하지만 리가 구현되는 분수로서의 만물 만상도 매우 중요하다. 그렇기에 주자학자도 논리상으로는 일상의 경험을 대단히 중시해야 한다. 나는 우리 사유에서 일회적 경험을 중시하는 관점이 주자학의 재해석 과정에서 구체적인 사건의 체험을 통해 형성되었거나 발견되었다고 생각한다. 이산해의 글을 읽으면서 더욱 그러한 생각을 하게 되었다.

26 무료함을 달래는 산승의 재주

이철환(李嘉煥),『상산삼매(象山三昧)』

회잠과 여옥이라는 두 사미승이 있는데 나이는 각각 17세다. 용모가 단아하고 잘생겼으며 두 눈동자는 형형하게 빛이 났다. 범패를 부르거나 불경을 외는 소리 등이 각각 그 맑고 고움을 다해 그 사람 됨됨이와 같다. 회잠이란 자는 또한 입술을 모아 바람 기운을 두드려 나각과 비슷한 소리를 잘 내었는데, 천연스레 교묘해서 법당에 가득한 사람들이 시끌시끌했다. 예전에 석가모니가 능가선음(陵迦仙音)으로 무루 법회를 창설(唱說)하자 사방의 대중들이 미증유의 것을 얻은지라 불법을 듣고 기뻐하듯 크게 환희한 일이 있다. 아마도 회잠은 석가씨의 유풍을 듣고 흥기한 자가 아니겠는가!

들자니 아무개 선비가 입으로 거문고 소리를 잘 내서 궁상(宮商)이 조화를 이루고 거문고 줄을 튕기는 듯한 소리가 쟁글쟁글 옥소리와 같다고 하기에 내가 마음속으로 사모했으나 만나 볼 길이 없어 그 때문에 오래도록 마음이 찜찜한 적이 있었다. 또 들으니 정수암에 가사와 석장을 머문 승려 여견이란 자는 이 빠진 나무 빗에 옥수수의 마른 잎을 끼워 음률에 맞춰 불어 악곡을 만드는데, 유연하고 매끄러워 호드기 소리도 아니고 통소 소리도 아닌 것이 듣는 이를 시간 가는 줄 모르게 한다고 하기에, 또한 빨리 그를 알아 한번 시켜 보지 못한 것을 한스러워했다.

일찍이 『내암외서(耐庵外書)』(김성탄본 『수호전』)를 열람하다가 착산(김성탄의 친구)이 서울에서 구기(口技)를 하면 사람들이 곧바로 탁자를 치면서 탄식했다고 일컬은 것을 보았다. 하지만 이는 구요(口妖)라 할 만하니, 친히 보지 못한다고 무어 해될 것이 있겠는가! 맹상군은 닭 울음소리 내는 인물 덕택에 강포한 진나라에 의해 죽임당하는 것을 끝내 면하고 도망했지만, 군자들은 천하고 하찮다 말하며 탐탁히 여기지 않았다. 하물며 송나라 조사역은 비부(鄙夫)라서 개 짖는 소리로 아첨하고, 양상군자(梁上君子, 도둑)가 쥐 소리를 내 가며 상자를 뜯은 일은 입의 부끄러움을 끼침이 이보다 클 수 없다.

비록 회잠을 이런 자들과 나란히 논할 수는 없겠으나 그의 재주는 예(藝)에 있어서는 아무래도 말(末)이로다! 같은 입 재주인데 어떤 이는 소학(笑謔)의 바탕으로 삼고 어떤 이는 욕을 당하고 살육당하는 화를 부른다. 또 같은 혀라는 기관이거늘 어떤 이는 재주로 드러나고 어떤 이는 도를 깨우쳐 준다. 사람됨이 서로 동떨어진 것이 어찌 구우일모 정도에 그칠 뿐이겠는가? 회잠은 아무래도 그 재주를 제대로 쓰지 못하는 것이리라!

또 나는 이런 말을 들었다. 서양의 기인이 물품을 거치해 두는 각(閣)을 만들고 그 안에 기축(機軸)을 설치해 편면(부채 모양판)에 끈(기축이 돌아가게끔 통 옆에 말아둔 호스 같은 것)을 걸어 스스로 기운을 고동시키기를 마치 대장장이가 풀무로 바람을 불어넣는 것처럼 하고는, 잠시 후 현을 조율하고 관을 나란히 해 동시에 합주하면 맑은 소리, 탁한 소리, 느린 소리, 빠른 소리가 각각 그 마땅함을 얻고 새 악장과 옛 악곡이 교대되어 돌고 연이어 이어지다가 그것을 부채 접듯이 접으면 음악이 멈춘다고 한다. 지금 연경에 사행 가는 사람들이 대부분 이것을 보지만, 그런 것은 기이하게 여길 것도 못 된다.

구라파주 에스파니아의 왕은 큰 당을 만들어 높고 크고 기이하고 교묘함이 짝할 것이 없는데, 수도사들이 빙 둘러 거처한다. 안에는 36개의 제대(祭臺)가 있고, 중대의 좌우에는 편소 두 대가 있다. 가운데는 각각 32층이 있고 매 층은 100개의 관으로 되어 있으며 각각의 관이 하나의 소리를 내어 도합 3000여의 관이 비바람, 파도, 구음(嘔吟), 전투 소리 그리고 새 울음소리와 흡사한 소리들을 모두 모방할 수 있다.

아, 지극하다, 극진하도다! 성음(聲音)의 능사를 다했도다. 그러니 회잠이 입술을 씰룩이고 혀를 굴리는 일은 무어 말할 것이 있겠는가! 저 손등(孫登)의 소(嘯, 휘파람)와 약산(승려 유암)의 소(笑)는 한낱 기예에 그친 것이 아니었다. 원헌(공자의 제자로 금슬 연주의 달인)의 소리는 천지에 가득해 금석(金石) 소리를 내는 듯했으니 그 까닭은 무엇인가? 중정(中正)하고 화수(和粹)한 기운이 몸과 마음에 쌓여 넘쳐 나서 안팎으로 소영의 일이 거의 소소(순임금의 음악)와 자리를 나눌 수 있을 정도였던 것이다. 아, 영(靈)을 품은 무리로 똑같이 입을 가졌으되 누가 그 입의 본래 기능을 다할 수 있단 말인가! 어떤 이는 한갓 음식 씹고 삼키는 도구로만 쓰니, 회잠을 욕보이는 사람이로다!

○ 또 이탈리아 로마 성에는 이름난 정원이 있어, 유상곡수(流觴曲水)의 구조를 만들어 놓아서 기교가 아주 빼어나다. 구리로 여러 종류의 새를 주조해 놓아 기계가 한번 작동하는 것을 만날 때마다 저절로 날개짓을 하며 울어 각각 그 본류의 소리를 갖추어 낼 수 있다. 또 편소 하나를 그냥 물 속에 놓아두기만 했는데, 기계가 작동하면 울음을 울어 그 소리가 대단히 묘하다. 대개 서방에는 으레 이러한 제작물이 많으므로 끌어다가 언급한다.

충남 내포 지역에는 덕산 도립 공원이 있고, 그 공원은 가야산, 석문봉, 일락산, 상왕산 등으로 이루어져 있다. 가야는 산스크리트어로 코끼리라는 뜻이므로, 가야산은 달리 상산(象山)이라고도 했다. 백제의 후예에 상왕으로 불리는 이가 가야산을 도읍으로 삼았다는 설도 있다. 상왕산은 상산과 같은 뜻이지만 가야산과 구별한다. 1827년 제작된 「덕산군지도(德山郡地圖)」에서는 두 산을 각각 표시했고, 현재도 가야산과 상왕산을 구분한다. 한편 가야산은 소의 머리와 비슷하다고 해서 우두산이라고도 불렀으며, 상산 이외에 중향산, 지달산, 설산이라고도 불렀다.

경기도 안산과 덕산 일대에 거주하던 성호학파 학자 이철환(1722~1779년)은 1753년 12월 4일 밤, 가야산 가야사에서 승려들의 연희를 구경하고 위의 글을 남겼다. 이철환은 아우 이삼환과 더불어 종조부 이익의 문하에서 수학했다. 덕산의 장천(예산군 고덕면)에 살았다. 32세 되던 1753년 봄에 경기도 양평의 용문산을 유람하고, 10월에 인천 소호(소래 포구)에서 배를 띄워 10월 23일 가야산 여행의 첫 밤을 정수암에서 묵고 영사암, 정수암, 슬치를 구경한 후 11월 5일 장천으로 돌아갔다. 이 첫 번째 가야산 유람을 마치고 11월 7일에 다시 여행을 떠나 12월 29일 장천으로 귀가했다. 이듬해 1월 11일에 다시 여행길에 올랐다가 병을 조섭하러 22일에 장천으로 일단 돌아갔다가 다시 1월 25일부터 1월 29일까지 가야산을 유람했다. 이후 적조암에 가서 『상산삼매(象山三昧)』를 엮고 그 후지(後識)를 썼다.

이철환은 가야산에 대해 "무너진 성채와 성가퀴들이 산등성이에 산재해 있다. 대개 온조왕의 가법(家法)에 매우 흡사하다."라고 했다. 가야산을 백제의 성채가 있던 곳으로 보았다. 그리고 가야산의 산세 자체는 그리 빼어나지 않지만 등정한 자에게 시야를 틔워 막힘이 없게 해 준다고 예찬했다. 그런데 이철환은 수정봉에 올랐을 때 안개 때문에 조망을 제대로 하지는 못했다. 오히려 해인사 승려의 연희를 구경하고 그에 대해 상세히 논평했다. 이철환은 평소 김성탄본 『수호전』을 애독해 그 제65회 서두에 나오는 구기 관련 글을 익히 알고 있었다. 청나라 초 장조가 엮은 『우초신지(虞初新志)』에는 임사환의 「추성시자서(秋聲詩自序)」가 편입되어 있는데, 『우초신지』는 조선 후기에 널리 읽힌 책이어서 이철환도 열람했을 가능성이 있다. 「추성시자서」의 일부를 보면 이러하다.

서울에 구기 잘하는 사람이 있어, 빈객을 모아 청사(廳事)의 동북 구석에 크게 잔치를 베풀고 8척 병풍을 둘렀다. 구기하는 사람은 병풍 뒤에 앉았고 탁자 하나, 의자 하나, 부채 하나, 무척(撫尺) 하나뿐이었다.

손님들이 모두 앉자 잠시 후 병풍 뒤에서 무척이 두 번 울리는 소리가 들렸으며, 당에 가득한 사람들은 감히 떠드는 사람이 없었다. 이때 저 멀리서 깊은 거리의 개가 짖는 소리가 들리더니, 곧바로 부인이 놀라 깨어나서 하품하며 기지개를 켜고는 남편을 흔들어 외설의 일을 말했다. 남편은 잠꼬대를 할 뿐이고 처음에는 그리 응대하지 않았으나 부인이 흔들기를 그치지 않자 두 사람 말이 차츰 섞이기 시작하고 그러는 가운데 침상도 삐걱거렸다. 얼마 있다가 아이가 깨어서 크게 울자 남편이 부인에게 아이를 달래고 젖을 주라고 시키니, 아이는 젖을 문 채 또 울고 부인이 아이를 손바닥으로 토닥거리는 소리가 울린다. 남편이 일어나서 오줌을 누자 부인도 아이를 안고 일어나 오줌을 눈다. 침상에서는 또 큰애가 깨어서 칭얼거리길 그치지 않는다. 이때에 부인이 손으로 아이를 토닥거리는 소리, 입으로 울리는 소리, 아이가 젖을 물고 우는 소리, 큰애가 처음 깨어난 소리, 침상 소리, 남편이 큰애를 야단치는 소리, 단지에 오줌 누는 소리, 통에 오줌 누는 소리 등이 일제히 한데 모여 일어나, 온갖 오묘한 소리가 다 갖추어진다. 좌중의 빈객치고 목을 빼고 시선을 옆으로 하면서, 살짝 웃거나 침묵하며 탄식해서 절묘하다고 여기지 않는 사람이 없었다. 이윽고 남편은 침상에 올라 잠들고, 부인은 또 큰애를 불러 오줌을 누인 후, 다 누고 나자 함께 침상에 올라 잠을 잔다. 어린애 역시 차츰 잠들려 하고, 남편의 코 고는 소리가 일어나고 부인은 아이를 토닥거리는

데, 역시 차츰 토닥거리다가 차츰 그친다. 이때 쥐가 미미하게 달각달각 사각사각하는 소리, 질그릇이 기울어지는 소리, 아낙이 꿈을 꾸면서 콜록콜록하는 소리가 살짝 들린다. 손님들은 조금 마음이 누그러져 앉은 자세를 차츰 똑바로 한다.

홀연 한 사람이 "불이야!" 하고 크게 소리지르자, 남편이 일어나 크게 소리치고 부인 역시 일어나서 크게 외치며 두 아이는 일제히 울어댄다. 이윽고 백 사람 천 사람이 크게 외치고 백 아이 천 아이가 곡을 하며 백 마리 천 마리 개가 짖는다. 중간에 힘껏 잡아당기고 무너져 쓰러지는 소리, 불꽃이 튀어 기세가 세어지는 소리, 휘휘 바람 부는 소리가 백 가지 천 가지로 일제히 일어나고 또 백 사람 천 사람의 구해 달라는 소리, 지붕을 끌어당기며 영차 하는 소리, 막무가내로 빼앗는 소리, 물 뿌리는 소리 등이 끼어든다. 응당 있어야 하는 소리치고 있지 않은 소리라고는 없다. 비록 사람에게 백 개의 손이 있고 손에 백 개의 손가락이 있다 할지라도 그 하나의 것도 가리킬 수 없을 정도고, 사람에게 백 개의 입이 있고 입에 백 개의 혀가 있다고 할지라도 그 한 가지 것도 명명할 수 없을 정도다. 그러자 손님들치고 누구 하나 낯빛을 고치고 자리를 뜨고, 소매를 떨치고 팔뚝을 드러내며, 양쪽 넓적다리를 부들부들 떨면서 먼저 가고자하지 않는 사람이 없었다. 그런데 홀연 무척이 한 번 울리자 음향이 전부 끊어진다. 병풍을 거두고 보니 사람 하나, 탁자 하나,

의자 하나, 부채 하나, 무척 하나가 있을 뿐이었다.

임사환은 구양수의 「추성시(秋聲詩)」에 대한 감상평을 적는다고 하면서 세상에는 사물의 소리를 분명하고 절묘하게 모사하는 기예가 별도로 존재한다는 것을 말해 「추성시」의 묘사가 절묘하다는 사실을 간접적으로 부각시켰다. 그 가운데 북경의 구기자의 사례를 들어 구기의 공연 내용을 맛깔스럽게 묘사한 것이 바로 위의 인용 부분이다. 이러한 구기에 비교한다면 가야산 회잠 사미승의 구기는 도시의 공연 예술 수준은 아니다. 오히려 산승들이 혹 느끼게 될 무료함을 달래주는 여기이며, 득오의 한 경지를 상징하는 듯도 하다.

이철환은 이듬해인 1754년의 1월 12일 밤에 역시 가야산에서 꼭두각시놀음을 보았다.

세상에 전하기를 이 기예는 한나라 진평이 흉노 연지를 속이기 위해 고안한 것이라고 한다. 그러나 주나라 목왕 때 언사가 비단으로 만들어 바친 인형이 더욱 정밀하고 빼어났으니 그 유래가 오래되었다. 진평이 평성 전투에서 안개를 틈타 나무 인형을 가지고 희롱해 적을 속였는데, 근세의 희장(戲場) 또한 대부분 밤에 횃불을 켜 두고 공연을 한다. 대개 횃불 그림자 속에서는 그 빛으로 사람의 눈을 속이기 쉬워 기교를 세상에 더욱 팔

수 있기 때문이다. 군자는 반드시 저 거짓이 참을 어지럽히고 밝음을 등져 어둠으로 나아가는 것을 혐오하리니, 이것이 보탬이 되는 것도 없이 정신만 소모시키기 때문만은 아니다.

한나라 고조가 평성에서 흉노에 포위되어 있을 때 선우 묵특의 처 연지가 한쪽 면을 지키고 있었다. 진평은 연지의 투기가 심하다는 것을 알고는 나무로 인형을 만들어 움직일 수 있도록 장치한 다음 진영에서 춤을 추게 했다. 연지는 이 인형을 기녀인 줄로 알고 묵특이 기녀를 받아들이지 못하도록 군대를 퇴각시켰다. 『악부잡록(樂府雜錄)』「괴뢰자(傀儡子)」에 나온다. 또한 그보다 앞서 언사라는 기술자는 가죽과 나무, 아교 등을 가지고 사람의 형상을 만들어 주나라 목왕에게 바쳤는데, 그 형상과 움직임이 사람과 아주 똑같아서 임금을 시종하던 여자에게 눈을 깜빡이며 수작을 부리기까지 했다고 한다. 『열자』「탕문(湯問)」에 나온다. 이철환은 이 두 고사를 인용해 인형을 사용하는 것이 정도가 아니라고 비판했다. 그러면서 가야산의 승려 가운데 꼭두각시 놀이를 하는 것도 기교를 세상에 파는 일에 불과하다고 폄하했다.

이철환은 당시 타락한 선비들이 스스로 자랑하고 교만해하는 꼴을 꼭두각시놀이에 겹쳐 봤다. 이러한 시각은 지나치게 도덕주의적이다. 다만 이철환이 가야산을 여행하다가 절간에 묵으면서 구기와 꼭두각시놀음을 구경하고 각각 소감을 남긴 것은 지난 시대의 관습과 달리 미적 호기심을 발동시킨 결과라고 하겠다. 단독 여행에서 이철환은 경관과 풍속을 집중적으로 관찰하고 사색에 잠겼다. 『상산삼매』의 끝에 자신을 삼교주인(三敎主人)이라 표방하면서 다음 후지를 덧붙였다.

대웅씨(大雄氏, 석가모니)가 말하기를 "일체 건아여, 여러 연(緣)을 짓지 말라."라 했으니 참으로 이 말대로라면 천하의 인성들을 죄다 귀머거리 장님으로 만들고서야 가능하지 않겠는가! 비록 그러나 내가 말법 비구(末法比丘)의 종종악연(種種惡緣)들을 보건대, 고선생(古先生, 석가모니)의 그 연을 짓지 말라는 경계에 다름이 없다. 절에서의 아집은 우리들의 맑은 연이자 빼어난 과(果)이니 그 아(雅) 되는 까닭을 미루어 파고들면 이는 사람에 있는 것이지 모임에 있는 것이 아니다. 진실로 그 아됨을 확충해 맑은 인(因)을 앞으로 도래할 곳에 심어 둘 수 있다면 각황(覺皇, 석가모니)의 법은 근심할 것 없이 스스로 그칠 것이요, 일신의 공은 거의 이를 이어 더욱 나아갈 것이다.

이철환은 불교를 비판하면서도 불교에 대해 포용적인 생각을 지녔다. 스스로를 삼교주인이라고 한 데서도 그 점이 잘 나타난다.

2부

남부의 산

① 좁은 굴 속으로 기어오른 정상

김창협(金昌協), 「등월출산구정봉기(登月出山九井峰記)」

월출산의 절정은 구정봉이다. 사방 모서리는 모두 험준한 벼랑이 가파르고 아슬아슬하다. 다만 서쪽 벼랑 아래에 지름이 겨우 한 자 남짓한 굴혈이 있어 위로 뚫려 정상에 이른다. 정상에 오르는 사람들은 반드시 굴혈 속으로 길을 취한다. 굴혈에 들어가려면 반드시 엉금엉금 기고 뱀처럼 나아가야 들어갈 수 있다. 하지만 관모나 두건을 벗지 않으면 역시 들어갈 수 없으니, 마치 쥐가 머리를 또아리에 끼인 채로 굴혈로 들어가려는 것처럼 된다. 굴혈에 들어가면 비로소 사람처럼 가게 되지만, 여전히 굴혈 속을 가는 것이다. 찌그러진 데다가 아주 좁으므로 그 속을 가는 사람이 두 벼랑 사이에서 몸을 단속해 그 귀를 담벼락에 붙이듯 하고 서너 걸음을 가서야 끝나게 된다. 굴혈이 다하면 비로소 위로 나오기를 마치 우물 속에서 나오듯 하게 되며, 또 즉각 길이 끊어진 벼랑에 이르고 벼랑 아래로는 땅이 보이지도 않는다. 그 틈새가 사람을 통하게 하는 것은 굴혈속을 가는 사람에게 가까스로 한쪽 발만을 두도록 허용해, 반드시 발을 앞뒤로 번갈아 두어야 통과할 수 있다. 바야흐로 앞발을 벼랑 위에 두었을 때는 뒷발을 여전히 구멍에 끼워 두고 있으므로 위태롭지 않다. 그러다가 뒷발을 앞발과 바꾸어 벼랑위에 두면 이것은 전적으로 몸을 벼랑에 맡기는 것이므로 위태로움이 심하다. 하지만 이 굴혈을 지나기만 하면 곧 절정이어서, 큰 바다를 굽어보는 것이 마치 바다가 신발 밑에 있는 듯하므로 또한 역시 상쾌하다.

이 유람기는 전라남도 영암군 월출산 구정봉의 최정상에 오르는 과정에만 초점을 두어, 등정의 어려움과 등정 후의 상쾌함을 매우 사실적으로 묘사했다. 글을 읽다 보면 스스로 굴혈을 통해 정상으로 향하는 기분이 든다. 동굴이 좁아서 들어갈 때는 뱀처럼 기어가야 한다는 구절, 찌그러진 동굴을 통해 정상으로 올라갈 때는 귀를 양 벽에 착 붙인 듯이 해야 한다는 구절이 인상적이다. 관모나 두건을 벗지 않고 가려 하면 마치 쥐가 또아리에 머리가 낀 채로 굴혈로 들어가려 하

266

는 것처럼 들어가기가 불가능하다는 묘사는 비유도 절묘하고 변화 수법도 탁월하다. 마지막 정상에 올라갔을 때의 감동을 "역시 상쾌하다."라고 간결한 말로 표현한 것도 절창이다.

글을 지은 이는 김창협(1651~1708년)이다. 농암(農巖)이라는 호로 잘 알려져 있는 그는 서인의 영수 김수항의 아들로 1669년에 19세로 진사시에 합격할 정도로 학문과 재주가 있었다. 1675년 7월에 부친이 영암으로 귀양 가자 배종해 가서 8월에 월출산을 유람했다. 그때 이 글을 작성했다.

김창협은 1678년 가을, 부친이 철원으로 양이되자 배종했다. 이듬해 8월, 경기도 영평 응암에 집을 짓고 11월에는 가족을 데리고 갔다. 숙종 6년인 1680년의 경신대환국으로 남인이 축출된 후 부친이 영의정이 되어 서울로 돌아왔는데, 김창협은 그해 가을의 별시 초시의 대책으로 수석을 했다. 1682년 11월에는 증광 별시 문과에서 급제해 벼슬길에 올랐다. 하지만 1689년 기사환국 때 부친이 송시열과 함께 사사되자 응암에 농암 수옥을 짓고 거처했다. 세상이 나를 속일지라도 청산은 나를 속이지 않으리라 여겨, 자연 속에서 자연물과 의지하며 살겠다고 결심했다.

월출산은 영암군과 강진군의 경계에 있는 소금강이다. 신라 때는 월나산이라 불렀고, 고려 때는 월생산이라 불렀다. 월출산은 실은 '달내뫼'의 한자 표기인 듯하다. 구림에서 보면 달이 이 산에서 생겨나 떠오르듯 보이기 때문에 그런 이름을 갖게 되었을 것이다. 최고봉은 천황봉이고, 구정봉은 서쪽 봉우리로 높이 783미터에 회문리·교동리와 강진군 성전면 월하리 경계에 있다. 사람이 하나 드나들 만큼 좁은 굴이 있어, 그 굴을 타고 올라가면 20명쯤 앉을 만한 곳에 웅덩이 아홉 개가 있다. 아홉 마리 용이 산다는 전설이 있다. 『연려실기술』별집 「지리전고(地理典故)」에 나오는 말이다.

구정봉의 웅덩이는 옛날 동차진이 옥황상제의 노여움을 사서 벼락 맞아 죽을 때 생긴 것이라고 전한다. 동차진은 구림에 유배되어 있던 어느 장군의 유복자로, 겨드랑이에 깃털을 달고 나왔으며 일곱 살에 나뭇짐을 질 수 있었다. 어느 날 집에 찾아온 기이한 노인을 따라가 금강산에 들어가 도술을 익혔다. 10년 후 노모를 뵈러 왔을 때 북쪽 오랑캐들이 침략하자, 어머니의 명으로 나가 싸웠다. 동차진이 구정봉에 올라가 주문을 외우자 오랑캐들 머리 위로 돌멩이가 수없이 쏟아져 몰살했다. 옥황상제는 동차진의 공명심과 만용을 벌주려고 벼락을 아홉 번 내려 그를 죽여 버렸다. 그 후 동차진의 혼이 사람들이 이 봉우리에 오를 때마다 봉우리를 세 번 움직여 경계했다고 한다. 그 바위를 신령암 혹은 삼동암이라 한다고 한다.

삼동석은 구정봉이 아닌 별도의 바위를 가리킨다는 말도

있다. 1672년 10월 1일 허목이 월악 즉 월출산을 등반하고 남긴 「월악기(月嶽記)」에 따르면 구정봉 위, 도갑사 아래, 용암사 아래에 동석(動石)이 각각 하나씩 있으며, 영암이라는 고을 이름은 동석 때문에 생겨났다고 했다. 또 허목은 「월악기」에서 신라 승려 도선이 월악의 도갑사에 거처하며 신이한 자취를 많이 남겼다고 하고, 조선 초에 승려 학조가 거처했다고 적었다. 그리고 허목은 등반기 뒤에 세 가지 특이 사물에 대해 언급했다. 월출산에서 나는 손초, 도갑 아래 바위의 국장생과 황산 바위의 황장생, 구림과 서호 석포의 매향비 등이다.

조선 후기 송정희가 지은 『남유록(南遊錄)』에 들어 있는 「유월출산기(遊月出山記)」에 따르면 구림을 지나 상견성암으로 가다가 보면 오른쪽 산기슭에 암자가 있고 거기서 수십 보를 가면 큰 비석 하나가 있다. 이경석이 변려문으로 쓴 도선 사적비. 즉 영암군 군서면 도갑사에 있는 선각 국사 도선과 조선 시대 묘각 화상 수미의 탑비를 말한다. 본래 이곳에 도선 국사의 고비(古碑)가 있었으나 마모가 심해 도갑사를 중창한 옥습 대사가 두 승려의 합동 비석을 건립하고자 했고, 1636년 4월부터 시작해서 17년 후인 1653년 4월에 도선 국사수미선사비를 건립할 수 있었다. 실제 비문은 도선 국사의 일생을 정리한 것이 대부분이고 수미 선사에 대한 내용은 기술하지 않았다. 이경석이 지은 글을 오준이 썼다. 허목이 이 비석에 대해 구체적으로 언급하지 않은 것은 그 찬자가 서인의 이경석이었기 때문일 것이다.

한편 허목이 말한 서포의 석비는 매향비다. 매향비는『미륵하생경(彌勒下生經)』에 근거해서 미륵불이 용화 세계에서 성불해 수많은 중생을 제도할 때 그 나라에 태어나고 싶다는 서원을 기록한 비석이다. 고성삼일포매향비, 정주매향비, 사천매향비, 암태도매향비, 해미매향비 등등이 널리 알려져 있으며 모두 14~15세기 것들이다. 매향비는 대개 비의 앞면과 오른쪽 면에 매향의 주관자 직명, 매향의 유래를 적고, 비의 뒷면에 매향처와 수량, 왼쪽 면에 시납 전답의 양과 위치를 밝힌다. 서호의 석포는 허목의 기록에만 나오고 실물이 전하지는 않는 듯하다.

월출산은 신기한 전설과 사적이 많은 곳이다. 하지만 김창협은 그 꼭대기에 오르는 어려움과 그 어려움을 겪은 뒤의 광활한 조망만을 언급했다. 등정의 일에 초점을 맞추되 인생사의 문제를 가탁해 말한 것이다.

② 흙으로 덮인 산의 뾰족 봉우리

고경명(高敬命), 「유서석록(遊瑞石錄)」

4월 22일 병인(1574년). 날이 개었다. 아침에 광주 판관과 찰방이 입석으로 곧장 갔다. 어제 날이 어둡고 깜깜해서 제대로 찾아보지 못했기 때문이다. 남은 사람들은 갈천 선생(임훈)을 따라 곧장 상원등사에 이르렀다. 작은 암자가 새로 지어졌지만 작고 좁아서 쉴 수 없었으므로 갈천 선생은 암자 서쪽 단 위에 앉아 쉬었다. 약간 서쪽에 노송 두 그루가 마주해 있고 그 아래에 바위가 있어 발을 뻗을 수 있었다. 이윽고 판관과 찰방이 뒤따라왔다. 관아의 영인(伶人, 예인)들에게 천왕봉과 비로봉에 올라 횡적을 서너곡 불게 했는데, 난새 타고 신선이 부는 생황과 봉황을 타고 오르는 소사·농옥의 퉁소가 아스라하게 연무 자

271

욱한 하늘에서 내려오는 듯 방불했다. 마침 한 승려가 그리로 가서 박자에 맞추어 손뼉을 치고 춤을 추었다. 참으로 한바탕 웃고 즐길 만했다.

상봉에서 가장 높은 봉우리가 셋인데 동쪽에 있는 것이 천왕봉, 가운데 있는 것이 비로봉이다. 그 둘은 100여 자 정도 떨어져 있으니, 평지에서 바라보면 한 쌍의 대궐문 같은 것이 이것이다. 서쪽에 있는 것은 반야봉으로, 비로봉 서쪽 꼭대기와 거의 한 필 정도 거리를 두고 있다. 그 아래는 한 자도 안 되는 듯하지만, 평지에서 바라보면 화살 끝처럼 뾰족한 것이 이것이다. 봉우리 위에는 잡목이 없고 단지 진달래와 철쭉만 바위 틈새에 무더기로 자라는데, 길이가 한 자쯤 되고 가지는 모두 남쪽으로 깃발처럼 쏠려 있다. 지세가 높고 차가우며 눈비에 고생을 겪어서 그런 것이다. 이때 산 살구와 진달래가 반쯤 지고 철쭉이 막 피어나기 시작하며, 나뭇잎도 역시 그다지 뻗어나 펼치지 못했다. 봉우리는 평지로부터 1유순(由旬, 30리) 정도 떨어져 있을 뿐이지만 그 풍기(風氣)는 이처럼 멀고 다르다.

반야봉의 서쪽은 땅이 상당히 평평하고 넓으며 봉우리의 형세가 돌연 끊어져, 끊어진 벼랑이 1000척 높이라서 아래로 지면이 보이지 않는다. 멀리서 보면 우듬지가 가지런한 것 같으니 한유가 「남산시(南山詩)」에서 "소나무와 대나무는 부들과 잡풀의 번잡하고도 무성함을 질타한다."라고 한 것이 참으로 이것을 두고 말한 듯하다. 절벽을 타고 올라 줄지어 앉아서 우상(羽觴, 술잔)을 날리듯 주고받으니 표표하게 우화등선(羽化登仙, 어깻죽지에 날개가 돋아나 신선이 되어 날아감)하는 듯한 마음이 생겼다. 끊어진 벼랑의 서쪽에 바위들이 빗살처럼 늘어서 높이가 모두 백 자이니, 이른바 서석이 이것이다.

이날 흰 연무가 조금 걷혀서 어제처럼 심하게는 시야를 가리지 않는다. 비록 사방을 멀리 다 보지는 못해도 가까운 산이나 큰 물줄기는 대략 분별할 수 있으나 끝내 큰 바다를 시원하게 보고 한라산 등 여러 섬을 역력히 헤아려 장풍과 파랑을 타고 노닐려던 뜻을 위로하지는 못했으므로 너무도 애석하다!

그래서 앞서 왔던 길을 되짚어 반야봉과 비로봉을 곁에 두면서 내려와 상원등사의 동쪽으로 나가 삼일암을 거쳤는데, 월대에 입석이 있어 매우 기이하다. 삼일암은 그윽하면서도 한가롭고 삽상하고도 높아서 여러 다른 암자보다 훨씬 나았다. 선사는 "여기서 사흘을 머무르면 도를 깨칠 수 있어서 이름을 삼일암이라 합니다."라고 한다. 금탑사는 삼일암의 동쪽에 있는데, 열 자는 될 법한 바위가 하늘에 맞서 홀로 서 있다. 세상 사람들 말에 "그 바위가 안에 9층의 상륜부를 감추고 있어서 절 이름을 대개 여기서 취해 왔다."라고 한다. 은적사 또한 금탑사의 동쪽에 있어 적벽의 동북쪽에 있는 옹성과 서로 마주하고 있으며, 샘물이 바위 구멍에서 분출한다. 경인년(1530년)의 가뭄에 산속의 여러 샘이 모두 말랐으나 이 샘물만은 콸콸 솟아 마르지 않았다고 한다. 석문사는 금탑사에서 서쪽으로 80보쯤 가면 있으며 동쪽과 서쪽에 각각 기이한 돌이 대문처럼 우뚝 서 있어 그리로 들고 난다. 금석사는 석문사 동남쪽에 있다. 고려의 김극기가 시에서 "절문은 고개마루 구름에 의지해 간혀 있구나."라고 한 것이 바로 이 곳이다.

삼일암 뒤에는 바위 수십 개가 있어, 무리 지어 불거져 기이하고 뾰족하다. 그 아래에 샘이 있어 아주 톡 쏜다. 대자사의 옛 터는 금탑사 아래에 있다. 옛 우물은 하도 깨끗하고 맑아서 이끼의 흔적이 뒤덮지 않았고, 섬돌 위에는 하늘나리가 바야흐로 무성하게 피어 있다. 길가에 석실이 있어 비바람 칠 때 가려 줄 만하니, 속칭 소은굴(小隱窟)이라고 한다.

이날 내가 상봉에서부터 이미 취한 터라서 느긋하게 두루 살피지 못하여, 승경을 고르고 기이한 풍광을 찾아본 것은 마치 말을 타고 비단을 볼 때 어질어질하다가 사라져 버려 한갓 휘황찬란한 빛깔만 보고 그 무늬의 오묘함을 알지 못하는 것과 같았다. 뒤에 청운(靑雲)을 방문해 그 대강을 기록한 것이 이와 같다. 가을이 오면 마땅히 다시 사영운(謝靈運)의 등산용 나막신에 밀랍을 칠해 대비했던 고사를 따라 오늘의 흠결을 보상하리라.

금석사로부터 산을 휘감아 기슭 동쪽으로 나오니 곧 규봉이다. 김극기의 "바윗돌 형태는 비단을 잘라 만든 듯하고, 봉우리 기세는 규옥을 쪼아 이룬 듯하다."라는 시구가 정말로 헛말이 아니다. 바위의 기이하고 오래됨이 입석과 서로 어근버근하지만 자리한 위치의 넓고 높음, 생긴 모양의 빼어남과 훌륭함은 역시 입석에 감히 견줄 바가 아니다. 규봉에 대한 상세한 설명은 권극화의 기록에 보이고 『신증동국여지승람』에도 실려 있으므로 여기서는 생략한다. 예로부터 "신라의 김생이 암자의 편액에 세 글자를 크게 썼는데 훗날 어떤 사람이 훔쳐갔다."라는 말이 전한다.

광석대는 규봉암 서쪽에 있는데 바위의 표면이 깎아 낸 듯하여 넓고 평탄하며 순탄하고 안정되어 둘러앉으면 수십 명도 수용할 수 있다. 애초에 서남쪽 귀퉁이가 약간 낮았으므로 절의 승려가 대중들을 모아서 그 바위를 들어 올려 큰 돌로 고였다. 그 웅장하게 서려 드센 형상을 보면 사람의 힘을 용납하지 않는 듯한 것이다. 이른바 삼존석으로 광석대의 바로 남쪽에 있다. 삼존석의 높이는 나무 끝 위로 솟아나서 푸르게 곧게 서서 상당히 광석대의 장엄함을 더하고 기세를 돕기에 충분하다. 늙은 나무가 있어 헤아려 보면, 둘레가 열 아름이고 궁륭 모양을 이루어 우뚝 높으며 광석대 위를 가로질러 타고 넘어간다. 잎이 두껍고 그늘이 짙어서 선선한 바람이 저절로 이르므로 무더위를 당하더라도 한두 겹의 옷을 걸치고는 오래 앉아 있을 수 없다. 천관산·팔전산·조계산·모후산 등 여러 산이 모두 눈 아래 있다. 규봉암의 경승은 이미 무등산 여러 절의 으뜸인데, 이 광석대의 승경이 또 규봉암 십대(十臺) 위에 멀리 솟아나 있어 '남도의 제일'이라 말해도 옳다. 한스러운 것은 최 학사(최치원)처럼 난새를 참말처럼 몰거나 학을 몰아서 그 사이에서 휘파람 불고 읊조리고 자암(규봉암) 위에서 취묵(醉墨)을 한바탕 흩뿌려 진주의 쌍계나 합천의 홍류동 고사와 같이 하는 사람이 없음이니, 애석하도다!

광석대 서쪽에는 바위가 길을 막고 있어서 문설주와 문지방 같은 모양이다. 문설주와 문지방을 넘어 들어가면 곧 문수암이다. 문수암 동쪽에 샘이 암벽 중간의 갈라진 곳에 있으며, 석창포가 네 곳 사방의 가에 빗겨 자라나 있다. 그 앞에 대(臺)가 있는데, 높이가 서너 장이고 너비도 그와 같다. 광석대 서북쪽으로부터 돌 비탈길을 더듬어 가다가 홀연 길을 꺾고 몇 차례 돌아가면 자월암에 이른다. 자월암의 동쪽에는 풍혈대가 있다. 풍혈은 바위 밑에 있는데, 풀로 혈의 구멍에 대면 바람에 흔들리는 것을 조금 느낄 수 있다. 문수암 서쪽에는 입석이 있어 병풍이나 휘장 같다. 별도로 돌이 깔린 곳이 있는데 그 위에 늙은 소나무가 자라나 있으니, 곧 장추대다. 거기서 깊은 계곡을 내려다보노라니 터럭과 머리칼이 모조리 뻣뻣하게 선다. 장추대에서 서쪽으로 가서 절벽을 타고 올라 남쪽으로 돌면 오솔길이 나오는데, 폭이 한 자도 되지 않았으며 이지러진 곳을 돌로 덮어 두어서 밟으면 삐걱삐걱 소리가 난다. 끊어진 산비탈을 아래로 내려다보면 칠흑처럼 깊디깊어, 초나라 은자 백혼무인처럼 아스라한 바위를 밟고 설 수 있다고 하더라도 역시 당장 발꿈치를 고정시킬 수 없을 정도다.

벼랑이 끝나고 움푹 파인 곳이 있기에 원숭이처럼 줄을 잡아끌며 올라가자, 그 남쪽이 은신대다. 키 작은 소나무 네댓 그루 있고 철쭉이 서너 무더기 피어 있는데, 모두 거꾸로 자라나 있다. 은신대 서쪽에 바위가 있어 바둑판처럼 네모지고 가지런한데, 사람들이 "도선이 좌선했던 곳이다."라고 한다. 그 북쪽은 청학대·법화대 등 여러 대가 늘어서 있다. 가는 곳마다 바위 구멍을 뚫고 지나가노라니 배와 등이 모두 암벽에 부딪치고 문질러진 뒤에야 정상에 이를 수 있다. 사람들이 모두 벌벌 떨며 손으로 땅을 짚는 것이 마치 팽조가 우물을 들여다보는 모습 같다. 한참 있다가 다시 절벽의 움푹 패인 곳을 거쳐 내려왔다. 밤이 깊어 갈천 선생을 모시고서 문수암에 묵었다.

임진왜란 때 의병장 고경명(1533~1592년)은 본래 문필에 뛰어난 문신이었다. 42세 되던 1574년 4월 20일 광주 목사로 있던 갈천 임훈의 초청으로 4월 24일까지 5일에 걸쳐 서석산에 올랐다. 그 기록인 「유서석록」은 목판으로 간행되어 1631년

서광계가 쓴 발문이 있다. 『고제봉유서석록(高霽峰遊瑞石錄)』이라고 한다.

서석산은 험준하고 커서 7개 군·현에 걸쳐 있다. 산 정상에 오르면 북쪽으로는 적상산이 바라보이고 남쪽으로는 한라산이 멀리 보인다. 월출산과 송광산은 어린 자식이나 손자격이다. 위에는 13개 봉우리가 있어 항상 흰 구름이 둘러 있다. 서석산은 또 무등산이라고도 부른다. 고려 태조 23년인 949년에 무진주를 광주로 고쳐 불렀는데,『고려사』「지리지」는 광주의 이 명산을 무등산이라 적고 혹은 무진악이라고도 하고 혹은 서석산이라고도 한다고 밝혔다.『신증동국여지승람』은『고려사』의 기록을 인용해서 "산 서쪽 양지바른 언덕에 돌기둥 수십 개가 즐비한데 높이가 백 척이나 된다. 그래서 산 이름을 서석이라 했다."라고 밝혔다.

무등산은 실상 토산이지만 그 특색은 오히려 암석의 아름다움에 있다. 대표적인 바위가 서석대, 입석대, 규봉이다. 게다가 의상봉, 새인봉, 중봉 등 직립형 돌무더기가 곳곳에 흩어져 절경을 더한다. 그 돌무더기를 선돌이라 하는데, 설 '립(立)' 자를 써서 입석이라 부르거나 '서다'와 음이 같은 '서(瑞)'를 써서 서석이라 불렀다. 정상을 중심으로 서쪽에 서석대가, 남쪽에 입석대가 있다. 서석대는 수정 병풍을 둘러친 것 같다. 아름다운 바위 줄기로 이루어진 총석이다. 또 규봉은 두 봉우리의 깎아지른 모습이 마치 홀(笏, 조정의 관리가 손에 드는 수기판)의 규(圭, 위가 뾰족하고 아래가 사각형인 옥) 모양과 같아서 그렇게 이름 지었다.

호남의 산수는 시름하는 마음을 위안해 주는 곳이 많다. 조선 중기에 호남의 기촌, 성산, 장흥, 영암, 해남, 고산에서 여러 가단(歌壇)이 형성된 것은 우연이 아니다. 담양군 남면 지곡(지실)에 있는 식영정은 임억령·김성원·고경명·정철 등이 활동했는데, 그들이 지은 연작시 「식영정제영(息影亭題影)」의 첫째가 '서석산에 감도는 한가로운 구름'이다. 고경명은 서석산의 구름에 대해 마치 방금 활시위로 부풀린 목화솜이 하늘을 날 듯하더니, 산마루에 멈춰 산 모양을 긴 눈썹처럼 만들어 준다고 묘사했다.

고경명은 면앙정 삼십영(俛仰亭三十詠)의 「서석청운(瑞石晴雲)」에서 이렇게 노래하기도 했다.

꼿꼿이 향 연기는 전자(篆字)처럼 날리고	蠹蠹飄香篆
뭉텅뭉텅 옥비녀 꽂은 듯이 떨기 져 있네.	叢叢插玉笄
땅의 신령이 유달리 아끼고 보배로 여겨	地靈偏愛寶
구름 기운이 한낮에도 항시 가려 주누나.	雲氣晝常迷

무등산의 봉우리가 직립형 돌무더기로 이루어진 것을 두

고 옥비녀들이 여기저기 떨기 져 있다고 표현한 것이다. 그런데 땅의 신령이 그 아름다운 형상을 속세간 사람들에게 다 드러내 보이지 않으려고 구름을 피어오르게 해서 대낮에도 산의 일부를 슬쩍 가려 준다고 했다. 땅의 신령이 이 지방 출신의 인재를 유독 사랑한다는 말을 탁의한 것이다.

고경명은 1558년 식년 문과에 장원급제했다. 4년 뒤 인순 왕후의 외숙 이량의 전횡을 논할 때 그 경위를 이량에게 알려 주었다는 일로 울산 군수로 좌천된 뒤 파면되었다. 1581년 영암 군수로 기용되고, 이어 종계변무 주청사 서장관으로 명나라에 다녀왔다. 1591년 동래 부사로 있다가 서인이 제거될 때 파직되었으며, 이듬해 임진왜란이 일어나자 고향에서 의병을 일으켰다. 임훈은 1540년 생원시에 합격하고 장악원 정, 광주 목사를 지냈다. 아우 임운과 함께 효자로 알려져 고향인 경남 거창군 북상면 갈계리에 정려되었다.

고경명은 1574년 4월 20일에 증심사에 묵은 뒤 다음 날 임훈과 취백루에서 만났다. 취백루는 누대 앞에 오래 묵은 측백나무 두 그루가 있어서 그런 이름을 갖게 되었다. 고경명 일행은 술을 두서너 순배한 후 밥을 먹고 떠났다. 임훈은 야복 차림으로 죽여에 올라 증심사 주지 조선 스님의 안내로 증각사로 향했다. 고경명이 서석산에 노닌 것은 바로 자기 고장의 산수를 사랑하는 마음에서 비롯된 것이다.

고경명은 "서석은 우리 고을 광주의 산이다."라고 했다. 어렸을 때부터 성장하기까지 여러 차례 올라 관상했으나 묘리를 얻지 못하다가, 임훈을 뒤따라 산에 올라 곤륜산에 있다는 낭풍과 현포 위에서 노니는 듯한 느낌을 받았다.

4월 21일의 기록에서는 입석대의 장관을 두고 다음과 같이 찬탄했다.

생각건대, 혼돈에서부터 천지개벽이 이루어질 때 기(氣)가 무심하게 엉겨서 우연히 이렇게도 괴상하게 만들어진 것일까? 아니면 신공(神工)과 귀장(鬼匠)이 바람과 우레에게 명해서 이런 교묘한 농간을 부리게 한 것일까? 아아, 누가 구워 냈고, 누가 지어내었으며, 또 누가 갈고 누가 잘라 냈단 말인가? 사천성 성도에 있는 아미산의 옥문이 땅에서 솟은 것일까? 그렇지 않다면 성도의 석순봉이 해안(海眼, 바닷속 끝없는 구멍)을 둘러 와서 진주한 것일까? 모를 일이다. 바위의 형세를 보니 둘쭉날쭉하게 뽑혀 나고 무리 지어 나와서, 아무리 계산 잘하는 자라고 해도 그 수를 헤아릴 수 없다. 그러니 16개 봉우리라고 하는 것은 눈으로 보이는 것만 근거로 삼아 대강만 헤아려 둔 것일 따름이다.

암석대의 봉우리가 길게 이어져 날개를 편 듯한 형상을 한 듯도 하고 사람이 활개를 펼쳤다가 깍지를 끼고 있는 듯도 한데, 암자는 바로 그 중간에 있다. 우러러보면 아슬아슬한 바위가 높이 솟아 이제라도 곧 떨어져 눌러 버리지 않을까 두려운 마음이 들어 머물러 있기에는 불안하기 그지없다.

고경명의 「유서석록」에 의하면 무등산 동쪽 규봉암에는 신라의 명필 김생이 쓴 현판이 전해 왔다고 한다. 『신증동국여지승람』에서는 규봉사라고 적었으나 영조 때 『여지도서(輿地圖書)』에는 금폐(今廢)라고 기록해 두었다. 1439년에 전라 감사를 역임한 권극화는 「서석규봉기(瑞石圭峰記)」에서, 신라의 의상이 이곳에 정사를 창건했다고 적었다. 『광주읍지(光州邑誌)』에는 신라 말 도선이 은신대에 앉아 조계산의 산세를 살펴 송광사의 절터를 잡았다고 하고, 고려 후기의 보조 국사 지눌과 진각 국사 혜심이 삼존석과 십이대에서 수도했다고 밝혔다. 고려 말의 나옹 혜근도 여기에서 수도했다고 한다.

정조 원년인 1777년에 정약용은 중형 정약전과 함께 화순 현감으로 부임하는 부친을 모시고 가서 10월 10일 경 화순에 이르렀다. 이듬해 1778년 가을 정약현과 정약종도 화순에 이르러 왔다. 4형제는 동복의 적벽에서 노닐고 화순 사람 조익현의 권유로 무등산에 올랐다. 정약용은 그때의 일을 시로 적었고, 또 산문 「유서석산기(遊瑞石山記)」를 지었다. 그리고 시 「등서석산(登瑞石山)」의 앞부분에서 멀리서 바라보이는 무등산을 이렇게 노래했다.

서석산은 뭇 산이 우러르는 산	瑞石衆所仰
높이 솟아 오래전 흰 눈을 이고,	厜㕒有古雪
혼돈 시기의 모습을 고치지 않고	不改渾沌形
하나하나 쌓여 아스라한 높이를 이루었네.	眞積致峻巖

정약용은 서석산과 달리 뭇 산은 섬세하고 교묘함을 뽐내어, 새기고 깎은 듯 뼈마디를 드러낸다고 했다. 다른 산들은 방박(磅礴, 무한히 넓고 큼)의 기질을 잃어버렸다고 비판한 것이다. 무등산은 함축의 멋을 지닌 산이다. 고경명도 그 사실을 차분하게 기술했다.

3   조정을 벗어나 머문 변산

심광세(沈光世), 「유변산록(遊邊山錄)」

　　직연(直淵)에서부터 수원을 찾아 올라가자, 골짜기의 으슥함과 천석의 아름다움이 모두 눈을 즐겁게 하고 흥취를 자아낸다. 다만 지경이 아주 외져서 사람들이 거의 이르러 오지 않을 따름이다. 대략 수십 리를 가 비로소 봉우리 밑에 이르렀다. 동서남북 어디에도 오솔길조차 없어 머뭇거리고 있던 참에, 중들이 산허리에 돌을 포개 부도처럼 만들어 둔 것을 보고는 "이것은 길 표시입니다."라며 나를 떠밀어 산에 오르게 했다. 온통 작은 돌이 무더기로 쌓여 있어 발을 대기만 하면 곧 미끄러져 무너지므로, 고생고생 힘을 들여 붙들어 주고 끌어 주며 비로소 그 위에 이르렀다.

산등성이에서부터 1리쯤 가서 이른바 진선대라는 곳에 이르렀다. 진선대는 아주 멀고도 외져서 이 산에 거주하는 중이라도 여기를 본 사람이 드물다. 하물며 관리의 경우에는 여행 중간이 부엌도 설치해야 하고 사람을 시켜 순여를 메고 가도록 고생을 시켜야 하기에 절의 중들이 서로 덮어 두고 모두 숨기거늘 어떠하겠는가? 그래서 이보다 앞서 공무로 행차하면 여기에 이르러 온 적이 없었다. 우리는 평소 이곳 이름을 들어 알고 있었으므로 심방하기로 마음을 굳혔던 것인데, 더위잡고 올라가느라 지치고 산길이 험난한 것은 과연 틀림이 없다.

중간에 불주암이 있다. 지난날에는 거처하는 승려가 있었으나 지금은 버려진 상태다. 불주암을 뒤로 하여 봉우리의 절정에 이르렀다. 구불구불하고 굼실굼실한 산세가 마치 용이 내달리는 듯하고, 통돌이 완전히 몸체를 이루어 높이 허공에 꽂혀 있다. 진선대에 올라 사방을 바라보니 푸릇푸릇 서너 점 서해에 돋아난 것이 있다. 군산, 옥등, 구위 등의 섬이다. 검푸른 화장 물감을 한바탕 그은 듯 가로로 펼쳐서 남쪽으로 뻗어 나간 것은 백암산, 내장산, 선운산 등의 산이다. 멀리서는 크고 깊고 질펀하고 드넓으며 파도가 시야 끝에 들어오고, 가까이에서는 여러 고을이 서로 뒤얽히고 들판이 시야 가득 펼쳐진다. 동북쪽으로 말하면 뭇 봉우리가 숲처럼 서 있고 바위 벼랑이 하늘 속으로 높이 솟아 있다. 푸른빛이 모이고 산의 비췻빛이 무리져 있으며, 봉황이 비상하듯 난새가 춤을 추듯 자리맡으로 모두 이르러 와 기이한 광경을 바치고 멋진 승경을 올린다. 두 발을 뻗고 앉아 술잔을 들어 서로 권하며 화목한 분위기를 즐기고 호탕한 기분에 젖으니, 어깻죽지에서 날개가 돋아 천지간에 홀로 우뚝 서서 신선 안기생을 초청하고 선인 연문자고를 불러 맑은 바람을 타고 한만의 선경으로 돌아가는 듯하다. 종복이 돌아갈 것을 재촉하지만 그래도 돌아갈 줄을 몰랐다. 이윽고 붉은 바퀴(같은 해)가 바다에 잠기고 어두운 기색이 숲에 생겨나 아무것도 보이지 않게 되었지만, 여전히 돌아보고 또 돌아보아 열 걸음마다 아홉 번을 머리 돌려 바라보며 마치 아직도 잊지 못하는 것이 있는 듯했다. 아아, 세간에 진실로 신선이 있는 것인가? 아니면 이 진선대에 와서 노닌 자들이 정말로 신선이란 말인가?[이상은 진선대다.]

진선대에서 노닐고는 어두운 밤 기운을 타고 내려왔다. 횃불을 붙잡고 길을 가서, 큰 골짜기를 지나 첩첩 봉우리를 넘어 묘적암에 이르러 묵었다. 이곳은 옛날에 세 개의 암자가 있었으나 지금은 그 둘이 폐허가 되었으며 거처하는 중이 없다. 암자가 이 산에 있는 것을 두고 풍수가는 명당의 땅이라고 떠든다. 온 산의 진면목이 전부 나타나 완전히 드러내 보인다. 이른바 월정대는 묘적암의 뒤쪽 봉우리로, 안계(시계)가 진선대와 거의 비슷해 서로 우열을 겨룰 만하되 기이한 승경의 그윽한 정취가 진선대에 미치지 못할 따름이다. 월정대 위에는 오래된 전나무 두 그루가 그늘을 짙게 드리우고 있어 작열하는 태양도 멋대로 포악한 짓을 할 수 없다. 나무 아래에 늘어앉아 거드름 피우며 흘겨보고 아래를 굽어 조망하니 이 또한 한 가지 유쾌한 일이다. 아아, 월정대가 이 산에서 이름을 홀로 드날린 것이 오래되어 이 산에 와서 노닌 사람이 이곳을 승지로 삼지 않는 이가 없건만, 우리는 다만 진선대를 가 보았기 때문에 건성건성 보아 넘기고 바라보며 별것 아니라고 여긴다. 사람들은 늘 접하는 것에 물려 기이한 것을 좋아한다는 사실을 이 일에서도 볼 수 있으니, 아무래도 바다를 본 사람에게 웬만한 물은 물일 수 없는 것이라고 하지 않으랴! (이상은 월정대다.)

월정대를 내려와 묘적암을 경유해 곧바로 오솔길을 거쳐 실상동으로 나왔다. 동쪽으로 채 3~4리도 가지 않아 이른바 주암이란 곳이 있다. 동서 두 벼랑은 바위 벽이 높이 끌어안듯이 섰고 온 산의 물이 모두 이곳을 경과하는데, 물이 형세가 빠르고 급해 흐름 곁의 흙들을 씻어 삼켜 거의 없앤 상태다. 웅덩이를 이루어서 못이 된 것은 열 이랑쯤 된다. 못의 한가운데에 있는 큰 바위는 마치 배가 누운 형상이다. 바위가 주암이라는 이름을 얻은 것은 이 때문이다. 나는 물이 얕은 곳을 이용해 채벌한 나무로 사다리를 만들어 그 위에 올라갔다. 사방 아래쪽을 빙 둘러 바라보니 물이 깊이 고여 푸르고 담탕해서 말갛다.

맑은 바람이 서서히 불어오자 수풀의 나무가 가늘게 소리를 내어 정신이 안락하고 마음이 드넓어져, 몸이 도성에서 멀리 떨어진 곳에 있고 땅이 외진 지역에 있다는 사실을 모를 정도다. 대개 유람하며 감상하기에 알맞은 곳은 두 곳이다.

높은 봉우리의 절정은 한때 등정해 조망하는 일을 유쾌하게 할 수 있으나, 그윽하고 깊숙한 경승이 사람으로 하여금 은둔해 휴한에 처하도록 하는 취미는 있지 않다. 이 땅에 와 보니 경지와 마음이 들어맞아 터를 가려 집을 짓고 일생을 이곳에서 마치려는 회포가 물씬 일어난다. 이 또한 땅이 그렇게 시켜서 그러는 것이 아니겠는가! 듣자니, 어떤 서생이 기슭에 정사를 지어 쉬면서 학문에 임하는 곳으로 삼았으나 마침 무인이 고을 수령이 되어 입산 금지의 산에 함부로 거처한다고 꾸짖어 훼철하게 해, 지금은 단지 그 터만 있다고 한다. 〔이상은 주암이다.〕

시내를 따라 내려가 3~4리를 채 가지 않았을 때 또다시 용암(龍巖)을 만났다. 지난날에는 아직 이름이 없었고 또 감상하는 사람이 아무도 없었다. 지난해 내가 이 산에 와서 노닐 때 우연히 이 길을 따라 마천대로 향하는 길에 이곳을 보고서 이름을 붙였고, 나를 따르던 자들이 마침내 이곳을 변산 가운데 관람할 만한 곳으로 삼았다. 대개 바위의 형상이 용이 엎어져 있는 듯하므로 그렇게 이름한 것이었다. 위와 아래에 모두 못이 있다. 그 깊이는 비록 사람 머리까지 담글 정도는 아니지만 너비와 둘레가 제법 넓고, 거울같이 맑고 투명하다. 곁에는 바위 벽이 병풍처럼 평평하게 깔려 펴져 있다. 비췻빛 측백과 푸른빛 단풍이 열 지어 심어져 있거나 거꾸로 드리워져 있다. 가녀린 풀들이 풍성하게 우거졌고 흰 자갈은 반짝반짝 빛난다. 못 가운데에는 헤엄치는 물고기가 수백 마리는 되는데, 사람을 보고도 역시 두려워하지도 피하지도 않는다. 물건을 집어 던지면 문득 다투듯 서로 모여, 자못 발랄해 즐길 만하다. 사람으로 하여금 소요하고 은둔하려는 마음을 일으키는 것이 주암보다 훨씬 뛰어나다.

아아, 이 용암이 경기 지역에 있다고 한다면 호사가 가운데 필시 깊이 빠져 감상하면서 사랑하며 명성을 널리 퍼뜨려 남들에게 전하는 자가 있어, 필시 이처럼 민몰되어 전하지 않는 일이 없을 것이다. 먼 바닷가의 황량하고 외떨어진 곳에 버려져 있기에 매몰되어 찾아보는 이가 없어, 이곳을 존중하도록 할 영향력도 없는 나에게서 가까스로 일컬어지게 되었을 따름이다. 비록 잘 서술하고 형상을 베껴 후세에 다시 나와 같이 이곳을 좋아할 사람이 있기를 기다린다고 해도 어찌 그럴 수가 있겠는가? 아아, 선비가 이 세상에 처하는 것이 어찌 이와 다르겠는가? 개탄스러울 따름이다. 〔이상은 용암이다.〕

이 글은 1607년 5월에 부안 현감 심광세(1577~1624년)가

지은 「유변산록」의 일부다. 심광세는 함열 현령 권주, 임피 현령 송유조, 부안 진사 고홍달, 자신의 아우 심명세 등과 함께 변산을 편력했다. 또한 어수대·화룡연·직연·진선대·월정대·주암·용암 등의 기묘한 절경을 그려 화축(畵軸)을 만들고 그림마다 서(敍)를 달았다. 다만 「유변산록」은 끝부분이 전하지 않는다. 명소의 그림도 발견되지 않았다.

변산은 전라북도 서남부 서해안의 변산반도에 자리한다. 노령산맥 한 줄기가 북쪽으로 부안에 와서 서해 가운데로 쑥 들어간 곳에 있다. 『삼국사기』에 卞山으로 기록되어 있으며, 「변한백제」 편에는 "백제 땅에 원래 변산(卞山)이 있어 변한(卞韓)이라고 한 것이다."라고 했다. 변산은 고창의 방장산, 고부의 두승산과 함께 호남의 삼신산으로 손꼽혔다. 『동국여지승람』에서는 변산을 영주산이라 했으나 다른 기록에는 봉래산이라고 했으며, 계곡의 빼어난 경관을 봉래구곡이라 했다.

고려 시대의 이규보는 1199년 전주목 사록으로 있으면서 인근을 유람했는데, 그해 12월에 부안 변산에서 벌목하는 일을 맡아보았다. 『남행월일기(南行月日記)』에서 이규보는 변산을 우리나라의 재목창(材木倉)이라고 불렀다. 궁실을 수리하고 영건하느라 해마다 재목을 베어 내지만 아름드리나무와 치솟은 나무가 항상 떨어지지 않는다고 해서 변산을 하늘이 내린 곳간이라고 보았다. 그의 말은 『신증동국여지승람』에도 인용되어 있다. 조선 후기 이중환은 『택리지』에서 변산의 주민들은 산에 올라 산채를 채집하고 나무하며, 산 아래에서는 고기잡이와 소금 굽는 것을 업으로 했고 땔나무와 조개 따위는 값을 주고 사지 않아도 될 만큼 풍족한데 단지 샘물에 나쁜 기운이 있어 아쉽다고 했다.

심광세의 할아버지는 김효원과 대립했던 대사헌 심의겸이다. 외할아버지는 좌찬성 구사맹, 외삼촌은 능해군 구성이며 장인은 호조 판서를 지낸 황신이다. 문장가로 유명한 이식의 누이와 결혼했다. 나이 25세 때 경학에 두루 통해 문과에 급제했다. 예문관 검열로 추천을 받고 이듬해에 체직되어 시강원 설서에 임명되었다.

이식은 「심사인묘표(沈舍人墓表)」에서 묘주 심광세가 특히 고금의 역사 기록을 보기를 좋아했다고 밝히고, 왜란을 겪은 뒤 무비(武備)를 닦아 국가의 장구한 계획을 세워 보려고 했다고도 추억했다.

심광세는 시강원 설서로 있으면서 동궁 광해군이 무축(巫祝)을 믿는 것을 간했고 광해군은 이를 매우 언짢게 여겼다. 얼마 뒤에 사직했다가 성균관 전적, 사헌부 감찰과 예조 좌랑을 거쳐 해운판관으로 나갔다. 임기가 만료된 뒤에 다시 외방을 자청해 1607년 봄 부안 현감에 조용되었다.

광해군 시절에는 많은 사람이 자기 뜻을 펴기 어려웠다. 심광세도 그런 사람 가운데 하나였다. 심광세가 부안 현감으로 나간 사실에 대해 이식은 「심사인묘표」에서 "임기가 만료되자 외직을 청해 부안 현감이 되었다."라고만 적었다. 그러나 이경석은 심광세의 묘지명을 지어 "얼마 안 되어 해운판관으로 가게 되었고 임기를 채운 다음에는 외직을 원해 부안 현감으로 나갔다. 이 또한 조정이 불안해서였다."라고 밝혔다. 한 해 전에 해운판관으로서 변산을 돌아본 일이 있었던 심광세는 부안에 현감으로 온 후 주변의 고을 수령과 함께 다시 변산을 유람했다.

심광세는 「유변산록」의 서두에서 유산의 흥취, 유산록 찬술과 그림 제작의 사실을 먼저 밝혀 두었다.

우리는 이곳저곳을 두루 밟으면서 물리도록 실컷 구경했다. 다만 관직에 매인 몸들이어서 각기 일들이 있는지라 아주 여유롭게 유람할 수 없었던 것이 한스러울 뿐이다. 그래서 비록 기가 막힌 풍경을 만났다 하더라도 대충 잠깐 훑어보면서 바삐 지나칠 수밖에 없었다. 그러니 끝내 산신령에게 속물이라는 비아냥을 받을 수밖에 없으리라. 그렇지만 당시의 그 멋진 유람을 아무런 자취도 없이 내버려둘 수 없었다. 그래서 그림을 그려 두루마리를 만들고, 또 글로 적어서 훗날의 볼거리로 남겨두고자 했다. 때는 1607년 5월이고 함께 간 사람은 함열 현령 권주, 임피 현령 송유조, 부안 고을에 사는 진사 고홍달, 내 아우 심명세를 포함해 모두 5명이다.

그날 심광세 일행은 부안 관아에서 20여 리를 가서 변산 아래에 이르렀다. 변산에 입산하려면 대개 왼쪽의 우슬치를 넘는데 심광세 일행은 오른쪽으로 1리쯤 가서 영은암에 이르고 그 오른쪽 산록의 벼랑을 타고 올라갔다. 5~6리쯤 가서 석자사에 이르고 신라왕이 노닐었다는 어수대에 올라보았다. 이후 죽여를 타서 10여 리를 가 심광세가 전 해 해운판관 때 들렀던 청계사에 이르렀다. 절 앞 청연을 따라 나가 화룡연을 구경하고, 왔던 길로 돌아나가 세조의 원찰인 실상사까지 이르렀다. 절의 오른쪽으로 죽여를 타고 나가 직연에 이르렀다. 그리고 앞에서 보았듯이 직연에서 진선대에 올랐다 다시 내려와 묘적암에서 묵고, 다음 날 월정대를 보고 묘적암을 거쳐 지름길로 실상사에 이르고 다시 주암에 이르렀다.

변산과 부안에는 고대부터 조선 시대에까지 여러 인물의 일화가 전한다. 변산의 최고봉은 의상봉으로 높이는 508미터에 불과하지만 쌍선봉·옥녀봉·관음봉·선인봉 등 400미터 높이의 봉우리가 계속 이어지고 골도 깊다. 심광세는 「유변산록」에서 마천대의 경관을 묘사하고 그 아래에 의상이 창건했다고 하는 의상암이 있다고 했다. 현재 전하는 글은 그 앞의 큰 바위에 대한 설명을 하다 끊겼다.

1609년 2월, 심광세는 부친상을 당했다. 삼년상을 마치고 광해군 3년인 1611년 조정에 들어와 홍문관 부수찬을 제수받았다. 하지만 2년 뒤 화옥(禍獄)이 발생하면서 아우가 심문을 받다 목숨을 잃고, 심광세 역시 하옥되었다가 경상도 고성으로 귀양 가서 10년을 보내야 했다. 그곳에서 우리나라 역사를 노래 형식으로 읊은 『해동악부』를 저술했다. 1623년 인조반정이 일어난 후 경세지략을 펴리라고 기대되었지만 응교의 직에서 면직된 후 외직으로 나가 서쪽 변경의 군무에 종사했다. 이후 의정부 사인에 임명되었으나, 성묘를 하러 가다가 종기를 앓아 부여 시골집에서 48세의 생을 마감하고 말았다.

심광세가 부안 현감으로 부임해 있던 1608년 8월, 허균은 충청도 암행어사의 서계로 공주 목사에서 파직된 뒤 가족을 거느리고 부안으로 내려갔다. 그러나 오래 있지 못하고 얼마 뒤 승문원 판교가 되어 서울로 올라가야 했다. 체류 기간이 짧아서였는지, 두 사람은 부안에서 만나지 못한 듯하다.

허균이 1609년 정월과 9월에 부안의 기녀 매창(梅窓) 즉 계랑에게 보낸 척독 2편이 『성소부부고』에 남아 있다. 1609년 9월에 보낸 척독에서 허균은 봉래산 곧 변산의 가을 풍광을 언급했다.

봉래산의 가을이 한창 무르익었으리니 돌아가려는 홍취가 도도하오. 아가씨는 반드시 성성 옹(허균 자신)이 시골로 돌아오겠다는 약속을 어겼다고 웃을 걸세. 그 시절에 만약 한 생각이 잘못됐더라면 나와 아가씨의 사귐이 어떻게 10년 동안이나 그토록 다정할 수 있었겠는가?

매창은 아전 이탕종의 딸로 1573년에 태어나 1610년에 죽었다. 계유년에 태어났기 때문에 이름을 계생(癸生) 또는 계랑(癸娘)이라 했으며, 글자를 바꾸어 계랑(桂郞)이라고도 했다. 매창이 죽은 후 부안 고을 아전들이 돈을 모아 『매창집』을 발간했다.

부안에 정착해서 살았던 인물 가운데 가장 저명한 사람이 『반계수록』을 남긴 유형원이다. 이익의 「반계유선생전(磻溪柳先生傳)」에 보면 유형원은 변산 한 기슭에 터를 잡아 학생들을 가르치고 저술에 심력을 기울였다. 유형원은 후대 사람이므로 「유변산기」의 심광세와 관련성을 논할 것이 없다. 하지만 심광세는 매창과 시를 주고받았거늘, 허균과는 교류하지 않은 것이 기이하다. 인조 정권에 참여한 심광세이기에 북인 정권에 가담한 허균과의 관계를 암시할 시문을 남기지 않았는지 모른다.

4 불교 성지 가득한 전경

허목(許穆), 「천관산기(天冠山記)」

천관이란 것은 남해에 있는 신령한 산으로 장흥부 치소 남쪽 40리에 있다. 그 북쪽 산허리에 천관사가 있어 그로써 산의 이름을 천관이라 하게 되었다. 승려 각원이 "그 이야기가 『화엄경』에 나옵니다." 했다. 천관산은 또 지제산이라고도 한다. 지제는 탑묘의 이름이다. 절정 아래에 큰 바위 세 개가 쌓여 있는데, 네모나고 높으며 각각 3~4장 남짓이다. 전하는 말에, 옛날에 애당초 이것에서 취해 산 이름으로 삼았다고 한다. 아래에는 탑산사가 있고 그 곁에 황폐한 사찰이 있다. 신라 때 승려 부석이란 자가 거처해 이곳을 의상암이라 불렀다고 한다. 그 뒤쪽 정상이 구룡봉으로, 가뭄이 들 때마다 그곳에서 제사를 지낸다. 서쪽에는 통령대가 있고 그 동쪽의 산 위에 연대(煙臺)가 있으며, 곁에 신정(神井)이 있다. 탑산사 앞의 봉우리는 불영봉인데, 봉우리 위에 때때로 자색의 기운이 감돈다. 산중에서는 혹 종과 북을 치는 소리가 들린다고 한다.

북쪽 산허리로부터 구룡봉에 올라 영주를 바라보았다. 저녁에 탑산사 서쪽 바위에서 달을 구경하고 아침에는 금강굴을 보았다. 반야대로부터 신포의 석봉에 오르니 세 개의 바위 웅덩이가 있어 포천이라 하며, 구절포가 산출한다. 동쪽 산마루에 올라서 승려 각원과 함께 신정을 보았는데, 물의 무게가 100근이나 나간다. 동쪽 기슭의 종봉으로부터 아래로 금수굴을 엿보았다. 금수굴은 석벽 사이에 있고 그 가운데 한천은 황금 기운이 부유하고 충만하며, 서쪽에 해가 기울면 암굴에 빛이 번쩍인다.

석대장에 올랐는데, 탑산사 위에 있다. 석대장의 봉우리는 모두 층층 바위로 바위는 네모지고 전부 석함의 형상이며, 글자가 있는데 모두 범자(梵字)다. 그 곁에는 석범이, 또 그 곁에는 석당번이 있다. 아래에는 석주가 있고, 석주 위에는 응석(凝石)이 있어 형상이 손과 같다. 북쪽 산마루의 동쪽에는 구정사가 있다. 산 사람이 꿈을 꾸었는데 일월성진이 도기(道氣)를 이루었다고 한다.

산이 외떨어진 지역의 바다에 임한 구석에 있어서 왕의 교화가 미치지 않으므로 그 옛 자취가 모두 불교의 괴이하고 허탄한 것들이다. 그 봉우리 가운데 보현, 비로, 노자나, 문수, 지장 등의 이름은 모두 불교의 명호다. 비로봉은 구룡봉의 뒤에 있다. 그 곁에 조금 낮은 것은 석노자나다. 그 북쪽은 석범이고 그보다 북쪽은 석당번이다. 석범의 서남쪽은 석대장이고 그 북쪽은 석문수이며, 또 그 북쪽은 석보현이다. 또 그 북쪽 가장 아래쪽에 구정봉과 향로봉이 있어, 석비로의 아래에 위치한다. 또 그 가장 아래에 석신중과 석지장이 구룡봉의 서쪽 통령대 곁에 있다.

조선 현종 13년인 1672년 9월 보름, 허목은 전라도 장흥군 관산읍과 대덕읍의 경계에 있는 천관산을 오른 뒤 위의 글을 썼다. 천관산은 해발 고도 723.9미터이며 억새와 암봉이 절경을 이룬다. 지제산이라고도 하고, 신포봉이라고도 한다. 허목은 천관산 이름의 유래를 설명하는 여러 설을 나란히 실어 두었다.

천관산은 6개 동천(洞天)과 44개 영봉, 36개 석대가 있다. 산에 오르면 남쪽으로 다도해, 북쪽으로 영암의 월출산, 장흥의 제암산, 광주의 무등산이 한눈에 들어온다. 날씨가 맑으면 바다 쪽으로 한라산도 시야에 들어온다. 현재의 등산로는 조선 후기 위백규의 서재인 장천재에서 출발해 체육공원, 선인봉, 금강굴, 환희대, 억새 군락지, 연대봉, 정원석, 양근암을 거처 장천재로 돌아오게 되어 있다. 위백규는 9세 되던 1735년에 「유천관사기(遊天冠山記)」를 짓고, 시도 한 수 남겼다.

허목은 천관산의 봉우리와 바위가 불교의 이름을 지니고 있는 것을 못마땅해했다. 하지만 「천관산기」에 그 이름들을 상세히 밝혀두었으므로 천관산 일대가 불교의 성지로 독특한 세계를 형성하고 있었음을 짐작할 수 있게 해 주었다. 유학자들 가운데는 불교식 이름을 일일이 유교식으로 바꾸는 사람들도 있었으나 허목은 그렇게 하지 않았다. 불교의 사유 체계나 불교 전승의 세계가 지닌 독립적 가치를 그대로 인정한 듯하다.

허목에 앞서 고려 후기 만덕산 백련사의 제2세 승려인 정명 국사 천인이 1240년 7월에 「천관산기(天冠山記)」를 지었는데, 허목이 언급한 불교의 명호는 천인의 글에도 대개 그대로 나온다. 천인은 탑산의 주지 담조가 고적기를 보여 주며 정리해 달라고 하자 대강 줄거리를 기록했다.

천인은 『화엄경』의 "보살이 머물렀던 곳을 지제산이라 하고, 현재 보살이 있는 곳을 천관이라고 한다."라는 설을 인용하고, 서축 아육왕이 성사의 신통력을 빌려서 세운 8만 4000개 탑 가운데 하나가 천관산 남쪽 언덕의 포개진 돌이라고 했다. 또 신라 효소왕이 유밀에 있을 때에 부석 존자가 살던 곳이 지금의 의상암이고 통령 화상이 탑 동쪽에 창건한 절이 탑산사며,

통령 대사가 꿈에 석장(錫杖)이 날아 북갑에 가서 꽂힌 것을 보고 그 자리에 세운 절이 천관사라고 했다. 그리고 천관산의 불교 유적을 열거했다.

• 신중암: 신라 신호왕이 태자로 있을 때 임금의 견책을 받아 산의 남쪽 완도로 귀양 가자 화엄 홍진 대사가 화엄신중(華嚴神衆)을 부른 곳이다. 절 남쪽에 당암, 고암, 측립암, 사자암, 상적암, 하적암, 사나암, 문수암, 보현암 등이 있다.

• 구정암: 천관사에서 남쪽으로 500보 지점에 있는 작은 암자다. 낭떠러지 바윗집 아래에 끼어 있어 아홉 개 바위의 정기를 머금고 있으므로 그렇게 이름을 붙였다. 남악의 법량사가 암자에 머물 때 처음에는 종소리를 듣고 다음에는 별빛을 보고, 삼칠일이 되어서는 다라니를 얻었다. 그때에 혜해(慧解)가 제일이라고 일컬어졌다.

• 환희대: 구정암의 구멍으로부터 비탈을 기어 100여 보를 올라간 곳에 있는 넓적한 석대다. 산에 오르는 자가 위험한 길에 곤란을 겪다가 여기에서 쉬면 기뻐하게 된다는 뜻이다.

• 선암사: 산꼭대기로부터 남쪽으로 30여 리에 있다. 절 북쪽의 총총한 바위에 지선(地仙)이 살았다.

• 미타암: 절 남쪽 다른 봉우리 위에 있다. 미타암 북쪽에 신령스러운 돌이 있다.

•포암: 절 서쪽에 있다. 우물이 있어 샘이 영롱하다.

　　허목은 천관산의 통령대에 올라 시 「영대 위에서 섬공을
만나다(靈臺上遇暹公)」를 지었다.

　　　섬공은 주리지도 않고 늙지도 않아

　　　서산(묘향산)에서 도 공부하길 80년.

　　　명리에서 도망하고 속세 끊어 바윗골에 숨어

　　　풀옷 입고 열매 먹되 모습은 곱고 맑아라.

　　　마음이 마른 나무 같아 욕망하는 바 없어

　　　고요히 정신은 완전하고 기운도 전일하다.

　　　거듭 나를 돌아보며 비결을 전해 주며

　　　나더러도 세상을 길이 버리라 하누나.

　　　머리 돌려 한번 웃고 자욱한 연무 따라

　　　연꽃을 손에 들고 신선과 자리를 함께했다네.

　　　暹公不飢仍不老　　　學道西山八十年

　　　逃名絶俗竄巖谷　　　草衣木食形貌姸

　　　心如枯木無所慕　　　寂然神完而氣專

　　　申申眷我授祕訣　　　我亦與世長遺捐

　　　回頭一笑隨煙霧　　　手持芙蓉參列仙

허목은 75세 되던 1676년에 일생을 회고하는 자술(自述)의 시를 지어 자신이 "나가 놀기를 좋아하며 동쪽으로 일출의 곳에 임하고, 단군의 유허, 기자가 팔조목에 따라 정치를 했던 유적, 숙신·말갈·예맥·석산·변락노·진번의·풍속 및 산물, 곳곳의 매산과 대천을 오십 년간 편력했다."라고 밝혔다. 그가 곳곳을 유람한 것은 단순한 소일이 아니라 영토 의식과 민풍 관찰의 목적을 지녔던 것이었다. 마치 지행선(地行仙)과도 같은 행각이었다.

이를테면 정약용이 1803년에 지은 시 「충식송(蟲蝕松)」은 천관산의 소나무가 송충이 피해를 입는 것을 보고 안타까워하며 지은 시다. 정약용은 전라도 해남과 강진 쪽에서 천관산을 바라본 것이다. 같은 산을 두고도 사람마다 관점이 다르다는 것을 새삼 느끼게 된다. 어디 산에 대해서만 그러랴. 어디 사람마다 다르기만 하랴. 같은 사람이 동일한 산을 보더라도 시간에 따라 경우에 따라 그 모습을 달리 보게 되고 그 의미를 달리 생각하게 되는 법이다. 의미의 차연(差延)이란 문제를 생각하게 된다.

⑤   산중 동굴에 두고 온 귀양객의 자취

이주(李胄), 「금골산록(金骨山錄)」

금골산은 진도 치소에서 서쪽으로 20리에 있다. 중악이 가장 높고 사면이 모두 돌이라 바라보면 옥부용(玉芙蓉) 같다. 서북쪽은 바다에 닿아 있으며, 서남의 지맥은 구물거리며 남쪽으로 달려 2리쯤 가서 간점이 되고 또 동쪽으로 2리쯤 가서 용장산이 되어 벽파도에 이르러 그친다.

금골산의 둘레는 모두 30여 리다. 산 아래에 큰 가람의 옛터가 있어, 해원사라고 한다. 9층 석탑이 있고 탑의 서쪽에 버려진 우물이 있다. 그 위에 삼굴이 있다. 맨 밑에 있는 것이 서굴이다. 서굴은 산의 서쪽 기슭에 있는데 창건한 시기는 어느 시대인지 알 수 없다. 근자에 일행이란 승려가 향나무로 16나한의 소상(塑像)을 만들어 그 굴에 안치했다. 굴의 곁에 별도로 옛 사찰 6~7칸이 있어서 중들이 거처한다. 그 맨 위의 것이 상굴이다. 상굴은 중봉악 절정의 동쪽에 있어 기울어진 비탈과 동떨어진 벼랑이 몇천 길인지 알 수 없으니, 원숭이같이 민첩한 동물도 오히려 건너가기 어려울 정도다.

동쪽으로부터는 더위잡아 발붙일 땅이 없고, 서굴을 경유해 동쪽으로 올라가자면 길이 아주 위험하다. 비탈을 타고 바위 위를 한 치 한 치 전진해 1리쯤 가면 석봉이 돌연 솟아 있다. 날아서 건너갈 수 없으므로 돌을 포개 층층 사다리를 만든 것이 13계단이다. 내려다보면 바닥이 보이지 않아 마음이나 눈이나 현기증을 일으킨다. 여기를 올라가면 절정이다. 절정으로부터 동쪽으로 돌아 내려가기를 30보쯤 하면, 마루턱 바위를 파서 오목하게 만들어 발을 붙이고 오르내리게 만든 것이 열두 단이다. 거기서 10여 보를 내려가면 상굴이다. 또 그 북쪽 바위로 서너 걸음 가면 마루턱 벼랑을 파서 허공에 발판을 매어 놓았다.

동쪽으로 곧장 8~9보쯤 내려가면 동굴(東窟)이다. 앞 칸의 부엌은 모두 비바람에 허물어졌다. 동북쪽 벼랑에는 깎아서 미륵불을 만들어 두었는데, 옛날 세조 때 진도 군수 유호지가 만든 것이다. 승려들 사이에 전해 오기를 "이 산이 옛날에는 영험이 많아서 매년 빛을 뿜어내어 기적을 보이고, 유행병이나 홍수·가뭄의 재앙에도 기도를 드리면 반드시 효과가 나타났다. 미륵불을 깎아 만들어 놓은 뒤로는 산이 다시 빛을 뿜어내는 일이 없다. 저 유씨는 외도꾼 금동(고려 말 나옹과 도력을 겨루어 패배하자 자살한 인물) 같은 사람이 아니라면 산 귀신을 누르는 사람일 것이다."라고 한다. 그 말이 황당하지만, 역시 들을 만하다.

무오년(1498년) 가을에 나는 죄를 지어 이 섬으로 귀양살이 왔다. 그해 겨울에 이 산을 둘러보고 이른바 삼굴이라는 것을 알게 되어 마음에 기억해 두었다. 4년이 지난 임술년(1502년) 가을 9월에 왕세자를 책봉하고, 이날 온 나라에 대사면령을 내렸지만 유독 무오년의 일에 죄를 입은 사대부층의 선비는 용서받는 줄에 끼이지 못했다. 나는 혼자서 스스로 탄핵해 이렇게 말했다. "선비가 이 세상에 나면 반드시 충효를 다할 것을 스스로 기대하거늘, 지금 나는 죄악이 지극히 무거워 성스러운 조정으로부터 버림받는 물건이 되었다. 신하 노릇을 하고 싶지만 임금에게 충성할 수도 없고, 자식 노릇을 하고 싶지만 부모에게 효도할 수도 없으며, 형제·붕우·처자가 있지만 형제·붕우·처자와의 즐거움을 누리지도 못한다. 나는 사람의 부류가 아니다." 홀홀하게 더욱 이 세상을 살아갈 뜻이 없어졌다.

하루는 동자에게 술 한 병을 들리고 비척비척 홀로 떠나서 서굴에 들러 언옹과 지순 두 승려를 이끌고 곧장 상굴에 이르렀다. 굴은 불전과 재주(齋廚)를 아울러 모두 두 칸인데, 비어 둔 햇수가 오래되고 거처하는 승려도 없어 낙엽이 문을 메우고 먼지와 모래가 방에 가득하며, 산의 바람이 부딪치고 바다 안개가 스며들며 흙비가 깔리고 장독 기운이 쌓여 거처할 수 없었다. 그래서 먼지와 모래를 쓸어 내고 창과 벽을 바른 후 나무를 베어 부엌에 불을 때고, 문을 열어 공기를 통하게 했다. 한낮에 밥 한 사발을 먹고 아침저녁으로 차 한 잔씩 마시며, 닭의 울음을 들어 새벽인줄 알고 앞바다의 밀물을 살펴 때를 짐작하고, 쉬거나 잠자리에 들거나 하는 일을 뜻대로 하며 기거동작을 마음 편한 대로 했다. 그리고 다섯 가지 게(偈)를 지어 지순으로 하여금 밤마다 오경의 각 시각마다 나누어 창하게 하고 누운 채로 들었다. 역시 한 가지 멋진 일이었다.

이렇게 해 반 달이 지나자 고을의 태수 이세진 씨가 거품 이는 술을 가지고 와서 위로하고 또 이렇게 말했다. "이 땅은 아주 위험하므로 속히 내려가도록 하시오. 만약 승려들과 더불어 회포를 풀고 싶거든 서굴이 적당하오." 최탁경과 박이경은 서찰을 보내어 말했다. "듣자니 그대가 상굴에 가서 예측 못할 위험을 사서 겪고 있다니 명(命)을 아는 군자의 행위가 아니다!" 손여림은 서울로부터 어명을 받들고 와서 백성의 정상을 살피면서, 서울 친구 두세 명의 뜻을 거론하며 나를 몹시 나무랐다. 나는 말했다. "친구끼리는 선을 행하라고 책망한다는 옛말이 나를 속이지 않는군. 내가 어리석어서 당초에 명리의 길이 구절양장보다 험한 줄을 모르고 나아가기만 하고 쉬지를 않다가 나의 수레를 망가뜨리는 꼴이 되고 말았다. 그렇거늘 또 이 굴에 거처하며 위험한 줄도 모르니, 만약 차질이 나서 부모께서 주신 몸뚱이를 손상이라도 한다면 이 이상 더 큰 불효는 없다."

그러고는 지순과 언웅 두 승려에게 이별을 고하고 산을 내려가려 했다. 두 승려가 나를 전송해 해원사 석탑 아래까지 와서 이렇게 말했다. "산승의 종적이란 구름같이 방향이 없거늘 어찌 일정한 주착(住着)이 있겠습니까? 어르신 또한 머지 않아 임금의 은혜를 입어 떠날 터이니 어찌 이 금골산에 다시 거처하게 되겠습니까? 그렇다면 한 말씀을 다해 후일의 체면거리가 되게 하지 않으시렵니까?"

나는 말했다. "스님의 말씀은 그것으로 쓸거리가 됩니다. 『여지승람』을 상고해 보니 이 섬의 명산 조항에 금골산을 기록하지 않고, 불우(佛宇, 사찰) 조항에 삼굴이 빠졌습니다. 이는 성스러운 태평 시대에 국가 영토의 지리지에 누락이 있는 것이요, 금골산으로서는 아주 큰 불행입니다. 지금 두 스님의 말씀에 따라 금골산에 대해 기록해 뒷날 이 기록을 보는 사람들로 하여금 이 섬에 금골산이 있는 줄을 알게 하고 이 산속에 삼굴이 있는 것을 알게 하며 또 두 스님께서 저와 함께 굴에서 거처한 사실을 알게 한다면, 장차 이 일도 오늘로부터 옛일이 되지 않겠습니까?" 두 승려는 "그렇겠습니다."라고 했다.

마침내 날마다 지은 시 약간 편을 아울러 기록해 드디어 「금골록(金骨錄)」이라고 표지에 적어서 서굴에 보관하게 했다. 산에 있는 기간은 모두 23일이었다.

홍치 임술년 겨울 10월에 철성 이주가 기록한다.

김정호의 『동여도(東輿圖)』는 본래 128도엽과 표지 23장으로 이루어져 있다. 그중 20층 도엽과 21층 도엽을 보면 진도의 위치를 확인할 수 있다. 그 진도에 위의 글에서 말한 금골산과 삼굴이 명시되어 있다. 위의 글은 연산군 때인 1498년의 무오사화로 진도에 귀양 가 있던 이주(1468~1504년)가 1506년 9월에 삼굴에서 23일간 거처한 후 작성한 것이다.

이주는 김종직의 문하에서 공부하고 과거 급제 뒤 벼슬길에 나아갔다. 정언 벼슬을 하고 있을 때 무오사화가 일어나 귀양 길에 올랐다. 이보다 앞서 서장관으로 중국에 갔을 때 통주(현재의 강소성 통주)에 이르러 문루에 쓴 시 「통주(通州)」는 "층층 구름은 가을 물가에 떨어지고 외론 새는 저녁에 요동으로 돌아간다."라고 했으니, 기상이 씩씩하다. 중국 사람들이 그 시를 현판에 걸어 놓고 그 시의 구절을 따라 그를 독학모귀료(獨鶴暮歸遼) 선생이라 불렀다고 전한다. 유몽인의 『어우야담』에 그 일화가 실려 있다.

이주는 진도로 귀양 가면서 유종원이 아우 유종일과 이별하며 준 시에 차운해 비장한 심경을 토로했다.

귀밑머리 이미 흰머리가 섞였거늘

이제부터 땅 한 모퉁이에 살게 되다니.

민 땅과 월 땅은 사람들이 모두 야만스럽고

계강에는 비린 비 내려 하루가 한 해 같네.

산은 검각처럼 뾰족뾰족 가을 바다에 둘러 있고

배는 상강(湘江)에 댄 듯, 물살이 하늘을 치네.

이제 떠나면 다시는 이 형을 생각 말아라

쫓겨난 신하의 해골은 장독 낀 남방에 묻으면 족하리.

百年雙鬢已紛然	地角從來此一邊
閩越古邦人盡蜑	桂江腥雨日如年
山回劍戟秋連海	舟落湘吳水擊天
此去莫更思乃伯	放臣骸骨足蠻烟

　유배지 진도를 중국 남방의 민이나 월 지역과 같다고 여기고 산이 검각 같다고 하거나 강물이 상강과 같다고 했다. 두보가 사천성으로 피신하면서 검각을 노래한 것이나 굴원이 상강가를 떠돈 것을 환기한 것이다. 마지막 연은 한유가 조주 자사로 좌천되어 갈 때 조카에게 한 말을 끌어와, 심경을 토로했다.

　1506년 9월에 이주는 금골산 상굴에서 지내며 쓴 시「한

밤에 똑바로 앉아서(夜坐)」에서 인간 본연의 양심을 잃지 않
겠다는 각오를 다졌다.

　　음풍 불어오고 비는 추적추적 내리는데
　　바다 기운은 산에 이어져 바위 구멍이 깊구나.
　　이 밤에 떠돌이 내겐 흰머리만 남았다만
　　심지 불 댕길 때면 초심을 돌아본다.

　　陰風慘慘雨淋淋　　　海氣連山石竇深
　　此夜浮生餘白首　　　點燈時復顧初心

　　하지만 자신의 죽음을 예견이라도 했던 것일까, 중양절에
지은 시「높은 곳에 올라(登高)」는 동지들에게 초혼가를 불러
달라고 했다.

　　낙엽 우수수 지고 절기도 지나가는데
　　지팡이에 병든 몸 기대어 높은 언덕에 올라 본다.
　　인생 백 년에 길 헷갈려 천 리 멀리 떠나와 있다니
　　세상만사에 마음이 놀라네, 바다 한 끝에서.
　　취한 김에 홍안을 단풍 색깔에 견주어 본다만
　　늙은 몸 흰머리는 노란 국화에게 미안하다.

용산낙모의 풍류야 늘 있는 일이려니
초사를 지어서 초혼이나 해 주시구려.

落木蕭蕭節序過　　瘦笻扶病上高阿
百年迷路身千里　　萬事驚心海一涯
醉借紅顏酬赤葉　　老將華髮負黃花
龍山落帽尋常事　　且可招魂賦楚些

　용산낙모는 동진 때 정서장군 환온이 용산에서 중양절 잔
치를 베풀었을 때 참군 맹가가 흥에 겨워 바람에 모자가 떨
어지는 것도 알아차리지 못했다는 고사를 말한다. 이주는
용산낙모의 풍류가 있을 법한 자리에 참석하지 못함을 슬퍼
하고 그런 자신을 위해 초혼가를 불러 달라고 한 것이다.『초
사(楚辭)』에 보면 송옥이 굴원의 넋을 불러 "혼이여 돌아오라,
옛 집에 돌아오라."라는 초혼가를 불렀다고 한다.

　이주는 상굴에서 자유자재하려 했다. 그러나 수령 이세
진, 최탁경과 박이경, 손여림이 때로는 넌지시, 때로는 직접적
으로 이주가 그곳에 거처하는 것을 두고 책망했다. 2년 뒤인
1504년의 갑자사화 때, 예전에 궁궐 내에 대간청을 설치할
것을 청한 일이 있다는 이유로 김굉필 등과 함께 사형당했다.

⑥　함부로 대하지 못할 단정한 산

주세붕(周世鵬), 「유청량산록(遊淸涼山錄)」

　　계미일(1544년 4월 15일), 걸어서 문수사에서부터 보현암을 거쳐, 절벽을 돌아 몽상암에 이르렀다. 벼랑을 타고 가다가 길이 끊어져 있어서 나무 두 개를 가져다가 걸쳐서 잔도를 통하게 했는데, 아래를 내려다보니 깊이를 헤아릴 수가 없어 두 다리가 후들후들하고 모골이 쭈뼛했다. 게다가 문원(한나라 사마상여)처럼 소갈병을 앓아 목구멍에서 연기가 나듯 했다. 비폭이 절벽 사이에서 구유로 떨어지는 것을 보고, 물을 끌어다가 소라 물그릇으로 서너 차례 마셨더니 오장이 신선 여동빈처럼 원기를 되찾았다.

　　층층 돌계단을 더위잡거나 더듬더듬 내디디며 올라가 마침내 암자에 들어갔다. 암자 서쪽에는 가파른 절벽이 1000인 높이로 서 있어, 끊어진 골짜기를 굽어보고 있으니 곧 연대사의 위쪽 경계다. 승려 조안은 나이가 거의 일흔이 다 되었으나 보행이 아주 민첩하고, 깊이를 헤아릴 수 없는 절벽에 임해서도 두려워하는 기색이 전혀 없다. 오인원(오언의)이 말했다. "이 사람은 거의 원숭이의 후신이로군!" 다시 바위의 잔도를 거쳐 나와서 절벽 사이의 틈새를 통해 원효암에 오르는데 길이 아주 위태롭고 가파르다. 이른바 "앞사람은 뒷사람의 정수리를 보고 뒷사람은 앞사람의 발을 본다."라든가 "배와 등이 모두 뒤흔들린다." 하는 것이 이에 해당한다. 승려 계은은 이렇게 말했다. "이 암자는 여러 번 이전되었습니다. 원효가 옛날 거처하던 곳이 아닙니다. 암자의 동쪽에 절벽이 쇠를 깎아둔 듯하며 그 아래에 옛 유적지가 있습니다. 아마도 그 터인 듯합니다."

오수영에게 열두 봉우리의 이름을 판벽에 차례로 기록하게 했다. 그리고 다시 원효암 동쪽을 거쳐 절벽을 아울러 지나면서 등 넝쿨을 부여잡고 거듭 쉬어 가며 만월암에 올랐다. 나만 홀로 오인원과 함께 만월암 앞 석대에 앉았는데, 이상한 새들이 와서 내가 앉은 곳 위쪽의 나무 가지 끝에 모여들어 즐거운 듯 깃을 털며 기심을 잊은 듯 유유자적하다가는 한참 지나 떠나갔다. 또 다람쥐 두 마리가 석축 사이에 출몰해 무언가를 도모하듯 하고 화들짝 놀라듯 하며 사방을 둘러보다가는 달려가고 달려가다가는 숨고 숨다가는 다시 둘러보면서 한사코 구멍을 찾을 따름이었다. 이원이 잡으려 했으나 잡지 못했다. 이날 저녁, 하늘에는 구름이 한 점도 없고 달빛은 씻은 듯했다. 한밤에 문을 열고 홀로 서 있자니 마치 광한전(달)에서 인간 세계를 굽어보는 듯했다.

갑신일(16일)에 잠자리에서 일어나자마자 아침을 먹고는 백운암에 올라 조금 쉬었다. 마침내 손으로 부여잡고서 조금씩 조금씩 올라가는데, 이르는 곳이 차츰 높아질수록 보이는 것이 더욱 멀어져서, 학가산, 공산(팔공산), 속리산 등 여러 봉우리가 이미 시선 아래 깔려 있다. 자주자주 쉬면서 자소산 정상에 이르렀다. 푸른 바위 벽이 1000인이나 되어 부여잡아 오를 수도 없고 사다리를 놓고 오를 수도 없다. 탁필봉 역시 송곳 끝이 삐죽 빠져나와 있듯 솟아나 있어 오를 수 없다. 마침내 연적봉에 올랐다. 지팡이에 의지해 한참 동안 서북쪽의 여러 산을 바라보면서 호탕하게 휘파람을 불다가 돌아왔다.

다시 백운암을 찾아 이경호(이황) 사인(舍人)의 기(記)를 읽었다. 정말로 어린아이 아낙네 작품이다! 이윽고 만월암을 경유해 동쪽 시내를 따라 떠밀려 뒹굴듯이 내려왔다. 왕왕 위성류 그늘에 쉬었다는데, 좌우는 모두 푸른 벽이었다. 더 가서 문수사에 이르니 계곡이 상당히 컸다. 곧 자소봉의 동쪽이자 경일봉의 서쪽으로, 시냇물이 한데 합해 내리쏟아서 문수사의 비폭이 된 것이다. 길 위에 큰 바위가 있고 바위 위에는 소나무 한 그루가 있어 아주 사랑스럽다. 길 아래에는 봉우리가 가파르게 쑥 뽑혀 나 있고, 상대승암(上大乘庵)이 그 발 언저리에 있다. 요사(寮舍)의 주인이 아주 비루하고 더러워서, 먼저 들어갔던 사람들이 웩웩 구토를 하며 나왔으므로 결국 들어가지 못했다.

곧바로 김생굴에 이르렀다. 벼랑의 잔도가 썩어 끊어져 있었으므로 손으로 등 덩굴을 움켜쥐고 이끼가 덮힌 벼랑을 엉금엉금 기어서 갔다. 몸이 흔들리면서 올라가려니 너무 두려워 벌벌 떨렸다. 김생굴은 큰 바위 아래에 있었다. 바위는 아주 웅장하고 험준하며, 천연으로 이루어진 듯 안을 감싸고 있다. 비폭은 바위 위에서부터 흩어지며 떨어지는데 그 소리가 돼지가 울부짖는 소리 같으며, 물살은 백일 아래서 빗방울이 날리듯 한다. 나무를 깎아서 그것을 받아 마셨다. 승려가 말했다. "비가 온 뒤에는 기세가 커서 소리가 더욱 웅장하게 되어 은하수를 거꾸로 쏟은 듯합니다." 바위굴의 방은 청정해, 상방(上方)의 여러 사찰 가운데 으뜸이다. 밤이 다하도록 비폭 소리를 들으니 소쇄하여 사랑스럽다. 만일 신령한 신선이 있다면 반드시 먼저 여기에 깃들여 살 것이다.

나의 집에는 김생의 서첩이 있는데, 그 자획이 모두 억세고 굳건해 바라보면 마치 뭇 바위가 빼어남을 다투는 듯하다. 지금 이 산을 보니 김생이 이곳에서 글씨를 배웠다는 사실을 알겠다. 필법의 정신이 신묘한 지경에 들어간 것은 붓같이 뾰족한 산들을 몰래 옮겨 와서 그런 것이다. 지난날 공손대낭이 추던 혼탈무의 경지를 장욱이 터득해 초서를 잘 썼는데, 그것과 오묘함의 경지가 같다. 정말로 이 오묘한 경지를 터득해 괘(卦)나 긋는 수준을 면할 수 있다면 좋겠다. 춤과 산이 어찌 차이가 있겠는가? 다만 이 산은 바르고 저 춤은 기이했다. 그러므로 김생의 해서와 장욱의 초서가 갈렸을 따름이다. 세상 사람들은 모두 장욱의 초서가 춤에서 나왔다는 사실은 전하지만 김생의 서법이 산에서 얻은 것이란 사실은 모른다. 이 사실은 정말 분명하게 밝히지 않을 수 없다.

청량산은 안동부 재산현에 있지만, 태백산의 한 지맥이 날아와 정수가 엉긴 산이다. 차가운 기색을 멀리서 바라보면 푸른 죽순이 겹겹이 무리져서 뽑혀 나 있는 것 같다. 큰 강이 그 산기슭을 둘러 가니 곧 황지(黃池)의 하류다. 조선 전기에는 바위가 무섭고 물살이 거세어 거룻배를 띄울 수가 없을 정도였다.

조선 전기의 주세붕(1495~1554년)은 고향의 산 청량산을 자부했다. "이 산이 비록 안동에 속한다고는 하지만 그 아래는 모두 예안의 지역이다. 송재(이우)와 농암(이현보) 이후로 대유학자와 석학이 줄이어 나왔다. 속언에 '청량이라는 것은 안동의 산이다.'라고 하지만 사실은 예안에서 나왔다. 그러니 땅의 신령이 인물을 낸다는 설을 어찌 그르다고 하겠는가?" 우리나라의 여러 산 가운데 웅장하게 온축되어 있는 것으로는 지리산만한 것이 없고 너무도 맑은 것으로는 금강산 만한 것이 없으며, 기이한 승경으로는 박연의 폭포와 가야산의 골짜기 만한 것이 없다. 하지만 단아하고 엄정하며 삽상하고 개결해서 함부로 대하지 못할 것으로는 오직 청량산이 그러하다고 보았다.

안동과 예안에 거처하던 지식인들은 청량산을 자신들 집의 산으로 여겼으며, 그곳 절간에서 공부하며 산의 기운을 뼛속까지 받아들였다. 안동과 예안의 인사를 포함해 50여 인사들이 청량산 유산기를 남겼다. 주세붕의 글을 시작으로 권호문의 「유청량산록(遊淸凉山錄)」(1570년), 신지제의 「유청량산록(遊淸凉山錄)」(1594년), 김중청의 「유청량산기(遊淸凉山記)」(1601년), 이익의 「유청량산기(遊淸凉山記)」(1709년) 등이 널리 알려져 있다.

주세붕은 풍기 군수로 있을 때인 1544년 4월 초9일부터 18일까지 청량산을 등반했다. 그리고 13년 뒤인 1547년에 「유청량산록」을 완성했다. 주세붕은 청량산 유람 때 인근 현감, 속관, 재지사족뿐 아니라 늙은 기생, 피리 부는 사람, 노래하는 어린 재인, 거문고 타는 어른 여종, 아쟁 켜는 어린 여종까지 이끌고 가서 탕유(宕遊)를 즐겼다. 주세붕은 기흥을 즐기면서 기심 곧 세상 욕심을 잊으려고 했다. 이현보가 조카 이국량을 통해 자신이 지은 노래를 보내오자 주세붕은 젓대 부는 사람에게 젓대를 부르게 하고 이국량에게 그 소리에 맞추어 노래하도록 하고는, 이것이 곧 산중의 기이한 흥이라고도 했다. 사실 새와 다람쥐의 미세한 동작에 눈을 주고 있는 의식 상태가 곧 '기심을 잊은' 상태였다.

주세붕은 중종 17년인 1522년 별시 문과에 급제한 뒤 여러 벼슬을 거쳐 1541년 풍기 군수가 되었고 1543년 백운동 서원(소수 서원)을 세웠다. 이듬해 그는 청량산을 오르려고 풍기군 관아를 출발해 먼저 구대(龜臺)에서 열린 박승간과 박승임 형제의 영친례에 참석했다. 그 뒤 용수현을 넘어 온계를 거쳐 가다가 분수의 이현보 댁에 들러 바둑을 두었다. 이현보는 당시 78세의 고령이었다. 이현보는 술을 내오라 하고선 대비(大婢)를 시켜 거문고를, 소비(小婢)를 시켜 아쟁을 연주하게 했으며 옛 시구들을 노래했다. 아들 이문량도 수곡(壽曲)을 노래했다.

저녁나절에 주세붕은 말을 달려 부포에 이르렀다. 치마(짐말)를 먼저 건너게 하고는 여러 문생과 더불어 뗏목에 누웠다. 이윽고 만호 벼슬을 지낸 먼 친척 금치소의 집에 묵었다. 다음 날 동쪽으로 떠나 산속으로 들어갔다. 비가 오다 말다

했으므로 도롱이를 걸쳤다가 벗었다가 했다. 단곡령을 넘고 회선령을 넘고는, 탁립봉 아래로 동쪽 벼랑을 따라 오른쪽으로 돌아나가 해가 기울 무렵 연대사에 이르렀다.

12일은 쾌청했다. 말과 종복을 돌려보내고 지팡이를 짚으며 연대사 승려 계은의 인도로 길을 떠났다. 진불암에 들어가 치원대에 이르렀으며, 어둑어둑할 때 하청량사에 묵었다. 다음 날 아침에 안중사로 들어가고, 극일암에 이르러 돌사다리를 따라 올라갔다. 혈구(穴口)에 두 개의 판이 있는데, 최치원이 바둑을 두었던 곳이라고 전한다. 치원암을 찾아가서 총명수를 마시고, 하대승을 거쳐 문수사에 이르렀다.

14일, 보현암에 들어갔다. 오인원과 함께 바위 위에 앉아 있는데, 선성 현감 임내신이 사람을 시켜 술을 보내 왔다. 또 이현보의 조카 이국량과 오인원의 아들 오수영이 왔다. 주세붕은 이국량에게 그 노래를 부르게 하고, 임내신이 보낸 술을 마시며 귀흔에게 대나무 피리를 연주하게 했다. 느지막하게 서대로 나와서 달을 감상하고선 문수사로 돌아와 묵었다.

15일에는 몽상암과 원효암을 거쳐 만월암에서 묵었다. 16일에는 백운암을 거쳐 연적봉에 올랐고, 다시 백운암으로 돌아와 김생굴을 구경했다. 앞서 인용한 부분이 바로 15일과 16일의 기록이다. 김생굴에서 주세붕은 집에 소장한 신라 김생의 서첩에 대해 언급하면서 김생의 글씨가 당나라 장욱의 초서에 견줄 만하다고 했다. 장욱은 초성(草聖)이라 불릴 만큼 초서에 뛰어났던 인물이다. 주세붕은 장욱이 공손대낭의 혼탈무에서 초서의 오묘한 경지를 터득했다면 김생은 청량산 바위의 빼어난 자태에서 해서의 신묘한 필법을 얻었으리라고 대비시켰다.

주세붕은 17일 연대사로 돌아와 승려들과 이별하고 사자항으로 나갔다. 거기서 말을 타고 삼각묘를 거쳐 동구에서 나와 큰 강을 건넜다. 오인원과 함께 고려 때 세워진 거대한 사찰인 용수사에 묵고, 다음 날 고려 학사 최선의 비문을 읽었다. 그날 저녁에 아들 주박과 이원, 이숙량, 팔원과 함께 고을로 돌아왔다.

청량산 유람 때 주세붕은 여러 봉우리에 이름을 새로 붙였다. 불교식 이름은 전부 유교식으로 바꾸었다. 그는 그렇게 명명하는 이유를 정당화하며 이렇게 말했다.

점필재(김종직)는 두류산(지리산)에서 "아무런 증거가 없는 것은 믿지 않아서, 이름을 붙일 수 있는 것이라고 해도 이름 붙이지 않는다."라고 했다. 하물며 나와 같은 자가 어떠한 자라고 감히 참람함을 잊은 채 이름을 붙이겠는가? 하지만 주문공(주희)은 여산(廬山)의 기이한 절경을 마주치면 곧바로 이름을 붙였지, 증거가 없다는 이유로 이름을 붙이지 않은 일이 없었다. 이 산의 봉우리들이 오랜 세월이 지나도록 이름이 없다는 것은 산을 좋아하는 지자(智者)들이 부끄럽게 여겨야 할 바다.

주세붕은 청량산 바깥의 봉우리 가운데 길어 보이는 것을 두고 장인(丈人)이라 불렀다. 대(大) 자의 뜻을 부연해, 중국 태산의 장악(丈岳)에 비긴 것이다. 서쪽 봉우리는 선학봉, 동쪽 봉우리는 자란봉이다. 안쪽 산봉우리 가운데 으뜸은 자소봉, 동쪽 봉우리는 경일봉, 남쪽 봉우리는 축융봉이다. 이 밖에도 탁필봉, 연적봉, 연화봉(옛 의상봉), 향로봉, 금탑봉 등의 이름을 재확인하거나 고쳤다.

1552년 9월에 이르러 이황은 주세붕의 청량산 유산록에 발문을 붙여 이렇게 말했다.

홍몽한 상태로부터 음양의 기운이 나뉘어 높은 하늘과 깊은 바다의 기운이 형체를 응집한 이래로 몇천 몇만 겁이 지났는지 알 수 없지만, 하늘이 갈무리한 승경과 땅이 감추어둔 기이한 구역이 바로 선생의 글을 기다려서야 드러나게 되었으니 이것이 어찌 이 산으로서는 커다란 만남이 아니었겠는가? 하물며 이 산의 여러 봉우리가 모두 불경의 말과 여러 부처의 음란한 이름을 지니고 있었던 것은 정말로 이 선경의 모욕이요, 우리 유학자의 수치였다. 선생이 일일이 고쳐 주시고 통렬하게 씻어내어 주셨으니, 그로써 산신령을 위로하고 정채(精彩)를 빛나게 하신 업적이 얼마나 큰가!

　주세붕은 「유청량산록」에서 이황의 「백운암기」를 두고 "정말로 어린아이 아낙네의 작품(幼婦之作)이다."라고 했다. 깎아내린 말이 아니라 묘하다고 칭찬한 말이다. '어린아이 아낙네(幼婦, 유부)'란 후한의 채옹이, 위나라 한단순이 지은 「조아비문(曹娥碑文)」을 보고 비석 뒷면에 '황견유부외손제구(黃絹幼婦外孫虀臼)' 여덟 글자를 새겨 놓은 데서 나온 말이다. 후한 말 조조가 양수와 함께 길을 가다가 이 글을 보았을 때 양수는 곧바로 의미를 알아챘으나 조조는 30리를 더 가서야 깨달았다고 한다. 황견은 색사(色絲)이므로 절(絶) 자, 유부는 소녀(少女)이므로 묘(妙) 자, 외손은 여자(女子)이므로 호(好) 자다. 제구는 매운 음식을 담는 그릇으로, 글자 오른쪽이 매울 신(辛)자인 사(辭) 자를 뜻한다. 즉 '황견유부외손제구'는 아주 절묘하고 좋은 문장을 가리키는 은어다.

　주세붕은 청량산 등람에서 시 85수를 지었고, 전후 청량산에 노닐며 읊은 시들까지 합쳐 100편을 묶었다. 그러면서 남송 때 주희가 남악에 노닐고 창수(唱酬, 한 사람이 시를 지으면 다른 사람들이 그 시의 운자와 시상을 이용해 시를 지어 화답하는 일)한 일을 환기하고 완물상지(玩物喪志, 외물에 탐닉해 본래의 뜻을 상실함)를 스스로 경계하는 말을 붙였다. 주희는 장식과 함께 남악에 노닐어, 이레 동안 창수시 49편을 짓고 「남악유산」을 엮고선 후기에 다음과 같이 경계의 말을 남겼다. "시 짓는 것이 본디 선하지 않은 것은 아니지만 우리가 깊이 징계해 통렬하게 끊어 버린 것은 병통을 낳는 데로 흐를까 염려했기 때문이다. 무리 지어 거처할 때 서로 인(仁)의 덕을 보완해 성장시키는 보탬이 있더라도 혹 말류로 흐름을 면하지 못할 우려가 있다. 하물며 무리를 떠나 홀로 거처하게 된 이후에는 사물의 변환이 무궁하기에 기미의 사이와 미세한 차이에 이목을 혼란시키고 마음과 뜻을 동탕하게 만들 수 있다."

주세붕도 유람의 때에 시 짓는 일에 골몰해 마음이 흐트러지는 것을 경계했다. 하지만 그의 유람은 진정한 탕유였다.

7 흐드러진 철쭉 숲을 내려오던 산

이황(李滉), 「유소백산록(遊小白山錄)」

　　그다음 날 계해(1594년 4월 24일), 걸어서 중백운암에 올랐다. 이름을 알 수 없는 어떤 승려가 이 암자를 짓고는 그곳에서 좌선을 해 자못 선리(禪理)에 통했는데, 하루아침에 떠나 오대산에 들어갔으므로 지금은 승려가 없다. 창 앞에는 옛 우물이 완연히 남았고, 뜨락 아래 푸른 풀은 쓸쓸할 따름이다. 중백운암을 지나서부터는 길이 더욱 끊어질 듯 가팔라서 곧바로 위로 올라가는 것이 마치 거꾸로 매달리는 것 같다. 온 힘을 다해 부여잡고 올라가서 그런 후 정상에 이르렀다. 마침내 견여를 타고 산등성을 따라 동쪽으로 3~4리쯤 가서 석름봉에 이르렀다. 석름봉 머리에 풀을 엮어서 초막을 지은 것이 있고, 그 앞에는 시렁을 엮은 것이 있다. 매잡이가 만든 것이라고 하니, 그들이 얼마나 고생을 겪는지 알 만하다.

석름봉 동쪽으로 3~4리 지점에 자개봉이 있다. 또 그 동쪽으로 3~4리 지점에 봉우리가 우뚝 일어나 하늘을 찌르고 있는 것이 있으니 바로 국망봉이다. 하늘이 맑고 해가 밝은 날이면 용문산은 물론이고 서울까지도 바라볼 수 있다고 한다. 하지만 이날은 산 이내와 바다 아지랑이가 부옇게 끼어 흐릿하고 아득해서 용문산조차 바라볼 수 없다. 오직 서남쪽 구름가에 월악이 은은하게 비칠 뿐이다. 고개를 돌려 그 동쪽을 바라보아, 뜬구름과 푸른 기운이 천겹 만겹으로 첩첩이 쌓여 그 모양을 어렴풋이 상상할 수 있되 참모습이 자세하지 않은 것들은 태백산·청량산·문수산·봉황산이다. 그 남쪽의 경우 잠깐 보였다가 금세 숨었다가 하면서 구름 하늘에 아스라한 것은 학가산·공산 등 여러 산이다. 그 북쪽의 경우 형상을 감추고 자취를 숨겨서 하늘 한쪽에 아득한 것은 오대산·치악산 등 여러 산악이다. 강물로서 바라보이는 것은 아주 드물다. 죽계의 하류는 구대(龜臺)의 시내요, 한강의 상류는 도담의 구비이니 이것으로 그칠 따름이다.

승려 종수가 말했다. "정상에 올라 바라보려면 가을 서리가 내린 뒤나 장맛비가 갓 갠 날이어야 아름답습니다. 주세붕 태수는 비에 닷새간 막혀 있다가 날이 맑아지자 곧바로 산에 올랐기 때문에 멀리까지 바라볼 수 있었습니다." 나는 뜻을 묵묵히 깨달아, 처음에 막히고 답답한 뒤라야 마침내 쾌활할 수 있으리라고 생각했다. 내가 올 때는 하루도 막힌 적이 없으니, 어찌 만 리를 조망하는 쾌활함을 얻을 수 있겠는가? 그렇기는 하지만 산에 오르는 일의 절묘한 점은 반드시 바라볼 수 있는 끝까지 다 바라보는 저 바깥에 있는 것이 아니다.

산 위는 기운이 아주 높고 차가워서 맹렬한 바람이 부딪치고 뒤흔들기를 그치지 않으므로, 나무가 생장하면서 죄다 동쪽으로 누웠고 가지와 줄기는 대부분 휘고 굽고 자그맣고 문드러져 있다. 4월 그믐에 비로소 숲의 잎이 피기 시작해, 한 해 동안 크는 것이 한 푼이나 한 치 정도에 불과하며, 억세게 고통을 견디어 모두 힘껏 싸우는 형세를 하고 있으므로 깊은 숲과 큰 골짜기에서 생장하는 것이 큰 것과는 맞먹지 못한다. "어디 거처하느냐에 따라 기운이 변하고 어떻게 기르느냐에 따라 체질이 변한다."라는 것이 물건이나 사람이나 어찌 차이가 있겠는가?

석름봉, 자개봉, 국망봉 세 봉우리와의 거리가 8~9리쯤 되는 사이에 철쭉이 숲을 이루어 한창 난만하게 너울거린다. 비단 장막 속을 거니는 것 같기도 하고 축융봉의 잔치에 취한 것 같기도 해서 매우 즐길 만하다. 석름봉 위에서 술 석 잔을 마시고 시 일곱 수를 지어 적으니, 해가 벌써 기울었다. 옷을 털고 일어나 다시 철쭉 숲을 거쳐서 아래로 내려가 중백운암에 이르렀다.

내가 종수에게 말했다. "처음에 제월대에 오르지 않은 것은 다리 힘이 먼저 다 고갈할까 봐 두려웠기 때문이었소. 지금 정상에 올라왔는데도 다행히 힘이 남았으니, 어찌 가 보지 않겠소?"

마침내 종수가 앞서 인도해 바위 벼랑을 따라 발을 오무려 디디다시피 하면서 올라가니, 이른바 상백운암이란 것은 불에 타서 없어진 지 오래여서 풀과 이끼에 뒤덮여 있고 바로 그 앞에 제월대가 당도해 있다. 지세가 아주 외져서 정신이 두렵고 혼이 떨릴 정도이므로 오래 머물러 있을 수 없었다. 마침내 내려왔다. 이날 저녁, 석륜사에 다시 묵었다.

1549년 4월, 49세의 이황(1501~1570년)은 승려 종수의 안내로 소백산을 유람했다. 소백산은 이황이 영주·풍기 사이를 왕래하면서 머리 들면 바라볼 수 있고 발 옮기면 곧 갈 수 있을 곳이었거늘 40년 동안이나 꿈과 생각으로만 향할 수밖에 없었던 곳이었다. 이황은 한 해 전 1548년의 정월에 단양 군수로 나간 이후 구담(龜潭)이라는 승경을 발견하고 잔잔한 기쁨을 맛보았다. 이때 「단양산수가유자속기(丹陽山水可遊者續記)」를 지었다. 하지만 그해 겨울 풍기 군수로 부임해서는 그 겨울과 다음 해 봄에 백운동 어귀까지 갔어도 공무 때문에 발길을 돌린 것이 세 차례였다. 백운동 주인이 되고도 세 차례나 어귀에서 발길을 돌렸다는 말은 높은 이상을 향해 나아가는 일을 실행에 옮기지 못한 사실을 스스로 반성한다는 뜻을 드러낸 것이다. 그러다가 이해 4월, 소백산에 올라 조화옹의 자취를 발견하고 진심으로 즐겼으며, 그 감흥을 위의 「유소백산록」으로 남겼다. 이때 이백은 서간병수로 자처했다. 시냇가에 깃들어 사는 병든 늙은이라는 뜻이다.

소백산은 장백산맥이 오대산을 거쳐서 태백산에 이르러 영남의 진산이 되었다. 또한 황수의 발원지로, 황수는 서남쪽으로 흘러 400여 리 긴긴 흐름의 낙동강이 된다. 소백산은 북쪽에서 오다가 서편으로 뛴다. 검푸른 빛이 허공을 가로지르며 휘돌아 동쪽으로 오다가 끊어졌다가는 다시 이어져 거북이 엎드린 형상을 드러낸다. 그것을 영구(靈龜)라 한다. 소백산은 또 역대 왕과 왕비의 태를 안치하던 곳이다. 소백산의 경원봉은 고려 충숙왕의 태를, 윤암봉은 조선 소헌 왕후의 태를, 초암동은 고려 충렬왕의 태를, 욱금동은 고려 충목왕의 태를 안치했다. 그래서 주세붕은 「죽계별곡(竹溪別曲)」에서 이렇게 노래했다.

죽령 남, 영가(永嘉, 안동의 옛 이름) 북, 소백산 앞, 천재(千載) 흥망. 풍류도 한결 같은 순정(順政)의 성읍이라. 딴 세대에 숨지 않을 취화봉. 천자의 태를 감춰, 중흥을 빚어내니 경기(景幾) 어떠하니잇고.

소백산에는 여덟 승경이 있었다. 승려 종수는 소백산 높은 곳에 암자를 짓고 그곳 봉우리를 묘봉이라 했다. 그는 이황의 소백산 등반을 인도한 다음해에 묘봉의 팔경을 시로 적어 달라고 했다. 1550년 하지 후 이황은 시「묘봉암 팔경(妙峯庵八景)」을 지어 주었다. 바위 봉우리가 병풍처럼 둘러선 모습, 시냇물에 옥구슬이 씻겨 내리는 모습, 길게 낀 안개가 바다 위에 부글부글 끓는 모습, 바위 굴로 돌아가는 구름이 빗기운을 끄는 모습, 미인의 짙은 눈썹 같은 산이 숨었다가 드러났다가 하는 모습, 넓고 멀리 펼쳐진 들판에 석양이 지는 모습, 달과 별이 처마에 걸린 모습, 종소리와 경쇠 소리가 허공에 울려 퍼지는 소리 등을 묘봉 팔경으로 꼽았다.

1549년 4월 22일, 이황은 백운동 서원을 떠나 안간교를 건너 소백산 석륜사에서 하룻밤 묵은 뒤에 중백운암, 석름봉, 환희봉, 상가타, 하가타를 거쳐 관음굴에 유숙하고, 다시 박달재, 비로전 터, 욱금동을 거쳐 고을로 돌아왔다.

도학을 추구하는 선비들에게 산놀이는 진덕수업의 과정을 연습하는 것이었다. 그렇더라도 이황의 산놀이는 다른 사람의 그것과 달랐다. 승려 종수가 주세붕의 산놀이를 회고하면서 처음에 닷새 동안이나 비에 막혀 답답했었기 때문에 산 정상에 오른 뒤에 쾌활함을 얻었다고 말했다. 진리의 깨달음을 그런 식으로 비유한 것이었다. 이황은 석름봉에 올라 근경과 원경을 빠짐없이 조망했다. 그것은 물론 원만구족한 정신 세계에서 비롯된 것이었다. 하지만 이황은 석름봉에 올라 광활한 세계를 보고도 등산의 묘처는 시야의 광활함에 있는 것은 아니라고 했다. 자신은 하루도 막힌 적이 없었으므로 오히려 등정의 일순간에 만 리의 쾌함을 얻을 수는 없다고 생각했다. 하루도 막힘이 없었다는 것은 그간 날씨가 좋았다는 사실을 말하는 것이 아니다. 꾸준히 도체(道體)를 양성해 왔기에 하루도 불평한 심사를 가지지 않았다는 말이다. 정상에 올라 만 리의 쾌함을 얻는다는 것은 순간적이고 찰나적인 깨달음을 의미한다. 이황은 그런 순간적, 찰나적 깨달음에서 얻는 쾌감과는 다른 희열을 도체의 연마 과정 중에 꾸준히 잔잔하게 느껴 왔다고 말하고자 한 것이다.

이황은 석름봉에 올라 구부러지고 키 작은 관목들을 보고는 "억세게 고통을 견디며 모두 힘껏 싸우는 형세를 하고 있다."라고 가련해 했다. 『맹자』 「진심편(盡心篇) 상(上)」에 나오는 "거이기 양이체(居移氣養移體)"라는 말을 환기한 것이다. 맹자는 범(范)이라는 작은 나라에서 제나라 수도로 와 왕자를 보고 탄식했다. "거처는 기상을 변하게 하고 먹고 입는 것은 몸을 변화시킨다. 거처라는 것의 영향이 크도다! 다 같은 사람의 자식이 아닌가!"라고 했다. 왕자가 살고 있는 집이라고 해도 그가 타는 수레와 말은 다른 귀한 집 자식의 그것과

다를 바 없다. 그런데도 왕자가 저같이 달리 보이는 것은 그가 처해 있는 위치가 그렇게 만든 것이다. 하물며 천하의 가장 넓은 곳에 살고 있는 사람의 경우야 얼마나 다르겠는가? 맹자는 사람이 천하의 가장 넓은 곳이라고 할 인(仁)에 거처해 간단없이 인을 실현해야 한다고 말한 것이다.

산 정상의 구부러지고 키 작은 관목들은 곧 현실 세계를 살아가는 인간 존재의 모습이다. 그러나 그것이 인간의 본모습은 아니다. 이황은 석름·자개·국망의 세 봉우리 사이에 철쭉이 난만하게 너울거리는 모습을 보았다. 그렇게 난만하게 너울거리는 것이 원만구족한 인간 본성의 모습이다. 사실 이황 자신도 아무 갈등 없이 자득의 기쁨을 항시 느낀 것은 아니었다. 그도 힘들여 싸운 경우가 많았으리라. "공문서 속에서 몸을 빼어 한때 산어귀를 거니는 무리"일 뿐이라고 자조하기까지 했다.

석륜사에서 이황은 시를 한 수 지었다. 「석륜사에서 주경유(주세붕)가 「자극궁에서 가을에 느껴」 시에 차운한 것을 본받다(石崙寺 效周景遊次紫極宮感秋詩韻)」라는 제목이다. 이황보다 앞서, 역시 49세 때 소백산을 유람했던 주세붕은 석륜사에 묵으며 이백의 시 「자극궁에서 가을을 느끼고(尋陽紫極宮感秋作)」에 차운했다. 이백은 49세 때 강주 심양의 도관인 자극궁(천경관)에 가서 저 시를 지어 "마흔아홉 해의 잘못은 한번 지나가면 회복하기 어려운 법. 야인의 마음은 갈수록 상큼해진다만 세간 도리는 번복이 심하구나!"라고 했다. 마흔아홉 해 운운은 춘추 시대 거원(거백옥)이 나이 50에 지난 49년의 잘못을 깨달았다고 하는 고사에서 나왔다. 이황은 자신의 나이가 이백이나 주세붕이 시를 지었던 때와 마찬가지로 49세에 이르고 보니 그 감회가 그들과 다르지 않았기에, 이백의 시의 운자를 이용해 감회를 적었다.

이황은 산수 속에서 마음의 평화를 느끼는 산야기(山野氣)가 있었다. 또한 산을 우러러보아야 할 정신적 가치의 상징물로 여겼다. 그에게 산놀이는 인간 욕망을 억제하고 본성의 깊이를 구명하는 공부를 상징했다. 1564년에는 청량산을 유람하면서, 당나라 한유가 형악의 신에게 묵도하자 구름과 안개가 걷히고 형산이 홀연 눈앞에 나타났던 것처럼 신령한 기운과 교감하는 경험을 하게 된다.

이황 사후에 기대승은 이황의 묘갈명을 지어 "중년 이후로는 바깥으로 달리려는 뜻을 끊었다."라고 했다. 이황의 제자 조목은 그 말이 온당하지 못하다고 했다. 선생은 애당초 권세나 이익 따위의 분화(紛華)함에 대해 담박했다는 것이다. 물론 이황의 '산야기'는 본래의 성품이었다고 하겠으나 귀거래를 결심한 것은 혼란한 정치 현실과 경직된 지적 환경 속에서 자기 생각을 감추고 숨기려 한 도회(韜晦)의 태도와 관련이 있었을 것이고, 현실의 공간을 벗어나 존재의 근원적 물음에 답할 정신세계를 찾아 나선 결단이었다고 말할 수 있으리라. 특히 1545년의 을사사화에서 중형이 죽고 만 사실은 큰 충격을 주었다. 그렇기에 비록 1547년 홍문관 응교에 제수되었으나 신병을 이유로 사직하고, 다음해 정월에 외직을 자청해 그해 단양 군수와 풍기 군수로 부임한 것이다. 12월에는 경상 감사에게 세 번이나 사직서를 올렸고 회보를 기다리지 않은 채 귀향했다.

이황은 소백산 등정에서 주희와 장식이 남악에 노닐던 고사를 되새겼다. 하지만 주희와 장식이 기이한 경관을 구경해 가슴의 막힌 것을 쓸어내렸던 것과는 달랐다. 산수 자연의 역동적 힘과 원만한 모습을 천진하게 사랑했다.

이황은 구도자였다. 그렇지만 산수를 즐기면서 도의만 따지는 것은 조박(糟粕)만 보는 것에 불과하고, 고상하고 현허한 것만 좋아한다면 인간의 윤리적 세계를 벗어나게 된다고 비판했다. 그 둘을 부정하고, 산을 유람할 때 거칠지 않고 부드러우며 억세지 않고 유순한 정신 태도를 지켰다.

8 영달의 욕망을 끊고 마주한 산

정시한(丁時翰), 『산중일기(山中日記)』

6월 1일 임인(1688년), 간혹 흐리고 갬. 사미승 보기(普機)가 아침밥을 갖추어 올렸다. 자원이 은해사에서 왔으므로 즉시 두 종에게 짐을 지게 하고는 걸어서 상용암에 올라갔다. 진언, 혜원, 천우 등 여러 승려가 운부사 문 밖에서 전송해 주고 초선, 보기, 대영 등 여러 승려는 멀리 산허리까지 와서 전송해 주었다. 벽원은 따라와서 길을 가르쳐 주었다. 나무 그늘 사이 험한 산비탈을 5리쯤 가서 암자에 이르렀다. 아래를 바라보니 미륵전의 채색한 누각이 높은 봉우리의 암석 사이에서 은은하게 비쳐 마치 신기루 같았다.

상용암 앞의 누각에 들어가 앉아 있자니 종장(宗匠) 상학이 맞이한다. 한참을 쉬었더니 흐르던 땀이 조금 말랐다. 벽원과 암자의 승려 몇 사람과 함께 미륵전에 올랐다. 북쪽 벽으로 벼랑을 타고 가서 또 바위틈 사이로 갔다. 그 가장 높은 곳에 2층 누각이 있었다. 위로 올라가 층루에 앉아 보니, 커다란 바위에 불상을 새겨 놓았는데 자못 기이하고 교묘했다. 암자는 그 곁에 있으나 텅 비어 있었다. 다시 바위틈을 따라서 동석대로 올라갔다. 곧 기우제를 지내는 곳이다. 동석대 위에서 굽어보니 수백 리의 들판과 신녕·영천 등의 고을이 무릎 아래 있는 듯했다. 여러 산은 모두 낮게 펼쳐져 마치 밭두둑과 논두렁 같았다. 옥산, 경주부, 불국사의 여러 산이 눈 아래 나열해 있다. 비가 개어 하늘이 맑았으므로 멀리 아득한 곳까지 시선을 끝까지 뻗었다. 산 밖에는 바다와 하늘이 서로 맞닿아 있고, 의흥과 의성 등지도 눈앞에 있다. 남쪽으로 동래와 울산을 바라보니 좌우로 300여 리가 모두 시야에 들어왔다. 진실로 반평생에 처음 보는 기이한 풍경이었다.

또 남쪽으로 10여 보 내려가 바위틈 사이를 가자 별도로 고봉암 터가 있다. 전후와 좌우의 암석이 기괴해 진실로 도인이 수행하는 곳이었다. 벼랑을 타고 아래로 내려와 기다시피 바위 구멍으로 들어가 중암에 이르자 단지 승려 한 사람이 있을 뿐이다. 중암의 기반은 기울어져 위태했으나 돌샘 우물은 맑고 톡 쏘았다. 또한 서대가 있어 노닐 만했기에 그곳에 앉아서 한참 동안 쉬었다.

자원을 은해사로 보내고 아래로 수백 보를 내려갔다. 또 서봉에 올라가 사자암에 이르렀는데 수좌승 도신이 맞아 주었다. 앞 기둥 사이에 앉으니 시계가 확 트여 동석대에 버금갔다. 또 묘봉암에 가니 수좌승 진한, 묘훈, 범영 등이 환대해 주었다. 시평 승려가 있는데, 원주의 목수 승려 양호의 상좌로 전에 나를 원주 대야(大野)의 밭 사이에서 만난 적이 있다고 말하면서 특별히 기쁘게 맞아 주었다. 모든 승려 역시 내가 유산해 온 종적을 익숙히 알고 있었다. 점심밥을 들여보내 주기에 그 밥을 먹고는 그대로 오랫동안 이야기하다가 일어나 돌아왔다. 여러 승려가 자고 가라고 했으나 내가 허락하지 않자 사자탑까지 나와서 전송해 주었다.

상용암에 돌아오니 말생이 와서 인사하고 말편자 한 부와 대구어 한 마리를 주고 갔다. 벽원이 이별을 고하고 떠났다. 상학이 떡과 과일을 올리고, 또 저녁 식사를 대접했다. 상암, 중암, 하암의 수좌승들이 반가운 얼굴로 와서 인사하고 갔다. 상학의 방에서 잤다.

이 글은 정시한(1625~1707년)의 『산중일기』 가운데 1688년 6월 1일에 경상도 영천 운부사를 떠나 상용암 일대를 유람한 기록만을 발췌한 것이다. 문체를 정련하지 않고 보고 들은 것을 그대로 기록하는 것에 치중한 글이다. 그런데 이 글의 보고의 측면은 매우 놀랍다. 앞의 인용한 부분은 1680년대 은해사와 동화사의 모습을 잘 보여 준다.

정시한의 호는 우담(愚潭), 본관은 나주다. 정조 때의 남인 명신 정범조의 증조부다. 독학으로 성리학을 연구하고, 강원도 원주 법천리에 은거해 후진 양성에 힘썼다. 학문과 덕행이 뛰어나 조정에 천거되어 여러 직책이 주어졌으나 모두 사양했다. 그 뒤 진선의 품계에 올랐는데, 1691년 원주에 있으면서 기사환국 때 인현 왕후를 폐위시킨 일을 잘못이라고 상소했다가 삭직되었다. 다시 기용되었지만 사직했다. 1696년에는 집의로 있으면서, 조광조를 제향하는 도봉 서원에 송시열을 배향하는 것에 반대하는 상소를 했다가 노론으로부터 배척받았다. 문제된 내용은 이러하다. "송시열을 임금 핍박의 죄로 다스린다면 마땅하지 않을 듯하지만, 집요한 성질과 부정한 학문으로 나라의 의례를 마음대로 결단하고, 자기와 뜻이 다른 자를 배척하고 편당의 화를 빚어서 인심과 세도가 크게 무너지게 한 것은 아무래도 그 책망을 피할 수 없을 듯합니다." 정시한은 1704년에 이르러 노인직으로 중추부 첨지사가 되었다.

정시한은 노론의 배척을 받아 불우한 일생을 보냈으나 성리학의 이기론과 사단칠정론을 정밀하게 분석해 이황의 입장

을 명석하게 해명하고, 영남학파의 학통을 계승해 이익·정약
용 등 남인계 실학자들에게 많은 영향을 주었다.

그런데 정시한은 1686년 3월부터 1688년 9월까지 강원도,
경상도, 전라도, 충청도 각 도의 명산 고찰을 두루 다니고
『산중일기』를 집필했다. 그는 부친이 14년간이나 병석에 누워
76세로 돌아가시기까지 수발을 했고, 부친상을 마치고 또 모
친상을 당해서 오랫동안 상복을 입어야 했다. 전상(부친상)과
후상(모친상)을 모두 치룬 그는 말과 노새에 음식과 서책을
싣고 노비들을 두셋 데리고 62세의 나이에 유람을 떠났다.
1686년 3월 13일에 원주 대야의 본가를 출발해 청주 공림사
를 거쳐 속리산 법주사를 비롯한 여러 명산과 고찰을 돌아보
고 1688년 9월 19일 원주 본가로 돌아올 때까지의 일을 상세
하게 기록했다. 이 글은 그의 문집『우담선생문집』권1~2에도
실려 있지만 별도로 유행했다.

『산중일기』는 당시 사찰 및 승려의 분포를 자세히 기록해
한국불교사의 공백을 메우는 사료로 높이 평가되어 왔다.
이 일기의 석굴암 관련 기록은『불국사고금창기(佛國寺古今創
記)』와 함께 특히 중시되었다.『불국사고금창기』는 1703년 종
열이 석굴암을 중수하고 굴 앞에 돌계단을 쌓았으며 1758년
에 대겸이 중수했음을 알려 준다.『산중일기』는 중수 사실은
말하지 않았으나 정시한이 1688년 5월 15일 석굴암에 유숙

할 때 석굴암이 어떠한 상태인지를 자세히 말하고 있다. 즉 정시한의 기록에 따르면 당시 석굴의 전실과 후실의 석상들이 완전한 형태로 건재할 뿐 아니라 입구의 홍예, 본존상과 좌대석, 주벽의 여러 조각, 천개석이 모두 질서 정연하게 자리 잡고 있었다. 이 기록은 겸재 정선이 『교남명승첩』에서 경주의 골굴암과 석굴암을 그려 둔 것과 함께 석굴암의 복원에 참조되었다.

정시한의 여행은 스스로를 발견하려고 나선 결단이었다. 훗날 정약용은, 42세 때인 1803년에 두 아들에게 보낸 서찰에 정시한 어른이 세상의 배척을 받고 나서 오히려 그 덕이 진보되었다고 언급했다. 당시 강진에 유배되어 있는 동안 두 아들이 폐족의 상황인 것을 비관해 학문에 힘쓰지나 않을까 염려해, 불우한 처지를 극복한 인물 전형을 제시해 훈계한 내용에 정시한을 언급한 것이다.

폐족은 오직 벼슬길에만 꺼리는 자가 있을 뿐, 폐족으로서 성인이 되고 문장가가 되고 진리를 통달한 선비가 되기에는 아무런 거리낌이 없다. 거리낌이 없을 뿐 아니라 도리어 크게 나은 점이 있다. 그것은 과거(科擧)의 걸리적거림이 없고, 또 빈곤하고 궁핍한 고통이 심지를 단련시키고 지려(知慮)를 개발해 주어서 인정과 물태(物態)의 진실과 거짓이 드러나는 바를 두루 알 수 있게 하기 때문이다. 그런 까닭에 선배 율곡 같으신 분은 어버이에게 사랑을 받지 못해 곤란을 겪기를 서너 해를 하다가 마침내 한 번 돌이켜 도(道)에 이르렀다. 우리 우담(정시한) 선생도 세상의 배척을 받고서 더욱 그 덕이 진보되었다. 성호(이익)께서도 집안이 화를 당한 뒤로 이름난 유학자가 되었다. 그분들이 우뚝하게 수립한 것은 권세를 잡은 부호가의 자제들이 미칠 수 있는 바가 아니었다.

정시한은 불우했지만, 당시 영달의 욕망을 끊고 여행을 통해 세상을 새로운 눈으로 볼 수 있었다. 그가 기록한 산사의 지소나 수도승들의 편재 상황은 동시대의 다른 기록에서 찾아볼 수 없을 만큼 자세하다. 그 자료들의 가치는 다른 문헌 자료나 고고 발굴 자료가 확보되어야 비로소 온전하게 평가받게 될 것이다.

9 산놀이의 해학

정구(鄭逑), 「유가야산록(遊伽倻山錄)」

9월 14일(1579년), 맑았다. 새벽에 일어나 내원사의 앞 당에 앉아 『근사록』 서너 장을 보았다. 눈을 들어 구름 낀 산을 바라보니 내 온갖 상념을 텅 비워 준다. 선현의 유훈을 받들어 완미하다가 나도 모르게 그 유훈이 전일(專一)해 맛이 있음을 알게되었다. 밥을 먹은 뒤 지팡이를 짚고 3~4리를 가니 이른바 정각암이란 것이 있다. 처한 땅이 더욱 높아서 내원사보다 한층더 훌륭하다고 느끼게 된다. 어제 곽양정(곽준)은 내원사에서그 그윽하고 고요함을 사랑해 마침내 언젠가 거기서 책을 읽으리라고 맹서했는데, 여기를 보자 더욱 기뻐하고 좋아했다. 이공숙(이인제)이 말했다. "양정은 의당 여기에서도 맹서해야 하겠소이다!"

한 작은 동자가 작은 방에서 나와 절을 하는데 그 모습이 촌
스럽기는 하되 아주 거칠지는 않았고, 그 말이 어눌하기는 하
되 고을의 문벌이며 가계에 대해서는 잘 알고 있었다. 자세히
따져 보았더니 곧 나의 중표제(외종사촌 동생) 송씨 집안의 아이
였다. 어머니를 여읜 데다가 배운 것도 없어, 여기 와서 승려를
따르고 있다고 한다. 책을 펼쳐서 시험 삼아 읽어 보게 했더니
글 뜻을 알지 못하고 구두(句讀)와 향배(向背, 문장 구조)도 엉터
리다. 이렇게 배운다면 설령 10년 동안 스승을 따른다 하더라
도 끝내 글 아는 사람이 될 수 없을 것이다. 아, 우리 한훤 선생
(김굉필)의 후예들이 이런 지경에 이르다니! 한탄하기를 오래하
다가 조금 쉬면서 고달픔을 멈추려고 했는데, 홀연 승려가 날
이 저물었고 가야 할 여정은 아직 멀다고 알린다. 화들짝 놀라
서 지팡이를 떨쳐 걸음을 옮겼다. 우리들의 날이 저물고 여정
이 먼 것이 어찌 유독 이 산을 오르는 경우에만 그렇겠는가?

1리쯤 가서 성불암에 이르렀다. 이백유(이인개)가 먼저 앞의
대(臺)에 오르고, 나는 곧바로 암자의 내부를 차지했다. 위치한
것은 정각암과 같다고 하겠으나 역시 그리 오래되지는 않았고
승려는 없었다. 티끌이 마루와 방을 묻어 버려 잠시도 머물 수
없다. 어제 심원사에서도 승려가 없어서 들어가지 못했고 이제
또 이러한 상황을 보니, 농사의 흉년과 부역의 번거로움 때문

에 산승도 지탱하지 못해 곳곳마다 거처를 비워 두어 그런 것이 아니겠는가? 산승이 이와 같으니 백성의 상황은 알 만하다. 궁벽한 시골 곳곳마다 집은 있어도 거처하는 사람이 없는 것이 또 얼마나 될것인가?

원명사에 이르니, 봉우리가 둘러서 비호하고 있는 터를 차지해 단청을 다시 칠해서 새로 개창한 제도가 또한 내원사가 미칠 바가 아니므로, 곽양정의 맹서가 의당 또한 없을 수 없을 것이다. 사랑스러워서 차마 떠날 수 없었다. 다시 중소리·총지 등의 사찰이 있는데, 모두 벼랑 끝부분에 있으며 전부 승려가 거처하지 않는다. 상소리사에 들어가서 잠시 쉬었다.

이른바 봉천대라는 것은 위치가 더욱 맑고 높아 시계가 더욱 쾌활하다. 만학천봉이 작은 언덕처럼 빙 둘러 있고 인간 세계는 쪼그맣게 마치 개미나 누에의 무리와도 같아, 여기저기 촌락을 하나하나 손가락으로 가리킬 수 있다. 옥산(이기춘의 거처)과 송천(김천일의 거처)은 몸을 한 번 굽히면 손으로 움켜쥘 수 있을 듯이 삼삼하다. 그 가운데서 폭건(幅巾)을 쓰고 느긋하게 지내면서 자기 스스로 본 바를 스스로 지키고 자기 스스로 얻은 바를 스스로 즐거워하고 있을 것을 상상해 보니, 내 오늘의 대관(大觀)이란 관점에서 그것을 비교한다면 그 기상이 다시 또 어떠하겠는가? 아아, 내가 손수 끌어당겨 여기서 함께 목도하지 못하고 있다. 김지해의 경우는 비록 근실하게 불러 맞이했으나, 그래도 서로 믿음이 이런 지경에 미치지는 못한 데다가 또 각각 분수가 있으므로 붕우의 힘이라고 억지로 해서 얻을 수 있는 바는 결코 아니다. 그러니『논어』에서 "인을 행하는 것은 자기에게서 나오는 것이지 남을 말미암아 행하는 것이겠는가?"라고 한 말이 틀리지 않았다. 오늘 제군들은 각각 노력해 각각 게으르지 말도록 해야 한다. 미래의 어느 날 안계(시계)의 넓음이 지금 봉천대 정도에 그치지 않을 것이다. 곽양정이 "이곳이 위치가 정말 높다. 그러나 다시 상봉이 있으니, 어찌 소위 여(慮) 글자의 지위가 아니겠는가?"라고 했다. 다시 서로 더불어서 '여기에서 그칠 수 없다'는 것을 법도로 정했다. 또 주자의 「운곡기(雲谷記)」를 읽어 흉금이 더욱 활연해짐을 깨닫게 되니, 이 몸이 주자가 회암 초당을 짓고 거처하던 노봉 사이에 있는 것이나 아닌지 하는 생각이 들었다. 백죽을 끓여 점심을 하고 마침내 떠났다.

이로부터 산길이 더욱 험준해져서 걷기가 훨씬 어려워졌다. 벼랑을 부여잡고 험한 곳을 올라가는데, 물고기들을 꿴 것처럼 열 지어 나아가자니 앞사람은 뒷사람의 정수리에 있고 뒷사람은 앞사람의 발뒤꿈치를 올려 보게 된다. 이와 같이 하기를 거의 6~7리나 하고서 비로소 소위 제일봉이란 곳에 올랐다. 사방은 끝도 기슭도 없고, 다만 하늘과 구름이 먼 산굴의 아득한 아지랑이 끝에 이어져 있는 것이 보이므로 앞서 본 이른바 원명사나 봉천대의 장관은 모두 일컬을 만도 못하다. 산 안팎은 파란색, 보라색, 노란색, 흰색이 흩어지고 얽혀서 무늬를 이루어, 각각 조물자의 천리를 따라 생성의 이치를 깃들이고 있다. 애당초 누가 그것들로 하여금 그렇게 했는지 전혀 알 수 없거늘, 흐드러진 운취와 색상이 아득히 뒤섞여 서로 비추어 유람객의 완상에 이바지 할 수 있으며, 어진 자가 돌이켜 스스로를 반성하는 데 바탕이 될 수가 있다. 염계 주돈이가 뜰의 잡풀을 베지 않고 천연 그대로 감상한 것이나 맹자가 민둥산이 된 우산(牛山)을 보고 한탄한 것이, 비록 하나는 작은 경관이고 하나는 큰 경관이어서 형세를 달리하며, 하나는 만물의 홍성이고 하나는 만물의 쇠미여서 자취를 달리하지만, 군자가 외물을 보고 감회를 붙이는 방식은 애당초 같지 않음이 없다.

승려가 말했다. "어스름하게 한번 죽 그은 듯 보이면서 아득하게 남쪽 하늘의 결함을 깁고 잇는 것이 지리산입니다. 정 선생(정여창)이 일찍이 깃들어 사시면서 덕을 쌓으셨고, 조 선생(조식)이 만년에 자취를 숨기시고 고상한 덕을 기르셨지요. 남방의 기운을 지그시 눌러 주는 진산을 이루어 명산 가운데 으뜸인 데다가 다시 두 어진 분에게 이름을 의탁해 장차 천지와 더불어 영구히 전해질 것이니, 역시 이 산의 큰 행운이라고 일컫지 않을 수 없습니다. 어스레하게 마치 사람이 있는 듯하면서도 확실히 보이지 않으면서 북쪽 모퉁이에서 쪽진 머리를 미미하게 드러낸 것은 금오산(길재의 은둔지)입니다. 고려 500년 강상의 의탁이 '단지 이 산의 가운데에 있다.'라고는 이르지 못하겠습니다만 곧바로 수양산과 더불어 멀리 만세토록 함께 높을 것이니, 오늘 저것을 보는 것 또한 우연이 아닙니다."

비슬산 아래에 쌍계(쌍계 서원, 현재의 도동 서원)가 있고, 공산 아래에 임고(임고 서원)가 있다. 옛 현인이 흘려 전해 주는 아름다움을 후대인들이 삼가 법도대로 지키니, 처음에 어찌 억지로 그렇게 하려고 해서였겠는가? 다만 떳떳한 윤리의 천성으로 말미암아 높은 산 같은 위대한 분을 우러르려는 것을 막기 어렵기 때문이었다. 이 산에 올라와 이렇게 바라보는 자 또한 그분들을 사모해 앞사람들에 이어 위연히 탄식하지 않을 수 없다.

갈천 주인(임훈)은 효성스럽고 우애가 있으며 순수한 행실을 닦으므로, 나는 그를 한 번도 방문하지 못한 것을 가만히 항상 부끄러워했다. 그리고 운문 선생(김대유)의 당당하고 매임이 없는 절개는 내가 산해 조식에게서 직접 들어 지금까지 감히 잊지 못한다. 흰구름이 저 화왕산과 대니산 위에 떠서 유연하므로 그곳에 어버이가 계신 백유(이인개)·공숙(이인제) 형제와 양정(곽준)이 항상 시선을 두는 것은 당연하겠으나, 어버이를 잃은 나는 송추(선영)를 생각하며 가만히 서글퍼하다가 곧 오열하게 되어 차마 눈을 들어 바라볼 수 없다. 여러 사람이 각각 한 잔씩 따라서 권했지만 나는 가까운 친척의 제삿날을 접했으므로 술잔을 들지 못했다.

한껏 구경한 끝에 저마다 너무 지쳐서 바위를 베개 삼아 잠깐 잠들었다. 자고 깨어난 뒤에 다시 함께 서성이면서 멀리 조망했다. 또한 『주자연보(朱子年譜)』를 펼쳐 주부자(주희)의 「무이산기(武夷山記)」와 「남악창수서(南嶽唱酬序)」 및 주자·장식 두 선생의 시를 읽으니 그 가운데는 오늘 우리가 관람하는 일과 핍진한 것이 많았다. 이를테면 "다만 마음이 원대하길 기약하지, 시야의 넓음을 탐하는 것이 아니다."라는 구절은 어찌 오늘 우리가 높이 올라 조망하는 법이 되는 데 그치겠는가? 그렇지 않고 산에 노니는 사람들이라면 모두 이 구절의 의미를 알지 않으면 안 될 것이다. 평소 이러한 시문을 읽지 않은 것이 아니지만 특별히 오늘 가야산 제일봉 정상에서 한번 외울 수 있었기에 운취가 더욱 기이해지고 맛이 더욱 깊어졌을 따름이다.

중들이 무릎을 꿇고 청해 말했다. "오늘 고명하신 분의 발걸음을 모시고 이 산악을 오를 수 있게 되었으니, 한마디 말씀을 얻어 시축(詩軸) 가운데 보물로 삼았으면 해 부디 청합니다." 우리는 서로 돌아보며 웃으면서, 시를 잘 짓지 못한다는 이유를 들어 사양했다. 나는 전에 외사촌 형인 이인박, 유중엄, 김담수, 이정우를 따라 이 산에 올랐던 적이 있는데, 우물가에 둘러앉아서 어지러이 잔질을 무수히 하고 시를 읊고 수창해 시편을 계속 쏟아내어 마치 술에 취한 붓이 물 흐르는 듯이 했다. 나는 유독 시에 능하지 않아서 종일토록 한 구절(연)도 짓지 못해 아주 여러 분들의 웃음거리가 되었다. 자리를 파할 즈음에 내가 시 한 편을 지었는데 그 말미에 "천 년 전 처사의 마음을 묵계하노라."라는 구절이 있자 여러 사람이 해학스런 말로 화답해 서로 함께 깔깔 웃고 파했다. 지금 그 일이 벌써 18년이나 되었다. 외사촌형과 유중엄은 모두 이미 세상을 떠났고 우물 또한 폐기되어 말라 버렸으니, 땅을 굽어보고 하늘을 우러러보며 슬퍼하고 감개하는 정회를 어떻게 막을 수 있겠는가?

저물녘에 소리암으로 내려왔는데, 험한 돌길을 힘겹게 지나느라 심하게 고달프고 지쳤으나 올라갈 때의 어려움에 비교한다면 비단 열에 아홉이 덜어진 것이 아니라 그 이상으로 덜어진 느낌이다. 남명 조 선생께서 가르치신 "선을 따르기는 산을 오르듯이 어렵고 악을 따르기는 무너져 내리듯 쉽다."라고 하신 말씀이 실로 오늘의 상황에 딱 들어맞는 주제다. 처음에는 상봉에서 백운대를 거쳐 해인사로 돌아가려고 했다. 하지만 나는 여러 사람에게 고했다. "우리가 여기 온 것이 어찌 그저 산을 유람하는 사람처럼 여기저기 마음대로 걸음을 옮기며 완상해 경물에 부림받으려고 한 것이겠는가? 오늘 산에 올라 얻은 바가 이미 넉넉하네. 조용히 본체를 밝히고 일용에 맞게 해, 정신과 기운을 기르고 난 뒤 천천히 시도하는 것이 낫지 않겠는가?" 모두들 "그립시다."라고 했다.

이날 밤 봉천대에 올랐는데, 달빛이 아직 밝지 않고 구름 낀 산의 모습이 흐릿한 데다가 바람의 힘이 매섭고 드세서 오래 있을 수 없었다. 산간의 집들은 으레 나무판자로 외벽을 덧대고 안에 다시 흙담을 겹으로 쌓았다. 그렇지 않고서는 구름과 안개가 어지러이 들어오고 얼음과 눈이 부딪히고 뒤덮어 견뎌낼 수가 없다.

삼경에 홀연 종소리를 들었다. 깊은 산속 한밤중에 이런 맑은 소리를 얻으니, 자신도 깨닫지 못하는 사이 깊은 성찰을 발하게 된다.

이 글은 선조 때 정구(1543~1620년)가 가야산을 유람하고 쓴 「유가야산록」 가운데 일부다. 정구는 선조 12년인 1579년 늦가을, 한강 정사에서 이인개·이인제 형제, 곽준 등과 강학하다가 가야산을 등반하기로 약속했다. 마침내 9월 10일에 쌀 한 말, 술 한 통, 반찬 한 합, 과일 한 바구니와 책 몇 권을 꾸려 길을 나서 이틀 뒤 홍류동과 홍하문을 거쳐 학사대에 이르렀다. 이때 승려 신열이 길 안내를 했다. 13일에는 내원사의 득검지와 여러 비석을 감상하고 14일에는 정각암, 성불암, 원명사, 상소리사, 봉천대를 거쳐 정상에 올랐다. 15일에 봉천대를 다시 찾고 원명암에 묵었다. 16일과 17일에는 해인사에 머물고 18일에 도은사에 이른 뒤, 19일에는 백운대를 거쳐 이선술의 계정에 묵었다. 20일부터 22일까지 고반곡의 초당에서 묵고 다음날에 입암을 거쳐 한강 정사로 돌아왔다.

정구의 이 글을 통해 옛사람의 산놀이는 자기 자신의 완성을 위해 고투하는 과정을 닮았거나 그러한 고투의 일부였다는 사실을 잘 알 수 있다. 봉천대에 이르러 한 사람이 여기가 최상의 경지라고 말했으나, 봉우리는 거기서 끝난 것이 아니었다. 더욱 높은 봉우리가 있었다. 그 사실을 환기하면서 정구는 이것이 바로 생각할 여(慮)의 경지가 아니겠느냐고 생각한다. 『대학장구(大學章句)』에 "그칠 데를 안 뒤에 정(定)함이 있으니, 정한 뒤에 능히 고요하고, 고요한 뒤에 능히 편안하고, 편안한 뒤에 능히 생각하고, 생각한 뒤에 능히 얻는다."라고 했다. 생각하는 경지에서 끝나는 것이 아니라 얻음의 경지로 나아가야 한다고 했다. 얻음이란 지선(至善)이 어디에 있는지를 알아 그곳에 그치는 것을 말한다.

그렇지만 동시에 산놀이는 해학을 수반했다. 곽준이 내원사에서 언젠가 거기서 책을 읽으리라고 맹서하고는 정각암을 보고 더욱 기뻐하고 좋아하자, 이인제는 "양정(곽준)은 의당 여기에서도 맹서해야 하겠소이다!"라고 넌지시 꼬집었다. 원명사가 새로 개창한 것을 보고 정구는 "곽양정의 맹서가 의당 또한 없을 수 없다."라고 적었다. 아마도 그 말을 실제로 하고서 일행이 모두 웃었을 것이다.

정구는 산에 올라 옛 현인이 거처하던 곳을 하나하나 바라보거나 동행한 승려의 말을 들으면서 옛 현인의 자취를 환기해 자신의 덕성을 함양해야겠다고 결심했다. 산의 안팎이 파란색, 보라색, 노란색, 흰색 무늬를 이루는 것을 보고, 각각의 모습에 천리를 따르는 생성의 이치가 깃들어 있다고 생각했다. 그러한 변화무쌍한 모습은 스스로를 반성하는 일의 바탕이 될 수 있다고 여겼다.

정구는 생태를 중시하는 정주학의 관점을 분명히 드러냈다. 자연의 생성 변화를 온전히 파악하고 자신의 마음을 활물로서 보존해 나가는 것이야말로 인간의 정신활동이라는 점을 다음과 같이 말했다.

염계 주돈이가 뜰의 잡풀을 베지 않고 천연 그대로 감상한 것이나 맹자가 민둥산이 된 우산을 보고 한탄한 것이, 비록 하나는 작은 경관이고 하나는 큰 경관이어서 형세를 달리하며 하나는 만물의 흥성이고 하나는 만물의 쇠미여서 자취를 달리하지만, 군자가 외물을 보고 감회를 붙이는 방식은 애당초 같지 않음이 없다.

정구 일행은 주희가 장식·임용중과 함께 호남성에 있는 남악 형산을 유람하면서 주고받은 시와 서발문을 합해 이루어진 『남악창수집』을 자주 참조했다. 1167년 11월에 주희, 장식, 임용중 등 세 사람은 4~5일 동안 형산을 유람하고는 도중에 140여 수를 읊었다. 주희 등은 남악 등반에서 기이한 경관을 구경하며 가슴을 쓸어 내리는 기세를 만끽했으며, 장식의 「남악창수서」는 광활한 시계와 바람의 기세, 청정한 기운을 강조했다. 주희는 산행의 감흥을 시로 너무 풀어내어 본연의 마음을 잃어버릴 우려가 있었다고 자책하면서도 등정에서 느낀 호쾌함을 잊지 않으려는 듯 시들을 남겨 두었다. 그리고 이 남악 등반 이후에 인간 본성의 역동성에 더욱 주목하게 되었다.

명나라 때인 1500년에 등회는 주희와 장식의 문집에서 관련 시들을 골라 『남악창수집』을 엮고 책머리에는 장식의 서문을, 책 끝에는 주희의 후기를 붙였다. 그 뒤 누군가가 다시 관련 서찰과 유사(遺事) 등을 더해, 말하자면 증보판을 간행하기도 했다. 등회가 만든 책은 조선에서는 적어도 1585년 이전에 경주에서 복각되었다. 임란 이전의 목판본이 서울대학교 규장각에 있다.

정구의 관향은 청주인데, 경상도 성주 사월리에서 태어났다. 조부 정응상이 김굉필의 문인으로 그의 사위가 된 것을 계기로 정구의 집안은 영남 사림에 속하게 되었다. 정구는 남명 조식과 퇴계 이황에게 수학했다.

정구는 과거에 응시하지 않았고, 관직이 제수되어도 나아가지 않다가 38세 되던 1580년에 창녕 현감이 되었다. 49세 때인 1591년 11월에 통천 군수로 임명되고 다음해 정월에 부임했다. 그해 여름에 왜란이 일어나자 여러 고을에 격문을 보내 창의(倡義)했다. 광해군 즉위 후에는 대사헌에 특배되었다. 65세 정월에는 안동 대도호부사에 임명되었다. 하지만 광해군이 인목 대비를 폐위하고 아우를 죽이자 대북 정권에 반대했다. 광해군 12년인 1620년에 78세로 타계했다.

정구는 조식과 이황의 심학을 집대성해 『심경발휘』를 편찬했다. 그리고 조식의 문인인 김우옹, 최영경 등과 친밀한 관계를 가졌고, 정인홍과도 호의적인 관계를 지속했다. 그런데 뒷날 선조 말 광해군 때 조식의 문인과 이황의 문인 사이에 갈등이 일어나고 인조 초에 정인홍이 역적으로 죽임을 당한 뒤, 그의 문인들이 정구를 이황의 적전(嫡傳)으로 추모하게 되었다.

정구는 의리를 체득하고 스스로 실천하는 명체적용(明體適用)의 학문을 추구했다. 첫 부임지 창녕에서 『창산지(昌山誌)』를 편찬한 이후 부임지마다 방지 편찬에 힘을 쏟기도 했다. 곧 『동복지지(同福志誌)』, 『함산지(咸州誌)』, 『통천지(通川誌)』, 『임영지(臨瀛誌)』, 『관동지(關東誌)』, 『복주지(福州誌)』를 엮었고 『영가지(永嘉誌)』, 『춘천지(春川誌)』, 『평양지(平壤誌)』, 『충주지(忠州誌)』의 편찬에도 관여했다. 방지 편찬에 적극적이었던 것은 지방의 인문 지리를 중시했기 때문이었다. 창녕 현감으로 부임하기 전에 가야산을 유람하고 「유가야산록」을 집필한 사실에서 알 수 있듯이, 젊은 시절부터 지리를 중시했던 것에 연원이 있다고 할 수 있다.

10 길재의 충절을 낳은 영남의 산

김하천(金廈梴), 「유금오산록(遊金烏山錄)」

대혈사는 산 아래 있어, 조야하지 않고 그윽하니 야은 선생(길재)이 은둔하던 곳이다. 대혈사 뒤에는 비취색의 대나무 천 그루가 곧게 자라 엄연하게 서 있는데, 세상에 전하길 야은이 손수 심은 것이라고 한다. 여헌 선생(장현광)이 일찍이 여기에 노닐면서 야은의 시에 차운해 "대나무는 그 당시의 푸르름을 지니고, 산은 지난날처럼 높아라. 맑은 바람은 여전히 머리카락을 서게 하니, 누가 고인이 멀다고 하랴?"라고 했다. 그 시를 외며 그 땅에 나아가 공경하고 사모하니 마치 두 선생이 당일에 으흠, 어헛 하며 말씀하시는 소리를 듣는 듯하다. 지난날 야은을 위해 서원을 지었는데, 계곡 어귀에는 지금도 유지가 있으나 땅이 척박해 계속 지키기 어려워 낙동강가 남산 구석에 옮겨 세우고 절과 서원터를 모두 거기에 소속시켰다. 시냇가에는 함벽루의 옛터가 있는데 어느 해 창건하고 어느 시대에 폐지되었는지 알 수 없다. 모인 사람 모두 술과 안주를 차고 와, 저녁에 술을 마시고 파했다.

계묘일(1643년 9월 12일) 아침, 해가 갓 오른 후에 절을 나와 우러러보니 붉은색과 비췻빛이 뒤섞이고 바위와 봉우리가 교대로 빼어나 귀신이 쪼개고 낚아챈 듯해, 동서로 어질어질하고 헷갈릴 정도다. 천태만상으로 미려하고 장식 풍부한 풍광이 눈에 들어오기에, 서로들 손바닥을 치고 손가락으로 가리키며 나도 모르게 몸이 가벼워져 발이 날아가는 듯했다. 마침 비파를 지닌 자가 현신하기에 그에게 술을 주고 그의 연주를 듣자 음향이 쟁글쟁글해 그윽한 흥취를 돕는다. 함께 올라가자고 했으나 다른 일을 이유로 사양했다.

어른과 젊은이 15인이 시내를 따라 내키는 대로 걸음을 옮기며, 기이한 경승을 만나면 곧바로 이름을 묻고는 했다. 바위는 펑퍼짐해 앉을 만하고 시냇물은 질펀해 목욕할 만하다. 중이 말하길 "이곳은 욕담입니다." 했다. 선조 욕담 공(김종무)이 이곳 이름을 가져다 자호로 삼으셨으므로 지난 자취를 추억하며 슬픈 눈물을 줄줄 쏟았다.

바라보니 흰 무지개가 두 협곡에 걸쳐 뻗어 있는 듯한 것은 외성(外城)이다. 성문에는 흰 글씨의 방이 있어 대혜문이라 했으니, 이는 백성들에게 은혜 끼치기를 크게 하겠다는 뜻이리라! 문 안에는 창고가 있어 이름이 문과 같이 대혜창이고, 창고 앞에 마을이 있어 이름이 창고와 같이 혜창촌이다. 절은 창고의 왼쪽에 있으며, 화엄사다. 바위는 마을의 오른쪽에 있으며, 용각암이다. 허공을 나는 물 흐름이 백 자 비류로 중천에서 떨어지는 것은 폭포다. 화엄사를 등지고 폭포를 면해 병풍처럼 깎아내어 서 있는 것은 아스라한 벽이다. 벽 허리에 이상한 굴혈이 있으니 도선굴이다. 끊어진 바위와 기이한 자취로, 기이함은 눈요기를 성하게 하고 험준함은 몸을 숨길 수 있다. 임진왜란 때 부친과 일족이 병란을 피한 곳이다.

여기에 이르니 이미 금오산의 한 면을 밟았는데, 낮은 곳이 이와 같으니 높은 곳이 어떠하리란 것을 알 수 있고 한 면이 이와 같으니 나머지 세 면이 어떤지를 알 수 있다. 풀덤불을 헤치고 가파른 곳을 밟아 올라 열 걸음에 한 번 쉬었다. 용각암에서 멈추었는데, 이른바 용각이란 것은 바윗돌이 돌출한 모양이 용 뿔과 같기 때문에 이름한 것이다. 바위 위에 흩어져 앉아 추로(秋露, 청주)를 잔에 가득 부어 마시니, 산 빛과 단풍 그림자가 흉중으로 흘러 들어온다. 벼랑을 더위잡고 잔도를 건너 외줄 길이 다해, 암자는 은둔하며 살 만하고 바위는 배회하며 즐길 만한 것은 흘송대다. 산 채소와 들나물을 소금으로 버무려 술안주로 삼는 것은 암자의 승려가 한가함에 처하는 방식이다. 나는 붓과 벼루를 찾아 암자 벽에 이름을 써 한유의 「제혜림사(題惠林寺)」의 체를 취했는데, 여러 벗이 괴이하게 여겨 말들을 했다. 이름을 물어보니 북애(北崖)라 하니, 백운 안향의 유허임을 알겠다. 새로 만든 단(壇)에서 발을 쉬면서 안향이 세금을 감해 백성을 평안하게 했다는 아름다운 명성에 관해 들었다.

흘송대를 떠나 구불구불 가다가 여러 차례 뻗어나가니 대(臺)의 유적지가 있는데, 장작감의 중영이다. 위에는 반석이 있어 100명쯤 앉을 수 있다. 여기에 올라 멀리 바라보니 마음이 시선 따라 활달해져 몸이 반공에 있는 듯 상쾌한데, 묵묵히 헤아려 보건대 세속 세계와 이미 십만 겹이나 떨어져 있어 선계와의 인연이 있는 사람만이 여기에 이를 수 있다는 말을 비로소 믿게 되었다. 대혜사부터 이 대에 이르기까지 벼랑을 따라 길을 열어 모두 95구비인데, 앞사람은 더위잡고 뒷사람은 발을 받쳐 올려, 정말 이른바 "앞사람은 뒷사람의 정수리를 보고 뒷사람은 앞사람의 신발 밑창을 본다."라는 식이었다.

북문으로부터 들어가니, 내성이다. 병자(1636년)·정축(1637년) 연간에 상국 이원익이 설계하고 경영한 것이다. 북문 안에 만승사가 있는데, 절은 비었고 승려는 없어 절 안을 구경할 수가 없다. 성안에는 아홉 개의 못을 파고 세 개의 절을 지었으며, 서쪽에는 창고가 있고 동쪽에는 관아 건물을 영건했다. 관리하는 직임은 셋이고 거처하는 민호는 40여 호인데 모두 별장 (別將)의 통솔을 받는다. 별장은 성이 이씨, 이름은 적이며 자 (字)는 영중이다. 별장 이적은 사람을 보내어 문밖에서 영접하고 위문했다. 장대에 이르니 또 심부름꾼을 시켜 위문해 밤부터 아침까지 네 번이나 문안했다. 문안할 때마다 반드시 답례하면 또 사람을 시켜 답했으니 후의에 사례했다.

장대는 제승이란 편액을 걸었는데, 장대 뒤에 승사를 만들어 두고 승장 덕준이 거처했다. 덕준이 문을 나와 영접하고 위로하는데 말이 대단히 정성스럽고 뜻이 곡진했다. 저녁이 된 후 나가서 장대 위에 앉고는 승장을 이끌어 오게 하여 이야기를 나누었다. 이윽고 빙륜(달)이 그림자를 토하고 옥 같은 하늘이 맑고 엷어졌다. 왼쪽으로 구름 낀 산을 마주하고 오른쪽으로 안개 낀 모래밭을 바라보니 드넓고도 넘실넘실해 흥취가 끝이 없다. 술자리를 벌려 잔뜩 부어 마시고 베개에 머리를 두고 쓰러지듯 누워, 동방에 해가 이미 솟아오른 것도 깨닫지 못했다.

갑진일(13일), 승장으로 하여금 선도하게 하여 성의 서쪽으로 가서 관람했다. 홍문 밖에 건성문이 있고 건성문의 북쪽에 서격대가 있으며, 서격대 아래 위태스러운 벽은 아래로 임해 끝이 없다. 바위 위에는 바위 하나가 마치 문 말뚝처럼 가로로 서 있다. 바위에 의지해 굽어 바라보노라니 혼이 삽상하고 정신이 비월해 황연하게 바람 앞의 잎과 같다. 문밖에서 노래의 음향이 멀리 들리는 것은 여인은 도토리를 줍고 남자는 땔감을 취하며 하는 노래다. 골짜기 어귀에 사람들 소리는 나는데 제대로 들리지 않는 것은, 늙은이는 지팡이 짚고 건장한 자는 짐을 지고 가면서 내는 소리다. 문밖에는 갈령사가 있고 절 앞에는 석비가 있으니 최 학사 고운(최치원)이 쓴 것을 새긴 것이다. 여러 벗이 두루 조망하는 것을 장쾌하게 여겼는데 기이한 자취를 다시 찾아 나설 수 없자 한동안 머물며 감상하는 일로서는 크게 한스럽게 여겼다. 내년 봄에 다시 노닐고자 꾀한다면 반드시 이곳을 먼저 들러야 하겠다.

서격대를 떠나 30보를 가서 뛰어나가듯 이루어진 것이니 암대다. 암대를 떠나자 한 번 움푹 들어갔다가 다시 튀어나온 것이 서봉이다. 서봉 위에 군영을 만들어 두었는데 그 높이가 여러 봉우리 위로 솟아나 있어 그간 거쳐온 곳을 돌아보니 또한 눈 아래에 있다. 군영 북쪽에 바위가 있어 올라가 조망할 만한데 이름이 없다. 바위의 북쪽에는 북격대가 있다. 새 산성은 여기에서부터 축조해 현월봉 아래에서 그쳤는데, 성을 쌓은 사람은 선산부사 이각이다. 새 산성을 쌓고 내부 성가퀴를 수선해서 네 개의 군영에 네 개의 문을 두고 수루를 구축해 이름을 내걸었으니, 모두 이각이 창건하고 이름을 정한 것이다. 별장은 북영에 거처하는데 아래로 내려가다가 들러서 만나보니 별장이 "가을 산의 경치는 축성하는 처음부터 고려했고, 물이 깊고 옅

음도 오래전부터 헤아리고 있습니다."라고 했다. 그리고 다시 남봉의 승경을 언급하면서 따라갈 수 없음을 한스러워했다.

종자 3~4명으로 하여금 아침 식사를 갖추어 남사(南寺)에 자리를 깔아주었으므로 그리로 가서 먹었다. 절의 승려 가운데 나이가 든 사람은 희준으로, 나를 접대하기를 근실하고 성실하게 했다. 객승을 인견하니 이름이 자경이며 보제사에 거처하고 있다. 보제사 서문 밖은 고요하고 으슥해 볼만한 곳이다. 자경은 시를 잘했으며 금강산의 기이한 경승을 말하면서 약사봉의 형상이 버금갈 수 있다고 일컬었다. 별장이 와서 인사하고 갔다. 장차 약사봉을 보고자 보제사의 오른쪽으로 올라갔다. 성안에서부터 봉우리를 올라 그 높낮이를 측정하니 네 곳 가운데 두 곳을 파악할 수 있었고 북, 서, 남쪽은 또한 눈 아래에 있었다.

바위 위에 앉아 승장과 함께 지팡이로 가리키면서 말했다. "장대 뒤는 무슨 성인가?" "옹성입니다." "옹성 머리는 무슨 대인가?" "격대입니다." "남문은 무슨 이름인가?" "대양문입니다." 대양문 위는 곧 남영이며 남영의 앞은 곧 군기창이다. 군기창의 동쪽에는 격대가 있고 격대 곁에는 입암이 있다. 남쪽에서 보이는 곳은 곧 북쪽과 서쪽인데, 그 기이함과 그 빼어남은 서로 엇비슷하다. 바위를 더위잡고 붙어 올라가 바위가 다하자 봉우리의 끝에 이른다. 봉우리 위에 또 하나의 대를 지었으니 봉우리는 약사봉이고 대는 공원대다. 이 봉우리는 산의 한가운데 있으면서 여러 봉우리보다 높다. 나는 전에 집에 있으면서 짙푸른 봉우리가 우뚝 솟아 그 높이가 다른 것에 뒤질 것 없는 봉우리를 바라본 적이 있었는데, 곧 이 봉우리였다. 이 봉우리가 가장 높아서 시야가 더욱 넓고 여러 산들이 와서 조회하듯 하므로 그 형세가 마치 별들이 공수(拱手)하는듯 하다. 두 강은 가로로 쏟아져 그 형상이 마치 실 가닥이 갈라지듯 한다. 사면을 빙 둘러서 나의 시선을 끝까지 다 하게 하는 것은 정말로 유종원이 「처음 서산을 발견하고 노닐고 쓴 글(始得西山宴遊記)」에서 "천리를 한 자, 한 치의 길이로 축약해 포개어 쌓았다."라고 한 말 그대로다!

이 글은 경주의 남산이자 경북 구미를 상징하는 금오산을 1643년 선산(현재의 구미 고아읍 원호리) 출신의 김하천(1620~1677년) 등이 등반한 기록 가운데 일부이다. 금오는 까마귀로, 태양의 정기를 말한다. 신라에 불교를 전파했던 고구려 승려 아도가 이곳을 지나다가 저녁놀 아래 황금빛 까마귀가 날아가는 모습을 보고 금오산이라 이름 지었다고 전한다. 정상은 현월봉이다. 초승달이 바위에 걸려 있는 것을 사랑한 누군가가 이런 이름을 붙였을 것이다.

금오산에는 고려 때 축조되고 조선 시대 개축된 금오 산성이 둘러 있다. 구미 쪽에는 고려 말 조선 초 길재가 거처했다는 곳에 채미정이 있다. 중턱의 대혜곡에는 명금 폭포라고도 불리는 대혜 폭포가 있고, 그 앞에 도선이 수도한 도선굴이 있다. 산중에는 해운사와 약사암이 있고 정상의 암벽에는 4미터 높이의 보살 입상이 새겨져 있다.

김하천은 인조 21년인 1643년 9월 11일부터 9월 13일까지 부친 김양과 부친의 친우 와유당 박진경 및 교우들과 함께 금오산을 유람했다. 이보다 앞서 1636년 겨울 후금이 쳐들어오자 최현, 돈봉 김녕, 욕담 김공, 양탄 김양, 탄옹 김경, 와유당 박진경 등이 의병을 일으켰으나 인조의 항복 소식이 전해져 해산한 일이 있다. 1643년 봄에 박진경은 김하천의 부친 김양에게 서찰을 보내 육순이 되도록 유람을 못했으니 봄날 금오산을 함께 올라 노경의 호사로 삼자고 청했다. 하지만 일이 있어 약속은 가을로 연기되었다. 중추절 이틀 후, 김양과 박진경 그리고 양가의 자제와 지인 등 25인이 양식과 음료를 지참하고 대혈사에 모였다. 실제로 산에 오른 사람은 15인이었다.

김하천은 9월 11일 대혈사 부근에서 길재가 손수 심었다는 1000여 그루의 비췻빛 대나무와 장현광이 지은 시를 보며 감회에 젖고, 대혈사 부근 반석에 새겨진 욕담 김종무의 호를 보고 임진왜란 시절 일족의 고난을 회상했다. 이후 13일까지 대혜문·화암·용각 폭포·도선굴·흘송대를 지나 만승사·건성문·갈암사·현월봉·진남사를 거쳐 약사봉에 올랐으며, 다시 현월봉으로 돌아와 보봉사·망운대·동포루·동양사를 거쳐 대혈사에 이르렀다.

유람을 마친 후 김하천은 부친의 명으로 「유금오록」을 작성했다. 박진경도 부친에게 유산 기록을 보내왔으므로 두 글을 책 상자 속에 보관했다. 한 해 지나 1644년 9월 11일 부친이 작고했다. 이날은 지난해 금오산을 유람한 날이었다. 1645년 여름, 김하천이 박진경의 글을 반환하자 박진경은 두 글을 한 통으로 만들라고 했다. 11월 상현에 이르러 그는 벗들이 기록한 글도 모아 두 통을 베껴서 하나는 박진경에게 보내고 하나는 집에 보관했다.

김하천은 「유금오록」의 첫머리에서 "조령 이남 산수 가운데 경승지가 많지 않은 것이 아니지만 선주(선산)는 또한 큰 고을이며, 그 진산 금오산은 기괴한 형상으로 여러 산 가운데 으뜸이다."라며 금오산에 대한 애정을 밝혔다. 그리고 글의 뒤에는 1646년 11월 상현에 당시의 여러 사람의 유람록들을 깨끗하게 베껴 정리하게 된 경위를 부기해 두었다.

김하천의 친부모는 김활과 노씨지만 태어나 서너 달 만에 김양의 후사로 나갔다. 모친은 해평 길씨로, 길재의 후손이다. 금오산 북쪽 선산부 남쪽의 평성리 거정동에 거처했다. 서재 앞에 매화 세 그루를 심고, 그 향은 사람을 맑게 해 주어 낫게 하는 기능이 있고 그 맛은 국의 맛을 조절하는 기능이 있으며 그 절(節)은 뜻을 굳게 해 주는 기능이 있다는 점에 주목해 매화의 세 가지 덕을 취하겠다는 뜻에서 삼매당(三梅堂)이라고 자호했다.

이보다 앞서 1592년 임진왜란 때 왜적이 부산, 울산, 경주, 영천, 대구, 인동, 선산을 거쳐 상주로 진격하자 김하천의 재종조인 사근도 찰방 김종무는 상주 북천 전투에서 전사했다. 김종무는 선산 들성 마을 출신인데, 안동 하회 마을 류중영의 사위로 겸암 류운룡, 서애 류성룡과는 처남 매부 사이였다. 김하천을 비롯한 김종무의 친족들은 금오산 도선굴로 피난했다. 도선굴 세 칸 집에서 김종무의 어머니 광주 이씨와 부인 류씨는 슬픔 속에 타계하고 김종무의 큰 아들도 16세로 사망했다. 둘째 아들 김공은 1594년 장현광의 제자가 되고, 선산으로 돌아가 장현광의 조카 노경필의 딸과 혼인했다. 선산 김씨 집안의 김경·김양, 김경의 아들 김하량, 김양의 아들 김하천은 모두 장현광의 문하에 들었다.

김하천의 유산록은 자신이 전쟁의 시기에 피난을 했던 기억을 소환하고 가문과 관련이 있는 지점을 환기했으며, 시야에 들어온 지역들의 각 지명을 확인함으로써 대상 지역을 분절하고 상호 관련을 따져보았다. 이러한 것은 감각과 지성을 적극적으로 활성화한 결과다.

김하천은 1643년 사흘간 40리의 금오산 유람을 총평하며

"돌연 흉차(가슴속)이 쇄탈해지고 신기(神氣)가 드넓어진 듯해, 돌아와 여러 중을 마주하니 어제의 내가 아닌 듯하다."라고 했다. 유람기를 작성하며 그는 자신이 본 것들을 과거 역사의 인물 군상에 견주어 묘사했다. 스승 장현광이 입암의 바위들을 인물상에 비교한 것에서 배운 듯하다.

단엄하고 장중한 것은 지키는 바가 있는 듯하고 웅장하고 과감한 것은 믿는 바가 있는 듯하며, 두각을 오므려 감춘 것은 두려워하는 바가 있는 듯하고 뒤틀려 어긋나 서로 등진 것은 오만하게 믿는 바가 있는 듯하다. 하·은·주 삼대의 덕망 있는 군주가 높이 공수하고 의상을 드리우고 있으면 사방팔방의 이민족이 분주하게 조회하러 오는 듯한 것도 있다. 전국 시대 여섯 나라 공자(公子)가 시도(市道)의 교제를 해 스스로를 낮추자 삼천 유세객이 앞뒤로 분주하게 추향하는 듯한 것도 있고, 제후국이 서로 전쟁해 소란하고 분열되어 있을 때 모신과 맹장들이 각각 자신의 능력을 바쳐 당시의 시대에서 명성을 취하는 듯한 것도 있다. 양한 시대에 국정이 기왓장 부서지듯 하자 반적의 장수와 신하가 각각 지방을 할거해 사방 교외에서 사슴뿔을 붙잡고 뒷다리를 붙잡듯 하는 것도 있다. 공부자가 진(陳)과 채(蔡) 땅에서 안절부절못하면서도 칠십 제자를 수종하게 하고 어거하는 듯한 것도 있다. 맹자가 제나라와 양나라에서 느긋하

게 지내며 뒤따르는 수레를 수백 승(乘)이나 거느리는 듯한 것
도 있다.

김하천은 금오산 봉우리들이 보양하고 감발(感發)해 주는
바가 있다고 보았다. 높이 올라갈수록 더욱 단단해 채미(采
薇, 백이·숙제가 주나라 관료가 되지 않고 고사리를 캐어 먹음)
의 유풍이 있는 데다가, 후덕하고도 둔중해 관민(關閩, 관중
의 장재(張載)와 민중의 주희)의 전통을 이었으므로 야은 길재
의 절의와 여헌 장현광 선생의 도덕을 이 산에 견줄 수 있다
고 했다. 또 만일 이 산이 중국에 있었더라면 수양산·무이산
과 함께 전후로 아름다움을 나란히 인정받고 지주산·백록동
과 함께 고금에 우뚝 건립되어 후대의 경앙하는 땅이 되었을
것이라고 단정했다.

김하천의 글에 나타나 있듯 금오산은 바로 고려 말 조선
초 길재가 은둔하던 곳이다. 사람들은 길재의 은둔을 한나
라 고조 때 상산에 은둔했던 사호, 후한 광무제 때 부춘산 동
강의 칠리탄에 은둔했던 엄릉, 동진 때 고향 율리로 귀거래
했던 도연명에 견주고는 했다. 그들의 은둔은 그들의 은둔을
허용해 신하로 삼지 않았던 군주의 덕을 높이는 것이기도 하
다. 그렇기에 조인서란 인물은 시 「금오산(金烏山)」에서 "한나
라 은파는 상산에 이르지 않았고 진 나라 갑자는 율리에 머

물러 있었네. 엄자릉은 광무제를 더욱 크게 만들었으니 역시 부춘산에서 헛되이 늙은 것은 아니라네."라고 했다.

김양·김하천 부자와 함께 1643년에 금오산에 올랐던 박진경의 「금오록」도 현전한다. 일행이 대혈사에 모여 야은 길재를 추모한 사실을 기록하고, 낙락정을 시작으로 금오산 내성, 대, 문, 봉, 폭포, 굴, 별장, 여관, 절을 하나하나 언급했으며 주변 풍광과 봉우리의 모습을 기록했다.

김하천과 박진경 이후로 영남 인사의 금오산 유람기가 잇달아 나왔다. 1704년 가을, 이덕표는 상서장-남산 산성-금송정-산신당-용장골-매월당-개선사 등을 유람하고 「수승록(搜勝錄)」을 작성했다. 20년 뒤인 1724년 3월에는 경주부 북쪽 모재리 출신의 최수가 장인 손길 및 지역인 16여 명과 함께 금오산을 유람하고 「유금오산록」을 지었다. 최수 등은 경주 중리의 주자장 집 초당에서 묵은 후 상서장, 포비암, 처용암(상사암), 매월암, 산자암 등을 거쳐 금송정에서 서쪽으로 우물이 있는 옛 절터를 지나 내려와 포석정으로 향했다.

1852년 8월, 경상북도 예천 출신의 장복추도 벗들과 함께 금오산을 유람하고 「금오산유록」을 지었다. 장복추는 금오산이 지난날 허유가 은둔했던 기산, 엄릉이 은거했던 부춘산과도 같은 산이라고 했다. 게다가 임진왜란 때 자신의 8세조 장현광이 피신한 곳이어서 각별한 의미가 있다고 여겼다. 그리고 1592년 이후 쌓았다는 산성 안 별장 집무 영헌이 고을의 관공서와 같다고 감탄하고 그곳 전답과 구릉 지대는 수백 호를 수용할 만하다고 기록했다.

고종 4년인 1866년에 송병선은 동생과 친우 두셋과 함께 8월 25일부터 9월 12일까지 천마산·추풍령·금오산 일대를 유람하고 「유금오산기」를 남겼다. 이들은 금오산에서 가장 높은 후망대에 올랐다가 인동 경계의 오산에서 길재의 지주중류비를 읽었다. 송병선은 길재의 충절을 추모하고, 길재의 감화를 받은 약가 부인과 향랑의 정절, 「산유화곡」의 유래를 서술했다. 송병선은 을사조약이 체결되자 일본을 경계해야 한다고 상소하고 순절했다.

1867년 6월, 구미시 선산 출신의 허훈은 봉명산 북쪽에 지천 정사를 완공하고, 중양절에 관동 몇 명을 데리고 금오산을 유람한 뒤 「유금오산기」를 작성했다. 허훈 등은 약사암 동북쪽의 청량봉을 바라보며 퇴계 이황의 학덕을 그리워하고, 남쪽으로는 무흘 계곡의 한강 정구의 기상을 추억했다. 동쪽으로 낙동강가의 길재의 지주중류비를 바라보고, 강 건너 숲 깊숙하게 자리한 장현광의 사당을 바라보았다.

근대 이전 지식인들에게 금오산은 길재의 절의를 추억하게 하고 더 나아가 이황의 학덕, 정구의 기상, 장현광의 인품을 환기시키는 공간이었다.

11 지리산 다음으로 꼽히는 남방 명산

임훈(林薰), 「등덕유산향적봉기(登德裕山香積峯記)」

마침내 신발을 챙겨서 향적봉 정상으로 올라갔다. 삼수암 승려 혜웅에게 앞서 인도하게 했다. 대략 2리쯤 가서 산등성에 이르렀고, 방향을 바꾸어 북쪽으로 1리를 가서 봉우리 머리에 이르렀다. 암석이 무더기를 이루고 작은 돌로 그 틈새를 메워 제단처럼 만들어 두었다. 위에는 철마와 철우(鐵牛)가 있으나 신주는 없었다. 혜웅이 말했다. "이것은 옛날 천왕당입니다. 천왕의 신이 처음에는 여기에 머물렀죠. 철물은 그때 둔 것입니다. 이 봉우리가 인간 세계와 아주 가까워서 천왕의 신이 지리산 상봉으로 옮겨 갔습니다." 이 봉우리는 평평하고 고르며 널찍하고 두터웠다. 소요하면서 발걸음을 이리저리 옮기노라니 이곳이 산꼭대기인 줄을 모르겠다. 천왕당 앞에는 땅을 파서 오물 버리는 못을 만들어 두고 돌 벽돌로 에워쌌는데 세월이 오래되어 못은 묻히고 말았다. 서쪽으로 안성소(무주 안성면)가 내려다보여 밭과 들, 마을과 점사가 무릎 아래에 있는 듯하다. 혜웅이 천왕이 머물지 않았다고 말한 것은 아마도 이 때문이 아니겠는가? 동쪽으로는 큰 골짜기에 임해 있으니, 어제 건넌 삼계가 합류하는 곳이다.

혜웅이 말했다. "이곳은 이른바 구천둔곡입니다. 지난날 이 골짜기에 머물며 불공을 이룬 사람이 9000명이라서 그렇게 이름합니다. 터가 어딘지는 모릅니다. 세간에서 말하길 '산신령이 숨겨 두어 보이지 않는다.'라고 합니다. 그런데 그 터의 동쪽에는 지봉이 있고 남쪽에는 계조굴이 있으며 북쪽에는 칠불봉이 있고 서쪽에는 향적봉이 있습니다. 이 계곡 안을 벗어나지 않을 것이거늘 그 터를 볼 수 없으니 기괴하죠."

이른바 계조굴이라는 것은 백암의 북쪽에 있는데, 바위가 집 채 같은 구조를 이뤄 큰 집 하나를 들일 만하다. 필시 계조란 자가 거처했으므로 그렇게 이름했을 것이다. 성종 때 일경 선사가 지리산 하향적에 거처하면서 일찍이 늘 말하길 "이곳이 구천 둔 터다."라고 했다. 지금 이 계곡이 비록 으슥하기는 하지만 사람의 발자취가 닿은 곳이므로 남모르게 숨어 있을 곳이 없다. 옛날 일설에 "사방의 자취가 다르지 않다."라고 했는데, 일경 선사의 설이 혹 옳을지 모른다.

　삼계 위쪽으로는 적목(잎갈나무)이 대부분이어서 방향 바꾸며 올라갈수록 숲을 이루고 봉우리 바로 밑에 이르러 극성하다. 이 나무는 몸뚱이는 붉고 잎은 노송나무 같으며 크기는 서너 아름쯤 된다. 가지와 줄기가 기괴하고 구불구불하니 평소 못 보던 것들이다. 이 향적봉은 산의 최상봉이어서 황봉과 불영봉 등도 모두 대적할 수가 없다. 지팡이를 짚고 서서 인간 세계를 굽어 바라보니 황홀하고 아득해, 대강의 경개도 궁극의 한계도 알 수가 없다.

　나는 말했다. "등람은 반드시 그 요령을 얻어야 하오. 먼저 이 산을 보고 나서 다음으로 동남쪽을 보고 다음으로 서북쪽을 보아서 지세를 상세히 살피지 않으려오?"

　혜웅이 아주 상세하게 차례차례 말할 수 있었다.

　이 산의 뿌리는 조령에서 속리를 거쳐 직지를 지나 대덕이 되고 초점에 이르러 서쪽으로 솟아나 거창의 삼봉이 되니, 곧 이 산의 제일봉이다. 이로부터 서쪽으로 뻗어가서 대봉이 되고 다시 서쪽으로 뻗어서 지봉이 되며, 더 서쪽으로 뻗어서 백암봉이 되고 더 서쪽으로 뻗어서 불영봉이 되며 그보다 더 서쪽으로 뻗어서 황봉이 된다. 백암봉에서부터 북쪽으로 방향을 바꾸면 이 봉우리다. 이 봉우리가 가장 높고 황봉이 다음이며 불영봉이 또 그 다음이다. 이것이 이 산의 대강 경개다.

이 향적봉으로부터 북쪽으로 달려서 예현이 되고, 또 북쪽으로 가 무주의 상성산(적상산)이 되어 산세가 다한다. 상성산은 나와 친교가 있는 도징 선사가 거처하는 곳이다. 이 봉우리에서 반 사(舍, 1사는 30리)도 떨어지지 않은 곳에 있거늘, 도징이 속세의 굴레를 못 벗어나서 나의 초청을 사절한 것이 한스럽다. 나는 그의 거처를 바라보면서 그에 관해 거듭 말했다.

산세는 예현에서부터 서쪽으로 내달려 용담의 고산에 이르러 다한다. 또 예현에서부터 동쪽으로 내달려 무주의 살천에 이르러 다한다. 그리고 또 이 향적봉으로부터 동쪽으로 내달려 칠불봉이 되고, 횡천에 이르러 다한다. 삼봉으로부터 북쪽으로 달려 살천에 이르러 다한다. 그 동쪽은 무풍현이고 그 서쪽은 횡천소다. 지봉으로부터 북쪽으로 달려 횡천에 이르러 다한다. 이것이 산의 북쪽이다.

대봉에서부터 남쪽으로 내달려서 갈천, 황산, 무어리(무오리), 진산이 된다. 무어리로부터 북남쪽으로 내달려서 악천의 고성봉이 되어 그친다. 동쪽은 거창현이고 서쪽은 안음의 영송촌이다. 백암봉에서부터 남쪽으로 내달려서 갈천 사라봉에 이르러 그친다. 불영봉에서부터 남쪽으로 내달려 월봉이 된다. 또 동쪽으로 내달려서 금원산·황석산 등의 산이 된다. 황석산에서 동남쪽으로 내달려서 함양 사근성이 되어 그친다. 또 월봉에서 남쪽으로 내달려서 안음의 산성이 되며 동쪽은 심진동이고 서쪽은 옥산현이다. 황봉에서 남쪽으로 내달려 육십현이 된다. 남쪽으로는 함양 백운산이 된다. 이것이 이 산의 남쪽이다.

삼봉의 동쪽은 거창에 속하고 황봉의 서쪽은 장계에 속한다. 이것이 이 산의 동쪽과 서쪽이다.

가지 봉우리와 손자뻘 골짜기는 가로로 세로로 뒤얽혀, 일어서서는 봉우리를 만들고 물을 흘려보내서는 전야를 이루었다. 혹은 접첩접첩 주름처럼 숨고 혹은 머리의 뿔처럼 드러난다. 그러한 형상은 일일이 셀 수 없을 정도다.

무릇 이 산은 남쪽은 안음이 오로지 근거로 삼고 북쪽은 안성과 횡천이 오로지 근거로 삼되, 이 봉우리 자체는 안성에 속하니 곧 금산 땅이다. 안성과 횡천은 금산에 속하되 그 사이에 무주현이 하나 있어 사이를 벌려 놓아, 명주실이나 머리칼처럼 연결되어 있지 않다. 이것은 기괴하다. 멀리서 바라보면 선산의 냉산과 금오, 대구의 공산, 성주의 가야, 현풍의 비슬(포산), 의령의 도굴, 삼가의 횡산, 거창의 감악이 그 동쪽에 둘러 있고, 지례의 수도가 가야의 안에 있다. 사천의 와룡, 진주의 지리, 구례의 반야봉은 그 남쪽에 뻗어 있고 함양의 백운은 반야봉 안에 있으며, 입괘산이 지리산 안에 있다. 순천의 대광산, 진안의 중대, 금구(김제)의 내장, 부안의 변산, 전주의 어이, 임피의 오성, 함열의 함열, 용담의 주줄, 임천의 보광, 청홍의 성지가 그 서쪽을 에워싸고 있으며 용담의 고산이 주줄산 안에 있다. 고

산의 대둔산과 계룡, 공주의 계룡, 옥천의 서대, 보은의 속리, 상주의 보문, 금산의 직지와 갑장이 그 북쪽에 비껴 있다. 그리고 금산의 진약이 계룡산 안에 있고 옥천의 지륵이 서대 안에 있으며, 황간의 아산은 속리산 안에 있고, 지례의 대덕은 직지산 안에 있다.

혜웅과 빙 둘러 바라보면서 위와 같이 손가락으로 하나하나 가리켜 보았다. 나는 조카 이청에게 붓에 먹을 묻혀 적으라고 시켰다. 무릇 산의 바깥에 있는 것과 안에 있는 것은 이것으로 그치지 않는다. 겹겹이 모여 있고 첩첩히 가로놓여 조금도 틈새가 없는데, 혜웅이 변별한 것이 이와 같았을 따름이고 기록한 것은 그 3분의 1에 불과하다.

먼 산 바깥에 비록 다시 산이 있기는 하지만 구름과 남기가 옆으로 죽 그어져 있는 듯 보였다. 오랫동안 잘 살펴보며, 곧 그 형태가 변하면 "이것이 과연 구름이로구나!"라고 말하고 일정해 변하지 않으면 "이것이 과연 산이로구나!"라고 했으니, 하물며 다시 그 이름과 땅을 분별하겠는가? 곧장 서쪽으로 바라보니 오성의 남쪽, 임피의 북쪽은 구름과 안개가 평평하게 깔려 혹은 얕기도 하고 혹은 깊기도 하며 혹은 푸르기도 하고 혹은 희기도 했다. 혜웅이 말했다. "이것이 바로 옥구(전라북도 군산시 남서부)의 바다입니다. 해가 기울면 바다색을 분별할 수 있습니다."

이때 구름과 안개가 높이 걷혀 하늘 끝이 드넓게 펼쳐지고 땅의 축이 모습을 드러냈다. 사방의 산이 모두 숨어 있을 수 없게 되었으되 유독 지리산의 천왕봉만이 구름 속에 몸을 반쯤 숨기고 있으니, 지리산이 뭇 산 위로 높이 벗어나 있음을 알 수가 있다. 처한 곳이 높으면 바라보이는 곳이 먼 법이다. 시야가 다해서 더 이상 명확히 볼 수 없었으나, 유독 청수한 가야산과 우람한 금오산은 시선을 뻗어 거듭 바라보면서 옛 분들에 대해 오랫동안 추모의 상상을 했다. 대개 최 학사(최치원)의 풍모와 길 태상(길재)의 절의를 마음으로 늘 흠모해 우러러 왔던 것이 이와 같았다. 서성이면서 조망하는 사이 해가 저무는 것도 깨닫지 못했다. 혜웅이 "산길이 험하고 기우뚱하니 깜깜해지기 전에 내려가야 합니다."라고 하며 나를 다시 내려가도록 재촉했다.

1552년 8월 말에 영남과 호남을 가르는 덕유산을 유람한 임훈(1500-1584년)이 남긴 「등덕유산향적봉기」의 8월 27일 기록 가운데 일부다. 이 글에 승려 혜웅이 지세와 시계를 설명한 부분을 길게 정리해 옮겼다. 문체로 보면 무미건조하다. 그 긴 이야기를 혜웅이 말했다는 것도 믿기지 않는다. 그런데 그것이 묘하다. 지세와 시계를 논한 그 서술이 없다면 덕유산 자체의 지세를 알 길이 없다.

임훈은 경상도 안음에 기반을 구축한 선비로, 어릴 때 덕유산 산방에 가서 글을 읽은 후 산 아래를 거의 떠나지 않았다.

아우 임운과 함께 효성이 지극하다고 알려져 정문(旌門)이 세워졌으며 명종 때 육현(六賢)의 한 사람으로 천거되었다. 임훈은 아우 임운과 함께 정여창의 학문을 사숙해 산림에서 수양을 쌓았으며, 조식과 교유하면서 정치 사회의 모순을 개혁하려는 뜻을 품었다. 하지만 1540년 생원시에 합격했을 뿐 대과에는 급제하지 못했다. 1567년 언양 현감을 지냈고, 1582년 장예원 판결사에 임명됐으나 고향으로 내려와 중산 마을에 서당을 열었다. 이 서당은 이후 갈계리로 이건되었다.

덕유산의 상봉은 황봉, 불영봉, 향적봉의 셋이다. 임훈은 어려서 영각사에 묵으며 황봉에 올라 보았고 삼수암에 묵으며 불영봉에 올라보았으나 향적봉은 올라가보지 못했다. 1552년 중추 지나 임훈은 삼수암 승려 혜웅과 성통, 무주 상성산 승려 도징과 함께 향적봉에 오르기로 했다. 그러나 도징은 오지 못했다. 8월 24일에 조카 이칭을 데리고 탁곡암으로 가서 삼수암 승려들과 모였다. 이튿날 탁곡암 승려 옥희와 일선에게 행장을 갖추게 하고 성통에게 길을 인도하게 했다. 그들은 해인사 터, 지봉의 서쪽 허리춤, 향적봉의 세 시내를 차례로 거쳐 향적암 터에 이르고, 향적암 동쪽의 판옥에 묵었다. 26일 향적암에서 일출을 보고, 수풀 사이에서 소요하고 채소를 뜯었으며 시내에서 탁족을 했다. 저녁에 구름이 잔뜩 끼어 비가 올까봐 염려했다. 그 다음 날 아침에 안개가 끼고 비가 올 듯했으나 산에 올라 멀리까지 조망했다. 8월 28일에는 지봉에 올랐다가 저녁에 탁곡암에 왔으며, 29일에 하산해 집으로 돌아왔다. 아우가 산놀이에서 얻은 바를 묻기에 임훈은 그믐날 경남 거창군 북상면 갈계리의 자이당에서 유람록을 정리했다.

임훈은 덕유산이 유명한 이들의 자취가 닿지 않은 것을 애석하게 여기되, 산의 유람은 남의 자취가 있느냐 없느냐가 중요한 것이 아니라 스스로 경관을 발견해 자기 마음에 얻는 바가 있으면 족하다고 했다.

이 산의 청고함과 웅대한 경승은 지리산에 버금가되, 세상에서 망혜와 죽장을 갖추어 등산하는 사람들은 반드시 두류산과 가야산을 언급할 뿐이고 이 산을 언급하지 않는다. 그 산들은 옛 현자들이 남긴 풍모와 지난날의 자취가 있어서 사람들로 하여금 흠모하게 만드는 것이거늘 이 산은 아직 그런 현자들을 만나지 못했다. 애당초 이 산이 볼만하지 않아서 그런 것은 아니다. 사물이란 저절로 존귀한 것이 아니다. 조비가 "사람에 의해서 존귀하게 된다."라고 말한 것은 이러한 사실을 가리킨다. 하지만 그 적절한 인물을 만나느냐 못 만나느냐 하는 것이 어찌 산에 대해서 중요한 문제랴? 진실로 산의 승경을 보아 마음에 얻는 바가 있다면 어찌 반드시 남이 끼친 자취에 의존할 필요가 있으랴? 세상에서 그저 남의 자취를 따를 뿐이고 산의 승경을 버려두는 것은 잘못이다.

임훈은 덕유산에 옛 어진 이의 유적이 없다고 했으나 실은 이 산에 동계 정온의 자취가 있다. 정온은 병자호란 때 이조참판으로 있으면서 김상헌과 함께 척화를 주장하다가 청나라와 화의가 성립하자 벼슬을 버리고 덕유산에 들어가서 5년 뒤에 죽었다.

그리고 남인 학자 허목은 23세 되던 1617년에 부친의 임지인 거창에 있으면서 모계 문위에게 수학하고 용주 조경과 어울려 지냈다. 또 성주로 한강 정구를 찾아가 스승으로 섬겼으며, 그로써 정구로부터 시작하는 남인의 학맥을 확고히 했다. 이 해 그는 덕유산을 유람하고 「덕유산기(德裕山記)」를 지어, 덕유산의 풍광을 요령 있게 기록했다.

남방 명산의 절정으로는 덕유산이 가장 기이하다. 구천뢰 위에 칠봉이 있고, 칠봉 위에 향적봉이 있다. 산은 감음(안음), 고택, 경양의 서너 고을 땅에 걸쳐 있다. 곧바로 남쪽으로 천령과 운봉이 천왕산 절정과 나란히 맞서 있으며, 열 지은 봉우리와 안개 노을이 300리에 걸쳐 뻗어 있다. 봉우리 위에는 못이 있고 못가에는 흰 모래가 깔려 있다. 이 산의 나무는 기이한 향을 많이 뿜어내는데, 겨울에도 푸르고 몸통은 붉으며 잎은 삼나무 같다. 맑은 못과 깨끗한 모래밭 위에 수목이 우거져 신이한 향내가 난다. 높이는 3~4장에 달한다. 산에 오르는 길은 두 갈래다. 하나는 감음에서부터 혼천을 거쳐 구천뢰까지로 60리 길이다. 또 하나는 경양에서부터 수력을 거쳐 사자령에 올라 절정에 이르는 길이다.

한편 이만부는 『지행록』의 「덕유산기」에서 무풍(무주)의 상산(적상산)으로부터 덕유산 동쪽을 유람한 사실을 다음과 같이 적었다. 덕유산의 지세를 관찰한 시각이 허목의 그것과 같다.

덕유산은 감음, 고택, 경양, 구천뢰를 의거로 삼아 서려 있다. 계곡이 깊어 100리에 걸치는 거리에 갈림길이 많아서 사람들이 전부 다 찾아볼 수 없다. 그 위는 칠봉이고 칠봉의 위는 향적인데, 이것이 절정이다. 봉우리 위에는 깊은 못이 푸르고도 깨끗하며 좌우에는 흰 모래가 깔려 있다. 나무는 몸통이 붉은색이고 잎은 삼나무 같으며 기이한 향기가 난다. 남쪽으로 지리산과 이어져, 천왕봉 등 열 지은 봉우리와 300리에 걸쳐 이어지며 구름과 비로 서로 통한다. 남방 명산은 지리산이 가장 저명하고 덕유산이 그 다음인 것에 다 까닭이 있다.

1566년, 전국에 걸쳐 기상 이변이 있자 명종은 시정에 관한 책문을 널리 구했다. 특히 뇌물이 횡행하고 수령이 약탈해서 백성의 위무와 안집, 부역의 균등이 시행되지 않는다고 지적했다. 1567년에 임훈은 언양 현감으로 있으면서, 언양현 백성에 대한 착취가 그치지 않고 사역 또한 끝이 없다는 점을 지적하는 글을 올렸다.

무릇 나라를 사랑한다고 하면서 백성을 쇠잔하게 만드는 경우에 대해서는 옛사람이 갖옷을 뒤집어 입는 것에 비유하기도 했습니다. 그러나 제가 하는 이 말은 가죽도 보존하고 털도 보호하려는 의도에서 나온 것입니다. 송나라의 신하 범조우는 "나라를 소유한 자로서 백성의 가난은 근심하지 않고 오히려 숨겨 둔 재산이 있는가를 의심해 착취를 그치지 않거나, 백성의 노고를 긍휼히 여기지 않고 오히려 남은 힘이 있는가 의심해 부리기를 그치지 않는다면 이 두 가지는 망하는 도(道)다."라고 했습니다. 언양현 백성의 경우 재물은 이미 바닥이 났고 힘도 벌써 다했습니다. 그런데도 착취는 그치지 않고 사역 또한 끝이 없으니, 아! 누가 정협의 「유민도(流民圖)」를 올려 전하께 한 번 보일 수 있겠습니까?

임훈은 백성에 대한 착취와 부역을 그치게 해 민생을 안정시켜야 한다고 주장했다. 정치적 시야가 비교적 넓고 깊었다. 평소 사물을 깊고 넓게 봐 왔던 사실과 관련이 있을 듯하다. 그 점은 덕유산 등람에서 멀리까지 시야를 뻗어 덕유산의 지세를 상세히 논했던 사실에도 잘 나타나 있다. 임훈은 향적봉에 올라보고 이렇게 말했다. "처한 곳이 높으면 바라보이는 곳이 먼 법이다."

덕유산은 임훈에게는 고향의 진산이자 집 뒷산이었다. 오늘날은 덕유산이라고 하면 눈꽃 산행이 유명하다. 임훈이 눈꽃 핀 능선에 올랐다면, 산과 구름의 대비 구도를 어떻게 수정할까? 눈꽃 핀 능선을 건너가는 구름이 일대의 산을 가렸다가 토해 놓고, 다시 가리기를 반복하는 그 모습을 보면서 전혀 다른 사유를 하지 않을까?

12 산에서 주운 아름다운 돌

허훈(許薰), 「유수정사기(遊水淨寺記)」

진성(진보)을 마주해 웅대하게 솟은 것이 구봉대(남각산 봉수)고 그 북쪽 지맥이 비봉산이다. 그 남쪽 기슭에 수정사가 있다. 절 앞 계곡에서는 무늬 있는 수석이 많이 나온다. 내가 세들어 사는 집과는 겨우 40여 리 떨어져 있다. 을미년(1893년) 칠석날, 나는 이명숙(이수만), 박경순, 이치첨(이수암), 이순칠 등과 가서 보려고 각산에 이르러 권화여를 방문했더니 그가 기꺼이 길 안내를 맡기로 했다. 겨우 1리를 가자 동구가 나왔는데, 동천동이라고 하며 비봉산의 오른편 날개다. 그 지맥을 끊어 개울을 소통시킨다. 권화여가 말했다. "우리나라 산 이름에 비봉산이 많지만 이 산이 여러 비봉산 중에 가장 수려하지요. 선조의 임진왜란 때 우리나라를 구원하러 온 명나라 장수가 우리나라 산의 기세가 장대한 것을 보고 지맥을 두루 끊었는데, 이것도 그 자취입니다."

내가 말했다. "예전에 가정 이곡의 「동유록」을 보니 원나라 사람 호종유가 지맥을 끊었다는 설이 있더니다. 그런데 임진왜란 때 왜구가 이곳에는 들어오지 않았거늘 중국의 여러 장수가 어찌 이곳을 지나가면서 지세를 살필 수 있었겠소? 못 위쪽 개울의 물길이 언덕 지세를 따라 곧바로 나 있지 않았다면 비가 와서 빗물이 개울을 채운 다음 못으로 흘러들어 필시 못이 무너지고 말겠지요. 이 때문에 산기슭을 파괴해 개울을 통하게 해서 그 물살의 기세를 줄인 듯하군요. 그렇지 않고 호종유가 했겠습니까?"

개울의 돌들은 이미 알록달록한 고운 무늬를 띠고 있다. 박경순이 말했다. "물방울 흔적입니다. 원래부터 무늬 돌이 본래 갖추고 있는 것은 아닙니다." 권화여는 이에 대해 그렇지 않다고 매우 심하게 반박했다.

고개를 하나 넘으니 바로 마무곡이다. 마무곡 아래 무늬 돌이 많았는데 아마도 수정사의 돌이 여기보다 나은 성싶다. 개울을 따라가 수정사 동구에 이르렀다. 나무꾼에게 물어보니 절에 승려가 살지 않는다고 한다. 날이 이미 저물었다. 여러 사람이 말했다. "절 가까운 촌락에서 투숙하고 내일 다시 오는 것이 좋겠습니다." 이에 작은 고개 하나를 넘어 6~7리쯤 가니 마을의 전장이 하나 나오는데, 감곡장이라고 했다. 뭇 산봉우리가 사방을 두르고 밭두둑이 얼기설기 얽혀 있다. 벼 포기와 콩 줄기가 무성하게 자라나 있고 티풀로 지붕을 얽은 초가에 닭과 개가 있어, 당나라 왕유가 자신이 살던 망천 한 구비를 형용해 놓은 것과 완전히 똑같았다. 나는 이치첨·이순칠과 함께 권화여를 따라 이씨 집에 묵고 이명숙과 박경순은 신씨 집에 묵었다.

다음 날 아침 처사 이성화를 방문했다. 여러 벗과 함께 장현을 넘어 지름길로 곧장 수정사 문에 이르렀다. 쑥대가 마당에 가득한데 절간의 요사(寮舍)는 적막하다. 불당 앞에 홍규(접시꽃)와 협죽도 몇 포기만 있을 뿐이다. 적묵당에 나란히 앉아 이야기를 나누었다. 조금 후 이치첨과 이순칠이 먼저 절 문을 나섰다. 이명숙이 말했다. "이번 행차는 무늬 돌을 보려는 것이지요. 이 절은 무늬 돌이 기이한 것으로 이름이 나 있으니 하물며 절 가까이 용추도 보지 않을 수 있겠습니까?" 나는 좋다고 했다. 이명숙과 더불어 개울을 따라 동쪽으로 가고, 권화여와 박경순 또한 따라왔다. 개울이 모두 복류(伏流)했다. 평범한 돌은 많지만 무늬 돌은 적었다. 사람들이 다 대부분 가져갔기 때문에 그런 것일까? 개울 양쪽에 푸른 절벽 둘이 마주 보고 서 있어 마치 겹문처럼 막고 있다. 돌고 돌아 안쪽 가장 으슥한 곳에 이르니 반석 위 우묵한 웅덩이에 밝고 푸른 물이 고여 있는데,

깊이는 한 길이 채 되지 않았다. 물을 움켜 마시자 번열증 나던 가슴이 돌연 씻겨나갔다.

여기서 길을 돌려 골짜기 어귀에 이르렀다. 이치첨과 이순칠이 소나무 그늘에 앉아 우리를 기다리고 있었다. 나는 웃으며 두 사람에게 말했다. "자네들은 용추의 빼어난 경관을 보지 못했으니 한바탕 헛걸음한 것이 아니겠소?" 이순칠이 말했다. "전에 용추를 본 일이 여러 번이오. 그곳을 보지 않은들 무어 한스러워 하겠소?" 그러나 그 기색을 보니 후회가 있는 듯하다.

다시 마무곡에 이르러 개울 속으로 터덜터덜 걸었다. 권화여가 예쁜 돌 하나를 먼저 주우려고 급히 가다가 넘어졌다. 이치첨이 그가 넘어진 틈을 타서 돌을 슬쩍 주워 달아난다. 정말 포복절도할 만하다. 이명숙이 돌 하나를 주웠다가 무거워서 곧 버리기에 내가 집어 들고 갔다. 권화여는 내가 걸음 옮기는 것을 너무 힘들어하는 것을 보고 작은 돌을 내게 주면서 "내가 자네 돌을 운반할 테니 자네는 내 돌을 가지고 오시게."라고 했다. 대개 수고를 나누려고 그러는 것이다. 애써 힘들여 고갯마루에 올라 구불구불 비봉산 정상에 이르니 둥그스름하고 평평하며 단정하고 곱상하며 100명은 앉을 만하다. 밝은 모래와 밝은 물결이 횡으로 띠 모양으로 뻗어 그림과도 같다. 광덕산, 작약산, 일월산, 청량산, 학가산, 태백산, 소백산, 죽령산 등 여러 산이 가까이서 당기고 멀리서 벌려 봉우리마다 교묘함을 드러내 모습이 한두 가지가 아니다. 다시 동천으로 내려가서 또 기이한 돌을 하나 주웠다.

권화여의 집에 이르러 수제비를 한 사발씩 먹었다. 가지고 온 무늬 돌들을 내어 마루에 늘어놓고 살펴보니 그 무늬가 참으로 기이하다! 어떤 것은 골짜기에 걸쳐 있는 소나무 등걸이 물고기 비늘을 달고 있어서 용을 속일 듯하고, 어떤 것은 강 하늘에 눈이 내려 나뭇가지 끝에 싸라기눈이 쌓일 것 같고, 어떤 것은 긴 강의 한 만곡에 낙조가 붉은빛을 번득이는 것 같고, 또 어떤 것은 평평한 들판의 멀리까지 뻗은 풀밭에 빗기운이 어지러운 것 같다. 어떤 것은 구름 가 먼 봉우리에 소나무 안송나무가 빽빽하게 서 있는 것 같고, 어떤 것은 강 마을과 산 마을에 안개 낀 나무가 줄지어 서 있는 것 같다.

어떤 것은 봄바람 부는 시내 길에 이름 모를 꽃이 수북하게 피어 있는 것 같고, 어떤 것은 가을 못에 물억새와 갈대가 어리비치며 꽃을 토하는 것 같다. 어떤 것은 벼랑길의 물기 젖은 이끼가 푸른 털을 더부룩하게 늘어뜨린 것 같고, 어떤 것은 들판의 강기슭에 물이 줄어 흰 서리 같은 뿌리가 거꾸로 드리워져 있는 듯하며, 어떤 것은 물가에 이슬이 시원한데 붉은 여뀌 꽃이 소복하게 피어 있는 것 같다. 어떤 것은 중국 서호의 늙은 매화가 가지만 남기고 있는 것 같고, 어떤 것은 오래된 협곡의 푸른 등나무 덩굴이 구불구불 서린 것 같다. 진실로 기이한 볼

거리요, 희귀한 종자들이다. 조물주는 역시 일이 많기도 하구나! 나는 돌아보고 권경순에게 말했다. "자네는 아직 의심이 드는가?" "이미 풀렸소."

대개 우리나라 무늬 돌 중에 종성과 단천에서 나는 것을 청강(青剛)이라 하는데, 석질이 단단하되 그저 황묵색의 점이 바둑알처럼 나 있을 뿐이다. 강진과 해남에서 나는 것은 화반(花斑)이라 하는데, 점질이 부드럽되 그저 구름처럼 붉은 잿빛이 서려 있을 뿐이다. 어찌 그것들이 이곳 무늬 돌이 여러 모습을 갖추어, 비록 고개지, 오도자, 이영구(이성), 조맹부같이 육법(六法)의 기술을 갖춘 화가들로 하여금 붓을 적셔 여러 날 마음을 다잡아 그리게 하더라도 비슷하게조차 그릴 수 없어 머뭇거리다 포기하게 만들 것만 하겠는가?

명나라 때의 『산당사고(山堂肆考)』에 "대리부의 점창산에서 나는 돌은 흰 바탕에 검은 무늬가 있어 산수 초목의 형상이다."라고 하고 또 "개주 북쪽 협곡에서 나는 돌은 소나무와 잣나무, 시내와 다리, 산과 숲, 누대와 누각의 형상이 있다."라고 기록되어 있다. 그것은 이곳의 무늬 돌과 갑을을 따질 수 있을 것이다. 천지의 영화로운 기운이 이 사이에 모여 진기한 보배를 잉태해서 만들어낸 것이 아니라면 어찌 이런 것이 있을 수 있겠는가? 그렇다면 이처럼 기(氣)가 모인 것이 반드시 돌에만 그치지 않을 것이고, 아마도 뛰어난 인재를 육성해 그 명망과 위의로 나라를 빛내고 세상을 상서롭게 만들 것이다. 믿지 못하겠으면 이 돌을 보라.

권화여가 말했다. "그대들은 근력이 이미 지쳤을 것이니 내일 내가 사람을 시켜 짊어져 나르게 하겠습니다." 마침내 권화여와 헤어져 저물녘에 강가의 임시숙소로 돌아와 밤새 곯아떨어졌다. 느지막이 일어나니 돌들이 이미 와 있었다. 그 돌의 문양을 적고 또 유람한 전말을 아울러 적어서, 함께 노닐었던 여러 분들에게 보인다.

이 유산록은 청송의 비봉산에서 아름다운 돌을 채취한 일을 특별히 기록했다. 조선 말, 근세의 학자 허훈(1836~1907년)이 지은 「유수정사기」다. 이 글을 보면 우리나라의 무늬 돌로는 종성과 단천에서 나는 청강, 강진과 해남에서 나는 화반 그리고 저자가 유람한 비봉산 남쪽 수정사 앞 계곡에서 나는 문석이 유명했던 것을 알 수 있다. 청강석은 석질이 굳고 황묵색 점이 바둑알처럼 나 있고 화반석은 점질이 부드럽고 구름처럼 붉은 잿빛이 서려 있었는데, 비봉산 문석은 그것들보다 질이 좋았다고 했다. 오늘날도 문석이 나는지는 알 수 없다.

글에서 말한 비봉산은 『신증동국여지승람』에 남각산으로 나와 있다. 곧 진보의 남각산에 수정사가 있다고 했다. 또 남각산에 봉수가 있다고 했는데, 그것이 허훈의 글에서 말한 구봉대다. 현재 경북 영덕군 축산면 도곡리의 고도 282미터 대소산에 조선 초 봉수대가 남아 있다. 그 봉수대는 남쪽으로 별반 봉수대, 북쪽으로 평해의 후리산 봉수대, 서쪽으로 광산 봉수대를 거쳐 이 진보의 남각산 봉수대에 이어지도록 되어 있었다. 단 조선 후기 읍지에서는 남각산과 비봉산을 별개의 산으로 처리했다.

허훈은 경상북도 선산군 임은(현재의 구미시 임은동)에서 출생해 29세에 허전의 문인이 되었다. 허훈은 이익, 안정복, 황덕길, 허전으로 이어지는 성호학파를 이었다.

허훈은 류주목에게도 수학해 영남 유학 내에 독특한 계보를 형성했다. 류주목은 류성룡의 후손으로 학문에서 일가를 이루었다. 허훈은 허전과 류주목을 계승해 이황 연원에서 분파된 근기학파와 영남학파를 다시 종합하는 위치에 있었다.

한편 허훈은 문집 『방산전집』에 「염설(鹽說)」·「포설(砲說)」·「차설(車說)」 등의 실용학적 논문과 「패수설(浿水說)」 등 역사지리 논문, 「해조설」 등 자연과학적 논문 등도 남겼다.

허훈의 문인으로는 그의 셋째 동생인 허위와 구한말 언론인 장지연이 있다. 허위는 윗형 허노와 함께 의병 투쟁에 앞장섰다. 허위는 의정부 참의로 있을 때 올린 「논시사소(論時事疏)」에서 "오직 농상공업을 확장 제조하는 것과 군비 군물을 넉넉한 예산으로 마련하는 것에만 전념해 실사구시토록

해야 합니다."라고 주장했다. 1905년 일본 헌병대로 이송되었다가 4개월 만에 석방된 후 사직 상소를 올렸다. 그 상소에서 교육을 통한 인재 양성, 군정, 농정, 부국 방안, 화폐 제도 개선, 노비 해방 등에 대해 언급했다.

한편 장지연은 청소년기에 주자학을 공부했고, 곽종석, 이승희, 최익현 등으로부터 영향을 받았다. 하지만 『시사총보(時事叢報)』의 주필을 맡게 된 이후로는 개화사상의 인물들과 교유했다. 천문·지리·군사·상업 등 28장에 걸쳐 그 역사적 시원을 밝힌 『만국사물기원역사(萬國事物紀原歷史)』를 저술하고, 정약용의 『강역고』를 증보 간행했다. 서구 문물에 관심을 가졌으며, 자강개화론을 주장했다.

허훈은 영남 남인의 학맥을 이으면서 새로운 사조에 깊은 관심을 보였다. 고정 관념에 갇히지 않고 사물을 다각도로 관찰하려 했던 활안(活眼)이 「유수정사기」의 기록에 번득인다.

13 기암에 겹쳐 보이는 인간 세상

장현광(張顯光), 「주왕산록(周王山錄)」

산의 높이가 대단하지도 않은데 산의 이름이 드러났으니, 이 산에 옛 자취가 있기 때문이다. 또 그 바위 골짜기가 기이하다 는 것은 내가 들은 지 오래였으므로 한 번 구경해 먼지 덮인 두 눈을 시원하게 씻어 보려 한지 한참 되었으나 소원을 이루지 못 해 왔다.

이 여름(1597년)에 친구를 따라서 산의 가까운 구역에 나아 가 묵었다. 하루는 두세 친구들과 약속해 숙원을 풀고자 했다. 이날 정오에 비가 내렸으므로 두루 유람할 수는 없었다. 어떤 사람에게 들으니 산이 주왕(周王)의 이름을 갖게 된 것은 삼한 때 왕의 호칭을 지닌 어떤 사람이 이곳에 피난해 산 위에 궁궐을 두었기 때문이라고 한다. 그 궁궐 곁에는 폭포가 있고 폭포 속에는 암혈이 있어서 사람이 숨어 지낼 수 있는데, 폭포가 은 폐하여 외부 사람이 거기에 굴이 있는지를 모르므로 왕이 급 한 일이 있으면 그 굴에 숨어서 피했다고 한다. 나는 날이 저물 고 또 비가 내렸으므로 몸소 그 자취를 볼 수 없으나 산이 이 름을 갖게 된 것은 이 때문이라고 본다.

이 산을 구경한 사람들이 일컫기를 "산은 계곡이 좁고 시내 가 험하고 암벽은 높고 가파르며 산마루는 평평하고 넓지만, 사 방의 길이 막히고 멀어 난세를 당해 군사를 숨겨 두어 적을 방 어할 수 있다."라고 한다. 노닐면서 관람하는 사람의 경우에는 단지 옛날의 자취 때문만이 아니라 그 바위들이 기이하고 물이 깨끗해 마치 신선이 은둔할 듯한 곳이기 때문이다.

이 산의 동부로 이름이 나 있는 곳이 둘이되, 동쪽 계곡은 이른바 주왕이 난을 피한 곳이라고 한다. 폭포의 굴은 변함 없 고 궁궐 유적도 여전히 남아 있다. 그리고 계곡으로 3~4리 들 어가면 지금 폐허가 된 절이 있다. 서쪽 계곡은 바위 골짜기로 동쪽 계곡보다 아주 기이해, 바위 허리에 인적이 아직 이르지 않은 곳의 틈새에 기이한 새가 둥지를 틀었는데 사람들은 그것 을 청학이라고 한다. 매번 봄 여름이면 이곳에서 알을 낳고 새 끼를 기른다. 둥지에 마주한 건너편 바위 머리에 작은 암자를 세워 두고 바라보지만 바위 벽은 멀고 둥지는 높아서 사람들이 그 새를 볼 수가 없다. 평시에 와서 감상하는 사람들은 뿔피리를 불어 새를 놀래켜 그것이 날아 둥지에서 나오길 기다린 후에 볼 수 있었다. 그런데 어떤 무인이 그 둥지를 활로 쏘아 화살이 둥지 곁에 꽂혔다. 이후 학은 끝내 더 험준한 바위로 옮겨 가서 서식했으므로 사람들이 다시는 그 새의 형체도 볼 수 없게 되었다.

동구에서 5리쯤 이르면 벼랑이 끊어지고 길이 다한다. 길이 다한 곳에는 바위가 있는데 부암(附巖)이라고 한다. 대개 그 암석이 아스라한 벼랑에 매달린 듯 찰싹 달라붙어 있기에 그렇게 부른다. 만약 개미가 들러붙고 이가 더위잡듯이 해서 갈 수 있다면 그 바위를 더위잡아 그 길을 통과할 수 있다. 그 길로 해서 고개 하나를 넘으면 산의 형세가 조금 평평해지고 풍광은 그다지 기이하거나 아름답지 않다. 다만 용연의 여러 곳에서 폭포 물을 받아 못을 이루고 있으므로 위험해서 가까이 갈 수 없고 깊어서 속을 헤아릴 수 없다. 용연의 북쪽으로 7~8리쯤 떨어진 곳에는 옛날에 촌점(村店)이 있어 광혈점이라고 이름했는데, 난리통에 사람들이 흩어져 없어지고 지금은 서너 초막만 남아 있을 따름이라고 한다. 이상의 곳들은 모두 이번 길에는 볼 수 없었다.

나는 이번 길에 비록 두루 다 감상할 수는 없었으나 산의 대강은 이미 파악할 수 있었다. 가장 기이하게 여긴 것은 여러 바위들이다. 바위 가운데 서쪽 골짜기에 있는 것들이 더욱 기이했다. 한번 이 날 나의 눈으로 본 것들을 기록해 보기로 한다면, 골짜기 어귀에서부터 길이 다한 곳에 이르기까지 5리쯤 되는 양쪽 기슭이 모두 바위였는데, 서로 포개어지지 않으면서 아래로 바위 뿌리부터 위로 바위 모서리까지 그 높이가 몇 장인지 알 수 없이 곧바로 하나의 통 바위로 수미가 일관했다. 가운데 작은 시냇물이 있고, 시내를 따라서 작은 오솔길이 있는데, 그 길은 흙을 밟지 않고 돌을 껑충껑충 밟으면서 걸어갔다. 돌은 시내의 좌우에 깔려 있으면서 혹은 높기도 하고 혹은 낮기도 하며, 혹은 거대하기도 하고 혹은 아주 작기도 하며, 혹은 세로로 누워 있기도 하고 혹은 가로로 누워 있기도 하며, 혹은 기울어 있기도 하고 혹은 평탄하기도 했다. 건강한 다리 힘이 아니었다면 필시 접질리고 말았을 것이다.

그 오솔길이란 곳으로부터 두 벼랑의 벽을 우러러 바라보면 바위 뿌리가 각각 사람으로부터 고작 지척이며 바위 모서리가 구름 다니는 길에 곧바로 꽂혀 있어서 하늘과 태양을 정말 우물 속에서 바라보듯 하게 된다. 이른바 부암이란 곳의 위에 이르자 좌우는 모두 바위로, 두 눈 앞에 나열되어 깔려 있어 천태만상을 그대로 드러내지 않는 것이 없다. 혹은 네모나기도 하고 혹은 둥글기도 하며, 혹은 오그라들어 있기도 하고 혹은 삐죽 나와 있기도 하다. 혹은 좌우로 상대해 마치 공읍하는 사람이 그러하듯이 하며, 혹은 피차가 서로 자만해 마치 누가 크고 우람한지 다투는 듯이 한다. 혹은 부부 사이처럼 서로 짝을 맞춘 것도 있고 혹은 형제처럼 서열을 이룬 것도 있으며, 혹은 원수 사이 같이 서로 등을 돌린 것도 있고 혹은 붕우 사이같이 친근하게 가까이 있는 것도 있다.

혹은 바위 하나가 우뚝하고 뭇 바위가 모두 몸을 낮추니 존경해 우러러 받드는 것은 군주나 스승 같고, 그가 낮추어 보고 오만하게 대해 눌리고 거꾸러진 것은 신하나 첩과 같다. 동쪽 벼랑의 바위가 서쪽 벼랑에 연결되지 않고 서쪽 벼랑의 바위가 동쪽 벼랑에 이어지지 않은 것은 마치 문호를 나누고 군진을 따로 두어 율법상 서로 뒤섞일 수 없는 듯한 면이 있다. 혹은 엄연하고 장엄해 가운데 서서 기우뚱하지 않은 것은 마치 대인(大人)이나 정사(正士)로서 범접할 수 없는 듯한 면이 있고, 혹은 괴이하고 혹은 괴상해서 모양을 본뜨거나 형용할 수 없는 것은 마치 이도(異道)나 좌학(左學)이 우리 윤리를 배반한 것과 같은 면이 있다. 혹은 마치 갑옷과 투구 입은 무사가 절하지 않는 것을 예법으로 삼는 듯이 하고, 혹은 마치 용감하고 맹렬한 장수가 적을 치고 죽이는 일을 본령으로 삼고 있는 듯이 하고, 혹은 상고 시대의 성인이 소박하고 간략한 세상에 살며 도(道)로써 천지를 하나로 삼아 성정을 드러내지 않는 듯이 한다. 혹은 말세의 경박한 사람이 재주와 기예를 믿어 교만하게 자신을 과시하는 듯이 한다. 혹은 숲과 골짜기에서 고만하게 처해 마치 자신의 행사를 고상하게 하듯 처신하는 자 같은 것이 있고, 혹은 바위구멍으로 도망해 숨어서 마치 남이 자신을 더럽히기라도 하듯 여기는 자 같은 것이 있고, 혹은 정도에서 어그러지고 패려궂어서 별나게 구는 자가 있고, 혹은 남에게 빌붙어 뭇사람에게 뇌동하는 자가 있고, 혹은 작아서 큰 것을 따르는 자가 있고, 혹은 뒤에서 앞의 것을 따르는 자가 있다. 두각을 움츠려 감춘 자는 마치 시세(時勢)를 두려워해 겁내는 것이 있는 듯하고, 모서리를 완전히 드러낸 자는 마치 세상의 혼란에 대해 분해하고 노여워하는 것이 있는 듯하다. 이것은 대략일 따름이지, 자세하게 묘사할 수는 없다.

경북 청송군의 주왕산은 기암절벽이 병풍을 두른 듯해서 석병산이라고도 한다. 신라 왕자 김주원이 이 산에서 공부했다는 전설이 있고 당나라 때 주도가 반란을 일으켰다가 패해 이곳에 은거했다는 전설도 있다. 고려 말 공민왕 때 나옹 화상이 이런 '주왕'의 이야기들을 근거로 이 산의 이름을 주왕산이라고 붙였다는 말도 있다.

1597년 4월 초 주왕산을 등반한 영남의 학자 장현광(1554~1637년)도 산행기 「주왕산록」에서 그러한 전설을 먼저 언급했다. 그리고 나서 구경꾼들이 산 허리에 서식하는 청학을 보기 위해 건너 절벽에 작은 암자를 두거나 뿔나팔을 불거나 활을 쏘거나 해 보았지만 결국 새를 제대로 볼 수 없었다고 했다. 별세계는 인간의 탐욕 바깥에 있다. 점유의 목적을 띠고 다가가면 별세계는 '날아 올라' 시야에서 사라지게 된다. 흔히 우리는 산을 정복한 사실을 자만하려고 하지만 그러한 목적을 지닌 등반은 애당초 순수한 탐방의 자세가 아니다.

장현광은 23세 때인 1576년 경명행수의 선비로서 벼슬에 천거되었다. 이후 여러 차례 벼슬이 내렸으나 잠깐 벼슬에 나갔다가 그만두고는 했다. 43세 되던 1596년에 경상도 영양 즉 영천의 입암(현재 포항시 북구 죽장면 입암리)으로 들어가 은둔했다. 이듬해 주왕산을 등반했다.

장현광은 관직에 있지 않았지만 임진왜란의 경과를 『용사일기(龍蛇日記)』로 상세히 적었다. 구국의 열정이 남달랐다. 그런데 그가 주왕산을 유람한 1597년은 바로 정유재란이 일어난 해이다. 장현광은 「주왕산록」에서 전란에 관해 언급하지 않았다. 이해 정월 초 일본은 거짓 정보를 흘려 이순신을 삼도 수군통제사에서 해임되게 만들었다. 원균이 대신 통제사가 되었지만 6월 19일 거제도 앞 칠천량에서 패전하고 죽게 된다. 경상 우수사 배설이 열두 척의 배를 이끌고 한산도로 피신하고, 7월에 이순신이 통제사에 복귀한다. 따라서 그해 4월은 전란이 소강의 국면에 있었다고 할 수 있지만 여전히 국가의 위기가 잠복해 있었다.

이 시기에 장현광은 주왕산을 오르면서 무엇을 생각했던 것일까? 그 답변의 실마리는 「주왕산록」에서 바위의 기이한 형상들을 역사서에 나오는 여러 인물에 견주어 묘사한 부분에서 얻을 수 있다. 장현광이 주왕산의 바위에서 연상한 것은 인간의 존재 형태다. 바위들은 곧 인간 군상의 상징이었다. 장현광은 인생을 사업(事業)으로 규정했다. 이때의 사업은 도덕적으로 의미 있는 일에 마음을 쏟아서 몸소 실천해나가는 것을 말한다. 「명분(明分)」이란 글에서 그는 사람마다 누구나 '해야 할 것으로 주어진 몫'인 분(分)이 있다는 관념에 기초해 인간은 저마다 자신의 사업을 수행해야 한다고 강조했다. 인간의 분은 형기(形氣)에 따라 계한(界限)이 있고 대소의 구분이 있다. 사람마다 일시에 요구되는 분이 있고 일생에 관계하는 분이 있다. 가장 큰 사업은 덕업이다.

주어진 몫 안에서 마땅히 할 것으로 말하자면 움직일 때와 고요할 때를 한결같이 해서 동정(動靜)의 이치를 다하고, 응하고 접하는 것을 한결같이 해 응접하는 이치를 다하며, 마음에 있어서는 마음의 이치를 극진히 하고, 몸에 있어서는 몸의 도를 극진히 하며, 가향(家鄉)과 방국(邦國)에 있어서는 가향과 방국의 도를 극진히 하고, 천지 우주에 이르러서도 또한 천지인 삼재(三才)에 참여해 가운데 서는 도를 극진히 할 수 있어야 하는 것이 우리 인간의 사업이 아니겠는가?

「공성(孔聖)」이란 글에서 장현광은 사업을 인류가 지향해야 할 궁극이라고 주장했다. 즉 삼황오제와 요·순·우 임금의 사업은 모두 일시의 사업인데 비해 공자의 사업은 '우주를 가득 채우고 천지 끝까지 가더라도 무궁한 것'이라고 했다. 공자의 사업이란 사람들이 마음으로 삼아야 할 성(性)과 몸으로 삼아야 할 도가 있음을 알아서, 아비는 아비답고 자식은 자식다우며 형은 형답고 아우는 아우다우며 지아비는 지아비답고 아내는 아내다우며 붕우는 붕우가 되도록 교화한 일이다. 유학의 전통은 바로 그러한 교화 사업의 전통이며, 각 인간도 그러한 교화 사업을 실행하지 않으면 안 된다고 장현광은 역설했다. 그가 주왕산의 바위 형상에서 도덕과 관련된 인간 행위의 긍정, 부정의 여러 모습을 본 것은 그가 늘 인간의 사업을 중시했기 때문이다.

장현광은 이황과 정구로 이어지는 학맥을 이었을 뿐 아니라 명나라 나흠순과 이이의 학설도 받아들여 영남의 한 학파를 형성했다. 1623년 인조반정 후 높은 벼슬에 제수되었으나 번번이 사양했다. 1636년 12월 병자호란이 일어났을 때는 정경세와 함께 호소사가 되어 여러 군현에 통문을 보내 의병을 일으키게 하고 군량을 대었다. 그러한 그가 정유재란이 발발하기 직전에 주왕산을 등반한 것은 인간의 존재 방식을 깊이 탐구하고 스스로의 실천 방식을 되묻기 위해서였다.

「주왕산록」에서 장현광은 바위의 형상을 인간 세계의 지식인과 무장의 모습으로 환치시켜, 인간이 자신의 직분에서 어떠한 자세를 취해야 하는지 사색한 내용을 매우 시적으로 적어 나갔다. 인간의 존재 양태를 공시적으로 늘어놓은 후 다시 바위의 기이한 형상을 옛날 역사책에 나오는 인물들의 실천 유형에 하나하나 빗대어 나갔다. 역사 인물의 실천 사실을 하나하나 서술하는 것은 사실상 불가능하기 때문에, 모의(模擬)할 만한 인물과 지위를 제시해 각자 그 인물의 실천 양식을 환기하도록 촉구한 것이다.

장현광은 43세 되던 1596년, 정사진과 권극립의 청으로 경상도 영양 입암에 들어가 잠시 은둔했다. 권극중은 이미 왜란 때 피난해 들어와 거처하고 있었다. 1637년에는 선영(先塋)을 하직하고 아예 입암에 은둔하려 해, 권극립의 아들이자 자신의 문도인 권봉에게 함께 가자고 했다. 권봉이 그날부터 모셨다. 그러나 그해 장현광은 84세로 입암에서 별세했다.

선비들은 마음과 일이 괴리할 때, 다시 말해 이념과 실제가 어긋날 때 '홀로 자기 몸을 선하게 닦는' 일에 주력하지 않을 수 없었다. 그러한 인간형이 처사다. 혹은 은사(隱士)나 은둔자, 일사(逸士)나 일민(逸民)이라고도 한다. 선인들 가운데 처사는 향촌사회 속에서 구도적 삶을 살면서 자신의 정신경계를 시문으로 드러내고자 했다. 향촌은 '새 짐승과 무리를 이루는' 공간이 아니라 '일상의 도리를 힘써 실천하는' 공간이었다. 처사는 권력과 거리를 두었지만 현실 세계에 정의가 실천되지 않는 것을 걱정하고 현실을 날카롭게 비판했으며 현실을 뒤바꿀 방안을 모색했다. 처사 장현광이 주왕산의 바위가 이루는 풍광에서 연상한 것은 선과 악이 들끓는 세상 모습이었다. 세상이 선한 사람에 의해 잘 운영되리라고 낙관하지도 않았고, 악인만이 가득해 자멸할 것이라고 비관하지도 않았다. 이렇게 현실을 직시하는 일에서부터 현실 개혁의 의지를 다져나갈 수 있는 것이리라.

14 신라 불교의 맥이 이어진 곳

성대중(成大中), 「유내연산기(遊內延山記)」

계묘년(1783년) 중추에 안찰사(경상도 관찰사) 이 공(이병모)을 따라 청하의 내연산으로 들어갔다. 안찰사는 이때 관내를 순시하느라 울진 고을에 들르신 참이었다.

내연산 어귀에 학산 서원이 있는데, 회재 이문원 공(이언적)의 제사를 모시는 곳이다. 말에서 내려 용모를 엄숙하게 고치고서 서원에 들렀다. 이후 보경사에 이르렀다. 절은 한나라 명제 때 창건했다고 한다. 옛날에 53좌의 암자가 있었다가 지금은 거의 모두 폐허가 되었지만, 여전히 영남 좌도(경상도 낙동강 동쪽)의 거찰로 일컬어진다. 절에 고려 원진국사비가 있어, 비문은 고려 때 이공로가 지었다. 하지만 빗돌은 표면이 떨어져 나가고 이끼가 잠식해 글자의 태반을 판독할 수가 없다.

견여에 실려 계곡을 따라 올라가 이른바 용추라고 하는 것을 보았는데, 절에서 고작 10리쯤 떨어져 있다. 돌 비탈을 거쳐 6~7번 꺾어져 오르노라니, 가파르고 기우뚱해 순여로 나아갈 수 없는 곳이 태반이다. 왕왕 길이 끊겨 잔도로 이어 놓았다. 벼랑은 쭈그러져 있고 시냇물은 빠르게 내달려서 무너지듯 소용돌이치고 격하게 쏟아져 폭포라는 이름이 붙은 것이 10여 개나 된다. 그러다가 용추에 이르러서 사다리를 더위잡고 위로 올라가, 비스듬한 벼랑에 발을 가까스로 조심조심 놓으면서 위험한 곳을 밟고 나아가니 경관이 비로소 장대했다. 폭포수가 거꾸로 걸려 있는 것이 10여 장이고, 허공을 나는 물 덩어리가 쏟아져서는 바위에 부딪혀 춤추어 우박이 튀고 흰 눈이 날리는 듯하며 내달려서는 못에 쏟아졌다. 험준한 벽이 빙 둘러 에워싸서 새어 나오는 빛이 가운데를 뚫고 들어가, 물빛이 으슥하고 검푸르므로 가까이 다가가 볼 수가 없다. 대개 신이한 품물(용)이 못 속에 엎드려 있는 것 같다.

남쪽으로 학소대가 있으니, 쫑긋 솟은 바위가 하늘로 문댈 듯하고 사방이 깎였으나 위는 평평해서 유람객이 혹 여기에 이르러 오기도 한다. 벼랑의 틈을 질러가서 산꼭대기를 밟아 오르자 대비암이 여기에 있다. 이름난 승려 의민이란 자가 거처하지만 늙고 병들어 산에서 내려올 수 없다고 한다. 나도 험준한 형세가 무서워 그리로 갈 수 없다. 대비암 오른쪽에 계조암이 있고, 그 위가 내원암이다. 계곡물을 거슬러 오르면 첫 번째 용추를 만난다. 기세는 아래 용추보다 못하지만 조촐한 맛은 훨씬 낫다. 바위로 이루어진 문이 곁에 열려 있으나 사람의 발걸음이 통하기에는 부족하다. 백성의 민가 10여 집이 계곡물에 임해 있다. 촌락의 닭이 울고 개가 짖어 도연명의 「도화원기(桃花源記)」가 묘사한 곳과 방불하다. 이것이 내연산의 깊숙한 곳이니, 아마도 옛날부터 말해오던 복지동천(福地洞天)이 아니겠는가! 가을 하늘이 높고 다리가 튼튼하면 꼭 한 번 그곳에 가보고 싶다. 또한 그 위로는 삼동석이 솟아나 있는데 역시 기괴한 장관이라고 한다. 구석·무풍계·낙하교·한산대·습득대·기화대는 모두 사명당 유정 대사의 기록에 나오지만 지금은 절의 중 가운데 아는 이가 거의 없다.

내연산은 옛날부터 수석으로 일컬어졌는데, 큰 봉우리나 작은 뫼가 그다지 기이하고 특이하지는 않지만 밝고 빼어난 기운이 허공에 어른어른 비쳐 사람을 고무시키고 격동시키는 면이 있으니, 명산인 것은 분명하다.

밤에 절간의 요사에 묵었다. 별빛과 달빛이 산에 가득하고 새벽에는 비가 조금 뿌렸다. 다음날 안찰사는 영덕의 길로 향하고 나는 흥해의 관아 숙소로 돌아왔다.

경북 포항시 송라면과 죽장면 및 영덕군 남정면 경계에 해발 700여 미터의 내연산이 있다. 내영산(內迎山)이라는 이름으로도 알려져 있었다. 연(延)과 영(迎)은 맞이한다는 뜻으로 서로 통용되는 글자다. 원래 종남산이라 불리다가 신라 진성여왕이 이 산에서 견훤의 난을 피한 뒤 내연산으로 바꾸어 부르게 되었다고 한다. 산은 육산이고 주능선도 밋밋하지만 계곡은 기암절벽으로 이루어져 있고, 계곡을 따라 12개의 폭포가 아름답다. 산에는 보경사가 있다.

겸재 정선이 그린 「내연삼용추(內延三龍湫)」 2점과 「내연산폭포도(內延山瀑布圖)」가 바로 이 산의 경승을 그린 것이다. 정선은 1733년 8월 15일부터 1735년 5월 16일까지 청하 현감을 지내면서 「청하성읍도(淸河城邑圖)」를 그리고, 내연산의 비경을 담은 이 그림들도 남겼다. 연산 폭포 암벽에 "갑인년 가을, 정선(甲寅秋鄭敾, 갑인추정선)"이라 새겨 놓기도 했다.

내연산에는 12폭포가 있다. 사자쌍폭, 보현, 삼보, 잠룡, 무풍, 관음, 연산, 은폭, 복호1, 복호2, 시명, 실 등을 말한다. 사자쌍폭은 오늘날 상생폭이라고 하지만 정시한의 『산중일기(山中日記)』에는 사자쌍폭이라 불렀고, 그 아래 못을 사자담(獅子潭)이라고 일컬었다. 삼용추라고 하면 그 가운데 네 번째, 여섯 번째, 일곱 번째인 잠룡, 관음, 연산 폭포를 말한다.

열두 폭포의 풍광은 위에서 본 성대중(1732~1812년)의 「유내연산기」에도 자세히 묘사되어 있다. 성대중은 찰방 성효기의 아들로, 영조 39년인 1763년 조엄을 따라 통신사 서장관으로서 일본에 다녀온 후 1766년 울진 현령이 되었다. 52세 되던 1783년에 홍해 군수가 되고, 이듬해 진정(賑政)을 잘 행한 공으로 승진했다. 홍해 군수 시절, 경상도 관찰사 이병모가 순찰 오자 성대중은 그를 수행해 포항의 내연산을 유람했다. 1784년에 성대중은 또 이병모와 함께 청량산에 오르고 「청량산기(淸凉山記)」를 남겼다. 청량산을 오를 때는 안기 찰방 단원 김홍도가 함께 했다. 김홍도가 청량산의 달밤에 통소를 부는 장면을 그림으로 그리자 성대중은 「제청량취소도(題淸凉吹簫圖)」를 지었다. 한편 성대중은 홍해에 모두 11개의 못을 쌓은 군수 김영수의 공적을 기려 「홍해구제기적비(興海九堤記蹟碑)」의 비문을 지었다.

성대중과 이병모는 학산 서원에서 출발해 보경사를 거쳐 절에서 10리 떨어진 용추에 오르고, 돌 비탈과 잔도를 건너 청하골 십이폭포에 이르렀다. 남쪽으로 학소대와 대비암, 내원암을 거쳐 첫 번째 용추에 다다라 계곡에 임한 마을과 그 위쪽 삼동석을 언급했다. 학소대는 정시한의 『산중일기』에는 계조대라고 불렀다. 현재의 소금강 전망대 맞은편에 깎아지른 듯한 모습으로 서 있는 절벽이 학소대다.

학산 서원은 숙종 18년인 1692년에 회재 이언적을 봉향하기 위해 세워졌다. 청하 오두리 출신으로 남해 현령을 지낸 김석경이 설립했다. 김석경은 성대중의 「유내연산기」에서 언급한 의민 선사의 조부다. 의민은 보경사 대비암에 주석하며 선교 정사(禪敎正事)를 지냈다. 한편 이언적의 묘소는 포항시 연일읍 달전리 도음산에 있다. 청하 읍성 동헌 부근에 있던 임명각을 1537년 가을 청하 현감 이고가 중건하고 해월루라고 이름 바꾸자, 이언적은 1543년에 그것을 기념해 「해월루기 (海月樓記)」를 작성했다. 그 글이 『회재선생집(晦齋先生集)』에 있는데, 해월루에서 내연산이 바라보이는 광경을 묘사하고, 해월이라는 이름을 붙인 이유는 시야에 들어오는 것 가운데 장대한 것만을 특별히 표지한 것이라고 밝혔다. 장대한 것을 보고 가슴에 얻는 것은 그저 시각만 즐겁게 하고 품물을 완상하는 일에 그치지 않는다고 했다.

성대중은 보경사에 과거 53개의 암좌가 있었다고 했다. 내연산을 등반할 때는 사찰이 극성했다가 쇠퇴하기 시작했던 듯하다. 보경사는 현재 조계종 제11교구 본사인 불국사의 말사다. 조선 시대 숙종의 어필을 새긴 각판이 있다. 602년 진(陳)나라에서 유학하고 돌아온 대덕 지명에 의해 호국 사찰로 창건되었다. 지명은 진나라에서 유학하고 있을 때 어떤 도인으로부터 받았다는 팔면 보경(八面寶鏡)을 내연산 아래 큰 못에 묻고 그 위에 불당을 세웠다. 왜구의 침입을 막고 이웃

나라의 침략을 받지 않으며 삼국을 통일할 수 있으리라고 했다. 723년에는 각인과 문원이 금당 앞에 5층 석탑을 조성했다. 조선 숙종 3년인 1677년에는 도인 등이 중창 불사를 시작해 1695년 가을에 준공했다. 영조 원년인 1725년, 성희와 관신이 명부전을 이건하고 단청했다.

보경사에는 원진 국사 신승형의 사리를 봉안한 부도와 비석이 있다. 신승형은 지눌에게 법요를 받고, 청평산에서 진락공 이자현의 유적을 탐방하던 중 『능엄경(楞嚴經)』을 발견해 탐구했다. 원진 국사가 입적한 지 3년 뒤 1224년에 「보경사 원진국사비(寶鏡寺圓眞國師碑)」가 건립되었다.

성대중은 대비암에 승려 의민이 거처한다고 했다. 의민은 포항시 청하면 용두리 오두촌에서 태어났다. 남해 현감을 지낸 김석경의 손자다. 1734년 청허 휴정의 8세 법손인 계영 수행에게서 구족계를 받고 보경사의 조실(祖室, 방장)이 되었다. 시승(詩僧)으로서 청천 신유한, 대산 이상정, 현천 원중거, 농수 최천익 등과 교유했다. 보경사 서운암에 의민의 부도가 있으며 입적한 다음해 제자 회관이 비문을 지어 탑비를 세웠다. 성대중은 그의 문집 『오암집(鰲巖集)』에 서문을 썼다.

성대중이 언급한 내원암과 삼동석에 대해서는 자세한 것을 알 수 없다. 그런데 성대중은 구석, 무풍계, 낙하교, 한산대, 습득대, 기화대 등의 명승지가 모두 사명당 유정 대사의

「금당탑기(金堂塔記)」에 나온다고 했다. 이 글은 1588년에 작성되었다고 하는데, 사명당의 글로 보기 어렵다는 설이 있다. 그 가운데 기화대는 다른 문헌에는 기하대로 나온다. 정시한의 『산중일기』에서는 중허대(中虛臺)라고 했다. 1754년에 이상정은 주희의 「취하축융봉(醉下祝融峰)」 제4구인 "낭랑하게 시 읊으며 축융봉을 내려가네."를 읊으며, 본래의 석대 이름은 이 시구에 나오는 비하(飛下)였는데 기하(妓下)로 와전되었을 것이라고 추정했다. 그 자리에서 최천익의 제안으로 비하대로 개명했다. 비하대 정상의 바위 윗면에는 '대산 이선생 명명 비하대(大山李先生命名飛下臺)'가 새겨져 있다.

성대중은 정조 11년인 1787년에 56세로 규장각 교리가 되었다. 1792년 가을, 육서(六書)의 대책문에서 장원을 하고 북청 도호부사가 되었다. 65세 되던 1796년에는 이서구와 함께 『존주록(尊周錄)』을 엮었다. 그해 겨울, 정조는 『춘추』를 새로 간행하려고 대자를 쓰도록 하고 성대중의 학식과 필법이 순정(醇正)하다고 칭찬했다. 이에 성대중은 순재(醇齋)라고 자호했다. 76세 되던 1807년 가을, 포천으로 돌아갔으며 2년 뒤 병으로 죽어 포천 향적산에 묻혔다. 그의 아들 성해응은 문집 『연경재전집』에 명산 유람기들을 수록했다. 물론 「유내연산기」도 수록했다.

3부 _____ 북부의 산

① 이름 없는 봉우리들의 산

임형수(林亨秀), 「유칠보산기(遊七寶山記)」

문암령을 다 내려오자 구름과 안개가 차츰 열렸다. 바야흐로 계곡의 그윽한 광경과 산봉우리의 늠름한 모습을 보니, 티끌세상의 산수와 전혀 다르다. 북쪽으로 20여 리쯤 가서 환희령에 이르렀다. 환희령은 개심사로부터 5리도 떨어져 있지 않으며, 그다지 높고 험하지 않으나 길이 아주 아슬아슬하다. 절에 이르렀을 때는 해가 이미 기울었다. 절은 새로 세 칸을 얽었으며, 거처하는 승려는 서너 사람이다. 노대춘(노연령) 등 여러 사람과 이야기 나누고 바둑도 두다가 고단해서 슬며시 잠들었다. 한밤 삼경 즈음에 홀연 사람 소리가 시끄럽고 횃불 빛이 창에 어른대었다. 무슨 일이냐고 물으니 고을 사또가 왔다고 한다.

413

밤에 눈이 내리기 시작해서 아침까지 이어지다가 늦게야 조금 갰다. 모두들 나막신을 챙겨 산에 올랐다. 임사숙(임종), 윤세필 그리고 군관 김자숙이 먼저 금강굴로 향하고 나와 김명윤(김공순), 노대춘은 개심사 뒤쪽 고개로 올라갔다. 멀리 천불암과 나한봉이 아름다운 옥처럼 천 길이나 우뚝 솟아 층을 이루어 천태만상으로 기괴해, 아무리 세밀하게 아로새기듯 묘사한다고 해도 그 모습을 제대로 형용할 수 없을 것 같다. 벼랑 바위의 가장 높은 곳에 관음굴과 천신굴이 있는데, 사람의 발길이 이른 적이 없는 듯하다. 그 아래에 제자굴과 계종굴이 있다. 또 천보암이 암석 위에 있어, 본래 쇠사슬을 붙잡고 건너게 되어 있는데 암자가 비어 있는 틈에 쇠사슬을 도둑맞았고 암자 또한 산불에 탔다고 한다. 그 아래 담벼락 같은 벼랑바위는 길이가 수십 걸음이나 된다. 그 중간에는 청송굴이 있고 그 동쪽에는 용혈굴이 있으나, 돌길이 너무 험해서 모두 더위잡으며 가볼 수 없다. 서성이며 감탄만 할 뿐이고 다른 곳으로 갈 겨를도 없었다. 마침내 시간이 흘러 음침한 부슬비가 다시 일어나므로, 서글프게 고개의 절(개심사)로 내려가 날이 개기를 기다렸다. 얼마 있다가 임사숙 등이 금강굴에서 돌아와 그 장엄한 경치를 말하는데 또한 우리가 본 것보다 나은 점이 있었다. 그래서 먼 곳을 먼저 가고 가까운 곳을 뒤로 미루지 않은 것이 안타깝기만 했다. 바야흐로 오후 4시경이 되자 빗기운이 잠시 멈추었다. 다시 산에 오르자고 약속해 앞 산봉우리 아래로 내려가니 구름과 이내가 산에 가득해 봉우리는 잠기고 골짜기는 어두워져서 흐릿하고 망망해 시선을 주어도 아무 것도 보이지 않는다. 결국 서로 한을 곱씹으면서 되돌아왔다. 이날 윤세필과 임사숙은 먼저 산을 내려갔다.

다음 날 아침 밥을 서둘러 먹고 일찌감치 산에 올라 금강봉 아래에 이르러 말에서 내린 봉우리를 따라 남쪽으로 갔다. 산 길이 기울고 가팔랐으므로 지팡이와 말채찍으로 서로 끌고 잡아당기고 하면서 가까스로 산허리에 이르렀다. 길이 다시 산을 돌아 북쪽으로 나 있었으므로 벼랑을 타고 내려가는데 험하기 짝이 없다. 도보로 바위산 한 굽이를 감싸듯 둘러 나가 이른바 금강굴이란 곳에 이르렀다. 굴 안은 수백 명이 들어갈 정도로, 두 칸짜리 암자가 구획되어 있고 창문의 빛이 영롱하다. 암자에 거처하는 영남의 한 승려는 여기 온 지 서너 날밖에 되지 않는다고 한다. 산 여울이 흥건해 처마 끝에 떨어지는데, 여름 장마 때가 되면 물이 머물렀다가 흘러서 폭포를 이룬다고 한다. 우물이며 절구며 사람 살던 흔적이 완연해, 세속의 검은 먼지가 이르러 오지 않기에 이곳에서 여생을 보내고 싶다는 마음이 불현듯 일어나서 주체하기 어려웠다. 앞에 아주 높은 대가 있어서 멀리까지 두루 조망할 수 있을 것 같다. 마침내 옷자락을 걷고 지팡이를 버린 채 벼랑을 타고 대 위로 올라갔다. 붉은 골짜기에 임해 아래를 내려다보니 땅은 보이지 않고, 산 전체 경승이 눈 아래 죄다 펼쳐져 있다. 아까 말한 천불암이나 나한봉이란 것들도 대의 북쪽에 있다.

산에 오르는 이유는 무엇인가? 시선 닿는 곳까지 멀리 바라보고 싶어서가 아닐까? 조선 전기의 문인 임형수(1504~1547년)가 1542년 3월에 칠보산을 유람하고 지은 「유칠보산기」에 그러한 욕구가 잘 나타나 있다.

임형수는 본관이 평택, 호는 금호(錦湖)이며 나주 출생이다. 중종 26년인 1531년에 진사가 된 임형수는 1539년 회령 판관(통판)으로 나가야 했다. 내직에 남지 못한 것이 불만스러웠을 것이다. 같은 과거의 방에 합격하고 회령 교수로 있던 윤세신에게 칠보산의 경치에 관한 이야기를 듣고는 판관의 임기가 다하자 칠보산을 유람하기로 했다. 명천 현감 김공순, 경성 교수 노연령, 회령 군수 임종 등이 동행했다.

칠보산은 함북의 금강이다. 백두산 화산맥이 마천령 산맥을 이루고, 동해안까지 이르러 칠보산으로 솟아났다. 칠보의 이름에 대해서는 산중에 금·은·진주·산호 등 7종의 보물이 묻혀 있다고 해서라고도 하고, 일곱 산이 솟아 있다가 여섯 개는 바다에 가라앉고 하나만 남아서라고도 한다. 그러나 불교에서 극락정토의 장엄함을 표현할 때 사용되는 칠보라

는 말에서 왔을 것이다.『무량수경』은 금·은·유리·파리(玻璃)
·차거(硨磲)·산호·마노를 손꼽고,『법화경』은 금·은·유리·차
거·마노·진주·매괴(玫瑰)를 손꼽는다. 조선의 많은 산은 불
교의 명명법을 따랐으나 유교가 발달하면서 유교식으로 대체
되거나 이름이 유지되더라도 본뜻이 망각된 예가 적지 않다.

함북의 칠보산은 내칠보·외칠보·해칠보로 나뉜다. 천덕을
거쳐 칠보산에 들어가 금장사를 보고 개심대와 금강굴에 오
르는 것이 주행로였다. 내칠보의 오봉산에는 826년 발해가
창건한 개심사가 있다. 고려 말인 1377년에 나옹 선사가 중
창했다. 외칠보의 가전다리를 건너면 학이 날개를 펼치고 날
것만 같은 형상의 학무대가 있다. 한편 해칠보는 바다 속 기
둥 바위, 병풍 절벽, 무지개 바위, 촉봉, 솔섬, 줄바위, 강선문
등이 아름답다고 한다. 칠보산에서 현재의 김책시 쪽으로 내
려오면 주흘 온천이다.

칠보산은 규모가 그리 크지 않고 계곡물도 풍부하지는 않
다고 한다. 하지만 함경북도 명승 열 곳을 뜻하는 북관십경
의 하나였다. 숙종 때 남구만은「북관십경도」를 모사하고 글
을 적었는데 칠보산에 대해서는 이렇게 묘사했다.

명천부에서 산등성이를 따라 남쪽으로 50리를 가면 문암이
다. 문암에서 동쪽을 바라보면 하늘에 닿는 큰 산들이 사면에

둘러 있다. 그중에 바위산은 빛깔이 붉은 노을 같다. 봉우리들은 우뚝 뽑혀 나서 기이하고 수려하며, 사방 어디든 산이 없는 곳이 없어 천태만상을 드러낸다. 그 가운데 아주 기이한 것들은 사암, 책암, 주암, 천불봉, 만사봉, 호상대 등의 이름을 지닌다. 혹은 새가 날고 짐승이 달리는 모습이거나 혹은 사람과 사물이 웅성웅성 모여 있는 모습이다. 구름 기운이 모이고 흩어지는 듯하다고 묘사하거나 신기루처럼 갑자기 나타났다 사라진다고 묘사하더라도 그 기이함을 온전히 비유할 수 없을 정도다. 문암에서 10리를 가면 금장사가 있고, 다시 20리를 가면 개심사가 있다. 절의 뒤에 대가 있는데 그곳에 앉으면 온 산의 진면목을 다 파악할 수 있다. 개심사에서 조금 동쪽에 망해대가 있다. 망해대에서 바위 봉우리를 넘으면 금강굴이고, 금강굴에서 10리를 가면 도솔암이다. 사암 아래에 있는 이 암자는 지세가 아주 높다.

남구만에 따르면 이 산에 씨를 뿌리지 않았는데도 메꽃이 자생해, 산승들이 이것을 양식으로 삼았다고 한다.

임형수가 등반할 때까지만 해도 칠보산은 그리 알려져 있지 않았다. 그의 뒤로도 이안눌과 이동언이 유람기를 남겼을 따름이다.

임형수는 칠보산 곳곳의 기괴한 봉우리, 동굴, 골짜기에 이름을 붙였다. 산에서 돌아와서는 자신의 등산에 대해 이렇게 의미를 부여했다.

아아, 하늘이 이 산을 비밀로 하고 바다 구석에 갈무리해 두어서 사람이 알지 못하게 했던 것일까? 아니면 이 산을 아는 사람이 있더라도 험하고 멀어서 직접 눈으로 볼 수 없었던 것일까? 그것도 아니면 이 산을 본 사람이 있기는 하지만 감히 바위며 봉우리에 이름을 붙이지 않았던 것일까? 여기 와서 노닌 사람이 또 누가 있느냐고 물어보니, 산승이 기억하는 바로는 다만 이항 한 사람뿐이라고 한다. 만일 이항 공이 유배되는 처지가 아니었더라면 이 산은 끝내 본 사람이 없었을 것이므로 바위며 봉우리가 아무 명칭을 갖지 못한 것이 당연하리라. 그런데 이항 공이 여기서 죽었으니 그가 본 바를 남에게 전할 수 없었던 것도 당연하다.

나는 임금을 경연에 모시던 신하로서 분수에 맞게 변방 구석에 몸을 맡기게 되어 이곳에 와서 노닐었으니, 정말 크나큰 행운이다. 그런데 백 년 천 년 동안 하늘이 아끼고 땅이 숨겨 둔 구역이 하루아침 만에 나에 의해 온 나라 안에 승경의 이름을 떨치게 된다면, 산을 좋아하는 사람들이 장차 지리산을 심상하게 여기게 되고 풍악에 물릴 대로 물려서 기쁜 마음으로 칠보산을 향해 발길을 돌릴 것이다. 그렇다면 산이 시절을 만난 의미가 크지 않겠는가? 그러니 바위와 봉우리 가운데에 명칭 없는 것들을 내가 어찌 이름 붙이지 않으랴?

임형수는 칠보산의 이름 없는 바위와 봉우리에 이름을 붙임으로써 칠보산의 승경을 온 나라에 알리겠다고 했다. 자신보다 앞서 이항이 이곳에 귀양 와서 칠보산을 유람했으나 산의 이름을 나라 안에 알리지는 못했다. 이항은 중종 때 병조판서로 있으면서 영의정 김안로, 찬성 채무택과 함께 선비들을 탄압했으므로 사람들이 그들을 삼흉(三凶)이라고 지탄했다. 이항은 재주가 있었지만 심술이 부정했다. 그래서일까, 그는 북관에서 죽고 말았다.

산수의 발견을 덕 있는 사람의 우불우와 연계시키는 관념은 당나라 유종원의 「영주팔기(永州八記)」에서 비롯되었다. 유종원은 영주에 좌천되어 있을 때 그곳 산수를 8편의 아름다운 문장으로 기록했다. 당시까지 알려져 있지 않은 승경을 자신의 글로 세상에 알리겠다는 포부에서였다. 아무리 아름다운 산수라도 그것을 알리는 사람이 있어야 하듯이, 자신도 누군가가 중앙으로 불러 주었으면 하고 바란 것이기도 하다.

임형수는 회령 판관의 임기를 마치고 귀환한 뒤 전한의 벼슬을 거쳐 부제학에 승진했다. 하지만 1545년 명종이 즉위하자 을사사화가 일어나면서 제주 목사로 쫓겨났다가 파면되었다. 그리고 2년 뒤 양재역 벽서 사건이 일어났을 때 대윤 윤임의 일파로 몰려 외딴 섬에 안치된 후 사사되었다. 훗날 신원되고, 1702년 나주의 송재 서원에 제향되었다.

임형수는 호당에서 공부할 때 같이 사가독서하던 이황·김인후 등과 친교를 맺고 학문과 덕행을 닦아 사림의 추앙을 받았다. 선조 말부터 광해군 시기 때 활약한 이춘영은 친구에게 부친 서한에서 "근세의 금호 임형수는 사림의 여러 사람이 모두 추앙한 분이므로 그의 문장은 감히 헐뜯을 수가 없다."라고 말하고, 임형수의 「유칠보산기」를 주목하라고 했다.

선조 때 김성일은 명천의 객사에 있을 때 임형수가 칠보산을 노닐면서 쓴 시를 읽었다. 그리고 「명천 객관에서 금호 임형수의 유산시를 읊다(明川館讀林錦湖遊山詩)」를 남겨, 그 후반에서 임형수의 유람을 천상의 유람이라고 예찬했다.

칠보산 지세는 신선의 집을 보호하고	地護靈仙宅
사람들은 학사(임형수)의 시를 전하네.	人傳學士詩
천상의 유람을 부질없이 원한다만	天遊空有願
어느 날에 그윽한 기약을 이루랴?	幾日果幽期

우리가 지금 할 말이다. "천상의 유람을 원한다만, 어느 날에 그윽한 기약을 이루랴?"

2 산과 일체된 선비의 객담

조호익(曺好益), 「유묘향산록(遊妙香山錄)」

우백천(소시리 벼랑) 골짜기 어귀로 들어서서 첫 번째 다리, 두 번째 다리를 건너자 비췻빛 협곡이 활짝 열리고 푸른 물이 가운데로 흘러나온다. 하지만 길을 끼고 양옆에는 녹나무와 삼나무가 하늘을 찌르며 해를 가리고 있어, 숲 사이에서 찰랑찰랑 물소리 울리는 것이 들릴 뿐이다. 세 번째 다리, 네 번째 다리에 이르자 골짜기 안이 그윽하고 고요해, 길이 막혔다가는 다시 트이고 수목이 빽빽했다가는 다시 성글어지고는 한다. 곁에는 옥 병풍이 늘어서 있고 앞에는 옥 죽순이 뽑혀 나 있다. 벼랑에 부딪혀서는 계곡물이 돌아나가고, 바위에 부딪혀 닿아서는 구름이 일어난다. 가다가 쉬다가 하면서 냇물에 임해 멈추었다. 밝은 모래와 푸른 이끼가 깔렸고, 위수(渭水)처럼 깨끗해 시커먼 색이 없다. 앞으로 더 가서 여섯 번째 다리를 건너, 서성이면서 사방을 둘러보았다. 혹은 날카로운 칼과 기다란 창이 삼엄하게 꽂혀 마주선 듯하고, 혹은 난새의 참마와 학의 수레가 날 듯한 걸음으로 내닫기도 하고 비실비실 걸음을 떼기도 하는 듯하다. 그러면서 조심스레 보호하듯 형세를 이루어 하나의 별천치를 이루었다. 붉은 노을과 푸른 덩굴은 휘황하게 서로 어우러지고, 울리는 시냇물과 내달리는 강물은 시끄러운 소리를 내며 쫓듯 쫓기듯 내려가서, 눈을 놀라게 하고 귀가 쫑긋하게 해 정신과 모골이 쇄락하게 된다.

더 가서 한 절에 이르니 곧 보현사다. 백족(白足, 승려)이 두셋 있는데 외모가 맑고 수척하다. 하늘에 가득 찰 만큼 스스로 고원하다고 여기는 승려가 사해의 인물이라도 만나듯 읍례하면서 맞이하며 웃는다. 법뢰각으로 인도해 자리를 내주기에 앉았더니 넓고 우람하고 큼지막하고 상쾌하다. 앞에는 삐죽삐죽한 산들이 읍례하고 있는데, 세 봉우리가 특히 기이하고 빼어나다. 승려가 그 산들을 손가락으로 가리키면서 말했다. "저건 탐밀이고 저건 굉각이고 저건 탁기입니다. 옛날 서역의 두 승려가 천하의 명승지를 두루 돌아다니다가 마침내 여기서 참된 구역을 얻어 깃발을 세워 표시했답니다. 그 때문에 이 세 이름이 있게 되었죠." 이 말은 증거가 없다. 그러나 우리나라 시를 살펴

보면 외국 행각승에게 준 시들이 있으니, 이 또한 다른 나라에서 와서 여기 거처했던 승려가 어찌 없었다고 하겠는가? 완전히 거짓이라고는 할 수 없다.

사찰의 정원에 안왕(雁王)을 세워 두었는데, 금탁 소리가 10리나 멀리 퍼진다. 승려를 다그쳐 누가 경영한 것이냐고 물었더니 이마가 튀어나온 상을 한 귀인이었는데 누구였는지 가물가물하다고 한다. 관음전에 이르러 소요하면서 눈요기를 했다. 서리 같은 칼날이 칼집에서 뽑혀 나와 늠름하게 하늘을 향하고 있는 듯한 것은 검봉이라고 한다. 화사한 옥 같은 사람이 좌정하고 제후들이 우러러 보는 듯한 것은 궤봉이라고 한다. 햇볕이 쬐자 아지랑이가 일어나고 구름이 물씬 일어나서 둥둥 떠 있는 듯한 것은 중봉이다. 모두 모양을 두고 이름을 붙였다. 잠깐 사이에 보슬비가 부슬부슬 내려, 작은 누헌이 조금 서늘하기에 한가로이 산보하니 세상을 버리고 홀로 우뚝 서 있는 기분이 들었다.

밤이 이미 초경, 이경이 되자 하늘의 소리도 땅의 소리도 인간의 소리도 모두 적막하고 다만 자규의 꾹꾹 우는 소리만 들려, 그 소리가 맑고도 원망 섞인 듯하다. 나는 이렇게 말했다. "저 새는 보위를 헌 신발 벗듯 벗어던지고 봄 나무에 자취를 깃들이고는 고국으로 돌아가고파 하는 마음을 천년 동안 하루같이 지녔으니, 맹자가 말한 이른바 명성을 좋아하는 자가 아니겠는가?" 그러자 이여인(이우량)이 말했다. "무슨 그런 틀린 말씀을 하십니까? 지위 잃어버릴까 걱정하는 무리는 탐욕이 끝 없어서, 심지어 군주를 시해하고 자리를 도둑질하는 자들도 어깨가 서로 부딪힐 정도로 세상에 많습니다. 그래서 자규가 고향으로 돌아가고 싶어 한다는 말에 가탁해 나라를 버리게 된 참뜻을 보여 준 것일 따름입니다." 그 말을 듣더니 송인숙이 탄식했다. "지금 우리들은 부모 슬하를 멀리 떠나 관서 바깥을 목적 없이 노닐고 있소. 오늘 저 자규가 우는 것은 멀리 노니는 나그네 처지인 우리를 위해서가 아니겠소?"

이 글은 선조 때 조호익(1545~1609년)의 「유묘향산록」에서 발췌한 것이다. 조호익은 퇴계 이황의 문인으로 본관은 창녕이다. 선조 8년인 1575년 경상도 도사 최황이 부임해 그를 검독에 임명하고는 한정(閑丁) 50명을 뽑아 액수를 채우라고 하자 병을 핑계로 거절했다. 최황이 그를 토호라고 지탄해 장계를 올렸으므로 이듬해 그는 강동에 유배 가게 되었다.

강동에 귀양 살던 조호익은 1585년 4월 18일부터 5월 4일까지 16일간 평안도 영변 남쪽 묘향산에 다녀왔다. 강동 사람 이여인과 그 아우 이여경을 안내자로 삼고 산승 혜림을 대동했다. 중간에 자신의 이종 형제인 송인숙이 와서 합류했다. 그들은 말을 타고 서강으로 가서 배를 타고 강을 거슬러 올라가 와룡교를 지나 참파성에 이르렀고, 안국사에 묵었다. 다시 철옹을 떠나 독송정을 거쳐 우백천에 이르러서는 여섯 개의 다리를 건너 묘향산 보현사로 들어갔다. 위의 글은 바로 그 여섯 다리를 건너는 노정부터 시작한다. 맨 앞부분은 계곡물과 바위 벽을 세밀하게 묘사했고, 중간 부분은 보현사와 안왕의 연기(緣起)에 대해 해설했으며, 후반부는 자규의 울음소리가 지닌 의미를 세 사람의 말을 통해 여러 면에서 탐색했다.

자규는 두견새로, 혹은 소쩍새와 같다고도 하고 혹은 소쩍새와는 다르다고도 한다. 촉왕 두우가 보위를 빼앗기고 타향에서 죽은 뒤 두견새가 되었다고 해, 두우는 망제(望帝)라고도 부른다. 『화양국지(華陽國志)』에 나온다.

조호익은 묘향산의 뿌리가 수백 리에 걸쳐 있으며 멀리서 보면 하늘 한쪽에 검은 바위 벽을 세운 듯하다고 했다. 묘향산에서도 희천 비로봉이 있는 곳을 구향산 혹은 외향산, 보현사가 있는 쪽을 신향산 혹은 내향산이라고 부른다. 이 산은 향나무와 감탕나무가 많아 향기롭고 신선의 자취가 서려 있기 때문에 묘향산이라고 부른다고 한다. 또 보현 보살이 주재한다고 해서 아미산이라고도 불렀다. 고려 말 이색은 "묘향산은 장백산의 분맥으로 향나무가 많아서 겨울에도 푸르며 선(仙)과 불(佛)의 고적이 남아 있다."라고 했다. 서산 대사 휴정은 묘향산이 지리산의 웅장함과 금강산의 수려함을 함께 지녀 장대하면서도 수려하다고 평했다. 더구나 이 산은 단군이 내려왔다는 전설이 있을 만큼 존중되었으므로 형승의 관점에서만 비교하는 것은 옳지 않을 듯하다. 가령 『삼국유사』는 묘향산을 태백산이라 기록하고, 환웅이 내려온 삼위태백을 묘향산이라고 했다. 또 고구려 주몽은 비류국을 아우르고 다물(옛땅 되찾기)을 선언한 뒤 오이와 부분노에게 태백산 동남쪽 행인국을 정벌하게 했는데, 그 태백산이 바로 묘향산일 가능성이 있다. 운수학에 정통했던 정희량은 연산군이 광노(狂奴)라고 지칭한 인물인데, 사화를 피해 이천년(李千年)이라 개명하고 묘향산에서 선도를 닦다 죽었다고 전한다.

조호익의 글 속 대화문은 고증적 취미와 애상적 정서를 복합적으로 드러낸다. 고증적 취미는 탐밀·굉각·탁기 등 세 봉우리의 명명에 관한 대화에서, 애상적 정서는 자규 울음소리에 대한 해석에서 잘 드러난다. 그러나 실은 어느 경우도 사안 자체를 깊이 분석하려고 하지 않았다. 대화는 산행의 맛을 살리는 여흥 정도로 그쳤다.

보현사 승려가 탐밀·굉각·탁기라는 이름의 기원을 설명했을 때 조호익은 진위를 굳이 따지려 하지 않았다. 보현사 승려는 탐밀과 굉각을 서역 승려로 보았으나 두 사람은 실은 고려의 승려였다. 탐밀은 황주 용흥군 사람으로, 25세에 출가해 화엄교관을 전수했다. 1028년 연주산에 절을 창건하고 주석(住錫)했다. 굉각은 탐밀의 조카인 굉확으로, 탐밀이 절을 세운 지 10년 후에 그의 제자가 되었다. 두 사람의 덕망이 높아져서 배우려는 자가 몰려들었다. 그래서 1042년 원래의 절이 있던 곳에서 동남쪽으로 백 보 떨어진 곳에 243칸의 대찰을 창건했다. 하지만 전란으로 여러 차례 소실되고 다시 지어졌다. 고려 말 1361년에 이르러 불교계의 종장 나옹 선사가 세 번째로 창건했는데 혹은 지원 법사가 그러했다고도 한다.

조선 명종 때 문정 왕후의 지원을 받은 허응 대사 보우는 보현사야말로 우리나라에서 첫손 꼽는 총림이라고 했다. 그 후 서산 대사가 주석하면서 이 절은 우리나라 제일의 명찰이 되었다. 서산 대사의 서산은 곧 묘향산을 가리킨다. 임진왜란 때 서산 대사는 묘향산을 중심으로 의승을 모아 평양 전투에 참전했다. 그 공으로 팔도선교도총섭의 승직을 제수받았으나 제자 유정에게 이를 물려주고 묘향산에 돌아와 입적했다. 서산 대사의 저서 『선가귀감(禪家龜鑑)』은 1731년 보현사에서 판각한 책이 가장 널리 유포되었다. 그의 법맥을 이은 법종은 「속향산록(續香山錄)」을 지어 묘향산의 봉우리와 사찰에 대해 세세한 기록을 남겼다.

조호익은 묘향산의 신령한 기운이 단군을 낳았다는 사실을 부정하지 않았다.

한 대(臺)에 오르니 세 면이 뚝 끊어졌고, 쇠 벽이 일만 길이

나 된다. 봉우리가 한곳으로 모여서 둘러서서 읍례하기를 마치 공경하는 뜻이 있는 듯하다. 산의 빼어난 기운이 실로 여기에 모여 있다. 세상에 전하기를 단군이 이곳으로 내려왔다고 한다. 나는 배회하고 부앙하면서 탄식해 말했다. "이곳은 정말 이인을 낳을 만하구나!"

곁에 있던 사람이 말했다. "산이 기이하고 빼어나기는 합니다만 산이 절로 사람을 낳을 리 있겠습니까? 니구는 추나라 사람을 통해서 우리의 성인(공자)을 태어나게 했고, 아미는 소씨를 통해서 삼부자(소순·소식·소철)를 낳게 했습니다. 하지만 이는 신백과 여백이 사악의 신령으로부터 탄강한 것처럼 정기가 사람에게 모여 태어난 것이거늘, 이야기 전하는 사람들이 나무에서 태어났다고 견강부회까지 한 것이 아니겠습니까?"

나는 말했다. "그렇지 않습니다. 만일 지금이라도 기린이 잉태해 새끼를 낳을 수 있다면 여기 기린이 있겠지요. 봉황이 지금이라도 알을 낳아 새끼를 기를 수 있다면 봉황이 있겠지요. 하물며 원초의 질박하고 순실한 기운이 아직 사라지지 않았고 삼광(해·달·별)과 오악의 기가 온전해 그 굴곡진 형기와 아름다운 기운이 모여 저절로 기이한 품물을 낳기 충분한 경우에야 더 말해 무엇하겠소? 그러니 산이 이 분을 낳았다고 해서 무엇이 괴이하단 말입니까?"

민족 사학에 따르면 단군이 강림한 태백산은 압록강 바깥에 있다고 한다. 하지만 조호익은 산악의 신성성을 말하기 위해 묘향산이 단군을 낳았다는 사실을 말했다.

16일 동안의 산행을 마치고 귀양지의 셋집으로 돌아왔을 때, 조호익은 마치 저 서역의 구자와 동해 바깥 삼신산에 다녀온 느낌이 들었다. 스스로 묘향산과 정신적으로 교유한 지 오래되어 산과 자신이 잠시도 떨어진 적이 없었던 것처럼 여겨졌다.

작고 누추한 집으로 되돌아와서 덩그마니 홀로 생각에 잠기매, 베갯머리 하나에서 구자의 나라와 삼신산 그리고 십주에 가 있는 듯 여겨졌다. 무릇 위모(전국 시대 위나라의 공자)는 몸이 강호에 있되 생각은 위나라 궁궐에 있었고 강락(동진의 사영운)은 자취가 산림에 있으나 마음은 속세에 있었다. 물은 물로 돌리고 산은 산으로 돌렸으니, 산과 물이 자기 자신에게 무슨 관계가 있었던가? 세상에는 진실로 유신(庾信)의 동산에 거처해도 도성의 시끄러움을 겪는 사람이 있고 안자(晏子, 안영)의 집에 있어도 자연의 그윽함을 누리는 자가 있는 법이다. 그러므로 산수의 즐거움은 마음에 있지, 몸에 있는 것은 아니다.

내가 이 산에 대해서는 정신으로 교유한 지 오래되었다. 오늘 돌아와 가만히 서로 부합하고 마음으로 융회하니, 산이 나와 언제 잠시라도 떨어진 적이 있었던가? 누우면 우람하게 나를 굽어보고 일어서면 바로 준엄하게 곁에 있어서, 기거하고 생활하는 어느 한 순간도 산에 있지 않은 적이 없다. 책상과 자리 맡이 바로 천암만학이니 내가 산에 있는 것인지 산이 내게 있는 것인지를 모르겠다. 이번 유람의 기록은 특별히 노닐던 사실을 기록했으므로 산에 대해 달리 기록할 필요가 없다.

중국 북주 때 유신은 「소원부(小園賦)」에서 다음과 같이 말했다. "내게는 서너 이랑 크기의 허름한 집이 세속 바깥에 고즈넉하게 있기에 여기서 생활하며 짐짓 바람과 서리를 피할 수가 있다. 안영이 그랬듯이 저자 가까이 살더라도 아침저녁의 이익을 추구하지 않으며, 반악이 그랬듯이 도성에 면해 거처하더라도 한가한 생활의 즐거움을 누리는 것과 같다." 조호익은 비록 유배 온 처지이기는 하지만 그러한 정신적 여유를 누리겠다고 했다. 그 지향은 바로 묘향산을 등람한 뒤에 확고해졌다. 조호익은 기거하고 생활하는 어느 한 순간도 산과 자신이 떨어진 적이 없었으며, 자신이 산에 있는 것인지 산이 자신에게 있는 것인지도 모를 만큼 산과의 일체감을 느낀다고 했다. 「유묘향산록」에서 산의 형세라든가 바위나 초목에 대해 세세하게 묘사하기보다 산속에서 뜻 맞는 이들과 객담을 주고받은 일을 더 많이 적은 것은 다 이유가 있었다. 굳이 산을 따로 묘사할 필요를 느끼지 않았기 때문이다.

옛사람 말에 전벽이 있고 마벽이 있으며 좌전벽이 있다고 했다. 전벽은 돈 밝힘증을, 마벽은 좋은 말을 밝히는 병을 말한다. 좌전벽은 진(晉)나라 두예가 『춘추좌씨전』을 하도 좋아해서 군주인 무제에게 자신에게는 좌전벽이 있다고 고백한 데서 나온 말로, 지나친 지식욕을 상징한다. 그런데 조호익은 묘향산에 갔다 와서 연하벽에 걸리고 말았다고 했다. 연하벽은 산수에서 피어오르는 안개와 노을, 곧 자연의 경치를 지나치게 사랑해 다소 인간 혐오증을 갖기까지 하는 것을 말한다. 묘향산에서 돌아온 뒤 20여 일이 지나 조호익은 김숙후란 사람에게서 향풍산이 명산이라는 말을 듣고 참지 못해 곧바로 그 산을 찾았다. 그리고 「유향풍산록」을 지은 그는 "산수를 즐기는 것은 곧 환난에 대처하는 유력한 방법이다."라고 결론지었다. 조호익은 환난에 걸려 울적했던 마음을 털어버리려다가 연하벽을 앓게 된 것이다.

조호익은 1592년 임진왜란이 일어나자 유성룡의 청으로 유배에서 풀려나 금오랑에 특별 임명되었다. 즉시 행재소가 있는 중화로 달려갔으며, 소모관으로서 군민을 규합해 중화·상원에서 전공을 세워 녹비를 하사받았다. 이어 형조 정랑·절충장군에 승진하고, 1593년 평양 전투에서 공을 세웠다.

③ 원근법으로 묘사한 만폭동 풍광

박제가(朴齊家), 「묘향산소기(妙香山小記)」

한나절쯤 금강굴을 넘었다. 금강굴은 바위가 위에서 덮어 움집처럼 되어 있어, 아 하고 입을 벌린 형상이다. 잠시 들어가 서 있자니 머리에 아무것도 이지 않았는데도 무거운 듯한 느낌이 들었다. 부처는 짓눌리는 것을 두려워하지도 않고 그 가운데 의연히 앉아 있다. 어떤 이는 지팡이를 들어 존자를 뚫어 보기라도 하려는 듯 그 부처가 움직이는지 어떤지를 시험한다. 바위가 비록 단단해 믿을 수 있다고 해도 나는 차마 그렇게 해 보지 못하겠다. 높이는 서울 창의문 뒤에 있는 불암에 비길 만하되 좀 더 널찍한 데다가 창을 터 두었다.

저쪽 토령을 쳐다보니 다섯 리쯤 되겠다. 잎이 벗어진 단풍나무는 가시 같고, 흘러내린 자갈은 길에 널렸다. 뾰족한 돌이 낙엽을 뒤집어쓰고 있다가 발을 디디자 삐져나와, 하마터면 자빠질 뻔하다가 일어서니 손이 진흙으로 범벅이 되었으므로 뒤에 오는 사람들의 웃음거리가 될까 부끄러웠다. 단풍잎 하나를 주워 들고는 그들을 기다렸다.

만폭동에 앉자 석양이 사람을 비춘다. 거대한 바위가 산마루 모습을 이루고 긴 폭포가 그 바위를 타고 넘어 흐른다. 물흐름이 모두 세 번 꺾이고서야 비로소 바위 뿌리를 짓씹고는 움푹하게 들어갔다가 솟구쳐 일어나는데, 흡사 고사리 움이 떨기져서 주먹을 쥐고 나오는 것 같기도 하고 혹은 용의 수염 같기도 하고 혹은 범의 발톱 같기도 하며 혹은 무언가를 낚아챌 듯하다가 그친 것 같기도 하다. 뿜어 나오는 소리가 한바탕 온 산을 기울일 듯한 후 아래로 흘러내려 서서히 넘치다가는 웅크렸다가 다시 또 새어 나가는데, 마치 숨을 헐떡거리는 것도 같다. 한참을 가만히 듣고 있노라니 내 몸도 또한 그것과 더불어 호흡을 하게 된다. 조금 있다가 잠잠해 아무 소리도 들리지 않더니 조금 있다가 더욱 거세져서 휙 휙 소리를 낸다.

바지는 정강마루까지 치키고 소매는 팔꿈치 위로 걷어붙이고는 두건과 버선을 벗어서 고운 모래밭에 내던진 후, 둥근 바위로 엉덩이를 고이고 물 가운데 잔잔한 곳에 걸터앉았다. 작은 나뭇잎이 잠길락 뜰락 하는데, 그 잎의 뱃거죽은 자줏빛이고 등짝은 노랗다. 엉긴 이끼가 돌을 싸고 있으면서 반짝거리는 것이 미역과도 같다. 발로 물을 베자 발톱 사이에서 폭포가 일어나고, 입으로 물을 머금어 양치질하자 이 사이에서 빗줄기처럼 물줄기가 쏟아진다. 두 손으로 물을 휘저어 보니 물빛만 번득일 뿐 내 그림자는 없어지고 말았다. 눈 흰자위를 씻고 얼굴의 술기운도 가시게 했다. 때마침 가을 구름이 물에 비쳐 나의 정수리를 어루만진다. 온갖 나무가 계곡의 한 가닥 길을 끼고 늘어서 있다. 멀리 있던 하늘이 폭포 바로 위에 있어, 바라보니 목만 늘이면 닿을 것만 같다.

폭포 위를 거슬러 올라가기 시작하자 바위 형세가 펀펀하게 넓어졌으나 어지러운 물줄기가 이리저리 흘러 갈라져 발을 붙이기 어렵다. 아래에 있는 여러 사람이 내가 떨어질까봐 걱정하며 말렸으나 내가 말을 듣지 않자 그저 바라볼 뿐 더위잡고 올라오지는 못한다. 한걸음 더 올라가 머리를 돌려 보니 내게 손짓하는 손과 나를 부르는 입들을 역력히 셀 수 있을 듯하다. 다섯 걸음 더 가서 머리를 돌려 보니 그들의 눈과 눈썹이 나를 향해 올려다보고 있다. 열 걸음 뒤에 머리를 돌려 바라 보니 갓 쓴 머리가 마치 상투만 하고, 옷이 푹 젖어 있는 모습만 식별할 수 있을 뿐이다. 백 걸음쯤 더 올라가서 뒤돌아보니 동구의 사람들이 폭포 밑에 앉아 있는 듯 보이는데, 폭포 밑의 그들은 이미 나를 보지 않고 있다.

거친 수풀 사이에 길이 끊어지고 저녁 해 또한 낮아졌으므로 숙연하게 오싹해져서 나도 모르게 걸음이 바빠졌다. 저만큼 갔다가 되돌아오는 회초리가 얼굴을 때리고 여럿으로 갈라진 가지가 아래옷의 단을 찢는다. 쌓인 낙엽 속에서 샘물이 스며 나와 무릎 밑은 진창같이 질척질척하다. 이에 물길이 끝나고 근원이 나타났는데, 잔잔해 소리가 없으며 바위 뿌리에서 새어 나오고 있다. 북쪽으로는 큰 골짜기를 조망할 수 있으나, 휑하게 뚫려 있으면서 그윽하며 붉게 물든 나무가 가득 들어차 있을 뿐 다른 아무 것도 없다. 그 건너 향로 상봉이 지척에서 금시라도 다가올 듯하다. 공중으로 오르는 길은 다리 하나면 건너갈 수 있으련만, 선계와 인간 세계가 확연하게 갈린 듯 멀리 떨어져 있으므로 아득해서 이르러 갈 수 없다. 결국 서글픈 마음으로 돌아와야 했다.

대략 바위의 형세는 배를 드러내고 볕을 쬐면서 앞가슴까지 헤쳐 두고 있는 듯한데, 아래는 불룩하고 가운데는 잘록 들어가 있으며 주름이 두어 줄 배꼽에 가로질러 있다. 내가 아까 올라갔던 곳은 소의 두 뿔 사이 이마 위와 같은 곳이다. 알지 못하겠다! 바위가 생길 적에 그 속이 비어 엎어 놓은 독같이 되었는가? 아니면 철저하게 통돌로 되었는가? 두들겨 보면 어찌 그리 굳으며 외쳐 보면 어찌 그리 울리는가! 샘의 근원은 크지 않아 처음 나올 때는 띠 폭만 하거늘, 바위를 빌려 소리를 내고 끝에 가서는 제멋대로 쏟아진다. 이것이 대자연의 권능이다.

내가 처음 올라올 적에 스님 한 사람이 따라와 돌아갈 길을 일러 주었다. 내려와 보니 일행은 모두 가버리고 견여를 동구에 남겨 두어 타고 오게 해 두었다. 나는 걸어서 퇴락한 가섭암에 서부터 바위틈을 따라 서쪽으로 단군대를 넘었다. 발품이 남보다 10리나 더 들었다.

남보다 더 걸은 10리 길은 남보다 더 발견한 등산의 즐거움이요, 인생의 가치다. 그렇기에 나는 산의 형세와 물의 흐름을 맛깔스럽게 묘사할 수 있었다. 산과 물은 객체로서 저만치 있는 것이 아니다. 나는 그 물을 발로 차고 입에 머금어 본다. 폭포 위 바위로 올라가면서는 뒤돌아볼 때마다 인물들의 모습과 주변 광경이 점점 멀리 작아지는 것을 새삼 인식했다. 그렇기에 나는 내가 목도한 것을 원근법에 따라 세밀하게 묘사할 수 있었다. 우리나라 한문 서사에서 원근법에 따라 사물을 이처럼 정확하게 묘사한 글이 또 있을까?

원근법을 구사해 풍광을 묘사할 줄 알았던 이 사람은 곧 『북학의』의 저자 박제가(1750~1805년)다. 박제가의 묘향산 유람은 그가 19세 되던 해인 1769년 9월에 이루어졌다. 그렇기에 젊은 시절의 감각이 이 글에 잘 나타나 있다. 유람에 동행한 이한주는 충무공 이순신의 후예로 박제가의 매제다. 뒷날 남산에서 활쏘기 연습을 하다가 잘못 날아든 화살에 맞아 죽고 말았다. 자식도 두지 못했다. 박지원이 「이몽직애사(李夢 直哀辭)」를 지어 애도했다.

박제가는 승지 박평의 서자라서 출세가 어려웠다. 게다가 감수성이 예민했다. 그는 감각적 필치로 자연과 인간 사회를 묘사했으며, 때로는 세상을 미워하는 신음을 글로 적어 내었 다. 진작 문학적 재능이 알려져 19세 때부터 박지원 등 북학 파 지식인들과 교유했다. 이때 이덕무와 유득공이 그에게 묘 향산 유람을 부추겼다. 그래서 박제가는 초록 도포를 입고 자줏빛 나귀에 올라, 허리에는 칼을 차고 안장에는 책을 싣 고 떠났다. 본래 그는 키가 작고 볼품이 없었다고 한다. 일생 수염을 정성껏 기른 것도 왜소한 모습을 보상하려는 것이었 는지 모른다.

박제가는 정조 원년인 1776년 이덕무·유득공·이서구와 함께 『한객건연집(韓客巾衍集)』에 시가 수록되어 청나라까지 이름이 났다. 그 시집을 사가시집이라고 한다. 1778년에는 사은사 채제공을 따라 청나라에 가서 청나라 학자들과 교유 했다. 이와 비슷한 시기에 서얼층의 처지를 동정한 정조는 서 얼 허통 절목을 공표하고 규장각에 서얼 지식인을 위한 검서 관의 직을 설치했다. 박제가는 검서관으로 뽑혀서 13년간 규 장각 내·외직에 근무했고 1786년에는 「구폐책(救弊策)」을 올려 신분 차별 타파와 상공업 장려를 주장했다. 1790년 두 번째 연행 길에 올랐다가 귀환 도중 압록강에서 왕명을 받아, 원자(뒷날의 순조) 탄생을 축하해 준 청나라 황제의 호의에 보답하기 위한 사절의 일원으로 다시 연경으로 떠났다. 이러한 사적만 보면 박제가는 조정 안팎에서 큰 신뢰를 얻은 것처럼 여길 수 있다. 하지만 그렇지 않았다.

정조 2년인 1797년 2월 25일, 동지경연사 심환지는 박제가가 품수(品數)의 구별을 무시하고 호상(胡床)에 앉았다고 해서 파직을 청했다. 당시의 사정은 『정조실록』 해당 일자에 실린 심환지의 계청 속에 나타나 있다.

거둥할 때 동반과 서반에 설치할 초상에는 품수의 구별이 있어서 문반은 참의 이상, 무반은 아장 이상이라야 이를 이용할 수 있습니다. 그런데 연전에 신이 이조에 있을 때 첨중추부사 이창욱이 반상의 경대부들 사이에 앉아 있는 것을 보고 헌리를 불러 치워 버리게 한 일이 있습니다. 그런데 또 근래에 상께서 현륭원에 거둥하실 때 전 오위장 박제가가 반열 속의 호상에 앉아 있기에 신이 각예(규장각 소속의 종)를 시켜 물어보게 했더니, 박제가가 화를 벌컥 내며 "이 호상은 본래 우리 집 것인데, 하인을 시켜 가져온 것이다." 했습니다. 그의 처신이 공순치 못하고 말이 매우 패려궂으므로 작은 일이라 해서 놔둘 수가 없습니다. 박제가를 파직하소서.

 정조는 "박제가가 공손치 못하게 대답한 것은 원래 사람이 경솔해서 예법을 몰랐기 때문일 것이다. 앞으로 옛 규례를 거듭 밝혀서 이러한 폐단이 없게 하라."라고 했다. 하지만 이조판서 이병정은 『대전통편』을 들먹이며 당상관은 호상에 앉고 수레나 가마 덮는 안롱 든 자가 앞에서 인도하지만 당하관 정삼품은 안롱만 지참하도록 되어 있다는 점, 박제가는 잡기 당상으로서 첨지나 오위장을 지냈지만 호상에 앉을 수는 없다는 점을 지적했다. 그는 앞으로 문관과 음관으로서 도정을 지낸 자와 무관으로서 승지와 총관을 지낸 자만 호상에 앉도록 법제화해야 한다고 주장했고, 결국 정조는 윤허하고 말았다.

 정조가 죽고 순조가 즉위하던 1800년, 박제가는 철옹에 나가 있었다. 이듬해 사은사 윤행임을 따라 이덕무와 함께 네 번째 연행 길에 올랐다. 하지만 돌아오자마자 동남성문 흉서 사건의 주모자 윤가기와 사돈이었다는 이유로 종성에 유배되었다. 1805년에 풀려났으나 곧 죽고 말았다.

④ 산어귀 절에서 눈으로 본 사리

이광려(李匡呂), 「뇌옹사리찬(瀨翁舍利贊)」

뇌옹은 술을 즐기고 여색을 밝혀서 평소 승려의 행실이 무엇인지도 모르던 사람이다. 나와 함께 묘향산에 들어갔는데, 산에 들어간 첫날 저녁 보현사 관음전에 모여서 밥을 먹게 되었으니 때는 4월 22일(1767년)이었다. 뇌옹이 막 숟가락을 뜨려고 할 때 갑자기 어금니 사이에서 절그럭하면서 무엇이 나오는데, 뼈도 아니고 돌도 아닌 것이 희게 반짝거렸다. 승려가 놀라며 "사리다!"라고 했다. 옹은 피식 웃으면서 "내게서 어떻게 사리가 나와? 하릴없는 생선 눈알 같은데? 절밥은 나물뿐이니, 이거 정말 뭐지?"라고 했다. 승려가 말했다. "이게 이른바 치사리입니다. 저는 여러 번 보았습니다. 모양이 바로 이와 같습니다. 공께서 어떤 수행을 하셨기에 이게 나오는지 모르겠습니다. 아니면 전생의 인연인가요?"

나는 이렇게 말했다. "이른바 사리라는 게 어떤 것인지 나는 모르지만 만약 마음이 선해야 나온다고 할 것 같으면 옹이야 말로 바로 그런 사람이오. 전생을 들먹일 것도 없소. 그런데 금 세에서의 선(善)도 숙세의 전생이 아닌 것이 없소. 옹이 아무리 주색을 밝히고 헛되게 반생을 보냈다고 하지만 그 마음은 참되 고 그 뜻은 활달하며, 본성상 정직하지 못한 것을 미워하고, 젊 어서부터 늙기까지 장단과 득실이 한결 같다오. 만일 돌아가신 부처가 사람들 속에서 사람을 가린다면 필시 이런 사람을 고를 것이지, 필시 자질구레한 일에만 조심할 뿐이고 마음은 비뚤어 진 사람을 고르지는 않을 것이오. 그렇기에 깊은 산속에서 수 행을 쌓아도 꼭 사리가 나오라는 법이 없소. 천성대로 활달하 게 사는 사람에게서 더러 이런 기특한 일을 볼 수 있으니, 형적 을 가지고 구할 것은 아니오. 옹은 평소 성심으로 허여하는 사 람을 만나면 처음 본 사이라 할지라도 오랜 친구같이 여겨서 그 를 위해 끓는 물이나 타는 불에 들어가기도 꺼리지 않는다오. 가끔 주색에 빠져 재물을 축내고 남을 업신여기고 껄껄 웃으며 조롱하는 것이 얼핏 보기에 단정치 못한 사람 같지만, 진실로 주도하고 꼼꼼하며 엄정하고 중후해서 마음 씀씀이가 막힘이 없고 평소의 바람 또한 쉽게 만족한다오. 겉으로는 아무리 다

잡지 않는 듯해도 열 번 고꾸라지고 아홉 번 쓰러지더라도 마귀나 외도에 끝내 떨어지지 않을 사람이오. 사람됨이 정말 이러하므로 평소 불교의 이치에 어둡지만 마음씨와 겉모습이 가끔 우연히 부처와 닮은 면이 있다고 하는 것이 우리가 늘 하던 말입니다. 아마도 전생에 근성이 있었기에 비록 불법을 배우지 않았다 하더라도 실로 그 근성이 없어지지 않았을 것이니, 오늘 사리가 나온 일을 두고 옹에 대해 놀라거나 괴이해 할 필요가 없어요. 옹의 집안 어른 한 분은 눈에서 사리가 나왔는데 그러고도 수십 년 뒤에야 돌아가셨소. 사리가 나온 곳은 눈자위 위에 자국이 남아서 남들이 늘 보아 알 수 있었다오. 오늘 또 규백에게 이런 일이 생겼으니, 전씨 집안에는 어찌 이렇게 선남자가 많은 것인지요! 내 성미가 편벽되어, 몸가짐을 검속하는 사람들 가운데서 제대로 된 사람을 찾는다면 꼭 그런 사람을 다 찾아낼 수는 없지만, 검속하지 않아 몹시 범속하고 아주 천근한 사람 중에는 더러 탄이하고 무심해 극히 존경할 만한 사람이 있다고 늘 여겨 왔다오. 이런 사람은 또한 자기의 좋은 점을 스스로는 모르므로 그 좋은 점이 다른 이보다 훨씬 낫답니다. 더구나 몹시 범속하지도 않고 아주 천근하지도 않은 사람인 경우에야 무엇을 더 말하겠습니까?"

뇌옹사리찬을 짓는다.

옹의 성은 전씨, 이름은 택량이요, 규백은 그의 자다. 내가 천 리 길을 온 것은 규백을 보려 한 것인데, 이런 일을 보게 되니 이번 걸음은 아마 헛걸음이 아닐 것이다. 그러나 규백은 오직 무심해 이런 일을 가져왔으니 규백을 관찰할 사람은 반드시 이 뜻을 알아야 하지, 사리를 일대사로 여겨서는 안 된다.

이 글을 읽고 웃지 않는 사람은 아마 목석일 게다. 묘향산 구경을 떠나 보현사에 묵은 첫날 밤, 이광려(1720~1783년)는 어려서부터 알고 지낸 선천 사람 전택량에게서 치사리가 나오는 것을 보았다. 평소 술을 즐기고 여색을 밝혀 승려의 행실이 무언지조차 알지 못하던 사람에게서 말이다. 절간이라서 푸성귀밖에 내주지 않았거늘, 생선 뼈같이 생긴 이것이 어디서 나왔느냐며 되묻는 전택량의 모습은 꼭 반찬 투정하는 어린애 같다.

전생의 인연까지 언급하는 승려의 말이 우스운데, 이광려는 보현사 승려를 넌지시 누른다. 깊은 산속에서 수행을 쌓는다고 꼭 사리가 나오라는 법이 없고, 오히려 천성대로 활달하게 사는 사람에게서 더러 이런 일이 나타난다고 말이다. 그렇다면 보현사 스님은 무엇이 되나? 독룡(毒龍, 욕망)을 제압한다고 참선해 몸가짐을 다잡는 것이 다 무슨 소용인가? 오로지 임성자재(任性自在)하고 탄이무심(坦夷無心)할 것, 다시 말해 부작의(不作意)할 것, 이광려는 이것이 인간 본성에 따르는 일이라고 강조했다.

영조 43년인 1767년, 이광려는 큰형 이광윤과 묘향산 구경을 떠났다. 이때 전택량도 함께 갔다. 전택량이 이광려를 따라 간 것이지만 이광려는 묘향산 유람이 전택량 때문이라고 했다. 누가 주인이고 누가 객이겠는가! "내가 천 리 길을 온 것은 규백을 보려 한 것인데, 이런 일까지 보게 되니 이번 걸음은 아마 헛걸음이 아닐 것이다." 이 한마디로 묘향산 유람의 의미를 묘파했다. 묘향산의 산놀이는 오로지 임성자재, 탄이무심해 부작의한 행위였던 것이다.

이광려는 전택량을 위해 아예 불찬가 형식으로 찬(贊)을 지어 "사리를 보기 전에도 규백은 규백, 사리를 보고 난 뒤에도 규백은 규백."이라고 해, 사리에 집착해서는 안 된다고 경계했다. 그리고 전택량의 불우함을 애처로워하며, 혹여 그가 세간 논리에 마음이 흔들리지 않을까 우려해서 한 마디 말을 남겼다.

규백이 젊었을 때 진사를 하려 한 적이 있었고 또 전랑을 한 번 해 보라고 권하는 사람도 있었는데, 그는 오히려 마땅치 않게 여겼다. 그래서 두 가지를 다 놓치고는 고향 사람들의 비웃음을 받았다. 그런데 늘그막에 갑자기 이런 기이한 일이 있어서 사람들이 또 떠벌린다면 이 역시 한바탕 웃음거리도 못 될 것이다.

예전에 송나라 하후가정이란 자는 높은 벼슬을 하려고 안달이었고 또 단약을 태우고 금을 제련하길 좋아했다. 그래서 입버릇처럼 "수은으로 은 석 전을 얻거나 지제고 벼슬을 사흘만이라도 해 본다면 죽어도 한이 없겠다."라고 했으나 끝내 그것을 얻지 못하고 죽었다. 수은으로 만든 백은 석 전의 값이 얼마나 되기에 그걸 얻으려고 애쓰다가 죽었단 말인가! 불쌍하기도 해라!

뇌옹의 사리로 말하면 하후가정 따위의 사람은 애당초 감히 바라지도 못할 것이거니와, 전랑과 진사야 지제고보다 바랄 것도 훨씬 못 되니 그걸 얻고 말고는 말할 것도 못 된다. 모르겠다. 요즘 뇌옹의 뜻이 다시 어떠한지? 지난번에 말하길 늙을수록 진사를 하고 싶다고도 했고, 또 말하길 전랑을 사흘만 임시로 해봐도 해롭지 않다고 했다. 그 말이 마침 하후가정과 비슷하기에 일부러 끌어다가 농담으로 삼는다.

이광려는 묘향산 여행 때 노정기를 적지 않고 시만 몇 수 남겼다. 시 「향산」은 세 수의 연작인데, 첫째 수는 묘향산의 산세와 보현사의 신성한 공간을 묘사해 "향산의 빼어난 경색이 관서의 반을 차지해, 아스라하게 멀리서 오묘한 향내가 나는 듯하다."라고 했다.

셋째 수는 산놀이가 즐거울수록 마음이 괴롭다고 했다. 괴로운 이유는 무엇인가? 견여 때문이다. 땀으로 번질거리는 승려의 잔등에 눈을 준 순간, 즐거움은 괴로움이 되지 않을 수 없었다.

견여로 홀쩍 아스라한 정상을 넘으매
마침 등 넝쿨 사이로 폭포가 보이누나.
부끄러워라, 이 몸은 눈으로 즐긴다만
승려 둘은 마주 들고 열 명이 잡아끌다니.

肩輿倏忽度危巓　　時見懸蘿間瀑泉
慙愧此身供目玩　　兩僧舁更十僧牽

전택량은 평생 어떠한 권력도 쥐지 못했고 아무 명예도 없었던 사람이었지만 이광려는 그와 그 주위의 인물들에게서 진정한 우정을 발견하고 그들의 천진난만한 성품을 사랑했다. 전택량은 이듬해 열린 진사시 회시에서 떨어진 후 서너 해 만에 죽었다. 이광려는 그를 위해 「동뢰옹묘지명(東瀨翁墓誌銘)」을 지었다.

이광려는 학문 권력을 형성한 속류 유학에 넌더리 치고 양명학을 참조하면서 우리나라의 주체적 학문을 형성했던 강화학파의 문인이다. 그는 『노자』를 풀이하면서, 이름과 실체가 둘로 갈라진 현실을 개탄하고 순수 동기를 강조했다. 『논어』「공야장」에 나오는 미생고는 남이 식초를 빌리러 왔을 때 자기 집에 식초가 없어 옆집에서 빌려다 주고도 그 사실을 밝히지 않았다. 주희는 "남의 아름다움을 빼앗아 제 아름다움으로 삼아 남에게 은혜를 베풀고 그 이익을 얻으려고 했다."라고 비판했다. 이광려는 미생고의 올곧지 않음은 자기 자신만 올곧지 못한 것이 아니라 올곧음 자체를 해친다고 했다. 칸트가 말하는 절대악을 문제 삼은 것이다.

산놀이하러 가서 놀이의 노정이나 산에서의 견문을 적지 않고, 산어귀에 있는 절에서 하룻밤 묵으며 겪었던 치사리 이야기를 적은 것 자체가 기이하다면 기이하고, 천진하다면 천진하다.

⑤ 재야의 문장가가 묘사한 개성 분지

조찬한(趙纘韓), 「유천마성거양산기(遊天摩聖居兩山記)」

다음날(1605년 9월) 지족암의 동쪽을 타고 오르고 올라서, 험준한 곳을 지나고 깊은 곳을 통과하며 어렵사리 길을 찾아 반나절을 올라갔다 내려갔다 했다. 숲이 성글다가는 다시 빽빽해져서 위로 하늘이 보이지 않는 것이 15리나 되다가 가까스로 현화사에 이르렀다. 절은 왜적들에게 불타 없어지고 남은 초석은 잡초에 묻혀 있다. 한 늙은 승려가 새로 불당을 하나 세우고 있는데, 다 끝내지 못해 아직도 공사를 하고 있다. 이전의 터에다 다시 세우고 있으니 그 노승은 정말 아무 계획이 없다고 하겠다. 밖에는 돌 거북이 비석을 짊어지고 엎드려 있으니, 지난 고려 때 학사 주저가 지은 비문이다. 뜰에는 돌탑이 깨진 채로 있으니, 화주(化主) 수견이 세운 것이다.

현화사를 거쳐 동쪽으로 5리를 가자 바위산이 솟아나서 하늘에 의지해 있어, 날아가는 새도 떨어지고 달리는 짐승도 틈으로 빠질 정도다. 아주 험준하다는 말을 듣고는 머리가 돌연 휠 만큼 오싹했으나 무턱대고 앞쪽으로 기어 올라가면서 개미나 자벌레처럼 붙어가노라니 땀은 솟구치고 눈은 아찔하다. 열 걸음 가다가 아홉 번씩 자빠지면서 오랜 시간을 보내고서야 비로소 절정에 올라섰다.

꼭대기에서 곧장 내려가자 길이 화장사로 통했다. 절은 고려 말 서역 승려 지공이 세웠다는데, 병화를 겪고도 홀로 의연하게 남아 있으므로 영험하고 장하다 할 것이다. 법전(불당)은 널찍하고 혁혁하며 우람하고 굉장한 데다가 붉은 빛깔의 단청 건물이 깊고도 으슥해, 엄숙하기가 상계와 같고 근엄하기가 귀계와 같아 오싹해서 오래 서 있을 수 없다.

동쪽으로 선왕(태조)의 화상을 모셔 둔 어용전이 있고, 그 동쪽에 나한전이 있다. 서쪽에는 승당이 있는데 넓이가 100여 칸이며 승당에는 지공 법사의 상이 있다. 또 승려들이 기거하는 요사가 겹겹이 배치되어 사이사이 늘어서 있다. 범종을 매단 누각 하나가 높고 상쾌하게 우뚝 들어 올려져 있다. 올라가 사방을 바라보아 시력이 미치는 데까지 멀리 구경했다. 종루를 통해서 내려가니 홰나무 정원이 드넓게 뻗어 있는데, 이리저리 관람할수록 더욱 드넓게 여겨진다. 미처 다 둘러보지 않은 참에 한 승려가 무릎을 꿇고 함 하나를 바친다. 쇠 함을 열어 보니 패엽 불경과 품질 좋은 전단향이다. 모두 서역에서 난 것으로, 지공이 손수 갖고 와서 여기에 둔 것이라고 한다. 정말로 기이하고도 현묘하다. 화장사에서 옛길을 따라 다시 현화사로 돌아와 묵었다.

다음 날 현화사에서 5리쯤 되는 곳을, 길이 험한 것을 무릅쓰고 가파른 바위에 부딪히며 나아갔다. 비슬비슬 주춤주춤 가자니 숨이 막히고 눈이 아찔해 화장사의 석령(石嶺)보다 심하다. 반도 못 올라가서 벌벌 떨리고 두려워져 나아가야 할지 물러나야 할지 몰라 오랫동안 난감해 했다. 그러다가 용감하게 위로 매달려, 돌의 이빨처럼 튀어나온 부분을 손톱으로 움켜쥐고는 바위 면을 무릎으로 기어갔다. 한 치씩 나아가고 한 자씩 건너가는 동안 북쪽으로 성거산의 작은 암자들을 두루 바라보며 지나갔다. 암자는 천봉의 반쯤 꼭대기에 있어, 구름에 덮인 창이 조촐하고 안개에 감싸인 집이 조용하며 붉게 칠한 기둥과 알록달록한 초석이 바위 구멍에서 은은하게 어른거린다. 목을 빼어 한 번 바라보니 신선 사는 별장과 흡사하다. 온종일 힘써서 가까스로 바위 벽 하나를 올라갔는데, 그 이름을 차일암이라고 한다. 멀리 하늘의 틈이 터져 있고, 우뚝한 산이 구름 바깥에 의지하고 있다. 머리를 들고 손을 휘저으면 북두성이라도 잡을 수 있을 정도다. 사방 천지와 온 세상이 두루 비추어지지 않는 것이 없다. 대개 성거산의 기세가 여기서 절정에 이르렀다고 하겠다.

바위 서쪽을 따라 아래로 5리쯤 내려오자 비탈진 절벽이 백여 걸음 길이로 펼쳐져 있고 완악한 바위와 사나운 돌이 이리저리 물길을 갈라 물결을 통하게 한다. 그 물이 벼랑 입구에 모여 있는데, 얕아서 콸콸 흘러가지 않기에 무수한 낙엽이 가라앉아 쌓여 물길을 막고 있다. 여러 승려와 더불어 손으로 터서 여울을 통하게 했다. 그러자 물이 급히 절벽으로 쏟아져 마치 지붕에서 물동이를 쏟은 것 같은 기세로 거꾸러진다. 어지러이 뒤엉킨 단풍잎들은 물결을 따라 떠가고 포말을 쫓아 흘러가 구슬이 꿰인 듯하고 물고기가 엮인 듯해서, 허공에 매달린 급한 여울을 따라 차례차례로 아래로 떨어진다. 그래서 함께 웃으며 즐거워 했다. 정말 별일 없는 가운데 기이한 운치라고 하겠다.

절벽가를 따라 곧장 아래로 3~4리쯤 내려오니 아주 큰 바위가 하나 있다. 앞은 네모나고 뒤는 날카로워서 마치 일만 곡 들이의 배가 골짜기 어귀에 가라앉아 있는 듯한 모양이다. 엄연히 하늘이 무너지고 땅이 솟아나더라도 귀신이 보호하고 신령이 옹위해 영구한 세월을 견딜 듯하다. 조물주가 시설해 만들어 내는 것이 갈수록 기이해, 무궁무진한 속에 지극히 교묘한 기교를 간직하고 있음을 바야흐로 깨달았다. 주암을 거쳐 3~4리를 나아가자 노승 한 사람이 10여 명의 중들을 인솔해 옷깃을 여미고 두건을 고쳐 쓰고 서서는 이쪽을 기웃거리면서 기다리고 있다. 모두 아는 얼굴들이었으니, 저들과 함께 되돌아온 곳이 실은 산에 오르는 첫날 묵었던 운거사였던 것이다.

이 글은 조찬한(1572~1631년)이 34세 되던 1605년 9월에 송도(개성)의 천마산과 성거산을 유람하고 그달 7일에 작성한 산문의 일부다. 친구 권필은 이 글을 평해, "굳세고 세차며 쉴 새 없이 샘이 뿜어 나오듯 하되, 고아한 법을 깊이 체득했다."라고 했다.

조찬한은 1601년의 생원시에 합격했지만 문과에 급제하지 못하고 불평스런 생활을 하고 있었다. 그는 조카인 전·식과 박생 형제, 우봉의 젊은 선비 최 아무개 등과 함께 천마산에 올랐다. 길 안내는 우봉의 아전 이희주가 맡았고, 운거사 승려 법찬의 지휘로 10여 명의 중들이 견여를 멨다. 조찬한 일행은 운거사에 묵은 후 다음 날 박연에 노닐었으며, 관음암과 관음굴, 태종대, 마담, 기담, 대흥암, 적멸암을 거쳐 지족암에 묵었다. 그 다음 날 일행은 현화사에 이르렀는데, 왜란으로 불탄 불당을 노승이 중창하던 참이었다. 일행은 석령의 정상에 올라 화장사로 내려갔다가 다시 옛길을 따라 현화사로 돌아와 묵었다. 다음 날 차일암에 올라 주암을 거쳐 운거사로 돌아왔다.

송도는 북쪽의 송악산을 중심으로 오공산·부흥산·용수산으로 둘러싸인 분지다. 동북쪽에 다섯 봉우리가 하늘에 꽂혀 있고, 그 가운데 세 봉우리는 마치 세 사람이 나란히 앉아 있는 것 같다. 그 중 한 봉우리가 바로 천마산이고, 좌우 두 봉우리는 조금 물러앉은 형세다. 천마산은 하늘을 매만지듯 높이 서 있다고 해서 그런 이름이 있게 되었다. 개성 근처의 오관산·송악산·제석산은 천마산에서 별도로 떨어져나간 산이다.

성거산은 고구려 때 구룡산이다. 산에 국조사가 있어서 성거라 한다고도 하고, 오백 나한이 상주하는 도량이므로 성거라 한다고도 한다. 남북으로 두 개의 성거가 있어, 북성거에는 옛날의 조사(祖師)가 거처했다는 법달굴이 있고 남성거의 아래에는 원통사가 있다.

천마산과 성거산 사이에 박연 폭포가 30미터 높이의 장관을 이루고 있다. 폭포의 근원은 가운데가 움푹 파여 물웅덩이를 이루어 마치 주전자나 술잔 같다. 그 주전자에 입이 있어서 물이 쏟아져 나와 폭포를 이룬다. 뒷날 성호 이익이 64세 되던 1744년 2월에 천마산을 유람하고 남긴 유람기에 나온 서술이다.

한편 조찬한이 본 현화사 비는 고려 때의 귀화인 주저가 글을 쓴 것이다. 주저는 송나라 온주 출신으로서 고려에 귀화해 목종 8년인 1005년 예빈시 주부에 초임된 뒤 습유·지제고를 지냈다. 1022년 예부 상서에 이르렀다. 문장과 행서에 뛰어났다고 전한다.

조찬한은 산놀이에서 중요한 것은 취향과 흥치에 있지, 외물인 경관에 있지 않다고 했다.

이 산을 유람하는 자는 이 길을 거치지 않는 이가 없고 이 산을 구경하는 자는 이 경치를 끝까지 탐색하지 않는 이가 없되, 취(趣)에는 많고 적음이 있고 흥(興)에는 얕고 깊음이 있다. 즐기는 주체가 나에게 있지 저것(경치)에 있지 않으며, 마음에 달려 있지 눈에 달려 있지 않기에 그런 것이 아니겠는가! 그가 어떻게 즐기는가를 보고서 그 사람됨이 어떠한가를 징험하면 사람을 잘 안다고 할 수 있을 것이다.

조찬한은 「유천마성거양산기」 마지막에서, 유람 뒤에 마음과 정신이 담박하고도 평온하게 되었다고 했다. 산놀이가 정신세계에 미치는 영향을 극명하게 밝힌 것이다.

내가 이 산에 유람한 뒤로 영대(마음)가 환히 비치게 되어서 성인의 가슴과 그다지 멀리 떨어지지 않고 담백하고 평온하게 되어 묵묵히 천유하게 되었으니, 이 두 산이 도와주어 내가 눈으로 접하고 마음에서 체득한 것이 아니겠는가! 그러므로 산이 이러한 이름을 얻은 것은 다른 산과 구별될 뿐 아니라 나를 격려하고 질책해서 그나마 떳떳한 사람의 수준에 미칠 수 있게 하는 바가 있지 않겠는가!

조찬한은 천마산·성거산을 유람한 다음 해 1606년에 드디어 증광 문과에 급제했다. 광해군 9년인 1617년 영천 군수로 있을 때는 삼도 토포사가 되어 각지의 도적을 토벌했다. 하지만 광해군의 실정에 반대해 상주 목사로 나갔다가 벼슬을 그만두었다. 단 조찬한은 인목 대비 폐위에 반대한 이항복이 귀양 가게 되었을 때 그를 구제하려고 하지 않았다고 해서 비난을 들었다. 정충신이 지은 『백사선생북천일록(白沙先生北遷日錄)』에 따르면 조찬한은 허균·이이첨·유희분과 함께 이항복을 죄주어야 한다고 주장했다. 그럼에도 조찬한은 허균과 원만한 관계를 유지하지도 못했다. 다만 허균은 조찬한의 시문은 칭송했다. 조찬한을 후오자(後五子)의 한 사람으로 꼽고, "굴원과 가의의 벽루를 갓 깔아뭉개고, 반고와 사마자장(사마천)의 진영을 새로 눌렀다."라고 극찬했다.

인조반정 후에 조찬한은 우승지를 거쳐 형조 참의에 올랐다. 1629년 선산 부사로 나갔을 때 호랑이와 싸우다 죽은 의로운 소의 행적을 「의우전(義牛傳)」으로 기록했다. 경북 구미시 산동면 인덕리의 의우총에 묻힌 소에 대한 기록이다. 그의 형 조위한도 지중추부사를 지냈으며, 문장이 웅대하고 힘이 있었다.

1631년 3월, 조찬한은 한설의 고변으로 문초를 당하고 풀려났다. 그 직후 조찬한이 죽은 뒤, 장유는 칠언 율시의 만시를 지어 애도했다. 앞부분은 이렇다.

일찍 문단을 독점한 금수의 간장(肝臟)
출처(出處)에 고달팠던 불우한 만년.
궁하게 되자 속인들은 흰 눈으로 칩떠보고
병든 뒤론 시 읊느라 수염이 반백이 되었네.

早擅詞林錦繡腸　　　暮途牢落困行藏
窮來俗眼從他白　　　病後吟髭半已蒼

금수의 간장이란 뱃속에 시문이 가득 들어 있다는 말이다. 일찍이 이백이 오장육부가 모두 금수로 되어 있다는 평을 받았으니, 장유는 조찬한을 이백에 비긴 것이다.

조찬한이 죽은 뒤 두 아들이 그의 문집을 『현주유고(玄洲遺稿)』로 엮었다. 이안눌의 조카이자 명문장가였던 이식은

1641년 초겨울에 문집의 서문을 썼다. 이식은 "바야흐로 문단의 맹주가 되어 깃발을 내걸고 제제다사(濟濟多士)의 선두에 서고도 남겠다고 칭송들을 했는데, 불행히도 잘못된 시대에 버슬하는 바람에 수십 년 동안이나 지방 고을을 떠도는 몸이 되고 말았다."라고 안타까워했다.

조찬한은 시조 두 수를 남겼다고 전한다. 일설에는 유자신이 지었다고도 한다.

> 빈천을 팔랴 하고 권문에 들어가니
> 치름 없는 흥정을 뉘 먼저 하자 하리
> 강산과 풍월을 달라 하니 그는 그리 못하리

가난하고 천하게 사는 것이 지긋지긋해 그것을 팔아 보려고 권세 있는 집안을 찾아갔더니 턱없는 흥정을 해 온다. 저쪽에서 강산풍월이라면 사겠다고 하지만 그것만은 안 되겠다고 했다. 이 시조의 작자는 강산풍월은 돈이나 권세와 바꿀 수가 없다고 했으니, '풍월주인'으로서 자신의 처지를 즐기겠다는 말이다. 조찬한의 정신이 꼭 이러했을 듯하다.

6 고려 오백 년의 기운이 모인 산

이정귀(李廷龜), 「유송악기(遊松嶽記)」

송도는 서울에서 100여 리 떨어져 있으므로 말이 건장하다면 하루에라도 이를 수 있다. 나는 이 땅에 들른 것이 여러 번이다. 옛 도읍이라 고적이 많아, 가까이는 만월대와 자하동에서부터 멀리는 천마산, 지족암, 박연, 대흥동에 이르기까지 발자취를 남기지 않은 곳이 없다. 그러나 송악의 경우는 한 번도 올라가 조망한 적이 없고 다만 멀리서 그 푸른빛을 바라보았을 따름이었다.

갑인년(1614년)에 봄부터 여름까지 비가 내리지 않자 상감(광해군)께서 우려하시고 중신을 나누어 파견해서 산과 강에 두루 제사 지내도록 하셨다. 나는 송악으로 파견되고 진창군 강인

경(강인)은 오관산으로 파견되었으므로 말고삐를 나란히 해 갔다. 개성 유수 홍원례(홍이상)가 맞이해 위로하고 환대했다.

다음 날 새벽 제사관을 인솔해 송악에 올랐다. 만월대 서쪽에서부터 구불구불 가서 산기슭에 이르렀는데, 계곡물이 돌아 나가자 길도 굽어 돌았으며 골짜기는 조촐했다. 3~4리를 가자 개성부 사람이 교자(轎子)를 갖고 와 길에서 기다리고 있었으니, 길이 험해서 말을 탈 수 없기 때문이었다. 이때 여름이 한창이라 온갖 꽃이 다 졌는데, 산철쭉만 현란하게 만개해 빽빽한 숲 사이로 어른어른 비쳤다. 큰 것은 한 장 남짓 하고 짧은 것은 바위 틈새를 덮고 있었다. 바람이 사방 산에서 내려오자 향기가 물씬 일어났다. 길 왼쪽과 오른쪽은 모두 절벽이었는데, 시냇물이 어두운 풀숲 속으로 흘러서 물은 보이지 않고 잘랑잘랑 옥패 음향 같은 소리만 들렸다.

견여를 매달듯이 해 산에 올라가, 혹은 바위에서 쉬어 가마꾼이 거친 숨을 좀 고른 뒤에 다시 위로 향했다. 길은 모두 18구비를 굽어 나가서야 정상에 도달할 수 있었다. 제사관들을 돌아보니 모두 웃통을 벗고 걸어오는데, 숨을 헐떡이느라 말도 하지 못했다. 초가집 대여섯 채가 있다. 사당을 지키는 자가 사는 곳이었다. 관리가 자리를 깔아 나를 앉히고 시원한 과일과 차가운 술로 고단함을 풀어 주었다.

저녁이 되자 산기운은 적막하고 이지러진 달이 빛을 흘려 보냈다. 삼나무와 회나무가 빼곡하게 서서 바람에 흔들리며 소리를 냈다. 신단을 바라보니 깨끗하고 엄숙해 사람의 혼백을 요동치게 만들었다. 사당은 모두 다섯 곳으로, 성황, 대왕, 국사, 고녀, 부녀라고 했다. 단은 쌓았으나 집은 만들지 않았으며, 산 정상의 북쪽에 나란히 늘어서 있었다. 그런데 집도 있고 단도 있는 것이 곧 숭악의 신사였다. 대왕이니 국사니 고녀니 부녀니 하는 것들이 무슨 신인지는 모르겠으나 나라 안 사람들 가운데 신에게 기도해 복을 비는 자들이 다투어 모여들었다. 서울의 사대부 여성 가운데 기도를 드리려 하는 사람들은 반드시 이곳에서 기도를 했다. 심지어 어떤 궁인은 향을 내려 세시(歲時)마다 그치지 않는다고 한다. 이 산이 신령하기 때문에 그런 것일까? 그렇지 않으면 고려 때 귀신을 숭상해 음사(淫祠)가 많았던 풍속이 흘러 전해 고칠 줄을 몰라 그런 것일까? 4경(새벽 1~3시)에 제사를 거행하려 하자 하늘은 엄숙하고도 맑았고 북두성은 찬란하여, 신성한 경지가 삼엄해서 정신이 서늘하고 뼛속까지 차가웠다. 제사를 마치고 마을 집에서 잠깐 잠을 잤다.

맑은 아침에 걸어서 산의 꼭대기로 올라가 보니 새로 지은 사당이 보였다. 듣자니 경도(서울)의 부유한 백성이 재물을 내어 성황사를 지었다고 한다. 산의 왼쪽 줄기는 남쪽으로 내달리는데 통돌로 솟아 있었다. 산마루를 따라 성을 에두르고 그 둘레에 성가퀴를 쌓아, 끊어졌다가는 다시 이어지고는 했다.

다른 사람이 끌어당겨 주어 올라갔는데, 위태롭고 좁아서 늘어 앉을 수는 있어도 나란히 앉을 수는 없었고 바람이 쌩쌩 불어와 마치 사람을 떨어뜨리려는 듯했다. 술로 충분히 축여 주자 비로소 정신이 안정됐다. 짐짓 멀리 조망하니 산의 형세가 구불구불 서려 있어, 머리 숙이고 일어서는 듯도 하고 놀라서 멈추어 선 듯도 하며 용이 변화하고 범이 꿈틀거리는 듯도 했다. 그런데 기세의 웅장함으로 말하면 동남쪽의 먼 산들은 천자를 조회하듯 보위하고 있으며, 긴 강은 띠처럼 이어지고 큰 바다는 하늘에 접해, 고려 오백 년의 울창한 기운이 여기 다 모여 있다. 신령스러운 숭악이라 일컫는 것이 정말 빈말이 아니었다.

자리에서 율시 한 수를 적어서 제사관 김봉조와 경력 윤영현에게 보여 주었다. 이어서 그 대강의 전말을 기록하여 뒷날 유람하는 사람들에게 남긴다.

이 글은 송악 숭배의 실상을 잘 보여 준다. 선조, 광해군, 인조 때 문장가 이정귀(1564~1635년)가 지었다. 송악은 숭악이라고도 하며 숭산이나 신숭이라고도 불렀다. 개성 도호부 북쪽 5리에 있는 진산으로, 처음 이름은 부소 혹은 곡령이었다. 신라의 감간으로 풍수에 밝았던 팔원이 부소군에 이르러 형세가 좋은데도 나무가 없는 것을 보고 강충에게 "고을을 산 남쪽으로 옮기고 소나무를 심어 암석이 드러나지 않게 하면 삼한을 통일할 사람이 태어날 것입니다."라고 일러 주었다. 강충은 고을 사람들과 함께 산 남쪽에 옮겨 살면서 소나무를 온 산에 심었다고 한다. 강충은 고려 태조 왕건의 4대조다. 왕창근의 경문에는 "사년(巳年)에 두 용이 나타나되 그 하나가 푸른 나무 속에 몸을 감춘다."라고 쓰여 있었는데, 푸른 나무는 소나무로, 송악에서 왕건이 일어날 것을 예견한 것이라고 한다.

『국조보감(國朝寶鑑)』에 따르면 고려 때는 덕적산·백악·송악·목멱산의 산신에게 매년 봄 가을로 내시를 보내 무당과 여악으로 제사하게 했으며, 그것을 기은(祈恩)이라고 했다. 조선 시대에는 산과 강에 대한 많은 제사를 음사로 규정해 배척했으나 기우제나 강우제 등에는 관리를 보냈다. 대개 조선 시대에는 지리산, 삼각산, 송악산, 비백산을 사악신으로 정했다. 또 동쪽은 치악산, 남쪽은 계룡산·죽령·우불산·주흘산·금성산·한라산, 가운데는 목멱산, 북쪽은 감악산·의관령·백두산 등지에 각각 북남향으로 신위를 두고는 중춘과 중추에 한재·수재·병재가 발생하지 않도록 제사 지냈다. 사대부나 평민들은 더욱 산악을 숭배해서 향을 사르고 복을 빌었다. 이정귀의 글에 나타나 있듯이 서울의 사대부 여성 가운데는 송악까지 와서 기도를 드리는 사람도 있었고, 어떤 궁인은 설마다 향을 내렸다.

이정귀는 46년간 관직 생활에 육경(六卿)을 두루 역임했는데, 예조 판서를 아홉 차례나 지냈고 문형을 두 번이나 잡았다. 1598년 정응태 무고 사건 때는 「무술변무주(戊戌辨誣奏)」를 지어 조선과 명나라의 갈등을 해소하는 데 큰 역할을 했다. 중국어에도 능해서 원접사나 주청사로서 활약했다. 그런데 광해군 5년인 1613년에 일어난 계축옥사로 김제남이 사사되자 대비전에 문안을 드려, 그 일로 탄핵을 받아 예조 판서에서 체직되었고 이어서 대제학의 직도 체차되었다. 실권이 없는 동지중추부사의 직함은 그대로 지녔다. 1614년의 송악 제사 때는 바로 동지중추부사의 자격이었다.

인조반정 이후로도 이정귀는 문신들의 존경을 받았다. 정묘호란 직후 후금의 유해(劉海)와 맹약을 맺게 되었을 때 인조더러 맹단에 오르지 못하게 하는 충절을 보였다. 인조의 소생 부모의 호칭을 정할 때 이정귀는 정엽·정경세·박지계 등과 함께 인조의 생부 정원군을 고(考), 즉 돌아가신 아버지라 칭해야 한다고 주장했다. 당시 김장생은 제왕가는 존통이 중하므로 "인후(人後)가 된 자(양자가 되어 대를 이은 자)는 참최의 상복을 두 번 입지 않는다."라는 설에 따라서 작고한 부친을 마땅히 백숙부라 칭하고 부장기의 상복을 입어야 한다고 주장했다. 이때 최명길은 삼년상을 주장했다. 최명길은 "광해군이 종사에 죄를 지어 폐출되어 나갔으므로 우리 주상

은 처음부터 양자가 된 것이 아니고 곧 조부의 뒤를 이은 것
이며, 이미 조부의 아들이 되었으므로 폐출된 광해를 빼놓으
면 본고(本考)인 정원 대원군이 자연히 고의 지위에 있다."라
고 주장했다. 최명길은 부자일관의 계통을 중시함으로써 인
조의 왕권을 강화하려고 했다. 이정귀는 김장생의 설을 따르
지 않고 최명길의 설을 지지한 것이다. 하지만 1626년 인조
의 생모 계운궁이 죽었을 때, 이정귀는 김장생의 설을 지지해
서 인조가 삼년상을 치러서는 안 된다고 반대했다. 이때는 김
장생의 견해를 지지해서 최명길과는 다른 논리로 나아갔다.

이정귀는 온후했다. 숭악의 민간 사당에 대해 그것을 음사
로 규정하지 않고, "이 산이 신령하기 때문에 그런 것일까? 아
니면 고려 때 귀신을 숭상해 음사가 많았던 풍속이 전해져서
그런 것일까?"라고 유보했다.

백두산

4부

민족의 성산

1 청나라가 경계를 가른 그 자리

홍세태(洪世泰), 「백두산기(白頭山記)」

계사(1712년 5월 11일). 새벽에 밥을 먹고, 저들 관원 셋과 우리 관원 여섯이 각각 건보(健步, 잘 걷는 사람) 둘을 따라 저들이 데려온 화공 유윤길 및 애순과 함께 5~6리쯤을 가니 움푹 파인 산의 가운데가 홀연 구덩이를 이루어 띠처럼 가로막고 있는데, 깊이는 바닥을 모르겠고 너비는 두 자쯤 되었다. 말이 벌벌 떨며 선뜻 뛰어넘지 못하므로 말에서 내려 견마꾼을 시켜 구덩이 북쪽 언덕으로 뛰어 건너가서 고삐를 잡아 건너갈 수 있도록 하게 했다. 목극등이 즉시 먼저 날 듯이 훌쩍 넘자 사람들이 모두 뒤따랐다. 다만 김경문, 소이창, 이의복은 그러지 못했다. 목극등이 키 큰 사람으로 하여금 손을 잡아 건네주도록 시켰다.

4~5리를 올라가자 구덩이가 또 있는데 아래 구덩이에 비해한 자쯤 넓고 길이 더욱 가팔라서 말을 타고 갈 수 없었다. 이에 말을 머물게 하고 나무를 쪼개어 그 위에 걸쳐 놓고 건넜다. 조금 서쪽으로 가서 수백 보를 내려가 압록강 상류를 건너, 북쪽 기슭에 잠시 앉아 목극등과 강역 문제를 논했다. 그러고서기운을 차리고 천천히 걸으니 처음에는 마음이 상쾌한 듯 여겨졌다. 다시 3~4리쯤 앞으로 가자 길이 더욱 험준하고 급해 다리 힘이 다 빠지고 땀이 비 오듯 떨어졌다. 또 3~4리를 더 가자목이 타고 기운이 다해 몸이 뻣뻣해져 움직일 수 없었다.

　목극등은 민첩하기가 원숭이 같아서 사람들이 따를 수 없었다. 허량이 그 뒤를 따르고, 박도상과 조태상, 통관 이가가 또그다음을 따랐다. 소이창과 이의복 그리고 김경문은 가장 뒤에 처져 소처럼 헐떡거려, 눈을 보면 얼른 움켜 삼키는데도 가쁜 숨을 진정시키지 못했다. 사뿐하고 씩씩하게 나아가는 사람을 보고는 힘을 떨쳐 따르려 하지만 두 다리가 꽁꽁 묶인 것 같았다. 역부의 포대를 가져다 허리에 묶고 두 종자더러 좌우에서끌도록 했는데도 그들을 따르지 못했다. 머리를 쳐들어 사람들을 보니 모두 아스라한 구름 기운 속에 있었다. 생각에 산꼭대기와 멀지 않은 것 같았지만 여태껏 반도 오지 못했다. 조금 쉬었다가 또 가는데 마음속으로 더욱 겁이 났다. 다섯 걸음 가다가 한 번 자빠지고 열 걸음 가다가 한 번 쉬며, 혹은 부축받기도 하고 혹은 기기도 하면서 힘을 다해 따라갔으나 여전히 뒤에 처졌다. 산 정상에 이르렀을 때는 이미 한낮이었다.

이 산은 서북쪽에서 처음 일어나 곧바로 큰 황야로 내려오다가 여기에 이르러 돌연 우뚝 서서 높이 하늘에 닿아 몇천 몇만 길인지 알 수가 없다. 정상에 못이 있어 사람 머리의 숨구멍 같다. 둘레는 20~30리쯤 되고 색은 새까매서 깊이를 헤아릴 수 없다. 바야흐로 초여름인데도 빙설이 겹겹이 쌓여, 멀리 바라보면 막막해 하나의 은색 바다다.

산의 모양은 멀리서 보면 마치 흰 항아리를 엎어 놓은 것 같으나 꼭대기에 올라가 보면 사방이 약간 도드라지고 가운데는 움푹 파여 항아리 주둥이가 위로 향해 있는 것 같다. 겉은 희고 안은 붉으며 네 벽이 깎아지른 듯 서 있어 마치 붉은 흙을 바른 것 같기도 하고 담황색 비단 병풍을 두른 것 같기도 하다.

그 북쪽은 서너 자쯤 터져 물이 넘쳐 흘러나가 폭포를 이루니 곧 흑룡강의 수원이다. 동쪽에 돌 사자가 있는데, 누런 색깔에 목을 빼고 서쪽을 바라본다. 크기가 집채만 하고 꼬리와 갈기가 움직이려는 것 같아 중국인들은 망천후라 부른다고 한다.

이날은 낮이 맑아서 아래로 사방을 내려다보니 곧바로 수천 리가 망망하고 평평하게 눈 밑에 펼쳐져 있으며, 빙 두른 구름이 점점이 이어져 마치 솜이 모인 것 같았다. 서북쪽에는 여러 산이 몽긋몽긋하게 머리의 뿔만 반쯤 나와서, 구름과 더불어

서로 삼키고 토해 내므로 어느 곳의 산인지 알 수가 없다. 하지만 경성의 장백산이나 동쪽과 서쪽의 큰 산은 어렴풋하게 드러나기에 있어서 그나마 손가락으로 가리키면서 확인할 수 있다. 보다회·알지·소백 등의 여러 봉우리는 자식과 손자처럼 열 지어 있을 뿐이다. 그 바깥은 시력이 다해서 판별할 수 없다.

목극등은 이렇게 말했다. "내가 『일통지(一統志)』 편찬을 관할하느라 천자의 칙지를 받들어 두루 탐방해 발자취가 거의 천하에 두루 깔렸는데, 이 산의 준절하고 기발함은 비록 중토의 여러 명산에 미치지 못하지만 방박하고 웅대한 형세는 중국의 산보다 낫다."

백두산은 동아시아 국가 권력이 충돌하는 살벌한 현장이다. 그 사실을 자연의 이법도 알고 있기라도 하듯이 2002년부터 크고 작은 지진이 잇따라서, 머지않아 분화할지 모른다는 이야기가 언론에 오르내렸다.

17세기까지 백두산은 등반 기록을 남긴 사람이 없었고, 상층 지식인 사이에서 비경이라고만 알려졌다. 그러다 청나라가 압록강과 두만강 유역에서 월경을 막고 국경을 확정하려는 정책을 펴게 되자 조선은 긴장하지 않을 수 없었다. 숙종 38년인 1712년 3월, 청나라 오라총관 목극등이 백두산에 정계비를 세우러 왔을 때 조선 관리들은 효과적으로 대응하지 못했다. 조선 측 대표였던 박종은 청나라 사신을 접반하는 관례를 지키려 했을 뿐 국경을 정하는 문제의 심각성을 의식하지 못했다. 목극등의 행보와 조선 측의 대응을 즉각 공문으로 중앙에 보고하기는 했지만 전체 일정은 극히 간단한 행록으로 서술했다.

통역관이던 김경문도 나름대로 양측의 의견을 적절하게 전달했으나, 국경을 정하는 문제에서 조선의 주장을 관철시키지 못했다. 서울로 귀환한 후 혹시나 있을지 모를 견책에 대비해 중인 계급의 문인 홍세태(1652~1725년)에게 이야기를 들려주어 한문 문장으로 정리하도록 부탁했다. 이에 홍세태는 이 「백두산기」를 작성했다.

이보다 27년 앞선 1685년에 조선인들이 압록강을 건너 인삼을 캐다가 삼도구에서 지리 측량을 하고 있던 청나라 관리를 조총으로 쏴 상해를 입힌 일이 있었다. 강희제는 숙종에게 벌은 2만 량을 바치라고 요구했다. 1707년에는 청나라 봉황성에서 보낸 채삼인들이 평안도로 건너와 파수졸을 붙잡아 가고 어염을 요구하는 일이 일어났다. 만약 봉황성 관리가 조선에 불만을 품으면 조선 사행에 불리한 일이 일어날 수 있었으므로 조선 조정은 청나라에 자문을 보내지 못했다.

1711년 청나라는 조선인 이만지의 범월 사건을 조사한다는 명목으로 길림 오라 지역을 관할하는 총관이었던 목극등을 보내 백두산 일대를 탐사하려 했다. 총관은 청나라가 요령성 심양과 길림 등에 설치했던 군사 관직이다. 조선에서는 이를 저지했다. 하지만 청나라 강희제는 1712년 목극등을 다시 보내 백두산 일대의 국경을 확정하도록 했다. 판중추부사 이이명이 "백두산 꼭대기의 천지를 반으로 나누어 경계를 삼아야 한다."라고 건의하자 숙종은 접반사 박권, 함경도 관찰사 이선부에게 함께 살펴보고 조치하게 했다.

이해 4월 29일, 역관 김경문 등은 삼수의 연연(蓮淵)에서 목극등을 만났다. 수종하는 호인은 수십 명 내지 100여 명이고 말이 200여 필, 소가 20여 마리쯤이었다. 5월 8일, 검천을 건너 곤장 귀퉁이에 이르렀을 때 목극등은 박권과 이선부에게 "조선의 재상은 반드시 가마를 타던데, 나이 많은 사람들이 험한 길을 어찌 걷겠소? 중도에 넘어지면 큰일 나오." 하면서 오르지 못하게 했다. 목극등은 이의복, 조태상, 김응헌만을 대동하고 5월 10일, 백덕에서부터 140여 리 올라가 오시천을 지나 한덕립지당에 이르렀다. 지당이란 얼음 절벽이라는 뜻의 방언이다. 그곳에서 소백을 지나 서쪽 10여 리를 가서 백두산 자락에 이르렀다. 5월 15일 목극등은 백두산 정상이 아니라 정상에서 남동방으로 4킬로미터 떨어진, 높이 2150미터의 분수령 지점에 정계비를 세웠다. 조선은 그 후 두만강의 수원을 잘못 비정했음을 알았지만 당장 재조사를 요청하지는 않았다.

정계비 설치 사실을 구술한 김경문은 역관 김지남의 아들로, 부자가 함께 통역을 맡았다. 김지남은 이후 1732년 조선 사행이 압록강 너머 중국 쪽 관문인 책문을 출입할 때 통역을 맡아보면서 뇌물을 받았다는 탄핵을 받는다.

홍세태는 무인 집안에서 태어나 역관이 됐고, 승문원 제술관을 지냈다. 홍세태는 이렇게 말했다.

내가 옛 전기(『사기』「서역열전」)를 읽어 보니 곤륜산은 높이가 2500여 리인데 황하의 수원이 거기에서 비롯한다고 한다. 한나라 장건이 수원의 끝까지 가 보았으므로, 태사공(사마천)이 전(傳)을 지어 그를 기렸다. 백두산은 동북의 곤륜산이거늘 세상에서 아직 올라가 본 사람이 없었다. 지금 김경문이 그 정상에 오르고 두 강의 근원도 탐색해 강역의 경계를 정하고 돌아왔으니 장하도다! 그러나 김경문이 장건 같은 사람과 함께 이 산에 오르지 못하고 오랑캐 사신을 따라가 직방(지도와 토지에 관한 일을 맡는 관직)의 역할을 수행했을 뿐이니, 이것이 아쉽다. 또 내가 자장(사마천)같은 글재주를 발휘하지 못하는 것도 한스러울 따름이다.

홍세태가 「백두산기」를 지은 것은 정계의 잘못을 알리려

해서가 아니었다. 스스로 백두산에 올라가 기운을 양성할 기회를 갖지 못한 것이 한스러워 대리 만족을 느낀 것이었다. 하지만 홍세태는 "우리나라 조정에서 여연·자성·무창·우예 등 폐사군은 다시 우리의 땅이 될 수 없겠지만 육진도 어찌 될지 염려된다는 논의가 많았다."라고 적었다. 결국 「백두산기」는 국경 문제를 논할 때 주요 참고 자료가 되어 후일 국정 운영의 사례집인 『만기요람(萬機要覽)』에 수록되었다.

4월 29일, 삼수에서 김경문 일행이 목극등과 만난 날에 목극등은 "너희 나라 경계가 여기에 있다고 말하는데, 이것이 황제께 주문(奏聞)해 정한 것이더냐? 역사책에 근거할 만한 것이 있느냐?"라고 했다. 김경문은 이렇게 답했다. "우리나라가 옛날부터 이곳을 경계로 삼았다는 사실은 부녀자나 어린 아이라 할지라도 모두 알고 있거늘, 어찌 이것을 황제에게 청하겠으며 또 무엇 때문에 문자로 기록하여 증거를 삼겠습니까?" 김경문은 두 강의 발원이 이 못에서 시작해 천하의 큰 강이 되었으므로, 이는 하늘이 남북의 한계를 그어 준 셈이니 지금 보고 결정하라고 힘주어 말했다.

5월 12일, 정계비를 세운 날의 기록은 이러하다. 목극등은 토문의 원류가 중간에 끊어져서 강계가 분명하지 않으므로 비의 건립을 가볍게 의논해서는 안 되겠다고 하고는 수행원 둘을 시켜 물길을 살피게 했다. 조선 관료 김응헌과 조태상이 뒤따라갔다. 60여 리를 갔으나 수원을 확인하지 못하고 돌아왔다. 목극등은 토문강과 두만강의 같고 다름도 따지지 않고, 사람을 시켜 돌을 깎게하여 너비가 두 자, 길이가 세 자 남짓의 비석 이마에 '대청' 두 글자를 조금 크게 새기게 했다. 일을 마치고 산을 내려와 무산에 돌아왔다. 목극등은 박권과 이선부에게 "토문강의 원류가 끊어진 곳에는 담이나 울타리를 쌓아서 그 아래의 수원을 표시해야 한다."라고 요구했다. 이후 조선에서 쌓은 석축은 두만강의 수원보다 북쪽의 강에 이어지며, 그 일부는 여전히 남아 있다.

조선 조정과 청나라는 이렇게 1712년 5월에 국경을 정했다. 정계비의 기록을 인정한다면 토문강을 비정해야 했다. 『용비어천가(龍飛御天歌)』제53장의 "토문" 주에 토문강이 두만강 북쪽에 있다고 했다. 하지만 청나라 측은 토문강이 두만강이라 우겼다.

홍양호는 『북새기략(北塞記略)』「백두산고(白頭山考)」에서 토문강은 두만강 상류의 다른 강이라고 주장하고, 백두산 동쪽의 국경은 두만강이 아니라 오늘날의 흑룡강이라고 했다. 백두산에 올랐던 시인 신광하도 「두만강」에서 다음과 같이 개탄했다.

듣자니 목극등은   吾聞穆克登

국경 정할 때 옛 조약을 저버렸다네.	定界喪舊約
선춘령을 본 사람이 누구인가?	誰見先春嶺
부질없이 문숙공 윤관의 일이 전한다.	空傳尹文肅
우리는 700리 땅을 잃었건만	我失七百里
저들은 군사 하나의 힘도 들이지 않다니	彼不一夫力
장사가 쓸쓸히 홀로 서서	壯士立蕭索
낙조 아래 통곡하리라.	落日欲慟哭

조선의 지식인들은 고려의 윤관이 북변을 정략하고 공험진에 세웠다는 선춘령비를 중국과 조선 사이의 국경 문제를 해결할 중요한 증거로 보았다. 정계의 잘못으로 700여 리를 그냥 잃었다고 보는 관점은 선춘령이 간도에 있었다고 보았기 때문이다. 선춘령비는 발견되지 않았다.

윤관의 일이 구전되기만 하고 선춘령비 등 물증을 얻지 못한 것은 안타깝다. 더구나 목극등이 정계를 할 때 조선 측에 항변도 못한 것은 큰 실책이다. 관료들이 백두산 부근을 황막한 곳이므로 중시하지 않아도 된다고 여겨, 국토의 일부를 스스로 깎아 버린 결과가 되었다. 통탄할 일이다.

② 목욕재계하고 오르는 신성한 산

서명응(徐命膺), 「유백두산기(遊白頭山記)」

13일(1766년 6월), 임어수에서 연지봉 아래까지

해가 솟을 무렵 임어수를 출발해 숲속 나무 사이로 10여 리를 가서 허항령에 다다랐다. 허항령은 구물고물 줄줄졸졸 북방에 옆으로 북쪽의 기강이 되었으니, 삼수갑산과 육진의 척추요, 백두산과 소백산의 문턱이다.

무산으로 가는 길과 백두산으로 가는 길이 이 허항령에서 나뉜다. 북쪽 지방 사람은 이곳을 천평이라 부른다. 동북쪽의 수백 리는 망망무제지만 우거진 숲 때문에 멀리 바라볼 수 없다. 갈림길에서부터 북쪽으로 5리를 가자 산이 밝고 물이 수려해서 마음과 시야가 명랑하다.

삼지(三池)에 이르자, 오른쪽 못은 둥글고 왼쪽 못은 네모나다. 가운데 못은 넓고 둥글어 둘레가 15리는 되며 섬을 둘러싸고 있다. 수목은 아름드리 크기로, 울창하고 그늘져 있다. 맑은 물은 바닥이 보여 헤엄치는 고기를 셀 수 있을 것 같다. 물오리가 십여 무리를 이루어 둥실둥실 잠길락 뜰락 하며 사람이 가까이 와도 놀라지를 않는데, 물새 한 마리가 울며 날아간다. 노루와 사슴의 발자국이 연못가 모래밭에 뒤얽혀 있으니, 선경이지 인간 세상이 아니다. 일행 가운데 경포대와 영랑호를 본 일이 있는 사람들은 모두 여기에 비할 바가 아니라 한다. 군수(서명응 자신)는 중국의 태액지를 본 일이 있는데, 역시 말하길 이곳보다 한참 떨어진다고 한다. 삼지에서 북으로 30리가량 떨어진 곳이 천수(泉水)로, 샘이 땅 위로 솟아오르기 때문에 그렇게 부른다. 즉 점심을 먹은 곳이다.

천수에서 북쪽 5리 떨어진 곳에 절벽과 골짜기가 아스라이 앞을 막고 있는데, 밖은 말뚝처럼 우뚝하고 안은 웅덩이 같다. 말을 세우고 내려다보니 큰 골짜기의 중간이 트여 절로 동천(洞天)을 이루었다. 새까만 수포석이 양쪽 기슭에 깎은 듯이 대치하고 푸른 삼나무가 그 위에 무리지어 병풍처럼 열지어 있다. 중간은 물길로, 모래가 눈처럼 희니 역시 포석의 바스러진 가루가 말발굽에 차여 흩날려서 미세한 먼지가 얼굴을 때리듯 한다. 10여 칸마다 검은 포석이 포개져서 계단을 이루어, 잘려 나간 듯 가팔라 넘어갈 수 없으므로 반드시 그 길을 빙 돌아 두 절벽 사이에 바위가 끊어지고 흙이 뭉긋한 곳을 거쳐야만 갈 수 있으니, 이와 같이 하기를 35리나 해야 했다. 이곳은 백두산 아래 기슭이자 흘러내리던 골짜기 물이 아래로 흘러가는 곳인데 바야흐로 지독한 가뭄이라 큰 길이 되었다. 한 번 장마라도 만나면 튀어나는 여울이 100여 갈래 길을 이루어 쾰쾰거리며 냅다 내달려서, 쏟아져 폭포가 되고 격동되어 급랑이 되며 휘휘 돌아 소용돌이도 되어 우르릉 구르릉 동쪽으로 흘러 두만강 발원으로 들어간다고 한다.

차츰 연지봉에 가까워지자 소백산의 여러 봉우리가 아주 평평하고 낮아져 가까스로 사람의 상투 위에 드러나다가, 연지봉 아래에 이르니 골짜기가 끝나고 산이 나온다. 북쪽으로 봉우리 세 개가 둥그렇고 원만하게 솟아난 모습이 보이는데, 그 색이 모두 희디희어 마치 백자 항아리를 엎어 두어 들쑥날쑥한 듯하니 즉 백두산 남동쪽이다. 군수와 명서(조엄)는 그 산을 보고 크게 기뻐하며 말을 채찍질해 곧장 산 위를 향하는데, 해가 이미 포시(오후 4시)를 지나고 있었다. (중략)

마침내 연지봉에 돌아와 도착해 숙소에서 쉬었다. 원상태 등이 또 말했다. "예로부터 여기에 이르면 반드시 목욕해 정결하게 하고 글을 지어 제사를 지낸 연후에 비로소 감히 등람했습니다만, 역시 운무와 비바람에 어지럽혀져서 마음껏 끝까지 경승을 찾아 낼 수 없었습니다. 지금 마땅히 글을 지어 제사를 지내야 합니다."

이에 그 말에 따라 갑산 부사가 기장과 벼를 갖추어 갑산 장교에게 바치게 했다. 제문은 이러하다. "높디높은 백산은 우리 기성(箕星)의 방위를 지키는 진산으로, 아래 땅의 사람들이 우러러 부디 그 전모를 보고자 합니다. 지금 여기에 온 것은 하늘이 실로 편리한 시기를 빌려준 것입니다. 바람을 먹고 이슬 아래 자면서, 몇 번이나 삼나무를 베어 길을 내면서 왔습니다. 산신령께서는 부디 저희 정성을 살펴 주시어, 구름을 모으고 안개를 거두어 장쾌한 관람을 선포해 주십시오. 하늘이 어찌 속이겠습니까? 해와 별이 밝게 걸려 있습니다. 땅의 도(道)는 하늘을 순순히 받든다고 말하지 않습니까? 이 제수를 깨끗이 마련해 희생을 대신합니다."

삼수 부사도 제수를 갖추어 삼수 장교를 시켜 바치게 했다. 제문은 이러하다. "천하의 명산은 서른 하고도 여섯인데 곤륜산이 조종(朝宗)이므로, 중국 사람은 곤륜산 등람을 장대한 유람으로 여기지 않는 이가 없습니다. 곤륜산 역시 결코 그 장관을 사람들에게 숨기지 않았기에 성수해가 후세에 전해지게 된 것입니다. 우리나라의 백두산은 중국에 곤륜산이 있는 것과 같습니다. 바다 왼쪽 궁벽한 땅에 사는 우리가 백두산에 올라가 우람한 경관을 전부 다 구경하지 않는다면 그 한스러움이 어떠하겠습니까? 혹자는 전하길, 백두산에 오르는 자는 비바람과 운무 때문에 장쾌한 구경을 못 한다고 합니다. 곤륜산의 신은 중국 사람들에게 장관을 숨기지 않거늘 백두산의 신령만이 동국 사람들에게 인색하게 굴겠습니까? 필시 그렇지 않으리라는 것을 잘 압니다. 부디 신께서 보우해 해와 별이 밝도록 해서, 만상이 본모습을 드러내고 산의 경관을 전부 구경할 수 있도록 하소서."

이 제문들은 모두 군수(서명응)가 지었다. 갑산 부사의 제사는 13일 저녁에 지내고 삼수 부사의 제사는 14일 새벽에 지냈다. 모두 땅을 쓸고 자리를 깐 후에 제사 지내서, 성황당의 오류를 말끔히 씻어 버렸다. (중략)

14일, 연지봉 아래에서 백두산 꼭대기까지

이날 아침 일찍 일어나 보니 하늘에 구름 한 점 없고 해가 솟아서 흰했다. 일행들은 가마를 타거나 말에 오르거나 혹은 걷기도 하면서 천천히 산에 올랐다. 산은 모두 희어서 나무는 없고 푸른 풀이 왕왕 뒤덮고 있었으며, 이름 모를 꽃들이 붉거나 노랗거나 했다. 벼랑과 골짜기에 몇 겹씩 붙은 얼음은 미처 녹지 않아서 멀리서 보면 눈 조각처럼 반짝인다. 구불구불 올라가니, 올라갈수록 차츰 높아졌으며 뚝 끊어져 아스라한 곳은 보이지 않았다. 20리를 가도 백두산의 세 봉우리가 눈앞에 그대로 있어 연지봉 아래에서 보던 것과 같다. 남동쪽 언덕 아래에 둘러쳐진 울타리는 10여 걸음 뻗어 있는데, 넘어지거나 썩거나 해서 남은 것이 몇 개 없었다. 그 안에 있는 작은 비석은 다듬지도 않고 아로새기지도 않았다. (중략) 여러 사람이 다 보고 나서 비의 오른쪽을 따라 비스듬히 산등성이를 가는데, 빙 돌아가나 꺾어 가거나 하면서 위를 쳐다보며 올라가기를 10리쯤 했다. 정상에 이르자 사방의 여러 봉우리가 모두 자리 아래에 있어서 하늘 끝까지 시선 닿는 대로 바로 보아도 중간에 걸리는 것 없이 모두 시야에 들어왔다. 시력에 한계가 있는 것이 안타까울 따름이었다. (중략)

몸을 돌려 두 봉우리 사이 움푹 파인 곳에 서니, 봉우리 아래 평지에서 500~600장 되는 높이에 아주 높고 평탄한 지형이 있고 대택이 그 가운데 있다. 둘레는 40리로, 못의 물은 심청색이어서 하늘빛과 위아래로 일색이다. 못의 남동쪽 기슭에는 샛노란 바위산 세 봉우리가 있어, 그 높이가 바깥 봉우리들의 3분의 1이라 마치 사람의 혀가 입안에 있는 것과 같다. 그 뒤 사면은 열두 봉우리가 둘러서서 마치 못에 성을 이루어 둔 것 같은데, 신선이 승로반을 이고 있는 듯한 것도 있고 큰 봉새가 부리를 쳐든 것 같은 것도 있으며, 들보처럼 서서 하늘을 떠받치고 있는 것도 있고 하늘을 향해 우뚝 뽑혀 나와 있는 것도 있다. 그 속은 모두 깎아 낸 듯해서 벽에 붉은 비단이나 노란 비단을 끼워 놓고 고운 푸른빛이 찬란해 마치 얼룩무늬 비단을 깔고 붉은 비단 막을 둘러쳐 둔 듯하다. 바깥쪽은 우람하게 솟아 푸른빛이 감돌 정도로 희어, 혼연하게 하나의 거대한 수포석 응결체다. 서너 걸음을 지나가며 보니 대택은 둥글기도 하고 모나기도 하며 그때그때 그 모습을 바꾸었다. 사방(巳方, 동남방)의 조금 평평한 봉우리에 자리를 잡았다. 봉우리는 오석이 많다.

대택을 내려다보니 세 면은 산으로 막혀 있고 북쪽이 트여 있는데, 그 가운데 바위 틈에서 솟아난 물이 넘쳐서 혼동강을 이루고 곧바로 영고탑에 이르러 바다로 흘러든다. 혹자는 압록강과 토문강이 대택에서 발원한다고 하는데 잘못이다. 사슴과 큰사슴이 무리를 이루고 있는데, 물을 먹는 놈도 있고 가는 놈도 있으며 누워 있는 놈도 있고 소리 지르며 달리는 놈도 있다. 검은 곰 두세 마리가 절벽을 오르내리고 기괴한 새 한 쌍이 날개로 물을 찍고 지나가니 마치 한 폭의 그림을 보는 듯하다. 이때 100명 가까운 일행이 산봉우리를 둘러싸고 서 있었는데, 산수의 멋을 모르는 사람들까지 자기도 모르게 발이 앞으로 나아가고 몸이 대택 곁으로 기울어지고는 했다. 군수와 명서는 그들이 실족해 떨어지지나 않을까 염려해 말렸으나 막을 수 없었다. 마침내 조현규에게 붓과 벼루를 꺼내서 이 광경을 그리게 하고 지남철로 봉우리 위치를 재어 보았다. 반나절 동안 실컷 구경을 해도 발길을 돌릴 줄 몰랐다.

1766년 6월에 서명응(1716~1787년)은 백두산을 유람하고 「유백두산기」를 엮었다. 원래 글은 규장각 소장 『와유록』에 실려 있고 서명응의 『보만재집』에도 실려 있다. 후자는 수정한 부분이 많다. 갑산에서 운총진, 운총진에서 심포, 심포에서 임어수, 임어수에서 연지봉, 연지봉 아래에서 백두산 꼭대기, 천수에서 자포까지 6개 장절로 나누어 서술했다.

　　서명응은 1766년 정월에 이조 참판이 되었으나 2월에 인사 문제 때문에 체직되었다. 5월에 부제학에 올랐지만 홍문관원으로 뽑을 사람의 명단을 작성하는 데 참여하지 않아 갑산으로 유배되었고 이때 백두산을 유람했다. 하산 무렵에 사면되어 11월에는 이조 참판과 예문 제학을 지냈고 이듬해에는 대사헌에 이른다. 1772년에 세손이던 정조의 빈객이 되었고, 정조 때는 국가적인 편찬 사업의 핵심 관리자로 활동하게 된다.

　　서명응은 자신의 후임으로 부제학이 되었다가 홍문록 작성을 거부해 같은 시기에 삼수에 유배되었던 조엄과 함께 백두산에 올랐으며, 「유백두산기」를 본래 두 사람 명의로 작성했다. 하산 후 조엄도 사면되었다. 조엄은 1763년 계미사행의 통신사로 일본 쓰시마에서 고구마를 들여온 것으로 유명하다. 운총에 이르러 조엄이 지형을 잘 살피고 위도를 측정해 두는 것이 좋겠다고 하자, 서명응은 목재를 구하고 목수에게 부탁해 자오선을 관측하는 기구인 상한의를 만들었다. 천수에 이르러 북극성의 위치를 측정했더니 42도가 조금 못 되는 것이 중국의 심양과 값이 비슷하다고 했다. 6월 14일 일행은 백두산 최고봉 동쪽 안부(鞍部)에 이르러 화공에게 천지 지도와 백두산 등행도를 그리게 했다. 실물이 별도로 남아 있다.

　서명응은 백두산 등반 때 허항령을 거쳐 올라가는 길을 택했다. 임어수에서 연지봉까지의 기록을 보면 해가 솟을 무렵 임어수를 출발해 숲속으로 10여 리를 가서 허항령에 다다랐다. 허항령에서 무산 길과 백두산 길이 갈라지는데, 북쪽 사람들은 이곳을 천평이라 불렀다. 여기서 삼지를 거쳐 천수를 지나 연지봉 아래에 이르렀다. 길잡이에 나선 원상태 등이 백두산에 오르는 사람은 연지봉 아래에서 제사를 지낸 후에 오르는 것이 관행이라고 말했다. 제사를 지낼 때 서명응은 갑산 부사와 삼수 부사의 명의로 제문 둘을 지었는데 하나는 4언의 가지런한 구절로 짓고 다른 하나는 글자 수가 일정하지 않은 고문체로 지었다. 첫 번째 제문이 장중한 느낌을 주는데 비해 두 번째 제문은 조금 익살스럽다.

　백두산은 신성한 곳이다. 입산하는 사람들은 허항령과 연지봉 아래에서 제사를 지냈다. 1751년 5월 24일부터 윤5월 3일까지 백두산을 유람했던 이의철도 허항령과 연지봉에서 제사를 지냈다고 「백두산기」에 기록했다.

백두산은 우리나라 산들의 조종산(祖宗山) 곧 할아버지 산이다. 우리나라의 곤륜산이다. 함경도 경성 출신의 박종은 영조 40년인 1764년 여름에 경성 부사 신상권을 따라 백두산을 유람하고 「백두산유록」을 남겼는데, 글 첫머리에서 "나는 늘 우리 동방의 곤륜산에 올라 좁은 소견이나마 펴 보고자 했다."라고 토로했다. 그의 종형이 입산을 말리자 박종은 다음과 같이 대답했다. "마음의 즐거움을 경전 공부에서 얻고 산수에서 체험한다면 심신을 함께 함양할 수 있습니다. 이 마음이 편안하고 고요한 것은 오직 사람이 어떻게 함양하느냐에 달려 있습니다." 마침내 5월 14일에 산천도와 노정기를 지참하고 길을 떠났다. 노정기는 스승 홍계희가 제작한 것이었다. 홍계희는 1739년 왕명으로 갑산으로부터 무산에 들어와 백두산 일대를 답사하고 노정기를 만들었다. 박종 일행은 또 전통성을 길잡이로 고용했다. 전통성은 삼산의 약정(約正)으로, 백두산을 열두 번 다녀왔다고 했다. 그의 아버지는 1712년 백두산 정계 때 약정으로서 목책 치는 일을 담당했으며, 당시 길을 만든 것은 무산 사냥꾼 한치익과 갑산 사냥꾼 송태선이라 전했다.

18세기 말 우리나라 동북방의 국경 문제와 관련해 백두산의 위상이 더욱 중시되었다. 종래 백두산은 중국의 곤륜산에서부터 그 맥이 이어져 왔다고 보았지만, 청나라 강희제는 백두산이 중국 내 산동 태산으로 맥이 이어진다고 했다. 그러나 정약용은 백두산은 만주 지역에서 내려온 별도의 맥을 이었으며 중국이 아니라 조선의 조산(祖山)이라고 강조했다.

백두산 정상은 기후 변화가 극심해 본모습을 보기 어렵지만, 갑자기 운무가 활짝 개고 햇빛이 명랑해서 순식간에 백두산과 천지의 면모를 볼 수 있기도 했다. 서명응은 천지와 그 주변의 세 봉우리, 그 주위의 열두 봉우리를 하나하나 관찰해 풍부한 비유를 들어 서술하고 다시 천지의 원시적 풍광을 회화적으로 묘사했다. 백두산 정상 전체의 웅장한 모습을 먼저 개괄하고 천지 부근의 풍광을 여러 폭의 그림처럼 제시해 전체가 한 폭의 대작을 이루도록 했다.

한편 이의철은 「백두산기」의 1751년 5월 28일 기록에서 백두산의 지세를 풍수지리설로 풀이했다.

백두산 천지를 에워싸고 있는 일곱 개의 봉우리는 모두 화성(火星)이다. 소백두산도 화성이다. 보다산에 이르러서야 토성(土星)이 된다. 중간의 봉우리나 산세는 멀리서 본 것만으로 상세히 설명할 수 없어 다만 풍수설로 논했다. 백두산의 일곱 봉우리는 하나의 산으로 보이는데 그 꼭대기는 탁 트여 있다.

백두산은 청나라와 우리나라 뭇 산의 조산으로 가장 빼어난 산이다. 그러나 소백두산이 흡사 천대받는 듯 떨어져 나와 있고, 좌우에 뻗어 나온 나지막하고 조그마한 산은 그보다 훨씬 높은 백두산을 옹위하기에 부족하다. 우리나라 산세가 부득불 그렇게 만든 것이 아니겠는가?

조선 시대에 백두산을 유람하려면 백성들을 뽑아서 임시 숙소를 짓고 길을 내어 두게 해야 했다. 1827년 북도평마사 박내겸의 경우는 일행 50~60명이 말 20필로 무산에서부터 백두산까지 들어갔다. 박내겸은 "노역에 동원되고 음식을 공급하는 백성들이 참마다 20~30명이어서 백성과 고을에 끼친 폐해가 적지 않았다."라고 미안해 했다.

하지만 조선의 지식인들은 백두산의 장대한 풍광을 사랑했고, 이는 민족정신의 함양과 밀접한 관련이 있었다. 이의철은 말했다. "백두산은 절대로 거칠거나 혼탁한 기상이 없다. 덕을 갖추고 기상이 밝고 깨끗해서 우리나라 큰 산들 가운데 최고다." 백두산의 밝고 깨끗한 기상이 있기에 우리의 정갈한 문화가 발전해 나올 수 있지 않았던가!

③ 백두산 깊은 산중에 서린 전설

신광하(申光河), 「유백두산기(遊白頭山記)」

24일(1783년 8월), 대류동에서 작봉을 끼고 오른쪽으로 가니 화목타라는 곳이다. 소류동을 지났다. 종자가 모녀(毛女) 이야기를 말하는데 아주 기이하다.

수년 전 사냥꾼이 여기에 이르렀을 때 괴이한 물체가 나무 꼭대기에서 날다가는 홀연 떨어졌다. 사냥꾼이 달려가 잡아 보니 어떤 여인이었다. 온몸에 실오라기 하나 없고 푸른 털이 서너 치 길이로 뒤덮여 있었다. 말을 할 줄 알았으므로 "어떤 여인인가?" 하고 묻자 "경원 여자입니다."라고 했다. "무엇을 먹는가?" 묻자 "나무껍질과 풀뿌리입니다."라고 했다. "어째서 여기에 있게 되었는가?" 하자 이렇게 답했다. "지난날 부모님이 저회를 데리고 철옹성에 들어가려 하다가 여기서 대설을 만나 더나갈 수 없게 되었는데, 먹을 것이 떨어져 소, 말, 닭, 개를 다먹고는 서로 베고 누워 죽었습니다. 이 산에 들어와 죽은 이가이루 헤아릴 수 없이 많은데 오직 두 딸만 죽지 않아 물을 마시고 얼음을 깨물어 먹었습니다. 눈도 더 이상 없어 어찌할 바를몰라 풀뿌리를 씹어 먹고 나무껍질을 먹었더니 겨울 털이 몸에나고 새처럼 가벼이 날게 되었습니다." "고향으로 돌아가고 싶으냐?" 묻자, "원하지 않습니다."라고 했다. 갑자기 튀어 달아나려했으므로 사냥꾼이 붙잡아서 경원으로 인도했다. 고향 사람들은 크게 놀라 "귀신이다!" 하면서 귀신의 짓을 하는지 만방으로시험해보고 데리고 갔다. 먹을 것을 주자 생선, 고기, 과일, 채소를 보통 사람처럼 먹었다. 오래 지나자 주리지 않을 수 있게되고, 보통 사람보다 더 잘 먹었다. 얼마 있다가 털이 죄다 떨어지더니 죽었다. 또 한 여자는 어디로 갔는지 모른다고 한다.

5리를 가서 반교를 건너는데, 물은 짙은 흑색이고 다리는 무너질 지경이었으므로 사람들이 나무를 베어 가로질러 두고 건넜다. 말은 껑충 튀어 넘게 했다. 대개 북방의 말은 물가의 1장넘는 너비도 잘 튀어 넘는다. 세 봉우리가 돌연 드러났다. 삼태봉으로, 반교에서 5리 떨어져 있다. 곧바로 서쪽 보타산을 향해25리를 가다가 다시 북쪽으로 꺾어 들자 귀롱목이 많이 자라나 있는 귀롱담이었다. 바라보니 짙은 흑색이며 뿌리와 가지가

492

뒤얽혔다. 커다란 나무가 가로로 막아서서는, 교묘하게 관모를 벗기고 웃옷과 갖옷을 뚫고 들어와 가지로 걸어 찢었다.

10리를 가서 삼지에 맞닥뜨렸다. 하나는 둘레가 4~5리고, 하나는 가늘고도 길다. 또 가장 큰 것은 사방 10리나 된다. 사방이 삼나무이되 그다지 높지는 않아 분홍빛이 어른어른하다. 키가 높은 것은 한데 모여서 절로 봉우리 모양을 이루고 낮은 것은 삼태기마냥 빙 둘러 있다. 수면은 깨끗한 초록빛이고, 물 가운데에 흰 물새 십여 쌍은 희고 깨끗해 티끌이 조금도 묻어 있지 않다. 그윽하고 한갓진 광경이 정말로 절경이다. 비췻빛 삼나무와 노란 황벽나무가 호수 한가운데 서로 어울려 비추니, 삼일포의 영랑 선인이 사는 세상에 돌아온 듯하다.

서쪽 언덕부터 돌연 호수 가운데로 들어가 섬을 이루니 마치 인공으로 설치한 듯하다. 섬 위 단풍나무와 삼나무는 특히 기특하다고 이름나 있다. 장지항이 왕명을 받들어 산중을 시찰할 때 이 호수에 이르러 나무를 갈라 배를 만들고는, 기녀 수십 명을 싣고 호수 한가운데에서 음악을 연주하자 사방 산에 모두 메아리가 치고 비바람이 뒤따라 일어나 배가 거의 전복될 뻔하기를 세 번이나 했다. 장지항은 크게 놀랐는데, 잠깐 사이에 조용해졌다. 이원필 역시 그를 수행했다고 한다.

두 못 사이로 길을 잡아 곧바로 서북쪽을 향해 5리를 가면 허항령이 있다. 행인이 산 고개를 넘는 것을 금한다고 한다. 갑산을 통하는 곳은 아주 첩경이다. 대개 철옹 같은 땅이 있다는 설이 허랑하게 퍼지고, 저 열 명의 기녀가 물살에 뒤흔들리고 연기에 움직이는 일이 있자 거의 1000여 호에 이르는 사람들이 허항령에서부터 흘러 들어가 혹은 요동과 심양을 지나가고 혹은 삼수와 갑산으로 들어갔으며, 그 가운데 대설을 만나 죽은 자가 300여 호나 되었다. 방백(관찰사)이 계문하자 조정에서 그자들을 체포하라고 했다. 낭설을 퍼뜨린 사람은 경원 사람으로, 관아에서 체포해 그 자리에서 죽였다. 이때부터 허항령에서 산 고개를 넘어가는 행인을 막는 규정이 생겼다.

못가에 바짝 붙여 움막이 있다. 사냥꾼이 쉬는 곳이다. 담비를 잡는 자들은 9월부터 이 골짜기에 들어와 강가에 버티고 있으면서 작은 나무를 가로질러 두고 기계를 설치해놓고 가만히 담비와 쥐를 엿보아서는, 나무를 이용해 시기를 헤아렸다가 기계가 움직이면 노획한다. 그것을 수차(水叉)라고 한다. 입동이되면 산을 나선다. 또한 이날 저쪽 땅에서 곰이나 큰 곰도 수십수백 마리로 무리 지어 강을 건너 남쪽으로 온다. 역시 따뜻한곳으로 옮겨오는 것이 아니겠는가? 잠시 쉬며 밥을 다 먹고 북쪽으로 꺾어 들자 수백 걸음 너비의 평지가 옴팡해서 마치 큰가마솥 같은 형상이다. 우물을 파다가 물을 얻지 못하고 버려둔 듯 보이는 것이 있다. 25리를 가서 땅에서 솟아 나오는 샘물에 맞닥뜨렸다. 두 수맥이 분기해 일어난다. 곧 대홍단으로, 수원이 여기서 발하는 것이다. 맛이 아주 달고도 톡 쏘았다. 샘물의 길을 트고 움막을 만들고는 유숙했다. 이날 밤은 너무 추워서 잠을 자지 못했다. 대개 지세가 이미 서산 허리에 있거늘 그 사실을 알지 못했다.

남인 문인 신광하(1729~1796년)는 1783년 8월 18일부터 9월 3일까지 백두산을 등정하며 시를 짓고 이후에 「유백두산기」를 작성했다. 대택(천지)을 보고 난 후 진택(震澤)이라고 자호했다. 동방의 대택이란 뜻으로, 그 밝고 드넓은 소광의 경지를 추구하겠다는 뜻을 드러낸 것이다. 훗날 정약용은 『아방강역고』「백산보(白山譜)」에 신광하의 백두산 등정 사실을 특별히 기록해 두었다.

신광하는 신숙주의 후손이었으나 그 위로 4대가 과거에 급제하지 못했다. 그러다가 큰형 신광수가 문학으로 이름이 있었으며 1772년에 마침내 대과에 급제했다. 신광하는 28세에 진사시에 합격했으나 대과에는 실패했다. 31세에는 서천 바닷가 송강으로 이사해 방풍나물을 캐어 팔았다.

1783년 정월, 신광수의 아들인 장조카 신우상이 경성 판관으로 부임하자 그해 4월 55세의 신광하는 호서 아주의 집을 출발했다. 말 한 필을 끌고 종복 하나를 데리고 서울로 들어와 3~4일을 묵다가 5월에 백두산 절정을 목표로 삼아 함경도로 떠났다. 이때 남인 문사들에게서 글을 받았다. 채제공과 정약용은 송서를 주었고, 이헌경은 칠언 장편 「백두산가(白頭山歌)」를 지어 주었다. 정약용은 신광하가 백두산으로 향하는 것은 땅강아지 신세를 면하려는 결단이며, 그것도 천지자연에 순응하는 행위라고 예찬했다.

청나라 황제가 목극등을 보내 경계비를 세우고 백두산을 오악 수준으로 높여 육악으로 만들고는 절기마다 제사를 신중하게 지내니, 존귀하고 중대함이 옛날에 비할 바가 아니다. 서울에서 2000여 리인데 수백 년 이래 한 사람도 용기를 내어 찾아간 이가 없어 그 쓸쓸한 정황이 한스러울 뿐이었다. 근세에 창해 거사 정란이 스스로 백두산을 보고 왔다고 말했으나 그 말이 옛사람의 기록과는 맞지 않으므로 식자들은 그가 사실은 백두산을 보지 못했으리라 의심했다. 진택 신 공은 시로 일세에 이름이 높은데, 산의 유람을 좋아하는 버릇이 있었다. 그래서 국내의 명산으로 꼽히는 묘향산·기달산(금강산)·오대산·속리산 등은 꼭대기까지 올라 보지 않은 곳이 없었으나 오직 백두산만은 가 보지 못했다. 올해 그의 조카 사간공이 경성 판관으로 나가자 공은 뛸 듯이 기뻐하며 "바라던 일이 이루어졌다."라 하고, 옷소매를 떨치고 떠났다.

신광하는 장조카에게 부탁해 연로의 길목과 진보에 공문을 보내 나무를 베고 병졸들을 징발해 맹수를 쫓아내 달라고 했다. 관찰사 서유녕은 술자리를 마련하고 말과 노비를 붙여 주었다. 신광하는 1783년 8월 18일 경성에서 10여 명의 등반대를 조직하고 무산의 장수를 안내자로 삼아, 열흘분의 양식을 준비하고 사슴 가죽옷을 입은 뒤 출발했다. 8월 25일 백두산 정상에 이르고 이튿날 하산해 9월 2일 부령에 도착했으며, 다음 날 경성 관아로 돌아왔다. 그리고 스스로의 기행록과 여러 사람이 준 시문과 간찰을 한데 모아 『유백두산기』 행권(行卷, 여러 사람이 돌려 보는 단행본)을 엮었다.

8월 24일 대류동에서 화목타를 거쳐 소류동에 이르렀을 때 신광하는 종자에게서 모녀 이야기를 들었다. 중국 화음산 바위굴에서 살던 모녀 이야기가 연상되었다. 화음산의 모녀는 도가 양생술로 170년이나 살았다고 한다. 신광하는 장편시 「모녀편(毛女篇)」도 지었다.

모녀 전설은 유민의 참혹한 삶, 백성들의 길지 피난 사실과 관련이 있다. 백성들이 백두산 속 철옹이라 불리는 곳으로 가려 한 것은 궁핍한 세상으로부터 도피하려 했기 때문이었다. 그들은 산속에서 길을 잃었다. 그런데 신광하는 모녀가 정욕마저 사라져 장수할 수 있었다고 미화했다. 그리고 사냥꾼이 모녀를 고향 경원의 민가로 데려가 음식을 먹게 해서 모녀가 털이 죄다 빠져 죽었다며 사냥꾼을 비판했다.

백두산은 신비한 산이어서 여러 전설이 전할 것이다. 그러나 근세 이전에 백두산 전설을 실어둔 문헌은 그리 많지 않다. 근세에는 서양인이 사냥에 나설 만큼 백두산 호랑이가 사람들 입에 오르내렸으나 옛 관습의 한문 글쓰기는 백두산 호랑이를 냉대하고 말았다.

성해응의 「임장군검명(林將軍劍銘)」에 보면 임경업이 소농권관으로서 백두산에 들어갔다가 안개 속에서 두 이물이 서로 싸우고 있는 보고 그 둘을 죽였는데, 바로 두 마리 뱀이 쇳덩이 하나를 두고 싸우던 참이었다고 한다. 임경업은 그 쇠로 칼 두 자루를 주물했다. 하나는 길고 다른 하나는 짧았다. 이 이야기는 임경업의 유품인 두 자루 검의 신비한 특성을 과장하는 듯하다. 즉 임경업에게는 실전용 검으로 용천검이, 호신용 검으로 추련도가 있었다. 용천검은 일제강점기에 분실되었다고 하며, 추련도는 현재 국립중앙박물관에 전한다.

일제 때 간도의 지식인 윤화수가 1925년 백두산을 등정하고 1927년에 간행한 『백두산행기』에는 이좌수의 손자 노달치가 청나라 태조를 낳았다는 설화가 실려 있다. 야래자 전설, 장지 복택 설화, 백두산 영기를 연계시킨 설화다. 윤화수는 또 병사봉 큰 바위 위에 작은 돌멩이를 모아 탑 모양으로 쌓은 것에 대한 전설을 말했다. 병사봉은 곧 장군봉을 말한다.

옛날 정 아무개 병사가 백두산에 올랐다가 통인(通引)을 시켜 돌을 모아 오게 하고 친히 탑을 쌓았다. 그리고 탑 위에 앉아 함흥 성천강 만세교 위의 작은 모자를 쓴 한 부인을 보고 통인더러 보라고 했는데, 통인은 사람인 것까지는 알아보았으나 남녀는 분간하지 못했다고 한다. 윤화수는 백두산에서 육안으로는 결코 만세교의 남녀를 분별할 수 없거늘 병사는 분별하고 통인은 분별하지 못했다는 것이 말이 안 된다고 했다. 그리고 근방에 같은 방식으로 쌓은 조그만 탑이 많아, 남이 장군이 칼 갈고 남은 부스러기 돌을 쌓은 것이거나 선인의 종교적 표징인 지석·서석·입석이 남은 것일 수 있다고 했다. 윤화수가 말한 정 아무개 병사는 함경북도 병마절도사 윤광신이 와전된 듯하다. 윤광신은 등정 때 식용으로 닭 수십 마리를 종다리에 넣어 갔는데, 그때 도망한 닭이 수백 마리로 무리를 지어 다니게 되었다. 당시 윤광신이 봉우리에 올라 술을 마시고는 칼을 뽑아 일어나 춤을 추었으므로 뒷날 사람들이 그 봉우리를 병사봉이라 부르게 되었다고 한다.

신광하는 백두산 일대 토양의 조건, 곡물 재배의 현황, 주민의 규모, 음식, 주민의 인심 등에 관해 상세히 기록했다. 장파에서는 개간 가능성을 살폈고, 삼산창에서는 군량미의 저장 상태, 창고의 규모 등에 주목했다. 또한 백두산이 발해, 거란, 숙신, 여진이 활동하던 땅이자 우리 민족의 강역이었음을 환기했고, 대각봉에 올라 대택을 조망한 기록을 상세하게 남겼다. 그는 대택을 보기 전 연일 날씨가 음울해 옷도 벗지 않고 지내다가 당일 새벽녘에 목욕재계하고 밥을 정갈히 지었으며 시냇물을 길어두었다. 제문을 지어 연지봉에 나아가 기도하자 서북풍이 불어 나무가 사각사각 소리를 냈다. 활활 타오르는 관솔 불에 그는 제문을 태웠다. 당나라 한유는 시 「형악묘에 배알하고 마침내 형악사에 묵고 문루에 쓰다(謁衡嶽廟遂宿嶽寺題門樓)」에서 "내 마침 가을비 내리는 계절에 오자, 음기만 어둑하고 맑은 바람은 없었으나 마음 가라앉히고 말없이 기도를 올림에 감응이 있는 듯, 어찌 정직한 자의 정성이 신명을 감동시키지 않겠는가. 조금 있자 운무가 개어 뭇 봉우리 드러나기에, 올려보니 우뚝 창공에 버티고 서 있구나."라고 했다. 이를 두고 사람들은 "하늘에서 얻었다."라고 회자했다. 신광하는 자신의 백두산 등람을 우연한 일이었다고 겸손하게 말했으나 실은 하늘의 이치에 통할 수 있었으리라 자부하고, 남들에게도 그 점을 인정받고 싶어 한 듯하다.

신광하는 백두산 등람의 일정을 일자별로 적고 마지막에 총론을 덧붙여, 이민족의 영웅도 여기에서 난 것을 보면 백두산은 정말로 인물을 길러 내는 명산이라고 했다.

이 산은 무산에서부터 서쪽으로 300여 리를 가도록 구물구물하고 드넓게 서려, 깎아지르거나 아스라한 형세가 없고 오로지 그 쌓인 것이 두텁고 그 포괄하는 것이 드넓다. 강하와 원습, 구릉과 택수, 웅장한 짐승과 기이한 산새, 나무의 재목과 신령한 풀 등 없는 것이 없으면서 끝내 위로는 천한(은한)에 닿을 수 있고 아래로는 지락(地絡)을 짊어질 수 있어, 우뚝하게 동국 산천의 조종으로 홀로 존재할 수 있다. 천평의 아득히 이어진 광경, 삼지의 그윽하면서 오묘한 풍광, 녹운의 곱고 빼어난 모습은 아무래도 천하에는 달리 없는 것이다. 산은 북쪽으로 태황의 들판과 이민족의 강 섬에 걸쳐 있어 이른바 흑삭(黑朔)의 기운이 튀어 오르고 잔뜩 팽창해, 드넓고도 웅혼하며, 칼이 세워져 있듯 창이 뽑혀나 있듯 하고 범이 싸우고 막(驀)이 내달리는 듯해서 사람으로 하여금 드세고 한스럽게 하여 순탄하거나 평온하지 못한 마음을 갖게 만든다.

신광하는 57세 되던 1785년에 전주 조경묘 참봉 자리를 얻었다. 의금부 도사, 형조 좌랑과 공조 산택사, 강원도 인제 현감을 지냈다. 63세 되던 1791년 정조 친시의 어시에서 장원을 다섯 번 했다. 정조는 낭관을 윤대하는 자리에서 신광하에게 백두산 시를 낭송하게 했다. 이후 의금부 도사, 형조 좌랑에 이르렀다. 하지만 관직을 계속 유지하지는 못했다. 1796년 6월 30일 신광하가 죽은 후 정약용은 만사(輓詞)를 지어, 신광하의 시문이 백두산의 풍광을 닮았다고 칭송했다.

짝 잃은 학이 창해의 달 주위를 선회하고
노한 용이 백두산을 뒤흔드는 듯.
풍진 세상에 섞여도 가슴은 트였으며
비바람 몰아쳐도 필력은 여유로웠다.

寡鶴盤廻滄海月　　　怒龍掀動白頭山
塵埃合沓襟懷曠　　　風雨交爭筆力閒

4 무등산과 짝지어 언급된 제주의 산

임제(林悌), 『남명소승(南溟小乘)』

15일(1578년 2월). 향불 연기가 꼿꼿이 오르는 때, 맑은 해가 창문을 비추고 바람은 따스하고 새는 지저귀며, 잔설이 다 녹고 봄물이 흐른다. 동행들이 즐거워하며 "오늘 유람은 하늘이 우리에게 준 것이다." 했다. 아침밥을 재촉하고 행장을 단속해 영곡 동구를 지나가는데, 봉우리들이 비에 막 씻겨 옥잠이 들쭉날쭉하듯 보였다.

남쪽 기슭으로 올라가자 소나무들이 있는데, 잣나무도 아니고 삼나무도 아니며 회나무도 아닌 그 나무들이 미끈하게 열지어 하나같이 일산 모양을 하고 있다. 승려는 계수나무라고 말한다. 산척(山尺, 산행포수)이 도끼로 찍어서 껍질을 벗겨 희게 만들어 돌아가는 길을 표시해 두었다. 나는 농담으로 "그대 역시 계수나무를 찍는 사람이오?"라고 했다. 중턱에 이르자 초목이 하나도 없고 만향(蔓香)이 언덕을 덮고 있는데, 잎이 측백과 비슷한 나무에 살랑 바람이 일어나자 기이한 향기가 옷에 가득 스몄다. 고개를 돌려 보니 산방산과 송악산이 이미 발밑에 있다. 간밤의 비가 지상의 먼지를 씻고 바다에서 음울한 기운을 걷어 낸 뒤였다. 오르고 오를수록 선경의 취향이고 걸음걸음마다 기이한 경관이다.

서성대고 있는데 승려 청순이 지초를 두어 뿌리 캐어 가지고 내게 주며, "제가 어젯밤 꾼 꿈에 어떤 사람이 그대에게 영지를 줍디다. 깨고 나서 마음에 몹시 이상하게 여겼는데, 이걸 정중하게 드리게 되니 꿈과 부합합니다." 한다. 나는 웃으며 "당나라 시에 '스스로 신선 재질을 지녔으되 자신은 모르고, 십 년을 길이 화지(華芝, 아름다운 지초) 캐려고 꿈꾸다니!'라고 했는데 바로 이와 같구려."라고 했다.

때때로 쌓인 눈이 아직 녹지 않은 곳이 있다. 사람들 말이 "여기는 인적이 끊긴 벼랑이라서 깊이가 10여 길은 될 겁니다. 온 산의 눈이 바람에 몰려 모두 이곳에 들어오니 5월이 되어도 다 녹지 않지요."라고 한다. 나와 신, 유 두 사람은 오싹해서 조심조심 건넜다. 계곡 아래 장송은 눈 위로 나온 것이 겨우 한 치쯤 푸릇푸릇하다.

산 밑에서 존자암까지 30여 리, 존자암에서 여기까지 역시 30여 리인데, 정상을 쳐다보니 여전히 평지에서 말하는 높은 산 같다. 봉우리 형세가 벽처럼 서서, 바라보면 마치 솟아나는 것처럼 여겨졌다. 그래서 말에서 내려 지팡이를 짚고 올랐다. 열 걸음에 한 번씩 쉬어도 목이 심하게 말라서 아이종을 시켜 바위 밑에서 얼음을 가져오게 해 씹으니 옥 즙을 마시는 것 같다.

최정상에 이르자 우묵 파여 못을 이루고 있다. 돌비탈이 둘러싸서 둘레가 7~8리나 되어 보인다. 돌비탈에 기대어 굽어보니 물이 유리알 같으며, 깊이를 헤아릴 수 없다. 못가에 흰모래가 깔리고 향기로운 덩굴이 뻗어 세속의 기미라고는 한 점도 없다. 인간 세계의 풍광과는 3000리나 떨어져 있으므로 난새를 탄 신선의 퉁소 소리가 들리는 듯하고 신선의 기하거(芰荷車)가 황홀하게 보이는 듯하다. 우뚝 융기한 형상이나 바위가 쌓인 모양은 무등산과 흡사한데, 높이나 크기는 배는 되는가 싶다. 세상에 전하는 말에 "무등산과 한라산은 산의 암컷·수컷이다."라고 하는데 필시 이 때문일 것이다.

산 위의 돌은 모두 적흑색으로, 물에 들어가면 둥둥 뜨니 이 또한 진기한 일이다. 시계는 해와 달이 두루 비추는 곳, 배와 수레가 닿지 못하는 데까지 고루 미칠 수 있겠으나 시력의 한계로 그저 하늘과 물 사이에 그칠 따름이니 한스럽다. 사람들 말이 "유람객이 여기 이르면 연일 소낙비를 만나거늘 오늘처럼 청명한 날씨는 처음 본다."라고 한다. 멀리 하늘가를 바라보니, 바다 위 어떤 물체들이 수레 위의 일산같이 둥글면서 어떤 것은 희고 어떤 것은 검어 점점이 열을 이루었으니 마치 바둑판 위에 놓인 바둑알처럼 보였다. 모두들 섬이라고 했지만 청순은 "제가 매년 여기 올라와 한두 번 본 것이 아닙니다만 남쪽 바다에는 섬이라고는 없습니다. 저건 구름 기운입니다."라고 했다. 서로 섬이다 아니다 하며 다툴 즈음에 그 물체가 차츰 가까이 오는데 구름이었다. 서로 돌아보며 껄껄 웃고 산을 내려가기 시작했다.

상봉에서 남쪽으로 돌아 두타사로 향했다. 길이 절구처럼 움푹움푹 파인 데가 많고 키가 짧은 대숲과 누런 갈대가 위를 덮어 말을 타고 가기가 매우 어려웠다. 15리쯤 내려가니 길이 궁하고 벼랑이 끊어졌는데, 두타사가 굽어보이고 별로 멀지 않았다. 그러나 벼랑이 매달려 있어서 깎아지른 듯한 데다가 눈이 깊이 쌓여 허리까지 빠졌으며 눈이 쌓인 아래로 또 개울이 숨어서 흘렀다. 그곳을 생선이 꿰인 듯 한 줄로 서서 내려가는데 발이 빠지고 물기에 젖는 괴로움을 이루 다 형언할 수 없었다.

벼랑 아래로는 큰 시내가 가로질러 흐르고 있다. 마침내 시내를 건너 절로 들어갔다. 절은 두 시내 사이에 있기 때문에 쌍계암이라고 부른다. 골짜기가 깊고 그윽해 역시 멋진 지경이다. 사람과 말은 길을 돌아오기 때문에 초경(저녁 7시에서 9시 사이)에야 당도했다. 정의 고을 원님이 술 두 병을 보내왔고 밝은 달이 시내에 가득 비쳤으나 다들 노곤해 쓰러져 일어나지 못하니 한스럽다.

  신선 벗을 따라 영지를 캐어 돌아오는 길
  구름 노을 자욱한 골짜기에서 돌문을 두드린다.
  절 집에 쇠북 소리 그치자 온 산이 적적한데
  시내의 밝은 달이 홀로 나의(칡덩굴 옷)를 비추누나.

  16일, 맑음. 어제는 정신이 없고 몸이 고단해서 두루 구경하지 못했기 때문에 특이한 경치가 있는 줄 몰랐다. 아침에 떠나려 하면서 앞의 대에 나가 앉아 보니 두 줄기 맑은 시내와 천 길 푸른 절벽이 아주 빼어나다. 계곡을 나오며 고개 돌려 바라보면서 마음이 무척 섭섭해서 두보의 "층층 절벽에는 서릿발 같은 칼날을 벌여 두고, 내뿜는 샘은 구슬을 뿌리누나."라는 구절을 읊었으니, 참으로 이곳 경관을 잘 그려 낸 셈이다.

  적목이 서로 그늘을 만들어 하늘의 해가 보이지 않았다. 십여 리를 가서 어느 옛 절터로 들어가니 바위가 빼어나고 샘이 맑아서 배회하며 말에게 꼴을 먹일 만했다. 이에 이르러 관아 숙소에 들어가 부친께 돌아왔다고 아뢰었는데, 어느덧 해가 저물어 있었다.

이 글은 선조 때 임제(1549~1587년)가 제주도를 여행하고 쓴 『남명소승』에서 한라산 일정을 발췌한 것이다. 남명은 남쪽 바다, 소승은 작은 기록이라는 뜻이다. 제주도에서 2006년 발간한 『한라산 총서』에 따르면 이는 한라산 정상 등반을 최초로 기록한 글이라고 한다. 임제는 1578년 2월 12일에 한라산 정상에 오르려 했으나 일기가 불순해서 14일까지 존자암에 머물렀다. 변덕이 심한 날씨가 발목을 잡자 "신이시여, 밝은 아침에 밝은 햇빛을 보게 하소서."라는 「발운가(撥雲歌)」를 지었다. 다음 날 날이 맑았으므로 영곡을 지나 한라산 정상에 올랐고, 고산을 거쳐 두타사 쌍계암에 머물렀다. 이튿날에는 기묘사화 때 충암 김정이 유배되어 왔다가 사약을 받아 마시고 죽은 옛 절터에 들렀다.

이해 임제는 28세로 문과에 급제한 후 당시 제주 목사였던 부친 임진에게 인사를 올리려고 그해 11월 3일 고향을 출발했다. 『남명소승』은 11월 3일 고향을 출발해서 12월 9일 제주 조천관에 이르기까지 37일간의 여정, 12월 10일부터 이듬해 2월 16일까지의 제주 기행, 2월 그믐 제주를 떠나 3월 5일 귀향하기까지 6일간의 여정 등 모두 4개월의 노정을 기록했다. 제주의 지형·경승지·풍토 등에 관해 보고 들은 사항을 서술하고 여러 형식의 한시를 수록했으며, 여러 귤 품종을 정리해 「귤유보(橘柚譜)」를 작성했다.

임제 이후로 한라산을 오른 사람으로는 1601년 선조의 특
사 자격으로 제주에 갔던 김상헌이 있다. 그는 「남사록(南槎
錄)」을 남겼는데, 백록담에 대해 "얕은 곳은 종아리가 빠지고
깊은 곳은 무릎까지 빠진다."라고 적었다.

한라산에 오른 임제는 신선이 된 듯한 환상에 빠져 당나라
때 이상은(李商隱)의 시 「동쪽으로 돌아가다(東還)」를 환기했
다. 그 시는 다음과 같다.

> 스스로 신선 체질 지녔으되 자신은 모르고서
> 십 년 동안이나 지초 캐는 꿈을 꾸다니.
> 가을바람이 땅 흔들어 누런 저녁 구름 깔리는 날
> 숭양으로 돌아가 옛 선생을 찾으리라.

自有仙才自不知　　　十年長夢採華芝

秋風動地黃雲暮　　　歸去嵩陽尋舊師

임제는 이해 과거에 급제해 벼슬길에 오르지만, 현실에 적
응하지 못해 이후 10년간의 벼슬살이에서 환멸을 느낀다. 서
도 병마평사가 되어 임지로 가던 중 황진이의 무덤 앞에 제사
를 지내고 시를 읊은 일이 있어 파직당하기도 했다. 「원생몽
유록」에서는 단종의 폐위와 죽음에 대해 분한 감정을 표출해

요·순·탕·무 네 성군을 도적으로 간주하기까지 했다. 예교에 얽매이지 않고 자유롭게 사유한 사람이다. 그 분방한 정신세계가 한라산 유람기에 조금 드러나 있다.

⑤　사유의 틀을 바꾸는 천하의 정상

이형상(李衡祥), 「지지(地誌)」

헐떡거리는 숨을 조금 안정시키고 바위에 기대어 사방을 바라보니 세 읍과 아홉 진이 모두 솥같이 벌려 있고 바둑돌이 깔린 듯하다. 성산·산방·송악 등 바닷속에서 돌연 솟아난 것이나 문도·우도·비양·개파·마라같이 파도 위에 점점이 둥실둥실 떠 있는 것들이 바로 눈앞에 파닥파닥하는 듯하다. 동쪽의 삼도·청산·동여서·백량·사서부터 서쪽의 추자·흑산·홍의·가가·대화탈·소화탈에 이르기까지 섬들이 아득한 속에 뒤얽혀 있다. 진도·해남·강진·영암·광주·장흥·보성은 구름 노을 바깥에 회끄무레해서 꿈틀꿈틀 구물구물 저절로 파도의 형상을 이루었으니, 조물주의 기술이 아무래도 교묘하다.

산맥은 사방으로 나가서 범이 달리고 거북이 웅크린 모습이다. 산악 가운데 북쪽에 있는 것으로 삼의양·운우로·열안지·어승생·노로객·감은덕·답인·도전·장올(제주목의 동남쪽 45리에 있다. 네 봉우리 중 하나가 가장 높고, 위에 못이 있는데 지름은 50걸음이고 깊이는 헤아릴 수 없다. 못가에 조개껍데기가 쌓여 있는 것이 백록담과 같으며, 역시 공조(貢鳥)가 운반해 온 것이라고 한다.—원주)·사라·원당·곽지·상시·효성·영통·동산·입산·기·흑·저·장 등은 제주목에 있다. 산맥 가운데 동남쪽에 있는 것으로 삼매양·영주·성불·감은·수성·수영·한좌·독달·지미·수정·운지·지세·자포·현라·성판·영천·두·달·수·방(한라산 절정이다. 모양은 정방형으로 마치 사람이 뚫어 만든 것 같다. 그 밑에는 잔디가 오솔길을 이루어 향기 섞인 바람이 산에 가득한데, 황홀하게 생황과 거문고 소리가 들리는 듯하다. 세속에 전하기를 신선들이 놀던 곳이라 한다.—원주)·토·옹 등은 정의(旌義)에 있다. 산맥 가운데 서남쪽에 있는 것으로 시목·차귀·모슬·고근(정의현 동쪽 57리에 있다. 꼭대기에 큰 굴혈이 있는데 깊이를 헤아릴 수 없고 둘레는 17리다. 지지(地誌)에 의하면 제주읍 사람 문추가 재물을 잃고는 이곳에 두지 않았나 의심해 새끼줄로 100장을 내려갔는데 굴혈 밑바닥에 나뭇잎이 쌓여 있어서 다치지 않았다고 한다.—원주)·구·호·궁·점 등은 대정에 있다.

하천을 말하면 산저·화북·병문·개로·수망·영천·홍로·감산·색달·대가래·소가래 등이 있다. 큰 숲(곶)을 말하면 묘평·김녕·점목·개사·암수·목교·대수·소근·판교·나수 등이 있다. 그 밖에 천(泉)이라든가 연(淵)이라든가 포(浦)라든가 하는 따위를 하나하나 손가락으로 가리키며 눈요기를 하노라니 가슴 속이 저절로 드넓어진다.

서쪽 산기슭 50리 바깥에는 영실이라는 동부(洞府, 계곡)가 있는데, 속명은 오백장군동이다. 1000심(1심은 6척)이나 되는 푸른 벽이 둘러 처져 병풍을 벌려 둔 듯하다. 그 위에 괴상한 바위가 있어 나한 같은 모양을 한 것이 모두 500개이다. 아래에는 폭포 세 개가 걸려 하나의 골짜기로 비스듬히 쏟아져 내린다. 곁에는 오래전에 쌓은 단이 있고 단 위에 복숭아를 심어 두어, 무리 지은 대나무 숲 사이에 홀로 서 있다. 남쪽 산기슭의 나무는 측백나무도 아니고 삼나무도 아니며 박달나무도 아니고 노송나무도 아니며, 무성한 것이 당개(幢盖) 같다. 전하기를 계수나무라고 한다. 또 만지가 땅에 붙어서 몽실몽실하며, 줄기에는 가는 털이 있고 색깔은 푸른 이끼와 비슷하며 마디마다 뿌리가 나서 혹은 비녀 살 같기도 하고 혹 비단실 같기도 하다. 맛은 달고 향기가 난다. 비록 계수나무나 영지는 아니지만 역시 기이하다.

위쪽에는 수행동이 있고, 그 계곡에 칠성대와 좌선암이 있다고 한다. 옛날 승려가 입정(열반)한 터다. 존자암이라 하는 것도 역시 각각 각별하게 둘러보았다. 소승 불교에서 이른바 "가고 갈수록 선취가 있고 걸음걸음마다 기이한 경관이 있다."라는 것이 정말 사실이다.

이형상(1653~1733년)은 50세 때인 1702년 6월에 제주 목사 겸 병마수군절제사로 부임해 10월 그믐에 제주영을 출발해 한 달 동안 동, 남, 서, 북의 순서로 순찰했다. 그리고 제주 감영의 화공 김남길을 시켜 그 기간의 여러 행사를 28폭 화면에 옮기고 당시의 연례 행사 역시 13폭 화면에 옮겼다. 이형상이 설명문을 붙인 그 화첩을 『탐라순력도(耽羅巡歷圖)』라고 한다. 가로 35.5센티미터, 세로 5센티미터 크기다. 첫 장은 "한라에서 장대하게 바라보다."라는 뜻의 「한라장촉(漢羅壯矚)」이다. 제주도를 중심으로 24방위를 붉은 글씨로 나타냈고, 중국, 일본, 동남아 섬, 전라도 땅과 부속 섬을 하나하나 적어두었다.

이형상은 1703년 4월 15일에 한라산에 올랐다. 그러나 그해 6월에 관직을 삭탈당했다. 당시 장희빈의 처치와 관련해 소론의 전 판서 오시복이 노론을 탄핵했다가 제주 대정현에 유배되었는데, 이때 이형상이 오시복을 옹호해 탄핵을 받고 파직된 것이다. 파직된 이듬해 1704년 가을, 경상도 영천에 은거하면서 제주 목사 시절에 관찰한 제주도의 풍물과 고적의 사항을 도합 37개 항목으로 나누어 『남환박물』 1권을 작성했다. 이 박물지 뒤에 『황복원대가(荒服願戴歌)』를 두어 김종직의 「탁라가(乇羅歌)」 14절구, 김정의 「우도가(牛島歌)」 1수, 최부의 「탐라시(耽羅詩)」 53절구를 게재한 뒤 자신의 차운도 수록했다.

이 글은 『남환박물』 가운데 「지지(誌地)」의 일부다. 이형상은 종래의 지지와 기록을 일일이 인용하고 스스로 산에 오르면서 보고 들은 내용과 감회를 상세하게 적었다. 한라산의 각 지명에 얽힌 전설과 사방의 지세, 경관을 모두 서술했다. 그리고 사항마다 각주를 붙여서 지리적 사실이나 지형상의 특질, 풍속·문화·역사의 사실을 부연하고, 관련 문헌 자료를 뽑아다가 기록해 두었다. 이를테면 인용한 부분에 나오는 천과 연에 대해 다음과 같은 각주를 붙였다.

• 천에 대한 원주: 섬 안에는 단물의 샘이 없다. 백성들은 10리 안쪽에서 길을 수 있으면 가까운 샘으로 여긴다. 멀면 혹 40~50리에 이른다. 물맛이 짜서 차마 마실 수 없지만 토착민은 습관이 되어 괴로움을 알지 못한다. 외지인이 이를 마시면 곧바로 구토하고 구역질을 하며 병이 난다. 오직 제주의 가락천만은 성안의 석

혈에 있어, 혹은 솟아나기도 하고 혹은 마르기도 한다. 전하는 말에 이것은 김정이 기묘사화로 귀양살이할 때 판 우물이라고 한다. 명월소에 단 샘이 하나 있지만 역시 그다지 맛이 좋지는 않다. 그리고 제주 동성 안에 산지샘이라는 것이 있는데, 석조의 길이는 세 칸이고 너비는 한 칸이다. 사면에서 샘의 맥이 솟아 나오며 물맛이 아주 강렬하게 달다. 겨울에는 탕처럼 따스하고 여름에는 얼음같이 차갑다. 성안 3000여 호가 모두 여기에서 물을 길어 마신다. 예로부터 지금까지 조금도 마를 때가 없으니, 이는 실로 서울 바깥에 드문 이름난 샘이다. 풍토병이 있는 자가 마시면 곧바로 차도가 있다.

• 연에 대한 원주: 하천의 흐름은 모두 땅속으로 스며들지만 물이 많이 고여 연이 되는 것 역시 많다.

또한 존자암에 대한 서술에서는 「존자암개구유인문(尊者庵改構侑因文)」을 인용했다. 그 글은 과장의 면이 없지 않지만 취미는 곡진하다고 했다. 존자암은 영실 수행동에 있다가 볼레오름으로 이건되고 뒤에 다시 대정으로 옮겨졌다. 수행동 터는 풍수설에서 비보(裨補)의 곳으로 중시되었다. 본래 「존자암개구유인문」은 홍유손이 56세 되던 1507년에 작성한 것이지만, 이형상은 김정의 글로 잘못 기록했다. 홍유손이 쓴 글은 상당히 긴데, 김정은 그 중간 일부만을 채록하고 문장도 생략하거나 변형했다. 천당지옥의 설은 특히 삭제했다. 홍유손은 1498년 무오사화 때 제주도에 유배되어 1506년 중종반정으로 풀려났으나 1507년까지 제주도에서 생활했는데, 이 마지막 해에 존자암 중수를 돕기 위해 독지가의 재물 희사를 권하고자 이 글을 썼다.

존자가 암자를 지은 것은 고(高)·양(梁)·부(夫) 세 성이 처음 일어난 때부터로, 암자는 세 고을이 솥의 세 발처럼 형세가 나뉜 뒤까지 오래 전했다. 그 터로 말하면 주봉(主峯)은 넓고 크며, 둥글게 올라가서 뾰족하게 높다가 점점 낮아지는 모양이 마치 봉황새가 빙 돌아 날다가 아래로 내려와 웅크리고 자기 새끼를 사랑스럽게 바라보는 것 같다. 이는 현무의 기이함이다. 한천(寒泉)은 근원이 깊어서 옥 같은 소리를 내며 쏟아지며 맑게 푸르고 향기가 진한데, 이른바 월덕(月德)의 방위에 있어서 심한 가뭄에도 마르지 않는다. 이는 주작의 기이함이다. 비스듬히 이어져 꿈틀꿈틀 기어가다가, 허리에서 마치 왼쪽 팔로 그 묶인 끈을 풀고자 하는 모습은 청룡의 경승이다. 꼬리를 끌며 배로 밀면서 가다가, 머리가 마치 오른손으로 그 무릎을 쓰다듬는 것 같은 모습은 백호의 아름다움이다. 그 지경을 말하자면 기암이라든가 괴석이라든가 하는 것들이 쪼아 새기고 갈고 깎은 듯 삐죽삐죽 솟아서, 나란히 늘어서 있기도 하고 엉기어 서 있기도 하며 기울게 서 있기도 하고 짝지어 서 있기도 한데, 소곤소곤 속삭이는 것 같기도 하고 둘이서 대화를 하는 것 같기도 하며 서로 돌아보며 쫓아 따라가는 것 같기도 하다. 이는 조물주가 정성 들여 만들어 놓은 것이 아니겠는가!

훌륭한 나무가 있고 기이한 나무가 있어, 짙푸르게 물들이고 장식해 숲이 빽빽하다. 가지를 움츠리거나 등을 움츠리거나 곁으로 움츠리거나 엎드려 움츠리거나 해, 누가 어른인지 다투는 것도 같고 누가 빼어난지 다투는 것도 같으며 어지러이 일어나서 춤을 추고 절하며 늘어선 것 같기도 하다. 이것은 토신 마마가 자기가 편애하는 것을 밀어주어 심어 둔 것이 아니겠는가! 신선과 응진(아라한)이 늘 그 사이를 여기저기 소요하고 머뭇머뭇하는 듯도 하고, 이상한 새와 기이한 짐승이 사계절에 걸쳐 그 속을 날아다니고 비척비척 다닌다. 이는 경개(景槪)를 갖추어 둔 것이다.

긴 산마루와 둥근 봉우리는 켜켜이 싸안고 나란히 일어나 있어, 백일(白日)을 향해 붉은 구름과 푸른 안개를 뿜어내며 백 리 밖보다 멀지 않은 데서 반 발짝 한 발짝 걸어간다. 푸른 바다와 흰 물결은 쪽빛을 끌어당기고 흰 눈이 쌓인 듯하며, 자색 봉황과 푸른 붕새가 하늘을 뒤덮고 날아오르면 우역(郵驛) 하나를 설치할 만큼 가깝지 않은 곳에서 세끼 밥을 먹는다. 비가 개고 구름이 걷힌 하늘은 새로 갈아 낸 거울 같다. 들녘 아지랑이가 바람에 쓸리면 작은 티끌까지 다 없어져 만 리를 훤히 내다볼 수 있는데, 하늘 너머 바다 나라들이 바둑돌을 흩어 놓은 듯 뚜렷이 보인다. 그러다가 드센 바람이 눈을 뜰 수 없게 하고 거센 비가 귀를 먹게 하면 하늘은 저물고 땅은 저녁이 되어 펄렁펄렁 팔랑팔랑해, 눈을 부릅뜨고 흘겨보아도 지척을 분간할 수 없으며 큰 땅덩어리는 혼돈의 상태가 되어 거위알 속에 있는 듯 어둡고 캄캄해진다. 이에 티끌세상의 시끄러움은 사라지고 세상 밖 신선 땅의 현묘함이 온전해진다. 이는 바로 열어구(列禦寇, 열자)의 책에 나오는 원교산(圓嶠山)이요, 동방만천(東方曼倩, 동방삭)이 말한 영주(瀛洲)의 땅이 아니겠는가!

이형상은 제주도민들이 한라산 기후에 적응해 사는 모습에 관심을 두었다. 제주도민들이 한라산 기후에 적응해 사는 모습에 특히 주목했다. 산 남쪽은 겨울을 넘겨도 초목이 푸르며, 암벽 북쪽에 쌓인 눈은 한여름에도 남아 있다. 관에서 사용하는 얼음 조각은 산허리에서 계속해서 공급된다. 산 남쪽은 5월에 땀받이 옷을 입는 반면 산 북쪽은 8월에 가죽옷을 껴입기도 한다. 지척 간에도 차고 뜨거운 차이가 이러하니 세태가 뜨겁게 달았다가 차갑게 식는 일이야 새삼 말할 것도 없다고 했다. 정치권력을 좇는 이들의 행태를 슬쩍 빗대어 비판한 것이다.

이형상은 백록담 주위의 암벽과 백록담의 모습을 구체적으로 묘사했다. 종래의 지지는 자연 현상을 해괴하게 풀이하거나 신선이 백록에게 물을 마시게 한다고 적어 두었다. 이형상은 허황한 전설을 비판했다. 그러나 백록담 부근에서 발견된 조개껍데기를 두고 공조가 물어다 놓은 것이라는 말을 들었을 때는, 염제의 딸이 동해에 빠져 죽은 뒤 정위(精衛)라는 새가 되어 서산의 나무와 돌을 물어다가 동해를 메우려 했다는 중국의 전설과 대비해 어느 정도 사실이었을지 모른다고 인정했다.

이형상은 한라산 정상에서 보이는 동서남북의 근경과 원경을 공들여 적었다. 오름과 산, 하천, 곶, 샘, 못 등에 대해 이름과 특징을 나열해 놓았다. 안남(월남)까지 표류했다가 생환했다는 아전이 『과해일기(過海日記)』를 바탕으로 이국의 이름을 일일이 알려 준 것을 옮겨 적기도 했다. 마도, 강호(에도), 옥구도, 일기도, 여인국, 유구국, 안남국, 삼라국, 점성, 만라가, 영파부, 소주·항주, 양주, 산동, 청주 등 그의 이야기를 들으면서 이형상은 "황홀하고 아득한" 기분에 젖었다. 『과해일기』는 전하지 않는 듯하다.

이형상은 여지도를 펴들고 옛사람의 글을 가슴에 간직해 두고, 물(物)로 물을 보면 손으로 가리켜 볼 수 있고 자로 헤아릴 수 있다고 여겼다. 리(理)로 품물을 관찰하는 관념적 방법보다는 물로 물을 관찰하는 귀납적 방법을 병행하는 것이 드높은 하늘과 드넓은 바다를 측량할 수 있는 참된 방법이라고 여긴 것이다.

또한 광대무변의 장관을 바라보면서 자신이 앉아 있는 바위가 바로 천하의 중앙이라고 상상했다. 시야 속 세계는 균일하게 가지런해 사방에 틈이나 비틀어짐이 전혀 없고, 물과 땅은 위아래 입술처럼 합쳐져 있다. 옛날 우임금이 물을 다스릴 적에 가장 높은 산을 중악으로 삼았던 일이나 마테오 리치가 일본 동남쪽을 중앙으로 여겼던 것은 작은 언덕에서 이름을 다툰 것일 뿐이며, 지금 자신이 한라산 정상에 올라 사방을 조망하는 것은 공자가 태산에 올라 천하를 작게 여기던 것과 같다고 자부했다. 한라산 정상에 올라 내가 있는 곳이 천하의 중앙임을 깨달았다고 했으니 등정의 체험이 사유의 틀마저 바꾼 것이다.

6 마음을 굳게 먹고 마침내 오른 백록담

최익현(崔益鉉), 「유한라산기(遊漢拏山記)」

남문을 출발해 10리쯤 가자 길가에 개울이 하나 있다. 한라산 북쪽 기슭의 물이 이곳에 모여 바다로 들어간다. 드디어 언덕 위에 말을 세우고 벼랑을 따라 수십 보를 내려가니 양쪽가에 푸른 암벽이 깎아지른 듯 서 있고 한가운데 큰 바위가 문 모양으로 걸쳐 있다. 길이와 너비는 수십 명을 받아들일 만하며 높이도 두 길은 되었다. 양쪽 암벽에는 방선문과 등영구라는 여섯 글자가 새겨져 있고 옛사람들의 제품(題品)이 있다. 바로 한라산 10경 중 하나다. 방선문의 안팎과 위아래에는 맑은 모래와 흰 돌이 잘 연마되어 반들반들 윤기가 나서 눈부시다. 철쭉은 좌우에 열 지어 심겨져 바야흐로 꽃봉오리가 탐스럽게 피어 있으니, 역시 비할 데 없이 기이하다. 한참 동안 소요해도 돌아갈 뜻이 아예 들지 않았다. 그러다 다시 언덕으로 올라와 동쪽으로 10리쯤 가자, 마을이 죽성이라는 이름인데 인가가 꽤 즐비하고 대나무를 심어 둘러 두었다. 너른 집 한 채를 알아보아 숙소로 정해 묵었는데, 날이 이미 저물었다. 하늘이 캄캄하고 바람이 고요해 비 올 기세가 있어 걱정되어 뒤척뒤척 뒹굴뒹굴 지냈다.

이른 새벽에 일어나 종자에게 날씨를 보라고 했더니, 알리는 말이 어제 초저녁과 같거나 오히려 심한 편이라고 했다. 그냥 돌아가 머물러 후일을 기다리는 것이 좋겠다고 말하는 자가 열에 일고여덟이었다. 나는 억지로 홍조(紅潮, 술) 한 잔을 마시고 국 한 모금을 들이키고는, 끝내 여러 사람의 의사를 어기고 말을 채찍질해 앞으로 나아갔다. 돌길이 꽤 험하고 좁았다. 5리쯤 가자 큰 언덕이 있는데, 중산이라고 했다. 관원들이 산을 오를 적에 말을 묶어 두고 가마로 갈아타는 곳이다.

갑자기 검은 구름이 풀어져 걷히고 햇빛이 새어 나와 내리쪼여 바다 경치와 산 모양이 차례로 드러났다. 그래서 이성(二成)의 곳으로 말을 돌려보내고, 옷차림을 가벼이 하고 짚신을 신고는 지팡이를 짚으며 걸음을 내디뎠다. 주인 윤규환은 다리가 아파 물러나겠다고 청했고 나머지 사람들은 생선 두름처럼 일렬로 내 뒤를 따랐다. 한 줄기 가늘게 난 길은, 나무꾼과 사냥꾼의 내왕으로 조금 형태는 있었으나 험준하고 좁아서 갈수록 위태로웠다. 구불구불 돌아 20리쯤 가니 짙은 안개가 모두 걷히고 활짝 개어 청명해졌다. 그러자 일행 중 당초 가지 말자고 하던 자들도 길하다고 일컬으므로, 나는 "이 산행이 중도에서 흥이 깨지고 만 것은 이런 인간들이 어찌 조용히 삼가지 않느냐고 말한 것에서 연유하지 않는다고는 할 수 없다!"라고 했다. 조금 앞으로 나아가자 계곡물이 바위 밑에서 쏟아져 나와 구불구불 아래로 흐른다. 평평한 돌 위에 잠시 앉아 갈증을 풀고서 계곡물을 따라 서쪽으로 갔다. 돌 비탈길을 몇 계단 넘고 또 돌아서 남쪽으로 가자 고목을 덮은 푸른 등나무 덩굴과 어지럽게 우거진 숲 나무들이 하늘을 가리고 길을 막아서 따라나갈 곳이 거의 없다. 이런 곳을 10여 리쯤 가다가 우연히 가느다란 갈대가 숲을 이루고 있는 것을 보았는데 멋진 기운이 엄습해 왔으며 또 앞이 트여서 멀리까지 바라볼 수 있었다.

서쪽을 향해 1리쯤 가자 우뚝 솟은 석벽이 대를 이루어, 뾰족하게 솟은 것이 수천 길은 되어 보였다. 이는 삼한 시대의 봉수터라고 이르지만 근거할 만한 것이 없는 데다 또 날이 저물까 힘이 달릴까 염려되어 가 보지 못했다. 몇 걸음 나아가서 가느다란 시내가 상류에서 쏟아져 물의 흔적을 이룬 것을 맞닥뜨려 그것을 따라 위로 올라가니 얼음과 눈이 환하게 빛나고 뽕나무와 잡목이 위에서 눕고 옆으로 엮여 있어, 머리를 숙이고 기어가느라 몸이 얼마나 위험한지 지대가 얼마나 높은지도 깨닫지 못했다. 이렇게 6~7리를 나아가 비로소 상봉이 보이는데, 흙과 돌이 섞여 있고 평평하지도 비탈지지도 않으며, 원만하고 풍후한 봉우리가 이마 위 가까이 있었다. 초목이 나지 않고 푸른 이끼와 담쟁이넝쿨만 돌의 표면을 덮고 있어서 앉거나 눕거나 할 만했다. 높고 밝으며 넓게 확 트여 정말로 해와 달을 옆에 끼고 비바람을 몰고 갈 만해, 의연히 티끌세상을 잊고 속세의 먼지에서 벗어난 생각이 들었다.

얼마 후 검은 안개가 한바탕 몰려와 냅다 치달려서 주위를 깜깜하게 만들며, 서쪽에서 동쪽으로 산등성이를 휘감았다. 나는 마음속으로 괴이하게 여겼지만 이곳까지 와서 한라산의 진면목을 보지 못한다면 흙을 한 삼태기 더 붓지 않아 구인(九仞)의 높은 산을 이루지 못하는 꼴이 될 것이므로 섬사람들의 웃음거리가 되지 않을까 하는 생각이 들었다. 마음을 굳게 먹고 곧장 수백 보를 앞으로 나아가서 북쪽가의 오목한 곳에 이르러 굽어 바라보았더니, 가장 높은 봉우리가 여기에 이르러 갑자기 중앙이 터져 움푹 내려가 구덩이를 이루고 있다. 바로 이른바 백록담이다. 둘레가 1리를 넘고 정지한 수면은 담담하며, 반은 물이고 반은 얼음이다. 홍수나 가뭄에도 불거나 줄지 않으며, 얕은 곳은 가랑이만 걷으면 되고 깊은 곳은 무릎까지 걷어 올려야 했다. 맑고 환하며 깨끗하고 결백해 먼지 기운이라고는 조금도 없어 은연히 신선의 종자가 거처하는 듯하다. 사방의 산각들은 높낮이가 균등하니, 참으로 천부(天府)의 성곽이다.

석벽에 매달려 내려가서 백록담을 따라 남쪽으로 가다가 털썩 주저앉아 잠깐 휴식을 취했다. 일행은 모두 지쳐서 남은 힘이 없었지만 서쪽을 향해 있는 가장 높은 봉우리가 절정이기에 조금씩 나아가 숨을 몰아쉬면서 올라가니, 따라오는 자는 세 사람뿐이다. 평평하게 퍼지고 널찍이 트여 시선이 그리 어질어질하지 않지만 위로는 별과 아주 가깝고 아래로는 인간 세상을 굽어보고 좌로는 부상(扶桑, 동방의 나무)을 돌아보고 우로는 서양을 접하며, 남으로는 소주·항주를 가리키고 북으로는 내륙을 끌어당기며, 옹기종기 널려 있는 섬들은 큰 것은 구름 조각만 하고 작은 것은 달걀만 해서 놀랍고 괴이할 정도로 천태만상이다. 『맹자』에 "바다를 본 자는 여타의 물이 물로 보이지 않고" "태산에 올라 천하를 작게 여겼다."라고 했으니 성현의 역량을 상상할 수 있겠다. 또 만일 소동파가 당시 이 산을 먼저 보았더라면 "허공에 떠서 바람을 몰고 어깨의 날개가 돋아 신선이 되어 하늘에 오른다."라는 「적벽부」의 시구가 어찌 적벽을 읊는 데 그쳤겠는가! 회옹(주희)의 축융봉 시에 나오는 "낭랑하게 읊조리며 축융봉을 날 듯이 내려온다."라는 구절을 외며 백록담으로 되돌아오자 종자들이 이미 밥을 정성스럽게 지어 놓았다. 즉시 밥을 나누어 주고 물도 돌렸는데 물맛이 맑고도 달

왔다. 나는 일행을 돌아보며 "이것은 신선이 마시는 금장옥액이
아니냐!"라고 했다.

북쪽으로 1리 지점에 혈망봉이 있어 전인들의 이름을 새긴
것이 있다고 하는데, 해가 기울어 겨를이 없으므로 산허리에서
옆으로 걸어 동쪽으로 석벽을 넘으려고 벼랑에 개미처럼 붙어
서 5리쯤 내려갔다. 산 남쪽에서 서쪽 밑둥으로 돌아들다가 안
개 속에서 우러러보니 백록담을 에워싼 석벽들이 마치 대나무
를 쪼개고 오이를 깎아 놓은 듯해, 그 형세가 9층 하늘을 칠 듯
이 솟아 있다. 기기괴괴하고 형형색색해 모두 석가여래가 가사
와 장삼을 입은 모습이었다. 20리쯤 내려오니 이미 황혼이었다.
내가 "듣건대 여기서 인가까지는 매우 멀다고 하고 밤공기도 그
리 차지 않으니, 도중에 길에서 자빠져 지쳐 버리는 것보다는
차라리 잠시 노숙하고서 내일 일을 홀가분하게 하는 것이 어떠
한가?"라고 하자, 일행이 모두 "좋습니다." 했다. 마침내 바위에
의지해서 나무를 걸치고 불을 피워 따뜻하게 한 후에 한바탕
얼풋 잠을 자고 깨어 보니 하늘이 벌써 새어 있었다. 밥을 먹고
는 천천히 걸어 나아가는데 어젯밤 이슬이 미처 마르지 않아서
옷과 버선이 다 젖었다. 얼마 가지 않아 다시 길을 잃어 이리저
리 방황했는데 그 고달픔은 구곡양장(태황산 산길)과 십구당(양
자강 상류의 험한 협곡)을 가는 정도보다 훨씬 더했다. 그러나
아래로 내려가는 형세라서 어제에 비하면 평지나 다름 없었다.

10리를 가서 영실에 이르자 높은 정상과 깊은 골짜기에 우뚝우뚝 괴석이 빼곡하게 늘어서서 웅장하고 위엄이 있다. 역시 모두가 부처의 형태였으며 그 수가 백이나 천 단위로는 헤아릴 수 없었다. 이는 천불암이라 이름하는데, 아무래도 이른바 오백장군이다. 산의 남쪽과 비교해 보면 이곳이 더 기이하고 웅장하다. 산 밑에는 시내가 흘러나와 바다로 흘러 들어가는데, 길가에 있기 때문에 매우 얕고 퍽 드러나 있다. 가시덤불을 헤치고 앉아 얼마쯤 쉬다가 이윽고 출발해 20리를 가서 서쪽 계곡의 입구로 나오자, 감영의 군졸들이 말을 끌고 와서 기다리고 있었다. 인가에 들어가서 밥을 지어 요기를 하고는 어스름 저녁 그늘이 깔릴 때 성으로 돌아왔다.

이 한라산 유람기는 강인한 정신, 치밀한 관찰력, 비판적 안목이 돋보인다. 조선 말의 면암 최익현(1833~1906년)은 산행의 흥취를 이렇듯 대화, 명시, 명구를 인용해 효과적으로 표현했다.

최익현은 경기 포천 출생으로 본관은 경주다. 고종 10년인 1873년 겨울, 대원군을 탄핵해 제주도로 유배된 후 그곳 사람들로부터 한라산 이야기를 많이 들었다. 당시 한라산이 명승이란 사실은 누구나 아는 것 같았지만 제주도 사람들 말을 들어 보면 실제로 구경한 사람이 의외로 적었다. 제주도

사람은 이렇게 말했다. "이 산은 400리에 뻗쳤고 하늘에 닿을 듯 높이 솟아서 5월에도 눈이 녹지 않습니다. 그뿐 아니라 정상에 있는 백록담은 여러 선녀가 하늘에서 내려와 노는 곳으로, 아무리 맑은 날이라도 항시 흰 구름이 끼어 있습니다. 이곳은 세상에서 영주산이라 일컫는 곳으로 삼신산의 하나입니다. 그러니 범상한 사람들이 어찌 쉽게 구경할 수 있겠습니까?" 그만큼 한라산은 범인이 접근할 수 없는 영산이었다.

최익현은 1875년에 사면되었다. 하지만 한라산 등반의 꿈은 더욱 커졌다. 그래서 3월 27일 제주목을 떠나 선비 이기남의 인도로 길을 나섰다. 어른 10여 명, 종자 5~6명의 일행은 죽성을 거쳐 탐라 계곡, 삼각봉, 백록담 북벽으로 정상에 오른 후 남벽으로 하산했고 선작지왓의 바윗돌에서 노숙을 했다. 유람기를 쓴 것은 그해 5월의 일이다.

최익현은 백두산맥이 뻗어 가서 한라산이 되었다고 보았다. 곧 백두산이 남쪽으로 4000리를 달려 영암 월출산이 되고 남쪽으로 달려 해남 달마산이 되며, 달마산이 또 바다로 500리를 건너서 추자도가 되고 다시 500리를 건너서 이 산이 되었다고 했다. 한라산은 서쪽 대정에서 일어나 동쪽 정의에서 그치고, 중간이 솟아나서 절정을 이룬다고도 했다.

한라산의 명칭에 대해서는 설이 분분하다. 어떤 이는 산이 지극히 높아 하늘의 은하수를 잡아당길 만해서 그렇게 부른다고 한다. 어떤 이는 산의 성품이 욕심이 많다며 탐산(耽山)이라 일컫는다고 한다. 어떤 이는 산의 형국이 동쪽은 말, 남쪽은 부처, 서쪽은 곡식, 북쪽은 사람의 형상이라고 했다. 최익현은 그 말이 근거가 없다고 비판하되 형국설로 유사점을 논할 수는 있다고 보았다. 산세가 구부러졌다가 펴지고 높아졌다가 낮아졌다 해서 마치 달리는 듯한 것은 말과 유사하고, 아스라한 바위와 층층 벽이 죽 늘어서서 공읍하는 듯한 것은 부처와 유사하며, 평평하고 광막한 곳에 산만하게 활짝 핀 듯한 것은 곡식과 유사하고, 북쪽을 향해 껴안은 듯한 곱고 수려한 산세는 사람과 유사하다고 했다. 그리고 말은 동쪽에서 생산되고 불당은 남쪽에 모여 있으며, 곡식은 서쪽이 잘 되고 인걸은 북쪽에 많을 뿐더러 나라에 대한 충성심도 각별할지 모른다고 덧붙였다.

최익현은 이 섬이 큰 바다의 지주(砥柱)이자 삼천리 우리나라의 수구(水口)이므로 외적이 감히 엿보지 못하며, 산과 바다에서 나는 진귀한 진상품과 대부·서민의 일용에 소요되는 물건이 많이 난다는 사실에 주목했다. 더구나 경내 6~7만 호가 밭 갈고 채굴하는 터전을 두어 자급자족할 수 있다. 따라서 이택과 공리가 백성과 나라에 크게 미치므로 금강산이나 지리산처럼 사람에게 관광이나 제공하는 산들과 격이 다르다고 칭송했다. 이 산은 청고하고 차가우므로 의지가 굳고 근골이 강한 자가 아니면 결코 올라갈 수가 없다고도 했다.

최익현은 1905년 을사조약에 반대해서 의병을 일으켜 항쟁하다가 왜군에게 체포되어 대마도에 감금되어서는 74세의 고령이지만 단식을 했다. 이토 히로부미 통감은 민심이 동요할까 우려해 조선의 쌀과 보약을 보내라고 했다. 일본 병사들이 부산에서 쌀을 가져오자 최익현은 일단 단식을 그만두었다. 하지만 울화증과 풍토병 때문에 반년 뒤 병사했다.

19세기는 조선의 지식인들에게 혼돈과 고뇌의 시기였다. 그들은 동아시아를 축으로 하는 인식 지형의 너머에 서양이 있다는 사실을 깨달았다. 성리학의 가치 질서와 세계관은 헝클어졌다. 하지만 유림의 인사들은 만인 평등 사상을 받아들일 수 없었다. 위정척사론의 저변에는 봉건 왕조를 떠받드는 보수적 이데올로기가 가로놓여 있었다. 하지만 외세에 대한 저항은 민족주의의 발로이기도 했다. 그러한 인사 가운데 한 사람인 최익현의 강골 체질은 「유한라산기」에서도 살필 수 있다.

7 백두산에서 흘러나온 두류산

김종직(金宗直), 「유두류록(遊頭流錄)」

포시(오후 4시)에야 천왕봉을 오르자, 구름과 안개가 무성하게 일어나 산천이 모두 어두워지고 중봉(제석봉) 또한 보이지 않았다. 해공과 법종이 먼저 성모묘에 들어가서 작은 부처를 손에 들고 날이 개게 해달라고 외치며 희롱했다. 나는 처음에 이를 장난으로 여겼는데 그들에게 물으니 "세속에서 이렇게 하면 날이 갠다고 합니다."라고 했다. 나는 손발을 씻고 관대를 정제한 다음 돌계단을 부여잡고 올라가 사당에 들어가서 술과 과일을 올리고 성모에게 다음과 같이 고했다.

"저는 일찍이 공자가 태산에 올라 구경했던 일과 한유가 형산을 유람했던 뜻을 사모해 왔으나 직무에 얽매여 소원을 이루지 못했습니다. 그런데 이번 중추에 남쪽 지경의 농작 상황을 살피다가 드높은 봉우리를 우러러보며 간절한 정성을 억제하지 못했습니다. 마침내 진사 한인효, 유호인, 조위 등과 함께 구름 사다리를 타고 올라가 사당 밑에 나아갔는데 비와 구름이 가로막아 운물(雲物)이 뭉게뭉게 일어나므로 황급하고 답답한 나머지 좋은 시기를 헛되이 저버리게 될까 염려됩니다. 삼가 성모께 비나니, 이 술잔을 흠향하시고 신통한 공효로 보답해 오늘 저녁에는 하늘이 말끔해지고 달빛이 낮과 같이 밝아지며 내일 아침에는 일만 리 경내가 환히 트여 산과 바다가 절로 구분되게 해 주신다면 저희들은 장대한 관람을 이루게 되리니, 감히 그 큰 은혜를 잊겠습니까?"

술을 따라 제사를 하고는 신위 앞에 앉아 술을 두어 잔씩 나누고 파했다. 사당 집은 고작 세 칸으로, 엄천리 사람이 고쳐 지었으며 역시 너와집으로 못을 매우 튼튼하게 박아 놓았는데, 이렇게 하지 않으면 바람에 날릴 수밖에 없기 때문이었다. 두 승려가 벽에 그림을 그려 두었다. 이른바 성모는 석상으로, 눈과 눈썹과 쪽진 머리에 모두 분대를 발라 놓았다. 목에 선을 그은 획이 빠진 곳이 있기에 이유를 물어보니 저들이 말했다. "태조가 인월역에서 승리하던 해에 왜구가 이 봉우리에 올라와 찍어 버리고 갔으므로, 후인이 풀을 발라 다시 붙여 놓았습니다."

동편으로 치우쳐 석루가 움푹한데, 해공 등이 희롱하던 작은 부처가 있다. 이를 국사라 일컫지만 세속에서는 성모의 정부(情夫)라고 전한다. 그래서 또 "성모는 세속에서 무슨 신이라 하는가?" 물으니, "석가의 어머니인 마야 부인입니다."라고 했다. 아, 이런 일이 있다니! 서방의 천축과 우리 동방은 백, 천의 세계로 막혀 있거늘 가유국의 부인이 어떻게 이 땅의 귀신이 될 수 있겠는가! 내가 일찍이 이승휴의 『제왕운기(帝王韻紀)』를 읽어 보니 "성모가 도선 스님에게 명했다."라는 구절의 주석에 "지금 지리산의 천왕이니, 바로 고려 태조의 어머니 위숙 왕후를 가리킨다."라고 했다. 고려 사람들이 선도 성모에 관한 말을 익히 듣고서 자기 임금의 계통을 신격화하기 위해 이런 말을 만든 것인데, 이승휴가 그 말을 믿고 『제왕운기』에 기록해 놓았으므로 이 또한 변증해 잘못을 밝히지 않을 수 없다. 하물며 승려들이 세상을 현혹시키는 황당무계한 말을 어찌 그냥 두겠는가? 그리고 이미 마야 부인이라 하고서 국사를 짝으로 배당해 더럽혔으니, 외설스럽고 불경스럽기가 이보다 더 심할 수 있겠는가! 변론하지 않을 수 없다.

날이 어두워지자 냉랭한 바람이 매우 거세어져서 동서쪽에서 옆으로 마구 불어와 그 기세가 집을 뽑고 산악을 진동시킬 듯했고, 남기와 안개가 잔뜩 모여들어 의관이 모두 축축해졌다. 네 사람이 사당 안에서 서로 베고 누웠노라니, 한기가 뼈에 사무쳐 다시 겹 솜옷을 껴입었다. 종자들이 모두 덜덜 떨며 어쬘 줄을 몰라 하기에 큰 나무 서너 개를 태워 불을 쬐게 했다.

밤이 깊어지자 달빛이 어슴푸레했으므로 기뻐하며 일어나 살펴보는데 이내 달이 완악한 구름에 가리고 만다. 누에 기대 사방을 내려다보니 천지와 사방이 혼융한 상태여서 마치 큰 바다 가운데 작은 배를 타고 올라갔다 기울었다 하다가 곧바로 파도 속으로 빠져들어갈 것만 같은 기분이었다. 세 사람에게 웃으면서, "한유같은 정성이나 조짐을 미리 아는 도술은 없을지라도 다행히 그대들과 함께 우주의 원기를 타고 혼돈의 근원에 떠서 노닐게 되었으니 어찌 좋은 일이 아니겠소?"라고 말했다.

경진일(8월 16일)에도 비바람이 여전히 드세기에 향적사로 종자를 먼저 보내어 밥을 준비해 놓고 지름길을 헤치고 와서 맞이하도록 했다. 정오가 지나서 비가 약간 그쳤는데 돌다리가 몹시 미끄러워서 사람을 시켜 붙들게 하고 내려왔다. 3~4리쯤 가서 쇠사슬 길이 있었으나 매우 위험해 곧바로 석혈을 뚫고 나가서 힘껏 걸어 향적사로 들어갔다. 절에는 중이 살지 않은 지 벌써 2년이나 되었지만 계곡물은 여전히 나무 홈통을 따라 졸졸 흘러 물통으로 떨어진다. 창문 틀과 빗장, 향반과 불유가 완연히 모두 있어 종자들에게 깨끗이 청소하고 분향하게 한 다음 들어가 거처했다.

저물녘에는 구름 노을이 천왕봉으로부터 거꾸로 바람에 날려 내려오는데, 아주 빨라서 일순간도 채 되지 않는다. 먼 하늘에는 간혹 석양이 비치는 곳도 있어 손을 쳐들고 매우 기뻐하면서 문 앞의 너럭바위로 나갔더니, 육천(薩川)이 구불구불 흐르는 것이 바라보였다. 그리고 여러 산과 섬이 완전히 드러나거나 반쯤만 드러나거나 했고, 꼭대기만 드러나기도 한 것은 마치 장막 안에 있는 사람의 상투를 보는 것 같았다. 맨 꼭대기 쪽을 우러러 쳐다보니 봉우리가 중첩하여 어제 어느 길로 내려왔는지 알 수 없었다. 사당 곁에 있는 흰 깃발은 남쪽을 가리키며 펄럭이는데, 단청하는 승려가 내가 알 수 있도록 일러 준 곳이다. 남쪽과 북쪽의 두 바위를 한껏 구경하고 또 달이 뜨기를 기다렸다. 이때는 동쪽이 완전히 맑지 못한 데다가 덜덜 떨리는 추위를 견딜 수 없어서 등걸불을 태워 집을 훈훈하게 한 다음에야 잠자리에 들어갔다. 한밤중에는 별빛과 달빛이 모두 환했다.

신사일(17일) 새벽에는 태양이 동쪽에서 올라오는데 노을빛 같은 채색이 반짝반짝 빛났다. 곁에서 따르는 사람들은 모두 내가 몹시 피곤해 결코 다시 천왕봉에 오르지 못할 것이라고 여겼다. 나는 서너 날 날이 짙게 흐리다가 갑자기 갠 것은 하늘이 나를 도와주는 것이 많고, 지금 지척에 있으면서 힘써 다시 올라보지 못하면 평생 응어리진 가슴을 씻어내지 못할 것이라고 여겼다. 마침내 새벽밥을 재촉해 먹고는 아랫도리를 걷어올리고 곧장 석문을 거쳐 올라가는데 신에 밟힌 초목에 죄다 고드름이 붙어 있었다. 성모묘에 들어가서 다시 술잔을 올리고 사례하며,

"오늘은 천지가 맑게 개고 산천이 환하게 트였으니 이는 실로 신의 도움을 받은 것이기에 참으로 깊이 기뻐하며 감사드립니다." 라고 했다. 마침내 극기, 해공과 함께 북루로 올라갔는데, 태허는 벌써 판옥에 올라가 있었다. 아무리 높이 나는 홍곡(鴻鵠)이라 할지라도 우리보다 더 높이 날 수는 없을 것이다. (중략)

중봉(시루봉)을 거쳐 저여원(세석평선)에 다다랐는데, 저여원에는 단풍나무가 오솔길을 막아서서 굴곡진 형상이 마치 문설주와 문지방 같아 거기로 나가는 사람들은 등을 구부리지 않아도 됐다. 저여원은 산등성에 있지만 탁 트인 것이 5~6리쯤 되고 숲이 무성하며 샘물이 돌아 흘러 사람들이 농사지어 먹고 살 만하다. 시냇가에는 두어 칸 초막이 있는데, 섶으로 빙 둘러 사립과 울짱을 쳤고 온돌도 놓았다. 바로 내상군(內廂軍)이 매를 포획하는 막사였다. 영랑재에서 여기에 이르는 동안 언덕이나 봉우리의 곳곳에 설치된 매 잡는 도구를 헤아릴 수 없이 많이 보았다. 가을 기운이 아직 높지 않아 마침 매를 포획하는 사람이 없었다. 매의 무리는 아득한 구름 사이를 나는 동물이거늘, 어떻게 이토록 험준한 곳에 큼직한 덫을 설치해 놓고 엿보는 자가 있는 줄 알겠는가! 미끼를 보고 탐하다 갑자기 그물에 걸려 발끈과 방울에 제압당하니, 이 또한 사람을 경계할 만하다. 그리고 나라에 진상하는 것은 고작 1~2련(連)에 불과한데, 귀족의 유희 욕구를 충족시키기 위해 너덜거리는 옷에 시원찮은 음식을 먹는 자들이 밤낮 바람과 눈보라를 견뎌가며 천 길 봉우리 꼭대기에 웅크리고 엎드려 있게 하는 것은 어진 마음을 지닌 사람이라면 차마 못할 일이다.

저물녘에 창불대에 오르니, 아스라하게 높고 돌연 끊어져 그 아래는 밑이 보이지 않고 위는 초목이 없이 철쭉 두어 떨기와 영양의 똥만 있을 뿐이다. 여기에서 두원곶, 여수곶, 섬진강의 굽이굽이를 내려다보니 산과 바다가 서로 겹겹해 경관이 더욱 기이하다. 해공이 여러 골짜기가 모인 곳을 가리키며 "신흥사동입니다."라고 했다. 일찍이 여기에서 절도사 이극균이 호남 도적 장영기와 싸웠는데, 장영기는 쥐나 개 같은 자라서 험준한 곳을 이용했기에 이극균의 지혜와 용기로도 그가 달아나는 것을 막지 못했다. 끝내 장흥 부사에게 공이 돌아갔으니, 탄식할 일이다.

해공이 또 악양현 북쪽을 가리키며 "청학사동입니다."라고 한다. 아, 이곳은 옛날에 신선의 구역이라던 곳인가 보다! 인간 세계에서 그리 멀리 떨어지지도 않았는데 미수 이인로는 어찌해 이곳을 찾다가 끝내 찾지 못했던가? 어쩌면 호사자가 그 이름을 사모해 절을 짓고 기록한 것이 아니겠는가? 해공은 또 동쪽을 가리키며 "쌍계사동입니다."라고 한다. 고운 최치원이 일찍이 이곳에서 노닐었으므로 각석이 남아 있다. 고운은 세속에 얽매이지 않은 사람이었다. 기개를 자부하는 데다가 난세를 만

538

났으므로, 중국에서 불우했을 뿐 아니라 동토에서도 용납되지 않아 마침내 도리를 지켜 속세 밖에 은둔함으로써 깊고 그윽한 산과 시내의 지경은 모두 그가 두루 찾아 노닐었으니 세상에서 그를 신선이라 일컬어도 손색이 없다.

김종직(1431~1492년)의 「유두류록」 가운데 일부다. 김종직은 경남 밀양 출생이며 본관은 선산, 호는 점필재(佔畢齋)다. 정몽주와 길재의 학통을 이은 아버지에게서 학문을 익혀 후일 사림의 조종이 되었다. 성종 3년인 1472년, 어머니가 71세이므로 사직하고 돌아가 봉양하기를 청해 함양 군수로 내려갔다. 이때 조위의 제의를 받고 유호인, 승려 해공 등과 함께 8월 14일부터 닷새 간 지리산을 유람했다. 그리고 그해 중추 뒤 5일되는 8월 20일에 이 유람기를 완성했다.

「유두류록」의 첫머리에서 김종직은, 두류산은 내 고장의 산이거늘 남쪽으로 북쪽으로 벼슬살이하느라 벌써 마흔이건만 한 번도 구경할 기회를 얻지 못했다고 반성했다. 지리산을 유람한 뒤에는, 나가서 노닌 것이 겨우 닷새밖에 되지 않거늘 가슴속이 완전히 개운하고 신관이 맑아진 느낌이며, 처자나 서리들도 나를 보면 역시 전날 같지 않다고 여기는 모양이라고 했다.

조선 전기의 문인들은 지리산을 백두산에서 흘러나간 산

이라는 뜻에서 두류산이라고 불렀다. 김종직은 「승려 계정이 지리산을 유람하러 가기에 주는 글(釋戒澄遊智異山序)」에서 "금강산은 동쪽에서 웅장하고 묘향산은 북쪽에서 웅장하며 구월산은 서쪽에서 웅장하지만 남쪽의 두류산에 오르면 앞서 웅장하던 세 산은 눈 아래에 깔려 있어 흙무더기 같아 보인다. 어찌 이뿐이랴? 천하의 항산·태산·형산·화산도 주춤거리며 뒤로 물러서기 바쁠 것이다."라고까지 했다.

지리산은 또 방장산이라고도 한다. 두보의 시 중 "방장산은 바다 건너 삼한에 있네."라는 구에 "방장산은 대방국 남쪽에 있다."라는 주석이 있다. 용성의 옛 이름이 대방이었으므로, 두류산을 삼신산의 하나인 방장산이라고 간주했던 것이다.

고려 이인로의 『파한집(破閑集)』에 지리산 청학동이 처음 언급된 이후, 조선 시대에는 이륙의 「유지리산록(遊智異山錄)」, 김종직의 「유두류록」, 남효온의 「지리산일과(智異山日課)」, 김일손의 「속두류록(續頭流錄)」, 조식의 「유두류록」, 유몽인의 「유두류산록(遊頭流山錄)」, 조위한의 「유두류산록(遊頭流山錄)」 등이 지리산을 논했다.

1611년 3월 말부터 4월 초까지 유몽인은 지리산을 유람하고 「유두류록」을 작성했는데, 천왕봉의 웅장함과 걸출함이 우리나라 모든 산의 으뜸이라 논평하고, 두류산은 살이 많고 뼈대가 적어 더 높고 크게 보인다고 했다. 그리고 두류산은 백두산에서 시작해 4000리나 면면이 뻗어 아름답고 웅혼한 기상이 남해에 이르러 엉켜 모여 우뚝 일어난 산으로, 열두 고을이 둘러 있고 사방 둘레가 2000리나 된다고 했다. 안음(함양군 안의면)과 장수는 그 어깨를 메고, 산음(경남 산청군)과 함양은 그 등을 짊어지고, 진주와 남원은 그 배를 맡고, 운봉과 곡성은 그 허리에 달려 있고, 하동과 구례는 그 무릎을 베고, 사천과 곤양은 그 발을 물에 담근 형상이다.

현재 지리산 종주 코스는 18개나 된다고 한다. 하지만 김종직 일행은 지리산을 종주하지 않았다. 당시 남북간 교통로로 화개재와 벽소령길이 열려 있었을 뿐이었다. 『지리산』의 저자 김명수는 "기껏 주능선 25킬로미터 중에서 천왕봉과 세석(저여원) 사이의 5킬로미터 남짓한 구간을 밟았을 뿐, 세석에서 노고단까지의 나머지 능선길을 지나간 경우는 전무하다."라고 지적했다. 비록 종주하지는 않았지만 김종직은 두류산을 정말로 사랑했다.

김종직은 영랑재 아래에 썩어 넘어져 열매를 맺지 못한 해송을 보며 매년 공물을 바쳐야 하는 백성들의 고충을 떠올렸다. 백성들이 매를 잡아 올리기 위해서 추위와 굶주림을 무릅쓰고 산봉우리를 헤매는 것을 두고서는 어진 마음이 있는 자라면 차마 못 시킬 일이라고 했다. 또 지리산이 불교 신자들의 소굴이 되었다고 안타까워하고, 영신사 근처의 가섭 석상이 장차 미륵으로 화할 것이라 믿고 돈과 면포를 시주하는 사람들의 행위를 비난했다.

지리산 서쪽 해발 1507미터의 노고단은 산신 할미 신앙과 관련이 있다. 현재 산청군 시천면 중산리 천왕사에 지리산 성모가 모셔져 있다. 노고를 오늘날 한자로 老姑라고 적는데, 남효온은 「지리산일과」에서 노고단을 '고모당(姑母堂)'이라고 표기했다. 조선 후기 이중환의 『택리지』에 의하면 남도 농민들은 늦봄부터 가을까지 6~7개월 동안 성모사에 모여 치성을 드린다고 한다. 노고단의 산신 할미는 부처의 어머니인 마야 부인이라고도 하고, 신라 시조 박혁거세의 어머니 선도 성모라고도 한다. 무속에서는 천신의 딸인 성모가 딸 여덟 명을 낳아 무당으로 길러 팔도에 보냈다고 말한다. 김종직은 『제왕운기』를 근거로 마야부인 설을 부정하고 고려 태조의 어머니 위숙 왕후가 옳다고 보았다.

김종직의 제자 김일손은 1489년 4월 14일에 천령을 출발해 16일 동안 두류산 일대를 유람했는데 성모를 위숙 왕후라고 규정하고 제사 지내려다가 그만두었다. 19일 저녁 천왕봉 꼭대기에 올랐을 때 진루의 판잣집에 천왕 석상이 있는 것을 보았다. 지전이 어지러이 들보 위에 걸려 있고, "숭선 김종직 계온, 고양 유호인 극기, 하산 조위 태허가 성화 임진 중추일에 함께 오르다."라 쓰여 있었다. 김일손은 솜이불을 덮고 사당에서 잠을 자고는 다음 날 여명에 종을 시켜 제물 두 그릇을 차리게 하고 자신의 산행과 늙은 모친의 안녕을 비는 제문을 지었다. 그 일부는 이러하다.

이곳 주민에게 물으니 신을 마야 부인이라 하는데 이는 잘못입니다. 점필재 김종직 공은 우리나라의 박학다식한 큰 선비인데, 이승휴의 『제왕운기』로 고증해 이 신을 고려 태조의 어머니 위숙 왕후라고 보았으니 이것이 믿을 만합니다. 선왕의 선조들이 무기를 들고 갑옷을 입어, 삼한을 통일해 우리나라 사람으로 하여금 분쟁의 고통을 면하게 했으니 큰 산에 사당을 세워 영구히 백성에게 제향을 받는 것이 당연한 일입니다.

진사 정여항은 "국가가 제사를 드릴 적에 산신령에게 하지 않고 매양 성모나 가섭에게 하는 데에야 그대인들 어찌하겠습니까?"라며 치제를 만류했다. 김일손은 김종직의 견해를 계승하면서 "산신령은 버려두고 그릇된 사당에 번거롭게 제사 지내는 것이야말로 예를 맡은 벼슬아치의 잘못입니다." 하고는 마침내 중지했다. 장난스러운 면이 없지 않다. 정여창은 국가 전례와 민중 신앙을 중시한 반면 김일손은 유가적 관점에서 산신령 제사만 지내려 했던 것이다.

한편 김종직의 「유두류록」에는 기록이 없지만 지리산에는 신라 최치원의 글씨와 전설이 남아 있다. 김일손이 24일 영신사에서 유숙한 다음 날 신흥사에 묵고 동구를 나오는 길에 홍료 장로가 이런 이야기를 해 주었다.

근세에 퇴은이란 중이 신흥사에 거주했는데 하루는 제자들에게 손님이 올 것이니 청소하고 기다리라고 했답니다. 조금 있다가 어떤 사람이 천 망아지를 타고 등나무 덩굴로 말고삐를 만들어 이 외나무다리를 평지처럼 달려오니 보던 사람들이 모두 놀랐습니다. 그와 주지가 함께 방으로 들어가 밤새도록 이야기를 했지만 무슨 말을 하는지 엿들을 수가 없었습니다. 이튿날 아침 그가 작별하고 가는데, 마침 절에서 글을 배우고 있던 강 아무개라는 종이 그를 신선이 아닌가 의심해 고삐를 잡고 따라붙었습니다. 그랬더니 그 사람이 채찍을 휘두르며 달려가다가 소매에서 책 한 권을 떨어뜨렸다고 합니다. 종이 급히 집어들자 그 사람은 "아차, 속세의 종에게 빼앗기게 되었구나! 잘 간수하고, 부디 세상에는 보이지는 말아라." 하고는 급히 달려 다시 다리를 건너갔습니다. 강 아무개란 종은 지금 늙어서 진주 땅에 살고 있습니다. 그 사실을 아는 사람이 책을 구경하자고 해도 보여 주지 않는다고 합니다. 아마도 그 사람은 최고운(최치원)인데, 죽지 않고 청학동에 살고 있는 듯합니다.

조선 정조 때에 활동한 이동항은 1790년 3월 28일부터 5월 4일까지 경상도 칠곡, 함양, 지리산, 진주 등지를 유람한 뒤 기행문을 남겼다. 등산 코스는 함양 군자사-제석봉-천왕봉-제석봉-백무동-군자사로 이어지는 오늘날의 백무동 코스로, 3박 4일을 소요했다. 4월 17일 소매에 넣어 두고 있던 김종직의 『유두류록』을 꺼내 보고, 김종직은 엄천사 앞산 회람사 능선을 따라 지리산을 올랐으므로 자신의 등반 행로와는 다르다고 했다. 회람사 능선 길은 백무동 길과는 거리가 먼데, 그 길은 이미 없어지고 김종직이 언급한 곳 가운데 지장암, 선열암, 신열암, 고열암 등의 터만 남아 있다고 했다.

지리산 청학동에서 수십 보를 걸어 나가 외진 골짜기를 내려다보며 사다리 길을 지나면 불일암이다. 동쪽과 서쪽에는 향로봉이 좌우로 마주하고, 아래는 용추와 학연이 있다. 동구에서 16일이나 걸려 불일암에 이른 김일손은 다음과 같이 감회를 토로했다.

학의 이야기를 듣고 미수 이인로가 찾던 곳이 거기가 아닌가 의심했으나, 골짜기가 워낙 높고 동떨어져서 원숭이가 아니면 갈 수 없으니 처자와 소를 이끌고 가기는 힘든 곳이었다. 암천이나 단속(斷俗)은 모두 불자들의 장소가 되어버리고 청학동마저 끝내 찾지 못하니 어찌하랴?

이인로 이후 선인들 가운데는 어느 누구도 실제의 청학동을 찾았다는 말이 없다. 현재 지리산 청학동이 경남 하동군 지리산국립공원 안에 엄연히 존재한다. 하지만 선인들에게 청학동은 속세의 결함공간과는 격리되어 사실상 어느 지표에도 존재하지 않는 가상의 공간이었다. 왜 우리는 속진을 벗어난 가상의 공간을 설정하고 그곳을 끝내 찾지 못한다고 말하는 것일까?

8 일생에 열일곱 번 오르며 마음을 다스린 산

조식(曹植), 「유두류록(遊頭流錄)」

5월 23일(1558년). 아침에 산을 오르려 하니 신응사 주지 옥륜이 밥을 차려 주며 우리를 전송했다. 두류산에 크고 작은 절이 이루 말할 수 없이 많지만 신응사의 수석이 유독 최고다. 전에 성중려(성원)과 함께 상봉에서 와서 이 절을 찾은 적이 있었으나 근 30년 전 일이다. 하중려(처남 하종악의 아우)와 함께 와서 온 여름을 여기서 살았던 것도 20년이나 지난 일이 되었다. 그 두 사람은 모두 세상을 떠나고 지금 나 혼자 오고 보니, 마치 전에 은하수에 이르렀으면서 이제는 어느 날에 뗏목을 타고 갔었는지 망연히 잊은 것과도 같다. 법당의 부처 앉은 자리에는 용사(龍蛇, 가지가 뒤틀리고 얽힌 식물)와 모란이 꽂혀 있고 사이사이에 기이한 꽃이 섞여 있다. 바깥으로 들창을 들면 역시 복사꽃, 국화, 모란 등이 꽂혀 있어, 오색 빛이 교대로 휘황해 사람의 눈을 어지럽힌다. 모두 우리나라 절에서 없던 것들이다. 절은 구례현 나루터에서 20리, 쌍계에서 10리, 사혜암에서 10리, 칠불에서 10리 떨어져 있으며 상봉까지는 하루 일정이다.

절을 나가 칠불계에 이르자 승려 옥륜과 윤의가 나무를 얽어 만든 다리가 시내의 수면을 가로로 끊어, 모두 느긋한 걸음으로 건널 수 있었다. 시내를 따라 내려와 쌍계에 이르자 건너편의 혜통과 신욱이 물을 건너와서 우리를 전송한다. 건장한 승려 몇 사람이 같이 가면서 부축해 건네주었다. 다시 6~7리를 내려와서 말에서 내려 건너려고 하니, 전날 말을 맡겼던 사람과 동네 사람 몇이서 닭을 삶고 소주를 내어 우리를 대접했다. 악양(하동) 아전들은 대나무를 가마처럼 엮어다가 우리를 떠메고 건네주었다. 시냇물이 험하고 물살이 세었으며 바닥의 흰 돌은 맑고 깨끗한데, 일행과 종들 가운데 한 사람도 넘어지지 않았으니 '물을 잘 건넜다'라고 하겠다. 누군들 잘 건너고 싶지 않을까마는 이로울 때도 있고 그렇지 않을 때도 있는 법이니 이 또한 운명이 아니랴?

시내를 건너 10리쯤 못 가서 처남 하종악 진사의 노비 청룡이 자기 사위와 함께 술병을 차고 와서 생선과 고기를 소반에 차려 내니, 마치 큰 도회지의 음식 같았다. 청룡의 아내 수금은 예전에 서울에 살았는데, 인숙(자형 이공향)과 강이(동서 이정)가 중매를 들어 주어 고맙다고 인사하러 온 것이다. 여러 사람이 장난을 하며 놀렸다. 악양현 앞에 이르러 배를 대고 고을 창고로 들어가 묵었다. 강이는 고을 동쪽 서너 리에 사는 친척 숙모를 뵈러 갔다.

5월 24일. 새벽에 흰 죽을 먹고 동쪽 고개에 올랐는데, 고개 이름이 '세 번씩 헐떡이는 고개'다. 산마루가 높이 하늘을 가로질러, 오르는 사람이 서너 발자국마다 세 번 헐떡인다고 해서 이런 이름이 붙었다. 두류산의 원기는 여기까지 100리를 올라왔어도 웅혼해 조금도 감쇄하지 않는다. 우옹(이희한)은 강이의 말을 타고 홀로 말채찍을 울리면서 먼저 올라가 제일봉 머리에 말을 세우고 말에서 내려 바위에 기대 부채를 흔들고 있다. 다른 사람들은 모두 한 치 한 치 앞으로 나아가느라 사람이나 말이나 비 오듯 땀을 흘리며 한참 만에야 이르렀다. 내가 홀연 우옹더러 "자네는 말 탄 기세를 믿고 앞으로 나아갈 줄만 알고 그칠 줄을 모르는구려. 훗날 의를 좇는 일에서도 남보다 앞설 것이니 어찌 좋은 일이 아니겠는가?"라고 면박하자 우옹이 사과했다. "난 자네가 꾸짖는 말을 할 줄 알았네. 정말 내 죄를 잘 알겠소."

강이는 두류산을 돌아보다가 검은 구름이 잔뜩 끼어 자기가

서 있는 곳이 어디인지도 알 수 없자 탄식했다. "두류산만큼 큰
산이 없는 데다가 이렇게 가까이에 있건만 사람들이 눈을 부릅
뜨고 보아도 볼 수 없다니! 하물며 어질기로는 두류산보다 클
수가 없고 가깝기로는 눈앞에 두는 것보다 근접할 수가 없으
며, 밝기로는 여러 사람이 보는 것보다 더 잘 살필 수 없는 지경
인 경우에야 어떠하겠는가?" 여러 사람과 함께 사방을 둘러보
며 한껏 바라보니, 동남쪽의 푸르고 가장 높은 것이 남해의 전
(殿)이다. 동쪽에 가득 차 서려 있어 파도와 비슷한 것이 하동
과 곤양의 산이다. 동쪽에 은은하게 하늘 높이 솟아서 검은 구
름 같은 것이 사천의 와룡산이다. 그 사이에 혈맥이 서로 꿰고
얽혀 있는 듯한 것은 강, 시내, 바다, 포구가 날줄과 씨줄처럼
오며가는 것들이다. 산하의 견고함은 위나라가 보배로 삼았던
국토 정도에 그치지 않고 만경창파의 바다에 임해 일백 치 높이
의 성을 거점으로 삼고 있거늘, 조무래기 섬 오랑캐 때문에 거
듭 백성이 곤욕을 치른 것은 과부가 베짜는 실이 끊길 것은 걱
정하지 않고 나랏일 걱정하듯 각자의 책무를 소홀히 한 탓이
아니겠는가?

아침 늦게 횡포역에 이르렀을 때 배가 너무 고파서 인숙(이공
향)의 전대에 있던 과일과 말린 꿩고기를 먹고 술 한 잔을 마셨
다. 한낮에 두리현에 이르러 말에서 내려 나무그늘 아래 쉬는
데 갈증이 심해 사람마다 각기 차가운 샘물을 몇 바가지씩 마

셨다. 홀연 가죽신을 신고 직령 두루마기를 입은 사람이 말에서 내려 홀홀 지나가다가 강이를 보더니 그대로 곁에 앉는다. 어디를 가느냐고 물어 보니, 광양의 교관이란다. 마침 장끼가 짹짹 울기에 이백이 활을 끼고 시위를 매겨 가까이 다가섰더니 꿩이 훌쩍 날아가 버렸다. 사람들이 모두 웃었다. 바야흐로 우리가 운수(雲水) 속에 있을 때는 운수 아닌 것은 눈에 들어오지 않았다. 그러다가 인간 세상으로 내려오자마자 보는 것은 별다른 것이 아니라 교관이 지나가는 것이나 꿩이 날아가는 것도 시선을 줄 만하게 되었으니 어찌 견문을 넓히지 않을 수 있겠는가? 저녁에 정수역에 이르니 여관 앞에 정씨의 정려문이 세워져 있다. 정씨는 승선 조지서의 아내로 문충공 정몽주의 고손녀다. 승선은 의인이었다. 높은 바람이 때리면 벽을 사이에 두고서도 추워서 부들부들 떨게 되듯이, 연산군이 제대로 임금 노릇을 하지 못할 줄 알고 물러나 십여 년을 살았건만, 그런데도 그 화를 면할 수 없었다. 부인은 재산을 몰수당하고 형벌로 잡일을 했지만 젖먹이 두 아이를 안고 신주를 등에 지고 아침저녁 제사를 거르지 않아, 절개와 의리를 모두 이루었으니, 그 자취가 여기에 있다.

보건대 높은 산과 너른 시내에서 얻은 바가 없지 않았는데 한유한·정여창·조지서 등 세 군자를 높은 산과 너른 시내에 비겨 보면 다시 10층 봉우리 위에 옥돌 하나를 씌운 것과 같고,

만 이랑 바다 위에 달이 하나 돋은 것과 같다. 바다와 산 300리 길을 구경한 끝에 세 군자의 자취를 하루 동안에 볼 수 있었다. 물을 보고 산을 보다가 사람을 보고 세상을 보니, 산중에서 열흘 동안 좋았던 기분이 하루 만에 좋지 못하게 바뀌고 말았다. 훗날 권력을 잡고 농간을 부리는 자가 이 길을 지나간다면 어떤 생각을 가질 것인가? 또 산을 보다 보니 바위에 이름을 새긴 것이 많았는데, 세 군자의 이름은 없었지만 장차 그 이름이 만고에 흐를 것이거늘, 어찌 만고의 역사를 바위로 삼는 것만 하겠는가? 홍지(김홍)가 또 요리사를 시켜 역에다 음식을 장만해 놓은 지 이미 4~5일이나 되었다. 생원 이을지와 수재 조원우가 와서 인사를 했다.

저물녘에 이을지의 아버지가 술을 가지고 왔고 조광우도 왔다. 밤에 역점에 나아갔는데 방 하나가 고작 한 발 크기여서 허리를 구부리고 들어가야 했다. 방은 다리를 펼 수 없었고 벽은 바람을 가리지 못했다. 처음에는 울근불근해 스스로를 용납할 수 없더니, 이윽고 네댓 사람이 머리를 맞대고 서로 베어 달게 자면서 밤을 보냈다. 이로 보면 습관에서 얻은 성품이란 잠깐 사이에 곧바로 아래 곳으로 내달려 가게 된다. 앞에도 한사람이요 뒤에도 한 사람이거늘, 앞서 청학동을 들어갈 때는 낭풍(선경)에 오른 듯 하다고 해도 오히려 부족했거늘, 또 신응동으로 다시 들어가서는 신선의 세계인 요지라도 오른 듯하되 그것도 모자라서 은하수에 배를 띄워 푸른 하늘로 들어가고 학을 몰아 하늘로 치솟아 티끌세상으로 내려오지 않으려 했었다. 그러다가 마지막에는 개미언덕만도 못한 좁은 방에서 새우잠을 자면서 장차 자기 분수로 달게 받아들이려 하고 있다. 그러므로 비록 아무 지위 없이 안분하더라도 소양은 높이지 않을 수 없으며, 머무는 곳이 작아지고 낮아져서는 안 되겠다는 사실을 볼 수 있다. 또한 선을 행하는 것도 습관으로 말미암고 악을 미워하게 되는 것도 역시 타성으로 말미암는다. 위로 올라가는 것도 이 사람이고 아래로 떨어지는 것도 바로 이 사람이다. 다만 한 번 발을 들어 내딛는 사이에 달려 있을 따름이다.

남명 조식(1501~1572년)은 지리산을 사랑해 지리산 자락에 은거하며 강학을 했던 학자다. 지리산이야말로 무릉도원이라고 여겨, 다음 시조를 남겼다.

두류산 양단수를 네 듣고 이제 보니,
도화 뜬 맑은 물에 산영조차 잠겼에라.
아희야, 무릉이 어디오, 나난 옌가 하노라.

조식은 일생에 걸쳐 지리산을 무려 17번이나 등반했다. 특히 58세 되던 1558년 12번째 지리산 유람으로 음력 5월 10일부터 25일까지 16일간 문도들과 함께 지리산에 올랐다. 진주 목사 김홍, 수재 이공량, 고령 군수 이희안, 청주 목사 이정과 함께였고, 중간에 조석의 아우 조환 및 원우석·이백·김경·김사성·백유량 등이 참여했다. 경상도 합천 삼가를 출발, 배를 타고 남해를 지나 섬진강을 거슬러 올라 쌍계사와 신흥사 일대를 유람한 그 기록을 『유두류록』으로 남겼다. 한자 4700여 자에 달하는 이 장문은 우리나라 유산기 문학의 백미다.

조식은 기생과 종, 취사를 주관하는 아전 등을 데리고 지리산에 올랐다. 이를테면 5월 19일에는 오암을 오르는데, 나무를 잡고 잔도를 타면서 나아갔다. 원우석은 허리에 찬 북을 치고 천수는 긴 피리를 불고 두 기생이 그 뒤를 따르면서 선두 대열을 이루었다. 나머지 사람은 물고기를 꼬챙이에 꿴 것처럼 줄지어 앞으로 전진하며 중간 대열을 이루었다. 진주의 아전 강국년과 요리사 및 음식을 운반하는 종 등 수십 명이 후미 대열을 이루었다. 승려 신욱이 앞에서 길을 안내하며 갔다. 불일암에 모여 물을 마시고 밥을 먹을 때는 절 문 밖 소나무 밑에 나와 앉아서 주거니 받거니 하면서 한껏 술을 마셨다. 악기를 연주하고 노래를 부르고 피리를 불자 그 소리가 사방을 울리고 산봉우리에 메아리쳤다.

조식은 곳곳에서 도심(道心)을 기르는 문제를 환기했다.

지장암에 모란이 활짝 피어 있는데, 가지 하나가 은구슬 한 말을 모아 놓은 듯했다. 그곳에서 곧장 아래로 내려가 한 번에 두서너 리를 달려간 다음에야 겨우 한 차례 쉴 수가 있었다. 이윽고 양의 어깻죽지를 삶을 정도로 짧은 겨를에 쌍계사에 도착했다. 당초 위쪽으로 오를 적에는 한 발자국을 내디디면 다시 한 발자국을 내딛기가 어렵더니, 아래쪽으로 달려 내려올 때에는 발만 들어도 몸이 저절로 흘러 내려가는 형국이었다. 이것이 바로 "선을 따르는 것은 오르는 듯 어렵고 악을 따르는 것은 무너져 내리는 듯 쉽다."라고 하는 일이 아니겠는가?

　　조식은 『국어』 「주어(周語) 하」에 나오는 "선을 따르기는 오르는 듯 어렵고 악을 따르는 것은 무너져 내리는 듯 쉽다."라는 말을 환기했다. 산놀이에서도 현실의 매 순간이 정의인지 사사로운 이익인지를 구별해 오로지 선과 정의의 끝을 붙잡으려고 고투해야 한다는 점을 확인했다. 산림 선비의 기개가 잘 드러난다. 훗날 정구는 가야산 소리암을 내려오면서, 남명 조 선생이 선을 행하는 일과 악을 저지르는 일을 각각 등산과 하산에 비유한 말이 실로 오늘의 착제(著題)라고 했다. 정구도 산놀이에서 수양의 문제를 환기한 것이다. 「유두류록」을 읽은 이황은 "산수에 노닐며 경승을 탐구한 사적(事跡)을 볼 수 있는 것 외에도 그때그때 뜻을 붙인 말이 격정적이어서 읽는 사람을 섬뜩하게 하므로 그 사람됨을 상상하도록 한다."라고 논평했다.

조식은 경상도 합천에서 태어나 과거에 급제한 부친 조언형을 따라 서울에서 교육을 받으며 자랐다. 그러나 숙부 조언경이 1519년 기묘사화 때 죽임을 당하고 부친 역시 관직을 박탈당하자 벼슬길을 포기했다. 1561년에는 지리산 덕산(산청군 시천면 덕산동)으로 들어와 산천재를 짓고 후학을 양성했다. 산천은 『주역』의 대축괘를 말한다. 대축괘는 외괘가 산에 해당하는 간괘고 내괘는 하늘에 해당하는 건괘인데, "강건하고 독실하고 휘황해 날마다 그 덕을 새롭게 한다."라는 단사(彖辭)의 일부를 취해 끊임없이 자신을 닦겠다는 뜻을 드러낸 것이다. 중종 때부터 명종·선조 때까지 여러 벼슬이 내렸으나 끝내 나아가지 않았다. 제자 가운데 임진왜란 때 의병을 일으켜 적과 싸운 사람이 60여 명에 달했으며, 정인홍·곽재우·김면 등은 3대 의병장으로 꼽힌다. 광해군 7년인 1615년 영의정에 추증되고, 진주의 덕천 서원, 삼가의 용암 서원에 제향되었다.

1564년 성리학 논쟁의 문제점을 지적하고자 조식은 이황에게 충고의 서찰을 보냈다. "요즘 공부하는 자들은 손으로 물 뿌리고 빗자루질 하는 절도도 모르면서 입으로는 천리를 말하고 헛된 이름이나 훔쳐서 남을 속이려 합니다."라고 지적하며, "십분 억제하고 타이르심이 어떻습니까?"라고 말했다. 이황과 조식은 서로의 명성을 알고 수차례 편지를 통해 안부와 건강을 묻고는 했으나 한 번도 직접 만나지는 않은 듯하다. 내재했던 갈등의 싹은 그들의 사후에 문인들이 정치적으로 대립하는 형국을 낳았다. 문인들은 본래 같은 동인에 속했지만 1589년 기축옥사를 계기로 퇴계학파는 남인, 남명학파는 북인의 중심이 되었다. 광해군 때에는 스승을 문묘에 종사(從祀)하는 문제를 둘러싸고 극한 대립을 했다. 1623년 인조반정 이후 남명학파의 북인은 숙청당했고, 퇴계학파의 남인은 서인 붕당 정치의 동반자로서 입지를 굳혔다.

「유두류록」에서 조식은 5월 10일 우옹 이희안이 자기 종들을 시켜서 남의 도망간 노비 여덟 명을 잡아 준 이야기를 기록했다.

나는 또 혼자 탄식하며 말했다. "우옹은 팔짱을 끼고 50년을 지내면서 메주덩이 같은 주먹을 쥐고 있더니, 말하자면 하황(당나라 때 토번의 점령지) 유역 천 리 만 리 땅을 되찾지는 못했지만 잠깐 사이에 계략을 써서 공을 세웠다고 할 만하다. 참으로 높은 솜씨라 이를 만하다."라고 했다. 모두 배꼽을 잡고 웃으며 길을 갔다.

현재로서는 당시 신분 사회의 모순을 짐작케 하는 매우 불유쾌한 사건이다. 사상적으로 진보적인 지식인이어도 계층적, 시대적 한계를 뛰어넘을 수는 없었으리라.

조식은 「유두류록」 끝부분에 다음과 같은 소회를 토로했다. 자신은 몸을 온전히 하자던 계획이 모두 어그러진 처지지만 흠뻑 술에 취한 사람을 앞장서서 인도하는 역할을 하겠다고 생각하고 있으며, 여러 사람을 지리산 유람에 동반한 것도 그 인도의 한 방편이라고 스스로 여겼다.

내가 일찍이 이 산을 왕래한 것으로 치면 덕산동을 들어간 것이 세 번, 청학동과 신응동을 들어간 것이 세 번, 용유동을 들어간 것이 세 번, 백운동을 들어간 것이 한 번, 장항동을 들어간 것이 한 번이다. 어찌 산수를 탐내어 왕래하는 것을 번거롭다고 꺼리지 않았겠는가? 평생의 계획은 화산 기슭 한 자락을 빌려 노년을 보낼 땅으로 삼는 것이었다. 세상사가 마음대로 되지 않아 머물러 살 수 없을 줄을 알고 서성이며 생각만 하다 눈물 흘리며 돌아 나오고는 했다. 이렇게 한 것이 열 번이나 된다. 이번 행차에서는 초가지붕에 달린 박과 같이 죽은 송장이 되려고 했으나 이나마도 다시는 오기 힘들게 되었으니 어찌 슬픈 일이 아니랴!

내가 이를 두고 시를 한번 지어 보았다. "두류산 황소 갈비 같은 산마루를 열 번 주파하고, 가수(삼가현)의 겨울 까치집 같은 곳에 세 차례나 둥지를 틀었다네." 또 이렇게도 지어 보았다. "이 몸을 온전히 하자던 온갖 계획 어그러지고, 이제는 방장산과의 맹서도 저버렸도다."

여러 사람이 모두 길 잃은 나그네가 되었거늘 어찌 나만 망설이며 돌아가지 않을 수 있겠는가? 흠뻑 술에 취한 사람을 앞장 서서 인도하는 길잡이가 될 뿐이다.

지리산에서도 남명 조식의 체취가 많이 남아 있는 곳은 백운동 계곡이다. 그가 남겼다는 '백운동', '용문동천', '영남제일천석' 등의 글자가 암석에 새겨져 있다. 조식은 백운동에서 "푸른 산에 올라 보니 온 세상이 쪽빛 같은데 사람 욕심은 그칠 줄을 몰라 아름다운 경치 보면서도 세상사를 탐하누나." 라는 시를 지었다. 혼탁한 세속을 미워해 지리산에 올라 마음의 평온을 찾으려고 했던 그의 모습을 상상할 수 있다.

9 지리산에서 논한 세상의 이치

양대박(梁大樸), 「두류산기행록(頭流山紀行錄)」

초7일(1580년 9월), 흐림. 한밤에 일어나 앉아 묵묵히 기도했다. 장차 해가 뜰 때 구름이 짓궂게 방해할까 두려워서였다. 옷자락을 떨치고 밖으로 나와 하늘을 우러러 날씨가 어떨지 점을 쳤다. 그때 문득 하늘의 형태가 한쪽으로 쏠려 기울고 달과 별이 아래로 드리우는 듯해, 움찔 오그라들어 놀라고 두근거려 진정되지 않았다. 춘간 오적이 웃으며 말했다. "검푸른 하늘은 여전히 그대로고 보는 위치의 높낮이에 따라 다르게 보일 뿐이거늘 하늘이 기울어져 무너질지도 모른다고 그릇 생각하니, 그대 또한 기 나라 사람처럼 쓸데없는 걱정을 하는 분이구려!" 그래서 마주 보며 한바탕 웃었다. 그런 후 비로소 산이 하늘과 가

깎고 몸이 지극히 높은 곳에 위치해 보는 광경이 전과 달라졌다는 사실을 알게 되었다.

승려 일원이 급히 다가와 "장경성(금성)이 반짝이므로 곧 날이 밝아질 것입니다."라고 했다. 우리는 급히 밖으로 나가 천단제일 높은 층에서 살폈으나 너무 이른 시각이어서 우주가 어두컴컴해 상하를 분별할 수 없어 『장자』의 이른바 "애당초 시초가 있지 않음"이 있는 듯했다. 홍몽이 아직 갈라지지 않고 혼돈이 아직 깨뜨려지지 않아서 망망하게 어찌할 줄 모른다는 상태와 똑같다. 조금 뒤 금계성이 새벽을 재촉하자 바야흐로 동방이 열려 『장자』의 "시초가 있음"이 있는 듯했다. 기운이 쌓여 아무 조짐 없이 고요하다가 너훌너훌하고 펄렁펄렁하더니 청탁(清濁)이 제자리를 잡아 극(極)이 없는 듯한 가운데 극이 있게 되었다. 애당초 시초가 있지 않았던 때로부터 청탁이 제자리를 잡는 상태에 이르기까지는 성인이라도 그대로 두고 논하지 않을 것이거늘 우리가 어떻게 입을 놀려 말할 수 있겠는가?

그래서 꿋꿋이 앉아 있는데 시간이 흐르자 밝은 빛이 점점 가까워져서 붉은 광휘가 하늘을 쏘아 부상(扶桑)이 밝아졌다 어두워졌다 하고 오극(동방 상상속의 산의 천극)이 움직이려 하며 붉은 구름이 만 리에 뻗치고 상서로운 빛이 천 길이나 드리웠다. 양오(해 속에 산다는 삼족오)가 날개를 쳐 비등하고 여섯 용이 떠받들고 나오며, 천오(바다의 신)는 달아나고 해약(바다의 신)은 깊숙이 숨어버렸으며, 자라(삼신산을 떠받들고 있다는 자라)는 놀라 튀어오르고 바다의 파랑은 들끓어 솟아 올랐다. 해가 하늘의 길에 이르자마자 동서남북과 상하가 환해져 바다의 미세한 티끌이나 가느다란 터럭도 낱낱이 헤아릴 수 있게 만드니, 깊숙이 숨어 사악한 짓을 하는 무리들이 그 사이에서 농간을 부릴 수 없게 되었다.

내가 오춘간에게 말했다. "그대는 저 하늘과 물을 아는가? 물이 하늘에 떠 있는 것인가 아니면 하늘이 물 위에 떠 있는 것인가? 하늘 밖에 물이 없는 것인가 아니면 물 바깥에 하늘이 없는 것인가? 하늘이 회전하지 않고 물은 증감이 없는 것인가? 그대처럼 박식하고 통달한 사람이 아니면 내가 어디서 얻어들을 수 있겠는가?"

오춘간은 이렇게 말했다. "내가 망령된 말을 해 볼 터이니 그대도 허튼 소리로 여겨 들어 주게나. 하늘은 그 뿌리가 물에 잠겨 있으면서 쉬지 않고 강건하게 운행하고, 땅은 그 축이 허공에 서려 있으면서 무게를 감당해 만물을 싣고 있으며, 큰 바다는 넓고 넓어 온 세상을 끌어안아 감싸고 있네. 해와 달이 오가는 길은 황도(해의 운행로)와 적도(달의 운행로)고, 별들이 여기저기 벌여 있는 곳이 12궁일세. 하나의 기가 무르녹고 엉켜서 산이 우뚝 서고 강이 흐르게 되었으며, 천지가 음양으로 처음 나뉘어 사람들이 늘어나 번성하게 되었네. 풀과 나무가 무성하고 사슴과 돼지가 뛰노는 어느 것인들 도가 유행해 그렇게 되지 않은 것이 없네. 한마디로 말하면 '천지는 하나의 큰 덩어리'라고 하겠네. 큰 덩어리가 하나의 물 위에 떠 있고 만물이 그 덩어리에 매달려 있는 것일세. 하늘이 회전하는 것은 북두성이 주관하고, 물이 불었다 줄었다 하는 것은 미려(바닷물이 빠져나간다는 큰 구멍)가 주관하네. 그대는 내 말을 어찌 생각하시는가?" 나는 매우 기뻐하며, "두 가지를 물었는데 열 가지를 얻어 들으니 대단하구려!"라고 했다.

말을 마치기도 전에 긴 무지개가 하늘 끝까지 드리우고 하늘의 빛이 점점 낮아지므로 아래 세계를 굽어보니 구름 기운이 자욱했다. 서둘러 지팡이를 찾아들고서 날아갈 듯이 산에서 내려오는데, 미처 혈암에 이르기도 전에 봉우리와 골짜기가 어두워져 캄캄해지더니 음울한 구름이 눈발을 빚어내고 날리는 빗발이 허공에 가득했다. 일행 모두 달리 걸칠 것도 없어 그대로 눈과 비에 젖어 축축하게 되어 옷이 무거워져서 잘 걸을 수도 없었다. 가까스로 새로 지은 제석당에 들어가 불을 지펴 옷을 말리고, 각자 떡 한 조각을 먹고 물 한 그릇씩을 마신 뒤 뻣뻣하게 누워 날이 밝기를 기다렸다.

오춘간은 삼옷 입은 두 사람을 만나 속세 바깥의 일을 헤아리며 선취(仙趣)에 대해 토론했다. 또 피리 반주에 맞추어 시 몇 편을 읊조리는 것을 간간이 들었는데 매우 맑고 빼어났으며 밥

지어 먹는 세속 사람의 말이 결코 아니었다. 아마도 진(秦)나라 노오가 북해에서 신선 약사를 만난 것이나 위나라 혜강이 태항 산에서 신선 왕렬을 만난 것처럼 저들이 참된 비결을 전해 주려 한 것이 아니겠는가? 하지만 오춘간은 뼛속에서 비린내가 나기에 받아들일 수 없었으니, 애석하도다!

저녁 무렵이 되어서 구름 잎사귀가 조금 풀어지고 비 기운이 잠시 그치면서 산봉우리가 머리를 드러냈고 햇빛이 새어 나와 쏘았다. 내가 지팡이를 짚고 이리저리 거닐다 먼저 산을 내려가자 일행이 모두 따라나섰다. 잠시 하동 바위에서 쉬며 물을 마셨다. 백문당에 이르렀는데 산간의 해가 아직 남아 있었다. 한나라 가의가 "높은 곳은 부여잡고 오르기 어렵지만 낮은 곳은 능멸하기 쉽다."라고 하더니 그 말이 참으로 맞구나! 백문당 주인이 거친 밥을 내왔는데, 그래도 배를 든든히 할 수 있었다. 아이들이 서리 맞은 늦가을 과일을 소매 속에 가득 넣어와서 올렸다. 이 또한 산행하는 한 가지 흥취다. 저물녘에 군자사로 들어가 묵었다. 청명한 달이 봉우리에 떠올라 넝쿨 뻗은 창가를 환히 비추었다. 생각이 매우 소쇄하여 밤새 이야기를 나누었다.

이 글은 지리산을 유람하면서 선경에 노니는 듯이 즐거움을 누렸던 경험을 기록한 것으로, 남원 출신 양대박(1544~

1592년)이 쓴 「두류산기행록」의 일부다. 두류산을 매우 사랑한 그는, "봄에 꽃이 피고 가을에 낙엽이 질 때마다 내 마음이 그곳에 가 있지 않은 적이 없었다. 왜일까?"라고 자문하고, "그 산이 바다를 삼킬 듯 웅장하고 천지간에 우뚝 서 있어 신선과 고승이 모여 살기 때문이리라."라고 자답했다.

양대박은 일생에 걸쳐 여러 차례 지리산에 올랐으며, 그 절정에 오른 것은 이번이 두 번째였다. 17세 되던 1560년 봄에는 승주(전남 순천)의 군수로 있던 부친을 찾아뵙고 돌아오는 길에 봉성(구례)을 거쳐 섬진강을 따라 내려가 화개동에서 쌍계사, 청학동, 신흥사, 의신사를 돌아보았다. 1565년 가을에는 성균관 유생 신심원 등과 더불어 운성(전북 남원시 운봉면)을 거쳐 황산을 돌아 백장사에 투숙하고는 천왕봉에 올라 영신사와 좌고대를 돌아보았다. 1580년 가을에는 이순인과 함께 구례군 토지면 내동리의 연곡사를 돌아보았다.

1586년 가을에 이르러 춘간 오적이 탄식하며 이렇게 충동했다. "인간 세상에 30년 동안이나 살면서 천상의 세계에 날아올라 보지 못했네. 번뇌 많은 이 세상에 살다가 수염 더부룩한 지아비로서 얼굴 시커먼 부인과 함께 사는 보잘것없는 신세로 되고 말았으니 애석하도다! 그대는 내가 이 속세에서 벗어나 허공에서 손을 흔들며 구름을 밟고 천지 사방을 아득히 바라보면서, 조물주와 더불어 넓디넓은 곳을 유람하게 할 수 없겠는가?" 그러자 양대박은 "큰 구경을 하려면 두류산 정상에 올라야 할 걸세."라고 지리산 유람을 권했다. 그 결과 9월 2일부터 12일까지 10일간 오적과 함께 두 번째로 두류산을 등반한 것이다. 이 유람에서 오적이 일록을 적었는데, 양대박은 그 글을 토대로 「두류산기행록」을 지었다.

양대박이 유람록을 다시 적은 이유에 대해서는 다음과 같이 밝혔다. "늙어서 문을 닫고 명상에 잠기는 날, 아이들이 펼쳐 읽고 팔걸이에 기대어 듣기를 기대해 기행록을 다시 짓는다." 이른바 '문을 나서지 않고도 강산을 모두 보는 일'을 다른 이들과 공유하고자 의도한 것이다. 그런데 그는 "유람록에 실은 것은 모두 내가 차지한 것들"이라고 자부했다. 산의 높음과 바다의 큼, 골짜기의 깊음과 바위의 괴이함 같은 풍경은 아무리 많은 종이와 붓을 사용한다고 해도 다 기록할 수 없을 것이라며, 여행 중 경험한 정신의 운동 궤적을 드러내는 것이 목표라고 밝혔다.

양대박은 글의 마지막에 다음과 같은 감상을 덧붙였다.

아! 두류산 유람은 이번이 두 번째고 상봉에 오른 것도 두 번째였다. 단풍잎을 감상하고 일출을 본 것은 부차적인 일이었을 뿐이다. 시를 주고받을 수 있는 오춘간과 함께하고 이야기를 나눌 수 있는 청허 옹(양길보)과 함께하며 웃음을 준 양광조와 함께한 것이 정말 행운이었다. 이 세 사람은 천하에서 달리 구하려고 해도 쉽게 만날 수 없는 사람들이다. 애춘의 노랫소리, 수개의 아쟁 소리, 생이의 피리 소리는 흔한 일이라 하겠지만 만약 물외인이 그 소리를 듣는다면 우리가 산에서 만난 삼베옷 입은 사람을 흠모했던 것처럼 좋아할 것이다. 사담 근처에 터를 잡은 일은 내가 전에 열 번이나 오가면서도 하지 못했던 일인데, 이번에는 문득 그 터를 얻을 수 있었다. 예전의 유람이 정신만 수고롭게 했을 뿐임을 깨닫게 되었다.

산에 가는 행위는 풍경을 눈으로 받아들이는 것에 그치지 않는다. 때로는 또렷한 의식으로 풍경을 재구성하고 때로는 몽롱한 상태에서 생각을 번전시키기도 하면서 한 걸음 한 걸음 앞으로 나아가는 정신의 운동 행위다.

10 천하에 이름난 우리 산

이곡(李穀), 「동유기(東遊記)」

지정 9년 기축(1349년) 가을, 금강산에서 노닐고자 8월 14일 개성을 출발했다. 21일에는 천마령을 넘고 산 아래에 있는 장양현에 묵었다. 이곳은 금강산과는 30여 리 떨어져 있다. 이튿날 아침 일찍 부리나케 식사를 마치고 산에 오르니 구름과 안개가 자욱해 사방이 어두웠다. 고을 사람이 "풍악에 놀러오는 분이 많지만 구름과 안개 때문에 산을 보지 못하고 돌아가는 이가 허다합니다."라고 했다. 동행한 사람들이 모두 근심스러운 표정을 지었으므로 나는 구름과 안개가 사라지기를 마음속으로 기도했다. 금강산에서 5리쯤 못 미친 곳에 이르자 어두운 구름이 점차 엷어지면서 햇빛이 뚫고 새어 나왔다. 배점(배재령)

에 올랐을 때는 하늘이 개고 기운이 맑아 산이 마치 비치개로 긁어낸 듯 뚜렷했다. 이른바 일만 이천봉을 하나하나 셀 수 있을 것 같았다. 무릇 금강산에 들어가려면 반드시 이 고개를 거쳐야 한다. 이 고개에 오르면 금강산을 볼 수 있고, 금강산을 보면 자기도 모르게 이마를 조아리게 되므로 이 고개를 배점이라고 부른다. 이 곳에는 원래 집이 없었고, 돌을 쌓아 대를 만들어 쉴 수 있게 해 두었다. 그런데 지정 7년에 자정원(資正院) 영사로 있는 강금강이 중국 천자의 명령을 받고 와서 큰 종을 만들어 고개의 정상에 누각을 짓고 종을 달아 두고는, 그 옆에 집을 지어 승려를 거처하게 하고 종 치는 일을 맡겼다. 우뚝하게 금벽(단청)의 빛이 설산을 쏘니, 역시 산문의 일대 장관이다.

정오가 못 되어 표훈사에 이르러 잠깐 쉬고 나서 한 사미승의 인도로 산에 올랐다. 사미승이 말했다. "동쪽에 보덕 관음굴이 있는데, 수회발심하는 사람들은 반드시 그곳에 먼저 들릅니다. 다만 가는 길은 깊고 험하지요. 서북쪽에는 정양암이 있습니다. 이 절은 우리 태조(왕건)께서 창건하셨는데, 법기 보살의 존상을 모시고 있습니다. 비록 가파르고 높기는 하지만 가까운 편이므로 오를 만합니다. 게다가 정양암에 오르시면 풍악의 여러 봉우리를 한눈에 모두 볼 수 있습니다." 나는 "관음보살이야 어디엔들 없겠느냐? 내가 여기에 온 이유는 이 산의 형승을 보려고 한 것뿐이다. 그러니 정양암에 먼저 가 보지 않으랴?"라고 했다. 그래서 나뭇가지를 붙잡고 올라가니, 과연 사미승이 말한 그대로여서 여기 오려고 했던 뜻에 아주 부합했다. 보덕 관음굴에도 가 보려 했지만 날이 이미 저물었고 더구나 산중에서 머물 수도 없었다. 마침내 신림암과 삼불암 등 여러 암자를 거쳐 계곡을 따라 내려와 저물녘에 장안사에 이르러 묵었다. 이튿날 일찍 산을 나왔다.

철원에서 금강산까지가 300리이므로 서울인 송도에서는 실로 500여 리다. 하지만 강이 거듭 가로지르고 산이 겹겹이 가로막아서 지세가 아주 깊고 너무 험해 금강산을 드나드는 것은 아무래도 어렵도다! 일찍이 듣기로는 이 산의 이름이 불경에 적혀 있어 천하에 널리 알려져서 건축(천축)처럼 멀리 떨어진 곳의 사람도 종종 와서 구경하는 경우가 있다고 한다. 대개 보는 것은 듣는 것만 못하다. 우리나라 사람 가운데 익재 선생(이제현)처럼 서촉의 아미산과 남월의 보타산을 구경한 분이 있어서 모두 그곳 풍광이 전해 듣던 것만 못하다고 말한다. 나는 아미산과 보타산을 보지는 못했지만 이 금강산을 보니 듣던 것보다 훨씬 나았다. 뛰어난 화가의 손과 시인의 입을 빌리더라도 금강산의 모습을 흡사하게 형용하지 못할 것이다.

8월 23일 장안사를 떠나 천마산의 서쪽 고개를 넘고, 다시 통구에 이르러 묵었다. 무릇 금강산에 입산하려면 천마산의 두 고개를 넘어야 하는데, 고개에 오르면 금강산이 보인다. 이 때

문에 고개를 넘어 금강산에 입산하려는 사람은 처음에는 금강
산의 험준함을 걱정하지 않다가, 금강산에서 나와 천마산 고개
를 넘어오면서 그 길이 험난했음을 알게 된다. 서쪽 고개는 좀
낮지만 오르내리는 거리가 30여 리나 되고 몹시 험준해 발단령
이라고 한다.

옛사람들은 우리나라의 명산으로 묘향산·금강산·두류산
을 꼽았다. 묘향산은 웅(雄), 금강산은 수(秀), 두류산은 비요
(肥饒)를 친다. 조선 중기 임숙영이 쓴 「임술지(효달)에게 준 글
(贈任述之序)」의 첫머리에 그런 평가가 있는 것으로 보아, 금강
산은 진작부터 '수'의 아름다움으로 사랑받았음을 알 수 있다.

고려 말의 이곡(1298~1351년)은 52세 되던 1349년 8월에
외금강, 내금강과 해금강을 유람한 후 「동유기」를 남겼다. 위
의 글은 그 가운데 내금강에 대해 서술한 부분이다. 이곡은
이제현의 제자이자 이색의 아버지다. 중국 원나라에서 급제
하고 원나라에서 한림 국사원 검열로 있다가 나중에 고려의
찬성사가 되었다. 그의 「동유기」는 현재 남아 있는 금강산 및
관동 일대 기행 산문 가운데 가장 오래된 것으로, 이후 안축
의 『관동와주(關東瓦注)』와 함께 관동의 승경을 탐방하는 지
침서가 되었다.

금강산은 북쪽으로 안변에 접하고 남쪽으로 강릉에 이르

며 동쪽으로 큰 바다와 닿아 있고 서쪽으로 춘천의 경계와 통한다. 이곡은 「동유기」에서, 통주에서 고성까지 150여 리는 금강산의 뒤쪽인데 암석이 깎아질러 있고 산세가 험준하므로 사람들이 외산이라 부른다고 했다. 13세기에 벌써 내금강과 외금강의 구별이 있었음을 알 수 있다. 그리고 금강산에 대해 "불경에 담무갈 보살이 거주했다는 설이 있어 세상에서는 드디어 인간 정토라 여기고 있다. 향과 폐백을 가져오는 천자의 사신이 길을 이었고, 천리 길을 멀다 하지 않고 소에 싣고 말에 싣고 등에 지고 머리에 이고 와서 부처님과 스님에게 공양하는 사방 남녀의 발길이 이어진다."라고 했다. 또 「창치금강도산사기(刱置金剛都山寺記)」에서는 "금강산은 신선과 불자가 모이는 곳이요, 문인이 오가면서 유람하고 관광하는 곳이다."라고 했다.

조선 초의 권근은 명나라 태조의 요청으로 시를 지으면서 금강산의 신비한 자태를 절묘하게 묘사했다. 이른바 「응제시(應製詩)」 가운데 제24수로 「금강산(金剛山)」라는 소제목을 단 시인데, 앞부분은 이러하다.

눈빛처럼 희고 우뚝한 천만 봉우리　　　　雪立亭亭千萬峯

바닷구름 펼치자 드러나는 옥 연꽃.　　　　海雲開出玉芙蓉

신령한 빛 출렁거려 창해가 드넓고　　　　神光蕩漾滄溟闊

맑은 기운 굼틀대어 조화의 기운 모였다.　　　淑氣婉造化鍾

　조선 전기의 활달한 선비 남효온은 32세 되던 1485년의 4월 15일부터 윤4월 21일까지 40일간 관동을 여행하면서 아흐레 동안 금강산을 구경하고 「유금강산기」를 남겼다. 남효온은 "백두산은 여진족이 사는 곳의 경계선에 시작되어 그 맥이 남쪽으로 조선의 바닷가 수천 리를 따라 내려오는데, 그 가운데 큰 산은 함경도의 오도산, 강원도의 금강산, 경상도의 지리산이다. 산의 샘과 바위가 빼어나고 기이하기로는 금강산이 으뜸이다."라고 논평했다. 금강산의 이름은 여섯이다. 개골, 풍악, 열반은 우리말이고, 지달과 금강은 『화엄경』에서 나왔다. 중향성은 『마하 반야경』에서 나왔는데, 신라 법흥왕 이후의 이름이라고 한다. 하지만 남효온은 부처는 서융의 태자이므로 동국에 이런 산이 있는 줄 알았을 리 없다고 통박했다. 신라의 승려가 자기 나라를 높이고자 풍악을 가리켜 금강이라 일컫고 담무갈의 상을 세웠을 뿐이라고 추측했다. 하지만 금강이라는 이름은 갑자기 바꿀 수 없으므로 자신도 이 산을 금강산이라고 부를 수밖에 없다고 했다.
　남효온은 금강산의 형세에 대하여 다음과 같이 개괄했다.

　금강산은 그 형세가 남북으로 우뚝 서서 세상의 더러운 티끌을 누르고 있다. 금강산에는 큰 봉우리가 서른여섯이며, 작은 봉우리는 무려 일만 이천이다. 그 가운데 한 줄기는 남쪽으로 뻗어 200여 리에 이어지는데, 산의 형상이 높고 뾰족해 금강의 본산과 비슷하다. 이 산이 바로 설악산이며 그 남쪽에는 고개 하나가 있다. 설악산 동쪽의 한 줄기는 작은 산을 이루고 있는데, 이것이 천보산이다. 하늘이 비나 눈을 뿌리려 할 때 산이 스스로 울음을 울었으므로 옛날에는 명산(鳴山)이라고 불렀다. 명산은 양양부를 에워싸며 뒤로 돌아가서 바닷가에 이른다. 다섯 봉우리가 우뚝 섰으니 이를 낙산이라고 한다. 금강의 또 한 줄기는 북쪽으로 100여 리 이어져 있는데, 한 고개가 있어서 추지(楸池)라고 부른다. 추지가 있는 산은 통천 관아 뒤에서 다른 산들과 만나므로 마치 줄이 쭉 이어진 것 같다. 다시 북쪽으로 돌아서 바다 가운데 이르면 총석정이 있다. 금강산의 동쪽에는 통천, 고성, 간성 등의 군이 있고 서쪽에는 금성현과 회양부가 있으므로 산 아래에 모두 1부 3군 1현이 있는 셈이다.

조선 중기 양대박이 1571년 작성한 「금강산기행록」에 의하면 금강산에는 4총림 108정사가 있으며, 그 밖에 구름 문과 분노하는 폭포, 옥 같은 동구와 기이한 바위는 이루 기록할 수 없을 정도로 많다. 이 산에 노니는 사람들은 "열흘 동안 갖은 고생을 겪은 뒤에 비로소 복지(福地)에 통하므로" "초연히 세상을 버리고 멀리 떠나서 뒤돌아보지 않는 자가 아니면 비록 산을 사랑하는 마음이 있다고 해도 끝내 그렇게 할 수 없다."라고 했다. 금강산 유람은 열흘 일정이라고 옛어른들이 하던 말의 근거를 이 글에서 찾을 수 있다.

이곡은 1349년 8월 14일 개성을 출발해, 8월 22일부터 9월 4일까지 13일 동안 금강산의 표훈사, 정양암, 신림암, 장안사, 국도, 총석정, 금란굴, 삼일포 등을 유람하고 이어 관동의 여러 명승지를 구경한 후 개성으로 돌아갔다. 이와 달리 남효온은 1485년 4월 보름에 서울을 출발해, 연천, 보개산, 철원, 금화를 거쳐 해금강을 보고 4월 26일 금강산으로 들어갔으며, 윤4월 3일에 유점사를 거쳐 고성에 이르렀다.

금강산은 내산과 외산이 어우러져 별천지를 이루고 있으나 고려, 조선 시대의 선비나 문인 가운데 내산과 외산을 모두 유람한 사람은 거의 없다. 선조의 부마였던 신익성은 「유금강내외산제기(遊金剛內外山諸記)」 서문에서 다음과 같이 금강산을 예찬했다.

내산은 높고 빼어나며 기이하고 가파른데 골짜기는 밝고 뛰어나서 인간 세상의 경지가 아니고, 외산은 뒤섞이고 웅대하며 내산을 포용한 채 이어져 있어서 관문과 자물쇠처럼 비경을 간직하고 있다. 여기에서 조물주의 본정을 살필 수 있다.

18세기에 이르면 서민들도 금강산 유람을 즐겼다. 강세황은 장사꾼, 품팔이, 시골 노파까지도 마치 금강산을 갔다 오지 않으면 사람 축에 끼지나 못하는 듯이 여겨 그곳을 찾는 것을 보고 "산에 다니는 것은 인간으로서 첫째가는 고상한 일이지만 금강산을 구경하는 것은 가장 저속한 일이다."라고 말했다. 또 정조 19년인 1795년 제주도에 큰 기근이 들었을 때 곡식을 덜어 구호한 만덕이란 여인은, 정조가 소원을 묻자 금강산을 보고 싶다고 했다. 당시 여자는 바다를 지나지 못하게 되어 있다는 말을 듣고, 정조는 만덕에게 여의의 직을 주고 역마를 내주어 금강산을 유람케 했다.

　　우리는 고전 문헌을 통해서 금강산의 빼어남을 잘 알고 있으나 그 본상에 접하기는 어렵다. 곡절 많은 현대사가 우리에게 들씌운 기구한 운명이 아니겠는가!

11 승려들이 미끄럼 타던 박연 폭포

남효온(南孝溫), 「유금강산기(遊金剛山記)」

정축일(1485년 4월 26일), 금강산으로 들어가 5~6리를 가다
가 고개를 하나 넘어 남쪽으로 향해 신계사 절터로 들어갔다.
고개 동쪽은 관음봉이고 북쪽은 미륵봉이다. 미륵봉 서쪽에
봉우리가 하나 있는데 미륵봉보다 빼어나지만 이름은 알지 못
한다. 또 그 서쪽에 봉우리 하나가 구름 밖으로 드러나 있으니
비로봉의 북쪽 줄기다.

신계사는 신라 구왕(법흥왕)이 창건한 절이다. 지료라는 승
려가 중창하기 위해 재목을 모으고 있다. 절 앞에는 지공백천
동이 있고 그 남쪽에 큰 봉우리가 있으니, 보문봉이다. 봉우리
앞에는 세존백천동이, 동쪽에는 향로봉이 있다. 향로봉 동쪽에

는 큰 봉우리 일곱 개가 서로 이어져 큰 산을 이루고 있어 관음봉이나 미륵봉에 비교하면 그보다 몇백 배나 되는지 알 수 없을 정도다. 일곱 봉우리 가운데 첫째는 비로봉의 한 줄기, 둘째는 원적봉의 한 줄기, 셋째는 위가 평평한 것으로 안문봉의 한 줄기, 넷째는 계조봉의 한 줄기이며, 다섯째는 상불사의, 여섯째는 중불사의, 일곱째는 하불사의다. 불사의란 것은 암자의 이름으로 신라 승려인 진표 율사가 창건했다. 일곱 봉우리의 아래에는 대명, 대평, 길상, 도솔 등의 암자가 세존천 곁에 있다. 나는 지공천을 건너고 보문암을 넘어 산길로 5~6리를 갔는데 면죽(綿竹)이 길을 이루었다. 암자 아래에 이르니 주지 조은이 추지원 승려 운산의 친구인지라 나를 상당히 은혜롭게 대해 주었다.

암자에 앉으니 동북쪽으로는 바다가 보이고 동남쪽으로는 고성포가 보이며, 암자 앞에는 나옹 선사의 자조탑이 있다. 좌정하고 있는데 조은이 싱싱한 배와 잣을 대접했다. 이것들을 먹고 나자 밥상을 들이는데, 목이버섯과 석이버섯 등을 삶아서 반찬으로 내놓고 여러 산나물을 골고루 갖추어 내었다. 마침 두견새가 낮에 우니 산속이 얼마나 깊은 지 알 수 있었다. 밥을 먹고 조은과 헤어져 산길로 대략 5~6리를 가서 세존백천수를 건너 다시 1~2리를 갔으며, 왼쪽으로 도솔암을 보면서 동쪽을 향했다. 다시 5~6리를 가다가 큰 내를 하나 건너고 내를 따라 동쪽으로 비스듬히 올라가 5~6리를 가서 발연(鉢淵)을 지나 다시 반 리를 가서 발연암에 이르렀다.

그곳 중이 전하기를 "신라 때 진표 율사가 금강산에 들어오니 발연의 용왕이 살 곳을 바쳤으므로, 이에 율사가 암자를 창건해 발연암이라고 불렀습니다."라고 한다. 암자 뒤에 봉우리가 있는데, 보문암에서 본 일곱 봉우리 가운데 마지막 봉우리였다. 암자 위로 조금 가면 폭포가 있어 수십 길이나 횡으로 드리워 있으며, 폭포 왼쪽 바위는 모두 흰 바위로 곱게 간 옥처럼 반들거려서 앉을 수도 있고 누울 수도 있다. 나는 행장을 풀고 손으로 물을 떠서 입안을 씻은 후에 꿀맛 같은 물을 마셨다. 발연의 고사에 따르면 불자 가운데 유희를 즐기는 자는 폭포 위에서 섶나무를 꺾어 그 위에 올라타고 물 위로 몸을 던져 물길을 따라 내려가는데, 기술이 좋은 자는 제대로 따라 내려가고 기술이 없는 자는 몸이 뒤집힌 채 내려가며, 몸이 뒤집혀 내려가면 머리가 물에 잠겼다가 한참 후에 다시 물위로 떠올라 곁에서 보는 사람들이 모두 깔깔 웃는다고 한다. 그러나 물속 바위가 반들반들하게 매끄러우므로 뒤집혀 내려가더라도 몸이 다치지는 않으므로 사람들이 이 놀이를 거리낌 없이 즐겨 왔다고 한다. 나는 운산에게 먼저 시험해 보게 한 다음에 뒤이어서 따라 해 보았다. 운산은 여덟 번 해서 여덟 번 모두 성공했으나 나는 여덟 번 중 여섯 번을 성공했는데, 바위 위로 나오자 주위 사람이 손뼉을 치며 크게 웃었다.

이에 책을 베고 바위 위에 누워 잠깐 낮잠을 잤다. 주지 축명이 와서 나를 암자로 데려가 암자 뒤에 있는 비석을 보여 주었다. 바로 진표 율사의 뼈를 묻은 사실을 기록한 비로, 고려의 중 영잠이 비문을 지었으며 때는 승안 5년 기미(1199) 5월이었다. 비석 옆에는 말라 죽은 소나무가 두 그루 있다. 율사의 비석이 세워진 지 500여 년 동안 세 번 말라 죽었다가 세 번 다시 살아났으며, 지금은 다시 말라 죽었다고 한다. 비석을 보고 난 후 암자로 내려왔다. 축명이 밥을 내왔으므로 밥을 먹은 후 다시 폭포에 갔다가 깜깜해지고 추워진 뒤에야 비로소 와서 들어갔다.

금강산 발연암 폭포 아래에 재미있는 놀이가 있었다! 반들반들 매끄러운 바위 위로 흐르는 물살 위에 섶나무를 깔고 그것을 타고 내려오는 놀이였다. 물 미끄럼틀의 원조격이라고 해야 하겠다. 산사 생활의 무미함과 명산 유람의 단조로움을 깨는 유희가 젊은 승려들과 선비들 사이에 유행했던 것이다. 이 글의 저자인 남효온(1454~1492년)은 자신을 안내하는 중 운산과 함께 실제로 물 미끄럼틀을 타고 놀았다. 하도 재미있어서 저녁밥을 서둘러 먹고 또 가서 놀다가 밤이 깊어 추워진 뒤에야 절간의 숙소로 돌아왔다.

이 글은 남효온이 1485년 4월 15일부터 윤4월 21일까지 40일간 금강산과 동해안의 명승을 구경하고 적은 「유금강산기」 가운데 금강산으로 들어간 첫날인 4월 26일에 발연암에서 노닌 기록이다. 발연암은 신라의 진표 율사가 창건한 절이다. 진표 율사는 불사의암도 세웠다. 남효온의 유람기에는 율사라고만 되어 있으나 『삼국유사』를 근거로 추정하면 그 율사가 바로 진표 율사임을 알 수 있다.

발연은 모양이 승려의 밥그릇인 바리처럼 생겨 그러한 이름이 붙었다. 옆에 '발연' 두 글자가 새겨져 있었다. 아래위로 연못이 있는데 아래 연못이 더욱 크고 깊었다. 수희(水戲)라고도 부른 발연의 물 미끄럼 놀이는 남효원과 거의 같은 시대 이원의 「유금강록(遊金剛錄)」에도 나온다. 이원은 1489년 급제해 승문원 박사로서 봉상시 직장을 겸했다가 견책당하자 여름에 금강산을 찾았다.

안문령에 이르자 고개 북쪽에 봉우리 하나가 있다. 우지끈 힘을 쓰는 듯 울뚝불뚝해 산세가 허공까지 닿아 있으니, 비로봉은 아버지 같고 망고대는 형제 같으며 지장봉과 달마봉은 자식 같다. 초목은 북풍을 맞아 주먹을 쥔 듯 굽었을 뿐 아니라 빽빽히 우거져 있는데, 남쪽 가지는 길고 북쪽 가지는 짧다. 정오가 되어 대장암에 이르렀다. 백전에서 발연에 이르렀을 때는 해가 이미 기울었다. 마하연에서 여기까지는 80여 리다. 그 사이 오간 길에 있던 산수와 초목의 기이함은 이루 말로 표현할 수 없을 정도다. 앞서 마하연에 들러 양식을 구했다는 양표라는 사람을 찾았는데, 그는 바로 나의 십년지기인 양준이었다.

　다음 날 아침 양준과 함께 절 옆 폭포에서 놀았다. 폭포 길이는 대략 40걸음 정도다. 물놀이를 좋아하는 승려들이 위에서 아래로 물을 타고 미끄러져 내려왔다. 어떤 자는 머리를 앞으로 하고 발을 뒤로 두었고, 어떤 자는 발을 앞으로 하고 머리를 뒤로 두면서 옆으로 비끼거나 뒤집어지거나 하다가 아래에 이르러서야 멈추었다. 바람 맞은 돛배나 훈련된 진중(陣中)의 군마로 비유하더라도 폭포에서 내려오는 속도를 제대로 묘사할 수 없을 것이다. 바위는 넓고 완만한데 물살이 조금 빠를 뿐이라 물속 바위가 연마되어 미끄럽기가 기름을 발라 둔 것 같기에, 하루 종일 놀아도 상처를 입거나 뼈가 부러지는 사람이 없다. 날이 저물어 고성에 이르러 묵었다.

충남 공주의 학자 성제원도 26세 되던 1531년 5월 10일 단발령을 넘어 발연에 이르렀다. 평양 조씨 조서종의 아들인 외숙을 따라 김화현에 갔다가 금강산 여행을 시작한 것이다. 그의 「유금강록(遊金剛錄)」은 발연 유람의 사실을 이렇게 기록했다.

절의 중과 함께 발연에 갔다. 시내가 서쪽 골짜기에서 나와 못 위에 이른다. 암석은 둥글고 매끈하며 널찍해 길이가 200여 자, 너비가 100자쯤 된다. 한가운데 암석을 따라 비스듬히 구덩이가 파여 암석과 나란히 가다가 마침내 긴 폭포를 이루어 그 가운데로 쏟아진다. 승려들이 나뭇가지를 꺾어 엉덩이에 깔고 앉아 두 다리를 펴고 합장하며 앉아 있다가 윗쪽의 물이 흘러내려가는 것에 따라 아래로 내달리고, 못에 닿기 몇 자 앞에 있는 조그만 구덩이를 만나면 소용돌이치다가 바로 쏟아져 나오니 또 하나의 기이한 경치다. 발연 폭포라고 한다.

홍인우도 「관동록(關東錄)」에 1553년 4월 24일에 발연사에 묵고 이튿날 폭포 타기를 구경했다고 적었다.

25일, 주지 성공이 나를 절 뒤 바위로 데리고 갔다. 바위에는 신라 율사의 뼈를 묻은 비석이 있다. 고려 승려 영잠이 글을 짓고 승안 5년 5월에 세웠다. 비의 곁에 있는 마른 소나무는 한 뿌리에서 두 줄기가 나왔는데, 지금 보니 하나는 마르고 다른 하나는 살아 있다. 정(淨)과 절의 중들을 인솔해 절 서쪽으로 가서 폭포를 구경했다. 계곡 하나에 바위 하나가 이어지는데, 길게 갈라져 있고 옆으로 열려 있으면서 희고 매끄럽기가 은과 같다. 폭포는 격하게 쏟아져 혹 구덩이처럼 깊은 못을 이루고 물 흐름은 얕게 깔려서 혹 연마되어 긴 도랑을 이루니 마치 사람이 손을 뻗은 것 같다. 중들의 고사에, 풀을 꺾어다 그 위에 앉아서 물 흐름을 따라 곧장 아래로 내려가고는 하는데 그 빠르기가 달리는 말과 같다고 한다. 익숙한 자는 교묘하게 구르면서 내려가고, 한 번도 해 보지 않았던 자는 똑바로 내려가다가 뒤집어져서는 머리와 발이 옆으로 빙글 돌아 못 밑으로 풍덩 빠지고 만다. 정에게 한번 해 보라고 했더니 익숙지 않은 탓에 머리가 거꾸로 박히고 몸은 옆으로 비꼈으므로, 나는 이가 시릴 정도로 크게 웃었다. 하지만 몸이 다치지 않고 살이 상하지 않으므로 사람들은 그 놀이를 싫증 내지 않는다.

이명준은 60세 때인 1628년에 외직을 구해 강릉 부사로 나가, 4월에 금강산을 유람하고 「유금강일록(遊金剛日錄)」을 남겼다. 이명준은 경포대를 중창한 인물이다. 4월 18일, 아들 현기와 선기, 이명로의 아들 두향, 박시창을 데리고 해산정을 떠나 발연암에 이르러서 하인들에게 물놀이를 하도록 시키고 그것을 구경했다.

이동표가 1690년 양양 현감으로 부임해 금강산을 유람하고 작성한 「유금강산록」에도 이런 기록이 있다. "저녁에 비를 만나 발연사로 들어갔다. 절은 구정봉 동쪽에 있는데 절의 중들이 옛날부터 해 오던 일이라고 하면서 벌거벗고 발연에 들어가 바위 사이로부터 폭포를 따라서 몸을 돌려 빠르게 내려 떨어져 구경거리를 제공한다. 나는 사람을 장난거리로 삼는 것을 싫어해서 그만두게 했다."

박성원은 1738년 여름에 함경도 도사에 임명된 인물로, 검전(檢田)이나 고강(考講)을 하지 않아도 되었기에 금강산을 구경하고 「금강록(金剛錄)」을 엮었다. 친구 이익성과 함께 수행원 두 명과 단천의 11세 되는 동자 이대득을 데리고 금강산으로 가서 발연에 이르러 '승려의 재주 부리기'인 물 미끄럼타기를 구경했다.

잠시 쉬다가 다시 아래로 내려가 폭포가 흐르는 곳에 가 보니 흰 바위가 넓게 펼쳐져 있고 한 골짜기 물이 높은 곳에서부터 천천히 굴절하며 아래로 쏟아 붓는 것이 거의 수십 길이나 되었다. 외금강에서 본 폭포 중 제일이었다. 눈앞이 활짝 열리고 정신이 명랑하고 삽상해졌다. 잠시 후 나이 어린 동자승 둘이 옷을 벗고 폭포로 뛰어들었다. 동자승은 물과 함께 고꾸러졌다가 다시 나타났으며, 물이 돌아 나가는 곳에 이르면 역시 돌아앉았다. 이렇게 세 차례나 했다. 처음에는 뼈가 부러지지 않을까 의심했으나 끝내 아무 상처도 없는 것을 보니 숙달되어 그런 듯했다. 이것을 '승려의 재주 부리기'라고 하는데 관객들에게 볼거리를 제공하는 것이다. 일행 모두 이 광경을 보면서 실컷 웃었다. 술을 청해 한 잔씩 들었다. 그리고 조금 더 가서 발연사에 들어갔다. 절 옆에 너럭바위가 하나 있는데 삼면은 병풍 같고 10여 명이 앉을 수 있을 정도로 평평하다. 일송정은 정자를 약간 그늘진 곳에 지어 매우 그윽했다.

금강산 발연의 물 미끄럼타기가 이렇게 지속적으로 기록되어 나오는 것을 보면, 거꾸로, 옛사람들은 단조롭기는 하지만 '맑은 놀이'를 즐겼다는 것을 잘 알 수 있다.

12 외금강 절에 남은 신비로운 기록

이원(李黿), 「유금강록(遊金剛錄)」

날이 늦어 장령(노루목)을 넘어 계곡물을 따라 내려가 남쪽으로 돌아서 서쪽으로 들어가니, 바로 유점동 어귀였다. 산들은 빼어남을 다투고 계곡들은 물 흐름을 다투며, 가파른 봉우리와 끊어진 바위 벽이 시내를 끼고 둘러 서 있다. 뒤를 잠깐 보고 다시 앞을 보고 하느라 들어온 길을 잃어버리고 말았다. 봉우리와 바위 벽은 마치 고명한 분들과 열사들이 옷깃을 여미고 서 있는 것처럼 단정하며, 산과 물은 한 번은 움직이고 한 번은 고요하여, 그 점잖은 태도와 묵묵한 언동이 거의 인간 세상의 경지가 아니다. 이에 시를 지었다.

계곡 북쪽에 고개가 있어 환희령이라고 하는데, 걸어갈 수는 있어도 말을 타고 갈 수는 없다. 날이 저물어 유점사에 이르렀다. 유점사 절 문에서 스무 걸음 정도 못 미치는 곳에 작은 누각이 있다. 돌을 깎아 섬돌을 만들고, 물의 흐름을 끊어 누각을 가로질러 놓았으며, 가운데는 비워 두어 왔다 갔다 할 수 있게 했다. 누각 위에서 우러러보면 1000개의 봉우리가 다투어 들어오는 듯하고, 굽어 임하면 물고기 무리의 수를 헤아릴 수 있을 정도다. 현판에는 산영루라고 적혀 있다. 이에 시를 지었다.

이윽고 승려 축잠과 계열이 나를 맞아 절 문 안으로 이끌었다. 중첩한 누각과 복도로 이어진 전각이 우람하여 높고 날아갈 듯하며, 조각한 난간과 굽어 나간 헌함은 구름노을을 맞아들여 빛난다. 주위는 2000여 걸음이나 되고 방이 400여 칸이나 연이어 있다. 한가운데 있는 전각이 가장 높은데, 사면에 여덟 개 창문이 나 있다. 전각의 중앙에는 나무를 깎아 산을 만들고, 나무를 뚫어 굴을 만들어 두고 금·은·옥구슬·비취를 박아 불상 53개를 안치했으며 현판에 '홍인지전'이라고 적었다. 그 굉장한 규모와 사치스럽고 화려한 치장은 동방 최고 수준이다. 아아! 무릇 재물을 내는 것에는 한도가 있고 백성들의 힘에도 한계가 있기 마련이다. 한번 바위를 굴리고 한번 느릅나무를 옮기는 노고도 모두 백성들의 노동력에서 나오는 것이지 귀신이 날라다 주는 것이 아니므로, 영동 백성들이 가난하고 고단할 수밖에 없겠다는 것은 의심할 여지가 없다. 이에 시를 지었다.

홍인전의 동쪽 회랑 밖에는 북쪽을 등지고 남쪽을 향해 작은 누각을 얽어 두었는데 그 속에 치장을 하지 않은 인물상이 하나 있다. 모관(모자)을 쓰고 비조삼(검은색 흑단령)을 입었으며, 허리띠를 묶고 홀(笏)을 띠에 찔러 둔 모습이다. 봄가을 초하루와 보름에 향불이 끊이질 않는다는데, 신주에 '고성 태수 노춘의 신위'라고 적혀 있다. 내가 승려에게 묻기를, "옛날에는 신하가 백성들에게 공덕을 쌓으면 임지에 사당을 세워 그 공에 보답했다. 지금 노춘은 무슨 공덕이 있기에 이렇게까지 했는가?"라고 했다. 승려가 책 하나를 가지고 와서 내게 보여 주는데, 절의 사직을 기록한 것이었다. 대략 다음과 같다.

처음에 서역에서 불상 53개를 주조해 쇠종에 태워 서역에서 바다를 통해 들어와서는, 고성포에 이르러 쇠종을 끌고 이 골짜기로 들어왔다. 태수 노춘이 뒤따랐지만 쫓아갈 수 없었다. 문수평에 이르러 문수 보살을 보고 견령에 이르러 개를 보며 이대에 이르러서는 여승을 보고 장령에 이르러서 노루를 보아, 이들에게 불상이 간 곳을 물어보았더니 모두 길을 가르쳐 주었으므로 노춘이 만나 본 것들의 이름을 따 지명을 지었다. 갈증이 심해 지팡이로 땅을 찌르자 찬 샘물이 솟아나 손으로 떠서 마셨다. 유점사 앞의 산 고개에 이르러 종소리를 듣고는 환희해 펄쩍펄쩍 뛰었으므로 그 고개를 환희령이라고 한다. 유점사에 이르러 보니 부처가 느릅나무 가지에 쇠종을 걸어 놓고 나무 위에 줄지어 앉아 있었다. 노준은 느릅나무를 가져다가 절을 짓고 탑을 만들었으며 불상을 안치했으므로 유점사라고 한다.

오호라! 쇠와 돌이 스스로 움직일 수 없고 짐승의 본성이 사람과 다르다는 사실은 어리석은 남녀라도 다 아는 바여서 이는 속일 수 없다. 어찌 주조된 불상이 걸어 다닐 수 있고 개나 노루가 말을 할 수 있겠는가? 사적이 괴이하고 허망해 믿을 수가 없다. 책을 다 보고서 끝을 펴 보니 고려의 유학자 묵헌 민지가 편찬한 것이었다. 아아! 민지는 공자를 공부한 사람이거늘, 불교를 배척하지 못할 바에는 그만둘 일이지 승려의 말을 좇아 들은 이야기를 책에 옮기다니, 어찌 우리 유학의 죄인이 아니며 어찌 세상을 속이는 한낱 늙은이에 불과하지 않으리요?

이원(?~1504년)은 1489년 현량과에 합격한 후 승정원에 보임되었다. 1493년에 박사로서 태상봉상시 직장을 겸했다가 파직되었다. 이해 여름에 금강산을 찾았으며 5월 16일에 유산록을 마무리했다. 위의 글은 이원이 지은 「유금강록」 가운데 외금강의 유점사에 노닌 기록이다. 본래 이원은 금강산에 올라 마음을 시원하게 씻고 조상 이제현의 자취도 이어 보자고 생각했다. 그런데 벼슬살이에 매이고 생계에 쪼들려 뜻을 이루지 못하다가 이때에 이르러 실행에 옮긴 것이다. 금강산 여행은 장대한 여행이었다. 일상과의 단절, 정계와의 격리를 요구했다. 이원이 금강산과 관동 일대를 유람한 일정은 다음과 같다.

첫째 날, 고성군에 이르렀다.

둘째 날, 정오에 금강산 입구에 이르러, 유점사 창고에서 남쪽으로 향했다. 문수평, 견현, 이대, 노춘정, 노루목, 환희령을 거쳐 유점사에 묵었다.

셋째 날, 내금강을 유람하고 구룡동과 수점에 이르렀다. 유점사에서 30리 거리다. 삼수참(삼수재)을 거쳐 마하연에 묵었다.

넷째 날, 사자암을 지나 화룡연에서 몸을 씻고 만폭동에서 바람을 쐬었다. 보덕굴, 표훈사를 거쳐 정양사에 올랐다가 저물녘 표훈사에 돌아와 묵었다.

다섯째 날, 백동동의 입구에서 놀다가 해가 진 후 장안사에 이르렀다.

여섯째 날, 온 길을 따라 다시 마하연에 이르렀다.

일곱째 날, 안문령을 넘어 정오에 대장암에 이르고, 백전에서 발연에 이르렀다. 마하연에서 80여 리다.

여덟째 날, 마하연의 절 옆 폭포에서 놀고, 날이 저문 뒤 고성에 이르러 묵었다.

아홉째 날, 삼일포에서 배를 타고 사선정으로 가서 놀고 안

상정에 이르렀다.

열째 날, 통천에 이르러 묵었다.

열한 째 날, 총석정에서 놀고, 안변촌 별장으로 향했다.

금강산에는 한 줄기 강이 흐르는데, 유점사를 경유해 동쪽으로 흐르다가 비스듬히 남쪽으로 향하고 다시 북으로 방향을 바꾸어 백 번을 꺾여져 동쪽으로 바다에 닿는다. 금강산 골짜기 입구에 흐르는 강의 서쪽 언덕에는 절이 하나 있고 창고가 풍성했다. 유점사의 양식 창고로 세조가 세운 것이다. 조선 조정은 그 승려들에게 양식을 봄가을로 거두어들이고 내어 주어 아침저녁으로 예불 드리는 데 쓰도록 허가했다.

유점사는 금강산의 경승으로는 주목받지 못했다. 안석경이 9등급으로 나눈 금강 내외산과 해금강의 경승에 유점사의 풍광은 빠져 있다. 하지만 근세의 학자 정인보는 「유점사 기적비(楡岾寺紀蹟碑)」에서 이렇게 말했다. "내금강과 외금강의 여러 봉우리는 마치 옥이 우뚝 솟은 듯, 칼을 꽂아 놓은 듯하고 이르는 곳마다 모두 그러하다. 그런데 처한 곳이 높지만 땅이 평평해 사방을 바라보면 탁 트여 있는 곳은 오직 유점사뿐이다."

유점사의 유래는 고려 의종 말 향산에 살던 자순이 이곳으로 와 거처하기 시작한 데서 기원한다고 한다. 그 뒤 혜쌍이 다시 창건할 것을 도모하고, 충혜왕 때인 1344년에 행전이 신축하기 시작해 11년이나 걸려 완성했다. 조선 시대에 들어와 불에 타고 중건하기를 반복했다.

고려 때 민지는 유점사의 연기(緣起)를 이렇게 적었다.

서역 사위국에서 석가세존을 보지 못한 3만 집안이 문수 보살의 말을 듣고 석가세존의 상을 만들어 쇠종에다 넣고 바다에 띄워 저 갈 데로 가게 했다. 불상이 월지국에 이르자 월지국 임금이 방을 만들어 불상을 안치했는데, 그 방이 불타버렸다. 부처가 임금의 꿈에 나타나 다른 나라로 가고자 하기에 임금은 불상을 종 가운데다 넣어 다시 바다에 띄웠다. 불상이 신라 남해왕 때 고성강에 이르자 안창(고성)의 현감 노춘이 부처에게 어디에 살 것인지 물었는데 부처는 금강산으로 들어갔다. 노춘이 부처를 찾으러 갔다가 바위 위에 앉아 있는 한 여승의 길 안내를 받았다. 그 바위를 이대(尼臺)라 한다. 또 개와 노루가 나타나 길을 인도하기도 했다. 개가 나타난 고개를 구점(狗岾), 노루가 나타난 골짜기 입구를 장항(獐項)이라고 한다. 또한 노춘은 부처가 머문 곳에 이르러 종소리를 듣고 기뻐했다. 그곳을 환희점이라고 한다. 노춘은 남해왕에게 문안해 큰 절을 짓고 불상을 안치했는데, 그곳이 바로 유점사다.

이원은 이 글을 비판했다. 남효온이 「유금강산록」에서 유점사 연기를 비판한 내용과 비슷하다. 남효온은 민지의 「유점사기」를 읽고 53불상의 내력을 옮겨 적으며 일곱 가지 망설이 있다고 지적했다. 첫째, 쇠가 물에 뜰 리가 없다. 둘째, 쇠가 스스로 움직일 리 없다. 셋째, 불교는 신라 중엽에 들어와 이차돈이 불법을 이루었기에, 신라 제2대 남해왕 때 그런 일이 있어 유점사를 창건했다는 것은 시기적으로 맞지 않다. 넷째, 우리나라 불교가 남해왕 때 시작되었다면 불교가 중국에 앞서 전래된 셈인데, 그 중요한 사실이 중국 역사서에 실리지 않은 것을 보면 이는 망설이다. 다섯째, "노춘이 부처를 찾아갈 때에 어떤 중이 길을 인도했다."라고 한 것은 불법도 있기 전에 승려가 있었다고 한 셈이므로 망설이다. 여섯째, 승려가 불상을 취하자 부처가 화를 풀고 다시는 날지 않았다고 했는데, 황당해 믿을 수 없다. 일곱째, 사위·월지국에서 기록한 쇠종의 범어를 노춘이 해석했다는 것 역시 믿기 어렵다. 남효온은 삼국 시대 초에는 정해진 성이 없었고, 노춘이란 이름은 사람의 이름 같지도 않다고 의심했다. 그래서 노춘 이야기는 신라 말 원효나 의상 등 율사의 무리가 이 산의 사적을 과장하려고 기록한 것이 아닐까 추정했다.

이원의 아버지 이공린은 박팽년의 사위로, 사육신의 일에 연루되어 등용되지 못 했다. 이공린이 혼인하던 날 밤에 꿈을 꾸니 여덟 늙은이가 앞으로 나와 절하고 "저희들이 솥에 삶길 처지인데, 목숨을 살려 주신다면 은혜를 후하게 갚겠습니다." 라고 했다. 마침 요리사가 자라 여덟 마리로 국을 끓이려 하고 있던 것을 알고 이공린은 자라들을 강물에 놓아 주라고 했다. 그런데 자라 한 마리가 달아나 어린 하인이 삽으로 잡다가 잘 못해 그 목을 끊어 죽게 만들었다. 그날 밤 또 꿈을 꾸었는데, 일곱 늙은이가 와서 감사했다. 이공린은 아들 여덟 명을 낳아 각기 이름을 귀(龜)·오(鼇)·별(鼈)·타(鼉)·경(鯁)·곤(鯤)·원(黿) 으로 붙였다.

　이원이 금강산을 유람할 때 마하연의 승려가 "눈으로 만물을 봅니까? 만물이 눈으로 들어옵니까?"라고 물었다. 이원은 "눈으로 만물을 보기도 하고, 만물이 눈으로 들어오기도 합니다."라고 답하고는 「격물물격설(格物物格說)」을 지었다. 뒤에 예조 좌랑이 되었다. 그런데 김종직의 제자였으므로 연산군 때 무오사화와 갑자사화에 연루되었다. 1498년의 무오사화 때 이원은 김굉필 등 여러 사람과 함께 각각 장 80대를 맞고 변방 고을로 쫓겨나 봉수지기가 되었다. 곽산에 유배되었다가 3년 뒤 죄가 경감되어 나주로 옮겼다. 1504년의 갑자사화 때는 이원도 연좌되어 죽임을 당했다. 두 아우인 이타와 이별은 세상을 피해 숨어 지냈다. 이원은 중종 원년인 1506년에 신원되어 도승지의 직을 추증받았다.

이원은 금강산 유람 때 표훈사의 남쪽 대에서 사방을 돌아 보고 다음 기록을 남겼다.

웅장하고 그윽하며 굳세고 우뚝해 가장 높은 것이 비로봉이다. 그 다음은 관음봉이고 그 다음은 망고대다. 일월봉의 여러 봉우리와 지장봉, 달마봉이 그 다음이다. 사방이 쇠를 깎아둔 듯하고 천 개의 봉우리는 옥을 세운 듯해, 중국 대유령에 봄이 들어 매화 무리가 다투어 꽃을 피운 듯하며 한나라 고조가 의롭게 거사하니 여섯 군대가 흰옷 차림으로 한꺼번에 궐기한 것 같다. 또 여러 봉우리가 계곡을 사이에 두고 서 있는데 높은 것, 삐죽한 것, 날카로운 것, 사자가 포효하는 듯한 모양, 호랑이가 성내는 듯한 모양, 가축이 화내는 모양, 팔뚝을 치켜드는 모양에다가, 항우가 자결하고도 아직 분이 풀리지 않은 듯, 번쾌가 홍문연에서 방패를 끼고 성을 내며 돼지 어깨를 씹어 먹는 듯, 마치 부견과 사현이 비수(淝水)를 사이에 두고 진을 쳐서 천 개의 창과 만 개의 칼을 좌우에 묶어세워 두고 보병과 기병이 종횡무진 달리는 듯하니, 참으로 천하의 일대 장관이요, 조물주의 예지와 기교를 전부 드러낸 것이었다.

이원은 높은 곳에 오르니 『중용』에서 "멀리 가는 것은 반드시 가까이에서 시작하고 높이 오르는 것은 반드시 낮은 데서 시작한다."라고 말한 뜻을 알게 되었다고 했다. 또『논어』에서 말한 "흘러가는 것은 이와 같구나!"라는 취지를 떠올리게 되어, 한편으로는 "중도에 쓰러지고 마는" 나약함에서 떨쳐 일어나고 한편으로는 "한 과정을 마친 후에야 완성하게 되는" 학문 자세를 분발하게 된다고 적었다.

금강산 유람만 이러하겠는가? 산을 유람하는 일은 인과 지를 체득해 내 자신의 내면을 확충하는 일이어야 할 것이다.

13 이황과 이이가 글로 즐긴 비로봉 풍광

홍인우(洪仁祐), 「관동록(關東錄)」

무술일(1553년 4월 23일) 새벽, 승려 성정이 나가서 날씨를 보고는 "오늘은 쾌청하므로 비로봉에 오를 수 있겠습니다."라고 했다. 아침밥을 서둘러 먹고 여명에 옛 원적암 서쪽 시내를 따라 나아갔는데, 시내는 물이 없었다. 물이 없는 시내와 골짜기를 타 넘고 곧바로 북쪽으로 15리쯤 가자 두 시내가 합류했다. 동쪽 시내를 따라 7~8리를 갔다. 끊어진 벼랑을 타고 가기도 하고 측백나무에 얽힌 덩굴을 부여잡고 가기도 했는데, 한 걸음 한 걸음 앞으로 나아가기가 어려웠다. 산허리에 이르자 바위 사이의 물 흐름이 우묵한 형상을 이루었다. 맑고 차가워서 마실 만했다. 바위 틈에는 다른 풀은 없고 산개(山芥)가 이미 늙어 있고 당귀가 떨기를 이뤄 자라나 비대해진 것을 볼 수 있을 뿐이다. 당귀 100여 줄기를 뜯어서 점심에 버무려 내도록 시켰다. 나는 소요하면서 큰 소리로 시를 읊었다. 밥을 먹은 뒤 다시 바위 모서리를 부여잡고 5~6리쯤 가서 비로소 영랑점에 올라 천봉만학의 기괴한 형상을 굽어보았다. 그 경개에 관해 조금 들은 것을 산 이름을 들어 말하자면 이러하다.

마치 사람의 모습을 한 것도 있고 새의 모습을 한 것도 있으며 짐승의 모습을 한 것도 있다. 사람의 모습을 한 것은 앉은 듯한 것도 있고 일어선 듯한 것도 있으며 우러러보는 듯한 것도 있고 굽어보는 듯한 것도 있다. 마치 장군이 군진을 정돈해 백만 군졸이 창을 옆으로 비끼고 칼을 휘둘러 다투어 앞으로 내달려서 적에게 돌진하는 듯한 것도 있다. 혹은 늙은 승려가 공(空)의 이치를 담론하는 것을 들은 후 수천 승려가 가사를 어지러이 걸치고서 급히 정진(공양)하러 돌아오는 듯한 것도 있다. 새의 모습을 한 것은 날개를 펼친 듯하거나 모이를 쪼는 듯하거나 새끼를 부르는 듯하거나 꼬리를 흔들며 도망하는 듯한 것이 있다. 혹은 기러기 무리가 날개를 나란히 해서 줄을 맞추어 가을 하늘에 점을 찍으면서 열 지은 것 같기도 하고, 혹은 한 마리 난새가 외로운 그림자를 떨어뜨리면서 배회하다가 거울 같은 물속으로 날아 들어가는 것 같기도 하다. 짐승의 모습을 한 것은 웅크린 듯하거나 엎드려 있는 듯하거나 달리는 듯하

거나 누워 있는 듯하거나 한다. 양 떼가 흩어져 풀을 뜯어 먹다
가 해가 저물자 내려오는 듯하기도 하고, 사슴 떼가 위험한 곳
으로 달리다가 발을 헛디뎌 놀라 추락하는 듯하기도 하다. 지
금 생각해 보면 망고대와 만폭동에서 보았던 것은 모두 아이
장난에 불과했다.

영랑점에서 정상에 이르기까지 산속을 40~50리나 에둘러
비스듬히 가는 길에 해송과 측백나무가 모두 바람을 싫어해 줄
기가 늘어지고 서로 덮어서 푸른빛이 짙고 비취 색이 잔뜩 끼
어서, 높은 것은 3~4장쯤 된다. 사람이 그 위로 가는 것이 마
치 풀로 만든 가교 위를 걷는 듯하다. 여강(여주) 승려 지능이
발을 헛디디며 구르듯 가기를 40~50걸음이나 했는데 추락하지
는 않았다. 다시 400~500걸음을 가서 비로봉에 올랐다. 사방
을 둘러보니 호호(浩浩)하고 만만(漫漫)해서 그 끝이 어디인 줄
을 알지 못할 정도다. 표표하기가 마치 학을 타고 하늘로 오르
는 듯해, 날아가는 새라고 해도 나보다 위로 솟구치지는 못할
듯하다. 이날 마침 천지가 활짝 개어 쾌청하고 사방에 미세한
구름조차 없다. 나는 성정에게 말했다. "물을 보려면 반드시 수
원까지 거슬러 가야 하고 산에 오르려면 반드시 가장 높은 곳
에 이르러야 하는데 그 요령이 없을 수 없소. 산천의 구역과 경
계를 하나하나 지목할 수 있겠소?" 성정이 상당히 많은 산과 강
을 손가락으로 가리켜 보이며 일러주었다.

백두산에서부터 남쪽으로 거의 2000리를 내달려 와서 회양에 이르러 철관령이 되고 동쪽에서 일어나 추지령이 되며, 100여 리를 웅장하게 뻗어 고성에서 이 금강산이 되고, 금강산에서도 이 봉우리(비로봉)에 이르러 우뚝 뽑혀나 동쪽으로 서려서 끝에 이른다. 가지 쳐 나온 봉우리와 맥을 이은 골짜기는 수려함을 싸우고 내달림을 다투어 그 수를 이루 헤아릴 수 없을 정도다. 북쪽으로 말하면 두루 감아서고 길게 대치하며 곧바로 에워싸서 구름 사이에 숨어 있는 것이 육진의 산이 아니겠는가? 우뚝하게 홀로 빼어나서 뾰족한 정수리만을 드러낸 것은 묘향산의 봉우리가 아니겠는가? 내가 일찍이 지도를 보면서 함경도 고을은 곧바로 바다의 연안에 늘어서 있다고 생각한 적이 있었다. 그런데 지금 보니 두만강 이남의 여러 진(鎭)은 서쪽에서부터 꺾여서 동해로 들어가 있다. 동쪽으로 말하면 큰 바다가 질펀하게 넘실거려 하늘에 이어져 접선이 보이지 않으며 영동의 여러 고을이 명사(明沙)와 대호(大湖) 사이에 빠져 보이지 않는다. 남쪽으로 말하면 푸른 소라 같은 산들이 점점이 들어서고 가로로 퍼진 점괘 같은 봉우리들이 끊어질 듯 이어져 있어 시계가 희미하고 안개 기운이 허공에 가득해 더 이상 변별할 수 없다. 서쪽으로 말하면 낙조 아래 도성 근교처럼 희미한 빛을 띠고 하늘 빛이 아스라해, 그것이 산인지 바다인지를 알 수 없다.

지목할 수 있는 산은 영흥의 검산, 오도산, 안변의 황룡산, 양양의 설악산, 강릉의 오대산, 원주의 치악산, 삼척의 두타산, 양구의 저산, 춘천의 청평산, 지평의 용문산, 영평의 백운산, 양주의 천보산, 천마산, 개성의 성거산, 철원의 보개산, 해주의 수양산, 장연의 구월산 등으로 어떤 것은 작은 언덕 같고 어떤 것은 칼날 같다. 오직 저산과 치악은 조금 융기해 솟아 있다. 치악 남쪽으로 구름 사이에 어떤 산이 숨어 떠 있는데, 사람들은 지리산이라고 하지만 확실하지 않다.

이 봉우리에는 세 개의 줄기가 있다. 하나는 동쪽으로 뻗어 일출봉, 월출봉, 구정봉 등이 되니 곧 구룡연의 서쪽이다. 월출봉에서 남쪽으로 꺾여져 안문봉, 미륵봉, 설응봉이 된다. 미륵봉에서 서쪽으로 돌아 시왕봉, 망고봉, 혈망봉 등이 되니 곧 만폭동의 동쪽이다. 다른 하나는 남쪽으로 달려서 원적봉이 된다. 나머지 하나는 북쪽으로 굽이굽이 서려서 영랑점이 된다. 이 영랑점이 흩어져 서남쪽 내산의 봉우리가 되었으니 곧 정양봉의 동쪽이다.

종자에게 이런 내용을 기록하게 하고는 바위에 기대 홀로 서서 한껏 길게 시를 읊고, 마침내 바위틈을 찾아 시를 적었다. 함께 오른 사람들이 그것을 다 본 뒤에 옛길을 따라 원적암으로 돌아가서 밥을 지어 먹었다. 남쪽으로 3리를 가서 다시 안문천을 건넜다. 수목 사이를 뚫고 가는데 푸른 등덩굴과 비췻빛 삼나무가 우거져 혹 갈 길을 잃기도 했다. 다시 10리를 가니 길이 극도로 위태로워서 "뒷사람은 앞사람의 신발 밑을 보고 앞사람은 뒷사람의 정수리를 본다."라는 말이 이 상황에 꼭 들어맞았다. 나무떨기를 부여잡고 나아가 비로소 안문봉에 올랐다. 발의 힘이 다 하고 너무 피로해 풀을 깔고 누워서 신음하니, 쓰리고 아픈 것을 감내할 수 없었다. 이 봉우리로 내산과 외산이 구분되며, 내산은 모두 바위다. 안문봉을 넘자 비로소 흙을 밟았다. 동쪽으로 5리쯤 내려가서 상원사에 묵었다. 이날 80여 리를 갔다.

홍인우(1515~1554년)가 남긴 「관동록」의 일부다. 홍인우는 1553년 4월, 허충길·남언경과 옛사람들의 원유(遠遊)에 대해 이야기하다가, "공자가 태산에 올라 보고 천하를 작다 여기고, 주자가 남악에 올라 산하의 장대함을 조망하고 인지(仁智)의 즐거움을 얻었던 것은 모두 다 까닭이 있었다오." 하고는 금강산 유람을 제안했다. 마침내 양로서(養老書)에 기록된 내용을 참고로 산에 오를 도구를 다 갖추었다.

홍인우 일행은 4월 9일 동소문을 나서 서울 북쪽으로 길을 잡아 회암사, 풍전역, 김화, 금성, 통구현에서 각각 하룻밤을 묵고 4월 14일에 단발령동으로 들어가 장안사에 이르렀다. 이후 금강산의 내산을 두루 돌아본 뒤 4월 27일부터 5월

11일까지 통천, 총석정, 조진역, 고성 삼일포, 간성 선유담, 능파도, 낙산사, 양양, 상운역, 강릉, 경포 일대를 돌아보고 구산역에 이르렀다. 5월 12일에 대관령동으로 들어가 진부역, 평창군, 주천현, 단구역, 원주를 거쳐 5월 20일에 사천, 안현, 안창역, 송현을 지나 동촌에 이르렀다. 5월 27일에 홍인우는 「관동록」을 서술했다. 별도로 『동유시고(東遊詩稿)』도 엮었다.

홍인우 등은 금강산의 내산을 돌아보았다. 금강산에서 만난 승려가 외산의 거찰인 유점사 유람을 권하자, 홍인우는 만폭동에서 천석을 충분히 즐겼고 비로봉에서 멀리 조망했으므로 가 보지 않아도 된다고 대답했다. 그는 이러한 말을 했다.

높고 낮음과 크고 작음은 물(物)이다. 만수(萬殊)의 관점에서 보면 나의 동정이지 물의 동정이 아니다. 일본(一本)의 관점에서 보면 물 또한 나다. 그것을 둘로 보면 산의 푸르름과 물의 아스라함을 마주한 나는 형과 색이 나의 귀와 눈을 어지럽힘을 알 뿐이다. 하지만 하나로 회동시키면 푸르름과 아스라함은 모두 나의 성정 속 물이다. 도(道)는 물과 아(我)의 구별이 없으며 리(理)는 피(彼)와 차(此)의 차이가 없다. 큰 것을 보고서 작은 것도 통괄하고 높은 것을 들어 보여서 작은 것까지 깨닫는다고 하면, 정말로 역시 도에 해롭지 않을 것이다. 이것이 내가 유점사를 감상하지 않는 뜻이다.

그해 6월 3일, 성균관 대제학으로 있던 이황은 생원 홍인우의 「동유록」을 보내 달라고 했고, 6월 5일에는 성균관 관리를 보내 홍인우의 「동유록」을 베껴 오도록 시켰다. 그리고 중양절 3~4일 전, 홍인우의 「동유록」에 서문을 지어 주었다. 이황은 산수 유람을 방외지유(方外之遊) 곧 규격화된 세상 바깥으로의 유람으로 규정했다. 그리고 세상 선비들 가운데 진실로 방외에 뜻을 둔 사람이라면 모두 이 산을 엿보고 싶어 하지만 조정과 저자에 연연해 구름 노을과 아득히 동떨어져 있으므로 상상만 하고 꿈만 꿀 따름이라고 했다. 요행히 한두 사람 직접 가서 유람하는 자가 있더라도 기이하고 장대한 광경을 그 궁극에까지 다 관람해 온 산의 요령을 얻고 한 구역의 웅장하고 아름다운 광경까지 전부 구경하는 자는 대개 드물다고 했다. 무릇 명산의 이경은 실로 천지 조화옹이 비밀스레 숨겨둔 것이자 영진(靈眞)의 신선들이 거처하는 굴택이므로 사람마다 모두 엿볼 수 있게 하지는 않는다는 것이다. 이어서 이황은 홍인우가 유산의 묘리와 관수의 기술을 터득했다고 칭송했다.

지금 이 기록은 옅은 데서 깊은 데로 나아가고 낮은 데서 높은 데로 올라감에 모두 차례가 있어서, 산에 대해서는 그 등성이와 지맥을 모두 변별할 수 있게 하고 물에 대해서는 그 근원과 지류를 죄다 궁구할 수 있게 한다. 가로세로로 짜고 이리 오고 저리 가서 맥락이 잡혀 있고 조리가 서 있으며, 일백 번 꺾어지고 일천 번 돌아간 것을 하나도 놓치거나 빠뜨리지 않았다. 그렇기에 멀고 깊은 곳을 궁구하더라도 정신이 피로하지 않고 험난한 곳을 거치고 나아가더라도 기운이 더욱 굳세다. 깊고 오묘한 것을 즐기고 그윽하고 고요한 것에 탐닉하면서도 현허로 떨어지지 않고, 기이하고 괴상한 것을 좋아하고 어그러지고 진기한 것을 숭상하면서도 황탄에 가까이하지 않았다. 절정에 올라 육합을 어루만지고 영풍(泠風)을 몰아 홍몽(鴻濛)으로 초월하며 거대한 바다의 물굽이를 보고 맑은 호수에서 갓끈을 씻어, 감개함이 사그러지지 않고 즐거움이 끝이 없는 것으로 말하면, 가슴속에 터득한 것이 어찌 그저 우뚝하게 높은 산과 움푹하게 깊은 골짜기의 형상에 그치겠는가? 반드시 거기에 묘리와 기술이 있었으리니, 물의 형상화가 공교한 것과 승경의 기록이 아름다운 것은 언급할 여유가 없을 정도로다!

이황은 홍인우가 다른 두 사람과 뜻도 도(道)도 서로 합해서 이 장대한 유람을 실천에 옮기고 기이한 경승을 글로 적어 주어 자신의 켕기고 불평 쌓인 가슴을 펴 주었다고 고마워했다. 이황은 유산유수에서 "깊고 오묘한 것을 즐기고 그윽하고 고요한 것에 탐닉하면서도 현허로 떨어지지 않고, 기이하고 괴상한 것을 좋아하고 어그러지고 진기한 것을 숭상하면서도 황탄에 가까이 하지 않는" 태도를 견지하고자 했다. 현허로 떨어진다는 것은 도가적인 은일로 결신(자기 몸만 깨끗이 함)의 오류를 범하는 것이고, 황탄에 빠진다는 것은 결신에서 더 나아가 난륜(인륜을 어지럽힘)을 범하는 것을 말한다. 이것은 이황이 산수를 즐기는 자 가운데 현허를 좋아하는 자는 결신난륜의 잘못이 있어 새 짐승과 무리를 이루게 된다고 비판했던 「도산잡영」의 내용과 맥이 닿아 있다.

이황은 남언경에게도 유람록을 보내 달라고 서찰을 내었다. 이황은 홍인우의 유람록과 함께 남언경의 유람록도 와유의 자료로 삼으려고 했다. 홍인우가 1554년 29세로 요절한 후, 이황은 제자 조목에게 홍인우의 글을 보내면서 학문도 있고 문학도 있던 자가 요절한 것을 애도했다.

율곡 이이는 선조 9년인 1576년 중춘에 홍인우의 「동유록」에 발문 「유풍악록발(遊楓嶽錄跋)」을 적었다. 홍인우는 이이의 외가 친척이었다. 이이는 홍인우가 금강산의 기특한 경치를 제대로 파악해 그의 유산록이 금강산의 기이한 경승을 곡진하게 잘 묘사했다며 그 기(奇)의 측면을 찬미했다. 「동유록」에 주를 달기까지 했다. 성문백천(城門百川)을 성문백천(聲聞

百川)으로 바로잡은 것이 그 예다. 그리고 산수의 취향에 대해 이렇게 논했다.

하늘과 땅 사이 사물은 각각 리(理)를 지녀 위로는 일월성진과 아래는 초목산천, 미세하게는 찌끼와 깜부기불에 이르기까지 모두 도체(道體)가 깃들어 있어서 지극한 가르침이 아닌 것이 없는데 사람들이 아침저녁으로 시선을 주고 있으면서도 그 리를 모른다면 이는 그러한 사물을 보지 않는 것과 무엇이 다르겠는가? 선비들 가운데 금강산에 노니는 사람들도 역시 눈으로 볼 따름일 뿐 산수의 취향은 깊이 알지 못한다면, 백성들 가운데 나날이 품물을 사용하면서도 품물의 리를 알지 못하는 자와 아무 구별이 없다. 홍장(홍인우)으로 말하면 산수의 취향을 깊이 알고 있다고 말할 수 있으리라. 비록 그렇기는 하지만 산수의 취향만을 알고 도체를 알지 못한다면 역시 산수를 안다고 해서 높이 칠 것이 못된다. 홍장의 앎이 어찌 여기에 그쳤겠는가?

생전의 홍인우는 어버이가 병환을 앓자 의서를 배워 약을 처방했다. 노수신은 의심나는 것이 있으면 그에게 서신이나 구두로 물었고, 김안국은 그의 학행을 칭찬했다. 그런데 홍인우가 노수신과 교류하고, 또 남언경과 함께 금강산을 유람한 것은 특별한 의의가 있다. 노수신은 양명학에 관심을 두었던 학자다. 남언경도 『전습록』을 공부해 이황의 질책을 들었고, 그의 후손들은 양명학을 공부했다. 홍인우가 금강산을 유람한 것은 마음의 활달자재함을 중시한 것과 관련 있지 않았을까?

조선 지식인에게 금강산 유람은 범속한 것과의 결별을 뜻했다. 1778년 신광하가 금강산으로 떠날 때 이용휴가 써 준 「신문초가 금강산으로 유람가는 것을 전송하면서 준 글(送申文初遊金剛山序)」에서 그 사실을 생각해 볼 수 있다.

금강산은 이름이 높아 유람하러 오는 거마가 답지해 티끌과 먼지가 나날이 쌓여간다. 8월에 하늘이 크게 비를 내려 한바탕 씻어내자, 마침내 본상이 드러났다. 선비 가운데 문학도 있고 기이함을 좋아하는 사람인 신문초(신광하)가 그 말을 듣고 그리로 갔다. 사람에 비유하자면 비에 씻기기 전 모습은 병들고 때에 찌든 얼굴이고, 지금은 세수하고 목욕한 후 바뀐 모습이다. 손님을 끌어들이는 시기에 신문초가 그리로 가는 것은 마땅하고도 다행스럽다. 신문초가 관동 유람을 떠나는 날은 마침 국내의 과거 고시에 합격한 거인(擧人)들이 대과에 응시하러 가는 날이기도 하다. 이것이 바로 신선과 범인이 구별되는 분기처이기도 하다.

이용휴는 「심대사풍악록발(沈大士楓嶽錄跋)」에서 서유·남유·북유가 화장(火藏)의 욕구를 따르는 여행이라면 풍악을 찾는 동유는 청유라고 규정했다.

늙고 병든 이 사람은 늘 동쪽으로 가려는 꿈을 꾸거늘, 조정이든 저자든 가릴 것 없이 사람들 발걸음이 나날이 꾸역꾸역 서쪽으로 향하면서는 "연화(중국의 물화)가 모이는 곳이다."라고 말하고, 남쪽으로 향하면서는 "곡식의 곳간이다."라고 말하며, 북쪽으로 향하면서는 "예쁜 여인들이 꽃처럼 아름답다."라고 말한다. 오직 동쪽 길만은 풀이 신발을 보이지 않을 정도로 뒤덮고, 종일토록 산새가 슬피 울면서 왕래할 따름이다. 어째서인가? 마음은 화장이므로 뜨거운 곳에 가까이 가기를 좋아하기 때문이다. 비록 풍악을 좋아하지만 청유이기 때문에 그곳은 버려두고 뜨거운 곳으로 내달려 가는 것이다. 도가의 서적에 "동천영경(명산승경)을 향해 발길을 옮겨 본 사람은 신선의 명부에 이름을 올린 사람이다."라고 했다. 조금도 그 점을 마음에 두지 않고서야 어찌 이 산을 유람할 수 있겠는가?

이용휴는 최칠칠이 그린 풍악도에 「제풍악도(題楓嶽圖)」를 적어 "이 산은 조화옹이 노성해지고 솜씨가 익숙하게 된 뒤에 별도로 신의(新意)를 내어 창조한 것이라고 본다. 그렇지 않다면 천하에 어찌 이 산과 방불할 만한 산이 하나도 없단 말인가?"라고 반문했다. 그리고 "우리나라에 태어나 풍악을 보지 못했다면 사주(泗州)를 가 보고도 공자묘를 배알하지 않는 것과 같다."라고 했다.

본상을 드러낸 금강산으로 향하는 길은 각자의 본상을 마중하러 가는 행위요, 현실을 초월하고자 하는 단독자의 행동이었다. 바로 그러한 진정한 결단의 산행을 홍인우가 시작했다고 할 수 있다.

14 새로운 문학을 일으킨 허균의 유람

허균(許筠), 「동정부(東征賦)」

통구의 길을 따라 말을 채찍질해 드높은 단발령에 올라, 구름
가 일만 이천 옥봉우리 바라보니 유람의 흥취가 먼저 내달린다.

불어난 내를 건너 구불구불 길을 가서 저물녘에 장안사에 닿
으니, 대웅전은 하늘에 솟고 단청은 금빛으로 찬란하다. 자마금
으로 만든 불상은 근엄키도 해 열반 때에 방불하고, 벽화는 본
디 이정의 솜씨이거늘 오도현의 그림인가 의심할 정도. 용신과
천신이 어지러이 치달리고 구름 끝에 백호상 빛이 현란하다.

종복들 불러서 남여를 지게 하고 백천동 따라 동쪽으로 길
꺾자니, 폭포는 우렁차게 골짜기에 뿜어대고 봉우리는 깎은 듯
높이 솟았는데, 시왕동 쏟는 물길을 건너 영원사의 불당도 엿

보았다.

새벽에 송라암에서 산 오를 신발을 매만지고 나무줄기 부여잡고 망고대 오르고자 웅크리고 올라가, 깎아지른 산비탈 드리운 밧줄에 매달려 목숨을 진창에 잃을까 두려웠다가, 정상에서 옷자락 떨치자 발밑 골짜기들이 나직하게 주름잡혀 있다.

싸움하는 용들을 명연에서 엿보니, 구불구불 꿈틀거리며 숨어 있구나. 정양사에서 오도자 벽화를 관람하고, 마침내 동루에서 시선을 내달렸다.

창공에 묶어 둔 옥다발이 빽빽하고 일만 겹 아름다운 산봉우리가 펼쳐져 있다. 혹은 하얀 난새가 훨훨 날고 혹은 흰 용이 솟아오르며, 혹은 백의대사가 염주를 두 손으로 받들고 혹은 산성(散聖, 포대화상)이 신발 신고 거니는 듯하다. 혹은 목을 쳐든 위봉 같고 혹은 갈기를 뒤흔드는 천마 같으며, 혹은 아직 피지 않은 서리 맞은 연과 같고 혹은 지고 말 대잠화 같다. 혹은 빨리 달려 세차게 뛰고 혹은 높이 튀어 웅성거리고, 혹은 쳐들다가 다시 굽어보고 혹은 넘어졌다가 다시 일어서는 듯하다. 혹은 옥이 쌓이고 구슬이 섞인 듯하고 혹은 기울어진 동이인 듯도 하고 혹은 뒤엎은 삿갓인 듯하다. 온갖 형태가 기묘함 다투니 놀라워 낱낱이 응접할 겨를조차 없도다.

어느새 석양은 서쪽으로 굴러 골짜기 가득 서리 맞은 단풍잎을 비추는데, 자주색 실로 온 골짜기를 꿰매자 산비탈 산봉우리 새빨갛게 물들고 오색이 현란하게 언덕을 덮으니 바람에 뒤집히는 비단 휘장 같도다.

허공을 걸어가가 차츰차츰 올라가 개심대의 발 쳐 둔 문 아래에 걸터앉으니, 지세는 높지 않건만 어느새 봉우리들이 눈 아래 있다.

어두운 기운은 덩굴 덮인 길에 피어나고 절간 풍경 소리는 수풀 넘어 들린다. 옛 구십의 암자를 확인하며 절간 등불이 비치는 곳을 가리켜 보고, 생대(生臺, 새나 짐승에게 주기 위한 밥을 떼어 두는 대)에 우뚝이 홀로 섰노라니 채색 두꺼비(달)가 금세 빛을 토해 계수나무 그림자 영롱하고, 바위 비탈 사이 은 대궐이 널찍하다. 맑은 광휘 거머잡고 일어나서 춤을 추니 우주가 비좁아 작게 여겨진다.

청학 깃드는 옛 둥지에 임해 쿵쿵 쏟아지는 일만 층 폭포를 건너니 천황(은하수)이 구부러져 절벽에 내리쏟는 듯해, 다투어 뿜어대며 천둥소리 두려워라. 옥 무지개는 고개 숙여 물을 마시고 떼 지은 용들은 꼬리치며 바다로 치닫는 듯하다. 깊은 못의 동구에 비말이 격해, 밝은 대낮인데도 돌연 어둑하다. 장대한 경관에 가슴이 크게 트이나니 웅장도 하구나 조화의 신공이여! 바위에 새긴 글씨에서 용필의 전액을 어루만지고 일만 봉을 거느리고 위력을 다툰다.

보덕굴에서 일주문을 구경하니 천년 이래 그대로 넘어지지 않았구나. 오솔길을 원통사로 잡아들어 화룡담에서 웅크린 용을 엿보기도 하노라.

마하연의 신선 도읍지에서 묵노라니 밤공기 청냉해 잠을 못 이루고, 삼나무 바람 소리 샘물 소리 콸콸거려, 하늘에서 내려오는 생황 소리 같아 황홀하다. 꼭두새벽에 백전(白田)으로 길을 잡아 험준한 꼭대기의 구정(九井)에서 양치하고, 비로봉에서 신선을 뵈올까 했으나 비바람 몰아쳐 기어오르지 못하게 하네. 적멸암 내려와 물을 가로지르고 성문 동을 넘어 남으로 건너는데, 첩첩 바위는 사람을 덮칠 듯하고 괴상한 짐승이 입을 벌린 듯하다.

은신대 올라 내려다보매 물은 넘실넘실 산은 울퉁불퉁, 높고 낮은 산들이 첩첩이 쌓였고 긴 바람은 파도를 일으킨다.

그 누가 구름을 깔아 산골짜기를 닫았는지, 발밑에선 번갯불이 번쩍거리고, 천둥이 우르릉거리며 비를 몰아오건만 태양은 아직 산 틈에 걸려 있다. 금강산을 하늘 기둥이라 함은 헛말이 아니기에 이 유람을 뽐낼 만하도다.

병예(바람 신)가 어느새 그늘을 걷어가고 첩첩 봉우리에 일천 폭포를 안배했거늘, 누가 십이폭이라 이름 지었나 우물 속에서 하늘 보듯이 한 어림짐작이 우습기만 하구나.

운몽택의 열 가운데 여덟아홉이 동탕하는 때 드디어 유점사에 발길을 멈추고, 오십여 금불상에 예참하고 백천교 건너 잠시 머물러, 화랑의 붉은 글씨 새겨진 삼일포를 바라보며 동쪽 바위에 남았을 옛 자취를 상상한다.

맑은 파도를 등지고 바다와 나란히 가서 수성(간성)에서 신선을 만나 보니 상자 속 높은 문장 꺼내자 진한 시대 남은 향기 물씬하고, 가을 파도와 상서로운 비단을 헤치듯하고 아악이 쟁그렁 울려나는 듯했으니, 천추의 빼어난 궤도를 보매 드높은 풍악에 필적하누나. 진실로 이번 걸음은 수확이 풍부해서 고문(高文)과 명산을 함께 구경하다니!

연하 바깥의 보타사를 바라보며 내 말의 고삐를 낙가사에 머무르고, 동창을 열어 아침 햇살 맞이하며 천지 사방을 어루만지듯 큰소리로 노래한다.

아아, 감호(경포)의 내 집만이 여유롭게 늘그막을 보내기 합당하기에, 천리 명승의 자취를 걷어와 골짜기 연하 속에서 도성(陶成)하며, 흉금을 평탄하게 해 스스로 즐기노라니 세상 생각이 단번에 사라진다.

고관의 수레와 관복은 근심을 가져다줄 뿐이니 벼슬살이 바다의 치솟는 파도가 두렵고 말고. 생각하면 금세 몸 떨리고 꿈에서도 잠꼬대할 정도이니 앞으로 가는 길에서 어이 다시 접질리랴? 오래도록 이 맑은 복 누릴 수 있게 되었기에 나 얻은 것이 너무도 많음을 알겠노라.

천명 즐거워할 뿐 무엇을 의심하랴 내 적성에 편안해 화평한 기운을 보전하며, 잔나비와 학을 동무하여 노닐면서 이 맹서를 은둔처에 부치노라. 오늘도 내일도 느긋하리니 인생 백년에 즐거운 날이 얼마나 되랴? 서방 미인(군주)을 바라다가 홀연 서글퍼져 길게 읊노라.

허균(1568~1618년)은 선조 36년인 1603년에 사복시정에서 파직된 후 풍악을 여행하고 그때 지은 시들을 「풍악기행(楓嶽紀行)」으로 엮고, 별도로 이 「동정부」를 남겼다. 다른 유람록이나 유람기와 달리 180구 90운의 칠언 장편으로, 24개 운목(韻目)을 변환 사용해 여정의 변화와 심경의 굴곡을 교차시켜 서술했다. 여기서는 그 일부를 소개했다.

허균은 처음부터 이 작품을 진(晉)나라 손작의 「유천태산부(遊天台山賦)」에 스스로 견주었다. 손작은 천태산 자락인 적성산에 푯말을 세우고 은거 생활을 즐기며 「수초부(遂初賦)」를 지었고, 천태산을 유람하면서 '유(遊)'라는 한 글자를 중심으로 「유천태산부」를 지었다. 허균의 풍악 기행과 부시음영(賦試吟詠)은 손작의 영향을 받았다고 할 수 있다. 또 허균은 '혹(或)' 자 14개를 이용, 정양사 동루에서 보이는 금강산 봉우리들을 비유어로 묘사했다. 한유의 「화기(畵記)」에서 차용한 묘사 방식으로 자신이 관람한 물상을 가능한 한 정확하게 열거하고자 한 것이다. 그리고 수성 즉 간성이라는 고을 군수로 있던 최립을 만나 그의 시문을 열람한 사실을 밝히고, 이번 여행은 고문과 명산을 함께 본 것이 큰 수확이라고 말했다.

허균은 금강산 여행을 마치고 강릉에 머물면서, 지난 가을 권필이 자신의 파직을 위로하는 뜻에서 보냈던 서찰에 답장해 금강산 여정을 상세히 밝혔다. 그리고 "바람, 물, 삼나무, 회나무가 밤새도록 비벼대고 너울거려 음향을 냅디다."라고 추억했다. 허균은 통구에서 금강산으로 들어가 단발령, 장안사, 시왕백천동, 망고대, 만폭동, 진헐대, 개심사, 정양루를 거치고 원통, 사자봉, 보덕굴, 화룡담, 마하연, 운홍, 구정봉, 적멸, 백전, 자월암, 불정대, 유점에 이어 백천교, 가섭동, 명파, 임영, 낙산, 강릉 외가에 이르렀던 행로를 숨 가쁘게 적어 내려갔다. 이어서 이렇게 말했다.

벼슬할 뜻은 식은 재처럼 싸늘해지고 세상맛은 씀바귀처럼 쓰며 벼슬살이보다 조용히 사는 즐거움이 나으니, 어찌 내 몸 편함을 버리고 남을 위해 수고하겠소. 오직 벗에 대한 그리움이 내 마음속에 맺히지만 거리가 멀어 만나기 어려우니 회포를 다 풀 수 없습니다. 가을 기운이 점점 짙어가니 부디 양친을 잘 모시고 양지(養志)를 다하기 바랍니다. 서찰로는 말을 다 못하고 뜻도 다 적지 못합니다. 다 갖추지 않습니다.

1609년 4월 경에 허균은 그때까지 자신이 지은 시문을 스스로 편집한 후 이달에게 비평을 청했다. 이달은 허균의 시문 가운데 풍악기행시가 전체 시집 중 압권이라고 평가했다.

조선 시대에 서울에서 풍악과 해금강을 여행하려면 두 달이 걸렸다. 사람들은 이 대여행의 여정, 승경, 낙사(樂事), 추억, 연집, 해후, 고적, 전설 등의 사실을 시로 읊어 단행 시집으로 엮기도 하고 전체 경과를 단형이나 중형의 산문으로 서술하기도 했다. 최립도 간성 군수로 나가자마자 금강산을 유람한 후 여러 편의 시를 지었다. 그 무렵 예조 판서 이정귀는 함흥부의 화릉을 수개(修改)하는 일을 감독하고 금강산을 구경하고서 「유금강산기(遊金剛山記)」를 엮었다.

허균은 시 「유점사(楡岾寺)」에서 "허순은 근기가 사뭇 얕았구나, 어이하여 의발을 진애에 뒤섞었나."라고 했다. 동진 때 인물 허순은 승려 지둔과 교유하면서 청담(清談)으로 일세를 풍미했다. 손작은 젊었을 때 허순처럼 고상한 지취가 있었는데, 회계에 살며 산수를 유람한 지 10여 년이 지나자 마침내 「수초부(遂初賦)」를 지어 당초의 뜻을 표명했다. 한편 사안은 처음에는 회계에 은둔하며 왕희지는 물론 허순·지둔과 교유했는데 마흔이 넘어서는 벼슬에 나아가 재상에까지 올랐다. 허균의 시는 사안이 권력의 세계로 들어간 것을 비판하면서 실은 벼슬길에서 골몰하는 자신을 스스로 비웃은 것이다.

허균에게 관동 길은 안온한 고향으로 향하는 길이기도 했고 여러 상란의 경험을 떠올리게 하는 고통의 길이기도 했다. 20세에는 둘째 형 허봉이 금강산에서 죽는 변고를 당했다. 24세에는 임진왜란이 일어나 어머니 김씨와 부인 김씨가 함께 피난길에 나서 함경도 남동쪽 단천(端川)으로 갔다가 부인은 아들을 낳다가 죽고 아들도 뒤에 죽었다. 33세에는 어머니마저 돌아가셨다. 허균은 정치적 입지가 불안했다. 1602년 10월에 정3품 사복시정이 되었으나 이듬해 탄핵을 받고는 풍악 기행을 결심한 것이다.

슬픈 추억과 정치적 좌절은 허균으로 하여금 더욱 내면을 들여다보게 했으며 자연의 아름다움 속에서 정신적 치유를 갈망하게 했다. 실로 허균의 풍악기행 47제 시와 「동정부」 1편은 장대한 여행이 한 인간의 내면을 성숙시키고 문학 세계를 풍요롭게 만든다는 사실을 알려 주는 주요한 예증이다.

15 금강산에서의 기이한 체험

유몽인(柳夢寅), 「풍악기우기(楓岳奇遇記)」

어우 유 선생이 풍악의 표훈사에서 은둔하고 있을 때, 3개월 동안 앓다 비로소 일어나서는 밤마다 남쪽 누에 올라 울적한 마음을 달랬다. 홀연 기이한 사람이 나타났는데 외모가 우람하고 훤칠했다. 동자를 시켜 이름을 통해 "견백주인(堅白主人, 금강산의 신선)이 선생을 뵙고자 합니다."라고 했다. 선생이 동자로 하여금 부축하게 하고 두 번 절한 뒤 자리를 털고 좌정했다. 견백주인은 말했다. "나는 본래 이 산악의 주인으로 이름은 석(石)입니다. 천지가 개벽한 이래로 이 땅에 봉해진 우리 석씨가 일만 이천인데, 모두 견백을 숭상해 공손걸자(공손홍)의 동이지학(同異之學)을 즐겨 합니다. 지금 선생께서 객들을 만나 보신지 여러 달이니, 청컨대 틈 있는 날을 이용해 기이한 만남을 이루고 싶습니다."라고 했다.

이윽고 다시 어떤 객이 와서 명함을 통하는데 자호는 청계도류(淸溪道流)고 자는 중심(仲深)이었다. 그가 유 선생에게 읍례를 하고는 말했다. "저는 안문에서 나와 선파의 청류를 이끌고 동부를 돌아서 누대 아래에 노닐다가 주인옹(건백주인)께서 선생을 받들어 아름다운 만남을 이룬다고 하시는 말씀을 들어, 감히 와서 말석에 끼고자 합니다."

다시 어떤 객이 있어 키가 10장에 달하며 푸른 수염을 드리우고 붉은 갑옷을 걸치고는 흔연히 왔다. 누구냐고 물었더니, 동자가 말했다. "이분은 회계 장장인(張丈人)입니다. 일족이 모두 이 산악에만 거주하는데 몇 만 몇 천인지를 알지 못합니다." 유 선생은 그의 위엄 있는 자태를 기이하게 여겨 신발을 거꾸로 신다시피 하면서 나가 맞았다.

다시 어떤 객이 왔으나 어디에서 왔는지 알 수 없었다. 아무 말도 없이 와서 홀연 들어와 앉더니 이렇게 말했다. "나는 이 산악에서 나서, 상하사방을 가는 곳 따라 노닙니다. 오늘은 밤이 고요하고 산이 적막하므로 뿌리를 찾아서 돌아온 것입니다." 그의 성명을 물었으나 "무심한 과객입니다."라고만 했다.

또 단관노선(丹冠老仙)은 목이 길고 몸이 홀쩍 큰데, 너울너울 이르러 와서는 말했다. "동봉 바깥에 금강이라는 대(臺)가 있는데, 동굴이 있어 맑고도 깊어서 사람의 발자취가 이르지 않았을 뿐 아니라 솟구쳐 날아다니는 매도 우러러보고는 미치지 못하지요. 우리 집안은 대대로 그곳에서 살다 왔는데, 30년 전에 선생과 교분을 맺었으므로 감히 와서 인사드립니다."

또 어떤 객이 휘익 하고 왔다가 지나가니, 사람의 살과 뼈를 맑고 깨끗하게 만든다. 누구시냐고 물으니 청빈일사인데 이름은 웅(雄)이라고 한다.

얼마 있다가 온 골짜기가 모두 밝아지면서 뭇 봉우리가 본모습을 다 드러내며, 상서로운 빛이 동쪽에서부터 왔다. 견백주인은 놀라고 기뻐하면서 말했다. "이분은 우리 지명정소 극원원회 태청태부인(至明正素極圓元晦太淸太夫人)이신데, 동해의 해돋는 봉우리 왼쪽으로부터 소나무 숲을 뚫고 오셔서 왕림하셨습니다."

견백주인은 자리를 고쳐 앉으며 청했다. "오늘 일진이 길하고 여러 신이한 분들이 모두 모였는데, 마침 유 선생이 오랫동안 병을 앓다 나으셨으니 어찌 술잔을 한 잔씩 권해 위로하지 않을 수 있겠습니까?"

태부인이 말했다. "아주 좋습니다. 오로지 주인의 뜻에 따를 따름입니다."

이에 견백주인옹이 향성진선으로 하여금 청계자를 각각 한 소반씩 올리게 하고, 송림암도석으로 하여금 복령고를 한 그릇씩 올리게 하며, 만폭동주에게는 적포도밀장을 바치게 하고, 구정동영에게는 오미자와 향이를 받들게 했다. 노봉(비로봉)에게는 석지(石芝)를 따도록 명하고, 미파(미륵타)에게는 자지(紫芝)를 뜯도록 시켰다. 마하신인(마하연 신인)은 송아울황주를 드리게 하고 사후, 경명, 범패, 쟁고의 음악을 진설해 즐겁게 했다. 다시 홍하(紅霞)를 펼쳐 비단 종이를 만들고, 동명(東溟)을 끌어와 벼룻물로 삼고, 오로봉을 쓰러뜨려 붓을 만들고는, 유 선생에게 시를 지어 달라고 청했다. 유 선생이 붓을 휘두르자 산 귀신도 숲 도깨비도 흐느껴 울었다.

술이 몇 순배 돌자 태청태부인이 먼저 일어나 이별을 고했다. "지금 새벽 동이 트기 전에 맞추어 곤륜산을 거쳐 현포에 들러 서영선자와 약목(해 지는 곳에 있다는 상상의 나무) 터에서 만나기로 되어 있습니다." 마침내 누대를 내려가 떠나자 좌중에 있던 모든 이도 마치 무엇을 잃어버리기라도 한 듯 황급하게 돌아갔다.

이윽고 음기가 사방에 가득 들어차고 산 기운이 어둑어둑해졌다. 견백주인옹이 이맛살을 찌푸리고 낯빛을 바꾸면서 "화산 백거사(白居土, 흰 눈)가 다시 오시는군!" 했다. 유 선생이 자리를 옮겨 벽에 기대어 사방을 둘러보니 견백주인은 이미 파파노수(皤皤老叟)가 되었고, 청계도류는 깊은 골짜기 밑으로 자취를 감추었으며, 무심과객은 고개 마루로 돌아갔다. 회계 장장인은 몸뚱이가 아래로 축 늘어지고, 푸른 수염은 전부 하얗게 되어 다시는 앞서의 용모나 안색이 아니었다.

회계 장장인은 청빈일사를 돌아보며 말했다. "지금 나는 고단하오. 일사께서 저의 무거운 짐을 풀어 주시고, 저의 온갖 춤을 보아주시기 바랍니다."

마침내 유 선생이 옷매무새를 바르게 하고 누대를 내려가자 단관노선이 뒤를 따랐다. 산에는 아무 길도 보이지 않고, 지상에는 흰 눈이 이미 다섯자나 쌓였다.

참으로 기이한 이야기다. 작가는 실제로 지명정소 극원원회 태청태부인을 만난 걸까? 아니면 꿈속에서 보기라도 한 걸까? 그 부인은 대체 누구인가? 금강산의 여신인가? 아니면 우주의 시원, 대지의 여신인가? 그 부인은 곧 달빛을 말한다.

조선의 다른 어느 인물도 못했던 이 기이한 이야기를 적은 인물은 『어우야담』의 저자로 잘 알려진 유몽인(1559~1623년)이다. 그는 광해군 말기에 금강산에 은둔하고 있었는데, 위 이야기는 바로 그 시절에 지었다. 이 글에서 견백주인은 금강산의 바위, 청계도류는 시내, 장장인은 소나무, 무심과객은 구름, 단관노선은 학, 청빈일사는 바람, 화산 백거사는 흰 눈을 가리킨다. 향성진선은 중향성의 진선으로 곧 금강산의 봉우리들을 의인화한 것이다.

유몽인의 호 '어우'는 쓸데없는 소리라는 뜻이다. 『장자』「천지(天地)」의 어우이개중(於于以蓋衆)이란 말에서 나왔다. 자공이 초나라를 유람하고 진(晉)나라로 돌아오다가 한음에서 밭을 관리하는 어느 노인을 만난다. 기계없이 물을 퍼 나르는 노인을 보고 기계를 쓰라고 권하자, 노인은 기계를 쓰게 되면 반드시 기계에 의존하는 마음을 갖게 된다고 손사래 쳤다. 처음에 노인은 자공이 공자의 제자라는 것을 알고 공자는 '허탄한 말을 하여(於于)' 대중의 눈을 가리는 자라고 비난했다.

유몽인은 1589년 증광 문과에 일등으로 합격하고, 임진왜란 때 세자(뒷날의 광해군)가 이끄는 분조(分朝)에 따라갔다. 1608년 도승지로서 선조가 승하할 때 내린 유교(遺敎)를 칠대신에게 전한 일로 이이첨 일파의 탄핵을 받아 서호에 퇴거했다. 광해군 즉위 뒤 명나라에 사절로 갔다가 돌아와 남산에 은둔했다. 광해군 3년인 1611년 남원 부사가 되었고 같은해 4월 두류산을 유람한 후 「유두류산록」을 지었다. 그 글에서 유몽인은, 자신의 성품이 소탈하고 얽매임을 싫어해 약관의 나이부터 사방의 산수를 유람했다고 밝혔다.

벼슬하기 전에는 삼각산에 머물며 아침저녁으로 백운대를 오르내렸으며, 청계산·보개산·천마산·성거산에서 책을 읽었다. 사명을 받들고 외직으로 나가서는 팔도를 두루 돌아다녔다. 청평산을 둘러보고 사탄동에 들어갔으며, 한계산·설악산을 유람했다. 봄가을에는 풍악산의 구룡연과 비로봉을 구경하고, 동해에 배를 띄우고 내려오며, 영동 아홉 개 군의 산수를 두루 보았다. 그리고 적유령을 넘어 압록강 상류까지 거슬러 올라가고, 마천령·마운령을 지나 험난한 장백산을 넘어 파저강과 두만강에 이르렀다가 북해에서 배를 타고 돌아왔다. 또 삼수갑산을 둘러보고, 혜산의 장령에 앉아서 멀리 백두산을 바라보았으며, 명천의 칠보산을 지나 관서의 묘향산에 올랐고, 발길을 돌려 서쪽으로 가서 바다를 건너 구월산에 올랐다가 백사정에 이르렀다. 중국에 세 번 다녀왔는데, 요동에서 북경에 이르기까지 그 사이의 아름다운 산수를 대략 보고 돌아왔다.

두류산 곧 지리산을 사랑한 유몽인은 "인간 세상의 영리를 마다하고 영영 떠나 돌아오지 않으려 한다면 오직 이 산만이 편히 은거할 만한 곳이다."라고 했다. 하지만 "두류산이 아무리 명산이라도 우리나라 산을 통틀어 볼 때 풍악산이 집대성이다."라고도 했다.

유몽인은 남원 부사의 직을 곧 그만두고 순천 조계산에 들어가 임경당에서 기거했다. 이듬해에는 순천 호산의 감로당에 거처했다. 1613년에는 왜란 때의 공으로 영양군이 되었으며 이조참판 겸 양관제학에 올랐다. 1617년에 한성 좌윤 겸

동의금이 되었으나 인목 대비 폐비론의 수의(收議)에 가담하지 않아 쫓겨났다. 이후 서강 와우산, 도봉산 북쪽 폭포동 등지에 거처했으며, 서호에 머물 때 『어우야담』을 지었다.

64세 되던 1622년에 금강산에 들어가 유점사와 표훈사 등에 머물렀다. 「건봉사 승려 신은에게 주는 서(贈乾鳳寺僧信誾序)」에서는 진리의 자득이 중요함을 말했다. 어떤 승려가 글자도 모르고 불경을 하나도 읽지 않았지만 심지(心地)가 트여 있는 것을 보고 "이 사람은 성불한 자로구나! 만약 선비였더라면 반드시 대관이 되었을 것이다."라고 하자, 승려 신은이 "어째서입니까?" 물었다. 유몽인은 수수께끼 같고 선문답 같은 이야기를 적어 주었다.

옛날 이 산에 승려 셋이 있었는데, 각자 큰 보자기로 옷과 식량을 싸매고 길을 갔다. 그러다 서로 약속해 말하기를 "우리 세 사람이 수수께끼를 내어 이긴 사람은 짐을 벗고 진 사람이 그것을 지면 어떻겠소?" 하니 모두 그러자고 했다.

한 승려가 보따리를 놓고 논둑에 누우며 말했다. "밤이구나! 난 자야겠소." "왜 그렇소?" "우리나라 말에 농사짓는 논(밭)이 밤과 음이 같지 않소?" "그렇구려!" 두 승려가 그의 짐을 둘로 나누어 지고 갔다. 어떤 곳에 이르러 한 승려가 가시덤불 속에 들어가 앉으며 말했다. "가사에 매여서 갈 수가 없소." "왜 그렇소?" "우리나라 말에 가시에 얽히는 것을 가사에 매인다고 하지 않소?" "그렇군요!" 한 승려가 세 보따리를 합쳐서 지고 가면서 말했다. "등에 두 칸 집을 지고 있으니 어찌 괴롭지 않으랴?" "왜 그렇소?" 그 승려는 묵묵히 아무 말도 하지 않았다. 두 승려는 이해할 수 없었다.

세 보따리를 모두 진 승려는 험한 산을 올라가느라 땀이 흘러 온몸이 젖었다. 길에서 허름한 승복에 누더기를 걸친 노승을 만났다. "세 사람이 동행하면서 두 사람은 들에 누워 있고 그대 혼자 짐을 지고 가는 건 어째서요?" 그 승려가 세 가지 말을 일러 주었다. 노승은 합장하고 절하면서 말했다. "그대만이 성불했도다! 우리나라 말에 집의 보(들보)는 보(보따리)와 음이 같지 않은가? 두 칸 집은 세 개의 들보를 걸치지 않는가? 두 중이 입 밖에 낸 것은 천기를 깨뜨린 사어(死語)다. 그대가 말하지 않은 것은 천기를 온전히 보존한 활어(活語)다. 그대만이 성불했도다."

인조 원년인 1623년 표훈사에 머물던 유몽인은 반정 소식을 듣고 철원 보개산으로 거처를 옮겼다. 보개사 승려들이 "새 정권에서 벼슬을 하는 것이 어떠냐?"고 하자 시 「청상과부(孀婦)」를 지어, 늙은 과부가 개가의 권유를 물리치는 어투를 빌려 새 정권에 참여하지 않겠다는 뜻을 말했다. 그 직후 과거에 머물렀던 송천 정사로 다시 갔으나 광해군 복위 계획에 가담했다는 무고로 체포되었다. 문초를 받게 되자 보개산 절에서 지은 시를 읊어 속뜻을 밝히며 "나는 그저 서산에 은둔하고자 했을 따름이다."라고 말했다고 한다. 반정 정권은 새 조정에 동조하지 않는 사람이 많아지리라 우려해 그에게 역모죄를 들씌웠다. 한 달도 못 되어 유몽인은 사형당했다. 아들 유약은 국문 중에 죽었다. 정조 18년인 1794년에 이르러서야 억울함이 풀려 이조 판서에 추증되고 의정(義貞)이라는 시호가 내렸다.

유몽인은 광해군 시대의 어두운 현실을 피해 금강산으로 들어갔다. 표연히 옷자락을 떨치며 동쪽으로 향했으니, 나갈 때에 마치 길을 안내하며 이끌어 주는 자가 있듯이 했다. 이 산과 숙연(宿緣)이 있지 않고서야 어찌 이와 같을 수 있었겠는가? 활법을 중시했던 선문답 같은 그의 글을 보면, 활법의 언어로 늘 자연과 대화했었으리라 생각된다.

(16) 규방을 뛰쳐나온 소녀가 향한 곳

김금원(金錦園),「호동서락기(湖東西洛記)」

표훈사로 향하니 오른쪽으로 중향성을 끼고 있고 왼쪽으로 지장봉이 솟구쳐 있어 그윽하고 아득하며 깊고 으슥하다. 오른쪽 길은 아주 험해 외나무다리를 건너 절에 이르렀다. 문루는 능파루라 한다. 법당과 여러 암자를 구경하고 백운대에 올랐다. 팔뚝만한 굵기의 쇠줄을 붙잡고 오르는데, 벌벌 떨리는 것이 마치 하늘에라도 오르는 기분이었다. 일만 인의 깊은 골짜기를 내려다보니 사찰이 운무 사이에 은은히 비쳐서 그림 속 경치 같다.

보덕굴로 가서 구경했는데, 굴은 무갈봉 아래에 있다. 그 뒤로 작은 암자가 있어, 한쪽은 산 모서리의 뾰족한 바위에 의지

했고 한쪽은 바위를 포개어 수백 인 높이다. 봉우리 아래에 구리 기둥을 세워 허공에 얽고 걸쳐서 서너 칸짜리 암자를 만들었다. 또 구리 기둥 위에 쇠줄을 칭칭 동여매고 그 한 끝을 드리워서 사람들이 붙잡고 오르게 해 두었는데, 흔들흔들 아주 위험해 간담이 떨리고 허벅지가 후들후들해서 아래를 굽어 볼 수 없다. 옥 부처 하나를 안치하고 그 앞에 대야만 한 크기의 오금 향로를 두었는데, 무거워서 들 수 없을 정도다. 전하는 말에 "정명 공주(선조의 딸)가 시주한 부처다."라고 한다. 암자는 비록 크지 않으나 아마도 재물을 거만금은 허비했을 듯하다. 승려의 말에 "옛날에 어떤 비구니가 이 굴 속에서 수도하다가 그대로 좌화(坐化)했으므로 무리가 상의해 암자를 쌓아 예불을 하게 되었으며, 그래서 암자와 굴을 모두 보덕이라고 이름하게 되었다."라고 한다.

곁에 폭포가 하나 있는데 평평하고 너른 바위 면을 넓게 잘리듯 흐르다가 절벽을 쏟아져 내리면서 두 층의 못을 이루는데, 못이 하나는 둥글고 하나는 모난 형상이며, 격하게 여울을 이루고 거품을 날리므로 차가워서 가까이 다가갈 수 없다. 그 곁에 백천동이 있고 동구에 와폭(臥瀑)이 있어 바위 구멍 사이로 쏟아져 뚫고 나온 물이 한데 모여 깊은 못을 이루니 이것이 이른바 명연이다. 그러나 물줄기는 볼품이 없다. 백천이란 이름을 어떻게 얻었는지 알 수가 없다.

3~4리도 못 가서 벽하담과 비파담이 지척 사이에 이어져, 옥이 부서지고 비단 폭이 옆으로 펼쳐진 듯해 갈수록 기이하고 갈수록 장대하다. 냇가에 엎어져 있는 바위는 위로 구멍이 뚫려 있어서 샘이 저절로 솟아 나온다. 길가에 궁륭 모양 바위가 있는데, 바위 아래는 마치 빈집 같아서 비 올 때 들어가 피신할 수 있다. 볼만하지 않은 곳이 없다. 조금 위로 올라가 한 작은 못과 마주쳤는데 이름이 백룡담이며, 그 색이 흰 것을 취해 이름한 것이지만 팔담에는 끼지 않는다. 다시 수십 걸음을 지나자 바위 위에 비폭이 쏟아 내리는데, 물빛이 청흑색이며 이름을 흑룡담이라 한다. 가고 또 가서 앞으로 나아가자 반석이 마치 절구처럼 파인 것이 있고 그 안에 물이 저장되어 있어, 이름을 세수분이라 한다. 수십 걸음을 더 가자 폭포가 있어 물빛이 아주 푸르다. 이름을 청룡담이라 한다. 이것이 팔담의 원두(源頭)다.

　　종일 폭포 속을 가노라니 폭포 소리가 마치 산이 무너지고 골짜기가 갈라지는 듯하다. 기이한 꽃과 이상한 풀, 날짐승과 길짐승이 기기괴괴해 이루 형용해 낼 수 없다. 오선봉과 소향로봉 두 산 사이에서부터 첩첩 시내가 돌아 나오고 굽어 나가서 서로 합해 하나의 큰 물웅덩이를 이루고 있으니 곧 이름을 만폭동이라 한다. 못가에는 큰 바위가 있고 그 위에 '봉래풍악, 원화동천'이라는 여덟 글자가 크게 새겨져 있다. 전하는 말에 "선인 양봉래(양사언)가 쓴 글씨다."라고 한다. 은 갈고리 같고 쇠줄 같고 용이 나는 듯 뱀이 튀어오르는 듯한 글씨체다. 그 위에 있는 작은 병풍석에는 김 곡운(김수증)이 팔분(八分)의 글씨체로 쓴 '천하제일명산'이라는 여섯 글자가 새겨져 있다. 오선봉부터 청학대를 끼고서 궁륭석 두 개가 서로 덮어 문을 이루고 있으니, 이른바 금강문이다. 청학봉은 뭇 바위가 겹겹이 포개어져서 마치 항아리 같기도 하고 대고리 같기도 하다. 뾰족한 바위 위에 네모난 바위가 문득 덮혀 있어서 마치 돌로 만든 불감(佛龕) 같은 것도 있고 모자나 복두를 쓴 것 같은 것도 있다. 바위에는 날아가는 까마귀가 똥을 떨어뜨린 자취가 어지럽게 찍혀 있다. 정말로 선학이 서식할 만한 곳이다. 전하는 말에 "옛날에는 청학이 둥지를 붙여 두어 이 봉우리에서 부화해 태어났으나 양봉래의 '원화(元化)'라는 큰 글자에 기운을 빼앗겨 날아가 버리고 다시는 돌아오지 않는다."라고 한다. 마침내 그 곁에 이름을 새겼다. 시는 이러하다.

중향의 구역으로 방향 바꿔 들어가니 경지 더욱 새로운데
낙화와 방초는 진세의 지난 모습을 연상시켜 슬프도다.
칠푼의 막 무르익은 나무 빛은 그림 같은 봄 풍경이요,
일만 휘의 옥 쏟아지는 샘 소리에 동구는 가난하지 않아라.
달이 떠서 삼오야 보름밤이 갓 지난 때인데

망향의 마음 일어나도 몸뚱이를 천, 억으로 바꾸기는 어렵네.

깊은 산 낙조 아래 훨훨 학이 날아가니

이 모두 지난밤 꿈속에서 보았던 사람이려니.

방향을 바꾸어 수미탑으로 갔다. 수미봉 아래에 있어, 완연히 백색 능단과 흑색 능단이 골고루 섞여 허공에 퇴적해 있듯이 높이 꽂혀 있는 듯하다. 앞에는 암석이 평평하게 깔려 있고 그 위에 폭포 물이 흐르는데, 빙설이 여전히 남아 있다.

이 글은 원주 출신의 여성 시인 김금원(1817~1851?년)이 작성한 「호동서락기」 가운데 금강산 유람기의 일부다. 김금원은 14세 이후 영기(營妓)가 되었다가 뒷날 25세부터 29세까지 김덕희의 소실이 되었다. 어려서 병치레를 많이 하고 부모가 어여뻐 여겨, 바느질 등 여성이 해야 한다고 여겨지던 일을 하지 않고 시문을 익혔다. 김금원은 저 유람기에서 순조 30년인 1830년 3월에 제천 의림지를 방문했다고 밝혔다. 14세 때 일이다. 이후 단양으로 가서 사인암을 보았으며, 영춘으로 향해 금화굴과 남화굴을 구경하고 다시 청풍으로 가서 옥순봉을 구경했다. 이렇게 사군의 명승을 다 본 후 금강산으로 향했다. 금강산에서는 단발령, 장안사, 표훈사, 수미탑, 정양사, 마하연암, 안문령, 청련암, 원통곡, 사자봉, 수렴동의 팔담, 유점사를 거치거나 조망했고, 구령을 넘어 금강산을 벗어났다. 금강산 기행 부분에는 자작의 칠언 율시를 삽입해 두었다.

김금원은 금강산에 대해 다음과 같이 논평했다.

대개 금강의 기이함은 천석에 있지 않다. 오로지 산이 백색이라는 점이 가장 기이하므로, 외산은 이름 안에 들어 있지 않다. 내산에는 그 색이 마치 분칠한 것 같은 봉우리가 얼마나 되는지 알 수 없을 정도고 또 사물의 형상으로 형형색색 없는 것이 없되, 승려나 쇠북의 형상을 한 것이 열 가운데 아홉이다. 내산이든 외산이든 볼만한 곳이라면 뚫고 가 보지 않은 곳이 없다. 온갖 나무가 뒤덮어 조밀하고 바위들이 어지럽게 겹겹이 포개어져 있는 속에서 시냇물이 시끄럽게 소리 내어 흐르므로 범이나 시랑이 따위가 있을 법하거늘 옛날부터 맹수들의 환난이 없었다고 한다. 이것은 역시 땅의 신령이 명산을 가호해 주기 때문에 그런 것이 아니겠는가!

금강산 유람을 마친 김금원은 통천으로 가서 금란굴과 총석정을 구경했고 고성으로 가서 삼일포·사선정·명사를 돌아보았으며, 간성으로 가서 청간정에 올랐다. 양양의 낙산사와 의경대를 보고 강릉의 경포대, 울진의 망양대, 평해의 월송정, 삼척의 죽서루에도 올랐다. 이렇게 관동 팔경을 본 뒤에도 미련이 남아서 인제의 설악산을 찾았다. 그리고 백담사와 수렴동을 구경한 뒤 한양으로 향했다.

김금원은 당초 산수 유람을 떠나게 된 이유를 이렇게 말했다.

가만히 나의 인생을 생각해 보면 금수가 아니라 인간으로 태어났으니 다행이다. 머리를 빡빡 깎아 승려가 되어야 하는 그런 이방의 지역에 태어나지 않고 우리 동방의 문명한 나라에 태어났으니 다행이다. 다만 남자가 아니라 여자가 되었기에 불행하다. 부귀한 집에서 태어나지 않고 한미한 집에서 태어났기에 불행하다.

하지만 하늘이 내게 인지(仁知)의 성(性)과 이목(耳目)의 육신을 부여했거늘, 어찌 산수 자연을 즐겨서 견문을 넓히지 않을 수 있겠는가? 하늘이 이미 내게 총명한 재주를 부여했거늘, 문명한 나라에서 무언가 함이 없을 수 있겠는가? 이미 여자의 몸이 되었으므로 장차 규방에 깊이 처박혀 문을 굳게 닫아걸고 경법을 근실하게 지킴이 옳겠는가? 이미 한미한 가문에 처했으므로 경우를 따라 자신의 본분을 편안히 여겨 스르르 없어져서 이름이 들리지 않게 됨이 옳겠는가? 세상에 첨윤같이 뛰어나게 거북점을 치는 사람이 없으니 굴원이 그에게 점을 본 일은 본받기가 어렵다. 첨윤이 "계책에는 미치지 못하는 바가 있더라도 지혜에는 장점으로 삼을 바가 있다."라고 했기에 나의 뜻을 정했다. 아직 비녀 꽂는 성년의 나이가 되기 전에 강산의 경승을 두루 보아, 증점이 기수에서 목욕하고 무우에서 바람 쐬고 음영하면서 돌아온 일을 본받는다면 성인도 역시 나의 결정에 편들어 주실 것이다.

마음에 이렇게 계책을 정하고는 아버님께 거듭 간청드리자 한참 만에야 할 수 없이 허락해 주셨다. 이에 흉금이 넓어져서 마치 맹금이 새장에서 벗어나 곧바로 9층 하늘 위로 날아오르는 기세를 지니고, 훌륭한 천리마가 굴레를 벗어나 천리 땅을 즉각 내달리는 듯이 했다. 그날로 남자 옷으로 갈아입고 행장을 꾸려 동쪽으로 떠나, 처음 목적지를 사군으로 정했다. 때는 경인년 봄 3월이다. 나는 바야흐로 이칠의 나이로 외간에 함부로 나다닐 나이가 아니다. 그래서 동자처럼 편발을 하고 교자(轎子)에 앉아, 청사의 장막을 두르고 앞면만 활짝 틔운 채로 제천의 의림지를 찾았다.

김금원은 규방에 갇혀 있기보다 산수를 유람해 인과 지의 본성을 기르겠다고 선언했다. 이칠, 곧 열넷의 나이에 이와 같이 선언한 것이 놀랍기만 하다. "동자처럼 편발을 하고 교자에 앉아 청사 장막을 두르고 앞면만 활짝 틔운 채로" 여행길에 오를 때의 호쾌한 태도를 지금도 생생하게 느낄 수 있다.

5부
_____

유산의 방식

① 자유로운 정신으로 의미를 얻는 곳

이시선(李時善), 「유산걸언(遊山乞言)」

나의 어리석음은 일반인의 정서와는 부합하지 않을 정도여서, 젊고 건장할 때 오로지 산택에 노니는 것만을 좋아해 집에는 거의 없고 중들의 법궁에 머무는 일이 많았다. 어떤 사람이 우리 집사람을 놀리며 "유람하는 사람에게 장삼을 만들어 보내시구려."라고 했다. 그런데도 답답해할 줄을 모르고 유람 좋아하는 마음이 늘 천하를 두루 다닐 일에 쏠려 있었다. 심지어 우리 동국의 협착한 땅의 경우는 아예 거론하지도 않았으나 끝내 일동(一同, 수령 관할의 사방 100리)의 바깥조차 쉽게 나가지 못했다. 천하를 두루 흘러 다니려던 일이 뒤틀려 버렸으니, 과보가 태양과 경주하려고 해그림자를 쫓다가 목마르고 지치고 만

꼴이 되었다.

　이즈음은 정말로 황망해 한가할 틈이 없는 데다가 질환이 목숨을 위협할 만큼 위태롭기까지 해서 먼 곳을 목표로 삼아 소매를 떨치고 길을 나설 수 없었다. 쉽게 접하는 곳이라고는 작은 언덕의 시내와 골짜기뿐이다. 더 지나면 뽕나무 밭이 푸른 바다로 바뀌어 마음이 놀라게 될 터인데, 이 마음을 소백산과 태백산, 청량산이 조금 위로해 준다. 나머지 솟아 있는 산이나 흐르는 강 가운데 간간이 아름답다고 일컬어지는 곳으로 마음과 눈을 열리게 하는 것이 한둘이 아니지만 다만 풍후함이 부족할 따름이다. 그러니 인생을 허송하고 저버린 이 사람의 울울하게 쌓인 속마음을 장차 어떻게 열어젖혀 줄 수 있겠는가?

　중국 사람이 신묘하고 수려한 사명산과 천태산에 노니는 일이 드문 것은 그 산들이 변새의 아주 먼 곳에 기반을 가탁하고 있기 때문이다. 하물며 우리나라는 바다 바깥의 아주 먼 곳에 있어 수천 리가 될지, 수만 리가 될지 모르니 어떠하겠는가? 이에 비로소 나는 지금 그 두 곳에 대한 생각을 끊고 오로지 우리 동방의 풍악(금강산)을 삼신산처럼 흠모했다. 대개 풍악은 천하에 명성이 널리 나서, 중국인은 길이 아득해 벗어나기 어렵거늘 죽어서 조선에 태어나 일만 이천의 옥처럼 늘어선 금강산 봉우리를 보고자 소원하니, 그들이 사명산·천태산의 아름다운 광경을 흠모하고 선망하는 정도를 헤아리면 금강산 보기를 바라는 것보다 앞에 않는다. 여기서부터 풍악으로 간다면 지지(地支)가 한 번 도는 열두 날이면 이를 수 있으니, 북쪽의 비천한 자가 사명산·천태산을 가려고 왼쪽으로 틀어야 하는 것과는 다르다. 그런데도 못난 나는 조금 멀다고 해 귀로는 들으면서도 눈으로는 보지 못했으니, 지난날 좁은 땅덩어리는 아예 거론조차 하지 않으려 했던 마음으로 보면 아주 우스울 정도다. 사명산·천태산이 멀다고 해서 가보지 않는 중국인의 습벽을 나는 풍악에 대해 팔아치우고 있는 셈이다.

항상 상상하며 읊조리고 우러러 보는 사이에 혼이 몇 번이고 자주 그리로 가 늙어갈수록 더욱 맘속에서 다투듯 간절하다. 지난날 오악에 두루 노닐려던 뜻을 가지고 요산요수의 취향을 베어 내어 후한의 중장통이 산수에서 자적하는 뜻을 「낙지론(樂志論)」으로 토로한 것과 비슷한 글을 써 명승의 구역을 풍부하게 순방하던 일에 견주고, 스스로 유쾌하기를 진(晉)나라 손작이 천태산을 유람하고 초나라 굴원이 멀리 노닐었던 것같이 하려 했다. 그러나 그런 뜻을 입으로 선포하는 것은 몸으로 친히 보는 것만 못하기에 청량한 금회(襟懷)를 격동시켜 날이 갈수록 굳건히 마음을 다잡아 곧바로 분발해 날아가 천 리 길을 내달리고자 했다. 그래서 지난해 승려 진응·단호와 함께 앞뒤로 행차를 약속했지만 기이한 상상이 통하지를 못하고, 수명의 연한이 나날이 줄어들어 무덤가 나무가 이미 한 아름이 될 터인데, 지금 얼굴은 쭈글쭈글하고 머리카락은 새하얗게 되었으니 가는 곳마다 불쌍할 정도다.

비록 근육의 힘은 여전히 남아 있되 비웃음 사는 일은 필시 불어날 참이지만 마침 뜻을 같이하는 이를 얻었고, 최근 질병 또한 산행 덕에 나을 수 있다는 사실을 깨달아 날마다 어영부영 지내는 것을 부끄러워해 길게 휘파람을 불고 결연히 일어났다. 무릇 산천을 두루 관람하는 일은 옛사람도 결행했지만 산천 유람은 반드시 성명(性命)의 도로 수렴하는 것도 아니고 미친 짓을 해 함부로 방자하게 구는 것도 아니라, 오로지 천하의 장대한 구경거리를 죄다 보아서 나의 기(氣)를 북돋우고자 한 것이었다. 하지만 이렇게 말하지 않았던가? "문을 나가지 않고 천하를 알고 창틈으로 엿보지 않고도 천도를 본다."라고. 바깥으로 나가는 것이 멀면 멀수록 그 앎은 더욱 적어진다. 비록 천하의 장대한 구경거리를 죄다 보려 해도 그 앎이 더욱 적어지는 일이 생긴다. 풍악이 비록 기특하다고 해도 탄환 하나 정도의 한 구역에 궁벽하게 위치하거늘, 그곳의 유람이 또한 나의 이 한 몸에 무슨 보탬이 되겠는가?

이렇게 스스로를 풀어 주고 행차를 늦추었는데도 희열의 마음이 더욱 불타올라 외물에 부림당하는 것을 면하지 못함은 아주 부끄러워할 만하므로, 솟는 불길을 억누르기를 더욱 힘껏 하기를 번거(翻車, 불 끄는 수차)로 불 끄는 것처럼 했다. 비록 장대한 구경거리로 기를 북돋우는 일은 이미 늙은 처지이기에 취할 수는 없어도 억지로 이런 결론을 내려, 청화의 좋은 달(음력 4월)을 길 떠나기에 바른 시기로 정했다.

부디 바라건대 그대들이 먼 길 떠나는 나의 수고를 위로해 주옥 같은 시문을 던져 나의 갈 길을 장식해 주길 마치 가사 걸치고 머리 깎은 중들의 시권처럼 해, 발걸음 쉬는 곳에서 펼쳐 보고 읽으며 마음으로 즐기게 해 준다면 머리의 통증이 돌연 나을 것이며 접질려 넘어질 듯하며 길을 나아가던 피로도 모르는 사이에 없어질 것이니, 이것이 명산을 감상하는 것과 비교해 어느 쪽이 더 낫겠는가? 머리 깎은 중들은 우리 무리가 아니거늘 선비이신 군자들이 즐겨 말하거늘 어찌 이 점에서 인색하겠는가?

여행 떠나는 사람에게는 재물이 아닌 말씀을 줘야 한다는 것이 증자가 가르친 말이었다. 말은 광휘가 있기에, 비록 내가 명승지에 오래 머무르느라 제 있어야 할 곳을 잃는다 해도 금옥 같은 말소리를 날마다 읊고자 도모하리니, 이 또한 좋은 유람과 같으리라.

경상도 봉화의 이시선(1625~1715년)은 1686년 가을에 금강산 유람을 떠나며 동지들에게 전별의 글을 청했다. 근대 이전에는 유산(遊山)의 길에 오를 때, 다른 여러 이유에서 여행

길에 오를 때와 마찬가지로 지인들에게 전별의 글을 받았으며 산에서 쉴 때 그 글을 열람했다.

본래 여행길에 오르는 이에게는 지인들이 노자를 보태주지만 그보다 격려의 글을 주는 쪽이 관례였다. 『순자』「대략(大略)」에 보면 증자가 길을 떠나자 안자가 교외에까지 전송하러 나가 "군자는 사람을 좋은 말로 증별하고 서인은 재물로 증별한다고 하니, 스스로를 군자에 가탁해 그대에게 좋은 말을 선물하겠소."라고 했다. 이시선의 글에는 증자가 가르친 말로 되어 있으나 실은 조선 시대 선비들이 글쓰기에 참고한 『고금사문유취(古今事文類聚)』에 안자증언이라는 고사로 실려 있다.

이시선은 포부를 세상에 펴지 못하고 명산 유람에서 자득하고자 했다. 그런데 이시선은 산천 관람이 기를 북돋우는 행위라 말하면서도, 『노자』 47장의 구절을 빌려 천하의 구경거리를 전부 볼수록 앎이 더욱 적어질 것이라고 했다. 그렇다면 산천 유람은 어떤 의미를 지니는 것일까?

이시선은 태종과 신빈 신씨 사이에 태어난 온령군의 후손으로, 그의 아버지는 임진전쟁 이후 영남으로 내려와 봉화군 유곡에 정착했다. 평소 명산의 그림을 지니고 다니며 중국의 삼신산·사명산·천태산도 마음으로 왕복했다. 문헌을 조사해 「오악지(五嶽志)」를 작성하기까지 했으며 금강산 유람을 꿈에서도 바랐다.

이시선은 61세 되던 1685년 8월에 속리산을 유람하고 「유속리산기(遊俗離山記)」를 지었다. 이듬해 금강산을 목표로 떠나며 벗들에게 작별의 글을 얻었으나 방해하는 일이 생겨 기일을 미루었고, 금강산은 일찍 추위가 이르러 온다고 하므로 중지했다. 그러다가 은계 찰방으로 나가 있던 조카 이선이 9월 초의 입산을 권유했다. 이시선은 8월 19일 아들 이근, 종손 이인부와 함께 길을 나섰다. 귀향한 후 「관동록(關東錄)」을 작성했다. 10년 뒤에는 역질을 피해 경북 봉화의 가야산(선애)을 유람하고 「유가야산기(遊伽倻山記)」를 지었다.

이시선은 60년 동안 세상을 등지고 살다가 90이 되어 죽었다. "고상한 행실을 하며 숨어 산 자"였다. 이익은 『성호사설』에 이시선의 서재 이름에서 따온 송월재(松月齋) 항을 두고 이시선이 생전에 남긴 「명명(名銘)」과 「행명(行銘)」을 발췌 인용했다. 「명명」에서 이시선은 "실상이 없으면서 이름을 얻는 자는 마치 높은 나무에 올라가 사방을 바라보는 것과 같아 유쾌하지만 폭풍이 불어 오면 두려워하지 않을 수 없는 것이다."라고 했다. 또 「행명」에서는 남쪽 바닷가에 갔다가 돌아올 때 어떤 행인에게 길을 물었을 때 "내가 옳다고 여긴 것은 잘못이었고 남에게 물은 것이 옳았었구나."라고 깨달았던 일화를 적고는, "지혜 있는 자는 자기의 졸렬한 꾀를 버리고 어리석은 사람이라도 좋은 계책이 있으면 잘 받아들인다."라고 했다. 이름과 실상의 일치, 명징한 인식의 추구를 중시했던 것이다.

이익은 1763년 이시선의 『송월재집』이 간행될 때 서문을 썼다. 이시선이 명산대천을 두루 유람해 뜻을 넓혔고 천하의 서적을 널리 보아 득실을 상고했으며, 60년 동안 두문불출해 실상을 징험했으므로 입에서 나오는 대로 글마다 호매분방(豪邁奔放)했다고 논평했다.

이시선은 「관동록」 끝에서, 사람들은 산의 기이함, 바다의 성대함, 하늘의 둥글고 맑고 무궁무진함을 보려고 하지만 산, 바다, 하늘은 모두 외물이어서 외물을 구하면 그 외물에 국한되고 얽매이게 된다고 환기했다. 오직 마음의 천유만이 이와 다르다. 쉼 없는 정성을 체득하고 자연의 도를 따라서 무궁의 세계에서 노닐어서 외물에 응하더라도 자취가 남지 않을 것이니, 이것이 지극한 경지라고 했다. 다음으로는 묵은 자취에서 노닐며 자기 자신을 돌이켜 보아 얻는 바가 있는 일이라고 했다.

이시선은 산을 갔다 온 뒤에 묵은 자취를 회상하며 내면을 되돌아보는 일에 힘써야 한다고 여겼다. 산에 오를 때는 경관의 기이함에만 관심을 둘 것이 아니라 경관의 변화에 따라 정신이 자유롭게 노닐도록 해야 하지 않겠는가?

나의 슬픔을 위로하는 동무

김만중(金萬重), 「첨화령기(瞻華嶺記)」

첨화령은 선천부 동쪽 20리에 있다. 옛날에는 이름이 없었으나 그것에 이름을 부친 것은 내게서 비롯한다.

내가 정묘년(1687년) 가을에 죄를 얻어 선천으로 귀양 가면서 길이 이 산 고개를 경유하게 되었는데, 깎아 만든 세 개의 봉우리가 홀연 구름가에 솟아나 있는 것을 보았다. 말몰이꾼을 돌아보며 "이것은 내 한양의 화산(삼각산)이 아니냐? 어떻게 여기에 와 있단 말이냐?"라고 물었다. 초동이 듣고서 웃으며 "손님이 잘못이십니다. 이것은 우리 고을의 신미도(身彌島)라는 것입니다."라고 했다.

내가 눈을 씻고 자세히 살펴보니, 드넓게 서려 있으면서 아스라이 솟아 있고 한가운데 처하면서 제일 높은 것은 화산의 백운대고, 좌우에 보필하고 있으면서 정정하게 대치해 서로 조금도 뒤지지 않는 것은 인수봉과 노적봉이다. 붉은 벼랑과 비취 벽이 중첩하고 늘어서서 마치 구름 비단을 펼치고 사마(駟馬)에 채찍질하고 있는 듯한 것은 문수령과 부아령이다. 내가 그때 그것이 참 화산이 아니란 것을 알았지만 여전히 의아해하지 않을 수 없었다.

아! 내가 도성을 떠나 여기에 올 때 나를 전송하던 사람들은 모두 교외에서 돌아가고, 오직 화산의 비췻빛만이 사람을 쫓아와서 의의(依依)하게 떠나지를 않아 대개 100리를 가도 그만두지 않았고, 나도 역시 때때로 말을 멈추고 고개를 돌려 바라보면서 장안을 떠나는 사람들이 태항산과 종남산에 대해 부쳤던 것과 같은 연모의 뜻을 부쳤다.

그러다가 송도(개성)를 지나면서 화산을 더 이상 볼 수가 없게 되고 살수 서쪽으로는 산천이 쓸쓸해 돌연 변새의 기상이 있어, 객회(客懷)의 불쾌감이 단지 서쪽으로 양관을 지나면 술잔 권할 친구조차 없으리라고 탄식했던 정도에 그치는 것이 아니었다.

그렇거늘 지금 여기에서 이 산을 볼 수 있게 되니, 내가 어찌 정이 없을 수 있겠는가? 고인이 말하길 "현산을 고개 돌려 바라보니 마치 고향 사람을 이별하는 것 같구나."라고 했고, 또 속담에 "도성을 떠난 지 오래된 이는 고향 사람 비슷한 이를 보면 기뻐한다."라고 했다. 이것이 어찌 인정이 아니겠는가?

마침내 두자미(두보)의 시어를 따서 이 산 고개를 첨화라고 이름하고, 언젠가 전국 지리를 기록하는 사람이 있기를 기다리고자 한다. 나보다 뒤에 여기에 오는 사람은 반드시 이 글에서 느낌이 있을 것이다.

정묘년 늦가을에 서포 거사가 쓴다.

김만중(1637~1692년)은 51세 되던 1687년 9월에 평안도 선천으로 귀양 가면서 이 「첨화령기」를 적었다. 김만중은 병자호란 때 부친 김익겸이 강화도에서 순국하고, 모친이 배로 피신할 때 배에서 태어났으므로 아이 때 이름이 선생(船生)이었다. 대학자 김장생의 증손, 광성 부원군 김만기의 아우, 숙종의 초비 인경 왕후의 숙부다. 이른바 교목세가(喬木世家)의 지성인으로, 사상의 상대주의와 관용주의를 주장한 『서포만필』을 남겼다.

김만중은 질녀가 숙종의 초비였지만 숙종으로부터 냉대를 받았다. 특히 김만중이 우참찬 윤휴와 대사헌 허목을 탄핵하자 숙종은 그를 간교하다고 비난했고, 심지어 "김만중이 익혀 온 것은 사당(死黨, 당을 위해 죽는다)이라는 두 글자뿐이다."라고도 했다.

1687년 5월 1일에 영상 김수항과 좌상 이단하가 새로 정승을 의망할 때 숙종은 굳이 조 대비(인조의 계비 장렬 왕후)의 재종제 조사석을 특별 임명했다. 경연 자리에서 김만중은 "후궁 장씨의 어미가 평소에 조사석의 집안과 친밀했으니, 정승 임명을 바라 이 길에 연줄을 댄 것이 분명합니다."라고 아뢰었다. 숙종은 김만중을 하옥했다가 "망측한 흉언으로 방자하고 무례하게 군주를 경멸했다."라는 죄목으로 9월 14일에 선천 유배령을 내렸다. 이듬해 1688년 11월 1일에 장희빈이 세자를 낳자, 다음 날 영상 김수흥이 김만중의 해배를 건의하는 차자를 올려, 11월 3일 김만중은 선천 유배에서 풀려나게 된다.

「첨화령기」에는 고신(孤臣, 군주의 총애를 잃었으나 충군의 뜻을 지닌 신하)의 외로운 심사가 절절하게 배어 나온다. 김만중은 유배지 선천에서 화산 즉 삼각산을 닮은 신미도를 발견하고는, 두보의 시 「협곡에서 경물을 보고(峽中覽物)」에 나오는 "무협을 앞에 두고 홀연 화악을 보는 듯하고, 촉강에 임해 되려 황하를 보듯 하네."에서 어구를 따서, 그 산 모양의 섬이 바라보이는 산 고개를 첨화령이라고 개명했다.

김만중은 직언을 잘하는 강직한 성품을 지녔다. 이미 현종 14년인 1673년 9월 12일에는 부수찬의 직책으로 있으면서 허적을 탄핵했다가 이듬해 1월 27일에 금성에 유배되고 그해

4월 1일에 방면된 바 있다.

허적은 숙종 6년인 1680년에 이르러 남인 일파가 정치적으로 대거 실각하는 사건을 일으키는 장본인이었다. 허적 등 남인은 김석주와 결탁해 숙종이 즉위한 해인 1674년의 자의대비 복상 문제로 일어난 제2차 예송에서 승리해 송시열·김수항 등 산당(山黨)을 몰아내고 정권을 잡았다. 하지만 이때에 이르러 숙종은 남인 인사를 그다지 신임하지 않았다. 그러던 차에 영의정으로 있던 허적은 유악(油幄)을 남용하는 사건을 일으켜 숙종을 격노시켰다. 숙종은 철원에 귀양 갔던 김수항을 영의정으로 삼았다. 이때 서인의 김석주·김익훈 등은 허적의 서자 허견이 종실의 복창군 등 3형제와 역모한다고 고발해 옥사를 일으켰다. 이른바 경신옥사 혹은 경신대출척이라고 말하는 옥사다. 참으로 어지러운 시기에 김만중은 서인의 당론을 대변했다. 하지만 사심으로 당론만 고집했다고는 말하기 어렵다.

1689년 정월, 송시열은 원자의 호를 정하는 일이 급박하다고 상소하다가 제주도로 귀양을 가고, 조사석 문제가 다시 거론되었다. 그리고 숙종이 왕비 민씨를 내쫓고 장 소의를 왕비로 명하는 이른바 기사환국이 있자 김만중은 직언을 했다. 이 때문에 김만중은 국문을 받고 윤3월 7일에 남해로 유배를 가야 했다. 자손들마저 제주나 거제로 유배를 갔고, 어머니 윤씨 부인은 시름 속에 그해 겨울 사망하고 말았다. 김만중은 모친의 임종을 지키지 못해 통곡하다가 1692년 56세로 일생을 마쳤다. 죽기 두 해 전인 1690년 8월, 어머니에 대한 각별한 추모의 정을 담아 「선비정경부인행장(先妣 貞敬夫人行狀)」을 찬술했다. 뒷날 누군가의 손으로 한글 번역되어 널리 읽혔다.

김만중의 「첨화령기」는 산악에 대한 특별한 심회를 붙인 글이다. 산수 유람의 행로를 적고 감상을 토로하는 일반적인 유산록의 그 어떤 범주에도 속하지 않는다. 산악은 그의 서글픈 모습을 위로하는 친근한 동무였다.

3

가지 못해 아득한 상상으로 즐기는 곳

강세황(姜世晃), 「산향기(山響記)」

나는 성격상 본래 멋진 산수를 사랑하지만 이른 시기에 우울증에 걸려 몸을 움직이기가 힘들어 산에 올라 관람하고 싶은 바람을 한 번도 이루지 못하고, 다만 그림 그리는 일에 흥을 부쳐 혼자서 좋아하고 즐겼을 따름이다. 하지만 기이한 흥취와 아득한 상상이 어찌 참 산수를 즐기는 일만 하겠는가? 이것이 정말로 나의 병을 잊게 하고 나의 바람을 보상할 수는 없다.

언젠가 구양수의 말에 "거문고를 배워 즐기느라 질병이 몸에 있는 것을 잊었다."라고 한 것을 읽었다. 그래서 다시 거문고에 뜻을 두어 그 한가하고 담박하며 그윽하고 아득한 음을 얻어 그의 심지(心志)에 화응해 거의 우울증을 흩어버릴 수 있었다.

지난날 백아가 거문고를 타자 종자기가 그의 지향이 산에 있고 물에 있음을 알았다. 대개 거문고의 소리는 또한 산수와 화합한다. 내가 어찌하면 깊은 산골짜기와 기이한 바위, 날아 튀는 폭포, 격동하는 물결 사이에서 거문고를 끌어안고 저절로 그러한 소리로 하여금 화답해 호응하게 할 수 있으랴?

마침내 거처하는 작은 서재의 네 벽에 모두 산수를 그려두었다. 층층 봉우리와 첩첩 산악, 수목의 물방울을 떨구듯하는 푸른 기운, 인적 끊긴 산비탈을 달리는 샘, 뒤얽힌 바위틈을 뚫고 나오는 구름, 세상을 피해 은둔해 사는 사람의 집, 신선이 사는 도관과 석가를 모신 범궁(절) 이런 것들이 큰 키의 대숲과 우뚝 높은 교목 사이에 어른어른 비치거나 가려져 이지러진 모습, 들판의 다리와 고기잡이배, 유람 나온 사람들이 줄 잇는 광경, 아침저녁으로 부스스 비나 눈이 내리는 풍경, 빛이 어두웠다가 밝아졌다 하고 경물이 서로 향하거나 서로 등지고 있는 모습 등등이 엄연히 시야에 들어오지 않는 것이 없다. 이른바 참 산수에 미치지 못하는 것은 다만 산수의 맑은 소리가 없을 따름이다.

나는 때때로 거문고 줄을 튕겨 곡조를 골라 사면의 벽에 걸어 둔 그림 사이에서 궁조를 튕기고 상조를 격동시키니, 옛 거문고 음률과 우아한 운치가 나도 모르는 사이에 차디찰 정도로 삽상하게 그 그림들과 조화한다. 거문고 소리는 혹은 놀라 튀는 여울이 바위에 부딪치는 소리를 이루기도 하고, 혹은 살랑이는 바람이 소나무 숲에 드는 소리를 이루기도 하며, 혹은 어부가 부르는 배따라기 노래를 이루기도 하고, 혹은 벼랑 위 절의 저녁 종소리를 이루기도 하며, 혹은 수풀 사이에서 우는 학의 소리를 이루기도 하고, 혹은 물 밑에서 신음하는 용의 소리를 이루기도 한다. 무릇 산수 사이에서 울려나는 음(音)치고 갖추어지지 않은 것이 없다.

대개 그 형태를 온전히 그려낸 데다가 다시 그 음을 얻어서, 그 두 가지가 하나로 되어 홀연 그림이 그림인지 거문고 소리가 거문고 소리인지 모르게 된다. 이러한 경지를 얻어 바야흐로 질병을 잊고 평소의 바람을 보상해, 마음을 평화롭게 하고 우울증을 흩어버렸다. 내가 다시 하필 지팡이를 짚고 등산 나막신에 밀랍을 발라 육신을 수고롭게 하고 정신을 메마르게 하면서까지 들쑥날쑥 한 곳을 오르고 울퉁불퉁한 곳을 뚫고 간 후에야 비로소 유쾌해야 하겠는가?

종소문(종병)은 그가 일찍이 노닐어 발로 밟았던 곳을 방안에 그림으로 그려 두고는 "거문고를 타서 음률을 움직여 뭇 산이 모두 메아리를 치게 하련다."라고 했다. 정말로 나의 심경과 처지를 미리 포획한 말이라고 하겠다. 내 서재에 편액하기를 산향(山響, 산 메아리)이라고 한다.

문인 예술가 강세황(1713~1791년)이 25세때 자신의 서재를 '산향'이라 짓고 그 뜻을 풀이한 산문이다. 표암(豹菴)이라는 호로 잘 알려진 그는 32세부터 61세까지 약 30년 동안 일체의 벼슬길을 단념하고 경기도 안산 현곡과 서울 남대문 밖 염천교를 오가며 학문과 예술에 전념했다.

강세황은 조부 강백년, 부친 강현과 자기 자신의 3대가 기로소에 들어간 이른바 삼세기영지가(三世耆英之家)다. 기로소는 고령의 왕이나 정2품 정경 이상을 지낸 나이 일흔 이상의 문신이 들어가도록 되어 있었다. 정조는 영수각에 그의 영정을 걸어 주고 연회를 베풀어 주며 전답과 토지, 노비를 하사했다.

강세황은 어려서부터 문학과 예술에서 재능을 발휘했다. 문집『표암유고(豹菴遺稿)』에 의하면 8세 때인 1720년에 숙종이 돌아가자「구장(鳩杖)」이라는 글을 지었고, 10세 때인 1722년에는 예조 판서였던 부친이 도화서 취재(取材)를 할 때 곁에서 등급을 매겼다. 그의 예술적 재능과 감성은 25세 되던 1737년 무렵 남대문 밖 염천교의 작은 서재에 쓴 앞의 기문에서 잘 드러난다. 동호인의 시 선집『섬사편(剡社編)』에 수록된 시에서는 "취하지 않으면 미칠 수 없고 미쳐야 바야흐로 시를 짓는다."라고 해, 자신의 분방한 정신을 압축적으로 드러내었다.

강세황은 구양수가 "거문고를 배워 즐기느라 질병이 몸에 있는 것을 잊었다."라고 한 말을 인용했다. 사실 구양수가 질병을 잊은 것은 독서에 몰두해서였다. 그의 「동재기(東齋記)」에 나온다. 다만 구양수는 만년의 「육일거사전(六一居士傳)」에서 거문고를 사랑하는 뜻을 밝혔다.

그리고 강세황은 "거문고를 타서 음률을 움직여 뭇 산이 모두 메아리를 치게 하련다."라는 말을 인용했다. 이 말은 남북조 송나라(유송) 인물인 종병의 전기에 나온다. 아내 나씨가 죽자 종병은 아주 슬퍼하다가, 상이 끝난 뒤 승려 혜견의 가르침을 받고 슬픈 감정을 다스릴 수 있었다. 그 뒤 형양왕의계(뒷날의 송나라 무제)가 형주를 다스리면서 그를 자의참군에 임명했으나, 벼슬 살러 나가지 않았다. 원유(遠遊)를 사랑해, 서쪽으로는 형산과 무산에 오르고 남쪽으로 형산과 악산에 올랐다. 그리고 아예 형산에 집을 지어 은둔하려고 했다. 하지만 병 때문에 강릉으로 돌아와야 했다. 그는 탄식했다. "늙은 데다 병까지 들어서 명산을 두루 다 돌아볼 수 없을 것 같으니, 마음을 맑게 하고 도를 추구해 누워서 노닐어야 하겠다." 그러고는 그간 유람했던 곳들을 방안에 그림으로 그려 두고서, 거문고를 연주해 그 소리로 그림 속의 모든 산으로 하여금 전부 메아리치게 하고 싶다고 했다. 여기서 '와유(臥遊)'라는 말이 나오고 '산향'이라는 말이 나왔다.

강세황은 당시 아직 늙고 병들었다고는 할 수 없지만, 산수의 그림을 벽에 걸어 두고 그 속에서 거문고를 켜면서 산수간에 노니는 취향을 즐기고 싶다고 밝힌 것이다.

강세황은 61세 때야 비로소 영릉 참봉을 시작으로 벼슬길에 들어섰다. 71세에는 한성부 판윤에 이르고 이듬해에는 청나라 건륭제의 만수절을 축하하는 사행의 부사로 발탁되어 연경에 갔다. 그의 글씨에 대해 건륭제는 "미불보다는 아래지만 동기창보다는 위다."라고 평가했고, 청나라 문인 석암 유용과 담계 옹방강은 "천골이 그대로 드러난다."라고 평가했다.

강세황은 만년에 이를수록 자신의 예술 세계를 자부해, "왕희지의 필(筆)과 고개지의 화(畵)와 한퇴지의 문(文)과 두목의 시(詩)를 나 광지는 겸했다."라 하고는 호를 오지(五之)라고 했다. 강세황은 4폭의 자화상과 6폭의 초상화를 남겼다. 54세 때는 자찬 묘지명인 「표암자지」를 지었다. 강렬한 자의식은 70세 때인 1782년에 만든 자화상에서 더욱 잘 드러난다. 그는 그 자찬(自讚)에서 "가슴에는 이유(二酉)의 서적들을 간직했고, 필력은 오악을 흔들 수 있다."라고 했다. 이유는 지금의 중국 호남성 원릉현 서북쪽에 있는 대유산과 소유산을 함께 일컬은 말로, 서적을 많이 소장한 곳을 말한다. 오악은 중국의 태산·화산·형산·항산·숭산을 가리키는데, 사실상 대지를 가리킨다. 강세황은 가슴 속에 수많은 서적을 품고 필력이 대지를 흔들 수 있다고 자부했지만, 세상은 그의 재능을 온전히 알아주지는 못했다.

강세황은 79세 때인 1791년의 1월 23일에 타계하기 직전에 남긴 절명구에서 "푸른 솔은 늙지 않고, 학과 사슴이 일제히 운다."라고 했다. 서재를 산향재라 명명했던 시기부터 임종의 시기까지, 푸른 솔 같은 고고한 기상과 학과 사슴처럼 탈속한 자태를 지키기 위해 부단히 노력했다고 할 수 있다.

선비의 산행 준비물

조선 시대의 문헌을 중심으로 살펴보면 선인들은 산수를 유람할 때 동행을 많이 데리고, 가마꾼의 도움을 받아 길을 갔다. 방랑자 김시습이나 가난한 선비의 경우는 종자만 데리거나 혼자서 터덜터덜 산길을 가기도 했지만, 단독으로 산에 오른 예는 찾아보기 어렵다.

여기서는 조선 시대의 유람기를 중심으로 산행의 준비와 등산 방식에 대해 간단히 살펴보기로 한다.

옷차림

유몽인은 1611년 봄 용성(남원)의 수령으로 나가 지리산을 유람했는데, 그의 「유두류산록」을 보면 동행인들은 대나무 지팡이를 짚고, 짚신을 신은 후 새끼로 동여매고서 길을 갔다. 그리고 봄추위를 대비해 두터운 솜옷을 준비했다.

한편 조선 후기의 김금원은 사군(四郡)과 금강산, 동해 등지를 유람하러 떠나면서 남자처럼 변복을 했다. 즉 동자처럼 편발을 하고 교자(轎子) 안에 앉아, 청사의 장막을 빙 두르고는 앞면만 활짝 틔우고 길을 떠났다. 설악산에서 폭포를 구경할 때 우구모(雨具帽)를 썼다.

비상 음식

선인들은 여행할 때 비상 음식을 가지고 갔다. 비상 음식은 대개 미숫가루, 꿀 등이었다. 간혹 밤을 쪄 가루로 빻아 꿀과 섞어 환약처럼 만든 것을 가져가기도 했다.

남효온은 1485년 4월 발연을 떠나 소인령 여덟 고개를 거쳐 불사의봉에 이르렀을 때 나뭇가지를 잡고 길을 올라가느라 몹시 지쳐, 눈을 모아 꿀을 타 마셔서 기갈을 풀었다고 했다. 「유금강산기」에 나온다.

정구는 1579년 9월 가야산 유람을 떠나면서 쌀 한 말, 술한 통, 반찬 한 합, 과일 한 바구니와 책 몇 권을 꾸려 나섰다. 「유가야산록」에 따르면, 정구 일행이 도은사에 가다가 쉴 때 일행 중 한 사람인 김면이 아이에게 작은 통을 가져오라고 시키더니, 밤을 쪄 가루로 만들어 꿀과 섞어 환약처럼 만든 것을 꺼냈다. 여러 날 동안 싸매 둔 탓에 쉬어서 냄새가 고약했다. 길을 나설 때 집사람을 시켜 산중에 별미로 먹으려고 그 것을 만들어 왔던 것이다. 밤중에 김면은 율무죽을 쑤었다.

숙소

조선 시대 여행자는 관현의 숙소나 촌민의 방을 빌리거나 점사(店舍)에 돈을 주고 숙식을 해결했다. 그렇지 못한 많은 사람은 노숙을 해야 했다. 1481년에 성현이 금강산과 관동 일대를 유람하고 작성한 「동행기(東行記)」와 1823년 4월에 단양 팔경을 유람한 한진호가 남긴 『도담행정기(島潭行程記)』에서 그 사실을 확인할 수 있다.

성현의 「동행기」는 『용재총화』에 수록되어 있다가 훗날 장서각본 『와유록』에 수록되었다. 1482년에 성현은 승지의 직에서 함께 파직당하자, 채수와 함께 흰 옷과 짧은 도롱이를 걸치고 각각 어린 종 한 명씩을 데리고 말을 타고 관동 유람에 나섰다.

김화를 지나 날이 어두워졌을 때 골짜기 깊숙한 곳의 좁은 길로 들어섰다가 작은 집을 마주쳤으나, 아이 안은 여자로부터 아녀자들만 있어 손님을 들일 수 없다는 말을 들었다. 그들은 앞밭에 앉아 저녁을 먹어야 했다. 그 집의 주인은 이조 녹사 진씨로, 휴가차 집에 와 있었으나 마침 출타 중이었다. 뒤에 진씨가 와서 그들을 방으로 맞아들여 병풍을 펴고 자리를 깔고는 종을 불러 좁쌀 막걸리를 걸러 동이에 넣으라 이르고, 종의 소생인 두 딸에게 손님 수발을 들게 했다.

다시 길을 가던 성현 등은 무관 회옹이 병을 앓아 창도역에 며칠 머무르게 되었다. 역졸은 그들의 말이 풀을 잔뜩 뜯고 변을 많이 봐 감사가 좌정하는 마루를 더럽힌다고 얼굴을 붉혔다. 화천현에 들어가서 성현은 현리를 불러 옷을 저당잡히고 죽을 구하려 했다. 아전은 옷을 받지 않고 저녁에 콩죽 두 주발과 맑은 꿀 한 바리를 대접했다. 추령을 넘어 중대원에서 비바람을 만났는데, 성현은 두터운 저고리를 챙겨 오지 않았기에 추위에 떨며 괴로워했다.

지리산 성모사의 기도처에는 판자로 만든 숙박업소가 있었다. 유몽인은 1611년 봄에 전라도 남원에 부임한 뒤 지리산 천왕봉에 올랐을 때 원근의 무당들이 봉우리 밑에 판잣집을 지어 놓고 숙박업소로 사용한 것과 성모사 사당 밑에 매 잡는 사람들의 움막이 있는 것을 보았다. 전자의 판잣집은 일정한 규모를 갖춘 민간 숙박업소였을 것이다.

여행 지침서

선인들은 산행에 대한 도구를 갖출 때 여행 지침서를 이용했다. 그 책의 이름은 일부 문인의 여행록에 『수친서(壽親書)』나 『양로서(養老書)』로 나온다. 김종직의 「유두류산기」에는 "태허(조위)와 함께 『수친서』에 적혀 있는 산행에 대한 기구를 상고해 대강 준비를 갖추었다."라고 했다. 홍인우의 「관동록」에서는 "산행의 도구를 갖추되 『양로서』에 기록된 내용을 증손(增損)했다."라고 했다. 『수친서』나 『양로서』가 구체적으로 어떠한 책인지는 알 수 없다.

또 선인들은 여행할 때 기왕에 그 지역을 여행한 사람이 작성한 유람록과 지도 그리고 독서할 서적을 가지고 갔다. 권호문의 「유청량산록(遊淸凉山錄)」에 보면 청량산 유람에 앞서 『주역』, 『근사록』, 『황극내편보해(皇極內篇輔解)』, 『두시보유(杜詩補遺)』 등의 책을 싸고 필연(筆硯)을 갖추어 작은 상자에 보관했으며, 망갹(芒屩)과 죽장을 구입해 행장을 꾸렸다고 했다.

조선 후기의 창해 일사 정란은 청노새를 타고 종자를 하나 데리고 여행을 떠났다. 남경희의 「정창해전」에는 정란이 전국을 여행할 때 타고 다닌 청노새가 금강산과 관동 팔경 구경 뒤 삼척 땅에서 병들어 죽자 길가에 묻고 제문을 지어 애도했다고 하며, 사람들은 청노새가 죽어 묻힌 곳을 청려동이라 불렀다고 한다. 정란은 야윈 청노새를 타고 단독자로서 여행을 했다. 그 청노새는 김홍도가 그린 단원도에도 등장한다. 남경희는 「정창해의 청노새를 위한 노래」를 지어 청노새를 잃고 시름에 잠긴 정란을 달랬다.

하지만 지방관이나 그 친척, 인망 높은 인사들은 노새나 암말을 타고 가다가 젊은 승려들이 메는 견여에 올라 산허리까지 이르렀다. 견여는 편여라고도 하며 대나무로 만든 것은 죽여 혹은 순여라고 했다. 견여를 메는 것을 담여라고도 하고 견여 자체를 담여라고도 했다. 단 상여 메는 것을 또 담여라고도 했다. 박제가의 「묘향산기」에 따르면, 견여의 멜빵은 삼으로 엮어서 만들었고 멍에목은 등나무를 휘어서 만들었다. 앞뒤로 서서 메고 가는데, 멜빵이 길기 때문에 굽은 길도 갈 수 있고 앞사람이 들어 올리면 가파른 길도 잘 올랐다. 앞이 들릴 때는 앞을 늦추고 뒤를 들며, 수그릴 때는 앞을 들고 뒤를 늦추었다. 견여에 앉아 가는 사람은 팔뚝으로 조절하고 발을 맞추어 자세를 유지해야 했다. 주세붕은 청량산을, 이황은 소백산을, 박제가는 묘향산을 견여로 올랐다.

이인상은 태백산 유람 때 견여를 자신과 김진상이 각각 이용하기 위해 각화사 중들을 무려 90명이나 차출했다. 중들이 사대부의 견여를 메는 것은 또한 사대부들의 도움으로 세금과 부역을 감해 받고자 해서였다. 조식의 「유두류록」에 보면 두류산 복판에 있는 쌍계사와 신응사 두 절에까지 세금과 부역이 부과되어 중들이 양식을 싸 들고 무리를 지어 떠나갈 지경이었다고 한다. 절의 승려가 고을의 목사에게 서찰을 내어 세금과 부역을 조금만 늦추어 주기를 간청하자, 조식은 그들을 위해 청원의 서찰을 써 주었다.

그러나 중들은 양반 사대부를 위해 견여 메는 것을 고통스러워했다. 사대부들의 여행 목적지가 험준하다는 이유로 행로를 변경시키거나 아예 도피하기도 했다. 금강산 만폭동에는 가마꾼 중과 악독한 관리의 전설이 있다. 여씨 성의 벼슬아치는 거만하고 독살스러운 데다가 몸집이 절구통 만했다. 그는 장안사 중들이 메는 견여를 타고 삼불사까지 갔는데, 그곳에서 교대하기로 되어 있던 표훈사 중들이 늦게 왔다고 꾸짖고는 길을 재촉했다. 중들은 땀을 비 오듯 흘렸다. 얼마 후 가마가 표훈사 앞에 도착했으나 벼슬아치는 만폭동으로 가자고 했고, 만폭동에 이르자 또 해 지기 전에 팔담을 모두 보겠다고 했다. 가마를 멘 두 중은 죽을 힘을 다해 한 걸음씩 올라가다가 진주담 옆 벼랑길에 이르러 한 사람이 미끄러졌다. 겨우 일어선 그는 다른 중에게 "죽기는 매일반이니, 차라리 저놈과 함께 물에 빠져 죽자!"라고 속삭였다. 그들은 진주담의 높은 벼랑에서 가마와 함께 물에 뛰어들었다. 이 이야기가 전해지자 관료들은 견여 메는 중들을 함부로 다루지 못하게 되었다고 한다.

이 이야기는 사실이 아닐 것이다. 앞서 보았듯이 견여를 메는 중은 단 둘이 아니었다. 하지만 이런 이야기가 있게 된 것은 그만큼 중들이 견여 메는 것을 고통스러워했다는 사실을 알 수 있다.

동행인

관료나 선비들은 여행할 때 종을 데리고 여행을 하기도 했으나 대부분의 경우는 친구와 후학, 자제 및 인근 지역의 관료, 종은 물론 심지어 기생과 악공 등을 데리고 여행을 했다.

성여신이 1616년 지리산을 여행하고 쓴 「방장산선유일기(方丈山仙遊日紀)」를 보면, 그는 9월 24일 진주시 금산면 가방리의 부사정에서 동복을 데리고, 피리 하나, 대지팡이 하나,

짚신 한 켤레, 시집 한 권을 지니고 망아지를 타고 길을 나섰다. 종이·벼루·붓·먹 등의 도구와 옷·이불·베개·방석 등은 모두 문홍운의 말에 실었다. 문홍운은 검푸른 털이 어깨를 두르고 네 다리는 누런 말을 타고서 짐 실은 얼룩무늬 노새를 끌고 종 셋을 거느렸다.

김일손은 1489년 4월 14일부터 16일 동안 두류산 일대를 유람했는데, 단속사에 묵고 있을 때 진주 목사 경태소가 광대 둘을 보내어 각기 자기의 재주로 산행을 즐겁게 하고, 또 공생 김중돈을 보내어 붓과 벼루를 받들게 했다고 했다. 이튿날 가랑비가 내려 도롱이와 삿갓을 갖추고 출발할 때는 광대가 피리와 젓대를 불며 앞에 서고 승려 해상인이 길잡이가 되었다. 며칠 뒤 좌방사에 다다라서 김일손은 광대를 불러 피리와 젓대를 불게 해 답답증을 풀었다. 떨어진 누비옷을 입은 승려 한 사람이 들에서 춤을 추는데, 우쭐우쭐하는 모습이 볼만했다고 「두류기행록」에 적었다.

조식은 1558년 5월 10일부터 16일간 문도들과 함께 지리산을 등정할 때 기생 봉월, 옹대, 강아지, 귀천 등과 피리 부는 천수를 대동했다. 놀이와 음식에 관한 모든 물품은 진주 고을 아전 강국년에게 일임했다. 「유두류록」에 따르면 청학동으로 들어갈 때 오른쪽 승려는 허리에 찬 북을 치고 천수는 피리를 불며, 두 기생은 뒤따라가며 선봉대를 이루었다. 여러 친구는 앞서거니 뒤서거니 하면서 한 줄로 서서 중간 부대를 이루었다. 강국년과 음식 만드는 사람, 짐 나르는 사람, 음식 지고 가는 사람 등 수십 명은 뒷 부대를 이루었는데, 승려 신욱이 길을 인도해 갔다.

양대박은 친구들과 1586년 9월 두류산을 등반하면서 흥을 돋우기 위해 노래 부르는 애춘, 아쟁 타는 수개, 피리 부는 생이를 데리고 갔다. 용유담으로 향하면서는 거문고 타고 노래하고 피리 부는 기생을 데리고 길을 나섰다.

여흥거리

근대 이전의 인사들은 산놀이를 할 때 기생, 악공, 광대를 데리고 가서 흥을 돋우기도 하고, 사찰에서 광대놀이와 여러 기예를 감상하기도 했다. 또 금강산 발연에서는 중이나 하인들의 폭포 타기를 눈으로 즐겼다. 또한 고적을 탐문하고 전설을 채집하며, 시를 짓고 산수를 품평하거나 학문을 토론했다.

홍인우 일행은 1553년 4월 표훈사에 이르러, 원나라 영종이 지은 「만인연사시비(萬人緣舍施碑)」를 읽고 이단 사설이 횡행하던 시절을 비판했다. 3~4일 동안 나란히 말을 타고 가거나 자리를 붙어 앉거나 셋이 둘러 앉아 일정한 주제를 내걸고 질의하고 토론하되 마치 전의(戰議)하듯이 했다. 이를테면 성기성물(成己成物)의 토론은 홍인우와 허충길이 주장을 세우고 남언경이 뒤따르고, 출처사시(出處仕止)의 논쟁은 남언경과 홍인후가 주장을 세우고 허충길이 인정했으며, 불유소물(不遺小物)의 경계는 허충길과 남언경이 주장을 세우고 홍인우가 인가하는 식이었다. 홍인우는 이렇게 말했다. "우리들이 멀리 노니는 것은 비단 산수 때문이 아니다. 옛사람들 중에는 혹 바람을 몰고 번개에 채찍질해 두루 구경하기를 한없이 하고, 혹은 심흉을 열어 활달하게 해 바다같이 드넓고 하늘처럼 높이 한 분들이 있다. 어찌하면 호해같이 드넓은 정신을 얻어서 이 즐거움을 함께 찾으랴?" 그들은 산수 유람에서 호해같이 드넓은 정신세계를 추구했다.

선비의 산행 기록법

선인들은 여행할 때 일록(日錄)을 적었고 그것을 토대로 유록(遊錄)을 정리했다. 그리고 그 유록을 기초로 스스로 그림을 그리거나 화가에게 부탁해 화첩을 엮기도 했다.

선인들은 여행할 때 거의 반드시 일록을 적었다.

양대박은 1586년의 9월 2일부터 10일간 친구 오적과 함께 두류산을 등반했는데, 이때 오적이 일록을 적고 양대박이 그 것을 토대로 「두류산기행록」을 적었다. 최종 유람록을 작성하기 위한 저본으로 일록이 별도로 있었던 것이다.

혹은 선배가 후배에게 일록을 기록하게 하는 일도 있었다. 장현광은 가야산을 유람하면서 정곤수, 정구, 김우옹과 함께 해인사에 모였는데, 그때 어린 나이의 장경우에게 일록을 기록하게 했다.

서발문

고려 말부터 여행이 활발해지면서 유록과 유기를 작성해 와유의 자료로 삼고, 또 그것을 친구나 동호인 사이에 돌려 보며 서발문을 작성하는 일이 많아졌다. 이에 따라 산수에 대한 평론도 발달했다. 조선 후기에는 이하곤, 허목 등과 같이 산수에 대해 전문적인 평론집을 남기는 일도 있었다.

조귀명의 「담헌애사(澹軒哀辭)」에 보면 "산수 서화를 평론하는 것을 잘해 명나라 사람의 제지(題識)와 같이 뛰어났다."

라고 했다. 실지로 이하곤은 「일원난방초광첩에 쓰다(題一源爛芳焦光帖)」에서 이렇게 말했다.

예로부터 고인(高人)과 운사(韻士)는 산수로써 성명(性命, 목숨)을 삼고 서화로 다반(茶飯, 일상)을 삼아, 그 맑고 시원하며 빼어나고 넉넉한 기운을 바탕으로 나의 조용하고 한가함의 취미를 맡기고자 할 뿐이었다. 그래서 밝은 창가에 책상을 정결히 하고 향불을 피워 놓고 차를 달이며, 마음에 드는 사람과 산수에 대해 한껏 얘기하며 법서·명화를 품평했다. 이런 것이 인생에서 제일 지극한 즐거움이다.

남인의 영수였던 허목은 78세에 「설중명산기(雪中名山記)」를 지었다. 서제 허서의 아들인 허숙이 노생과 함께 12월 상순 천마산 박연 폭포의 빙폭을 보고 돌아오자, 스스로 60여 년 전에 승려 법림과 천마산을 유람하던 일을 회상하고 감회에 젖어 그들이 유람한 곳이 어딘지를 물어 그 유람 사실을 적었다. 그는 자신이 직접 유람하지 않은 산수에 대해서도 품평을 기록하는 것을 즐겼다.

선인들은 산놀이의 감흥을 시와 산문으로 적었다. 이를테면 박제가는 보현사 관음전에 유숙하면서 친구에게 간찰을 적어 보내어 서정을 토로했다. 돌아오는 길에는 용문사 절방에서 기생 두 명이 추는 검무를 보고 감상문을 적었다. 그 글들은 이후 유록으로 단행되었다.

여행로를 따라 견문을 기록하고 묘사와 의론을 아우르는 산문 작품을 유기(遊記) 혹은 유록이라 한다. 산천을 여행하고 엮은 기록물은 산수 유기, 산에 오른 기록은 유산록이라 부를 수 있다. 산수 유기는 지리를 논하는 실용적 관점을 담을 수도 있고 산수 유람을 통해 정신을 육근(六根, 삿된 여섯 가지 욕망)으로부터 해방시키는 체험을 기록할 수도 있으며, 산에 높은 이상을 가탁해 정신의 운동 과정을 우의적으로 드러낼 수도 있다. 그런가 하면 소외되어 있는 산수를 보고 버려져 있는 자신이나 어진 이의 모습을 연상하고 서글퍼할 수도 있다. 선인들은 유산록에서 행정 서술과 풍광 묘사에 그치지 않고 사상의 골수를 드러내었다. 땅을 디디고 하늘을 우러러볼 줄 아는 하학(下學)과 상달(上達)의 착실한 공부를 온축하고자 했기에, 산놀이의 매 순간 그러한 정신 경계를 심화시키고 확장해 나가려고 노력했다.

선인들은 다른 사람의 산수 유기 혹은 유산기를 읽으면서 미리 일정을 잡아 보고, 유람길에 그러한 기록물을 가지고 가면서 자신의 경험과 대비했다. 예를 들어 박제가는 중국 문인 원굉도가 지은 「서문장전」을 읽으면서 서위의 광기 어린 삶을 상상해 보았고, 고려 말 이색의 「향산윤필암기(香山潤筆菴記)」를 읽고서는 묘향산 지세에 관한 기록이 잘못되었다고 논평했다. 보현사에서는 고려 시인 김양경의 시를 읊었다. 또한 선인들은 스스로의 산수 유기나 유산기를 되읽거나 다른 사람의 산수 유기나 유산기를 읽으면서 거듭 산에 노니는 것 같은 기쁨을 누렸다. 그것을 와유(臥遊)라고 했다. 유록의 명문을 골라 아예 와유록을 엮어 두고 종종 눈을 주기도 했다. 처사로 살다 간 남하행은 국토 안의 산천을 두루 다닐 수 없자 선배들의 글을 모아서 와유록을 엮어 세속을 벗어나려는 뜻을 부쳤다.

조선 중기까지 단형의 산수 유기는 유종원의 예를 따라 산수의 발견을 재덕자의 우불우와 유비하고 그러한 관점의 의론을 개입시키고는 했다. 그 이후 산문 유기가 장형화하면서 풍속을 서술하고 고증하며 감개를 풀어 보이는 방향으로 발전했다. 정시한과 이만부의 장편 여행기는 그 좋은 예들이다.

산수 유기 혹은 유산록 가운데 큰 비중을 차지하는 것은 금강산 관련 글뿐이다. 고려 말 이곡의 「동유기」가 그 초기 형태라고 할 수 있다. 조선 후기에는 문인들의 금강산록이나 동유기가 단행되어 두루 읽혔다. 승려 법종도 「유금강록(遊金剛錄)」을 그의 문집 『허정집(虛靜集)』에 남겼다. 또 금강산 유람의 열기가 서민들에게까지 확산되어 한글 금강산 유기도 나왔다. 조병균의 『금강록』은 1890년경의 기록물이라 시대가 내려오지만, 국문 기록이 진작에 나왔을 가능성이 있다.

18세기 중엽에 한사(寒士)나 여항인들도 금강산을 유람하고 동유록·금강록을 엮었다. 또 그것에 대한 제후(題後)도 명문이 여럿 나왔다. 단 이용휴는 「제허성보동유록후(題許成甫東遊錄後)」에서, 그림이나 유록으로는 부족해, 금강산은 마주해 이야기를 주고받는 일이 필요하다고 말했다.

김정희는 권돈인에게 보낸 서한에서, 금강산은 곧 대림구산(大林丘山)으로서 기왕의 누정이나 서실이 위치한 소경(小景)의 안온한 공간과는 다르다며, 체험 뒤에 남는 감동과 그 의미의 확대를 더욱 중요시해야 한다고 말했다.

해악이 넘실거려 솟구치고 신령한 물살이 기운을 발하는 곳에, 담무갈 보살은 앞에서 인도하고 영랑과 술랑(신라 때 삼일포에서 놀았던 신선)은 뒤를 맡아, 안으로는 만폭동으로 밖으로는 구룡연으로 지팡이 짚거나 견여에 실려 가서 일행이 단란한 가운데, 갖가지 신령한 감실과 갖가지 사찰의 필경은 어떠했던가

요? 대인의 얼굴로 현재의 재상이 원로의 나이에 이 일대사를 성취하셨으니 어찌 그것이 작은 인연이겠습니까? 상법(像法)과 말법(末法)의 혼탁한 시대에는 일찍이 없었던 일입니다.

김정희는 제갈공명의 밑에 있던 늙은 군졸이 진(晉)나라 때까지 생존해, 제갈공명이 살아 있을 때는 그가 특이한 줄 몰랐다가 그가 죽은 후 다시는 그와 같은 사람을 보지 못했다고 술회한 말을 인용했다. 금강산에 대해서도 산중에 있을 때는 별것이 아니라 여기지만 산을 떠난 후 두고두고 그 거룩한 풍광을 생각하게 된다고 한 것이다.

그리고 윤미란 씨의 연구에 의하면 한문으로 작성된 한라산 여행기로는 이 책에서 소개한 임제의 「남명소승」, 이형상의 『남환박물』, 최익현의 「유한라산기」 이외에, 김상헌의 「남사록」(1601년), 김치의 「유한라산기」(1609년), 이증의 「남사일록」(1680년), 조관빈의 「유한라산기」(1732년), 이원조의 「유한라산기」(1841년) 등이 있다.

백두산은 우리 민족의 성산으로 일컬어졌지만 산을 직접 오른 사람은 그리 많지 않았다. 백두산 답사기는 1712년 청나라와 조선 사이에 국경을 확정하고 정계비를 세운 일을 기점으로 본격적으로 지어지기 시작했다. 경계를 정하는 과정에서 실무를 담당한 박권과 김지남이 기록을 남겼다. 홍세태는 김지남의 아들로서 아버지를 수행했던 김경문에게 사연을 전해 듣고 「백두산기」를 썼다. 다만 이 글들은 회담 비망록의 성격이 더 강하다.

본격적인 유기는 한 세대 이상 지난 뒤에 나왔다. 이의철의 「백두산기」(1751년), 박종의 「백두산유록(白頭山遊錄)」(1764년), 서명응·조엄의 「유백두산기(遊白頭山記)」(1766년) 등은 모두 주목할 만한 작품이다. 이의철은 갑산 부사로 재직하며 유람 길에 올랐고, 박종은 함경도 경성 지역 출신의 선비로 경성 부사 겸 북병사 신상권을 따라 백두산에 올랐으며, 서명응과 조엄은 각각 갑산과 삼수에 유배 와 있다가 등반에 나섰다. 이들은 적게는 40여 명 안팎에서 많게는 100명이 넘는 수행 원을 거느리고 산행을 떠났다. 1784년에는 신광하가 백두산 정상에 올라보고 시와 산문을 남겼다. 1811년 서기수가 작성한 「유백두산기(遊白頭山記)」는 총 일곱 편의 소기(小記)로 이루어져 있는데, 전체적으로 서사적인 짜임새를 갖추었으면서도 각 소기가 그 나름의 독립적인 성격을 띠고 있다.

일제 강점기 때도 간도와 백두산에 관한 관심이 높아져서 일인이나 한국인이 등반한 기록을 많이 남겼다. 친일파의 박영철도 한문본 유람기를 남겼다. 조선중앙일보 기자 이관구는 백두산의 경관을 비행기를 타고 관찰한 후 「백두산 탐험 비행기」를 『조선중앙일보』에 1935년 10월 11일부터 11월 10일까지 연재했다.

장유첩

조선 후기에는 여행록을 바탕으로 화첩을 제작한 장유첩 (壯遊帖)이 나왔다. 이를테면 정란은 백두산에서 한라산까지, 대동강에서 금강산까지 돌아다니고 그 체험을 글과 그림으로 남겼다. 산의 풍치를 글로 묘사하거나 그림으로 그리고 산맥과 수맥을 표시해 유산기를 엮었고, 화가와 문인들로부터 자신의 산행을 묘사한 그림과 글씨를 받아 불후첩(不朽帖)으로 묶었다.

특히 1780년 정란은 묘향산을 거쳐 의주로 해서 백두산에 오르고 또 남쪽으로 내려와 금강산을 두루 돌아본 뒤 이듬해 서울의 김홍도를 방문했다. 김홍도는 거문고를 연주하고 강희언은 술을 권했다. 그들은 그 모임을 진솔회(眞率會)라 일컬었다. 진솔회란 당나라 중엽의 시인 백거이가 뜻에 맞는 달관들과의 모임을 그렇게 이름한 것이다. 정란 등은 달관이 아니었지만 그들 나름대로 진솔회를 즐겼다. 1784년 12월에 60세의 정란은 경상도 안기역 찰방으로 있는 김홍도를 찾아갔다. 김홍도는 닷새를 그와 함께 지낸 뒤 4년 전 진솔회의 모습을 그림으로 그렸다. 정란은 만년에 성대중에게 불후첩의 서문을 받았다. 성대중은 정란을 마테오 리치에 견주었다.

선인들은 두루 구경함, 곧 편관(偏觀)을 희망했다. 편관이란 말은 한나라 사마상여의 「대인부」에서 "팔횡(우주)을 두루 관람하고 사해를 구경하노라, 아홉 강을 건너고 다섯 물을 넘노라."라고 한 말에서 나왔다. 사마상여의 「대인부」는 본래 한 무제가 신선을 좋아하자 제왕의 신선은 산림에 사는 바싹 마른 신선과는 다르다고 간(諫)하려는 의도에서 지은 것이라고 한다. 하지만 『장자』나 완적의 「대인선생전」이 말하듯, 대인이란 광대한 공간을 자유자재로 운동하는 초월자를 뜻한다. 그러한 초월의 의지를 편관이란 개념으로 환치시킨 것이 조선 지식인의 여행이었다.

이에 따라 산수 그림에 제발(題跋)을 적는 일이 많아지고, 산의 품격을 논하는 일도 성했다. 최북(최칠칠)이 그린 풍악도에 이용휴가 「제풍악도」를 적어 금강산의 절승을 찬미하고 최북의 화필을 칭찬한 일에 대해서는 본문에서 살펴본 바 있다. 그보다 앞서 정선이 이병연과 함께 금강산을 여행하며 그린 30폭의 그림을 모은 『해악전신첩(海嶽傳神帖)』에는 이하곤·김창흡·조유수가 제발을 남겼다. 이러한 제발은 화첩이나 시문첩에 부가되고는 했고, 문집 속에 별도로 수록되기도 했다.

1부 중부의 산

1. 이이(李珥), 「유청학산기(遊靑鶴山記)」

沿川履石, 極其艱險. 行未幾, 已見奇峯疊石, 氣象頓異. 得一綫路, 橫繞高岡. 攀木而登. 望見雲岑縹緲, 林壑窈冥, 奔流戛玉, 乍隱乍現, 不知洞府之幽邃, 又隔幾許也. 虞人曰: "此是觀音遷第一巖也." 峯回路斷, 碧崖當前, 緣崖腹而過, 下有深淵. 余與季獻, 匍匐僅度. 大宥先往顧笑. 下岡乃至石門. 圓巖架于崖角, 巖下有竇, 僅可低頭而入. 旣入石門, 境色尤奇, 慌然別一世界也. 四顧皆峙石山, 翠柏矮松, 縫其罅隙. 兩屛之閒, 川源甚遠, 激而爲瀑, 晴雷振壑, 渟而作淵. 寒鏡絶瑕, 泓澄瑩綠, 落葉不著, 回流曲曲. 石狀千變, 山陰樹影, 雜以

嵐氣, 翳翳然不見日光矣. 散步白石, 玩弄晴漪. 欲選勝而未領其要,
移席者屢. 最後得一巖, 平廣有階級. 列坐其上, 設小酌. 仰見直西一
峯, 最高異狀, 創名之曰矗雲峯. 巖名舊曰食堂, 改之曰祕仙, 名其洞
曰天遊, 巖下之潭曰鏡潭, 摠名其山曰靑鶴. 余等欲歷山城, 以訪鶴巢,
適有雨意, 恐山蹊益惡, 悵然中止. 還尋歸路, 十步九顧. 余與大宥,
約繼淸游. 未至僧舍五十餘步, 坐溪上盤陀石, 午飯. 出山至兔谷, 權
愼謹仲, 携酒相候于路畔層巖. 巖側垂瀑可丈餘. 觴于巖上, 名之曰醉
仙巖. 乘夕, 還無盡亭. 噫! 自有天地, 便有此山, 天地之闢, 亦已久矣,
尙未名于世. 山城之築, 未知何代, 想其經始者, 不過避亂之吏民而已.
若有幽人逸士, 一扣石門, 則豈無一言留於後耶? 抑雖有其人, 而世失
其傳耶? 彼五臺·頭陀等山, 譬之於此, 風斯下矣, 猶且揚休播美, 觀
者接武. 玆山乃藏光匿輝於重巒複壑之中, 無人闢其封域, 況闡奧乎?
世人之知不知, 於山無所損益也. 顧物理不當爾也. 一朝遇吾輩, 使後
人知有此山, 斯亦有數焉耳. 又安知更有靈境祕於塵外, 尤異於此山,
而吾輩亦未之知耶? 嗚呼! 世有遇不遇者, 獨山乎哉?(『栗谷先生全書』
卷13 記, 한국문집총간 44, 민족문화추진회, 1989)

---

2. 정범조(丁範祖), 「유설악기(遊雪嶽記)」

戊戌秋, 余赴襄陽任, 北顧雪嶽, 巉巉雲際甚壯, 而迫吏事, 不克
往遊焉. 翌年三月, 約祥雲丞張君顯慶士膺, 州之士人蔡君載夏, 同發.
戚姪申匡道, 女婿兪孟煥, 家兒若衡從. 辛丑宿神興寺. 環寺而爲天吼·

684

達摩·土王諸峰, 皆雪嶽外麓也. 壬寅, 命寺僧弘運者, 導肩輿. 北由飛仙洞入, 峰態水聲, 已覺爽人神魄. 仰視絶壁, 削立數百尋. 捨輿而登, 壁皆石級, 一級一喘. 顧士膺, 猶在下級也. 謝不能從行. 登馬脊嶺, 忽大風作, 霧雨窈冥四塞. 弘運告: "是爲中雪嶽也. 日晴則見嶽之全體"云. 薄暮入五歲庵. 奇峰四擁, 森然欲搏人, 而中開土穴, 窈然受庵. 梅月堂金公時習, 嘗邂于此. 庵有二眞, 寫公儒釋狀. 余爲低佪悲之. 公自號五歲童, 故庵名. 癸卯, 踰左麓而下, 折而東, 循大壑而上. 嶺勢視馬脊加峻. 絙而前, 後推者相附麗, 十里而後, 登獅子峰絶頂. 是爲上雪嶽, 而塞天地皆山也. 若鵠翔若劒立若菡萏者, 皆峰. 若罍若釜若盎甕者, 皆谷. 山皆石, 無土壤. 深靑若積鍊色. 獅子之東, 稍陂衍, 有庵名鳳頂. 傳高僧鳳頂常住云. 由獅子下, 緣崖而南. 崖窄, 厪容趾. 趾所循, 爲積葉, 爲崩石, 爲僵木, 凌兢不可度. 而左右山皆奇峰, 迭出林木上. 水自後嶺來, 布谷而下. 谷皆石, 晶瑩若雪, 而水被之, 石勢之起伏凹凸廣狹而水形焉. 大畧爲瀑者十數, 而雙瀑益奇. 爲潭爲洑爲漫流者, 不勝計, 而稱水簾者益奇. 若是者竟日, 而入永矢庵. 庵卽金三淵昌翕所名. 嘗隱于此云. 峰壑幽奇, 有土可種. 多芳林茂樹, 終夜聞杜鵑聲. 甲辰, 渡水而南行谷中. 谷水皆木石槎枒, 不受足. 稍上而石盡白, 忽變紫赤, 盤陀水面. 左邊石壁紺碧, 水歧瀉其中決決鳴. 前有嶺甚峻, 伏輿而登. 循左麓而下百步, 前對石壁, 幾數十尋. 色蒼潔. 瀑從巓飛下, 玲瓏如白蜺. 風乍掣則中斷爲烟雪, 飄灑滿空. 餘沫, 時時吹人衣. 令從者吹篴, 與瀑聲相應答, 瀏亮一壑. 是爲

寒溪瀑也. 余謂弘運曰: "復有此否?" 曰: "無之矣." 過楓嶽九龍瀑遠甚矣, 東南林壑絶美. 東爲五色嶺, 有靈泉, 宜痞積. 多水石, 望之幽怪, 而日暮不可窮. 踰嶺還, 抵百潭寺宿. 乙巳, 北出之, 循飛仙洞後嶺而下. 嶺懸急, 皆錯石多竅, 少失足則輒僵仆. 而南指馬脊諸峰, 歷歷雲際, 不知何以能致我於其上也. 宿神興, 丙午還.(『海左集』 卷23 記, 한국문집총간 239~240, 민족문화추진회, 1999)

---

3. 홍태유(洪泰猷), 「유설악기(遊雪岳記)」

由寺而東僅數里, 得金三淵精舍. 其異者直書樓. 有峯一帶橫開, 如獸蹲, 如禽顧, 如人冠冕而行. 其狀百千. 色又皎潔, 如明月之夜, 如微霰之朝, 無一點塵埃氣. 得此而居者, 亦知爲高人也. 又循溪而上里餘, 得兪泓窟, 窟無異勝可言. 特一偃石半俯而成龕, 其中可容數人. 昔兪松塘遊此山, 而時無寺可休, 乃經宿於窟, 以是名云. 由窟而右轉一危磴, 入十二瀑洞. 其溪石之勝, 類曲百潭, 而愈益淸瑩. 左右雪峯, 類三淵舍所見, 而愈益奇壯. 間有高嶂絶壁, 攢聳重疊. 樹皆楓栝, 方秋鮮紅, 如糊畫障而列繡屛, 炫煥詭特, 令人可驚而可喜, 每坐處, 眷顧不忍去, 入此洞上下十數里之間, 失晷爲多也. 晩乃到十二瀑. 皆上瀑下潭, 橫放峻盪, 勢激聲壯. 第四瀑以上, 三瀑相連, 流如布練, 中狹成槽而墜之潭. 其色正黑, 不可測其深也. 第一瀑, 左右雙流, 右長幾百尺, 左長三減其一. 間又不能數十步, 而雙虹相對, 耀日炫彩. 下石皆滑, 不可迫視. 右邊有巖, 稍平可坐而望, 去瀑遠, 飛沫凄凄, 漫空霧

霤, 尚能潤人衣裾. 雖愛其奇, 徘徊難捨, 而過淸不可久也. 由左瀑而南登崖, 又下循其上流而行, 路斷不可尋, 彷徨者久之. 忽見溪上, 巖有累石, 若不無意者, 從僧言: "此入定僧前往還時所置, 以爲路標也." 由是以往路疑處, 輒皆有石, 賴以不迷. 然益峻險, 披薈翳, 攀崖石, 扶杖愼足而後, 僅免顚仆. 非雅意山水有濟勝具者, 雖欲至而不能也. 行二十里, 尙不離乎窮山亂林之中, 而暝色已蒼蒼然起矣. 方憂恐不知所出, 而忽有一小菴隱見於巖巒間. 不覺心眼俱明, 如逢故人矣. 至菴, 菴空, 火在竈, 香炷佛龕, 知僧去亦不多時也. 菴號鳳頂, 高得雪嶽十之九, 諸山之前所仰而視者, 皆若撫其巓, 後峯較尤高, 而至此則亦不過數仞石耳. 其巍然可測而知也. 初至時, 林巒寂然而已, 及夜半, 風大作, 萬竅俱號, 巖壑爲動. 然天色淸明, 上下未必如此. 蓋亦處地高, 海風相激而然也. 朝自菴左, 登塔臺. 有大石, 其上累塔如浮屠. 僧云: "釋迦佛舍利藏於是." 轉而向右, 益高而豁. 前望滄海, 迷茫無際, 亦一壯觀也. 自此攀壁而下, 五六里, 至稍平處. 巖壁泉石之勝, 亦不下於十二瀑之下流. 又二十里餘, 得閉門巖, 最爲此洞佳處. 兩壁削立, 簹峙如門關然, 若與塵世限矣. 自巖而右, 踰一峻巘, 爲五歲菴. 峯巒之奇秀, 盡三淵舍所見而較優云. 逢雨狼狼, 不可歷尋爲可恨也.(『耐齋集』卷4 記, 한국문집총간 187, 민족문화추진회, 1997)

---

4. 김수증(金壽增), 「유화악기(遊華嶽記)」

向夕到絶頂, 山之一支, 迤東而隆然對峙, 名曰獅子峯. 四望軒豁,無所障礙. 遠近諸山, 皆歸眉睫. 楓嶽·寒溪山可望, 木覓亦可見, 而適爲雲靄所蔽. 三角山熹微於氛陰中. 春川昭陽江·鐵原寶盖山, 如在咫尺. 楊口猪山·平康高巖山, 歷歷平看. 永平國望山, 如撫卑幼. 此外衆山之不知名者, 皆不可數. 山之西麓, 卽所謂道星峽, 如在腋下. 兩山如束, 以無一片寬平之地也. 山之南, 卽加平境. 稍下一里許, 崖石如屋簷, 可庇風雨. 依作小堗, 覆之以薪. 是亦加平捕鷹者所爲, 方有十餘輩留住. 余遂撑鍋作夕炊, 經夜於此. 雲霧晦冥, 風露滿身, 心骨俱冷, 不能著睡. 此與今夏宿寒溪時, 同一景象也. 小飮濁酒一杯. 訥僧在傍誦偈. 捕鷹人與吾僕從輩私語曰: "夜夢, 士夫數人, 來遊於此. 今果驗矣. 實是異事."云. 曉起, 雲陰解駁, 日上東峯. 白雲平鋪於東南, 山野接天無際, 洶若萬里溟渤. 嶺西圻甸境界, 皆入眼底杳冥中, 只見龍門山半露於天畔. 遠近峯尖, 點點出沒, 有似島嶼之星羅棋布. 曾訪楓嶽, 朝登水岾, 毗盧萬仞, 白雲呑吐, 此亦奇絶, 而壯闊之勢, 少遜於此, 不知晦翁·雲谷所見果如何, 而所謂天下之奇觀, 眞先獲也. 食罷, 還上峯頭. 西風微吹, 天日淸明, 而四邊雲氣猶未收, 不得更遠望, 谷雲精舍, 松林墟落, 了了可辨. 華陰洞, 隱隱於前峯襞積中. 遂舍昨日來路, 直從中峯而下. 緣岡傍垕, 林薄蒙密, 躑躅滿山, 間以杜鵑, 想花時照映發揮. 高處樹木不長, 枝幹卷局. 有赤木側栢海松. 又有不知名之木, 僧輩呼爲棐木. 枝葉如杉, 其身蒼白, 經冬不凋. 曾見楓嶽戲靈山亦有之, 蓋佳木也. 至半塗, 深谷中, 有磨造匠數人, 斫木作役. 少憩攤飯而行. 谷暗林昏, 迷東眩西. 跨越岡阜, 良久而下, 得一平坂.

蒼杉千章, 周匝櫛比, 其大或百圍. 間雜海松檜樹, 浮天蔽日, 不見其
巓, 白晝陰森, 氣象凜肅. 意其開闢以來, 斧斤不入也. 自嶽頂至此, 居
三之二, 背西面東, 上盤下踞, 凡有數層, 而樹陰蔭翳, 延袤廣狹, 迷
不可詳. 落葉朽積, 土地深厚, 人參山蔬, 多產於此, 而山僧鄕人, 亦
有未見者. 聞其南有上菴寺故基, 而林深路絶, 不知其處. 此去華陰,
不過十里, 若得作一板屋, 時時往來, 如蘆峯晦翁之爲, 則可以隔絶世
紛, 而高山絶谷, 自非大力量, 未易居之, 瑣力又難開創. 姑記其勝, 且
名其谷曰泰初. 春和景明, 庶復從容往遊, 以寄世外無窮之趣.(『谷雲集』
卷4 記, 한국문집총간 125, 민족문화추진회, 1994)

---

5. 김효원(金孝元), 「두타산일기(頭陀山日記)」

二十三日庚戌, 朝有僧來報臨瀛士子及門. 問之則崔君蘊璞·崔君攀
龍二靑衿也. 向晚, 挈寺僧信海, 緣寺北覓一條路. 行數百步, 有一瀑
布. 懸崖百丈, 流瀑千尺. 攀梯以上, 掬水以嗽, 便覺淸泠之氣, 爽豁
襟期, 直通喬松也. 南轉以行, 步步皆石. 或下臨深塹, 或細通山腰.
魂悸難定, 久而愈深. 再過小溪, 至動石峯下. 線路懸空, 人之上下, 若
從天然. 首尾不滿一二里, 而余以脚病息足者凡七度. 始至城門, 轉以
之動石. 前後左右, 鐵壁縱橫, 白石淸流, 襟帶東西. 石以動名者, 石架
萬丈之崖, 觸之則登登鏗鏗有聲. 有鶴寄巢於其中, 削壁之隙, 與石相
對, 狀若圈子, 望之暸然. 余令笛手, 據巖一吹. 忽見玄衣丹頂, 徘徊
停峙於雲空松翠之間. 是知仙禽慣聽雲和之曲於蓬壺閬苑之中, 而余

輩今日之簫, 暗與此諧也. 自初入山, 陟高降卑, 山逕不一, 而陟則勞, 降則穩, 豈非所謂從善如登, 從惡如崩者耶? 人之性本善, 而汨於欲, 蔽於氣, 終至於爲善則難, 爲惡則易, 自非大段着力, 大段用功, 忘辛苦喫緊之勞, 而直造乎欲罷不能之域者, 其何以自在耶? 且在寺時看南, 峻壁高出雲霄之外, 及今見之, 有如培塿然. 始知所處者漸高, 則所見者漸大也. 向使自安佚於白練伴鶴之間而不一至焉, 則豈容識吾夫子小魯小天下之意歟? 舍山而溪, 坐一盤陀, 水激如雷, 落於千丈之下, 停以爲湫, 蒼黑淵泓, 深不可測. 科溢而瀉, 鍊成三曰. 俗傳龍潛, 祈雨輒應云. 余名是巖曰羽化. 會曰馴鶴, 題名如昨日伴鶴之稱. 後至臨瀛之士, 一曰大乙老仙, 一曰蓬萊逸士. 環坐溪石, 行酒數匝, 題詩一篇, 吹笛三闋. 望中有古基, 乃高麗侍御李承休隱居處也. 斯人也, 遺世獨立, 與蒼松白石爲友, 其志高矣. 但耽於浮屠, 至於手不釋佛書, 惜也. 此豈但先生之過哉? 可見時運之季, 習俗之訛, 而不自振拔也. 生兩間而爲男子不偶, 爲男子而識所向, 亦不偶. 旣識所向矣, 有執假而爲眞, 認賊而爲子, 苟不由居敬窮理兩路頭, 鮮有不免者. 李侍御之病, 正坐此也. 諸君其亦愼之! 日已向夕, 凜不可留, 復尋歸路, 轉以背之, 若別佳人, 十步而九顧焉. 一憩于龍湫洞口, 再憩于巨濟寺基, 至于瀑布之下, 日已暮, 脚已辛, 猶不禁登陟焉. 傍泉而坐于石, 行酒且吟詩, 名其巖曰濺珠. 微昏到寺門, 前巖烟冥, 北溪水咽. 夜堂空寂, 一燈明滅而已.(『省菴遺稿』卷2, 한국문집총간 41, 민족문화추진회, 1988)

6. 김창흡(金昌翕), 「오대산기(五臺山記)」

初八日晴, 催整筍輿. 僧故遲發, 却令游興深長. 三人聯輿, 直北, 沿澗而行. 初地巖泉幽潔可賞. 約行十里, 度一木橋, 兩岸對截, 天然作橋址. 清湍瀉中, 有琴筑聲. 迤西陟一麓, 得小菴, 曰金剛臺. 幽奧可棲. 又進數百步, 史庫在焉. 萬嶺扶拱, 若有百靈擁全. 上下兩閣, 下閣金匱, 上奉璿牒, 繚以石垣, 頗低小. 距林數十步, 作火巢, 亦恐太偪窄也. 左有靈鑑寺, 守僧與齋郎所住, 營建蓋自麗代, 壁有金富軾記文. 覽訖, 踰北峴, 十分峻急艱步. 循澗道, 度橋三四, 皆以百尺. 杉板編成, 下輿玲玎, 凜不可度. 東有別澗來滙, 窺之頗清幽. 穿去可達于襄陽釜淵云. 有神聖窟在其側. 古名僧所棲, 今爲廢址矣. 行二十里, 到上院. 留僧備炊, 而直向中臺. 攀躋可十里, 逕多艱棘. 歷獅子菴, 到金夢菴. 取名泉飲之, 不甚冷冽, 而甘軟易接口, 其味宜居上品. 恨不令陸羽瀹茶也. 蓋五臺泉各有號, 此爲玉溪水. 西爲于筒, 東爲靑溪, 北爲甘露, 南爲聰明云. 菴後石梯層蹋, 可數十步. 至舍利閣後, 有石築成疊者兩所, 有巖承之, 巧排壇砌, 天成非人造. 僧云: "自此至主峰, 累作咽喉, 節節有石築."云. 所謂釋伽藏骨, 未定其於彼於此. 而寂滅寶閣, 在石築之前. 只是空室, 有若人家之丙舍, 然晨昏香火, 自金夢守僧奉之. 坐前楹, 擧目, 雲山盡數百里, 遠近峰嶺, 擁護若神. 求諸他名山, 罕有其比, 果是第一風水, 則未知其蔭注所産祉者, 歸於何處. 僧輩言: "一域萬衲之命蔕, 的在于此, 非此則佛種滅矣." 其言亦可笑也. 降至上院, 周覽殿閣與廊寮. 間架旣夥, 藻飾亦盛. 階砌皆細石

精礴, 緻若疊璧. 自慶州輸來云. 而有鐘制巧而聲宏. 蓋光廟來巡時, 百官景從, 今之僧寮, 皆當日寺廨云. 左有眞如閣, 殿畵文殊三十六變態, 可供一笑. 午飯, 向北臺, 轉入蒙密中, 多滑石, 易蹉跌. 澤之·高生捨輿而徒, 余則堅坐不下, 甚矣其衰也! 自逸勞人, 雖知不可, 而亦無奈何. 坐輿上, 猶苦脅息, 僧輩之頹肩可知. 直上十餘里, 岌岌有仰而無俯. 險極勢轉, 髣髴有光, 騰躍而上, 若陽神之出泥丸. 自此始轉峰腰, 而猶困巖峻, 未能坦行. 又越一脊, 乃到北庵. 高深曠朗, 擬有諸勝. 比諸中臺, 渾厚不及, 而疎豁過之. 入望遙山, 空翠接天, 似是太白近地, 而環之以疊嶺複嶂. 最近者, 歡喜嶺, 一名三印峰, 拱向有情. 適又景色明遠, 天宇泬漻, 萬楓曜日紅. 遍院落有木, 杉葉松身而皮微靑, 儼然攢立, 半山皆是木也. 所謂甘露水, 活活注槽中, 味同玉溪, 除是易牙, 方辨淄澠耳. 少憩蒲團, 白霧冪山, 坌入禪室, 咫尺不可辨. 爭喜到菴之早, 得悉領略也.(『三淵集』卷24 記, 한국문집총간 165~167, 민족문화추진회, 1996)

---

7. 안석경(安錫儆), 「유치악대승암기(遊雉岳大乘菴記)」

雉岳在原州. 峯巒峻厚, 谿壑淸邃, 盖有盛名, 而其上峯曰毘盧, 視諸山㞃高其名. 寺則南有上院, 北有大乘菴, 大乘之下有龜龍寺. 歲丙寅春, 余遊龜龍·大乘, 遂登毘盧, 一國山海, 不掩于五臺·大小白山者, 皆見可願, 恨遽歸不得久於大乘也. 及是歲有事于山北之邑, 有小暇欲入大乘讀書, 知舊皆曰: "愼無往! 雉岳大(*)有虎, 近食大乘之人, 大乘何

可往也?" 余曰: "虎不能食人, 人之爲虎所食者, 必失其所以爲人者也. 人之値虎, 苟其心烱然不擾, 能上知有天, 下知有地, 中知有吾, 而知禽獸不可偪人, 則虎雖猛, 必愍然不敢動." 遂往. 徒步二十里, 日已晚矣. 靑莎白石, 春波吹人. 獨行循溪水, 水邊多躑躅花. 暮入龜龍寺. 谷口長松蔭路, 禽鳥相呼, 寂然無人. 水鳴又悲壯, 使人灑然移情. 如是者七八里, 方到天柱峯前. 升普光樓, 宿白蓮堂. 終夜聞水確聲. 明日, 看龍潭. 石崖呀然, 碧水洪深. 與一僧上大乘菴. 中路聞虎叫, 其聲淸激, 而響震一山. 行采藥摘花. 至菴, 木屋數間, 梨花盛開, 井水淸澈. 居僧若干人, 超然坐夏. 余亦寄坐, 展「樂記」, 每早興, 梳灌以讀之. 菴後石岑岌然, 雲木晻藹. 菴前有龜巖, 兀然臨絶壑. 松檜簇立, 環以杜鵑花, 灼然照人. 對菴諸峯, 無非薈蔚, 而下已深綠, 上猶淺碧. 朝嵐夕霏, 掩映可愛少缺. 其東北, 遠見數郡之山出沒白雲中. 近崖有鹿時時立而眠人, 其鳴癡然, 其角崒然. 鳥聲亦多種, 而皆殊異, 可驗其幽深. 佛燈通宵, 香烟滿室. 一夜大雷, 而曉方雨, 雨中曖然可念. 雨霽, 回顧鮮明. 高低遠近之異容, 而悅人則同矣, 早暮晴雨之異狀, 而可人則同矣, 木石鳥獸之異態, 而近人則同矣. 動靜語默之異趣, 而適意則同矣. 蓋愈久而愈可喜, 愈玩而愈不足. 嗚呼! 世間之樂, 有可以易此者耶? 是山旣深峻, 而是菴高且靜, 宜於讀古書, 使余得恒居者, 雖十季不辭, 將不滿十日又可去矣, 俯仰山壑, 春物暢然皆自得, 余焉得無濡戀顧懷而悵然也哉?(『雪樵集』, 이우성 편, 아세아문화사, 1986)

8. 이인상(李麟祥), 「유태백산기(遊太白山記)」

余隨退漁金公觀太白山. 歷安東·順興諸郡, 邐迤百餘里, 至奉化, 皆山之麓也. 始入山宿覺華寺, 寺距奉化五十里. 晨起整二肩輿, 點僧徒九十, 人人皆複衣一襲, 而皆憂凍死. 是日山下猶和暖矣. 上五里, 觀史閣, 天始明, 始向上帶山之中峰也. 嶺轉危, 路轉微. 鬚鬣之檜, 偃蹇之槲, 植立如鬼. 其顚倒於風火者, 橫岡截路, 而雪積模糊. 植者方鬪勁風, 其聲滿空. 振動于東, 勃鬱而西應. 陰晦儵閃, 無有窮已. 從人皆僵立, 命拉朽吹火以熨之. 復踏雪, 開嶺脊, 繩系輿前後, 縋壑, 懸而進. 望處漸遠, 雪漸深, 風漸烈, 林木漸短. 及登上帶, 便無尺寸之木, 而只有風矣. 四顧百里, 山皆雪色, 如羣龍之血戰, 如萬馬之馳突. 煙中隱見滅沒, 冥晦闟闟. 熒熒晃晃, 晶晶皓皓, 光氣滿空. 從人又狂呼足蹈焉. 東望, 海色同雲, 浮霄爲一. 而三峰飛舞如霧中帆, 滾于雲而混于海者, 鬱陵島也. 緝緝明明, 低首環列, 而不敢肆者, 七十州之山也. 嶄然當其前, 有如四岳之率諸侯朝覲者, 淸凉山也. 西北則雲霧慘悷, 極目無所覩. 唯有一山純石成, 束立如劒斧. 遂從東北取路, 向天王堂. 日落月出, 但見嶺巓之木, 高纔數尺而蹇, 萬節褭以寄生, 臃腫奇古, 婆娑, 牽裙裂袖. 其剛如鐵, 令人僂而行. 封根之雪, 沒人膝, 見風而飛. 風自北方來者, 天昏地裂, 轟雷而蕩海如也. 巨木吼怒, 小木哀鳴. 僧顚復起, 雪壓其背. 運輿之難, 如急灘之上舟也. 僧曰: "木猶千歲耳, 萬古積雪. 蓋嶺背, 尤近北, 與上帶異候, 故其風極壯, 而其木極怪, 雪愈不消."云. 至天王堂, 約人定時, 而纔行六十

694

里. 西堂有石佛, 東堂有木偶, 所謂天王也. 復燒樹救寒, 向前尋店舍. 月色陰黑, 星斗時出, 漏雲掛林. 行數里, 月復明, 四山穆然, 天光如洗. 余長吟不已, 有凌雲駕風之想. 抵素逃里店, 夜已三更. 凡行二十里.(『凌壺集』卷3 記, 한국문집총간 225, 민족문화추진회, 1999)

---

9. 김창흡(金昌翕), 「평강산수기(平康山水記)」

廿一朝, 略浴而發, 歷訪夏益, 其父某亦出覲. 與討高達窟之勝, 約以待秋同尋焉. 過來時所度橋, 又涉其下流. 行二十餘里. 至黔洞谷, 猶是伊川地. 斧壤擔輿者, 來待于此矣. 午飯而行, 南有疊嶺, 認是廣福山背, 而磴底有數層激湍, 石色頗皎潔, 忙未搜閱, 可惜. 躑躅十許里, 到德巖嶺脊. 所謂德巖, 蒼貌高踆, 望之殊儼然也. 嶺上立堠曰: "去斧壤百六十里." 可見幅圓之廣. 而北指雪雲諸嶺, 盤紆無際. 以東西疆場而判之, 熊耳·吞當屬此邑, 而伊川踰嶺而有之, 如安邊之於永豐, 均之失停當也. 兩谷之水, 皆自北出而南走, 幾二百里, 合流于伊川治東, 自德巖以至廣福等山, 皆在包絡之內, 而又行三十里, 至安峽治東, 與分水之流合焉. 是爲靑龍餘脉所止云. 下嶺十里, 至鐵坪村家, 少歇. 熊耳之水, 汪汪掠門而過. 主家有童子頗端秀, 方讀書于吉城菴. 自離葛山, 憧憧於此菴. 問其程道, 不過四十里, 而險絶難到云. 橋渡前川, 歷場原, 越一小峴, 頗峻. 至隴屯, 日已落矣. 夜微雨, 朝猶霡霂, 山氣倍覺蔥朧. 騎行, 未幾, 乘輿, 越小峴. 東折而入, 始占深寂洞口. 雖無大段關目, 而澗邃林森, 幽意不乏. 溪流觸石磲磲, 鳥語

之相和, 愈往而忘疲. 屢詢蘭若所在, 邐迤多曲折. 雖已深入, 而前面益覺顯敞. 約行十五里, 始見杉栝成圍, 圓峰出其上, 可忖菴邇也. 負崦有數村, 皆斫畬爲生. 無此則僧徒不耐寂寞矣. 又進三四里, 始爲深寂菴. 是菴開創, 稔聞其顚末矣. 社主泰成者, 自香山率其良工而來, 所以繕構梵宇者, 一倣香山而爲之, 若吳寬之營新豐. 乍到其間, 宛若致身於上院賓鉢之間. 仰見, 山勢圓重, 色相蒼老, 便一香山也. 乍憇, 巡簷而行, 穿歷堂奧, 檢閱其間架, 則種種具宜, 曲曲藏用, 以及乎庖湢井臼而無所缺. 東頭祖室, 貝函充棟, 亦創菴時所待, 可見其人用心之微密矣. 菴成在甲辰伯父涖邑時, 因乞題詠于先考, 先考口占一律而投之, 成卽摸刻以揭板, 猶在東楹. 瞻讀不禁愴涕. 先考在東州, 所與成札, 其孫沙彌淨眼者藏留菴中, 出示凡六七紙, 其淳實可尙. 菴南六七步, 有巨巖隆起, 上平爲壇, 北望見性菴舊基岌岌雲蘿之杪, 不可企及. 聞其側有戱朗禪師入定土窟, 山之得號, 蓋有由云. 菴西, 刳木取泉, 四時不絶. 菴東, 數十步, 大井甚淸洌. 井東有大陂, 茭塞其半. 成之始胥宇, 欲塡陂安礎, 而力屈而罷. 按其面勢平敞, 承眞脉爲勝. 南有遠岫縹緲呈奇, 乃廣福山也.(『三淵集』卷24, 記, 한국문집총간 165~166, 민족문화추진회, 1996)

---

10. 허균(許筠), 「유원주법천사기(遊原州法泉寺記)」

原州之南五十里有山, 曰飛鳳, 山之下有寺, 曰法泉, 新羅古刹也. 余嘗聞泰齋柳先生方善居于寺下, 權吉昌·韓上黨·徐四佳·李三灘·成和仲皆就學, 隷業於寺. 或以文章鳴於世, 或立功業以定國, 寺之名, 由是而顯, 至今人能說其地. 余亡姚夫人, 葬于其北十里許, 每年一往省焉, 所謂法泉寺, 尙未之游. 今年秋, 乞暇而來, 稍間, 適有上人智觀訪余于墓菴. 因言己丑歲, 曾住法泉一臘, 游興遂發, 拉上人, 蓐食早行, 從峽路, 崎岖逾嶺, 至所謂鳴鳳山. 山不甚峻, 有四峯對峙如翥. 二川出於東西, 至洞口, 合爲一. 寺正據正中面南, 而燬於兵, 只有餘址, 頹礎縱橫於兔閑鹿逕之間. 有碑半折, 埋於草中. 視之, 乃高麗僧智光塔碑, 文奧筆勁, 不能悉其名氏, 眞古物而奇者. 余摩挲移晷, 恨不能摹榻也. 上人曰: "此刹甚鉅, 當日住社幾千指. 我曾寓所謂禪堂者, 今欲認之, 不可辨矣." 相與噓唏者久之. 寺東偏有翁仲及短碣, 就看則三墓皆有表. 一則國朝政承李原之母之墳, 一則泰齋之藏, 而其子承旨允謙從焉. 余曰: "原之夫人, 卽吾之先祖埜堂先生(諱錦)之女. 吾聞政丞初窆其母, 術者言其地有王氣, 終以是獲罪, 故子孫不敢從. 泰齋卽贅也, 其居此, 必因是, 而卒窮以死, 故仍卜兆以歟! 年代久遠, 不可知矣." 因徘徊俯仰, 不勝其弔古之懷, 謂上人曰: "人之有窮達盛衰, 固其命也, 而名之不朽, 不在於是. 原以佐命勳臣位台揆, 富貴權寵, 熏藉一時, 人皆仰而趨之, 終以此見忌廢死. 而允謙事莊憲王, 爲帷臣出入禁闥, 荐被恩渥, 竟至於喉舌納言, 可謂貴矣. 泰齋則抱負文行, 因家患, 錮其身, 方窮阨時, 布褐不掩體, 日倂食, 拾橡栗以自給, 枯槁於山中, 以了殘年. 今看其詩如孟參謀·賈長江, 可知其困楚酸寒. 其比二公, 榮悴爲何如, 而至今數百年後, 人誦其文, 想見其爲人不替,

至令殘山野刹, 非奇偉瑰秀之觀, 亦聞於世, 而載在輿地. 彼二公之芬
華顯揚者, 今何在哉? 不徒其身之埋沒, 而道其名, 人莫曉爲何代人.
然則與其享利於一時, 曷若流名於萬代乎? 使後人取舍, 其在是乎? 在
彼乎?" 上人蹵然曰: "公之言則是矣. 但千秋萬歲名, 寂寞身後事, 而古
人亦有以名爲累, 不願知於人者, 抑獨何心耶?" 余大噱曰: "是汝家法
也!" 亟聯轡而回.(『惺所覆瓿稿』 卷2, 한국문집총간 74, 민족문화추진회, 1988)

---

11. 이덕무(李德懋), 「기유북한(記遊北漢)」

二宿五飱, 觀山內外寺十一, 菴與亭樓各一. 不見者一菴二寺,
曰奉聖, 曰輔國. 僧曰: "是刹之最下者." 偕遊者, 子休·汝修,
曁吾三人, 詩共四十一, 菴·寺·亭·樓, 各有記. 山蓋百濟古
都, 我祖宗, 鍊兵峙穀, 爲保障之地, 距漢師三十里. 從文殊門
以入, 出城西門. 時辛巳九月晦也.

洗釖亭. 緣萬石以上, 亭在大磐陀石, 白色, 溪閒石以流. 倚欄而
眺, 水聲掠衣履去也. 亭名洗釖. 左有立石, 鐫曰鍊戎臺. ○小林菴.
亭之北數十弓, 石室開, 三石佛坐焉. 古以往香火不絶也. 余幼時見窟
而無龕, 今以小屋覆之. 苾芻曰淨和. ○文殊寺. 日晡至文殊, 瞰平地,
疑到天半也. 佛龕當大石窟. 仍龕左右, 逶迤以行, 水如雨, 滴人衣.
行盡有石泉紺寒, 左右五百石羅漢坐累累也. 窟名普賢, 或曰文殊. 有
三佛, 石曰文殊, 玉曰地藏, 金塗者, 爲觀音菩薩, 以是亦曰三聖窟. 窟
旁有臺, 名七星. 留以飯, 北入文殊城門. ○普光寺. 日暮抵城門, 乃

山之臬處. 門以下地稍底, 多楓楠松杉. 曠然谷易應, 寒氣始襲人也.
遂抵普光法堂. 右藻井, 大書三人字姓. 和尚皆談兵, 壁室, 貯鎗刀弓
矢. 黃昏, 抵太古寺, 宿. ○太古寺. 寺東峯下, 有高麗國師普愚碑. 牧
隱撰, 書者, 權鑄也. 師謚曰圓證, 太古爲號. 辛旽用事, 上書論其罪,
爲時君所逐, 卓乎桑門之有節者. 旣寂, 舍利百枚, 三浮屠以藏之. 碑
陰有我太祖微時爵姓諱, 爵曰判三司事. 上之今年(英宗朝), 特閣以覆
焉. 有肅敏上人者, 稍識字, 冲澹, 可與語. 朝飯向龍巖寺. ○龍巖寺.
是寺最北漢之東陬也. 北有五峯, 大者三, 曰白雲·萬景·露積, 故三角
名焉. 仁壽·龍巖, 小者. ○重興寺. 捨龍巖, 遵去路以下, 地稍平, 有
寺焉, 曰重興, 麗時建也. 十一寺最爲古且大. 金佛坐者, 過丈. 僧將
開府以處, 領八路僧兵, 名曰軌能, 職曰摠攝. 旁有磨石, 仍巖石以刻.
○山映樓. 迤重興以西, 林木翳然, 溪淸而鳴. 多大石, 如冠如舟, 積
而爲臺者, 間有之. 蓋如洗釖亭, 奧過之. ○扶旺寺. 寺在漢之南奧.
洞名曰靑霞洞門, 其幽而寂, 它皆難與之侔. 有壬辰僧將泗溟師像, 據
梧執白麈尾, 落髮而存其髯過腹也. 西壁有敏環像焉. 憇而午飯. ○
圓覺寺. 登南城門, 見西海與天接也. 摩尼諸山, 間於海, 如拳也. 有
羅漢峯, 巍然如浮屠立也. 其下有寺墟, 麗時三千僧處焉, 仍名曰三千
僧洞也. ○鎭國寺. 背山映樓, 崎嶇而北, 三丈石, 銘白雲洞門. 循石
路, 到寺門, 紅樹白石, 塋而泠泠. ○祥雲寺. 自鎭國到祥雲, 嶺以間
之, 曰積石. 日入抵寺, 飯而宿. 朝向西巖, 谷行三四里, 水成瀑, 透迤
以臥. 槃嶺之左右, 殊其曠奧也. ○西巖寺. 近城西門, 大樓臨水石之

交. 風湍松籟, 曠而生韻, 翛如雨, 對語不辨音也. 寺最卑, 獨以淸曠聞. 飯, 向津寬. ○津寬寺. 出西門十里, 野多田, 高處爲人壙. 南尋小塹, 始有林木. 寺是高麗津寬大師居也. 大石柱數十, 尙列溪左焉. 林石之佳, 雖不如內山, 佛畵之靈異, 獨不讓也.(『靑莊館全書』卷3, 한국문집총간 257~258, 민족문화추진회, 2000)

---

12. 김상헌(金尙憲), 「유서산기(遊西山記)」

漢陽之山, 自覆鼎而來, 爲王都之鎭者曰拱極. 自拱極分峙, 穹隆磅礡, 西擁而南抱者曰弼雲. 余廬于兩山之下, 朝夕出入起居, 未嘗不與山接, 而山亦爭入於吾之軒窓几案, 若有所加親焉. 故常送目臥遊, 不曾往來岩壑之間. 歲甲寅秋, 慈闈目疾, 聞有靈泉出於西山, 病沐者往往輒效, 遂卜日以往. 伯氏及余, 燦·爌俱從. 入仁王洞, 過故陽谷蘇貳相舊宅. 所謂淸心堂·風泉閣·水雲軒者, 退圮殘礎, 殆不可分. 陽谷用文章顯世, 旣貴而富, 又稱有心匠, 結構極其工麗. 交遊之士, 皆一時詞翰聞人. 其所賦詠, 必多可記而傳, 至今未百年, 已無一二存焉. 士之所恃以施於後者, 不在斯也. 由此而上, 絶壁飛泉, 靑莎翠阜, 處處可悅. 又由此而上, 石路峻仄, 去馬而步, 再憩, 迤至泉所, 地勢直拱極之半. 一穹石, 翼然如架屋. 石際槌鑿狀屋簷, 雨雪可庇六七人. 泉從石底小縫中出, 泉脈甚微. 坐一餉, 始滿坎三分之一. 而坎周僅比一碾, 深亦不及膝尺剩. 泉味甛而不椒, 亦不甚冷冽. 泉之旁叢林, 紛然亂着紙錢, 多婆乞靈處也. 石窟之前, 土岸平衍, 東西纔數十步. 雨破出古瓦, 認是仁王寺遺址. 或言迆北對谷, 亦有廢基, 古跡陻沒, 莫能辨也. 嘗聞國初定都時, 得丹書于西山石壁云, 而亦不知處也. 山以全石爲身, 從頂至腹, 屹骨巉巖, 危峯疊壁, 直豎橫布. 仰視如攢兵積甲, 奇壯難狀. 支脈絡而爲岡, 群岡分而爲谷. 谷中皆有泉, 淸流觸石, 萬玉琤琮, 水石實都中第一區也. 所恨令縱禁弛, 徧山無尋丈之木. 若得松栝蔭日, 楓相夾岸, 颸颸乎瑟瑟乎, 婆娑掩映於風月之夕, 則蓬壺·崑閬, 亦奚足健羨也? 背見曲城甚邇, 遣僕輩探路, 路險不可攀云. 燦·爐捷步往還, 能道所見. "沙峴行人, 小如蟻子:""三江風帆, 歷歷可枚數矣." 竊自歎: "吾年未及而衰劣已甚. 跬步地尙不堪騁脚, 見險而止, 況能就列陳力, 展吾少學, 行道以及人哉?" 與伯氏上南峯. 峯之下有酒庫, 二廊對構, 連亘十餘間. 酒氣所干, 飛鳥不集. 不知許多狂藥, 使舉世皆醉也. 前瞰木覓, 若撫卑幼. 南城轉山腰, 屈曲蜿蜒如臥龍, 其下寧有人龍臥乎? 今未必在也. 閭閻萬瓦撲地, 織織如魚鱗. 亂後二十三年, 生齒日增, 室屋之多, 如此其盛. 中間男子計不下數十萬, 而未有一人佐堯舜致唐虞, 徒俾國勢益弱, 民生益悴, 邊鄙益聳, 陵夷乎於今日. 豈蒼蒼者降材靳歟? 抑降之而不知不庸耶? 何莫非時也命也運也? 景福空苑, 城摧木缺, 龍樓鳳閣, 鞠爲茂草, 但見慶會池荷葉飜風, 明滅於夕陽中. 前之妨賢誤國, 致戎馬, 生荊棘, 後之喙疏求媚, 行邪說, 廢法宮, 奸臣之罪, 可勝誅哉? 東闕雙聳, 赤白中天, 禁林松柏, 鬱鬱蒼蒼, 虎賁龍驤, 淸宮望幸. 王者之居, 廢興固有數, 而臨御亦有時也歟! 興仁傑構, 東眺屹然. 鍾街大道, 通豁一條, 左右列肆, 若衆星分

躅, 井井有次. 其間若車若馬, 馳者驟者, 遑遑焉汲汲焉, 皆有所利圖者. 唐人詩所謂: '相逢不知老,' 眞妙讚也. 佛巖翠色, 望之可挹. 石峯秀拔, 非尋常面目. 若近輔京室, 作爲東鎭, 與西南北三岳共峙, 則岩岩之躘, 實壯國勢, 迺遠在郊外數十里, 若遯于荒野者然. 天公造物之意, 良可惜也. 噫! 以朝夕起居之所常接者, 生四十五歲, 始得一登. 穹壤蘧廬, 羲舒坂丸, 浮生百年, 寄形宇宙, 泛泛若風中之漚, 或遠或近, 或散或聚, 皆不能自由, 自今餘生, 未知幾歲, 而陪母兄, 從子姪, 更遊於茲山, 以寓遲矚, 而永一日之娛者, 又安可期也? 因感而書之, 以記歲時.(玄翁宅在南城, 今斥逐金陵. 白沙亦遯于佛巖山下.)(『淸陰集』卷38 記, 한국문집총간 77, 민족문화추진회, 1988)

---

13. 허목(許穆), 「백운산(白雲山)」

白雲山, 圻內大山, 永平縣治東二十里. 水洞有臥龍臺, 水中石臺, 袤數十丈. 水深多石. 川上皆長松脩峽. 其上社堂. 十里川水, 發源於山中. 兩岸多白礫深松, 往往多盤石嶔巖. 三十里皆然. 深入, 有石場, 可坐數百人. 川水至石下爲溪潭, 其下石灣. 過石場, 山益深, 水益淸, 滿谷皆松. 至此潭, 水綠淨, 多儵魚. 其上白雲寺, 登前樓, 前對石巒, 高壁臨溪. 東州作壁記. 新羅僧道詵初創之, 至今八百餘年. 崇禎間, 五臺僧頤凜重創云. 東隅, 有西僧釋敏浮圖. 迎月. 東牖, 望蟾巖石峯. 九月十二夜, 月出其上, 前溪上下多盤石, 可遊其上. 曹溪踰小嶺五里, 古禪寂. 有道詵浮圖. 其上上禪. 入山中巖洞二十里, 山深路絶而極者

也. 賾凜所築. 其下般若, 有自休·賾凜浮圖. 蟾巖西麓普門, 釋敏所築, 亦佳寺. 終日見山下人拾木實者滿谷. 前年冬, 至花開, 自臘月至正月, 積雪苦寒, 大木多凍死, 三月無花, 自二月至五月不雨, 自六月下旬, 至九月不雨, 又早寒, 百穀不成, 草木不長, 山木多枯死, 可謂極無. ○白雲南華嶽, 在坼關之境. 據壽春·洞陰·嘉平之地, 周三百里. 其西麓積石崢巖. 至絶頂而極, 雲霧晝晦. 人畏慄不敢登其巓. 天旱則郡邑發多人, 躡其巓得雨. 春夏之交, 大雷電雨雹, 自天摩·朴淵, 從朔北·過末·地藏·禾積·三釜·鶴嶺, 連白雲絶頂, 至華嶽而止. 山中人謂之龍移(『記言』別集 卷27 記, 한국문집총간 98~99, 민족문화추진회, 1988)

---

14. 허목(許穆), 「소요산기(逍遙山記)」

逍遙山, 楊州治北四十里, 不及大灘津二十里, 爲王方西麓別山. 谷口內外山下人相傳, 王宮遺墟二處, 荒草中有石砌數重而已. 此永樂間太上行宮云. 去京城百里, 豐壤宮又百里. 谷口有廢井石欄. 入山中, 山皆石, 爲石巒, 爲石洞, 爲石燈, 爲石梁. 山木多松多楓多躑躅. 宮墟南山, 石極高峭. 最上有白雲臺, 少下有中白雲, 又少下東北下白雲. 在中臺上·宮墟上有瀑布, 高八九仞. 其下從陰崖, 上中臺, 最大刹, 今皆墟矣. 瀑布傍當石絶十餘仞, 橫木爲梯, 上元曉臺. 過元曉臺, 有逍遙寺. 逍遙壁記云: "新羅僧元曉住此山, 後三百年甲戌, 麗僧覺圭, 奉太上旨, 築精舍. 二百年癸酉, 精舍燬. 明年甲戌, 關東僧覺玲, 重作佛殿僧寮." 牧庵記云: "元曉當新羅太宗文武之世. 『曆年紀』自新羅太宗, 至我康獻大王甲戌, 七百六十七年, 又至萬曆甲戌, 百八十年, 記曰 '三百年', 何也?" 東隅觀瀑布. 其上有大石, 起立臨壁五六丈. 卑壁間 石竇, 石泉涓涓, 元曉井也." 李奎報詩曰: "循山渡危橋, 疊足行線路. 上有百仞巔, 曉聖曾結宇. 靈蹤渺何處? 遺影留鵠素. 茶泉貯寒玉, 酌 飮味如乳. 此地舊無水, 釋子難棲住. 曉公一來寄, 甘液湧卑竇." 登臨 卑壁, 循絶壑石上, 望九峯, 皆山石奇處. 從中峯石竇, 出懸庵, 東南, 登義相臺, 最高爲絶頂, 其北獅子庵. 從谷口過瀑布, 緣崖上義相臺, 九千丈. 十月山深谷陰, 朝雨後溪石綠苔如春, 楓葉不枯. 四年癸卯十 月己亥, 孔巖眉叟記. 〇四年癸卯孟冬戊戌, 穆與完山李晉茂, 上黨韓 均, 吾外甥李綝, 李茂卿三子遠紀·鼎紀·玄紀, 宿逍遙寺. 明日, 同遊 義相臺下, 仍題名. 孔巖許穆書.(『記言』別集 卷9 記)

---

15. 정약용(丁若鏞), 「유수종사기(遊水鍾寺記)」

幼年之所游歷, 壯而至則一樂也. 窮約之所經過, 得意而至則一樂 也. 孤行獨往之地, 携嘉賓挈好友而至則一樂也. 余昔童丱時, 始游 水鍾, 間嘗再游, 爲讀書也. 每數人爲伴, 蕭條寂寞而反. 乾隆癸卯春, 余以經義爲進士, 將歸苕川, 家君曰: "此行不可以草草也, 徧召親友, 與之偕." 於是睦佐郞萬中, 吳承旨大益, 尹掌令弼秉, 李校理鼎運, 皆 來同舟, 廣州尹送細樂一部以助之. 旣歸苕川之越三日, 將游水鍾, 少 年從者亦十餘人. 長者騎, 或騎牛焉, 騎驢焉. 少年皆徒行. 至寺, 日 正晡矣. 東南諸峰, 夕照方紅, 江光日華, 照映戶牖. 諸公相與譁諧爲

樂. 至夜, 月色如晝, 相與徘徊瞻眺, 命酒賦詩. 酒既行, 余爲三樂之
說, 以侑諸公. 水鍾者, 新羅古寺. 寺有泉, 從石竇出, 落地作鍾聲, 故
曰水鍾云.(『與猶堂集全書』, 한국문집총간 281, 민족문화추진회, 2002)

---

16. 허목(許穆), 「감악산(紺嶽山)」

九月廿九日, 寒山訪宋上舍. 上舍行年八十七, 我仁祖二年進士. 孝
宗時賜爵八十以上者, 而上舍不受爵. 白鬚瘦高, 樂山澤之遊. 上舍三
世大年, 謂之寒山壽考之世者也. 與我遊紺嶽, 夕宿於見佛, 晨則登絶
頂. 陰崖, 汲神井, 其上紺嶽祠, 石壇三丈. 壇上有山碑, 舊遠沒字. 傍
有薛仁貴祠堂. 或曰王神祠. 爲淫祠, 其神能作妖, 以禍福食於人. 山
皆石峯. 絶頂二千三百丈, 通望甚遠. 其東摩嵯, 其外王方. 又其外華
嶽·白雲. 東北懽喜石臺, 在圻關之境. 其外高巖, 古貊地. 西北平那·
天摩, 南望三角·道峯. 其北大江, 自烏江爲峨湄·瓠蘆·石岐·臨津, 至
祖江一百里. 祖江西, 古江華. 江華西, 延平洋, 實燕·齊之海. 神祠傍,
山石間石窟, 觀石老子. 露頂被髮拱手, 若有神. 太史遷作「老子列傳」,
稱孔子曰: "鳥吾知其能飛, 魚吾知其能游, 獸吾知其能走. 至於龍, 吾
不能知其乘風雲而上天. 吾見老子, 其猶龍耶!" 老子爲周柱下史, 『正
義』曰: "周平王時. 老子見周衰. 著書言道德五千餘言而去. 「孔子世家」
曰: '孔子適周, 問禮於老子. 當景王時, 去平王十二王.'" 其傳曰: "孔子
死之後百二十九年, 史記 '周太史儋, 見秦獻公, 言: 〈秦與周合而離,
離而復合. 合七十年而霸王者出焉.〉, 儋卽老子." 『索隱』曰: "自老子生

年, 至孔子時, 百六十年. 至太史儋, 二百餘年." 蓋老子莫知其所終. 今放其石記, 成化四年, 建等身云. 坐石上, 採石茸. 『本草』曰: "靈芝生名山石崖." 其西石峯下雲溪寺, 觀雲溪瀑布. 其北洞鳳臺, 鳳臺西古隱跡. 夕從東麓下, 記之.(『記言』卷27)

---

17. 채제공(蔡濟恭), 「유관악산기(遊冠岳山記)」

四月之旬有三日, 約南隣李廣國叔賢, 騎馬以出. 兒輩從者亦四五人. 行可十許里, 入紫霞洞. 憩一間亭上, 亭卽申氏庄也. 澗流自山谷來, 林樾覆之, 杳不知其源. 到亭下遇石, 飛者灑沫, 蓄者成綠. 終又演漾而出, 繞洞門遠去, 若練鋪焉. 岸上躑躅方開, 風過之, 暗香時能度水以至. 未入山, 已泠然有遐趣也. 由亭而行, 又可十許里, 路險峻不可以馬. 自此並所騎與僕夫遣還家, 杖策徐行, 穿葛度塹. 前導者迷失寺所在, 辨不得東西. 時日輪去地無幾, 道無樵, 不可以問. 從者或坐或立, 不知所爲, 忽見叔賢飛步上絶巘左右望, 閃不知所往. 待其還, 且怊且詈. 俄見白衲四五人從某處疾下山來, 從者皆叫歡曰: "僧來!" 蓋叔賢遙得寺, 先以身入告僧徒以吾行在此也. 於是導以僧, 約四五里抵寺. 寺名佛性也. 寺三面繚以峯, 獨前一面軒豁無障礙, 開戶坐臥, 亦可以遊目千里. 翌朝, 日未出促飯, 訪所謂戀主臺者, 擇健僧若干人左右之. 僧謂余曰: "臺去此十里有餘. 路絶險, 雖樵夫衲子, 亦未易凌躡. 恐氣力有所不逮." 余曰: "天下萬事, 心而已. 心帥也, 氣卒也. 其帥往, 其卒焉得不往?" 遂踰寺後絶巓行, 或值路斷崖懸. 其

706

下千仞, 回身襯壁, 以手遞執老叢根, 細細移武, 恐眩作不敢傍睨. 或值巨石全據路脊, 不可以前, 擇嵢崏之不甚銳削者, 據以尻, 兩手拄其傍, 遷延流下. 袴鉤以裂, 有不暇恤也. 如是者凡數遭, 然後始抵臺下, 日已午. 仰見遊人之先我登臺者, 立在萬仞上, 躬身俯下. 搖搖若墜下, 望之毛髮俱竦, 不能定視. 使從者高聲呼曰: "已之已之!" 余亦盡心力, 匍匐傴僂, 卒乃窮其頂. 頂有石平鋪, 可坐數十人. 其名遮日巖. 昔讓寧大君避位來住冠岳, 時或登玆望闕, 苦日炙, 難久留, 張小帟以坐. 巖之隅有鑿穴頗凹者四, 蓋所以安帟柱也. 穴至今宛然. 臺曰戀主, 巖曰遮日, 以是也. 臺擢立雲霄間, 自顧吾身, 天下萬物, 無敢與之京也. 四方羣峯, 碌碌無足計. 惟西邊積氣坱圠, 似是天海相連. 然以天觀則海也, 以海觀則天也. 天與海, 又孰能辨也? 漢陽城闕, 如對食案. 一團松檜之環擁森列者, 可知爲景福舊闕. 讓寧之徘徊睠顧, 雖百代之下, 可以想見其心. 余倚石朗誦曰: "山有榛, 隰有苓. 云誰之思? 西方美人. 彼美人兮, 西方之人." 叔賢曰: "其聲也, 有思. 戀主, 古今人何間?" 余曰: "戀主, 是秉彝也. 固古今無間. 但念吾年六十七耳. 視眉翁當日之年, 所不及爲十有六籌, 而眉翁步履如飛, 吾則力竭氣喘, 辛苦萬端. 道學文章, 古今人不相同, 固無恠也, 筋力之不如古, 何若是遼也? 賴天之靈, 余若至八十三, 雖擔舁, 必重上此臺, 以續古人之躅. 君其識之!"(『樊巖集』卷35 記, 한국문집총간 235~236, 민족문화추진회, 1999)

18. 성대중(成大中), 「운악유렵기(雲岳遊獵記)」

壬辰之臘, 從梅谷李公·浣溪徐公, 及徐幼文·權公著, 獵於雲岳山
之右. 夜宿山寺, 鐘鐸相響. 翌日遵山而北. 鷹四騎五, 狗如鷹之數,
獵夫倍之. 獵夫倦則幼文輒臂鷹而赴. 山高谷深, 朔吹微厲. 狗意驕,
鷹氣專, 惟人意之前却焉. 雉起于前, 掣而直出, 瞥而上戾, 戢而反眴,
折而下旋, 高集而斜睨, 輕掠而捷攫, 斂羽縮爪, 返其韝焉. 竦身四顧,
颺而後息. 於是乎鷹之技畢, 而衆皆驩焉稱快. 徐行遠眺, 環山一周.
披荊而憩, 見村而止. 峽俗淳厖, 疏飯甘美. 籌燈槶火, 炙鮮煖醪.
酣娛跌宕, 再宿乃返. 踰廣峴, 道花山, 夕陽在嶺, 煙氣點綴. 僕夫望
閭而謳, 馬蹄加疾焉, 而長者之興未已. 仍至李氏之社, 翫梅, 盡醉而
去.(『靑城集』 卷6 記, 한국문집총간 248, 민족문화추진회, 2000)

19. 김윤식(金允植), 「윤필암원망기(潤筆庵遠望記)」

自漢師遡江以東, 皆巨峽也. 自東以南, 地勢益高, 江流益駛. 傍岸
羣山, 皆有崒嵂岌嶪之勢. 其精英之所聚, 脈絡之所湊, 雄峙傑特, 蟠
踞于楊根·砥平二縣而爲鎭山者曰彌智. 自楊根邑治, 踰飛狐嶺, 直上
二十里而有僧舍曰上元庵. 自上元又上五里而爲雪庵, 又五里而爲潤筆
庵, 庵正在彌智之頂. 是行也, 棄巾幘, 脫袍帶. 攀蘿緣壁, 前者引, 後
者推, 力盡而神疲, 然後庵見. 破壁朽榱, 佛龕壞汙. 蓋庵之觀, 不在
乎此也. 昔在麗季, 牧隱先生嘗築室于兹, 硏精讀書, 遂以文章顯. 後
之人不欲泯其蹟, 以其室爲佛庵, 名之曰潤筆, 實謂先生潤筆之所也.

余於乙卯季夏, 登是庵. 時盛暑, 尙凜凜有霜雪氣. 霧終日不罷, 仍宿數夜, 俟霧稍捲, 憑樓而望之. 庵在山回處, 阻東西北, 惟有南界一路, 曠然無垠. 畿甸諸郡, 皆在几席之下. 其都邑之錯落, 川原之縈紆, 可指顧數也. 自湖以南, 目力所及, 迷離渺茫, 但見羣山累累, 如螘封, 如叢塚. 往往有名山巨嶽, 特立而高出者, 如波浪中激石. 山僧指以告余曰: "某是某州之鎭山, 某是某水之支流." 聞其名, 則皆前所願見而未得者也. 至于嶠南之小白山而止. 自此以外, 烟雲杳藹, 與天相接, 目之所不能窮, 心之所不能領也. 計小白距此七百有餘里矣. 余昨在上元時, 天氣淸美, 俯看東南地. 上有一片濃雲, 其下有如黑綃者, 直垂數丈. 問諸僧徒, 曰: "某地方大雨." 余茫然自失. 及到是庵, 又有大霧抱山, 咫尺不見人面. 余於是始覺, 陰晴之不同, 卑高之無窮. 嗟乎! 吾曾在彼片雲之下, 陰則以爲天下陰, 晴則以爲天下晴, 上一級則以爲高莫高, 下一級則以爲卑莫卑, 顧不大可笑哉? 徐四佳云: "牧隱少從中州文士遊, 爲詩文法度森嚴. 及夫晚年, 汎濫縱橫, 遂不經意. 此老才高一世, 傲視東方, 謂無具眼人, 故敢如是." 余謂: "此老眼目, 不自中華大, 而其自彌智山高." (『雲養集』 第4册 卷10 記, 한국문집총간 328, 민족문화추진회, 2004)

---

20. 이규보(李奎報), 「계양망해지(桂陽望海志)」

路四出桂之徼, 唯一面得通於陸, 三面皆水也. 始予謫守是州, 環顧水之蒼然浩然者, 疑入島嶼中, 悒悒然不樂, 輒低首閉眼, 不欲見也. 及二年夏六月, 除拜省郞, 將計日上道, 以復于京師, 則向之蒼然浩然

者, 皆可樂也. 於是凡可以望海者, 無不遊踐. 始於萬日寺, 樓上望之, 大舶點波心, 僅若鳧鴨之游泳者, 小舟則如人入水微露其頭者, 帆蓆之去, 僅類人揷高帽而行者, 群山衆島, 杳然相望, 有屺者峐者, 跂者伏者, 脊出者髻擢者, 中穿如穴者, 首凸如傘頭者. 寺僧來佐望, 輒以手指點之. 島曰: "彼紫燕也, 高燕也, 麒麟也." 山曰: "彼京都之鵠嶺也, 彼昇天府之鎭也, 龍山也, 仁州之望也, 通津之望也." 歷歷而數, 如指諸掌. 是日予甚樂焉. 與與遊者觴之, 乘醉而反. 後數日, 遊明月寺, 亦如之. 然明月頗有山之掩翳者, 不若萬日之豁敞也. 後數日, 復循山而北, 竝海而東, 觀潮水之激薄與海市之變怪, 或乘馬, 或步行, 稍憊而後還焉. 與遊者某某人, 皆携壺從之. 嗚呼! 水, 向者之水也, 心, 向者之心也, 以向之所忌見者, 今反爲嗜觀, 豈以得區區一官之故歟? 心, 吾心也, 不能自制, 使因時貿易之如此, 其於一死生齊得喪, 得可冀乎? 後尙可警, 故志之.(『東國李相國集』 卷24 記, 한국문집총간 1~2, 민족문화추진회, 1988)

---

21. 홍석모(洪錫謨), 「마니산기행(摩尼山紀行)」

己未四月二十一日己酉, 余策一驢, 從沁都南門, 西南向摩尼山. 野色平遠, 村屋散落, 林梢山角, 晴映隐沒. 一面江色, 高低浮來, 而殊不知沁之爲海島也. 行四十餘里, 抵山下村舍, 炊飯, 江魚山菜, 頗覺鄕味. 傳燈寺僧數十, 持筍輿來待, 遂肩輿而上. 攀葛藟, 披榛蕪, 恠巖頑石, 如怒如攫, 危逕曲蹊, 多緣壁而行, 或負厓而過. 肅然怵畏, 凜乎其不可上. 惟舁僧跳澗躡壑, 捷於猿猱. 盤廻而遇谷, 迤邐而穿林. 漸入山中, 天柱如傾, 峯勢如陷. 到底是平地, 而不知其已在百丈上矣. 山木皆叢生, 無陰翳可以休憩, 乃踞巖而坐, 歇吾脚, 息僧肩. 人語天半, 衣飄雲外. 俯而視之, 凡一州之土壤, 平鋪於几席之下. 峙者爲峯巒, 流者爲江河, 天野相接, 四望如一. 然後知玆山之特秀名於沁都, 而不可與培塿爲類. 遂窮山之高, 而止有累石數十丈, 屹然立於其上. 余惺問之, "昔檀君感應於此而生, 築壇而祭天, 名曰參星壇." 乃登其壇而望焉. 蒼然之色, 浩然之氣, 似烟非烟, 似雲非雲, 與天無外, 汪洋怳惚於東南者, 海也. 孔子登泰山, 小天下, 辨吳門疋練與白馬, 其志量, 其眼力, 非常人所及也. 今余登玆山, 而爲瘴霧所遮, 亂峯浮嶼, 出沒鯨濤, 眺望不過百里而止. 倘使海神吹送長風, 無一點障礙, 則乾端坤倪, 軒豁呈露, 西而首陽, 南而登萊, 可以瞭然入望, 而莫之爲也. 吾於海神何恨, 不得衡岳開雲之手文而告之也? 雖然特立於絶頂之上, 一笑東韓而窄, 指暘谷曰: "扶桑可搏也." 指崦嵫曰: "若木可折也." 盖其志量眼力, 亦非坐井窺管之局於小也. 噫! 以吾眇然一身, 較彼萬頃之波, 則一粟也, 一芥也. 然自天地而觀之, 則滄溟, 勺水也, 喬嶽, 拳石也. 此山雖高, 此海雖大, 固無異於吾身之如一粟一芥, 又何吾身之自小, 又何登高爲哉? 劃然長嘯, 頹然就醉, 與灝氣俱, 而莫得其涯, 屈子所稱: "下崢嶸而無地, 上廖廓而無天"者, 正謂此也. 時日暖雲輕, 山氣蒸欝. 諸從者, 或喘或汗, 多不能上來. 曬衣松風, 濯熱石泉. 不飲酒者, 以蜜湯代之. 夷猶徊徨, 至暮忘歸. 使余早知此別之爲難, 何必遠來遊賞? 使余一月居此, 及其別也, 與今日無異, 與其

牽情不去, 孰若快然歸吾廬乎? 吾廬在於終南山下, 對水落・道峯之秀, 娥槎之山, 仁王之峯, 峙於左右, 松園楓林, 茆圃茶田, 位置井井. 屋數三間, 藏萬卷書, 鶴一雙, 琴一張, 酒一壺, 朝而灌且耕, 晝而彈且飮, 飮而歌, 與鶴相和. 胸蘊五經百家之文, 心惟萬物萬事之理. 傳曰: "不出戶庭, 而知天下." 吾於玆山, 又何缺然于懷耶? 今有經營四方, 浮游六漠者, 登崑崙, 溯黃河, 攀南嶷之桂, 窮尾閭之關, 振衣於不周之巓, 濯足於瀚海之波, 則可謂盡宇宙大觀矣. 然其所觀者, 不過乎巖巖之形, 淼淼之狀, 則與吾今日之觀, 何異也? 又何異於向所謂勺水拳石也哉? 遂肩輿, 不顧下山. 出洞門, 林風牽袖, 谷鳥勸盃.(『陶厓集』, 한국역대문집총서 3078~3080, 한국역대문집DB, http://db.mkstudy.com/ko-kr/mksdb/korean-anthology/description)

---

22. 이동항(李東沆),「유속리산기(遊俗離山記)」

二十六日戊子, 與休庵鄭處士・盧友光復, 發行, 北踰栗峴, 憩觀音寺, 暮投三街村. 自葛峴轉一曲, 東望, 雪嶂玉峯, 簪揷雲霄, 歷掛鼙松. 入法住寺. 寺之右有水晶峯, 孤高端重, 如楓嶽之有天一臺也. 上有龜石穹窿, 仰首西向. 壬癸間, 明之術客相之曰: "中國財寶之氣, 由此耗散," 斷其首. 後人續以灰泥, 建塔鎭之. 晌午, 上福泉寺, 山之最深處也. 昔我光陵, 率妃嬪諸王子宗室文武百僚, 訪信眉長老於此, 優施土田臧獲, 使太學士金守溫記之, 爲山中故事. 寺之東有臺. 自天王峯, 至母子城, 奇峯怪石, 列如戈戟, 森如屛帳, 夕日斜照, 玉雪晃朗,自寺北折, 踰普賢岾. 時秋高葉落, 萬壑皆鳴. 上中獅庵. 庵在山之杪, 其高已過半矣. 自此山勢斗懸, 石角峻嶒. 登嶺脊, 忽見白石亭. 亭特立中天, 眞是文壯之面目. 遂解免衣冠, 屈折巖隙而上. 隙盡而石面圓平, 如鋪大茵席, 是爲中臺. 臺上又有巨石戉削, 是爲上臺. 上有天成大窪, 夏潦盈科, 分爲三派水. 北角而溢者, 入於龍華, 爲槐江之源. 東角而溢者, 入於龍遊, 爲洛江之源. 西角而溢者, 入於石門洞, 爲錦江之源. 自中臺北出, 橫梯之下, 側身東窺, 則恰當上臺之址, 大广斜出. 下有一泓水, 靜滀瑩潔, 號稱甘露. 一線石逕, 承其左傍, 可通酌飮之路. 前臨萬仞之壁, 四無障礙, 宜通望一國. 故一騁千里之目, 盪滌芥滯之胷, 是吾登臺之意也. 夜雨微灑, 雲物饋餾, 面前光景, 吞吐迷濛. 俄而北風倒吹, 陰雲廓掃, 乾端坤倪, 次第呈露. 於是, 嶺湖全局, 全南半面, 雉岳之東, 漢水以北, 一望開豁, 若將擧手招搖, 俯視天王·毘盧·觀音·普賢·香爐·母子城諸峯. 龍華·松面·龍遊·靑華, 靑溪衆壑之委積, 盡在屐齒之下. 噫! 觀大矣, 壯矣! 指示休庵處士曰: "三韓是吾眼前矣!" 盧友請漬墨題名. 居士曰: "止矣. 彼斷臺石朱丹交暎者, 豈不欲壽名萬世, 而石磨之日, 名隨埋沒, 尙何墨之恤也? 昔冲庵·大谷兩先生, 愛遊玆臺, 筇屐相尋, 而未嘗一字留名, 蓋有不屑而然. 然而遺芬芳躅, 尙在臺上, 使我後生輩, 瞻雲撫苔, 感想興慕者, 以其百世之名, 不磨於宇宙也. 子知不名之名眞大名也耶?" 坐久, 風力漸勁, 寒氣襲骨, 遂下臺. 復路中獅庵. 庵僧迎敍勞苦, 交賀天晴快觀. 因夾澗西下, 穿兩石門, 投宿法住寺, 如列子御風而返也.(『遲庵先生文

23. 송상기(宋相琦), 「유계룡산기(遊鷄龍山記)」

余嘗聞洞壑寺之名, 而未得一覽. 八月念後, 持卿携煥輩往遊, 書報其水石庵寮之勝, 心益嚮往. 重陽日作省行, 仍自孔巖, 轉往訪焉. 初入洞口, 一派溪流, 瀉出巖藪間, 或激觸噴薄, 或平鋪潺湲. 色靑若空, 石色亦蒼白可愛. 左右楓丹松翠, 點綴如畫. 入寺則鷄龍石峰, 拔地磅礴, 森立羅列, 或如獸蹲, 或如人立. 寺居衆峰之間, 面勢窄隘. 寺前水石尤佳, 懸而爲小瀑, 匯而爲澄潭. 淨覺庵在寺後, 絶高且險. 庵有數僧, 淨室瀟洒. 上院庵又在其上, 而處於絶頂. 庵後石峰千丈, 削立如屛, 鷄岳羣巒, 盡在脚下. 東南兩面, 千峰萬峀, 簇簇於雲霄間, 目力不及, 莫辨爲何地何山也. 庵有新舊兩構. 舊庵前, 竪雙塔, 塔前有臺, 淨潔如掃. 自淨覺到此, 可數里. 硪崖斗絶, 步步欹危, 攀藤捫葛, 僅通人跡. 一老僧守庵. 自塔臺循巖而下, 甚危仄, 不能輿. 踰一嶺, 行四五里許, 此乃鷄山後麓走散處, 山形無奇. 仍訪天藏庵. 庵側石路陡斷, 僅步而過. 到此山勢稍下, 庵亦無異觀. 石峰庵在其下, 水石最佳. 淸泉瀲瀲, 響穿林薄. 精藍丹碧, 輝暎澗谷. 夕陽在山, 紫綠萬狀, 悠然忘歸, 不知暝色之近也. 寂滅·文殊兩庵, 又在其上, 而日暮未及見. 過一小峙, 歸宿寺中. 初十日, 早朝, 往訪歸命庵. 緣崖有小逕, 松櫟交蔭. 度一峻峙, 庵在鷄山第一峰後, 高絶無比. 坐於前軒, 則奇峰峭壁, 指顧皆是, 鷄龍眞面目, 一覽盡收. 千林萬壑, 丹葉紛披,

眞佳境也. 庵有小記. 崇禎甲辰, 碧巖撰云, 未知誰人也. 五松臺, 在
西峰絶頂, 指點可見, 松潭祖考遊賞之所也. 舊有庵, 今廢. 日晚到寺,
仍向懷川.(『玉吾齋集』卷13 記, 한국문집총간 171, 민족문화추진회, 1996)

---

24. 이산해(李山海), 「월야방운주사기(月夜訪雲住寺記)」

一夕, 邑宰鄭候來訪, 余曰: "公之守玆土有年矣, 玆山之勝, 必無不
慣領, 盍爲余導之? 第國服在身, 得無嫌於遊衍乎?" 候曰: "噫! 鄙人之
不敏也, 公私多故, 未遑一遊. 今若獲陪杖履, 一往來山中, 則先生惠
也. 抑一宿僧房, 非載酒尋山之比, 夫何嫌之有?" 傍有李生福基者, 京
洛同閈, 客游偶過, 亦力贊之. 遂褰衣奮袂而先, 鄭候與吾兒次之. 余
則借僧背, 前者曳, 後者推, 左扶右挽, 魚貫而上. 及至寺門, 則梵聲
初殘, 而月離峯頂, 已丈餘矣. 余嘗疑蘇子贍山高月小之語, 以爲月之
大小, 何與於山之高下, 而到此驗之, 始知其不誣也. 鄭候曰: "良宵難
値, 壯觀難再. 姑且露坐, 興盡入門, 可乎?" 皆曰: "諾." 遂少憩於寺
前東臺之上. 氷泉自峯頂瀉出, 架竹而通, 落爲小塘, 如環珮. 掬而飮
之, 則雖太華之井, 惠山之泉, 難較其淸冽也. 是夕也, 纖雲捲盡, 碧
空如水. 月輪漸高, 星河沉彩, 天地六合, 四方上下, 空明瑩澈, 萬里無
礙, 俯視千巖萬壑, 無不呈露. 山底遠近村店籬落, 歷歷皆在眼中. 貢
津以北, 水南諸山, 了了可辨於莽蒼之間矣. 俄而, 碧雲一帶, 自山外
而起, 掩靄於天心. 有風自東南來, 松檜相戞有聲, 桂魄爲雲所蔽, 乍
明乍晦. 洞壑隱隱, 林木陰陰. 怪鳥飛鳴, 山響互答, 令人悄然而悲,

蕭然而恐, 悚然而驚. 依依然耳邊如聞笙鶴來自遠空, 而側耳靜俟, 竟亦不得遇也. 時夜已闌, 霜露淒甚. 鄭侯令侍童酌寒醪, 座中各飲一椀, 便覺醺醺耳熱, 相與歡笑謔浪. 而余獨默然不語, 若有所思者, 久之, 左右問其故. 余曰: "今日之會, 諸公寧可不知其所自耶? 噫! 喪亂以來, 行齎居送, 中外騷然, 民不得保其生, 斃於鋒鏑道路之間者何限? 吾等既不能荷戈執殳, 折衝於沙場之外, 又不能把鋤操插, 辛勤畎畝, 仰供賦稅, 而飽食安坐, 乘馬從徒, 流連風景者, 無非君上之鴻渥. 而如余者, 不肖無狀, 動嬰罪網, 猶且聖明優容而不加誅, 朝廷寬假而不深斥, 使之偃仰視息於湖鄉桑梓之間者, 實天地父母之賜也. 此余之所以感戴銘鏤, 心口相語, 登山則祝聖壽之無疆, 臨水則願福祚之流長, 向風而如承玉音, 見月而如拜淸光. 情發於中而有不能自已者也." 仍爲之潸然出涕. 左右亦相顧愀然. 遂相攜入僧堂. 堂凡八間, 通爲一煖堗, 可容百餘人. 佛前燈燭, 熒晃如晝. 魂淸骨爽. 且眠且覺. 起視之, 則僧徒或向壁趺坐, 或誦經禮佛, 或臥或倚. 而客又有與僧爲象戲者, 有與僧談山者, 有呼而不應, 鼾睡如雷者. 此亦一奇觀也. 天明出門, 更步東臺, 則宿雲纔散, 微雪初晴. 西海之浩森, 浦漵之縈廻, 島嶼之微茫, 無不攢靑抹白, 爭獻奇於展舄之下, 比昨之所得, 又領其什八九矣. 但覺天益高, 地益闊, 吾眼益大, 吾胸益豁, 而與造物者, 相揖於鴻蒙廣蕩之域. 於此可知所見之誠爲無窮, 而未可遽爾自足也. 乃相與牽挽而下, 昨之險者夷, 危者平, 身輕屨滑, 步履如飛. 一餉之頃, 不覺其已出洞門. 信乎上達之固難而淪下之最易也! 回首寺門, 雲煙溳洞, 林壑隱

716

映, 纔隔一宵, 政如瑤臺一夢之罷. 徘徊良久, 依然有不盡之思矣. 嗚
呼! 人生百年之內, 疾病侵陵, 憂患纏繞, 古人以一笑爲難逢. 一年之
內, 良宵皓月, 能復幾時, 而況名區勝景, 自非有仙分者, 未可易到? 吾
輩道高翫月之會, 實天所餉, 非可以經營相約爲也.(『鵝溪遺稿』卷6 記
類, 한국문집총간 47, 민족문화추진회, 1988)

---

25. 이경전(李慶全),「대설방천방사기(大雪訪千方寺記)」

兩峽如束, 松檜參天. 蒼髯翠蓋, 赤甲玉鱗. 層層矗矗, 撑柱於瓊塵
瑤屑之下. 而往往長風衝拍. 玉蕊飄散, 如煙如霧. 淡蕩濃郁之狀, 目
不能定視. 長藤老蔓, 架壑覆澗. 或纏結而爲叢爲薄, 或鬱律而若蛟若
蛇. 亦有層巖怪石, 人立而拱揖者, 虎踞而獰醜者. 一溪潺潺瀉出於槎
牙犖窔之間, 環佩錚錚, 可聞而不可見也. 山腰已半, 有峯突然斗起,
來立於人行之前, 巉巖峻絶, 更無攀緣之勢. 彷徨良久, 露坐雪上, 天
忽乍霽, 仰見巍然簷桷, 縹緲騫啄於萬丈蒼壁之上. 奴人喜躍指示曰:
"是千方寺也!" 顧無路可叩, 乃高聲叫喚. 寺之僧德隆待聽, 其答依依
如天上語也. 俄有沙彌十餘指, 累累若垂縆而下. 迎謁未了, 卽借其肩
背而負焉. 前引後推, 一逕如線, 盤紆曲折, 十倍羊腸. 心怖髮豎, 眩
轉而過. 下視澗谷, 蒼然杳然, 不知其幾千丈也. 廻看後來, 蹣跚傴僂,
若陞旋墮. 蹶者動氣, 攀者費巧, 各盡心力, 而尙難於一步之進. 可知
有爲者亦若是也. 旣入寺門, 門內有庭, 長而不廣, 庭畔短墻, 直遮其
西, 蓋所以防或墮落, 且不使人越見, 其下臨無地也. 丈室翛然, 不寬

不窄, 佛畫垂壁, 袈裟在械. 爐香半銷, 磬聲淸裊. 房外玄陰凝積, 房內陽和藹然. 人力之奪天耶? 造化之不齊耶? 可謂別有他世界也. 架有冊子數卷, 使僧圓覺取來, 見之, 乃蓮花大慧禪語等偈也. 披閱數四, 雖不盡解, 或有醒發人心地處亦多. 欲携來更覽而不果也. 聞有絶粒僧來住寺後峯下, 招而相見, 則雲衲百結, 霜眉皓白. 自言本出洪陽, 踏盡國內名山, 歸來偶止於此山云. 忍飢, 莫如松葉. 顏色之溫渥, 行步之快健, 無非其效. 使己未西征敗還之卒, 不喫他草, 皆食松葉而來, 則可保數十日無蟣還歸云. 談敍且半, 隆師請進茶. 削蘿葍, 盛蚶卵. 茶以崖淸調井華, 淸甘泉冽, 遠勝甘露醍醐也. 俄又移席, 訪隆師所棲, 則一房西迤, 向南而開, 明窓闃寂, 淨几如拭. 塗繢鮮潔, 堗面平暖, 極其別一精舍也. 余謂師曰: "使我假得數年, 來棲此間, 讀盡其所未見之書, 庶有益矣. 塵緣縛身, 暮境衰遲, 何可望也? 良可喟然也."師固請留宿曰: "今日之遊, 實是難得之幸, 而奇觀駭矚, 只專於眼前變化, 不宜於縱眺遠賞. 常時天晴開豁, 則一望無際, 內浦五六邑之境, 大小峯巒, 川野道路, 或人居村落, 歷歷畢獻無餘. 而今日之晦冥覆藏, 不使呈露, 亦是伎倆之寓戲也. 又安知夜深月出, 纖雲盡掃, 碧落澄穆, 玲瓏城郭, 水晶樓臺, 辦出於一頃刻之間, 而以畢其餘餉乎?"余聞言喜甚. 若將坐待黃昏, 而所挈諸兒, 俱是幼弱, 不可獨送還家, 沉吟猶預. 更思歸路, 則無窮不盡, 如別佳人之恨, 有不能自已也. 招沙彌集笻篝, 經營爲下山之計, 一如來時. 余負僧背而先, 以次相繼而下, 前蹤已爲後雪所埋, 茫無可覓, 步步新踏, 踏卽崩下. 呀咻呼應之際, 不覺

其已下中峯之底. 來時跨馬之處, 亦皆盤仳滑仄, 不可着足. 仍僧之背,
直出洞門而止焉. 日且已暮, 寒凜倍甚. 遂與隆師別, 策馬而行. 回看
玄鐙山, 崇高蒼黑, 與天同色, 而腰下雲煙嵐霧, 雜和風雪, 萬重籠鎖,
不知向之其入也從何以入, 其出也從何以出, 而羅道士萬丈銀橋, 明皇
帝霓裳月窟, 更無痕跡之可寄, 只是一場仙夢之覺也.(『石樓遺稿』卷1 記,
한국문집총간 73, 민족문화추진회, 1988)

---

26. 이철환(李嚞煥), 『상산삼매(象山三昧)』

有會岑·呂玉二沙彌, 年各十有七歲. 儀容端妙, 双眸烱然. 梵誦諸
聲, 各臻淸婉, 如其爲人. 會岑者又善能撮脣鼓氣以像螺角諸音, 天然
巧妙, 滿堂闃然. 昔大雄氏以陵迦仙音唱說無漏法會, 四衆得未曾有,
發大歡喜. 岑殆聞於釋迦氏之風, 而興起者與! 曾聞某斯文善爲口琴,
宮商協比, 挑撥鏗鏘, 余心窃慕樂, 而無由得見, 爲之彌日不快. 且聞
淨修庵掛搭呂堅者, 取疏齒木梳, 夾以蜀黍枯葉, 吹律度曲, 悠揚婉
轉, 非笳非簫, 聽者忘倦, 余又恨其不能早知而一試也. 曾閱『耐庵外
書』, 見斷山所稱京師口技, 人卽爲之拍案咨嗟, 然此之謂口妖, 何傷
乎不得親覩也! 孟嘗君卒賴鷄鳴之士, 逃死强秦, 然君子謂其鄙瑣而
不屑, 況師睪鄙夫, 以狗吠獻媚, 梁上君子, 以鼠喞肶篋, 貽口之羞,
莫大焉. 岑雖不可與若人者比論, 然於藝亦末矣哉! 同一口技, 而或資
笑謔, 或招僇辱. 且同一舌關, 而或以技顯, 或以道喩. 人之相越, 奚
啻九牛毛而止? 岑亦不能善用其才乎! 且吾聞之. 西泰畸人, 設爲庋

閣, 內施機軸, 繩架便面, 使自鼓氣, 如冶之以橐籥導風, 已而, 調絲
比竹, 同時諸奏, 淸濁徐疾, 各適其宜, 新章舊曲, 轉環相續, 爲之摘
筳, 而樂乃止. 今赴燕者, 類皆得見, 然未足爲奇. 歐邏巴州以西把尼
亞王, 造一大堂, 高大奇巧無比, 脩道之士環居. 內有三十六祭臺, 中
臺左右, 有編簫二座. 中各有三十二層, 每層百管, 管各一音, 合三千
餘管, 凡風雨波濤嘔吟戰鬪, 與百鳥之聲, 皆可模放. 嗚呼, 至矣盡矣!
聲音之能事畢矣. 岑之搖脣轉舌, 又何足言也! 若乃孫登之嘯ㆍ藥山之
笑, 此非止於蓺者也. 原憲之聲滿天地, 若出金石, 所以者何? 中正和
粹之氣, 積溢于身心, 內外嘯咏之事, 幾欲與簫韶分席. 嗚呼, 含靈之
倫, 同有是口, 孰能盡其所以爲口者乎! 或者徒以爲哺啜之具, 則又岑
之儓人也! ○又意大理亞羅瑪城中, 有名苑, 內造流觴曲水, 機巧異常,
有銅鑄各類群鳥, 遇機一發, 自能鼓翼而鳴, 各具本類之聲. 又有一編
簫, 但置水中, 機動則鳴, 其音甚妙. 蓋西土例多此製, 牽連以及之.

(『象山三昧』, 서울대학교 규장각한국학연구원 소장)

2부 남부의 산

1. 김창협(金昌協), 「등월출산구정봉기(登月出山九井峰記)」

月出山之絶頂, 爲九井峰. 四隅皆峻崖巉巉, 獨西崖下, 有小穴徑僅
尺許者, 上穿以達于頂. 凡上頂, 必自穴中取道, 其入穴, 必匍匐蛇行
乃入. 然非去冠巾, 亦不容, 猶鼠唧褒數入穴也. 入而乃人行矣, 然猶

行穴中也. 穴墮墮而窄, 行者束身兩厓間, 其耳如屬垣者數武而穴窮.

穴窮而乃上出, 如自井中者出, 而又卽道絶厓, 厓下者無地. 其隙之通

人, 行者, 裁容一足置, 行者, 必前後代置足, 乃得度. 方前足置厓上,

而後足尙哃穴, 未危也. 及後足代前足, 置厓上, 則是專以身寄厓也,

危甚矣. 然度此, 卽爲絶頂, 俯觀大海, 如在履底, 則又爽然矣.(『農巖

集』卷23 記, 한국문집총간 161~162, 민족문화추진회, 1996)

---

2. 고경명(高敬命), 「유서석록(遊瑞石錄)」

二十二日, 丙寅. 晴. 朝, 判官與察訪, 徑往立石, 以昨日昏黑未及

探歷故也. 餘人隨先生直抵上元燈(寺名). 小庵新構而矮陋, 不堪憩息,

先生坐庵西壇上. 稍西有二檜對樹, 其下有石, 可以布武. 少選, 判官·

察訪踵至. 令官伶齊上天王·毗盧二峰, 橫笛數聲, 縹緲如鸞笙鳳簫來

自烟霄. 適有一僧赴節拍舞. 眞足以供一笑之樂矣. 上峰之最高者三,

東曰天王, 中曰毗盧. 其間可百餘尺, 自平地望之若雙闕者, 是也. 西

曰般若, 與毗盧西巓相去幾一匹長, 其下財盈尺, 自平地望之若箭筈者,

是也. 峰上無雜木, 但有杜鵑·躑躅叢生罅石, 長尺許, 枝皆南, 靡若旗

脚. 以地勢高寒, 困於風雪而然也. 時山杏·杜鵑半落, 躑躅始開, 木

葉亦不甚敷暢. 峰去平地一由旬爾, 其風氣迥別如此. 般若峰之西, 地

頗夷曠, 峰勢斗斷, 斷崖千尺, 下臨無地. 遙見樹頂如齊, 眞「南山詩」

所謂: '杉篁吒蒲蘇'者也. 緣崖列坐, 羽觴迭飛, 飄然有羽化登仙之意.

斷崖之西, 有叢石櫛立, 高皆百尺, 所謂瑞石者, 此也. 是日, 白霽少

霽, 不比昨日之甚. 雖不得遠窮四際, 山之近者, 水之大者, 亦略可辨, 而終不能洞觀溟海, 歷數漢拏諸島, 以慰長風破浪之志, 可勝惜哉! 於是, 復尋前路, 傍般若·毗盧二峰, 下出上元燈之東, 歷三日庵. 月臺有立石, 甚奇. 幽閑爽塏, 最出諸庵之右. 禪云: "住此三日, 可以悟道. 故名." 金塔(寺名)在三日庵東, 有石, 可數十尺, 當空獨立. 諺傳: "其中藏九級相輪, 寺名蓋取諸此."云. 隱迹(寺名)又在金塔之東, 正與瓮城在赤辟東北相對. 有泉噴出石竇. 庚寅之旱, 山中諸泉皆涸, 此獨混混不渴云. 石門(寺名)在金塔西八十步許, 東西各有奇石, 雙崎如門, 出入由之. 錦石(寺名)在石門東南. 金克己詩所謂: '門仗嶺雲封'者卽其地也. 庵後有石數十條, 叢挺奇峭, 其下有泉, 甚冽. 大慈(寺名)廢址在金塔下. 古井澄澈, 苔暈不翳. 砌上有山丹, 方盛開. 路傍有石室, 可庇風雨, 俗稱小隱窟. 是日, 余在上峰已醉, 不得雍容周覽, 選勝搜奇, 有如走馬看錦, 眩轉滅沒, 徒見其輝煌燦爛之色, 而不識其藻繢之妙. 追訪靑雲, 錄其槩如此. 秋來當再理謝屐, 以償今日之欠也. 由錦石繞山麓東出, 是爲圭峰. 金克己詩所謂: '石形裁錦出, 峰勢琢圭成,' 誠非虛語也. 石之奇古, 可與立石相埒, 而其位置之寬敞, 形模之瓌偉, 亦非立石所敢擬也. 其詳見於權公克和之記, 而具載『勝覽』, 故略之. 舊傳: "新羅金生, 書庵額三大字, 後爲人竊去."云. 廣石臺在庵西, 石面如削, 寬平妥帖, 環而坐可容數十人. 初西南隅微低, 寺僧募衆揭起, 負以巨石. 觀其雄蟠贔屭之狀, 似若不容人力者, 所謂三尊石, 正在臺南. 其高上出樹梢, 蒼然竦直, 尤足以增臺之壯, 而助其氣勢也. 有老樹, 絜

之十圍, 穹窿偃蹇, 橫跨臺上. 葉厚陰濃, 涼飇自至. 雖當盛暑, 御單裌者, 不能久坐. 天冠·八巓, 曹溪·母后, 諸山皆在眼底. 盖圭峰之勝, 旣爲瑞石諸寺之冠. 而此臺之勝, 又復出圭峰十臺之上, 雖曰: '南中第一.' 可也. 恨無如崔學士者, 以鸞驂鶴駕, 嘯咏其間, 一灑醉墨於紫巖(卽圭峰也)之上, 如晉之雙溪, 陝之紅流, 惜也! 臺西有石當路, 如根閾形. 踰根閾以入, 卽文殊庵也. 庵東有泉, 在巖腹闕泧處, 石菖蒲斜生四畔 前有臺, 高數丈, 廣如之. 自廣石臺西北, 捫石磴, 斗折數轉, 抵慈月庵. 庵東有風穴臺. 穴在石底, 以草承其空, 微覺搖颭. 庵西有立石, 如屛帖. 別有石鋪地, 老松生其上, 卽藏秋臺也. 俯瞰深壑, 毛髮盡竪. 自臺西行, 緣崖南轉, 小逕, 濶不滿尺, 缺處, 盖之以石, 踏之軒軧有聲. 下視絶隂, 沉沉如漆. 雖履危石, 如伯昏無人, 亦不能立定脚跟也. 崖盡有坳處, 猿引而上, 其南卽隱身臺. 有矮松四五株, 躑躅數叢, 皆倒生. 臺西有石, 方整如碁局, 人言: "道詵坐禪處." 其北卽靑鶴·法華諸臺, 所在穿巖孔, 腹背俱盪磨, 然後達于頂, 人皆戰悸, 以手據地, 若彭祖觀井狀. 良久, 復自崖坳下. 夜陪先生, 宿于文殊庵.(『高霽峯遊瑞石錄』, 고려대학교 중앙도서관 소장)

---

3. 심광세, 「유변산록(遊邊山錄)」

從直淵, 尋源而上, 洞壑之邃, 泉石之佳, 皆可以悅目而引興. 第地偏境絶, 人罕到耳. 約行數十里, 始到峯底. 四顧皆無蹊徑, 彷徨之際, 僧輩見山腰累石如浮屠者曰: "此是路標也." 推余使登山. 皆小石堆積,着足便崩滑而下, 艱難扶曳, 始到其上. 由山脊行里許, 到所謂眞仙臺者. 臺最遠且僻, 雖緇流之居此山者, 見之者鮮. 況官人有廚傳之弊, 肩輿之苦, 故寺僧相與群蔽而共諱之? 是以前此公行, 未有至者. 余輩聞名有素, 故雖決意來訪, 而攀陟之疲, 徑路之險, 果不誣矣. 有佛住菴, 昔有居僧, 而今也則廢. 由菴後到峯頂, 屈曲蜿蜒, 狀如奔龍, 而皆全石以爲體, 高抻半空. 登臺四望, 則蒼然數點, 出於西海者, 群山·王登·蝟諸島也. 翠黛一抹, 橫拖迤南者, 白巖·內藏·禪雲諸山也. 遠而溟渤浩淼, 波濤極目, 近而列邑交錯, 原野盈視. 東北則群峯森立, 石崖天高, 攢靑簇翠, 鳳翔鸞舞, 咸來座下, 獻奇呈勝. 箕踞而坐, 擧杯相屬, 熙熙然浩浩然, 如羽化獨立, 招安期而喚羨門, 御冷風而歸汗漫矣. 僕夫催行, 猶不知歸. 俄而紅輪沈海, 暝色生林, 至無所睹, 猶眷眷十擧足而九回頭, 若有所未忘者然. 噫! 世間眞有仙耶? 抑亦遊此臺者, 眞是仙歟?〔右眞仙臺〕

遊眞仙臺, 乘夜而下. 秉炬而行, 經大塹越重巒, 來宿妙寂菴. 此處舊有三菴, 今廢其二, 無居僧矣. 菴在此山, 術家號爲明堂之地. 一山眞面目, 盡現畢露. 所謂月精臺, 卽菴後高峯. 眼界可甲乙於眞仙臺, 而但奇勝幽絶之趣不及耳. 臺上有古檜兩條, 垂陰濃厚, 亢陽不能肆其虐. 列坐樹下, 傲睨俯瞰, 亦一快也. 嗟乎! 此臺之擅名於茲山久矣, 來遊者無不以是爲勝, 我輩特以眞仙臺之故, 慢視而藐之. 人之厭常而好奇, 於此亦可見, 而抑亦觀於海者難爲水也歟!〔右月精臺〕

下月精臺, 由妙寂菴, 直從徑路, 出實相洞. 東行未數里, 有所謂舟巖者. 東西兩崖, 石壁高擁, 一山之水, 皆從此過. 其勢迅急, 齧其傍土殆盡, 瀦而爲潭者, 可十畝. 潭心有巨石, 狀如臥船. 巖之得名以此. 余從水之淺處, 伐木作梯, 登其上, 環視四下, 則淵然而綠, 淡然而澄. 淸風徐來, 林木微響, 神怡心廣, 不自知其身在遐方, 地在絶域也. 大槩遊賞之適, 有二焉. 高峯絶頂, 雖可快一時之登臨. 若其窈窕邃奧, 令人有棲遯處休之趣則未也. 來此地也, 境與心會, 卜築終焉之懷, 油然而生. 其亦地所使然歟! 聞昔有一生. 築精舍於岸上, 以爲遊息之所, 屬値武人爲宰, 以爲冒居禁山, 勒令毁之, 今但有其基云.〔右舟巖〕

緣溪而下, 不數里, 又有龍巖. 昔未有此名, 且無人有賞者. 往年余遊茲山, 偶從此路, 向摩天臺, 因見而稱之. 從余者, 遂以是爲邊山之一遊觀處. 蓋巖形似伏龍故名. 上下皆有潭. 其深雖不至沒人頭, 而幅員稍廣, 澄明如鏡. 傍有石壁, 平布如屛, 翠柏靑楓, 列植倒垂, 細草蒙茸, 白礫璀璨. 潭中有游魚數百尾, 見人亦不畏避. 投之以物, 輒爭相聚, 頗潑潑可喜. 令人起逍遙棲息之心者, 又遠過於舟巖矣. 噫! 使茲巖在於畿甸之間, 則好事之人, 必有耽賞而愛之, 延譽而傳之者矣, 必不若是其泯泯無聞也. 只緣棄在於窮海荒陬, 故埋沒而莫之見, 顧僅僅見稱於不足爲輕重之余也. 雖欲鋪張而摹寫之, 以俟後世復有如吾之好之者, 何可得也? 嗟呼! 士之處世, 亦何異於是? 可慨也已!〔右龍巖〕(『休翁集』卷5 雜著, 한국문집총간 84, 민족문화추진회, 1988)

4. 허목(許穆), 「천관산기(天冠山記)」

天冠者, 南海上神山, 在長興府治南四十里. 其北岬, 有天冠寺, 因號爲山名. 浮屠覺圓曰: "見『華嚴經』." 又曰: "支題山." 支題者, 塔廟之名. 絶頂下, 積三大石, 方而高, 各數丈餘. 相傳, 古初得此爲山名云. 下有塔山寺, 其側有廢利. 新羅時有浮屠浮釋者居之, 謂之義相庵云. 後頂曰九龍峯, 凡有水旱祀之. 西有通靈臺, 其東嶺上煙臺, 傍有神井. 塔山前峯曰佛影峯, 峯上時有紫氣. 山中或聞鐘鼓響云. 從北岬登九龍峯, 望瀛洲. 其夕, 塔山西巖賞月, 朝日, 觀金剛窟. 從般若臺, 上神蒲石峯, 有三石圩, 曰蒲泉, 產九節蒲. 登東嶺, 與覺圓, 觀神井, 水重百斤. 從東麓鐘峯, 下窺金水窟. 窟在石壁間, 中有寒泉, 有金氣浮滿, 西曰光耀巖窟. 登石大藏, 在塔山上. 峯皆疊石, 石方, 而皆石函形, 有文皆梵字. 其側石帆, 又其側石幢幡. 下有石舟, 石舟上有凝石, 形如手. 北岬東, 有九精社. 山人夢日月星辰, 成道氣云. 山在絶域窮海之陬, 王化之所不及, 故其古蹟皆浮屠怪誕. 其峯名如普賢·毗盧·盧舍那·文殊·地藏, 皆佛號. 毗盧峯, 在九龍峯後. 其側差卑者, 爲石盧舍那. 其北石帆, 又其北石幢幡. 石帆之西南, 石大藏, 其北石文殊, 又其北石普賢. 又其北最下, 有九精峯·香爐峯, 在石毗盧下. 又其最下, 石神衆·石地藏, 在九龍西通靈臺側.(『記言』 卷28)

5. 이주(李冑), 「금골산록(金骨山錄)」

金骨山, 在珍島郡治西二十里. 中岳峻岉, 四面皆石, 望之若玉芙蓉.

西北抵海, 坤支蜿蜒, 南鶩可二里而爲艮岾, 又東可二里而爲龍莊山, 至碧波渡而止. 山之周圍, 凡三十餘里. 下有大伽藍古基曰海院寺. 有石塔九層, 塔西有廢井. 上有三窟. 其最下者曰西窟. 窟在山之西麓, 創始不知何代. 近有僧一行, 造香木塑像十六羅漢, 安其窟. 窟之傍, 別有古刹六七楹, 緇徒居之. 其最上者上窟. 窟在中岳絶頂之東, 仄崖絶壁, 不可以仞, 猿猱之捷, 尙不能度. 自東無有攀緣着足地, 由西窟而東上, 路極危險. 緣崖轉石, 寸寸而前, 可一里, 石峯斗起. 不可飛度, 累石爲層梯者十三級. 下視無底, 心目俱眩. 上此則爲絶頂. 自絶頂迤東而下, 可三十步, 鑿巓岩爲凹, 而黏足上下者十二凹. 下此十餘步, 爲上窟. 又其北岩行數步, 又鑿巓崖, 憑虛架空. 向東直下者八九步而爲東窟. 前楹廚舍, 皆爲風雨頹圮. 窟北崖, 斷成彌勒佛, 古郡守柳好池所創. 僧家相傳: "此山古多神驗, 每年能放光示異, 疫厲澇旱, 凡有祈禱必應. 自斷彌勒成, 而山無復放光. 彼柳也若非外道金同者流, 必是壓山鬼人." 其言厖幻, 亦足可聽. 歲戊午秋, 冑以罪謫來島上. 其冬, 遍觀此山, 得所謂三窟者, 心記之. 越四年壬戌秋九月, 冊封王世子, 是日大赦國中, 獨戊午一時被罪縉紳之士, 不在原例. 余私自訟曰: "士君子生斯世, 必以忠孝自期, 今我罪惡深重, 爲聖朝棄物. 欲爲臣而不得忠於君, 欲爲子而不得孝於親, 有兄弟朋友妻子, 而又不得兄弟朋友妻子之樂. 吾非人類也." 忽忽益無人世意. 一日, 佩童子一榼酒, 踽踽然行投西窟, 携衲子彦顯 · 智純, 直抵上窟. 窟倂佛殿齋廚, 總二間, 空曠年多, 無有居僧, 落葉塡門, 塵沙滿房, 山風觸之, 海霧侵之, 霾陳

瘴積, 不可堪處. 於是, 掃塵沙, 塗牖壁, 斬木爨竈, 啓戶通氣. 日中
飯一盂, 晨昏茶一椀, 將鳴鷄以聽曉, 察前潮而候時, 寢息聽意, 動作
隨便. 作五偈, 令智純每夜分唱五更, 臥而聽之. 亦一奇勝也. 如是者
半月, 郡太守李君世珍氏, 持泡酒來慰, 且言曰: "此地極危, 可速下. 若
欲與方外僧同消遣, 則宜西窟." 崔君倬卿·朴君而經氏抵書云: "聞君
投上窟, 蹈不測之危, 非知命君子之所爲也." 孫君汝霖, 自京師, 奉聖
旨來, 咨民瘼, 將二三子之意, 且極詆余. 余曰: "朋友責善, 非欺我也.
我愚駿, 初不知名途之險於九折, 行且不息, 以敗吾車. 今又居是窟而
不知險, 萬一有跌, 以殘父母之遺體, 則不孝之大也." 告歸於智·彦兩
師, 將下山. 師送余至海院塔下曰: "山僧蹤跡, 如雲無鄕, 何有住着?
侯亦朝夕蒙恩, 其復處此金骨歟? 盍盡一言以爲後日面目乎?" 余曰: "師
之言, 因可書也. 且攷諸『輿地勝覽』, 於此島名山, 金骨不錄, 於佛宇,
三窟闕載. 此聖明版籍之所闕失也, 金骨之大不幸也. 今因兩師之言而
錄金骨, 使後之觀是錄者, 知此島有金骨山, 山中有三窟, 又知兩師之
與老夫居窟, 則將不自今而作古歟?" 兩師唯唯. 倂錄隨日所得若干篇,
遂書爲『金骨錄』, 以遺西窟云. 在山凡二十三日也. 時弘治壬戌冬十月,
鐵城李冑之, 錄.(『忘軒遺稿』拾遺, 한국문집총간 17, 민족문화추진회, 1988)

---

6. 주세붕(周世鵬), 「유청량산록(遊淸涼山錄)」

癸未, 步自文殊竝普賢, 繞絶壁, 抵夢想庵. 緣崖路絶, 架二木通棧,
下臨不測, 兩足生酸, 毛骨悚然. 加以文園病渴, 喉吻生煙. 見飛瀑自

絶壁間落槽, 引飲數蝶, 五內回仙. 攀躡層磴, 乃入庵. 庵西有峭壁千仞, 俯臨絶壑, 卽蓮臺寺之上界. 安年幾七十, 其行甚捷, 臨不測, 無懼色. 仁遠曰: "是殆猿狖後身也." 還由石棧出, 從壁隙, 上元曉庵, 路極危峻, 所云: "前人見後人頂, 後人見前人足," "腹背俱澁."者也. 闍云: "是庵屢遷. 非元曉舊居." 庵東絶壁削鐵, 下有舊址. 恐其基也. 使吳守盈列書十二峯名于板壁. 又由庵東竝絶壁, 攀蘿累息, 上滿月庵. 獨與仁遠坐庵前石臺, 有異鳥來集, 所坐樹梢, 怡然刷翮, 適爾忘機, 移時乃去. 又有兩鼯出沒石築間, 饞焉若營, 駭然若驚, 四顧而走, 走而伏, 伏而又顧, 惟穴是尋. 李愿欲捕之不得. 是夕, 天無點綴, 月色如洗. 夜半, 開戶獨立, 如在廣漢俯視世界也. 甲申, 蓐食, 上白雲庵, 少憩. 遂躋攀分寸, 所到漸高, 所見益遠, 鶴駕·公山·俗離諸峯, 已落眼前. 累憩得到紫霄頂. 蒼壁千仞, 不可攀梯. 卓筆峯, 亦穎脫, 不可登. 遂登硯滴峯. 倚杖良久, 望西北諸山, 浩嘯而歸. 重探白雲庵, 讀李舍人景浩記. 眞幼婦之作也. 遂由滿月, 遵東溪, 推轉而下. 往往息楗陰, 左右皆蒼壁. 行至文殊, 後洞府稍大. 卽紫霄之東, 擎日之西, 溪流合瀉而爲文殊飛瀑者也. 路上有大石, 石上有一松, 可愛. 路下有峯峭拔, 上大乘在其趾. 寮主甚陋穢, 先入者皆嘔噦而出, 不果入. 直抵金生窟. 崖棧朽絶, 手挽藤蔓, 匍匐蘚崖. 振身而登, 惕惕可警. 窟在大巖之下. 巖石最雄峻, 回護若天成. 飛瀑自巖上散落, 其聲喧豗, 白日飛雨. 刳木承之以爲飲. 僧云: "若雨後勢大, 其聲轉壯, 如倒銀河." 石室淸淨, 冠上方諸刹. 終宵聽瀑, 灑然可愛. 倘有靈仙, 必先棲息于此. 余家有金

生書帖, 其字畫皆峭勁, 望之若群巖競秀, 今觀是山, 乃知生學書于此. 筆精入神, 潛移疊穎也. 昔公孫大娘渾脫舞, 張旭得之而善草書, 其妙一也. 苟得其妙, 以免畫卦, 可也. 舞與山奚擇? 但此正而彼奇. 故有楷草之分耳. 世皆傳旭之草出於舞, 而不知生之法得之山也. 是固不可以不闡也.(『武陵雜稿』卷7 原集 雜著, 한국문집총간 26~27, 민족문화추진회, 1988)

---

7. 이황(李滉), 「유소백산록(遊小白山錄)」

越明日癸亥, 步上中白雲庵. 有僧忘其名, 構此庵, 坐禪其中, 頗通禪理, 一朝去入五臺山, 今無僧. 牕前古井宛然, 庭下碧草蕭然而已. 自庵以後, 路益峻截, 直上若懸. 極力躋攀而後至山頂. 乃乘肩輿, 循山脊而東數里許, 得石崖峯. 峯頭結草爲幕, 其前有結棚. 捕鷹者所爲, 可念其苦也. 峯之東數里, 有紫蓋峯. 又其東數里, 有峯崛起而干霄者, 卽國望峯也. 如遇天晴日暾, 則可望龍門山, 以及國都. 而是日也山嵐海靄, 鴻洞迷茫, 雖龍門亦不得望焉. 惟西南雲際, 月嶽隱映而已. 顧瞻其東, 則浮雲積翠, 萬疊千重, 可以髣像而不詳其眞面目者, 太白也, 淸涼也, 文殊也, 鳳凰也. 其南則乍隱乍見, 縹緲於雲天者, 鶴駕 · 公山等諸山也. 其北則韜形匿跡, 杳然於一方者, 五臺 · 雉岳等諸岳也. 水之可望者尤鮮. 竹溪之下流, 爲龜臺之川, 漢江之上游, 爲島潭之曲, 如是而止耳. 宗粹曰: "登望須秋天霜後, 或積雨新晴之日, 乃佳. 周太守阻雨五日, 得晴而卽登, 故能遠眺." 余默領其意, 以爲始阻鬱者終得快. 余之來也, 無一日之阻, 烏能得萬里之快哉? 雖然, 登

山妙處, 不必在目力所窮之外矣. 山上氣甚高寒, 烈風衝振不止, 木之
生也盡東偃, 枝幹多樛屈矮禿. 四月之晦, 林葉始榮, 一年所長, 不過
分寸, 昂莊耐苦, 皆作力戰之勢, 其與生于深林巨壑者大不侔. 居移
氣, 養移體. 物之與人, 寧有異哉? 三峯相距八九里之間, 躑躅成林,
方盛開, 爛熳綽約. 如行錦障之中, 如醉祝融之宴, 可樂也. 峯上, 引
三杯, 題詩七章, 日已向昃矣. 拂衣而起, 復由躑躅林中, 下至中白雲
庵. 余謂宗粹曰: "始不上霽月臺者, 畏脚力之先竭耳. 今旣登覽, 而猶
幸有餘力, 曷不往見乎?" 乃令宗粹先導, 緣崖側足而上, 則所謂上白雲
庵者, 久爲灰燼, 草沒苔封, 而霽月臺當其前矣. 地勢孤絶, 神懾魂悸,
不能久留也. 遂下. 是夕, 再宿于石崙寺.(『退溪集』卷41 雜著, 한국문집총간
29~31, 민족문화추진회, 1988)

---

8. 정시한(丁時翰), 『산중일기(山中日記)』

六月初一日壬寅, 或陰晴, 普機備饋朝食, 紫遠自銀海寺來. 卽
使二奴負卜, 步上上聳菴. 板言·惠遠·天祐諸人, 送於門外山下, 草
善·普機·大英, 遠送於山腰, 碧元隨來, 指路. 行樹陰間峻板五里
許, 至菴, 下望, 彌勒殿綵閣, 陰暎於高峰巖石間, 有若蜃樓. 入坐
上聳菴前樓, 宗匠尙學相迎, 休息良久. 流汗稍乾, 與碧元及菴僧
數人, 上彌勒殿, 緣崖北壁, 又行巖隙間. 最高處有二層樓, 上坐
層樓. 則因大巖刻石佛像, 頗奇巧. 有菴在傍而空. 又緣巖隙, 上
動石, 祈雨祭所. 石坮上, 俯見, 數百里原野, 新寧·永川等郡縣, 如

在膝下. 諸山纇皆底展, 如町畦杳堤. 玉山·慶府·佛國諸山, 羅列
眼底. 雨後天晴, 極目微茫. 山外海天相接, 義興·義城等地, 亦在
目前. 南望東萊·蔚山, 左右數三百餘里, 皆入望中. 眞半生奇觀
也. 又南下十餘步, 行巖隙間, 自有高峰菴基, 左右前後, 巖石奇
怪, 眞道人修行之所也. 緣崖而下, 俯伏入巖穴, 至中菴, 只有一
僧. 菴基傾危, 而石井淸冽. 又有西坮可遊, 坐休良久. 還送紫遠
於銀海寺, 下數百步. 又上西峯, 至獅子菴, 首坐僧道信相迎. 坐前
檻, 眼界之通濶, 亞於動石坮. 又往妙峯菴, 首坐僧進安·妙勳·楚英
等, 相迎歡如. 有始平僧, 原州木手僧良浩上佐, 自言曾見我於野田
間, 迎喜特甚. 諸僧亦慣聞我遊山踪跡者也. 饋午飯, 坐語良久, 起還.
諸僧請宿, 不許, 追送於獅子臺. 還上聲菴, 耂生來謁, 納馬鉄一
部大口魚一尾去. 碧元辭去. 尙學進餠果, 又饋夕食. 上下中菴首坐僧,
靑眼來見去, 宿尙學房.(『山中日記』下, 閔泳珪 輯校, 연세대학교 인문과학연구
소, 1968)

---

9. 정구(鄭逑), 「유가야산록(遊伽倻山錄)」

十四日晴, 晨興, 坐前堂, 看『近思錄』數板. 擧目雲山, 空我百念. 奉
玩遺訓, 自不覺其專一而有味也. 飯後, 携筇行數里, 有所謂淨覺菴
者. 處地益高, 又覺勝似內院一層矣. 昨日養靜於內院, 愛其幽寂, 遂
置他日讀書之誓, 及見此, 尤喜好之. 恭叔曰: "養靜宜於此, 亦可以有
誓!" 有一小童子從閨閤間出拜, 貌野而猶不至甚麤, 語訥而猶自明於

鄕里門系. 詳之則乃余中表弟宋家兒也. 失母而且無所學, 來從釋子云. 開卷而試使讀之, 不曉文義, 又胡亂其句讀向背. 如是學之, 雖十年從師, 終不得爲識字人矣. 吁! 吾寒暄先生之後, 而其至是哉! 嗟嘆久之, 欲稍憇以休其憊, 僧忽告以日晏而前程尚遠, 遂警覺振策. 吾人日暮程遙, 何獨此上山邪? 一里許, 到成佛菴. 伯愉先登前臺, 余直據菴內. 所處可如淨覺菴, 亦不甚古焉, 僧則無矣. 塵埋堂室, 不可少留. 昨於深源, 以無僧不入, 今又見此, 豈非年歲之歉, 賦役之煩, 山僧亦不支焉, 使之處處空其居乎? 山僧如此, 村氓可知. 不知窮村處處有其室而無其居者, 亦復幾何哉? 至圓明寺. 踞峯巒之周遭, 創丹碧之新開, 又非內院之可如, 而養靜之誓, 宜又不可無也. 愛而不能離也. 復有中蘇利・叢持等刹, 皆在巖角, 皆無僧居. 入上蘇利暫憩. 所謂奉天臺者, 地位益淸高, 眼目益快活. 萬壑千峯, 環列如培塿, 人寰世界, 渺然若蟻蛭之叢. 處處村落, 一一可指. 玉山・松川, 森然若一俯可挹. 想其幅巾雍容於其中, 而自守所見, 自樂所得, 自我今日之大觀而視之, 其氣像又復如何哉? 惜乎! 吾有手不得相挽而共此之覩也. 至如志海, 雖勤招邀, 亦相信不及此, 又各有分焉, 儘非朋友之力所能强得也. 信乎 '爲仁由己, 而由人乎哉'? 今日諸君, 各相努力, 毋各怠焉. 他日眼界之寬, 非直今之奉天也. 養靜曰: "此地位儘高矣. 然更有上峯, 豈非所謂慮字地位乎?" 復相與以不可以止乎此規之. 又讀朱子「雲谷記」, 眉次益覺豁然, 不知此身在蘆峯・晦菴之間也. 煮白粥點心, 遂行. 自此山路益峻, 步勢益艱. 攀崖陟險, 魚貫而進. 前人在後人之頂, 後人仰前人之趾. 如是幾六七里許, 乃始登所謂第一峯者. 四望無際岸, 只見天雲相接於遠岫渺靄之端, 前所謂圓明·奉天之觀, 皆不足道也. 山之內外, 靑紫黃白, 散落成文, 各隨造物之天, 以寓生成之理. 初不知孰使之然, 而爛熳趣色, 混茫相映, 足以供遊人之賞, 而資仁者之反求. 周子庭草之玩, 孟子牛山之歎, 雖大小異勢, 盛衰殊迹, 君子之所以觀物寓懷, 則蓋未始不同也. 僧云: "微茫一抹, 杳若補缺於南天者, 智異也. 鄭先生早歲棲息蓄德, 曹先生晚年隱遁養高. 作鎭南方, 爲名山第一, 而復託名於兩賢, 將與天壤同其傳, 亦不可不謂玆山之大幸也. 蒼茫若人存不見, 而微露其鬢於北隅者, 金烏也. 高麗五百年綱常之託, 不謂只在此山之中, 而直與首陽相高於萬世之遠, 今日之見, 亦非偶然也." 琵瑟之下, 有雙溪, 公山之下, 有臨皐. 昔賢流芳, 後人矜式, 夫初豈有所爲哉? 直由秉彝之天, 難遏於高山之仰. 登此山而爲此望者, 亦不可以不此之思而繼之以喟然也. 葛川主人, 孝友純行, 余竊常愧未之一訪, 而雲門先生軒昂不羈之節, 自得聞於山海, 至今不敢忘焉也. 白雲悠然於火王·戴尼, 宜愉·恭·養靜之常目在之, 而余竊悲松楸之感焉, 則嗚咽而不能擧目也. 諸君各一杯相酬, 而余以有旁諱不擧也. 縱觀之餘, 各倦甚, 枕巖小睡. 睡罷, 復相與徘徊瞻眺. 又開『年譜』, 讀朱夫子「武夷山記」與「南嶽唱酬序」, 及周·張兩先生詩, 或多有逼眞於今日之觀. 如所謂'直以心期遠, 非貪眼界寬'之句, 則豈止爲今日登高之法? 抑亦凡在山遊人, 皆不可不知也. 平生非不讀此等詩文, 特今日得一誦於伽倻第一峯絶頂上, 所以趣益奇而味益深耳. 僧輩跪而請曰:

"今日得陪高蹤, 來登此嶽矣. 願乞一語以爲軸中之寶!" 吾輩相看而笑,
謝以不能詩. 余於昔者隨內兄李汝約仁博, 與柳景范仲淹·金台叟珝壽
·李而敬廷友, 共登此山, 環井而坐, 亂酌無數, 吟詠唱酬, 篇什累累,
醉筆如流. 余獨不能詩, 終日無一句, 頗爲諸君所嘲. 臨罷, 余有一詩,
末有'默契千年處士心'之句, 則諸君和以謔語, 相與劇笑而罷. 今者十八
年矣, 內兄與景范, 俱已去世, 井亦廢涸, 俯仰悲感之懷, 如之何可禦
邪? 向夕下蘇利菴, 崎嶇巖逕, 勞悴亦甚矣. 而其視夫上之之難, 不
啻九分之減, 信乎曹先生所喩'從善如登, 從惡如崩'者, 實爲今日之著
題也. 初擬由上峯, 歷白雲臺, 以還海印寺矣. 余誌於諸君曰: "吾輩之
來, 豈直如山遊之人, 縱步耽賞, 以爲景物之所役者哉? 今日登山, 所
得亦已優矣. 盍亦從容體適, 以養神氣, 而後徐爲之者乎?" 咸曰: "諾."
是夜, 登奉天臺, 月色未瑩, 雲嶽微茫, 風力峭緊, 不可以久當矣. 山
間屋宇, 例以木板, 裝隔外壁, 內又重以土墭. 不然, 雲霧紛入, 氷雪
觸冒, 不可以堪矣. 三更, 忽聞鐘聲, 山中半夜, 得此清響, 不覺令人自
發深省.(『寒岡集』卷9 雜著, 한국문집총간 53, 민족문화추진회, 1988)

---

10. 김하천(金廈梴), 「유금오산록(遊金烏山錄)」

寺在山下, 不野而幽, 冶隱先生所棲息之處也. 寺後有翠竹, 千挺儼
立, 世傳冶隱所手植. 旅軒先生嘗遊此, 次冶隱韻曰: "竹有當年碧, 山
依昔日高. 淸風猶堅髮, 誰謂古人遙." 誦其詩, 卽其地, 其敬而慕之,
若承二先生謦欬於當日也. 舊爲冶隱作書院, 洞口今有遺基, 以土瘠難

爲繼守, 移建洛上藍山隅, 寺及院基, 皆屬焉. 溪邊有涵碧樓舊基, 不知何年所創而廢於何代也. 會者皆佩酒肴, 夕飮而罷.

癸卯旭日初昇, 出寺仰觀, 則丹翠相錯, 巖峰交秀, 鬼擘神挐, 眩東迷西. 千態萬狀, 靡粧侈飾, 以入吾之目, 相與拍手指示, 不知身輕而足飛也. 適有琵琶者來見, 與之酒而聽之, 其聲鏗然助幽興, 欲與同登則辭以故. 長少十五人, 沿溪信步, 遇奇輒詢. 石盤而可坐, 溪滙而可浴. 僧云: "此浴潭也." 門祖浴潭公, 取以自號也. 追思往跡, 悲淚潸然. 望之如白虹橫亙兩峽者, 外城. 城門有白書榜曰大惠門, 其亦惠民以大之義乎! 門內有倉, 名如門, 倉前有村, 名如倉. 寺在倉之左, 曰華巖. 巖在村之右, 曰龍角. 飛流百尺, 落自中天者, 瀑布也. 背華巖面瀑布而削劃如屛之立者, 危壁也. 壁腰有異穴, 道詵窟也. 斷巖而異跡, 奇可侈目. 險可藏身. 壬辰之亂, 家嚴與門族避兵之處也. 到此, 已踏烏山一面, 其界如此. 其高可知. 一面如此, 三面可知. 披翳躡巇, 十步一休. 休于龍角之巖, 所謂龍角者, 以巖石突出如龍角故名. 亂坐巖上, 滿酌秋露, 山光楓影, 流入胸中. 攀崖度棧, 條路旣窮, 則菴可棲息, 石可盤嬉者, 屹松臺也. 山蔬野肴, 雜塩侑酒者, 庵之僧處閒也. 余求筆硯, 題名庵壁, 取退之題惠林寺體, 諸友怔咤之. 詢名, 北崖. 知白雲之遺墟. 休足新壇, 聞息民之美名. 去臺屈曲數伸而有臺址, 將作中營也. 上有盤石, 可坐百人. 登斯臨望, 心隨眼濶, 快若身在半空, 黙計世界已隔十萬重, 始信有仙緣者能到此也. 自大惠至此臺, 緣崖開路, 路凡九十五曲. 前者攀, 後者躡, 正所謂: "前人見後人頂, 後人見前人履底"也. 入自北門, 內城也. 丙丁年間, 李相國元翼所經始也. 門內有萬勝寺, 寺空而無僧, 不可觀也. 城內鑿九池, 作三寺, 西有倉庫, 東營官廨. 管任三, 居民戶四十餘, 而咸統於別將. 別將, 李其姓, 積其名, 而字盈仲也. 送人迎問于門外, 至將臺, 又使問夜至朝四問焉. 每問必復, 而又送人答之, 謝厚意也. 臺揭制勝之額, 而臺後作僧寺, 僧將德峻居之, 出門迎慰, 語甚款竭. 旣夕出坐臺上, 引僧將與語. 俄而氷輪吐影, 玉宇澄薄. 左對雲山, 右望煙沙, 浩浩洋洋, 興無涯也. 開觴引滿, 就枕頹臥, 不覺東方日已上矣.

甲辰使僧將先導, 而往觀城西. 紅門之外, 有建成門, 建成之北, 有西擊臺. 臺下危壁, 下臨無極. 巖上一巖, 橫立如闌. 依巖俯眺, 魂爽而神越. 怳如風頭葉也. 門外歌響遠聞者, 女拾橡而男取樵也. 谷口人聲亂聽者, 老者杖而壯者負也. 門外有葛嶺寺, 寺前有石碑, 崔學士孤雲所書而刻也. 諸友以周望爲快, 不復盡搜奇蹟, 大爲流賞之恨. 明春若謀再遊, 則必先於此焉. 去擊臺卅步, 而跳出爲巖臺. 去巖臺, 一凹而復凸爲西峰. 峰上作營, 其高出於諸峰, 回視行歷之所, 又在眼下也. 營之北, 有巖, 可登望, 而無名. 巖之北有臺, 北擊臺也. 新城始築於此, 止於懸月峰下, 而築之者, 李候恪也. 旣築新城, 又繕內堞, 四營四門, 構樓揭名, 皆李候所刱而所定也. 別將居在北營, 下過而見之, 別將言: "秋山之景, 築成之始, 水之淺深, 量之久近." 復及南峯之勝, 而恨其不能從也. 使從者數人, 具朝飯, 鎭南寺, 而就食焉. 寺僧之老者曰熙俊, 俊待之勤款. 引見客僧, 名自警, 而居普濟. 普濟西門外, 幽寂可觀者

也. 自警能詩, 語金剛之奇勝, 而稱藥師之詭狀, 可爲亞箇焉. 別將來謝而去. 由寺右而登, 將觀藥師也. 自城內登峯, 測其高下, 得四之二, 而北西南又在眼下. 坐巖上, 與僧將指杖而言曰: "將臺後奚城?" 曰: "甕城." "甕城頭奚臺?" 曰: "擊臺." "南門奚名?" 曰: "大陽." 大陽之上卽南營, 南營之前卽軍器. 軍器之東有擊臺, 擊臺之傍有立巖. 南之所見卽北與西而其奇其勝, 常相勝也. 攀巖拊登, 巖窮而峰盡. 峰上又作一臺, 峯藥師而臺控遠也. 此峰居山之中而最高於諸峰. 余嘗在家, 望見蒼翠崒嵂, 高無與讓, 卽此峯也. 峯最高, 故眼益廣. 諸山來朝, 勢若星拱. 二川橫注, 形似縷分. (『三梅堂文集』卷1, 국립중앙도서관 소장)

---

11. 임훈(林薰), 「등덕유산향적봉기(登德裕山香積峯記)」

遂治屭而上. 令雄前導. 約二里, 達于山脊, 轉而北一里, 至峯頭. 岩石成堆, 用小石補其罅若壇墠焉. 上有鐵馬鐵牛而無其主. 雄曰: "此古天王堂也. 天王神初住于此. 鐵物, 其時所奠也. 以此峯頗近人寰, 移住于智異上峯"云. 是峯平夷廣厚. 盤桓布武, 不知爲山頂矣. 堂前, 掘土爲汚池, 圍以石甃, 歲久埋沒. 西俯安城所, 田野村店, 若在膝下. 雄所謂天王之不住者, 其以是歟? 東臨大壑, 昨日所渡三溪之合流也. 雄曰: "此所謂九千屯谷也. 昔居此谷成佛功者九千人, 故名之." 其基不知所在. 諺稱'山靈祕而不見'云. 且其基東有池峯, 南有戒祖窟, 北有七佛峯, 西有香積. 然則不出此洞之內, 而莫之見, 爲可怪也." 所謂戒祖窟者, 在白岩之北, 石广可容一大宇. 必是戒祖者居之而名也. 誾師居下香積, 常云: "此必九千屯基也." 今觀此洞雖邃, 皆人跡所到, 無可隱伏處. 古說所稱'四方之迹不差', 囮說亦或然也. 三溪以上多赤木, 轉轉林立, 至峯底而極焉. 是木赤身檜葉, 大可數圍, 枝幹奇屈, 平日所未見也. 是峯爲此山最上, 黃峯·佛影等峯, 皆莫與敵. 倚杖而立, 俯視世界, 怳然茫然, 莫知紀極. 余曰: "登覽須得其要領. 盍先觀此山, 次東南, 次西北, 且詳其地乎?" 雄頗能歷言之. 是山之根, 由鳥嶺而俗離而直指而大德, 至草岾西起, 爲居昌之三峯, 卽是山之第一峯也. 自是西迤爲臺峯, 又西迤爲池峯, 西迤爲白巖峯, 西迤爲佛影峯, 西迤爲黃峯. 自白岩北轉而爲此峯, 此峯爲最, 而黃峯次之, 佛影峯又次之, 此是山之大槩也. 自此峯北走爲曳峴, 又北而爲茂朱之裳城山而窮焉. 裳城, 卽道澄之居也. 去此峯不容半舍, 恨澄沈於俗累, 辭余之招. 望其居而語累及焉. 自曳峴西馳, 至龍潭之鼓山而窮焉. 又自曳峴東馳, 至茂朱之薩川而窮焉. 又自此峯東馳爲七佛峯, 至橫川而窮焉. 自三峯北走, 至薩川而窮焉. 其東則茂豐縣, 其西則橫川所也. 自池峯北走, 至橫川而窮焉. 此則山之北也. 自臺峯南馳, 爲葛川·黃山·無於里·鎭山. 自無於里北南馳, 爲惡遷古城峯而止焉. 東爲居昌縣, 西爲安陰迎送村也. 自白巖南馳, 至葛川紗羅峯而止焉. 自佛影峯南馳爲月峯. 又東馳爲金猿·黃石等山. 自黃石東南馳, 爲咸陽沙斤城而止焉. 又自月峯南馳, 爲安陰之山城. 東爲尋眞洞, 西爲玉山縣也. 自黃峯南馳爲六十峴, 南而爲咸陽白雲山, 此則是山之南也. 三峯之東, 屬居昌, 黃峯之西, 屬長溪, 此則是山之東西也. 若其枝峯裔壑, 縱橫錯戾, 起作峯巒, 洞爲田野. 或隱襞積, 或露頭角, 雖更僕莫可了也. 大抵是山, 南則安陰專據, 北則安城·橫川專據, 而此峯屬安城, 卽錦山地也. 安城·橫川, 雖屬錦山, 而間有茂朱一縣隔之, 無絲髮之連, 是可怪也. 遠而望之, 則善山之冷山與金烏, 大丘之公山, 星州之伽倻, 玄風之毗瑟, 宜寧之闍窟, 三嘉之黃山, 居昌之紺岳, 環其東, 而知禮之修道, 在伽倻之內矣. 泗川之臥龍, 晉州之智異, 求禮之般若峯, 亘其南, 而咸陽之白雲, 在般若之內, 笠掛山在智異之內矣. 順天之大光山, 鎭安之中臺, 金溝之內藏, 扶安之邊山, 全州之於耳, 臨陂之五聖, 與咸悅之咸悅, 龍潭之珠崒, 林川之普光, 淸洪之聖智, 圍其西, 而龍潭之鼓山, 在珠崒之內矣. 高山之大芚山與龍鷄, 公州之鷄龍, 沃川之西臺, 報恩之俗離, 尙州之寶文, 金山之直指與甲長, 橫其北. 而錦山之眞藥, 在鷄龍之內, 沃川之智勒, 在西臺之內, 黃澗之丫山, 在俗離之內, 知禮之大德, 在直指之內矣. 與雄環顧, 指點如右. 令稱濡筆志之. 凡山之在外與內者, 不啻於此. 重攢疊橫, 無少罅隙, 而雄之所辨, 如此而止, 所志者, 僅三之一焉. 遠山之外, 雖復有山, 而但見雲嵐橫抹. 久而察之, 其形輒變則曰: "是果雲也." 定而不變則: "是果山也." 況復辨其名與地哉? 直西而望, 五聖以南, 臨陂之北, 雲霧平鋪, 或淺或深, 或靑或白. 雄曰: "此沃溝之海也. 日斜則海色可辨."云. 于時雲霧高搴, 乾端軒豁, 地軸呈露. 四方之山, 皆不能蔽虧, 而獨智異之天王峯, 半隱於雲中, 可知智異之高出於群山也. 所處之高也, 所望之遠也. 眼力已窮, 殊無所的, 而獨於伽倻之淸秀, 金烏之偃蹇, 望眼累回, 瞻想久之. 蓋崔學士之風槩, 吉太常之節義, 心常景仰者如此云. 徘徊瞻眺, 不覺日暮.

雄曰: "山路險傾, 須及未黑而下." 促余還下.(『葛川集』卷3 文, 한국문집총

간 28, 민족문화추진회, 1988)

---

12. 허훈(許薰),「유수정사기(遊水淨寺記)」

對眞城而雄峙者, 舊烽臺也. 北支爲飛鳳之山, 南麓有水淨寺. 寺前

溪谷中, 多出文石. 去余僦屋, 僅一由旬. 乙未七夕, 余與李明叔·朴敬

淳·李穉瞻·李舜七, 往觀, 抵角山, 訪權華汝, 華汝肯然前導. 纔行一

里, 有洞曰動泉, 飛鳳之右翼也. 斷其支而疎溪流. 華汝曰: "我國山名

多飛鳳, 而此山秀麗, 甲于諸飛鳳. 宣祖壬辰之亂, 東援天將, 見東方

山氣之壯, 偏斷地脈, 而此亦其迹也." 余曰: "嘗見李稼亭「東遊錄」, 有

元人胡宗愈斷地脈之說, 而壬亂時倭寇未入此境, 中朝諸將, 亦豈過

此, 仍相地勢? 池上溪行, 不循岡直出, 天雨水盛溪滙池而池必潰. 故

破麓通溪, 以殺其湍. 不然, 宗愈爲之也?" 溪石已有斑爛之象. 敬淳

曰: "水滴痕也, 非石文之素具者也." 華汝駁之甚力. 踰一嶺, 乃馬武谷

也. 谷底文石種種, 意水淨之石必勝於此. 緣溪而行, 至水淨洞口. 問

樵夫, 寺無居僧. 日已斜矣. 諸人曰: "投宿近寺村落, 明日復來可也."

於是踰一小嶺六七里, 有一村庄, 曰甘谷. 群峯四圍, 田疇錯迕. 禾荳

秀茂, 茅茨鷄犬, 宛爾輞川一曲. 余與穉瞻·舜七, 隨華汝, 宿李姓人

家. 明叔·敬淳, 宿申氏家. 翼朝, 訪見李處士性和. 與諸友, 踰長峴,

捷路直到寺門. 蓬蒿滿場, 僧寮寂寂, 佛堂前只有紅葵夾竹桃數叢而

已. 列坐寂黙堂, 打話. 少頃, 穉瞻·舜七, 先出寺門. 明叔曰: "此行爲觀石而來, 石之奇以此寺名, 況龍湫不可以不觀乎?" 余曰: "諾." 與明叔沿溪而東, 華汝·敬淳亦從. 溪盡伏流. 凡石多而文石少, 人多取去故然歟? 兩岸蒼壁對起, 遮攔如重門. 回回轉入, 至最深處, 盤窪淨綠, 深不及丈. 掬水飲之, 煩襟頓滌. 自此回程, 至洞門. 穉瞻·舜七, 坐松陰下, 以待吾輩. 余笑謂二人曰: "不觀龍湫之勝, 豈不虛作一行?" 舜七曰: "曾見龍湫多矣. 縱不見此, 何恨乎?" 然而觀其色, 似若有悔. 復抵馬武谷, 散行溪中. 華汝先拾一佳石, 急就故跌. 穉瞻, 因跌, 橫取挾而走. 良足絶倒. 明叔得一石, 重輒捨之, 余持而行. 華汝見余步屨太艱, 以小石授余曰: "我搬子石, 子持我石來." 蓋欲分勞也. 努力登嶺, 逶迤上飛鳳之巓, 圓平端妍, 可坐百人. 明沙清流, 橫帶若畫. 廣德·芍藥·日月·淸凉·鶴駕·大小白·竹嶺諸山, 近控遠羅, 頭頭獻巧, 不一而足. 復下動泉, 又得一奇石. 到華汝家, 各吃一椀飯飥. 出携來諸石, 列于堂中. 諦視之, 異哉其文! 或架壑松槎, 鱗甲欺龍. 或江天欲雪, 霰集林梢. 或長河一灣, 落照翻紅. 或平郊遠蕉, 帶雨蓁迷. 或雲際遙峯, 杉檜蕭森. 或水郭山村, 煙樹相連. 或春風磵路, 雜花叢生. 或秋潭亂葭, 掩暎吐華. 或厓逕滋苔, 綠髮鬖髿. 或野岸落漲, 霜根倒垂. 或汀洲露凉, 紅蓼攢簇. 或西湖老梅, 但餘枝柯. 或古峽蒼藤, 句屈蒙絡. 洵奇觀也, 稀品也. 化工亦多事哉! 余顧謂敬淳曰: "子尙有疑乎?" 曰: "已釋矣." 大抵我東之文石, 産於鐘城·端川者, 曰靑剛, 質堅而只有黃黑點如碁子. 産於康津·海南者, 曰花斑, 膚輭而只有紫灰色如雲氣. 曷若是

石之文之具諸相, 而雖使顧虎頭·吳道子·李營丘·趙吳興之工於六法者, 濡毫屢日, 刻意描寫, 不能髣髴, 而逡巡退舍者乎? 『山堂肆考』云: "大理府點蒼山出石, 白質黑文, 有山水草木之形." 又云: "堦州北峽中石, 有松柏溪橋山林樓閣之狀." 彼可以甲乙茲石焉. 非天地英華之氣, 萃于此間, 孕結珍瓊, 寧有是哉? 然則是氣之鍾, 必不止於石, 其將毓生賢才, 聲名文彩, 華國而瑞世, 人如不信, 請看茲石. 華汝曰: "諸君力已疲矣, 明日吾使人擔送." 遂別華汝, 暮歸江上寓第, 終夜困眠. 日晏而起, 石已至矣. 幷記其石文, 及遊歷顚末, 以視同遊諸公.(『舫山集』卷17 記, 한국문집총간 327~328, 민족문화추진회, 2004)

---

13. 장현광(張顯光), 「주왕산록(周王山錄)」

山之高不爲最也, 而山之名則著焉, 以其有古跡. 且其巖壑奇異也. 余聞久矣, 思一觀以快塵眼者宿矣, 而願莫之遂也. 是夏, 從朋友就山之近區而寓焉. 一日, 約二三友人, 擬副宿願. 是日午雨作, 不能徧遊. 聞之於人, 山之所以以周王名者, 在三韓時, 有一王號者, 避亂于此, 置關于山之上. 傍有瀑流, 瀑流中有巖穴, 人可隱藏, 而以其瀑流蔽之, 故外人不知其有穴焉, 王有急則藏于其穴以避之云. 余以日暮且雨, 不得親見其跡, 山之得名則以是矣. 觀者謂: "此山洞狹而溪險, 巖壁魄峻, 嶺上平廣, 四方之路皆阻遠, 當亂世, 可藏兵以禦賊也." 若遊觀之人, 則非特以古跡, 爲其巖奇水潔, 似是羽人栖息之地也. 洞之名者有二, 而東者乃所謂周王避亂之所也. 瀑穴未變, 闕址猶在, 而入洞數里許, 今有弊寺焉. 西者巖壑, 比東尤奇. 而巖腰人跡未及處, 有異鳥巢其隙, 人謂之靑鶴. 每於春夏, 卵育於此. 對巢巖頭, 爲立小庵以望之, 而壁遠巢高, 人不見其鳥. 平時來賞者, 吹角以驚之, 待其飛出, 然後得見其形. 有一武人, 射其巢, 矢著其傍. 自後鶴遂移栖於愈險之巖, 人不復見焉. 洞至五里許, 厓絶路窮. 路窮處, 有巖曰附巖. 蓋其巖石, 襯貼懸厓故名矣. 若能蟻附蝨攀而行, 則可緣其巖, 以通其路. 由其路而踰一嶺, 則山勢稍平. 不甚奇美. 而但有龍淵數處, 受瀑成潭, 危不可近, 深不可測. 由龍淵北去七八里許, 古有村店, 名曰廣穴. 因亂散亡, 今只遺數幕云, 而皆余行所未及見也. 余於是行, 雖未能雖未能徧賞, 然山之大槩, 則已得以領略焉. 最所奇者, 諸巖也. 巖之在西洞者益奇. 試以是日所目者記之, 則自洞口至路窮處, 可五里, 兩岸皆巖, 而不相疊累, 下自巖根, 上至巖角. 不知其幾丈, 而直一石以首尾焉. 中有小溪水. 從溪有微逕, 逕不履土, 躡石而步. 石布溪左右, 或高或低, 或巨或小, 或縱或橫, 或側或夷. 非健脚力, 必常蹉跌. 由其逕者, 仰視兩厓之壁, 則巖根各去人纔咫尺, 而巖角直揷雲衢, 天與日, 眞如井中見也. 至所謂附巖之上, 則左右諸巖, 羅布眼前, 千形萬狀, 無不具悉. 或方或圓, 或縮或突, 或左右相對. 有若拱揖者然. 或彼此相高, 有若爭爲長雄者然. 或配合之如夫婦者, 或序次之如兄弟者. 或若仇讎焉相背之, 或若朋友焉相親之. 或一巖巍然, 衆巖俱低, 則其尊仰敬奉之者, 君師如也, 其卑傲壓倒之者, 臣妾如也. 東厓之巖, 不連於西厓, 西厓之巖, 不屬於東厓者, 有似乎分門別陣, 法不得相混也. 或儼然莊

然, 中立不倚者, 有若大人正士之不可犯也. 或爲詭爲怪, 不可貌象者, 有若異道左學之反吾倫也. 或若介胄之士, 以不拜爲禮者焉. 或若梟熊之將, 以殺伐爲心者焉. 或若上古聖人, 生在朴略之世, 道一天地, 不露性情者然. 或若末世浮薄之人, 負藝恃才, 驕傲自售者然. 有或如偃蹇林樊, 高尙其事者也. 有或如逃遁巖穴, 若將浼焉者也. 或有乖戾而自異者焉. 或有依附而衆同者焉. 或有小從於大者. 或有後隨於前者, 藏縮頭角者. 如有所畏怯於時勢者也. 暴露稜隅者, 如有所憤怒於世亂者也. 此其大略耳, 不可具狀矣.(『旅軒集』卷8 雜著, 한국문집총간 60, 민족문화추진회, 1988)

---

14. 성대중(成大中),「유내연산기(遊內延山記)」

癸卯仲秋, 從按察李公, 入淸河之內延山. 按察公, 時以行部過也. 山口有鶴山書院, 晦齋李文元公俎豆所也. 下馬肅容而過. 至寶鏡寺, 漢明帝時所刱云. 舊有五十三菴, 今幾盡廢, 而猶稱嶺左巨刹. 有高麗圓眞國師碑, 李公老製. 而石剝苔蝕, 字半不可辨. 肩輿循溪而上, 觀所謂龍湫者, 距寺財十里. 歷石磴六七折, 峻仄不容輿者半之. 往往徑絶, 續之以棧. 崖蹙溪駛, 崩湍激瀉, 以瀑名者十餘. 而及至乎湫, 則攀梯而升, 側足欹厓, 蹈危而觀始壯矣. 瀑流倒掛十數丈, 飛溧注射, 觸石而舞, 雹跳雪翔, 驅而卽潭. 峻壁環擁, 漏景中穿, 窈冥黲黑, 不可狎視, 盖有神物伏焉. 南有鶴巢臺, 竦石摩霄, 四削而上夷, 遊者或至焉. 徑崖蹲, 躋山頂, 則大悲菴在焉. 名僧毅旻者居之, 而老病不能

下山. 余亦憚險不得往. 菴之右有繼祖菴, 其上則內院也. 泝澗而上, 得第一湫. 氣勢遜於下湫, 而窈窕勝之. 石門旁開, 劣通人蹊. 氓戶十 數家, 臨澗而居. 村落雞犬, 彷彿「桃花源記」. 是爲內延之奧, 殆古所 謂福地洞天者歟! 秋高脚健, 會當一至其所. 又其上則三動石峙焉, 亦 詭觀云. 龜石·無風溪·落霞橋·寒山臺·拾得臺·妓花臺, 具在惟政大 師記, 而今則寺僧亦少知者. 山故以水石稱, 峰巒不甚奇雋, 而明秀之 氣, 映帶空冥, 有足聳發人者, 信其爲名山也. 夜宿禪寮, 星月滿山, 曉 少雨. 翌日, 按察公向盈德路, 余還興海官次.(『靑城集』卷6 記, 한국문집 총간 248, 민족문화추진회, 2000)

3부 북부의 산

1. 임형수(林亨秀), 「유칠보산기(遊七寶山記)」

旣下嶺, 雲霧稍開. 方見谿壑窈窕, 巖巒凜秀, 已不如塵土中山水 也. 北行可二十里, 到歡喜嶺. 嶺去開心未五里, 雖不甚高峻, 而路極 危險. 到寺, 日已夕矣. 寺新構三間, 居僧數人. 與大春諸君, 且談且 奕, 困而就睡. 夜約三鼓, 忽聞人聲喧鬧, 炬火照窓. 問之則縣官來矣. 夜雪連朝, 至晚少霽, 相與理屩登山. 思叔·世弼·自叔, 先向金剛窟, 余與明允·大春, 登開心後峴. 望見千佛巖·羅漢峯, 琬琰千仞, 矗矗層 層, 奇怪萬狀, 刻鏤之所未可形也. 崖石高絶處, 觀音窟·天神窟, 人跡 之所未到也. 其下有弟子窟·係宗窟. 又有天保庵在巖石上, 攀鐵鎖以

通往來, 偶値庵空, 鎖爲人所偸, 而庵亦爲山火所焚云. 其下巖石如垣
墻, 長可數十步. 其中靑松窟, 又其東有龍穴窟, 石路險絶, 皆不得往
攀焉. 徘徊歎賞, 未暇他適. 遂移時晷, 陰霏復作, 惆悵, 下峴寺, 俟
霽. 有頃, 思叔輩自金剛窟還, 言其壯麗, 又有勝於吾輩所見者. 於是,
方恨其不先遠而後近也. 日欲晡, 雨勢稍止. 又約登山, 至前嶺下, 雲
嵐滿山, 巒巘掩晦, 冥冥茫茫, 望之無見, 乃相與茹恨而返. 是日, 世
弼·自叔, 先下去. 厥明, 促飯早登, 至金剛峯下, 下馬, 緣峯而南. 山
路傾仄危峭, 杖策攜挽, 僅到峯腰. 路又轉山而北, 緣崖而下, 尤爲險
絶. 步繞一巖曲, 至所謂金剛窟者. 其中可容數百人, 畫庵二間, 窓戶
玲瓏. 有一嶺南僧, 來僅數日. 山溜淋漓, 下落簷端, 至夏霖, 淹流爲
瀑布云. 臼臼宛然, 緇塵不到, 醒然有終焉之志, 若不可禁者. 前有臺
高絶, 可以通眺. 遂褰衣捨杖, 攀崖而登臺. 臨丹壑, 下視無地, 一山
勝狀, 俱在眼底. 向所謂千佛巖·羅漢峯者, 亦在臺之北矣.(『錦湖遺稿』
雜著, 한국문집총간 32, 민족문화추진회, 1988)

---

2. 조호익(曺好益),「유묘향산록(遊妙香山錄)」

入洞門, 度第一第二橋, 翠峽分間, 碧流中出. 夾路楩杉, 參天蔽日,
惟聞水聲冷冷於林木之間而已. 至第三第四橋, 則洞壑窈窈, 乍塞乍
通, 樹木葱籠, 或密或踈. 傍列瑤屛, 前抽玉笋. 砅崖而溪轉, 觸石而
雲興. 且行且止, 臨澗而休. 明沙綠苔, 渭淨無緇. 前過第六橋, 徘徊
四顧. 或如快劍長戟, 森森相向, 或如鸞驂鶴駕, 飛步玲竛. 回護作

勢, 別成一洞. 丹霞綠蘿, 鳴澗奔川, 輝映喧豗, 駭目聾耳, 魂骨洒洒
矣. 進至一寺, 卽普賢也. 白足兩三, 形容淸癯. 彌天四海, 延揖而笑.
引坐法雷閣, 宏傑弘爽. 前挹巉巉, 三峯尤奇秀. 僧指點曰: "某探密,
某宏覺, 某卓旗. 昔西域二芯荔, 遊歷天下名勝, 卒得眞區於此, 竪
幟以識之. 故因有此三名也." 此說無徵. 然按吾東國詩, 亦有贈外國
行脚者, 此亦安知不有自異國來居者? 不可謂盡誣也. 庭表鴈王, 鈴鐸
十里. 詰僧誰營, 則已昧伏犀者矣. 至觀音殿, 逍遙遊目. 有如霜鍔拔
鞘, 凜然向天者, 曰劍峯. 華玉在座, 百辟瞻仰者, 曰几峯. 日照生煙,
蒸雲浮浮者, 曰甑峯. 皆以形名之者也. 俄而踈雨簾纖, 小軒微凉, 蕭
然散步, 有遺世獨立之意. 夜已甲乙, 三籟俱寂, 惟聞子規聲, 聲淸怨.
余曰: "爾鳥脫屣寶位, 棲迹春枝, 思歸此心, 千載一日, 豈孟子所謂好
名者歟?" 汝寅曰: "何言之左耶? 夫患失之徒, 貪饕無已, 至有弑君竊
位者, 比肩于世. 故托以思歸, 示以棄國之意耳." 仁叔從而歎曰: "今吾
遠離膝下, 浪遊關外, 今日之啼, 豈爲遊子耶?"(『芝山集』卷5 雜著, 한국문
집총간 55, 민족문화추진회, 1988)

---

3. 박제가, 「묘향산소기(妙香山小記)」

日中踰金剛窟. 石覆而广, 呀如開口. 少立, 頭不戴而重. 佛不懼
壓, 猶坐其中. 或有擧杖仰鑽, 試其動靜. 石雖可恃, 余則不忍也. 高比
京城彰義門後佛菴, 稍寬敞而柝其窓. 仰見土嶺, 可五里. 禿楓如棘,
流磔橫迸. 尖石冒葉, 遇足而脫, 幾跌而起, 手爲捫泥, 羞後人嗤笑.

748

迺拾一紅葉而待之. 坐萬瀑洞, 夕陽映人. 巨石如嶺, 長瀑踰來. 流凡三折, 始囓於根, 凹而湍起, 如蕨芽叢拳, 如龍鬚, 如虎瓜, 如攫而止. 噴聲一傾, 下流徐溢, 縮而復泄, 如喘息. 靜聽久之, 身亦與之呼吸. 小焉闃然無聞, 又小焉益屬溮湝也. 褰袴至脛, 揭袂過肘, 脫巾與襪, 投之淨沙, 圓石支尻, 踞水之幽. 小葉沈浮, 腹紫背黃, 凝苔裹石, 燁如海帶. 以足割之, 瀑激于爪, 以口漱之, 雨瀉于齒. 雙手泳之, 有光無影, 洗眼之白, 醒面之紅. 時秋雲照水, 弄余之頂也. 萬木夾洞一道. 遠天在瀑布上, 望之若可延頸而及. 泝而登之, 巖勢坦曠, 亂水流離, 步不可著. 諸人在下, 爲予懼墜, 挽之不得, 可望而不可攀. 一步回頭, 招呼之手口, 可數. 五步回頭, 眉睫猶向我而仰. 十步回頭, 笠頭如帅, 只辨納納. 百步而顧, 洞口之人, 如坐瀑底, 瀑底之人, 已不見我矣. 荒林路絶, 遠日且低, 肅然而恐, 不覺其忙. 廻柯彈面, 叉枝裂裾. 積葉滲泉, 膝以下, 泥如也. 於是, 水窮而源見, 潺湲無聲, 曳于石根. 北瞰大壑, 洞然而幽, 紅樹滿谷, 竝無一物. 香爐上峰, 咫尺欲來. 空中之路, 一橋可杭, 而邈若仙凡, 杳莫致之. 竟惆悵而歸. 大略石勢如曬腹, 披至胸乳, 下飽中蹲, 數紋橫臍. 所登之地, 如牛之角之間, 額之上. 不知石之生也, 空其中, 如覆甕邪? 抑徹底皆石邪? 扣之何牢, 呼之何響邪? 泉源不大, 始出如帶, 借石爲聲, 肆于其末. 此造翁之權也. 予之初登也, 一僧躧焉, 指示歸路. 衆人皆散, 留輿于洞, 使乘而至. 步自迦葉敗菴, 從石隙, 西踰檀君臺. 脚力費於人十里也.(『貞蕤閣集』下, 정민 외 역, 돌베개, 2010)

4. 이광려(李匡呂), 「뇌옹사리찬(瀨翁舍利贊)」

瀨翁酣酒喜女色, 平生非知有僧行者也. 同余入香山. 初入山之夕, 會飯于普賢寺之觀音殿, 四月二十二日也. 翁方飯, 忽牙齒間鏗然出一物, 非骨非石, 白光的皪. 僧驚曰: "舍利也!" 翁笑曰: "吾安出舍利? 甚似魚睛, 而寺飯止有蔬, 是定何物?" 僧曰: "此所謂齒舍利也, 僧見之屢矣. 其狀正如此. 未知公何修而致此? 不然殆宿世因乎?" 余曰: "所謂舍利者, 吾所未知, 若謂其必善心而後出者, 翁正是其人, 未必謂宿世. 然今世之善, 亦未有非宿世者也. 翁雖酒色自喜, 猖狂半世, 而情眞意豁, 性惡不直, 自少至老, 其長短得失, 如一日也. 使先佛擇人於人中, 必取此等人, 必不取曲謹而心邪者. 所以積行深山, 未必出舍利, 任性自在, 或見此奇特, 非可以形跡求者. 翁平生見人之以誠心相與, 則雖一面如舊, 赴湯火不吝也. 往往耽酒色使財, 凌謔大噱, 視之若非端人也, 顧周審凝厚, 用心不滯, 志願亦易足. 雖外若不撿, 十顚九倒, 終不落邪魔外道者. 其作人實如此, 平日昧佛理, 而其心相形貌, 往往偶有近之者, 此吾輩恒言也. 殆宿世有根, 雖不學其法而實不泯其性也, 則今日之出舍利, 不必爲翁驚怪. 翁家一長老, 眼中出舍利, 更數十年而後逝. 其出舍利處, 睛上留痕, 人常見之. 今又有撲伯事, 何田氏之多善男子也? 余性偏, 常謂拘撿中求人, 未必盡得人, 不拘撿中甚庸俗甚淺近人, 乃或有坦夷無心極可尙者. 此人亦未嘗自知佳處, 而其佳於人遠矣. 況不甚庸俗而不甚淺近者乎?" 爲瀨翁舍利贊. 翁姓田, 名宅良, 撲伯其字也. 余千里而來, 爲見撲伯, 乃見此事, 殆不虛爲此

行也. 然撲伯惟無心而致此, 觀撲伯者須知此義, 不當以舍利爲一大事
也.(『李參奉集』卷4 文, 한국문집총간 237, 민족문화추진회, 1999)

5. 조찬한(趙纘韓), 「유천마성거양산기(遊天磨聖居兩山記)」

翌日, 由菴東攀緣上上, 歷險惡, 透深奧, 艱難索路, 陟降半日. 林
薄織密, 上不見天者十五里, 僅達玄化寺. 寺爲賊火所蕩, 而餘基蕪沒.
有一老僧, 重構一殿, 未克訖功, 而方鳩工. 擬跖前址者, 僧可謂沒量
矣. 外有石龜負碑而伏, 乃前朝學士周佇所撰文也. 庭有石塔殘缺, 乃
化主壽堅所樹植也. 由玄化東走五里, 石嶺巉屹倚天, 飛走之所躋墊.
聞其險发, 使人白頭. 而搪突攀援, 蟻附蝯着, 翻汗眩眼. 十步九顚,
踰時而始陟絶頂. 由頂直下, 以通于花藏寺. 寺蓋西域僧指空所創, 而
歷兵火, 猶獨巍然, 可謂靈且壯矣. 法殿敞赫宏誦, 丹騰懿濿, 肅若上
界, 儼若鬼神, 懍悸不可久立. 東有先王畫像所御容殿, 殿東又有羅漢
殿. 西有僧堂, 廣可百餘間, 堂有指空法像. 又有諸寮, 疊置間列. 懸
鍾一樓, 高爽特揭. 登臨四望, 眼盡其力. 由樓而下, 槐庭廣衍, 騁眄
益曠. 周覽未畢, 有僧跪進一函. 卽開鐄視之, 則有貝葉梵經, 栴檀瑞
香. 皆産於西天, 而指空所手而置者. 信乎其奇且玄矣. 由寺從古道,
復還于玄化, 止宿. 翌日, 由玄化五里許, 冒險觸峥. 蹣跚踳踔, 愊塞眩
狂, 有甚於花藏石嶺. 登陟未半, 怖慄愁悶, 進退狼狽者良久. 勇敢懸
上, 爪鉤石齒, 膝行崖面. 寸進尺度之際, 歷望北聖居小菴. 菴在千峯
半頂, 雲窓窈窕, 霧閣靜深, 形柱粉礎, 隱暎巖竇. 延頸一望, 彷彿仙

莊焉. 辛勤盡日, 僅上一巖, 其名曰遮日. 迥拆天罅, 崒憑雲表. 擧頭揮手, 可捫星斗. 六合八埏, 無不洞臨. 蓋聖居之勢, 盡於茲矣. 緣巖西下僅五里, 有傾崖鋪地百餘步, 頑巖猛石, 錯分通波. 水聚崖口, 淺不悍流, 而無數落木, 沉積塞斷, 仍與諸僧手決而指疎, 以通其湍, 則水急瀉崖, 倒若建瓴, 而紅葉之紛紛者, 逐波趁沫, 珠貫魚聯, 次苐懸溜而下. 仍相與笑玩, 可謂無事中奇致也. 沿緣直下僅數里, 有一大巖, 前方後銳, 狀若萬斛之舟, 陸沉于洞門. 儼若天墜地出, 而鬼護神呵, 以閱終古焉. 方覺造物者之所施爲, 愈出愈奇, 藏至巧於無窮無盡也. 歷舟巖數里, 有老僧一人, 率諸僧十餘輩, 整服巾而立, 偵伺而候, 實皆所知面, 而所與返者, 實雲居其寺也.(『玄洲集』卷15, 한국문집총간 79, 민족문화추진회, 1988)

---

6. 이정귀(李廷龜), 「유송악기(遊松嶽記)」

松都去京師百餘里, 馬健, 一日可至. 余之過此地屢矣. 而以其故都多舊迹, 近如滿月臺·紫霞洞, 遠如天磨山·知足庵·朴淵·大興洞, 足迹靡所不遍, 而若松嶽則未嘗一登眺焉, 但望見蒼翠而已. 歲甲寅, 自春至夏不雨, 上憂之, 分遣重臣, 祀嶽瀆殆遍. 余得松嶽, 晉昌姜仁卿得五冠, 聯駕而來. 留守洪公元禮迎勞敍款. 詰朝, 率祀官上嶽. 自滿月臺西, 邐迤而往, 至山麓, 溪回路轉, 洞壑窈窕. 行數里, 府人以轎候於路, 路險不得騎故也. 時當盛夏, 百花盡謝, 只山躑躅爛開, 隱映密樹中. 高者丈餘, 短者覆巖隙. 風自四山而下, 香氣馥郁. 路左右皆絶

墼, 有泉流暗草中, 不見水, 而但聞聲, 鏘然如環佩響. 懸輿而登, 或憩於石, 輿者喘定乃復上. 路凡十八盤, 乃得窮其頂. 回視祀官, 皆裸身而步, 脅息不能語. 草屋五六區, 守祠者所居. 吏設席坐我, 以涼果冷酒紓其困. 向夕, 山意寂寥, 缺月有光. 杉檜森立, 風動有聲. 望見神壇, 淨肅, 令人魄動. 祠凡五所, 一曰城隍, 二曰大王, 三曰國師, 四曰姑女, 五曰府女. 壇而不宇, 列在山頂之北. 而其有屋有壇者, 卽嶽神祠也. 所謂大王·國師·姑女·府女, 未知何神, 而國中之祝釐祈福者, 爭奔走焉. 漢都士女凡有禱, 必於此. 至有宮人降香, 歲時不絶云. 豈山之靈異耶? 抑麗朝尙鬼多淫祠, 遺俗流傳, 不知改耶? 四更將事, 天宇肅淸, 星斗粲然, 神境森嚴, 凄神寒骨. 祀罷, 假寐於村家. 淸朝步上山冢, 見有新構祠宇. 聞京都富民, 出財力建城隍祠云. 山之左支南走, 全石隆起. 爲嶺曲城, 繚之雉堞, 斷而復連, 牽人而上, 危且窄, 可列坐而不能幷, 風蓬蓬然吹人欲墜. 沃之酒, 神始定. 試望之, 山勢蜿蜒盤屈, 若頹而起, 若騺而止, 猶龍虎之變動, 而氣勢之雄也, 東南遠山, 環衛若朝宗, 長河如帶, 大海接天, 五百年鬱蔥之氣, 盡鍾於是. 號爲神嵩, 信不虛矣. 席上書一律, 示祀官金奉祖·經歷尹英賢, 仍記其槩, 以貽後之遊者.(『月沙集』 卷38 記, 한국문집총간 69~70, 민족문화추진회, 1988)

1. 홍세태(洪世泰), 「백두산기(白頭山記)」

癸巳. 晨飯, 彼三官我六官, 各從健步二人, 及彼所帶畵工劉允吉幷愛順, 行可五六里, 山忽中陷成壍, 橫如帶, 深無底, 廣董二尺. 而馬股栗不敢跑過, 下騎, 使牽者超岸北, 引疆度之. 克登卽先飛趨, 人皆從之, 唯慶門及蘇爾昌·李義復不能焉. 克登使長身者伸其臂, 接手乃度. 上四五里, 又有壍, 比下壍稍寬尺許, 道益峻峭, 不可以騎. 乃留馬, 劈木架其上以度. 稍西下數百步, 越鴨綠上流, 少坐北岸, 與克登論疆事. 於是展氣緩步, 初若快意. 又前三四里, 道峻險益急, 脚力盡, 汗下如雨. 又前三四里, 咽焦氣竭, 僵不能動. 克登趫捷如猿猱, 人莫能及. 許樑次之, 朴道常·趙台相·通官二哥又次之, 蘇·李及慶門最下. 喘如牛, 遇雪輒掬咽之, 不能定. 見輕便勇往者, 欲奮力追及, 兩脚如熱. 取驛夫布帶, 繫之腰, 令兩從者左右挽之, 猶不及. 仰視諸人, 皆在雲氣縹緲中. 意謂去山頂不遠, 比至尙未半矣. 少歇又行, 心益惙. 五步一仆, 十步一休, 或夾扶或蒲伏, 極力從之, 愈後人. 及到山頂, 日已午矣. 是山首起西北, 直下大荒, 至此陡立, 其高極天, 不知其幾千萬仞. 頂有池, 如人顖穴. 周可二三十里, 色黝黑不測. 時正孟夏, 氷雪委積, 望之漠漠, 一銀海也. 山形在遠望, 若覆白甕, 及登巓, 四圍微凸, 中窪, 如仰甕口向上耳. 外白內赤, 四壁削立, 若糊丹埴, 又如周繡錦屛. 坼其北數尺, 水溢出爲瀑, 卽黑龍江源也. 東有石獅子, 厥色黃, 引領西望. 大如屋, 尾鬣欲動, 中國人謂望天吼云. 是日晝晴, 下視四

方, 直數千里泱漭, 平在眼底, 而環雲點綴若屯絮. 西北衆山, 累累然頭角半出, 雲與相吞吐, 不知爲何地山也. 然如鏡城之長白東西大山, 隱約猶可指認. 甫多會·闊氏·小白諸峰, 兒孫列耳. 其外則目力窮不可辨. 克登曰: "吾管『一統志』, 奉旨探歷, 足跡殆遍天下, 此山之巉絶奇拔, 雖不及中土諸名山, 其磅礴雄大之勢則過之."(『柳下集』卷9 文 記, 한국문집총간 167, 민족문화추진회, 1996)

---

2. 서명응(徐命膺), 「유백두산기(遊白頭山記)」

十三日. 自林魚水至臙脂峯下.

日出, 離林魚水, 行林木間十餘里, 至虛項嶺. 嶺蜿蜒綿延, 橫亘北方, 爲北紀, 乃三甲·六鎭之脊背, 白頭·小白之門闢. 而其之茂山之白頭之路, 由是分焉. 北人謂之天坪. 東北數百里, 茫無障礙, 但爲林木所薆翳, 不得望遠也. 自分路處, 北行五里, 山明水麗, 心目朗然. 至于三池, 右池圓, 左池方. 中池廣而圓, 周十五里, 環抱島嶼, 樹木皆拱, 落落陰陰. 水淸見底, 游魚可數. 鳧鴨數十羣, 泛泛浮沈, 近人不驚, 一鷗飛鳴而過之. 獐鹿之跡, 交於沙渚, 仙境也, 非人境也. 一行中有見鏡浦臺·永郞湖者, 皆以爲不及也. 君受曾見太液池, 亦曰下於此遠甚. 自三池, 北距三十里爲泉水, 以泉湧出地上而名. 卽午炊之地也. 由泉水北距五里有崖谷, 嵌嶔當前, 外若楔杙, 內爲窪坎. 立馬俯視, 大壑中拆, 自成洞天, 黝黑水泡石, 削峙兩岸, 翠杉簇其上, 列若屛障. 中爲水道, 沙白如雪, 亦皆泡石之碎者, 闘馬足飛揚, 若輕塵撲

面. 每十餘間, 黑泡石累而爲階, 峻截不可踰, 必遭回其塗, 由兩岸之
石斷土封處, 然後乃行, 如是者凡三十五里. 此盖白頭山下麓而谷水所
流下者, 時方亢旱, 故爲大路. 一遇霖潦, 則飛湍百道, 澎湃奔馳, 注
而爲瀑, 激而爲浪, 旋而爲渦, 嚕呃礚硠, 東入于豆滿江源云. 漸近臙
脂峯, 則小白諸峯甚平低, 僅出人髻上, 及至臙脂峯下, 谷盡山出. 北
望三峯, 崢嶸圓崇, 其色皆皚皚, 如偃臥甕甕而參差之者然, 卽白頭
山之東南面也. 君受 · 明瑞, 其山大喜, 策馬直向山上, 日已過晡矣.
(……) 乃還臙脂峯下, 歇宿處. 尙泰等又言: "自昔至此者, 必沐浴致潔,
爲文以祭之, 然後始敢登覽, 然亦爲雲霧風雨所亂, 不得縱意窮搜, 今
亦當爲文以祭也." 於是用其言, 甲山府使具黍稻, 使甲山將校獻之, 其
文曰: "崧高白山, 鎭我箕躔, 下土瞻仰. 願覩其全, 今兹之來, 天實借
便. 風餐露宿, 幾刊杉阡. 山之有靈, 尙監誠虔, 雲收霧斂, 壯矚是宣.
天何隱哉? 日星昭懸, 不曰地道順承于天? 潔此粢盛, 以代牲牷." 三水
府使具黍稻, 使三水將校獻之, 其文曰: "天下之名山, 三十有六, 崑崙
爲祖宗. 中國之人, 莫不以一登崑崙爲壯觀, 崑崙亦未嘗秘其壯觀於
人, 此星宿海之所以傳於後世者也. 我國之白頭山, 亦猶中國之有崑崙,
若使居左海偏壤之人, 不一登於白頭以盡其瑰偉之觀, 則其爲恨何如
哉? 乃或者傳言, 登白山者, 多因風雨雲霧, 不得快觀云, 安有崑崙之
神不隱於中國之人, 而白山之靈獨慳於東國之人哉? 知其必不然也, 神
其垂佑, 使日星明稧, 萬象呈露, 得以盡山之觀焉." 皆君受製也. 甲山
之祭, 祭於十三日之夕, 三水之祭, 祭於十四日之曉, 皆掃地布席而祭,

盡去其叢祠之謬. (……)

十四日, 自臙脂峯下至白頭山上.

是日早起, 天無點雲, 出日瞳瞳. 一行諸人, 或輿或騎或步, 徐行登山. 山皆白無木, 往往綠蕪被之, 無名草花, 或紅或黃. 崖谷間層冰未消, 遠見如片雪. 逶邐而上, 漸上漸高, 不見有斗截巉巖處, 行二十里, 白山三峯, 尙立面前, 亦猶臙脂峯下之見也. 東南岡下, 列植木柵, 延十數步, 顚倒剝缺, 存者無幾. 小碑數尺, 不磨不雕. (……) 諸人看畢, 循碑右側行岡脊, 邐廻盤折, 仰而上約十里. 至其上則四方諸山, 皆在袵席之下, 極目天際, 一望盡收, 但恨目力窮爾. (……) 轉身立于兩峯之缺處, 則峯下距地五六百丈, 虛曠平夷, 大澤中焉. 周四十里, 水深靑, 與天光上下一色. 澤之東南岸, 有正黃石山三峯, 高可一其外峯之三, 如人之舌在口中然. 後四面環以十二峯, 若城于澤, 有仙人戴盤者, 有大鵬擧嘴者, 有柱而擎者, 有聳而拔者, 裏皆剗削, 壁揷丹黃, 粉碧爛然, 如繢文之布而緹縵之圍, 其外則偃蹇蒼白, 渾然一大塊水泡石之凝結也. 移步數峯, 大澤或圓或方, 各異其觀. 席于巳方稍平之峯, 峯多烏石. 下瞰大澤, 三面阻山, 坼其子; 中水溢出石罅, 爲混同江, 直達寧古塔地, 入于海. 或以爲鴨綠·土門, 自大澤發源者, 妄也. 麋鹿成羣, 有飮者, 有行者, 有臥者, 有走而祁祁者. 玄熊二三, 緣壁上下, 怪鳥一雙, 翩飛點水, 若畫圖中見也. 是時, 一行近百人環峯立, 雖不解山水之趣者, 亦不覺足之前而身之側于邊也. 君受·明瑞, 懼其墜跌, 禁而不能得. 乃使趙顯奎取筆硯模其景, 用指南鍼, 識其峯巒之位置. 蓋縱

覽半日而不知返.(『保晩齋集』卷8 記, 한국문집총간 233, 민족문화추진회, 1999)

3. 신광하(申光河), 「유백두산기(遊白頭山記)」

二十四日, 大柳洞, 挾鵲峯而右行曰樺木迤, 過小柳洞, 從者言毛女事, 甚奇. 年前獵夫至此, 一恠物飛木末輒驟. 職夫走執之, 女人也. 遍体無一線, 惟靑毛長數寸, 覆盖之. 能言. 問: "何女?" 曰: "慶源女也." 問: "何食?" 曰: "木皮草根也." "何得在此?" 曰: "往時父母將兒入鉄瓮城, 至此, 遇大雪不可出. 食盡食牛馬鷄犬, 相枕籍死. 盖入此谷死者不可勝計, 惟二女獨不死, 飮水嚼雪, 雪盡不知所出, 嚼草根, 食木皮, 冬之毛生體, 輕擧如鳥." 問: "欲還鄕?" 曰: "不願也." 輒欲跳, 夫力拘之, 道之慶源, 鄕人大驚曰: "鬼也." 試鬼事萬方而去. 予之食, 食魚肉果蔬如常人, 久之不能飢, 甚於常人, 未幾毛落而死. 其一女不知所終云. 夫以數百人之衆强死於一壑之中, 精物所萃, 或不至盡滅. 二女之得不死, 亦理也. 茹草食木, 歷時月不死, 毛成體輕, 深居穴處, 情欲俱盡, 其度世長年, 不亦異矣. 華山毛女, 亦此類也否? 古今傳紀, 不可不信也. 惜乎! 彼獵者, 賊天道者也. 常聞白山有女鬼, 挾人而食, 豈以毛女誤傳者? 行五里, 渡半橋, 水深黑, 橋且圮, 伐木橫架之, 人得渡. 馬使之跳, 盖北馬善跳去水際過一丈. 有三峯突然, 曰三台峯, 去橋五里也. 直西向寶陀山二十五里, 又北折, 鬼籠潭, 多鬼籠木, 望之幽黑, 根條糾結, 鉅木橫塞, 巧去冠巧穿衣裘鉤破. 行十里, 得三池, 其一周四五里, 其一細而長, 最大者, 方十里. 四邊杉木, 不甚高大,

758

掩暎纁黃, 高者積聚, 自成峯巒, 低者環周如簀, 水面淨綠, 中有白鷗十餘雙, 皎潔不受塵也. 其幽艶窈窕, 眞絶境也. 翠杉黃蘖, 交暎湖心, 三日永郎之還世也. 自西阜斗入湖中爲○鳥, 若人巧之設也. 島上楓杉, 尤奇聞. 張志恒奉命審視山中, 至此湖, 刳木作舟, 載數十妓, 中流樂作, 四山皆響, 風雨從之, 舟幾覆者三, 張大恐須臾乃止. 元弼亦從之云. 兩池之間, 直向西北五里, 有虛項嶺, 斷行人之過嶺者云. 通甲山甚捷, 盖鉄瓮之說肆行, 十妓之人波盪烟動, 幾多千餘戶, 自虛項嶺流入, 或過遼瀋, 或入三甲, 遇雪死者三百餘戶, 方伯啓聞捕, 說者鏡之人也. 立誅之, 自此設虛項嶺斷行人之過嶺云者. 臨池有芰舍獵夫之留憩也. 捕貂鼠者, 自九月入此谷, 據川上以以(*衍字)小木橫之, 設機, 潛伺貂若鼠, 椓木度林, 機動而見獲, 謂之水叉. 立冬日出山, 且立冬日彼地熊羆無慮數十百羣, 渡江而南, 亦就暖者耶? 小歇飯已, 北折, 數百武平地湟然, 如巨鑊, 有若鑿井不成而棄者. 二十五里, 得泉水從地湧出, 雙脉奮興, 盖大紅丹也. 水源發于此也. 味甚甘洌, 疏泉作芰舍, 留宿. 是夜甚寒不睡, 盖地勢莫知已在西山之腰也.(『遊白頭山記』, 경상대학교 문천각 소장)

---

4. 임제(林悌), 「남명소승(南溟小乘)」

十五日. 香烟直上, 淸旭照窓, 風暖鳥聲, 碎雪消, 春水來. 同遊皆樂曰: "今日之遊, 天所借也." 促飯戒行, 過靈谷洞口, 巖巒新洗, 玉簪參差. 乃取南麓上, 有松樹, 非栢非杉非檜, 童童成列, 皆如幢蓋之形,僧以爲桂樹. 山尺斫而白之, 以志歸路. 余戲曰: "汝亦斫桂人耶?" 行到半嶺, 絶無草樹, 蔓香被阪, 葉類仄栢. 微風乍起, 異香滿衣. 回首則山房松岳, 已在足下. 宿雨洗塊蘇之塵, 滄溟斂陰翳之氣, 行行仙趣, 步步奇觀. 徘徊之際, 淸淳采芝草數莖, 贈我曰: "貧道昨夜之夢, 有人以靈芝授足下. 醒來心甚異之, 慇懃相贈, 以符夢耳." 余笑曰: "唐人詩有'自有仙才自不知, 十年長夢紫華芝'之句, 正謂此也." 時有積雪未消處. 衆曰: "此乃絶巚, 深可十餘丈. 千峰之雪, 爲風所卷, 皆入於此, 故五月尙未盡消也." 余與二客, 悚然而度. 礀底長松, 出於雪上者, 寸碧而已. 自山根至尊者可三十餘里, 自尊者來此, 亦三十餘里, 而仰絶頂, 尙如平地之所謂高山者也. 峰勢壁立, 看若湧出. 乃捨馬, 扶杖而登. 十步一息, 消渴難堪, 令小溪取氷於巖下, 嚼之如飲瓊漿, 到絶頂則坎陷爲池, 石峰環遶, 周可七八里. 倚石磴俯視, 則水如玻瓈, 深不可測. 池畔有白沙香蔓, 無一點塵埃之氣. 人間風日, 遠隔三千, 疑聽鸞簫, 悅見芝車. 其穹窿之形、積石之狀, 恰似無等山, 而高山則倍之. 世傳: "無等與此, 爲牝牡山," 必以此也. 山上之石, 皆赤黑色, 而沈水則浮, 亦一異也. 若以眼界言之, 則日月之所徧照, 舟車之所不及, 皆可相接, 而眼力有限, 只在天水之間, 可恨. 衆曰: "遊人到此, 必峰驟雨, 未有若今日之開朗也." 望見天際, 海上有物, 圓如車蓋, 或白或黑, 點點成列, 政如局上碁子, 皆以爲島也. 淸淳曰: "貧道年年登此, 非一再, 而南溟絶無島嶼, 此乃雲氣耳." 相難之餘, 其物漸迫, 則乃雲也. 相顧一噱而下. 從上峯南轉, 向頭陀寺. 行迤多凹陷如臼, 而短竹黃茅, 覆

760

於其上, 故行甚艱. 行十五里許, 路窮崖斷, 俯頭陀寺, 不甚遠, 而崖懸如削, 雪深沒腰. 雪下又有幽磵, 乃魚貫而下. 陷濕之苦, 不可言也. 崖下大溪橫流, 遂度溪入寺. 寺在兩溪之間, 故亦號雙溪庵. 洞壑幽邃, 亦佳境也. 人馬則迂路而行, 故初更來到矣. 㫌義倅, 送酒二瓶, 明月滿溪, 因勞困, 偃臥不起, 可歎. 偶隨仙侶采芝歸, 泉洞雲霞叩石扉, 鐘盡上方山寂寂, 一溪明月照蘿衣.

十六日, 晴. 昨因昏困, 未能周覽, 故未知其爲異境也. 朝日將行, 出坐前臺, 則兩派淸溪, 千尋翠壁, 十分奇絶. 出洞回首, 情似惘然, 詠杜陵, '疊壁排霜劍, 奔泉灘水珠'之句, 眞摸寫此中境也. 赤亦交蔭, 不見天日. 行十餘里, 入一古寺遺墟, 石秀泉淸, 亦可盤旋秼馬. 到此趨庭返面, 日已夕矣.(『白湖逸稿』, 신호열, 임형택 외 편역, 『신편 백호전집 2』, 창비, 2014)

---

5. 이형상(李衡祥), 「지지(誌地)」

稍定喘息, 倚石四望, 三邑九鎭, 鼎列碁布. 如城山·山房·松岳之斗起海中, 文島·牛島·飛揚·盖波·磨蘿之點泛波上者, 拍拍然如在目前, 東自三島·靑山·東餘鼠·白梁·斜鼠, 西至楸子·黑山·紅衣·可佳·大小火脫, 錯落於緲茫之中. 珍島·海南·康津·靈巖·光州·長興·寶城, 熹微於雲霞之外, 蜿蜿蜒蜒, 自作波濤之狀. 造物亦巧矣. 山脉四出, 虎行龜盤. 其岳之在北, 曰三義讓·曰雲雨路·曰悅安止·曰御乘生·曰勞老客·曰感恩德·曰踏印·曰倒轉·曰長兀(在州東南四十五里. 四峯之中, 一峯最高, 上有龍池, 徑五十步, 深不可測. 邊積蛤殼, 如白鹿潭,

亦貢鳥所輸云.〕·曰紗羅·曰元堂·曰郭支·曰相時·曰曉星·曰靈通·曰洞

山·曰笠山·曰箕·曰黑·曰猪·曰獐者, 濟州也. 東南, 曰三梅陽·曰瀛

洲·曰成佛·曰感恩·曰水城·曰水盈·曰閑坐·曰禿達·曰指尾·曰水頂·

曰雲之·曰地稅·曰紫浦·曰懸蘿·曰城板·曰靈泉·曰斗·曰達·曰水·曰

方〔漢拏山絶頂. 形正方, 如人鑿成, 其下沙草成蹊, 香風滿山, 悅聞笙

絃之聲, 俗傳神仙所遊.〕·曰兎·曰鷹者, 旋義也. 西南, 曰柿木·曰遮

歸·曰摹瑟·曰孤根〔在縣東五十七里, 巓有大穴, 深不可測, 周十七里,

地誌, 邑人文秋失財, 疑置於此, 以索縋下百丈, 穴底木葉頹積, 得不

傷.〕·曰龜·曰蠔·曰弓·曰簞者, 大靜也. 川曰山底也, 禾北也, 屛門也,

介路也. 水望也, 靈泉也, 洪爐也, 紺山也, 塞達也, 大加來也, 小加

來也. 藪曰猫坪也, 金寧也, 黏木也, 盖沙也, 暗藪也, 木橋也, 大藪

也, 所近也, 板橋也, 螺藪也. 其他若泉若淵若浦之屬, 點指悅目, 抱

懷自曠, 西麓五十里外, 有曰瀛室洞府, 俗名五百將軍洞也, 千尋蒼壁,

環爲列屛. 上有恠石, 狀如羅漢者, 凡五百. 下有三瀑, 傾瀉一壑. 傍

築古壇. 壇上植桃, 獨立於叢竹之間. 南麓有樹, 非栢非杉, 非檀非檜,

隱隱如幢盖. 傳以爲桂也. 又有蔓芝, 着地芊茸, 莖有細毛, 色類靑苔,

隨節生根, 或如釵股, 或如絹絲, 味甘而香. 雖非桂芝, 然亦異矣. 上

有修行洞, 洞有七星臺·坐禪巖云. 是古僧入定之墟. 其曰尊者庵, 亦

各有殊眪. 小乘所謂'行行仙趣, 步步奇觀'者, 眞記實也.(『耽羅巡歷圖·南

宦博物』, 고전자료총서 제1집, 한국정신문화연구원, 1980)

6. 최익현(崔益鉉), 「유한라산기(遊漢拏山記)」

出自南門, 行十里許, 途傍有一溪. 漢拏北麓之水, 於此會注而入海. 遂立馬岸上, 緣崖下數十步, 兩邊蒼壁削立, 當中有石橫跨作門形. 長廣容數十人, 高可二丈. 夾刻訪仙門及登瀛丘六字, 亦有前人題品, 卽十景之一. 門內外上下, 清沙白石, 磨礱潤澤, 眩人眼目. 水團·躑躅, 列植左右, 方蓓蕾丰茸, 亦甚奇絶. 盤桓少頃, 殊無歸志. 因復登岸, 向東行十里, 里名竹城, 人戶頗櫛比, 植竹以環之. 討一寬舍止泊, 日已暮矣. 天黑風靜, 慮有雨勢, 轉輾經宵. 昧爽而起, 使從者視之, 所報一如初昏時而反甚焉. 且言宜直還, 留俟後日者, 殆十之七八. 乃强飲一盞紅潮, 吸一呷羹, 遂違衆策馬而前. 石逕頗險窄, 至五里許, 有大阜, 名曰中山, 盖官行登陟時, 郵馬替轎之地. 忽然陰雲鮮駁, 日光漏射, 海色山容, 次第呈露. 因歸馬于二成, 輕服芒鞋, 扶杖進步. 主人尹奎煥, 脚疲告退, 其餘並魚貫隨後. 一線微逕, 因樵虞人來往, 稍有形止, 而高峻狹隘, 去益艱危. 逶迤行二十里, 靄霧收盡, 軒豁淸明, 衆中當初立異者, 稱曰吉, 余曰:「此山之中途敗興, 未必不由此等人間之盍從容愼諸!」少進有澗, 瀉出巖底, 委曲而下. 暫坐般陀石解渴, 由澗而西. 過石嶝數級, 又轉而南, 古木蒼藤, 亂林叢藪, 參天蔽途, 殆靡適從. 如是行十里許, 偶見細蘆成林, 佳氣襲人, 且曠然可望. 向西里許, 有矗壁成臺, 槎牙突兀, 可數千丈. 謂是三韓時, 烽燧遺址, 而無可據, 亦慮日力不足, 未得往見. 又進數步, 得細澗自上流注成痕者, 循之而上, 氷雪崢嶸, 鳩桑雜木, 上偃旁綴, 俛首俯伏而行, 不自知身之危地之高. 凡六七里, 始見上峯, 土石相雜, 不平不陂, 圓滿豊厚, 近在額上. 草木不生, 惟靑苔蔓香, 被在石面, 可坐臥. 高明廣濶, 直可以旁日月而駕風雨也, 依然有遺世出塵之意. 俄爾黑霧一抹, 疾馳晦冥, 自西而東, 匝繞山面. 心竊怪, 以爲旣至此, 不見眞面, 政所謂九仞虧於一簣, 得不爲島人所笑乎? 信心行數百步, 當北邊凹缺處俯瞰, 上峯至此忽然中坼, 洿下成坎, 卽所謂白鹿潭也. 周可里餘, 止面淡淡, 半水半氷. 水旱無盈縮, 淺處可揭, 深處可厲. 淸明潔淨, 不涉一毫塵埃氣, 隱若有仙人種子. 四圍山角, 高低等均, 眞天府城郭. 懸壁而下, 循潭而南, 頹坐少憩. 一行並漸盡無餘力, 向西最高者, 是爲絶頂, 乃寸進, 脅息而登, 從者才三人. 平舖寬曠, 不甚眩視, 上逼象緯, 下俯人境, 左顧扶桑, 右接西洋, 南指蘇杭, 北控內陸, 點點島嶼, 大如雲片, 小如鷄卵, 驚恠萬狀. '觀於海者難爲水, 登泰山小天下,' 聖賢力量可以想像. 而亦使蘇子當日有先於此, 則所謂: '憑虛御風, 羽化登仙'之句, 其肯施之赤壁而止哉? 因誦晦翁詩'朗吟飛下祝融峰'之句, 還至潭邊, 從者已炊米虔誠. 因賦飯行水, 水味淸甘. 余顧謂衆曰: "此非金漿玉液耶?" 向北里餘, 謂有穴望峯, 及前人刻名, 而日仄未暇, 自山腰橫步, 而東蹴石壁, 攀崖蟻附, 下五里. 由山南, 轉向西趾, 霧中仰見, 圍潭石壁, 竹破瓜削, 勢摩九霄, 奇奇怪怪, 形形色色, 盡是釋迦如來著袈裟長衫形. 行二十里, 日已黃昏. 余曰: "聞此距人家甚遠, 夜亦不寒, 與其顚倒疲困於途中, 曷若暫次露宿, 使明日事爲易易也?" 衆曰: "可." 遂倚巖架樹, 爇火以溫之, 一場暇眠, 天已曙矣. 飯後緩步而前, 宿露

末晞, 衣襪盡濕. 行未幾, 又迷失途, 左右縱橫, 其困不啻若九羊腸十瞿塘矣, 而趍下之勢, 比諸昨日, 有同平地. 行十里許, 至瀛室, 高頂深塹, 頭頭怪石, 森列雄威. 亦捴是佛形, 其數不但以百千計焉. 卽名千佛巖, 亦所謂五百將軍也. 較之山南, 尤爲奇壯. 山底有一川, 流出注海, 第傍於道途, 殊涉淺露. 班荊少憩, 遂行二十里, 出西洞口, 營卒牽馬來待. 入人家, 炊飯療飢, 薄暮還城.(『勉菴先生文集』卷20 記, 한국문집총간 325, 민족문화추진회, 2004)

7. 김종직(金宗直), 「유두류록(遊頭流錄)」

晡時, 乃登天王峯, 雲霧翁勃, 山川皆闇, 中峯亦不見矣. 空·宗先詣聖母廟, 捧小佛, 呼晴以弄之. 余初以爲戲, 問之, 云: "俗云, 如是則天晴." 余冠帶盥洗, 捫石磴入廟, 以酒果告于聖母曰: "某嘗慕宣尼登岱之觀, 韓子遊衡之志, 職事羈纏, 願莫之就. 今者仲秋, 省稼南境, 仰止絶峯, 精誠靡阻. 遂與進士韓仁孝·兪好仁·曹偉等, 共躡雲梯, 來詣祠下, 屛翳爲祟, 雲物饋餾, 遑遑悶悶, 恐負良辰. 伏丐聖母, 歆此洞酌, 報以神功, 致令今日之夕, 天宇廓然, 月色如晝, 明日之朝, 萬里洞然, 山海自分, 則某等獲遂壯觀, 敢忘大賜?" 酹已, 共坐神位前, 酒數行而罷. 祠屋但三間, 嚴川里人所改創, 亦板屋, 下釘甚固, 不如是, 則爲風所揭也. 有二僧繪畫其壁, 所謂聖母乃石像, 而眉目髻鬢, 皆塗以粉黛, 項有缺畫, 問之, 云: "太祖捷引月之歲, 倭冠登此峯, 斫之而去, 後人, 和黏復屬之." 東偏陷石壘, 空等所弄佛, 在焉. 是號國師,俗傳聖母之淫夫. 又問: "聖母, 世謂之何神也?" 曰: "釋迦之母摩耶夫人也." 噫! 有是哉! 西竺與東震, 猶隔千百世界, 迦維國婦人, 焉得爲茲土之神? 余嘗讀李承休『帝王韻記』, '聖母命詵師'註云: '今智異天王, 乃指高麗太祖之妣威肅王后也.' 高麗人習聞仙桃聖母之說, 欲神其君之系, 創爲是談, 承休信之, 筆『韻記』, 此亦不可爲徵, 矧緇流妄誕幻惑之言乎? 且旣謂之摩耶, 而汚衊以國師, 其褻慢不敬, 孰甚焉? 此不可不辨. 日且昏, 陰風甚顚, 東西橫吹, 勢若撥屋振嶽, 嵐霧坌入, 衣冠皆潤. 四人皆枕藉祠內, 寒氣徹骨, 更襲重綿. 從者皆股戰失度, 令燒大木三四本以熨之. 夜深, 月色黯黮, 喜而起視, 旋爲頑雲所掩. 倚壘四矙, 六合澒洞, 若大瀛海之中, 乘一小舟, 軒昂傾側, 將淪于波濤也. 笑謂三子曰: "雖無退之之精誠, 知微之道術, 幸與君輩, 共御氣母, 浮游混沌之元, 豈非儵歟?"

　庚辰. 風雨猶怒, 先遣從者於香積寺, 具食, 令披徑路來迎. 過午, 雨少止, 石矼滑甚, 使人扶携推轉而下. 數里許有鐵鎖路, 甚危, 便穿石穴而出, 極力步投香積. 無僧已二載, 澗水猶依剖木, 潺湲而落于槽. 窓牖關鎖及香橐佛油, 宛然俱在, 命淨掃焚香, 入處之. 薄暮, 雲靄自天王峯倒吹, 其疾不容一瞥. 遙空或有返照, 余舉手喜甚, 出門前盤石, 望薩川蜿蜒, 而諸山及海島, 或全露, 或半露, 或頂露, 如人在帳中而見其髻也. 仰視絶頂, 重巒疊嶂, 不知昨日路何自也. 祠旁白旆, 南指而颺, 蓋繪畫僧報我知其處也. 縱觀南北兩巖, 又待月出. 于時, 東方未盡澄澈. 復寒凜不可支, 令燒樠柵, 以熏屋戶, 然後就寢. 夜半,星月皎然.

辛巳. 曉日升暘谷, 霞彩暎發. 左右皆以余困劇, 必不能再陟. 余念數日重陰忽爾開霽, 天公之餉我, 多矣, 今在咫尺, 而不能勉强, 則平生芥滯之胸, 終不能盪滌矣. 遂促晨餔, 褰裳, 徑往石門以上, 所履草木, 皆帶氷凌. 入聖母廟, 復酹而謝曰: "今日, 天地淸霽, 山川洞豁, 實賴神休, 良深欣感." 乃與克己·解空, 登北壘, 太虛已上板屋矣. 雖鴻鵠之飛, 無出吾上.(……)

歷甑峯, 抵沮洳, 原有楓樹當徑, 屈曲狀棍闌, 由之出者, 皆不俛僂. 原在山之脊也, 而夷曠可五六里, 林藪蕃茂, 水泉縈廻, 可以耕而食也. 見溪上草廠數間, 周以柴柵, 有土炕, 乃內廂捕鷹幕也. 余自永郎岾至此, 見岡巒處處設捕鷹之具, 不可勝記. 秋氣未高, 時無採捕者. 鷹準, 雲漢間物也, 安知峻絶之地有執械豐蔀而伺者? 見餌而貪, 猝爲羅網所絓, 絛鏇所制, 亦可以儆人矣. 且夫進獻, 不過一二連, 而謀充戱玩, 使鶉衣啜飧者, 日夜耐風雪, 跧伏於千仞峯頭, 有仁心者, 所不忍也. 暮登唱佛臺, 巉巉斗絶, 其下無底, 其上無草木, 但有躑躅數叢, 羚羊遺矢焉. 俯望荳原串·麗水串·蟾津之委, 山海相重, 益爲奇也. 空指衆壑之會曰: "新興寺洞也." 李節度克均, 與湖南賊張永己戰于此, 永己, 狗鼠也, 以負險故, 李公之智勇, 而不能禁遏其奔迸, 卒爲長興守之功, 可嘆已. 又指岳陽縣之北曰: "靑鶴寺洞也." 噫! 此古所謂神仙之區歟! 其與人境, 不甚相遠, 李眉叟何以尋之而不得歟? 無乃好事者慕其名, 構寺而識之歟! 又指其東曰: "雙溪寺洞也." 崔孤雲嘗遊于此, 刻

石在焉. 孤雲, 不羈人也, 負氣槩, 遭世亂, 非惟不偶於中國, 而又不

容於東土, 遂嘉遯物外, 溪山幽閴之地, 皆其所遊歷, 世稱神仙, 無愧

矣.(『佔畢齋集』文集 卷2 紀行錄, 한국문집총간 12, 민족문화추진회, 1988)

---

8. 조식(曺植), 「유두류록(遊頭流錄)」

○二十三日. 朝欲出山, 玉崙飯送之. 頭流大小伽藍, 不知其幾, 獨

神凝水石爲最. 昔與成仲慮自上峯來尋, 近三十載, 後與河仲礪全夏來

棲, 又出二十載. 二君皆已仙去, 於今獨來, 有若曾到河漢間, 茫然不

知何日泛查來也. 法宮佛榻, 揷起龍蛇牧丹, 間以奇花. 外面擧牖, 亦

揷桃菊花牧丹, 五彩交輝, 眩曜人目. 皆是東土禪宮所未有也. 寺去求

禮縣津頭二十里, 去雙磎十里, 去沙惠菴十里, 去七佛十里, 去上峯一

日道也. 出到七佛溪上, 玉崙·允誼, 架木爲橋, 橫截溪面, 皆得穩步徐

渡. 沿溪下, 到雙磎, 越邊慧通·愼旭, 涉水來送之. 健僧數人, 同來護

涉. 又下六七里, 下馬欲濟, 前日養馬者及村夫數人, 烹鷄燒酒來饋之.

岳陽吏編竹爲橋, 皆得擔渡. 溪水險急, 白石粼粼, 一行僕隷, 亦無一

人顚蹶者, 可謂利涉矣. 誰不欲利涉, 猶時有利不利, 抑命耶? 渡溪未

十里許, 靑龍與其壻挈壺來, 盤排魚肉, 一似都市中物也. 龍妻水金,

舊居京師, 爲有通門之恩, 來見寅叔·剛而, 衆皆調戱之. 乘舟喫午飯,

下泊岳陽縣前, 入宿縣倉. 剛而往見族叔母於縣東數里許. ○二十四

日. 晨嚼白粥, 登東嶺, 嶺曰三呵息峴. 嶺高橫天, 登者數步三呵息, 故

名之. 頭流元氣, 到此百里來, 偃蹇而猶未肯小下者也. 愚翁乘剛而馬,

獨鳴鞭先登, 立馬第一峯頭, 下馬據石而揮扇. 衆皆寸寸而進, 人馬汗出如雨, 良久乃至. 植忽面折愚翁曰: "君憑所乘之勢, 知進而不知止, 能使他日趨義, 必居人先, 不亦善乎?" 翁謝曰: "吾已料君應有峭說, 吾果知罪." 剛而顧視頭流, 陰雲掩翳, 不知所在, 乃嘆曰: "山莫大於頭流, 近在一望之中, 衆人瞠目而視之, 猶不得見. 況賢不能大於頭流, 近不能接於目前, 明不能察於衆見者乎?" 相與四顧流觀, 東南面蒼翠最高者, 南海之殿也. 正東之彌漫蟠伏, 波相似者, 河東·昆陽之山也. 又東之隱隱嵩天如黑雲者, 泗川之臥龍山也. 其間如血脈之交貫錯綜者, 江河海浦之經絡去來者也. 山河之固, 不啻魏國之寶, 臨萬頃之海, 據百雉之城, 猶爲島夷小醜, 重困蒼生, 寧不爲蝥緯之憂乎? 晩到橫浦驛, 饑甚, 啗寅叔行箱中果子乾雉, 飲秋露一勺. 午到頭理峴, 下馬揭樹下, 渴甚, 人各飮冷泉數瓢耳. 忽有芒鞋襦直領人下馬, 翩翩而過, 見剛而, 輒坐. 問其所之, 乃光陽校官也. 有雄雉嗍嗍而鳴, 李栢挾弓飮鏃, 邏繞之, 雉忽飛去, 衆皆笑之. 方在雲水中, 非雲水則不入眼. 纔到下界, 所見無他, 廣文之過, 山雞之飛, 猶足以掛眼, 所見如何不養乎? 夕到旌樹驛, 舘前竪有鄭氏旌門. 鄭氏, 趙承宣之瑞之妻, 文忠公鄭夢周之玄孫. 承宣, 義人也. 高風所擊, 隔壁寒慄, 知燕山不克負荷, 退居十餘年, 猶不得免. 夫人沒爲城旦, 乳抱兩兒, 背負神主, 不廢朝夕祭, 節義雙成, 今亦有焉. 看來高山大川, 非無所得, 而比韓·鄭·趙三君子於高山大川, 更於十層峯頭冠一玉也, 千頃水面, 生一月也. 海山三百里, 獲見三君子之跡於一日之間. 看水看山, 看人看世. 山中

十日好懷, 翻成一日不好懷. 後之秉鈞者, 來此一路, 不知何以爲心耶? 且看山中題名於石者多, 三君子不曾入石, 而將必名流萬古, 曷若以萬古爲石乎? 泓之又令饔人致饒於驛, 已四五日矣. 李生員乙枝·曹秀才元佑來見. 及昏, 乙枝嚴君以酒來, 趙光珝亦來. 夜就郵店, 一室僅如斗大, 佝僂而入. 房不展脚, 壁不蔽風, 方初怫然如不自容, 旣而四人抵頂交枕, 甘寢度夜, 可見習狃之性, 俄頃而便趨於下也. 前一人也, 後一人也, 前入靑鶴洞, 若登閬風, 猶以爲不足. 又入神凝洞, 方似上瑤池, 猶以爲不足. 又欲跨漢入靑霄, 控鶴冲空, 便不欲下就塵寰, 後之屈身於圬螻之間, 又將甘分然. 雖是素位而安, 可見所養之不可不高, 所處之不可小下也. 亦見爲善由有習也, 爲惡由有狃也. 向上猶是人也, 趨下亦猶是人也. 只在一擧足之間而已.(『南冥集』, 한국문집총간 31, 민족문화추진회, 1988)

---

9. 양대박(梁大樸), 「두류산기행록(頭流山紀行錄)」

初七日戊戌. 陰, 夜半, 起坐默禱. 將恐日出時頑雲戱之也. 余振衣出戶, 仰觀天宇, 以占陰晴. 忽覺天形傾側, 月星下垂, 矍然退縮, 驚悸不定. 春澗笑曰: "蒼蒼之天自在, 高下之眼異觀, 而妄謂天傾側將壞, 子亦杞國之憂人也." 遂相對一笑. 然後知山之近天, 實身之極高, 而所見變於前也. 一元遽進曰: "長庚晱晱, 夜將曉矣." 吾輩急出天壇第一層, 候焉, 則時尙早, 宇宙沈沈, 不辨上下, 有若有未始有始也者. 鴻濛未判, 混沌未破也, 腤乎芒乎不知其所爲也. 少焉, 金雞催曉, 震方欲啓, 有若有始也者. 積氣冲漠, 馮馮而翼翼也, 清濁定位, 無極而有極也. 自未始有始, 至清濁定位, 雖聖人存而不論, 我輩尙安得容喙哉? 遂堅坐移時, 昕光漸近, 彩暈射天, 扶桑明滅, 鰲極欲動, 紅雲萬里, 瑞光千丈. 陽烏騰翥而六龍擎出也, 天吳奔竄而海若潛藏也, 黿鼉驚躍而波浪沸湧也. 纔到天衢, 六合洞然, 裨海間纖塵細髮, 一一可數, 而幽陰邪恠, 莫能奸其間矣. 余謂春潤曰: "子亦知夫天與水乎? 水浮天耶? 天浮水耶? 天外無水, 水外無天耶? 天無回轉, 水無增減耶? 非子之博通, 余焉得聞?" 春潤曰: "吾姑且妄言之, 子亦以妄聽之矣. 天根浸水, 行健不息, 地軸蟠空, 厚重載物, 大海茫洋, 包括四表. 日月往來, 黃赤其道, 星辰錯列, 十二其宮. 一氣之融結, 山川流峙也, 二儀之肇判, 人卒繁庶也. 草木之榛榛, 鹿豕之狉狉, 莫非道行之而成者. 而一言蔽之曰: '天地一大塊也.' 大塊浮一水而萬物麗大塊也. 天之回轉, 北斗主之, 水之增減, 尾閭司之. 子以吾言奚若?" 余甚喜曰: "問二得十, 多乎哉!" 言未旣, 長虹竟天, 天色漸低, 俯視下界, 則雲氣蓊匐矣. 遽尋筇杖, 飛步下山, 未及穴巖, 峯壑晦冥, 陰雲釀雪, 飛雨滿空. 一行皆露身沾濕, 衣重不得行. 艱入新帝釋堂, 爇火燎衣, 各喫餠一片水一盂, 僵臥待晴. 春潤遇麻衣者二人, 相與商量物外, 討論仙趣. 又有聞笙詩數篇, 頗極淸越, 殊非煙火食語. 豈盧敖之於若士, 嵇康之於王烈? 將以眞訣授之, 而春潤骨腥不能也, 惜乎! 向晚, 雲葉稍解, 雨意乍休, 峯巒出頭, 日光漏射. 余散策先下, 衆皆從之. 暫憩于河東巖飮水. 及到白門堂, 則山日未夕矣. 古人云: '高者難攀, 卑者易陵.' 信

乎! 堂主進糯飯, 猶足一飽, 兒輩摘霜果, 滿袖以進, 此亦山行興味

也. 暮投君子寺, 淸月出嶺, 蘿牖晃映. 意思殊蕭洒, 達夜談話.(『靑溪

集』卷4 文, 한국문집총간 53, 민족문화추진회, 1988)

---

10. 이곡(李穀), 「동유기(東遊記)」

至正九年己丑之秋, 將遊金剛山, 十四日, 發松都. 二十一日, 踰天

磨嶺, 宿山下長陽縣, 去山三十餘里. 蓐食登山, 雲霧晦冥. 縣人言:

"遊楓岳者, 以雲霧故不見而還, 比比有之." 同遊皆有憂色, 默有禱焉.

距山五里許, 陰雲稍薄, 日光穿漏. 及登拜岾, 天朗氣淸, 山明如刮,

所謂一萬二千峯, 歷歷可數也. 凡入此山, 必由此岾. 登岾則見山, 見

山則不覺稽顙, 故曰拜岾. 岾舊無屋, 累石爲臺, 以備憩息. 至正丁亥,

今資正院使姜公金剛奉天子之命, 來鑄大鍾, 閣而懸之于岾之上, 旁廬

桑門, 以主撞擊. 屹然金碧, 光射雪山, 亦山門一壯觀也. 未午, 到表

訓寺小憩, 有一沙彌導以登山. 沙彌言: "東有普德觀音窟, 人之隨喜,

必先於此, 然深且阻. 西北有正陽菴, 是我太祖所刱, 而安法起菩薩尊

相之所, 雖陟高而稍近可上. 且登是菴則楓岳諸峯, 一覽而盡." 余謂:

"觀音菩薩何所不住? 余所以來者, 蓋欲觀此山之形勝耳. 盍先往乎?"

於是攀緣而登, 果如所言, 甚愜來意. 欲往普德則日已向晚, 且不可留

山中. 遂由新林·三佛諸菴, 沿溪而下, 暮抵長安寺宿. 翌早出山. 自鐵

原至山三百里, 則距京實五百餘里也. 然重江複嶺, 幽深險絶, 出入是

山, 其亦艱哉! 嘗聞此山名著佛經, 而聞于天下, 雖絶遠如乾竺之人,

時有來觀者. 大抵所見不如所聞. 東人遊西蜀峨眉·南越補陁者有之, 皆言不如所聞. 余雖不見峨眉·補陁, 所見此山, 實踰所聞. 雖畫師之巧, 詩人之能, 不可得其形容之髣髴也. 二十三日. 自長安寺度天磨西嶺, 又至通溝宿. 凡入山者, 由天磨二嶺, 登嶺則望山. 故踰嶺入山者, 初不以絶險爲虞, 自山而踰嶺, 然後知其爲艱也. 西嶺差低, 登降三十餘里, 陡甚謂之髮斷.(『稼亭集』 卷5 記, 한국문집총간 3, 민족문화추진회, 1988)

---

11. 남효온(南孝溫), 「유금강산기(遊金剛山記)」

丁丑, 入金剛山, 行五六里, 越一峴而南, 入新戒寺之墟. 峴東曰觀音峯, 北曰彌勒峯. 彌勒峯之西, 有一峯, 比彌勒峯而加秀, 不知其名. 又其西, 有一峯, 遠在雲表, 毗盧峯之北枝也. 新戒寺, 卽新羅九王所創也. 有僧智了改創鳩材矣. 寺前有指空百川洞, 其南有大峯曰普門峯也. 峯前有世尊百川洞, 東有香鑪峯. 峯東有七大峯相屬成一大山, 比於觀音·彌勒峯, 不知其幾百倍. 其一, 毗盧峯之一枝, 其二, 元寂峯之一枝, 其三, 上平者, 雁門峯之一枝, 其四, 繼祖峯之一枝, 其五, 上不思議, 其六, 中不思議, 其七, 下不思議. 不思議者, 庵名也. 新羅僧律師所創也. 七峯之下, 有大明·大平·吉祥·兜率等庵, 在世尊川傍. 余涉指空川, 越普門庵, 山行五六里, 綿竹成徑. 及到庵下, 則社主祖恩, 乃雲山故人, 遇我頗有恩意. 坐庵上, 東北望海, 東南見高城浦. 庵前有懶翁勤禪師自照塔. 坐定, 祖恩饋生梨柏子, 訖, 進飯, 烹香蕈·石蕈爲饌, 山蔬極備. 時杜鵑午啼, 可卜山深矣. 飯後, 辭祖恩, 山行

約五六里, 涉世尊百川水, 又行一二里, 左視兜率庵而東. 又行五六里,
涉一大川, 循川東偏而上. 行五六里, 過鉢淵, 又行半里, 至鉢淵庵.
僧傳云: "新羅時有僧律師入此山, 鉢淵龍王獻可居之地, 於是創社曰
鉢淵庵"云. 庵後有一峯, 在普門望見七峯之末峯也. 庵上少許有瀑布,
橫垂數十丈, 左石皆白石, 滑如磨玉, 可坐可臥. 余解裝掬水漱口, 飮
蜜水. 鉢淵故事, 釋子遊戲者, 乃於瀑布上, 折薪而坐其上, 放於水上,
順流而下, 巧者順下, 拙者倒下, 倒下則頭目沒水, 久乃還出, 傍人莫不
酸笑. 然其石滑澤, 雖倒下, 體不損傷, 故人不厭爲戲. 余令雲山先試
之, 繼而從之. 雲山八發而八中, 余八發而六中, 及出巖上, 拍手大笑.
乃枕書臥石成小睡. 社主竺明來, 引余入社, 使見社後碑石. 乃律師藏
骨之碑, 高麗僧瑩岑所撰, 時承安五年己未五月也. 碑側有枯松二株.
自律師碑立五百餘年, 三枯三榮, 而今復枯矣. 覽畢還下庵. 明饋飯,
飯後又到瀑布, 夜深天寒, 始入來.(『秋江集』卷5 記, 한국문집총간 16, 민족
문화추진회, 1988)

---

12. 이원(李黿), 「유금강록(遊金剛錄)」

日晚, 蹂獐嶺, 沿溪而下, 南轉西入, 乃楡岾洞口也. 衆山競秀, 萬
壑爭流, 危峯絶壁, 傍溪匝立. 瞻後顧前, 遂失所入之路. 如高人烈士
斂袵而立, 一動一靜, 儀形言色, 殆非人間之境也. 有詩云云. 溪北有
一嶺, 曰歡喜嶺, 可步不可騎. 日暮, 至楡岾寺. 未及寺門二十步許, 有
小閣. 削石爲砌, 截流橫渡, 虛其中以通往來. 仰視而千峯競入, 俯臨

而群魚可數. 題其額曰山映樓. 有詩云云. 俄而僧竺潛·戒悅, 迎我入門. 重樓複閣, 崢嶸翬飛, 雕欄曲檻, 映接雲霞. 周回二千餘步, 連絡四百餘間. 中有一殿最尊, 四面八囱. 殿之央, 刻木爲山, 穿木爲窟, 間以金銀珠翠, 安五十三佛像, 題其額曰興仁之殿. 其宏壯奢麗, 甲於東方. 噫! 夫生財有限, 民力有盡. 一轉石之勤, 一楡木之勞, 皆出於民力, 而非神運鬼輸, 則無惑乎東民之貧且困也. 有詩云云. 殿之東廊外, 背北向南搆小閣, 中有素像, 帽冠皁衫, 束帶搢笏, 春秋朔望, 香火不絶, 題其主曰高城太守盧倅之位. 余問僧曰: "古者人臣有功德於民, 則立祠治下, 以答其功. 今倅有何功德, 而乃至於此乎?" 僧齎一冊來示余, 乃山中事蹟也. 其略曰: "初鑄像五十三佛, 乘金鍾, 自西域泛海而來, 至高城浦, 曳鍾入此洞. 太守倅, 追不及. 至文殊坪而見文殊, 至犬嶺而見犬, 至尼臺而見尼, 至獐嶺而見獐, 問佛之所歸, 皆指其路, 因所見之物而名其地. 渴甚, 以杖刺地, 寒泉涌出, 掬水而飮. 至寺之前嶺, 聞鍾聲而歡喜踴躍, 故名其嶺曰歡喜. 旣至則佛掛鍾於楡枝, 列坐於樹上. 倅因楡樹而建寺造塔, 以安其佛, 故名曰楡岾寺." 嗚呼! 金石之不能運, 禽獸之性與人異, 愚夫愚婦之所知, 不可欺也. 豈鑄佛之能步, 而犬獐之能言乎? 事涉怪誕, 不可信也. 旣而閱其卷端, 則高麗斯文默軒閔漬所撰也. 噫! 漬學孔子者也, 旣不能斥則亦已矣, 又從而筆之於書, 豈徒斯文之罪人, 欺世之一老漢也?(『再思堂逸稿集』卷1 雜著, 한국문집총간 16, 민족문화추진회, 1988)

13. 홍인우(洪仁祐), 「관동록(關東錄)」

戊戌之曉, 淨出觀天氣曰: "今日快晴, 可登毗盧." 促晨餔, 黎明, 循菴西川, 川無水. 跨越澗壑, 直北行十五里許, 有二川合流. 余從東川七八里. 或緣絶崖, 或扶蔓栢, 步步難進. 至山腰, 岩流成坳, 淸冷可飮. 石隙無他草, 唯見山芥已老, 當歸叢生肥大. 採百餘莖, 令配午飯. 余逍遙暢吟. 飯後, 更扶石角, 五六里許, 方登永郎岾, 俯見千峯萬壑奇怪之狀. 稍擧其槩而名言之. 有若人形, 有若鳥形, 有若獸形. 所謂人形者, 如坐如起, 如仰如俯. 若將軍整陣, 百萬軍卒, 橫槊揮劒, 爭馳赴敵, 若老釋談空, 數千緇衲, 亂著袈裟, 急回精進. 所謂鳥形者, 翼如啄如, 呼雛如, 尾逋如. 或如鴈陣整翼成行, 點列秋空, 或如孤鶯隻影俳佪, 飛入鏡中. 所謂獸形者, 若蹲若伏, 若走若臥. 如群羊散牧, 日夕下來, 如衆鹿走險, 失足驚墜. 自今思之, 望高萬瀑之所見, 盡爲兒戲. 自岾至絶頂, 周迤四五十里間, 海松側栢, 皆嫌風, 靡蔓交覆, 濃碧籠翠, 其高可數三丈. 人行其上, 如履草架. 驪江僧志能, 蹉足而轉四五十步, 不墜下. 又四五百步, 登毗盧峯. 周回四顧, 浩浩漫漫, 不知所極. 飄飄若駕鶴昇天, 雖飛鳥, 無出吾上. 是日, 適天地快霽, 四無纖雲. 余謂淨曰: "觀水必窮源, 登山必陟高, 不可無要領, 山川區界, 能歷指乎?" 淨頗指示之. 自白頭而南馳幾二千里, 至淮陽爲鐵關嶺, 東起爲楸池嶺, 雄延百餘里, 至高城爲是山, 而至此峯, 峻援東蟠而窮焉. 支峯裔壑, 競秀爭馳, 不能究其數. 北則周繚長峙, 直圍隱雲者, 六鎭之山歟? 崒崒特秀, 只露尖頂者, 妙香山之峯歟? 余嘗閱

地圖, 謂咸鏡郡邑, 直列海涯. 今望之, 豆滿以南諸鎭, 自西而截入東海. 東則大洋瀰漫, 接天無際, 嶺東諸郡, 沒見於明沙大湖之間. 南則靑螺點點, 庚橫縷縷, 眼力微茫, 霧氣漫空, 不復辨也. 西則落暉莽蒼, 天色杳靄, 不知其山與海. 若山之可指者, 若劍山(永興), 若五道, 若黃龍(安邊), 若雪岳(襄陽), 若五臺(江陵), 若雉岳(原州), 若頭陀(三陟), 若猪山(楊口), 若淸平(春川), 若龍門(砥平), 若白雲(永平), 若天寶(楊州), 若天磨, 若聖居(開城), 若寶盖(鐵原), 若首陽(海州), 若九月(長淵). 或如培塿, 或如劍釾. 唯猪山·雉岳稍隆屹. 雉岳之南, 有山隱浮雲天間, 人謂智異山, 未可詳也. 是峯有三支. 其一東延, 爲日出·月出·九井等峯, 卽九龍淵之西. 自日月出南折爲鷹門·彌勒·雪鷹等峰. 自彌勒西轉爲十王·望高·穴網等峯, 卽萬瀑洞之東. 其一南走, 爲圓寂峯. 其一北蟠, 爲永郞岵, 是岵散爲西南內山之羣峯, 卽正陽之東也. 令從者誌之, 倚岩獨立, 浩然長吟, 遂占石隙題, 同登覽已. 從故逕而下, 還圓寂攤飯. 南行三里, 更涉鷹門川, 穿樹木中, 蒼藤翠杉, 或迷去路. 又行十里, 路極艱危, 正所謂: '後人見前人履底, 前人見後人頂上.' 扶緣木叢, 始登鷹門峯, 脚力甚憊, 籍草臥吟, 不堪酸苦. 自此峯分內外山, 內山皆石也. 及蹂是峰, 始履土, 東下五里許, 宿上院寺. 是日行約八十餘里.(『恥齋遺稿』卷3, 한국문집총간 36, 민족문화추진회, 1988)

---

14. 허균(許筠),「동정부(東征賦)」

遵通溝而抗策兮, 陟斷髮之嵬嶺. 睇萬玉於雲際兮, 覺游興之先騁.

跋川漲而透遲兮, 昏余抵乎長安. 正殿嵬以干霄兮, 施腕燦其金丹. 儼佛軀之紫摩兮, 疑彷像乎泥洹. 壁初繪乎李楨兮, 訝道玄之開元. 紛龍天之走趨兮, 絢玉毫於雲端. 喚山僮而擧藍兮, 從百川而東折. 飛流隊以噴壑兮, 峯屹戍而峭拔. 涉十王之瀰湍兮, 闖靈源之金刹. 晨理屐於松蘿兮, 攀望高而峻躋. 崖斗絶而乘絙兮, 慄性命之幾湮. 振余衣於高頂兮, 襲衆壑之下低. 窺鬪龍於鳴淵兮, 佔蜿蜓而潛伏. 訪正陽之吳畫兮, 遂東樓之馳矚. 森束玉之攢空兮, 列瓊嶂之萬疊. 或縞鷺之翱翔兮, 或白蜺之翕捷. 或大士之捧珠兮, 或散聖之步屧. 或威鳳之矯頸兮, 或天馬之振鬣. 或霜蓮之未綻兮, 或玳簪之將盍. 或決驟而奮躍兮, 或騰踔而颯沓. 或如仰而更俯兮, 或若倒而還立. 或甓堆而瑰錯兮, 或側盆而覆笠. 駭萬狀之競奇兮, 羌不暇乎應接! 忽夕陽之西轉兮, 映滿谷之霜楓. 組紫綬而緞釭兮, 絶崎岫之醅紅. 絢五彩而週阿兮, 想錦幔之飜風. 引虛步而漸升兮, 踞開心之簾屺. 非地勢之陟高兮, 儵諸峯之眼底. 熌烟生乎蘿逕兮, 飄磬韵於林表. 辨九十之古菴兮, 指禪燈之相照. 表獨立乎生臺兮, 俄彩蟾之吐耀. 爛桂影之玲瓏兮, 皏銀闕於岩峭. 手淸輝而起舞兮, 隘八荒而爲小. 臨靑鶴之舊巢兮, 涉萬瀑之層碇. 屈天潢而注壁兮, 爭噴薄而雷惱. 矯玉虹而下飮兮, 掉奔海之群龍. 激濺沫於潭洞兮, 白日忽其晝瞢. 繽杰觀之暢心兮, 壯造化之神功. 摩龍額於石刻兮, 將萬峯以鬪雄. 觀一柱於普德兮, 疇千歲之不仆. 取線路於圓通兮, 瞰火龍之所府. 宿摩訶之仙都兮, 夜淸冷而不眠. 風杉湃於泉籟兮, 怳笙簫之降天. 蓐收途於白田兮, 漱九井於危巔. 擬挹仙於毗盧兮, 風

778

雨撼其攀緣. 下寂滅而橫濟兮, 凌星門而南渡. 駢亂石以搏人兮, 若怪獸之呀努. 上隱身而頹眺兮, 水浩漾而山螯. 鬱嶙峋而起抑兮, 扇長颷之海濤. 誰鋪雲而閣嵌兮? 閃電光於脚下. 雷隱轔而驅雨兮, 尙日輪之巒礴. 信天柱之非誣兮, 寔玆游之堪詑. 亟屏翳之收陰兮, 排千瀑於層嶂. 誰名之以十二兮, 哂坐井而猜量. 盪雲夢之八九兮, 遂弭節於楡岾. 禮五十之金身兮, 杠百泉而蔽淹. 望三日之丹書兮, 想舊躅於東嵒. 背明波而並海兮, 覿仙老於迢城. 發篋中之高文兮, 播秦漢之餘馨. 披秋濤與瑞錦兮, 鏗雅樂之鎗鳴. 覿千秋之逸軌兮, 敵楓岳之崢嶸. 洵此行之最富兮, 文與山其是并. 望寶陀於烟外兮, 駐余駢於洛迦. 拓東窓而賓日兮, 撫六合而高謌. 唯鑑湖之弊廬兮, 合晚境之婆娑. 卷千里之勝迹兮, 陶一壑之烟霞. 坦襟懷而自娛兮, 劃世念之消磨. 彼軒裳之足憂兮, 怵宦海之湧波. 思輒慄而夢魘兮, 肯余踐之再蹉? 倘久享乎淸福兮, 知儂得之最多. 樂天命而奚疑兮? 安吾適而葆和. 伴猿鶴而相羊兮, 寄我矢於碩蕰. 日復日而優哉兮, 惟百年之幾何? 望美人於西方兮, 忽惆悵而長哦. (『惺所覆瓿藁』卷3, 한국문집총간 74, 민족문화추진회, 1988)

---

15. 유몽인(柳夢寅), 「풍악기우기(楓嶽奇遇記)」

於于柳先生棲楓岳之表訓寺, 病三月始起, 常夜登南樓以自遣. 忽有異人, 狀貌魁傑嶄巖. 使童子通名曰: "堅白主人請見." 先生令童子扶而再拜, 撤席坐定. 主人曰: "余本斯嶽之主, 姓石. 自開闢, 吾石氏封於斯地者, 一萬有二千, 皆尙堅白, 喜爲公孫乞子同異之學. 今先生見客累月, 請乘暇日爲奇遇." 俄而復有客通刺, 自號淸溪道流, 字仲深.
揖先生而言曰: "我出自鴈門, 引仙派淸流, 循洞府游于樓下, 聞主人翁
奉先生作佳會, 敢來與席下." 復有客, 身長十丈, 垂蒼胡披赤甲, 欣然而
來. 問之, 童子曰: "此會稽張丈人, 擧族專住此嶽, 不知幾千萬." 先生
奇其儀表, 倒屣而迎之. 復有客, 不知自何所. 無語而來, 倏爾而入坐
曰: "我出此岳, 上下四方, 隨所往而遊. 今夜靜山寂, 尋根而歸." 訪其
姓名, 只曰: "無心過客." 又有丹冠老仙, 長頸聳身, 翩躚而至曰: "東峯
之外, 有臺號金剛, 有窟淸且深, 非但人蹤不到, 翔隼仰而不逮, 余世
栖其中, 三十年前與先生有舊, 敢來拜." 又有客, 颯然來過, 使人肌骨
淸泠. 訊之, 乃靑蘋逸士, 雄其名者也. 未幾萬壑俱明, 衆峯呈態, 瑞
光自東而來. 主人驚喜, 曰: "此我至明正素極圓元晦太淸太夫人, 自東
海從日出峰之左, 穿松林來莅焉." 主人移席而請曰: "今者日吉辰良, 諸
異畢會, 會柳先生久疴而蘇, 盍屬一觴慰諸?" 太夫人曰: "甚可. 唯主
人焉." 於是, 主人翁使香城眞仙進靑桂子各一盤, 松林菴道釋進茯苓
饍各一器, 萬瀑洞主供赤葡萄蜜漿, 九井洞靈奉五味香餌. 命盧峰摘
石芝, 令彌坡採紫芝. 摩訶神人呈松芽釀黃酒, 陳獅吼 · 鯨鳴 · 梵唄 ·
錚鏦之樂以娛之. 復展紅霞爲綵牋, 控東溟爲硯池, 偃五老峯爲筆穎,
請先生賦詩. 先生放筆而題之, 山鬼 · 林夒皆泣焉. 酒數行, 太淸太夫
人先起而辭曰: "今將趁未曙, 歷崑崙過玄圃, 與西瀛仙子相期於若木
之墟." 遂下樓而去. 滿座迥邅如失. 已而陰氛四合, 山氣溟濛. 主人翁
蹙然變色曰: "花山白居士復來矣." 先生徙倚而四顧, 堅白主人已成皤

皤老叟, 淸溪道流匿跡於深壑底, 無心過客歸於嶺上, 而會稽張丈人
肢體下垂, 蒼髯盡爲皓鬚, 無復昔日容顔. 丈人顧謂靑藏逸士曰: "今
我困矣, 願逸士釋我重負, 看我萬舞!" 先生乃攝衣下樓, 丹冠老仙從之.
山無蹊徑, 地上之白, 五尺矣.(『於于集』卷6 雜著, 한국문집총간 63, 민족문화
추진회, 1988)

---

16. 김금원(金錦園), 「호동서락기(湖東西洛記)」

向表訓寺, 右挾衆香城, 左聳地藏峯, 幽敻深邃. 右徑甚險, 歷獨木
橋, 到寺, 門樓日凌波樓. 觀法堂及諸菴, 上白雲臺, 攀如腕大鐵索而
上, 凜凜若登天然. 俯瞰萬仞深壑, 寺刹隱映於雲霧, 若畫中景也. 往
見普德窟, 在無竭峯下. 小菴在其上, 一面倚山角尖巖, 一面累石幾百
仞. 於峯下, 立銅柱, 搆虛架空, 作數間庵子. 又於銅柱上, 絡以鐵索,
垂其一端, 令人攀而上之, 捶捶深危, 膽悖股慄, 不敢俯視. 安一座玉
佛, 前置如盆大烏金香爐, 重不可扛. 傳言: "貞明公主所施佛."云. 庵
雖不大, 想其財力可費巨萬也. 僧言: "古有一比邱尼, 修道此窟中, 仍
坐化, 徒衆相與築菴禮供, 庵與窟皆以普德名之"云. 傍有一瀑, 舖流平
廣石面, 瀉下絶厓, 爲兩層潭, 一圓一方, 澈湍飛沫, 冷不可近. 傍有
百川洞, 洞有臥瀑, 瀉穿巖竇, 滙作深潭, 所謂鳴淵, 而川無可觀. 百
川, 未知緣何得名也. 行不多里, 碧霞潭·琵琶潭, 相續於咫尺間, 碎
玉橫練, 去益奇壯. 川邊伏巖, 上穿孔穴, 泉自湧出. 路傍穹石, 下如
虛屋, 雨堪入避者. 無非可觀處也. 稍上遇一小潭, 名白龍潭, 取其色

白, 而不與於八潭. 又過數十步, 石上飛瀑射下, 水色靑黑, 名黑龍潭.

行行前進, 盤石有鑿如臼, 水貯其中, 名洗手盆. 過數十步, 有瀑, 水

色頗靑, 名靑龍潭. 此是八潭之源頭也. 終日行瀑布中, 聲若山崩谷坼.

奇花異卉, 飛禽走獸, 奇奇怪怪, 不可盡形. 由五仙峯·小香爐峯兩山

間, 疊流廻灣, 合成一濰, 乃名萬瀑洞也. 潭邊大石, 上刻'蓬萊楓岳元

化洞天'八大字. 傳言: "仙人楊蓬萊所書." 銀鉤鐵索, 龍蛇飛騰. 其上

小屛石, 又刻金谷雲八分'天下第一名山'六字. 自五仙峯挾靑鶴臺, 有

兩穹石, 相盖成門, 所謂金剛門也. 靑鶴峯累累衆石, 如瓮如籠. 尖巖

之上, 輒盖方巖, 有如石佛龕者, 有如着帽幞者. 巖上亂玷飛鴉遺矢之

迹, 眞堪爲仙鶴之所棲. 傳說: "古有靑鶴寄巢, 化胎於此峯, 奪氣於

楊蓬萊'元化'大字, 飛去不復還."云. 遂刻名於其傍, 詩曰: "轉入香區境

益新, 落花芳草悵前塵. 七分樹色春如畵, 萬斛泉聲洞不貧. 得月繊經

三五夜, 望鄕難化億千身. 深山落日翩翩鶴, 俱是前宵夢裏人." 轉往須

彌塔. 在須彌峯下, 宛如白黑兩緞相間, 疊堆高揷於半空中. 前有巖石

平舖, 瀑流其上, 氷雪尙在也.(『湖東西洛記』, 최상익 역주, 원주시, 2020)

某之痴, 不諳常情, 而年撫壯. 惟喜山澤之遊, 稀在家, 多留髡宮.

人或戲吾家人曰: "造送長衫於遊子;" 猶不知懊, 而好遊之心, 長在周

流天下. 至如東土之窄, 不復齒. 卒焉一同之未易出, 周流乖張, 乃夸
父之計也. 此正遑遽無聞, 而重以疢疾危逼, 不克指遠動袂. 所易接
者, 部婁之與澗谷. 過此則滄海驚心, 而兩白·清涼, 稍慰此心. 其他間
有稱美之峙流開心目者, 不止一二, 而特少睞耳. 將何以得開虛負此生
之深蘊也? 華人稀遊四明·天台之神秀, 以其託基絶徼故, 矧惟我之邈
在海表, 不知其幾千萬里者哉? 此則我今念始息, 而獨我東之楓嶽, 方
慕如三神. 蓋楓嶽聲聞天下, 華人途綿難兌, 願死而得生朝鮮, 以見金
剛十二千之玉立, 度其歆羨四明·天台之美, 亦莫之先也. 自此徂楓則
浹辰乃達, 異於傖人之迥左. 不佞猶以稍遠, 耳之而未之目, 疇昔窄土
之不齒之心, 見其甚可笑也. 華人之癖, 我榷于楓. 常多吟想頖仰之間,
魂有九逝, 老益競懷. 曩爲五嶽志, 以割樂山水之趣, 爲樂志論以擬富
撢名域, 欲自快, 如孫綽之天台, 屈子之遠遊, 而宣之於口, 不若親見
於身. 反激清襟, 日以遒緊, 直欲奮飛, 坐馳千里. 以故往年與僧眞應·
團瑚, 前後約行, 而奇思不通, 年數日益不足, 而墓木已拱, 皺顔皓髮,
隨處可憐. 雖筋力尙存, 受嗤必滋, 而同志適得, 近覺疢亦因行得瘳,
恥日因循, 長嘯決起. 凡山川之歷覽, 古人亦爲之, 而非必收斂性命之
道, 亦非猖狂自恣之擧, 惟欲盡天下之壯觀以助吾氣. 然有不云乎? "不
出戶知天下, 不窺牖見天道." 其出彌遠, 其知彌少. 雖盡天下之壯觀,
猶有其知之彌少. 楓嶽雖奇, 僻處彈丸一域, 其遊亦何有補於吾一身
乎? 以此自解, 欲弭其節, 而喜心更熾, 未免役於物, 此甚可愧, 而壓
熾愈動同翻車. 其大觀助氣, 已老矣, 雖非可取, 而强歸之於此, 以清

和令節爲正策之期. 惟願吾黨慰征役之勞, 投以瓊瑰以侈行, 如縞紵之詩卷, 使得息足處披讀賞心, 則頭風可瘳, 而不知撼頓之勞之去, 此與賞名山孰愈? 髭非吾徒, 而士君子樂道之, 則亦可不吝於此? 且贐行不以財而以言, 曾子所訓. 言之有輝, 縱我滯故失所, 圖得金玉之音日以吟, 是亦好遊之同也.(『松月齋先生集』卷5 荷華編 雜篇, 한국문집총간 속37, 한국고전번역원, 2007)

---

2. 김만중(金萬重),「첨화령기(瞻華嶺記)」

嶺在宣川府東二十里. 古無名, 名之自余. 余於丁卯秋, 以罪謫宣, 路經玆嶺, 忽見三峯削成, 出於雲際. 顧謂僕夫曰: "玆豈非漢都之華山歟? 何爲而至此哉?" 有樵者聞而笑曰: "客誤矣. 此吾鄕所謂身彌島者也." 余乃拭目而諦視焉, 則其磅礴嶄絕, 處中而最尊者, 華山之白雲臺也, 傅其左右, 亭亭角立, 不相下者, 仁壽·露積峯也, 丹崖翠壁, 合沓羅列, 若張雲錦而策駟馬者, 文殊·負兒之嶺也. 余於是時, 雖知其非眞, 亦不能不疑也. 噫! 余之去國而來此也, 送我者, 皆自郊而返, 唯華山翠色, 逐人而來, 依依不相捨, 蓋百里而未已. 余亦時時駐馬回望, 以寓夫太行·終南之戀. 及過松都, 則華山不可復見, 而薩水以西, 山川蕭條, 頓有邊塞氣象, 客懷之惡, 非但陽關故人之歎也. 今乃於此而得見玆山, 余烏得無情哉? 古人有言曰: "岷山回頭望, 如別故鄕人." 又曰: "去國久者, 見似鄕人者而喜." 玆豈非人情歟? 遂採杜子美詩語, 名其嶺曰瞻華, 以待他年之誌輿地者. 後余而來此者, 亦必有感於斯文. 丁卯季秋, 西

浦居士書.(『西浦先生集』卷9 記, 한국문집총간 148, 민족문화추진회, 1995)

---

3. 강세황(姜世晃), 「산향기(山響記)」

余性愛佳山水, 而夙嬰幽憂之疾, 艱於動作, 不能一遂登覽之願, 惟
寄興於繪事, 以自娛樂. 然其奇趣遐想, 詎能如眞山水爲可樂乎? 此固
不足以忘我之疾, 而償我之願也. 嘗讀歐陽子之言曰: "學琴而樂之, 不
知疾之在體也." 因復有意於琴, 庶得其閒澹幽遠之音, 以求和其心志,
散其憂鬱焉. 昔伯牙鼓琴, 子期知其志在山水. 盖琴之爲聲, 又與山水
合矣. 余安得抱琴於邃壑奇巖飛流激浪之間, 使其自然之音, 得以相答
而互應乎哉? 乃於所處之小齋四壁, 俱畫山水, 層巒疊巘, 空翠如滴,
奔泉絕礀, 穿雲絡石, 幽人隱者之廬, 與夫仙觀梵宮, 隱映蔽虧於脩篁
喬木, 野橋漁舟, 遊人相續, 朝暮雨雪, 晦明向背, 無不儼然在目. 所
謂不及於眞山水者, 特其無山水之淸音耳. 余時撫絃按調, 鼓宮激商
於其間, 則古操雅韻, 不覺泠泠然與之相合也. 或爲驚湍之觸石, 或爲
微風之入松, 或爲漁家之欸乃, 或爲崖寺之昏鍾, 或爲林間之唳鶴, 或
爲水底之吟龍. 凡於山水之音, 卽無所不具. 盖旣盡其形, 而又得其音,
二者合爲一, 忽不知畫之爲畫, 琴之爲琴也. 得此而方可以忘疾償願,
和心散鬱. 余又何必扶節蠟屐, 勞形瘦神, 登崎嶇, 穿犖确, 而後始爲
愉快也哉? 宗少文圖其所嘗遊履於室, 曰: "撫琴動操, 欲令衆山皆響."
實可謂先獲者也. 扁吾齋曰山響.(『豹菴稿』卷4 記, 한국문집총간 속80, 한국
고전번역원, 2009)

참고 문헌

자료 및 역주

경상대학교 경남문화연구원, 『금강산 유람록 1~10』(민속원, 2016~2019).

경상대학교 남명학연구소 편역, 『교감 국역 남명집』(이론과 실천, 1995).

국립수목원 편, 유지복·전병철 역, 『국역 유산기』, 산림역사자료연구 총서 3(한국학술정보, 2014).

국립순천대·국립경상대 인문한국(HK) 지리산권문화연구단, 『지리 산권 유산기 선집』(선인, 2016).

국학진흥연구사업추진회 편, 『와유록』(한국정신문화연구원, 1997).

권석환,『한중 팔경구곡과 산수문화』(이회문화사, 2004).

권오찬·김성찬·이동진 편,『산중일기』상하·원문(원주시, 2012).

권혁진·홍하일·최병헌·허남욱 편역,『조선 선비, 설악에 들다』(문자
향, 2015).

김명수,『지리산』(돌베개, 2001).

김용곤 외 역,『조선시대 선비들의 금강산 답사기』(혜안, 1998).

민족문화추진회 역,『동문선』(민족문화추진회, 1968~1970).

민족문화추진회 편,『명산답사기』(솔, 1997).

_____,『신증동국여지승람』(민족문화추진회, 1988).

_____,『연려실기술』(민족문화추진회, 1976).

_____,『국역 분류 오주연문장전산고』(민족문화추진회,
1981).

박동욱·서신혜 역주,『표암 강세황 산문선집』(소명출판, 2008).

박무영 외 역,『현수갑고』(태학사, 2006).

실시학사 고전문학연구회 편역,『완역 이옥 전집 1~5』(휴머니스트,
2009).

심경호 외 역,『역주 원중랑집 1~10』(소명출판, 2004).

안대회·이현일·이종묵·장유승·정민·이홍식 편역,『한국 산문선:
근대의 피 끓는 명문』(민음사, 2020).

안동대학교 안동문화연구소,『청량산 문화유적 학술조사 보고서』(안
동대학교, 2000).

양진건, 『제주유배문학자료집 1』(제주대학교출판부, 2008).

영주문화유산보존회 편, 『소백산: 국립공원 소백산 유산록 및 시문 조사 발굴 사업』(문화체육관광부, 2013).

이경록 역, 『역대사선』(세종대왕기념사업회, 2016).

이경수 외 편역, 『17세기의 금강산기행문』(강원대학교출판부, 2000).

이종묵 편, 『누워서 노니는 산수』(태학사, 2002).

이종묵 외 편역, 『한국 산문선 1~9』(민음사, 2017).

신형준 편, 『이형상 제주시문선』(탐라목석원, 1999).

전송열·허경진 역, 『조선 선비 산수기행』(돌베개, 2016).

정민 편, 『한국역대산수유기취편』(민창문화사, 1996).

정민 외 역주, 『정유각집 상중하』(돌베개, 2010).

최상익 역주, 『호동서락기·죽서유고』, 원주사료총서 31(원주시역사박물관, 2020).

최완수, 『겸재 정선 진경산수화』(범우사, 1993/2000).

편자 미상, 『와유록』(한국학중앙연구원 영인, 1997).

한국국학진흥원 편, 정병호·최종호·이완섭 역, 『경북 동해안 산수유람기』(한국국학진흥원, 2012).

한국학중앙연구원 장서각, 『예산 한곡 한산 이씨 수당고택 편』(한국학중앙연구원, 2002).

허미자 편, 『조선조여류시문선집 1~4』(태학사, 1988).

홍길주·박무영 역, 『누가 이 생각을 이루어 주랴 1~2』(태학사, 2021).

국사편찬위원회 한국사데이터베이스, http://db.history.go.kr

국립문화재연구소 문화유산연구지식포털, http://portal.nrich.go.kr

동국대학교 불교기록문화유산아카이브, https://kabc.dongguk.edu

디지털양주문화대전, http://yangju.grandculture.net

한국고전번역원 한국고전종합DB, http://db.itkc.or.kr

한국학중앙연구원 장서각위키, http://dh.aks.ac.kr/jsg

논저

강구율, 「청량산 유산기에 나타난 영남지식인의 자연인식」, 《영남학》
  제4권(경북대학교 영남문화연구원, 2003), 83~115쪽.

강정화, 『지리산 인문학으로 유람하다』(보고사, 2010).

_____, 「19~20세기 강우학자의 지리산 인식과 천왕봉」, 《한문학보》
  제22권(우리한문학회, 2010), 509~543쪽.

_____, 「청계 양대박의 지리산 읽기, 「두류산기행록」」, 《동방한문학》
  47(동방한문학회, 2011), 43~69쪽.

_____, 「조선전기 지리산 유기 발생에 관한 단견」, 《한문학보》 제45
  권(우리한문학회, 2021), 79~104쪽.

강현경, 「계룡산 유기에 대한 연구」, 《한국한문학연구》 제31권(한국한
  문학회, 2003), 267~312쪽.

강혜선, 「삼각산 일대의 사찰과 한시」, 《한국한시연구》 제5권(한국한
  시학회, 1997), 5~20쪽.

고연희, 『조선후기 산수기행예술 연구』(2007, 일지사).

고윤정·오상학, 「조선시대 유산기에 나타난 한라산 등람배경과 관행」, 《제주도연구》 제56권(제주학회, 2021), 45~76쪽.

구사회·김영, 「새로운 한글 유산록 〈금강산졀긔 동유록〉의 작자와 작품 분석」, 《동악어문학》 제73권(동악어문학회, 2017), 301~335쪽.

국립진주박물관 편, 『지리산』(국립진주박물관, 2009).

권혁진, 「청평산 유산기 연구」, 《인문과학연구》 제29권(강원대학교 인문과학연구소, 2011), 5~128쪽.

길진숙, 『18세기 조선의 백수 지성 탐사』(북드라망, 2016).

김강식, 「갈천 임훈의 대민관과 현실개혁책」, 《지역과 역사》 1호(부경연구소, 2002), 109~142쪽.

김경미, 「「호동서락기」 이본 『금원집』 연구: 김금원에 대한 종합적 연구를 위하여」, 《한국고전연구》 제48권(한국고전연구학회, 2020), 5~35쪽.

김남기, 「김창업과 김창흡을 추도한 조정만의 만시」, 《한국한시연구》 10(한국한시학회, 2002), 143~168쪽.

_____, 「삼연 김창흡의 삶과 시세계」, 《한국한시작가연구》 제13권 (한국한시학회, 2009), 27~55쪽.

김대현, 「20세기 무등산 유산기 연구」, 《한국언어문학》 제46권(한국언어문학회, 2001), 1~19쪽.

김동협, 「몽암 이채의 생애와 「유도덕산록」」, 《어문론총》 제64권(한국문학언어학회, 2015), 97~126쪽.

김명수, 『지리산』(돌베개, 2001).

김명순, 「이중경의 운문산 유람과 「유운문산록」」, 《동방한문학》 제29권(동방한문학회, 2005), 133~163쪽.

김미란, 「조선후기 속리산 유산기에 나타난 유람의 양상과 의미」, 《한국문학과 예술》 제29권(한국문학과예술연구소, 2019), 131~173쪽.

김민규, 「「도선국사·수미선사비」의 제작 장인과 양식 연구」, 《문화재》 제48권(국립문화재연구원, 2015), 62~79쪽.

김상일, 「석전 박한영의 기행시문학의 규모와 기실의 시세계」, 《동악어문학》 제65권(동악어문학회, 2015), 49~80쪽.

김선희, 「유산기를 통해 본 조선시대 삼각산 여행의 시공간적 특성」, 《문화역사지리》 제21권 제2호(한국문화역사지리학회, 2009), 132~150쪽.

김순영, 「무등산 유산기의 성립과 사상적 지향」, 《어문논총》 제24권(전남대학교 한국어문학연구소, 2013), 31~56쪽.

_____, 「호남 유산기의 자료적 특징과 의의」, 《국학연구론총》 제13권(택민국학연구원, 2014), 210~236쪽.

_____, 「연재 송병선의 호남 지역 명산 인식에 대한 연구」, 《어문논총》 제31권(전남대학교 한국어문학연구소, 2017), 55~82쪽.

김승호, 「고려 말 불가의 유산기 연구」, 《어문연구》 제88권(어문연구학회, 2016), 159~185쪽.

김영봉, 『김종직 시문학 연구』(이회, 2000).

김영진, 「예헌 이철환의 생애와 『상산삼매』」, 《민족문학사연구》 제27권(민족문학사연구소, 2005), 109~146쪽.

김용남, 「유희령의 「유속리산록」 고찰」, 《어문연구》 제48권 제3호(한국어문교육연구회, 2020), 333~359쪽.

_____, 『옛 선비들의 속리산 기행』(국학자료원, 2009).

김은정, 「신익성의 금강산 유람과 문학적 표현」, 《진단학보》 제98권(진단학회, 2004), 107~129쪽.

김종구, 「안덕문의 산수유람에 나타난 존현의식과 풍류: 「동유록」과 기행시를 중심으로」, 《남명학》 제21권(남명학연구원, 2016), 253~291쪽.

_____, 「가야산 유산기에 나타난 작가의식과 유산문화의 유형」, 남명학연구원 편, 『합천지역의 남명학파』, 남명학연구원총서 12(예문서원, 2019), 363~398쪽.

김주미, 「조선후기 산수유기의 전개와 특징」(성균관대 석사학위논문, 1994).

김채식, 「어당 이상수의 산수론과 동행산수기 분석」(성균관대 석사학위논문, 2001).

김태준, 『한국의 여행 문학』(이화여자대학교 출판부, 2006).

김학수, 『끝내 세상에 고개를 숙이지 않는다』(삼우반, 2005).

김혈조, 「한문학을 통해 본 금강산」, 《한문학보》 제1권(우리한문학회,

1999), 361~411쪽.

나종면, 「옛사람의 명산유람: 지산 조호익을 중심으로」, 《온지논총》
제18권(온지학회, 2008), 326~345쪽.

남현희, 「고려후기 산수유기 연구」(성균관대 석사학위 논문, 1998).

노경희, 「17세기 전반기 관료문인의 산수유기 연구」(서울대 석사학위논
문, 2001).

노규호, 「한국 유산기의 계보와 두타산 유기의 미학」, 《우리문학연
구》 제28권(우리문학회, 2009), 37~65쪽.

민윤숙, 「금강산 유람의 통시적 고찰을 위한 시론: 불교적 성지 순례,
'수양'에서 '구경' 혹은 '관광'에 이르기까지」, 《민속학연구》 제27권
(국립민속박물관, 2010), 117~144쪽.

박병련, 『남명 조식: 칼을 찬 유학자』(청계, 2001).

박영민, 「유산기의 시공간적 추이와 그 의미」, 《민족문화연구》 제40권
(고려대학교 민족문화연구원, 2004), 73~98쪽.

_____ , 「18세기 청량산 유산기 연구」, 《동아한학연구》 제1권(고려대
학교 한자한문연구소, 2005), 325~357쪽.

_____ , 「청량산 유산과 도덕적 주체의 웅혼미 추구」, 《동아한학연
구》 제2권(고려대학교 한자한문연구소, 2006), 99~131쪽.

_____ , 「한강 정구의 「유가야산록」과 그 심미 경계」, 《우리어문연구》
제29권(우리어문학회, 2007), 265~299쪽.

박영호, 「주왕산 유람록의 현황과 특징」, 《동방한문학》 제71권(동방

한문학회, 2017), 365~399쪽.

박은정, 「금강산의 의미 변화와 유자의 시선」, 《동방한문학》 제67권 (동방한문학회, 2016), 95~123쪽.

_____, 「유산기로 보는 승의 삶과 소수자적 실상: 금강산 유산기를 중심으로」, 《온지논총》 제54권(온지학회, 2018), 105~131쪽.

_____, 「조선시대 유자의 공간의 의미화 양상과 그 의미: 금강산 유산기를 중심으로」, 《한국문학과 예술》 제34권(한국문학과예술연구소, 2020), 91~120쪽.

박정원, 「유산록 따라 가는 산행(5) 홍태유 「설악유람기」」, 《산》 576호 (조선뉴스프레스, 2017년 10월호).

박종익, 「기행문학 「금강산 사군유산기」의 내용 분석」, 《어문연구》 제64권(어문연구학회, 2010), 119~146쪽.

박지은·양유선·함연수·이나희·성종상, 「조선시대와 현대의 산 향유 양상 고찰 및 발전 방향 모색: 경북 선비문화권 주요 명산(名山)을 대상으로」, 《한국조경학회지》 제49권(한국조경학회, 2021), 64~79쪽.

박철웅, 「경관, 장소, 이미지로서의 무등산 읽기」, 《한국지리학회지》 제9권 제1호(한국지리학회, 2020), 67~89쪽.

부산대학교 점필재연구소 엮음, 『점필재 김종직과 그의 젊은 제자들』 (지식과교양, 2011).

사경화, 「조선시대 월출산 유산기의 개괄적 검토」, 《한문고전연구》 제

38권(한국한문고전학회, 2019), 213~252쪽.

소현수·임의제, 「지리산 유람록에 나타난 이상향의 경관 특성」, 《한국전통조경학회지》 제32권 제2호(한국전통조경학회, 2014), 139~153쪽.

송문기, 「조선 시대 제주도 존자암지의 위치와 이건에 대한 문헌적 고찰」, 《탐라문화》 제41권(제주대학교 탐라문화연구원, 2012), 265~329쪽.

신익철, 「조선 후기 연행사의 반산 유람과 원굉도의 「유반산기」」, 《한문교육연구》 제42권(한국한문교육학회, 2014), 117~146쪽.

심경호, 「퇴계의 산수유기」, 《퇴계학연구》 제10권(단국대학교 퇴계학연구소, 1996), 169~207쪽.

_____, 『다산과 춘천』(강원대학교 출판부, 1996).

_____, 『한문산문의 내면 풍경』(소명출판, 2001/2002).

_____, 「조선후기 한문학과 원굉도」, 《한국한문학연구》 제34권(한국한문학회, 2004), 117~156쪽.

_____, 「실학시대의 여행」, 《한국실학연구》 제12권(한국실학학회, 2006), 47~89쪽.

_____, 「퇴계 산수유기 연구의 현황과 과제」, 《퇴계학논집》 제1권(영남퇴계학연구원, 2007), 87~116쪽.

_____, 『여행과 동아시아 고전문학』(고려대학교 출판부, 2011).

_____, 「허균의 풍악기행과 시문」, 2018 교산 허균 서거 400주기 추모

국제학술대회(허균 400주기 추모 전국 대회 추진 위원회, 2018).

_____, 『한문산문의 미학』(고려대학교 출판부, 2013).

_____, 『여유당전서 시문집 1~7』, 네이버지식백과, 2018~2020(http://terms.naver.com).

_____, 「허균의 풍악 기행과 시문」, 2018 교산 허균 서거 400주기 추모 국제학술대회(허균 400주기 추모 전국대회 추진위원회, 2018).

안득용, 「17세기 후반~18세기 초반 산수유기 연구: 농암 김창협과 삼연 김창흡을 중심으로」(고려대 석사학위논문, 2005).

_____, 『16세기 후반~17세기 전반 산문 연구』(고려대학교 민족문화연구원, 2015).

월간 사람과 산 편집부 편, 《지리산》(산악문화, 2003).

유권종, 「여헌 장현광의 역학과 성리학의 철학적 연관성에 관한 연구」, 《동양학》 제29권(단국대 동양학연구소, 1999), 219~242쪽.

유정열, 「홍태유의 「유설악기」 연구」, 《국문학연구》 제41권(국문학회, 2020), 119~144쪽.

유준영, 「조형예술과 성리학: 화음동정사에 나타난 구조와 사상적 계보」, 《한국미술사논문집》 제1권(한국학중앙연구원, 1984).

유홍준, 『금강산』(학고재, 1998).

윤미란, 「조선시대 한라산 유기 연구」(고려대 석사학위논문, 2008).

윤지훈, 「삽교 안석경의 금강산 유기」, 《한문학보》 제9권(우리한문학회, 2005), 219~249쪽.

윤천근, 「퇴계 이황의 감성철학: 청량산의 장소성을 중심으로」, 《퇴계학보》 제141권(퇴계학연구원, 2017), 39~73쪽.

윤치부, 「임백호의 「남명소승」 고」, 《탐라문화》 제7권(제주대 탐라문화연구소, 1988).

윤호진, 「윤호진 교수의 명산유람록(13) 휴옹 심광세의 「유변산록」」, 《산》 563호.

이경수, 「16세기 금강산 기행문의 작자와 저술배경」, 《국문학연구》 제4권(국문학회, 2000), 185~211쪽.

이경순, 「조선후기 유산기에 나타난 북한산의 불교」, 《인문과학연구》 20(덕성여자대학교 인문과학연구소, 2015), 9~26쪽.

이관성, 「도애 홍석모 문학 연구」(원광대 박사학위논문, 2017).

이군선, 「관암 홍경모의 시문과 그 성격」(성균관대 박사학위논문, 2003).

이대형, 「불가 유산록 「몽행록」의 문인 취향과 불교적 성격」, 《열상고전연구》 제50권(열상고전연구회, 2016), 257~281쪽.

이명학, 「삽교만록 연구」(성균관대 석사학위논문, 1982).

이미숙, 「영허 해일의 「두류산」에 관한 일고」, 《불교학보》 제95권(동국대학교 불교문화연구원, 2021), 171~192쪽.

이상구, 『지리산과 한국문학』(보고사, 2013).

이상주, 「갈은구곡과 갈은구곡시」, 《한문학보》 제2권(우리한문학회, 2000), 353~389쪽.

_____, 「선유팔경과 선유구곡에 대한 고찰」, 《한문학보》 제7권(우리
　　한문학회, 2002), 201~238쪽.

_____, 「조선후기 산수평론에 대한 일고찰: 화양구곡을 중심으로」,
　　《한문학보》 제14권(우리한문학회, 2006), 215~244쪽.

_____, 『담헌 이하곤문학의 연구』(이화문화출판사, 2003).

이승수, 「삼연 김창흡 연구」(한양대 박사학위논문, 1997).

이영선, 『금강산 건봉사사적』(동산법문, 2003).

이종묵, 『조선의 문화공간 1~4』(휴머니스트, 2006).

이현식, 「홍대용 『의산문답』 인물론 단락의 구조와 의미」, 《태동고전
　　연구》 제35권(한림대 태동고전연구소, 2015), 35~66쪽.

이현일, 「죽석 서영보의 『풍악기』에 대하여」, 《한문학보》 제33권(우리
　　한문학회, 2015), 61~94쪽.

이혜순·정하영, 『조선중기의 유산기 문학』(집문당, 1997).

이효숙, 「「호동서락기」의 산수문학적 특징과 금원의 유람관」, 《한국고
　　전여성문학연구》 제20권(한국고전여성문학회, 2010), 173~211쪽.

임형택, 「『남명소승』을 읽는다: 백호문학에 있어서 현실과 상상」, 《한
　　국문학연구 제65권》(동국대 한국문학연구소, 2021), 11~37쪽.

장병관·황국웅, 「청량산 유산기에 나타난 조선선비의 산 경관인식에
　　대한 연구」, 『한국조경학회 학술발표 논문집』(한국조경학회, 2011),
　　91~93쪽.

장정수, 「기행가사와 산수유기 비교 고찰: 어당 이상수의 「금강별곡」

과 「동행산수기」를 대상으로」, 《어문논집》 제81권(민족어문학회, 2017), 5~34쪽.

전송열, 「지산 조호익의 유묘향산록에 대한 고찰」, 《열상고전연구》 제 28권(열상고전연구회, 2008), 119~146쪽.

정민, 「18세기 산수유기의 새로운 경향」, 《18세기연구》 제4권(한국18 세기학회, 2001), 37~61쪽. 정민, 『18세기 조선 지식인의 발견』(휴머 니스트, 2017) 수록.

정병호, 「지산 조호익 유산록의 세계인식과 형상화 방식」, 《국학연구 논총》 제14권(택민국학연구원, 2014), 72~97쪽.

정양완·심경호, 『강화학파의 문학과 사상 1』(한국정신문화연구원, 1993).

정영문, 「김영근의 「금강산절기 동유록」에 나타난 서술방법과 의식 세계 연구」, 《어문연구》 제49권 제2호(한국어문교육연구회, 2021), 363~391쪽.

_____, 「송환기의 「동유일기」 연구」, 《한국문학과 예술》 제37권(한국 문학과예술연구소, 2021), 239~269쪽.

정우락, 「조선중기 강안지역의 문학활동과 그 성격: 낙동강 중류 지역 을 중심으로 한 하나의 시론」, 《한국학논집》 제40권(한국학연구원, 2010), 203~258쪽.

정출헌, 「추강 남효온과 유산: 한 젊은 이상주의자의 상처와 지리산의 위무」, 《한국한문학연구》 제47권(한국한문학회, 2011), 339~375쪽.

정혜린, 「삼연 김창흡의 성리학과 시문학」, 《대동한문학》 제34권(대동
　　한문학회, 2011), 293~325쪽.

정치영, 『사대부, 산수 유람을 떠나다』(한국학중앙연구원 출판부, 2014).

_____, 「유산기에 대한 지리학적 연구」, 『대동한문학회 2017년 추계
　　학술대회 발표집』(대동한문학회, 2017), 203~215쪽.

정학성, 「8세기 유산기 「금강은유록」 연구」, 《한국한문학연구》 제64권
　　(한국한문학회, 2016), 261~293쪽.

정환국, 「차식의 「봉래록」에 대하여」, 《한국한문학연구》 제27권(한국
　　한문학회, 2001), 165~194쪽.

제주도·한라산생태문화연구소, 『한라산 이야기』, 한라산 총서 7(한
　　라산생태문화연구소, 2006).

조규익, 「박순호 본 『옥룡자호남유산록』의 자료적 가치」, 《한국문학
　　과 예술》 제19권(한국문학과예술연구소, 2016), 267~308쪽.

진재교, 『이계 홍양호 문학 연구』(성균관대학교 대동문화연구원, 1999).

최상익, 『조선시대 금강산유기』(강원대학교출판부, 2000).

최석기, 『지리산과 유람문학』(보고사, 2013).

_____, 『지리산, 두류산, 방장산』(보고사, 2020).

최선웅, 「우리나라 최초 서명응의 백두산등행도」, 《산》 596호(조선뉴
　　스프레스, 2019년 6월호).

최원석, 「한국의 명산문화와 조선시대 유학 지식인의 전개」, 《남명학
　　연구》 제26권(경상대학교 남명학연구소, 2008), 221~254쪽.

_____, 「한국의 산 연구전통에 대한 유형별 고찰」, 《역사민속학》 36 (역사민속학회, 2011), 221~249쪽.

_____, 『사람의 산, 우리 산의 인문학』(한길사, 2014).

_____, 「지리산유람록에 나타난 주민생활사의 역사지리적 재구성」, 《남명학연구》 제46권(경상대학교 남명학연구소, 2015), 299~344쪽.

최유진, 「삼연 김창흡의 철학적 시세계 연구」(고려대 박사학위논문, 2015).

최은숙, 「퇴계의 청량산시에 나타난 유산체험의 시화 양상과 의미」, 《동양고전연구》 제56권(동양고전학회, 2014), 9~33쪽.

최진영, 「경암응윤의 기문 연구: 사찰과 암자에 대한 기문을 중심으로」, 《동양고전연구》 제85권(동양고전학회, 2021), 115~135쪽.

탁현숙, 「제봉의 「유서석록」 서술특성」, 《인문학연구》 제46권(조선대학교 인문학연구원, 2013), 481~508쪽.

허권수, 「명암 정식의 생애와 시문학에 대한 고구」, 《남명학연구》 제17권(경상대학교 남명학연구소, 2004), 61~90쪽.

허남욱, 「조선시대 설악산 유산기의 개괄적 검토」, 《한문고전연구》 제30권(한국한문고전학회, 2015), 335~364쪽.

호승희, 「조선전기 유산록 연구」, 《한국한문학연구》 제18권(한국한문학회, 1995), 97~126쪽.

홍성민, 「퇴계의 유산기에 나타난 성리학적 삶의 이상」, 《동양철학》 제41권(한국동양철학회, 2014), 169~195쪽.

색인

〈ㄱ〉

가야산(伽倻山, 예산) 235, 254~261

가야산(伽倻山, 합천) 12, 56, 207, 217,
    317, 347~354, 376, 378, 555, 664,
    674

각화사(覺華寺) 85, 88, 668

갈령사(葛嶺寺) 360

갈암사(葛巖寺) 363

감악산(紺嶽山) 49, 168, 183, 463

갑산(甲山) 482~494, 679~680

개심대(開心臺) 417, 614

개심사(開心寺) 413~418, 618

거제사(巨濟寺) 63

경일봉(擎日峰) 314, 321

계룡산(鷄龍山) 221~226, 375, 463

계양산(桂陽山) 198

계조굴(戒祖窟, 무주) 371

계조굴(戒祖窟, 양양) 37

고암산(高巖山) 49

곡운(谷雲) 51~57, 74

관악산(冠岳山) 175~180, 183

관음굴(觀音窟, 금강산) 569~570

관음굴(觀音窟, 소백산) 329

관음굴(觀音窟, 천마산) 453

관음굴(觀音窟, 칠보산) 414

광복산(廣福山) 94~99

광석대(廣石臺) 275~276

구담(龜潭) 90, 327

구룡사(龜龍寺) 77~78

구룡연(九龍淵) 216, 602, 626, 678

구월산(九月山) 74, 540, 602, 627

구정봉(九井峯; 九精峯, 금강산) 584,
    602, 618

구정봉(九井峰; 九精峯, 월출산) 265~269

구정봉(九井峰; 九精峯, 천관산) 298

구천둔곡(九千屯谷) 371

국망봉(國望峯) 325~326

금강굴(金剛窟, 묘향산) 433

금강굴(金剛窟, 천관산) 297~298

금강굴(金剛窟, 칠보산) 414~418

금강산(金剛山) 10, 12, 32, 46, 72,
    100, 124, 160, 207~218, 268,
    317, 361, 426, 496, 530, 540,
    568~636, 642~647, 663~682

    개골(皆骨) 573

    기달산(怾怛山) 496

    열반(涅槃) 573

    중향성(衆香城) 573, 625, 631

    지달(枳怛) 255, 573

    풍악(楓嶽) 36, 38, 51, 210, 419,
        568~573, 610~621, 642~644, 686

금골산(金骨山) 303~310

금란굴(金蘭窟; 金幱窟) 575, 636

금오산(金鰲山) 346, 357~369, 376

기화대(妓花臺) 405, 409~410

김생굴(金生窟) 315, 319

〈ㄴ〉

낙산사(洛山寺) 604, 636

남산(南山, 경주) 362, 368

남산(南山, 김천) 356

남산(南山; 藍山, 서울) 90, 132, 150,
205, 208, 438, 626

　목멱산(木覓山) 49, 122, 132, 463

내금강(內金剛) 571~572, 591~592

내연산(內延山) 403~410

내원사(內院寺, 가야산) 341~350

내원사(內院寺, 북한산) 122

내장산(內藏山) 285

〈ㄷ〉

단발령(斷髮嶺) 582, 612, 618, 635

대혈사(大穴寺) 355, 363~368

대혜(大彗) 폭포 363

덕유산(德裕山) 216, 376~382

도고산(道高山) 234~236

도봉산(道峯山) 98, 166, 205, 208,
628

동학사(洞壑寺; 東鶴寺) 220, 223

두타산(頭陀山) 27, 32, 64~66, 602

〈ㅁ〉

마니산(摩尼山) 119, 201~209

마하연(摩訶衍) 582~595, 615, 618

만폭동(萬瀑洞, 금강산) 591, 600~604,
618, 633, 668, 678

만폭동(萬瀑洞, 묘향산) 434

망고대(望高臺) 581, 596, 600, 613,
618

명봉산(鳴鳳山) 106~112

　비봉산(飛鳳山) 105, 110

묘봉(妙峰) 329

묘향산(妙香山) 10~11, 96, 425~446,
496, 540, 571, 601, 627, 668, 676,
681

　서산(西山) 301

　태백산(太白山) 427, 430

무등산(無等山) 276~283, 298, 505

　서석산(瑞石山) 277~283

문수사(文殊寺, 북한산) 116~126

문수사(文殊寺, 청량산) 312~319

문장대(文藏臺) 212~217

〈ㅂ〉

박연(朴淵) 143, 146, 317, 453~454,
459, 675

발연(鉢淵) 579~586, 591, 663, 671

백담사(百潭寺) 37~38, 637

백두산(白頭山) 10, 416, 463, 472~502,
529, 539~540, 573, 601, 627,
679~681

백록담(白鹿潭) 509, 512, 520, 525~529

백악(白岳) 121, 136, 139~140, 463

　면악(面岳) 121, 169

　북악(北岳) 136, 169

백운대(白雲臺, 가야산) 348~349

백운대(白雲臺, 금강산) 631

백운대(白雲臺, 북악산) 650

백운대(白雲臺, 삼각산) 626

백운대(白雲臺, 소요산) 151
백운동(白雲洞, 인왕산) 137
백운동(白雲洞, 소백산) 327
백운동(白雲洞, 지리산) 558~559
백운사(白雲寺, 백운산) 142~148
백운사(白雲寺, 화악산) 55
백운산(白雲山, 함양) 374
백운산(白雲山, 포천) 50~55, 126, 141~
    166, 602
백천동(白川洞; 百川洞) 612, 632
법주사(法住寺) 210~217, 338
법천사(法泉寺) 105~113
변산(邊山) 154, 288~295, 374
    봉래산(蓬萊山) 290~295
보경사(寶鏡寺) 403~409
보덕굴(普德窟) 591, 614, 618, 631
보타산(寶陀山) 494, 572
보현사(普賢寺) 11, 423~428, 441~446,
    675~676
봉정암(鳳頂庵) 37, 44~45, 48
부석사(浮石寺) 74, 89
북한산(北漢山) 118~127, 227
불암산(佛巖山) 133~134, 136
비로봉(毘盧峯, 금강산) 51, 577~581,
    596~604, 615, 624, 626
비로봉(毘盧峯, 무등산) 271~273
비로봉(毘盧峯, 묘향산) 426
비로봉(毘盧峯, 오대산) 72
비로봉(毘盧峯, 천관산) 298,
비로봉(毘盧峯, 치악산) 213
비백산(鼻白山) 10, 464

비봉산(飛鳳山) 383, 386, 389~390

〈ㅅ〉

사명산(四明山) 642~643, 646
사자봉(獅子峰, 감악산) 49
사자봉(獅子峰, 금강산) 618, 635
사자봉(獅子峰, 설악산) 34~35, 38
삼각산(三角山) 10~13, 49, 53, 98,
    118~128, 166, 179, 463, 626, 649,
    653
삼굴(三窟) 303~308
삼부연(三釜淵)(양양) 66
삼부연(三釜淵)(철원) 73, 169
삼수(三水) 474~487, 494, 680
삼일포(三日浦) 493, 575, 591, 604,
    616, 636, 678
상왕산(象王山, 가야산) 255
상왕산(象王山, 오대산) 72~73
상원사(上院寺, 금강산) 603
상원사(上院寺, 오대산) 68~74
상원사(上院寺, 치악산) 77
석름봉(石廩峯) 324~330
선춘령(先春嶺) 477~478
설악산(雪岳山; 雪嶽山) 37~46, 73,
    574, 602, 626, 637, 663
성거산(聖居山) 451~456, 602, 626
소백산(小白山) 77, 191, 327~333,
    386, 479, 481, 642, 668
소요산(逍遙山) 150, 153
속리산(俗離山) 7, 12, 211~219, 314,
    338, 375, 496, 647

송악산(松嶽山) 10, 183, 454, 463, 504
　곡령(鵠嶺) 197, 463
　부소(扶蘇) 462
　숭악(崧嶽; 崧嶽) 461~465
　신숭(神嵩) 462
수정사(水淨寺) 383~391
수종사(水鍾寺; 水鐘寺) 156~164
승가사(僧伽寺) 122~126
신흥사(神興寺, 설악산) 33, 37
신흥사(神興寺, 지리산) 543~565
심원사(深源寺, 가야산) 342
심원사(深源寺, 설악산) 37, 41, 169
십이폭동(十二瀑洞) 37~46
쌍계사(雙溪寺) 554~555, 565, 668

〈ㅇ〉
연적봉(硯滴峰) 314~321
연주대(戀主臺) 174~180
연지봉(臙脂峰) 479~488, 500
영랑재(永郎岾) 537, 541
영시암(永矢庵) 35, 38, 73
영실(瀛室) 513, 516, 528
오관산(五冠山) 454, 460
오대산(五臺山) 27~32, 46, 69~77, 142,
　160, 324~328, 496, 602
오도산(五道山) 573, 602
오세암(五歲庵) 34~48
오악(五嶽; 五岳) 9~10, 429, 496, 643,
　660
왕방산(王方山) 150, 166, 184
용문산(龍門山) 50, 193, 255, 325, 602

미지산(彌智山) 189~195
용암사(龍巖寺) 118, 120, 269
운길산(雲吉山) 159~164
운악산(雲岳山) 183~187
운주사(雲住寺) 229~237
원명사(圓明寺) 343~350
월악(月嶽) 269, 325
월정사(月精寺) 67~74
월출산(月出山) 265~270, 278, 298,
　529
유점사(楡岾寺) 575, 588~594, 604,
　615, 628, 635
유홍굴(兪泓窟) 41~45
윤필암(潤筆庵) 189~195
은신대(隱身臺, 금강산) 615
은신대(隱身臺, 무등산) 277, 282
응암(鷹巖) 148, 267
의상봉(義上峯, 관악산) 179
의상봉(義上峯, 무등산) 278
의상봉(義上峯, 변산) 293
의상암(義湘庵; 義相庵, 계룡산) 223
의상암(義湘庵; 義相庵, 변산) 293
의상암(義湘庵; 義相庵, 천관산) 296,
　299
인왕산(仁王山; 仁旺山) 121, 134~138,
　205, 208
　서산(西山) 129~134
입석대(立石臺) 278, 281
입암(立巖, 가야산) 350
입암(立巖, 금오산) 361, 366
입암(立巖, 영천) 398, 401

〈ㅈ〉

자개봉(紫蓋峰) 325~326
장령(獐嶺) 587, 589, 627
장백산(長白山) 426, 472, 627
장안사(長安寺) 570, 575, 591, 603, 612, 618, 635, 668
정양사(正陽寺) 591, 613, 617, 635
조계사(曹溪寺) 142, 147
조계산(曹溪山) 275, 282, 627
존자암(尊者庵) 505~517
주왕산(周王山) 397~402
죽령(竹嶺) 328, 463
중흥사(重興寺) 118~126
지리산(智異山) 10, 12, 72, 215~216, 317~345, 371~380, 419, 426, 463, 530, 534~566, 573, 602, 627, 663~670
　두류산(頭流山) 320, 378, 539~566, 571, 626~627, 668~673
　방장산(方丈山) 540, 558
지장봉(地藏峯) 581, 596, 631
진관사(津寬寺) 120, 122

〈ㅊ〉

차일암(遮日巖, 관악산) 175
차일암(遮日巖, 성거산) 451, 453
참성단(參星壇; 塹星壇) 203
천관산(天冠山) 276, 296~302
천마산(天摩山) 143, 146, 166, 453~459, 570~571, 602, 626
천방사(千房寺) 240~249

천방산(千房山) 245
천보산(天寶山, 설악산) 574
천보산(天寶山, 양주) 89, 602
천불암(千佛巖, 칠보산) 414, 416
천불암(千佛巖, 한라산) 528
천왕당(天王堂, 덕유산) 370~371
천왕당(天王堂, 태백산) 87~89
천지(天池) 474, 487~496, 600
　대택(大澤) 484~500
천태산(天台山) 10, 617, 642~646
첨화령(瞻華嶺) 21, 649~654
청량산(淸凉山; 淸凉山) 12, 87, 216, 316~325, 332, 386, 407, 642, 666, 668
청평산(淸平山) 73, 409, 602, 626
청학산(靑鶴山) 27~32
총석정(叢石亭) 574~575, 592, 604, 636
추풍령(秋風嶺) 369
치악산(雉嶽山) 77~84, 213, 325, 463, 602
칠보산(七寶山) 416~421, 627

〈ㅌ〉

태백산(太白山) 71, 77, 85~93, 316, 325, 328, 386, 427, 430, 642, 668

〈ㅍ〉

팔공산(八公山) 314
　공산(公山) 314, 325, 346, 374
표훈사(表訓寺) 569, 575, 591, 596,

621~635, 668, 671

〈ㅎ〉

학가산(鶴駕山) 314, 325, 386

학소대(鶴巢臺) 404, 407

한라산(漢拏山) 273, 278, 298, 463,
　505~529, 679~680

해금강(海金剛) 571, 575, 592, 619

해인사(海印寺) 217, 256, 348~349,
　377, 674

향로봉(香爐峯, 금강산) 577

향로봉(香爐峯, 속리산) 213

향로봉(香爐峯, 지리산) 545

향로봉(香爐峯, 천관산) 298

향로봉(香爐峯, 청량산) 321

향적봉(香積峯) 370~382

허항령(虛項嶺) 479, 487~494

현화사(玄花寺) 113, 450~455

화악산(華嶽山) 52~55, 166, 183

화엄사(華嚴寺) 357

환희령(歡喜嶺; 懽喜嶺, 금강산) 587~591

환희령(歡喜嶺; 懽喜嶺, 오대산) 71~72

환희령(歡喜嶺; 懽喜嶺, 칠보산) 413

황봉(黃峯) 372~377

희령산(戲靈山) 52, 98~104

산문기행

1판 1쇄 찍음 2022년 8월 19일
1판 1쇄 펴냄 2022년 8월 26일

지은이   심경호
발행인   박근섭, 박상준
펴낸곳   (주)민음사

출판등록 1966. 5. 19. (제16-490호)
주소   서울시 강남구 도산대로1길 62
          강남출판문화센터 5층 (06027)
대표전화 515-2000   팩시밀리 515-2007
홈페이지 www.minumsa.com

© 심경호, 2022. Printed in Seoul, Korea

ISBN 978-89-374-5601-5 (03810)